祥瑞宝莲

李伟明 著

廣東旅游出版社
GUANGDONG TRAVEL & TOURISM PRESS
悦读书·悦旅行·悦享人生

中国·广州

图书在版编目（CIP）数据

祥瑞宝莲 / 李伟明著. — 广州 : 广东旅游出版社, 2020.4
（2021.2重印）
ISBN 978-7-5570-2176-4

Ⅰ. ①祥… Ⅱ. ①李… Ⅲ. ①长篇历史小说－中国－当代
Ⅳ. ① I247.5

中国版本图书馆 CIP 数据核字（2020）第 036013 号

出 版 人：刘志松
策划编辑：彭 超
特约策划：曾绍均
责任编辑：彭 超
龚文豪
内文设计：邓传志
封面设计：周白桦
责任校对：李瑞苑
责任技编：冼志良

祥瑞宝莲
XIANGRUI BAOLIAN

广东旅游出版社出版
（广州市荔湾区沙面北街 71 号首、二层）
联系电话：020-87348243 邮编：510130
深圳市希望印务有限公司印刷
（深圳市坂田吉华路 505 号大丹工业园二楼）
787 毫米 ×1092 毫米 16 开 24 印张 345 千字
2021年2月第1版第6次印刷
定价：68.00 元

目录

目录

（一）风雪黄婆地

狂风呼啸，白雪飞舞。临近黄昏，无精打采的太阳正准备向远处的山峦悄悄滑落，黄婆地这个深藏在宝莲山腹地的村庄，被一群牵着马进山的外地汉子打破了新春以来的宁静。

这是元世祖至元二十五年（1288年）的初春，大元皇帝忽必烈消灭赵宋政权、统一南方已经差不多十年。兵火不断的岁月尚未远去，表面实现大一统的大元王朝，局部地区其实依然暗流涌动，杀气隐伏。不过，层峦叠嶂的宝莲山，却是山高皇帝远，安恬无人扰。对居住在这里的大多数山民来说，外面发生的一切，包括谁和谁打得激烈，甚至天下换了谁来坐，他们并没有多大兴趣。日出而作、日落而息，凿井而饮、耕田而食，大山里的生活就这么简单而有序，其间却也不乏独特的乐趣。

方圆几百里的宝莲山，因为形似一朵娉婷绽放的莲花而得名。在这片大山，黄婆地算是一个人烟密集的大村庄了。这里地处赣州路赣县一隅，距江南重镇赣州城足足有二百里路。路县同治的赣州，虽说在前朝便是全国有数的繁华都市，但对于大多数散居在这深山老林的人家来说，那只是一个遥不可及的传说，与自己并没什么关系，其重要性远远比不上脚步随时可到达的黄婆地——这才是他们心目中的“大地方”。

黄婆地的确是个好地方。它坐落在一个风光旖旎的小盆地，四周山峦环抱，林木苍翠，田园茵茵，清泉淙淙，恍若仙境。距村庄不到两里处，是一面陡如刀削的悬崖峭壁，奇峻雄伟，让人望而却步，连猿猴也不敢攀登，当地人称它为“赤面崖”。村庄东面，一峰巍然耸立，高接云天，因为每天的阳光总是先照到这里，人们将之称为“光明嶂”。

黄婆地的来历还颇不简单。相传，早在唐代，禅宗高僧马祖道一在虔州一带弘扬佛法，一次路过宝莲山，时值正午，又饥又渴，见赤面崖下有一户人家，便前去敲门化缘。一名少女开门后，见马祖道一旅途劳顿，热情地给他倒茶，并将家中仅有的一小碗米取出来，给马祖道一煮粥。马祖道一深感其善行，得知少女姓黄，家中尚有老母长年卧病在床，便取出一包莲子，告诉她以莲子配灵芝熬汤，即可去病。少女依嘱行事，果然把母亲的病治愈。母女俩感念马祖道一的恩德，从此在池塘中种莲，收获的莲子分赠邻里，还在路旁建一茶亭，向过往行人提供茶水和莲子、灵芝。久而久之，人们为了纪念这户行善积德的人家，便将这个小村庄叫作“黄婆地”。

如今的黄婆地村，已有了上百户人家。他们当中，有的是世居此地，也有一部分则是近些年因为避战乱，陆续从山外不同的地方举家搬迁过来。数百年来，地处江南的赣州路本来就遍布着从中原迁徙而来的各姓客籍人家，偏远的宝莲山也不例外。百余年前，北宋覆灭，北方大好河山先后落入金人、蒙古人之手，士民纷纷南渡，赣州人丁陡增，高山密林也成了人们的安居乐土。而十几年前的那场涉及改朝换代的战乱，更使宝莲山成了许多人悄然隐居的一方宝地。山里的人们早就习惯了与操着南腔北调、有着不同生活习俗的各种人家和睦相处，互通有无。

一条铺着溪石的古道从村里通过，往村庄两头延伸到远处。道路两旁形成了一个圩场，自然也少不了几家店铺。其中一家是规模不大不小的客栈，厚重的大门上端，钉着一块铜黄色的招牌，上书“宝莲旅舍”几个大字，笔格遒劲，显见得写字的是个有学问的人。其西侧是一块空地，立着几根拴马桩，还摆着一垛喂马的草料。墙边的屋檐下，整齐堆放着一捆捆枯枝、松毛之类的柴火。与客栈相邻的东头则是一家没有招牌的铁匠铺，门口杂乱地摆放着一些破锄头烂锅头之类的物什。

从去年腊月以来，天气便大为异常，连日来雨雪交替，山高路滑，过往宝莲山区的旅人非常少。即使是圩日，也只有住在附近的山民过来凑凑热闹，那些平常按时上山的商贾则因为冰雪封山而不见踪影。客栈已有些时日没接过生意了，铁匠铺则干脆关门大吉。村人们抵挡不住寒风的侵袭，家家户户都整日把门给掩上了。偶尔有一两个人开门出来取个柴火什么的，嘴里便不住嘟哝着：“这都已经开春了，竟然还有这么大的雪落下来，这老天爷莫不会是真的中邪了吧？”“好不容易停了几天雨，今天却又落起雪来了，难不成天上也没王法了？”

现在，这一群不速之客顶着风雪向黄婆地圩走来，雪地里响起的脚步声、马蹄声让住在路旁的人家惊异不已。他们悄悄地在门缝张望着，心里难免觉得不正常。这群来客显然也是头一回经过这里，一路上走走停停，东张西望，似乎在寻找什么。远远望见路旁这家客栈之后，他们眼睛为之一亮，步伐也不禁加快了。

看到这个时候居然还有客人前来投宿，正在店里整理杂物的掌柜似乎一时有些手足失措，连忙放下手里的东西与客人们打招呼，同时叫唤店里唯一的伙计赶快烧水备茶。

六个汉子，却只有五匹马。每人身上都佩带着不同的兵刃，看装束，应当是长年在江湖行走的人士。其中一个脑袋滚圆、胡子拉碴的矮个子还没进门，就一路骂骂咧咧，好像有谁得罪了他一般。进店落座后，他的话就更多了："他奶奶的，这什么鸟地方，山这么高路这么陡还这么滑！摊上这么一趟苦差，老子也算是倒了他奶奶的八辈子霉！"

另一个披着白袍的中年汉子边抖落身上的雪片，边低声劝道："老三你就别那么啰嗦了，这一路就你话多。出来闯荡这么多年，这点辛苦也吃不消？！"说着使使眼色，瞟了一眼为首的锦衣汉子，把声音压得更低，"你这也不怕招人嫌啊。"

矮个子眼珠一斜，满不在乎，继续嚷道："这种鬼天气，非得让我们拼命赶路上山，就不能等这场雪过了再说？他奶奶的，这样的破路哪里是给人走的，只怕鬼到了这里也要被吓退。这下可好，把我的马都摔深坑了，这畜牲骑了这么多年，你都晓得它有多听话，摔死了多可惜！总算我这条老命没一起丢了，这还不许说话？天下哪有这样的道理！"

坐在上首的锦衣汉子见那矮个子絮絮叨叨说个没停，轻轻地哼了一声，目光似乎不经意地往他脸上扫过。那矮个子但觉眼前精光一闪，说来也怪，居然硬生生把待要出口的另几句话咽下去了。

一行人围着厅堂正中的一张四方桌坐下不久，掌柜的亲自出去把他们的马牵到客栈西侧的坪上拴住，并放好草料。客栈伙计也手脚麻利地把刚烧好的茶水和一碟早已炸好的糯米果片端上来了，陪着笑脸问道："几位客官，需要吃什么菜？"

说到点菜，矮个子又来劲了："他奶奶的，有什么好吃的尽管做上来——你先说说，他奶奶的最拿手的是哪几样？"

伙计连连点头，说道："小店既然开在宝莲山，本地的药莲灵芝汤味道醇美又滋补，这可是几百年前的高僧马祖他老人家秘传的名汤，过往客官自然都爱尝一尝。平时客人们都喜欢的菜嘛，有红烧麂肉、清蒸野鸭、火爆野兔、红菇炖野鸡、东坡肘子——这个是野猪身上的……”

矮个子大喜，一拍桌子：“他奶妈的，这穷旮旯里还有这么多好吃的东西？快快快，都做上来尝尝！别忘了上酒啊！”一下子把失马的烦恼抛到九霄云外了。

那伙计二十来岁年纪，虽然身处深山小店，却也阅人无数，知道这些人里面谁说了算。当下答应一声，却转头用笑脸向锦衣汉子请示。锦衣汉子微微点头，伙计于是爽朗地喊一声：“好喽！本店的深山糯米酒，客官们保证喝了还想喝！”便下厨房张罗去了。

矮个子仍在喋喋不休。锦衣汉子不理他，压低声音问旁边的白袍汉子：“消息准确吧？这次可不要再瞎折腾了。要说嘛，这趟路还真是走得不容易。”

白袍汉子说道：“这次应该错不了！卫大麻子费了几年工夫，不晓得踩破了多少双鞋，才找到这么一个重要人物。按他所说的情形，应该是在这一带。”

锦衣汉子说道：“但愿如此。说起来也是该有个交代了，这么多年啊！大伙儿历经的辛苦就不多说了，就冲着你们还少了两个兄弟，没点回报怎么说得过去呢！”

白袍汉子拱了拱手，客气地说道：“谢谢巴兄心里还有我们这些兄弟！”

看到锦衣汉子脸上并无多少表情，白袍汉子微一迟疑，又低声说道：“到时还请巴兄在哈……”

锦衣汉子右掌一摆，双目左右一转，示意白袍汉子打住这个话题。白袍汉子看了一眼仍在忙碌的客栈掌柜，点头答应，轻轻咳嗽一声，便转头与其他几个同伴一起扯了些别的闲话。锦衣汉子却不怎么说话，只是时而瞧一瞧客栈外面，时而瞟一瞟客栈掌柜的背影。那客栈掌柜似乎根本没有留意他们在说什么，正和年轻的伙计忙着准备酒菜。

一行人就着糯米果片喝了几口茶，没多时，伙计已从厨房端上一大壶热气腾腾的糯米酒和两盘香气沁人的野味。矮个子大喜，说道：“他奶妈的，看你这兔崽子这么嫩，动作倒是挺快的！且看看你的手艺如何。”下意识地抹一下杂乱的胡子，抓起桌上的筷子，夹起一块鹿肉就往嘴里塞。

伙计手脚麻利地给大家筛好酒，唱个喏又下去忙了。白袍汉子笑骂：“老三就这德性，这属猪的什么时候都是这吃相！”示意锦衣汉子喝酒吃菜。

锦衣汉子整了整衣服，正准备拿起筷子，突然听到远远地传来一阵惊呼：“山匪来了，山匪来了！大家赶紧拴好屋门啊！”很快，呼声由远及近，此起彼伏，显见得是村里人听到后，正在互相传告提醒。

伴随着呼叫声，村里乒乒乓乓一通乱响，人们正慌成一团，忙着关门闭户。他们的门本来是虚掩着的，此时则正在牢牢地闩紧。有的人家少不了还要搬几根粗大的木头从屋里把大门紧紧地顶住。山里人胆小怕事，遇到这种情况，自然是门能挡就挡，人能躲就躲，这时唯恐门窗不够牢固，让山匪不费力气就“登堂入室”。

就在锦衣汉子一行错愕之间，雪地里“喳喳喳”的脚步声逼近，看样子，来者少说也有数十人。

还没等锦衣汉子发话，正在大快朵颐的矮个子把筷子往桌上重重一拍，说道：“他奶奶的，这么快就有架要打了，也不等老子喝上一碗再说？”“咣”地一声拔出腰间的短柄凤嘴刀，起身就要往门外冲。

白袍汉子低喝一句：“老三，且慢！”顺手往他胳膊一带，那矮个子但觉往前冲的力道登时消失，略一转身，已被一股力量带回原位，顺势坐下。旁边一个身穿青袍的瘦个子在他肩膀一拍，轻声笑道：“大哥还没发话，你急什么？先喝两口再说嘛！”

矮个子似乎对此很是适应，并不生气，复又抓起筷子说道：“也好也好！打架开心，有吃有喝也开心，哈哈！”仰头把一碗酒喝了，顺手夹起几块野味塞进嘴里大嚼起来。

这时，三个二十岁上下的少年从店外跑进来，奔向掌柜的嚷道：“朱伯伯，这次是哪里来的山匪啊？我们跟着您打强盗去！”

锦衣汉子一行闻言，都把目光聚到那朱掌柜身上。这人五十开外，眉目慈善，看起来颇有几分儒雅，但眉宇间又隐约透出几分威严，在这深山小村，应当算是个难得一见的人物了。他倒也并不慌张，交代小伙计一句：“来福，你在店里好生伺候这几位客官，别胡乱走动。我出去看看是怎么回事。”转头对几个少年说道，“铁牛牯、观音保、锅盖脸，你们不在家好好地躲着，还跑出来惹事呀？”那为首的铁牛牯说道：“强盗来了，躲藏也不是办法呀！我们知道，朱伯伯定然不怕他们，也定然有办法对付他们。既然朱伯伯不怕，我们还怕什么？大伙一块打强盗去！”观音保、锅盖脸也摩拳擦掌说道：“对，对！我们要让强盗知道宝莲山的人不是那么好欺负的，省得他们以后还敢来！”

朱掌柜轻轻叹一口气，说道：“真是初生牛犊不怕虎。既然这样，那你们几个且随我到外面看看。有什么事先听我说，你们不可轻举妄动。”三人点头答应了。

此时，夜幕降临，门外火光闪烁，几十号山匪打着火把刚刚赶到客栈大门外。雪花依然飞舞，他们身上都披了一层积雪，显然赶了好一阵子的路了。

冲在前面的是个黑脸汉子，戴着一顶黑色的盖耳风帽，火光下，脸上一道斜斜的刀疤分外醒目。黑脸汉子甩甩肩膀，抖下身上的白雪，冲着店里吆喝道：“里面的人听着，有钱财的赶紧交出来！另外，我们只找掌柜的麻烦，其他无关人员，交了钱财之后通通给老子滚蛋！”

那姓朱的掌柜走出大门，不紧不慢地向门外众人拱了拱手，沉着气说道：“各位客官大驾光临，小店有失远迎，还请多多包涵！哟，这不是祁禄山的陆爷陆寨主吗？这几年不见，怎的火气这么大了啊？有话好好商量嘛，可别惊着小店的贵客为好。”

几个少年跟出门外，那个叫铁牛牯的从朱掌柜身后挤出来，指着黑脸汉子骂道：“好你个陆花脸，你不是答应了不再为难黄婆地的村民们吗？像你这般出尔反尔，不讲信义，我们朱伯伯当年给你的金银不是喂狗了吗？！”

黑脸汉子哈哈大笑，好不容易才止住，右手指着朱掌柜说道：“姓朱的，还好意思说你给的金银？哈哈，当年老子怕了你，不敢说出真相，顺着你的话开溜，今天老子可不用怕你了！是你自己说，还是我替你说？”

得意地晃了晃脑袋，甩落风帽上残留的雪片，又说道，“我看你鬼鬼祟祟的肯定不愿意讲，还是老子爽快点替你说了罢！”

原来，这黑脸汉子陆花脸是祁禄山黑松寨的寨主，也是绿林小有名气的“祁禄双霸”之一。祁禄山一带匪寨林立，陆花脸的黑松寨是其中势力比较大的一个。五年前，他率寨里兄弟在祁禄山与宝莲山交界处的均源圩抢劫。这是个只有十几户人家的小圩场，赴圩者寥寥无几，陆花脸搜遍所有村民，也没多少收获，倒是从一个贩卖山货的客商处得知宝莲山上的黄婆地是个比较富庶的村庄，那里的圩场远比这均源圩繁华热闹。陆花脸占山为王多年，自恃武功不差，人多势众，平时杀人抢劫碰到的对手也不多，自然没把这小小的黄婆地看在眼里，虽然听说宝莲山也有草寇盘踞，按江湖规矩这是人家的地盘，但利益当前，也管不了那么多，当即带着兄弟们上山去。当天却不是逢圩之日，村里甚是平静。一伙山匪进村后，一眼看中的便是这家挂着“宝莲旅舍”招牌的客栈。陆花脸把名号一报，吓得店里几名正在吃饭的过路客人东逃西窜。陆花脸见识了自己的威慑力，心下大是快慰，正准备指挥手下兄弟们对客栈搜刮一空之后，再挨家挨户收拾那些寻常百姓，没想到，刚一出手就大出意料。

陆花脸忘不了，那天，这位看似斯文谦和的朱掌柜，拱手作揖迎上来，神态可掬。陆花脸打劫无数，这样的土财主看得多了，知道他们面对这些绿林大爷，都是卑躬屈膝，好话说尽，指望高抬贵手，其实无异于恳求老虎不吃肉。陆花脸虽然从不放过求饶的苦主，但对他们那份低声下气却颇感受用。眼前这位，显然也不例外。陆花脸正在得意间，这朱掌柜不知什么时候已握着他的右手。还没等他回过神来，陆花脸突然发现全身力量消失得无影无踪，就像喝醉了酒或瞌睡难醒时那样，手脚软绵绵的，只有任人摆布的份儿。然后就听到朱掌柜在耳边低声说道：“想活命的话，老实听我说！”

陆花脸虽然久为土匪，却也是个贪生怕死之人，知道自己这条老命一不小心捏在别人手上了，慌忙点头表示答应。于是，就听得朱掌柜提高声音，对他的部下们说道：“各位兄弟辛苦了！朱某人和陆爷有点故交。这么多年不见了，陆爷大老远跑来看我，实在是难得！我俩先单独说会儿话，各位先歇着吧！”说完，眼睛盯着陆花脸。陆花脸只好强作笑脸，装出老友重逢不胜欣喜之状，招呼手下先在外面等等，自个儿跟着朱掌柜穿过店堂，进了内室。

朱掌柜把门轻轻关上，放开陆花脸的手，脸上的笑容一扫而光，神色严峻地说道：“兄弟我喜欢清静，在这山里做点小本生意度日，图的就是没人骚扰。今天你们大老远跑到这里，惊吓了我的客人和邻居们，兄弟我可是非常不高兴啊！”见陆花脸神情紧张，又说道，“姑念你是初犯，这回可以暂且饶过，但今后可不希望看到你们出现在这里了！否则，嘿嘿……”边说边从门后拿过来一支铁钎。陆花脸惊恐不已，只道此命休矣，却见朱掌柜两手各执铁钎一端，微微运气之后，铁钎在他手里逐渐弯曲成弧形。

见陆花脸骇得脸色煞白，朱掌柜把铁钎塞进他手里，低声说道：“要不要试试？”陆花脸也算老江湖了，自然知道像朱掌柜这般不动声色就轻松把铁钎弄弯，这份功夫不是寻常江湖人士能做到的。如此看来，刚才自己被他一招制服，绝非偶然，即便重演一次，结果也是一样的。没想到这番遇上平生罕见的高人了，陆花脸光棍不吃眼前亏，赶紧扑通一下跪倒在地，忙不迭地磕了几个响头：“小人有眼无珠，今日冒犯高人，的确罪该万死！还望您看在小人上有八十岁老母的分上，宽宏大量，高抬贵手，小人发誓今生不再踏入宝莲山半步！”

朱掌柜双手轻轻一带，陆花脸不由自主站起身来。只见朱掌柜恢复了笑容可掬的神态，双手在铁钎两端微微用力拉扯，那弧形的铁钎又慢慢挺直了。在陆花脸心神未定之际，朱掌柜将铁钎放回门后，和颜悦色地说道：“陆寨主无须行此大礼，不打不相识嘛，哈哈！这样吧，等会儿出去，你告诉兄弟们，朱某人已给了你一笔金银，我们一锤子买卖，今后两不相欠，你们也不可再为难这里的乡亲们！”说到这里，脸色一变，肃然喝道，“此外，你我今日之事，你不得对任何人提起，否则，千里之外也必取你首级！”

陆花脸眼见得朱掌柜目光如电，似乎随时要出手取自己项上人头，吓得连连点头，表示一定照办，坚决不向任何人吐露朱掌柜身怀绝技之事。

朱掌柜从壁上摘下一只布袋，见墙角刚好放着一堆修补房屋用的大小石头，便装了一袋子圆滚滚的鹅卵石，叫陆花脸拎上，带着他的人马立即滚蛋。陆花脸一脸苦笑，只好装作满载而归的模样，走出客栈，向手下人宣告：朱掌柜出了血本，以一袋金银买得全村人的平安，从此黑松寨再也不骚扰黄婆地！说罢，头也不回，疾步出村。

村民们得知朱掌柜花费巨资化解了这场劫难，都松了口气。这朱掌柜也是一年前才从外地迁过来的，平时人缘甚好，从此与村民们相处更是融洽。村民们看他气度不凡，当是见过世面的人，有什么事情也喜欢找他商量。而自从陆花脸下山后，黄婆地五年来一直甚为平静，再也没发生匪乱。饶是如此，朱掌柜还是时常提醒村民们，如今兵荒马乱，当防患于未然，随时留意周边动静。一旦发现大股匪盗或官兵进山，便应互相吆喝提醒，能跑就跑，能躲就躲，千万不可强行出头，以卵击石，须知留得青山在，不怕没柴烧。

铁牛牯等几名少年，都是村民子弟，和客栈伙计朱来福年纪相仿。山里玩伴少，在朱来福得闲时，他们便常来找他串门玩乐。朱掌柜为人和善，店里没生意时，也和他们聊些闲天，有时还教他们识几个字。经过此事后，这几个少年对朱掌柜更加肃然起敬，碰上什么困难也习惯向他讨主意。此时听得又有山匪进村，年轻人血气方刚，不愿缩头缩尾，便跑到客栈来要和朱掌柜一起商量对策。

陆花脸将朱掌柜暗显神功，用一袋鹅卵石打发自己滚蛋的往事讲完，也不怕丢人，哈哈大笑之后，满脸得意地对朱掌柜说道：“姓朱的，你很想知道老子为什么不怕你了吧？告诉你也无妨，老子的黑松寨，现在已经正式归入鹰盘山飞鹰帮门下，任凭你有天大的本事，老子也不用怕你了！”

店里的锦衣汉子一行，自从陆花脸一行到了客栈，便一直边喝酒边察看形势。听到这里，白袍汉子悄声对锦衣汉子说道：“这掌柜的果然有名堂，一个身怀上乘内功之人，怎么好好地躲到深山开起客栈来？卫大麻子的消息应当错不了，这个地方确实透着些古怪。”锦衣汉子压低声音问道："飞鹰帮不是南安路的帮派吗？他们的手怎么伸到这边来了？不会是事出偶然吧？"白袍汉子说道："我也正觉得奇怪，这事怎么被他们知道了？且听他们接下来怎么说。"两个人交头接耳说了几句，目光却一直盯着门外看。另外几个人也停下了筷子，睁大眼睛关注着外头的动静，只有那矮个子浑然不管这些，继续大吃大喝，似乎一路上饿得厉害。

朱掌柜听得陆花脸把当年旧事抖了个底朝天，却并不惊慌，呵呵一笑，依然温和地说道："我说陆寨主怎么突然就长本事了，原来是找到大靠山了！恭喜，恭喜！"顿了顿，又说道，"我记得陆寨主上次说过上有八旬老母需要照顾，为此还发誓这辈子不再踏入宝莲山半步。一晃数年过去，令堂大人身体依然康健吧？这次出门，可别再让她老人家挂念才好。"

陆花脸不禁再次大笑起来，说道："老子的老娘，早在几十年前就见阎王去了，你就不必挂念了！上次老子要不是这么说，谁知道你肯不肯放我下山呢？这叫计谋，不懂了吧？脑子要是转不了这么两下，还敢行走江湖？哈哈！"

陆花脸的手下喽啰听寨主说得这般得意，齐声哄笑起来，胆子稍大的，已出口嘲讽朱掌柜头脑简单，不通世故，随便就被人骗过。正在店里喝酒吃菜的矮个子听了陆花脸这番话，低声骂道："他奶奶的，江湖上还有这么不要脸的，呸！"

朱掌柜见陆花脸沾沾自喜，莞尔一笑，环顾四周，又说道："原来陆寨主不仅勇武，还是个足智多谋的人物，算朱某眼拙了！朱某不才，只是不想流离颠沛，才找了这么个算是清静的地方安生，没想到无意间还和陆寨主结下了这么一点梁子。陆寨主要报仇，尽管冲着朱某来就是，和其他人等一概无关。"

陆花脸仰天长笑，用手指对着朱掌柜比画了几下，说道："姓朱的，你以为我们这番找你，只是报我当年那点小仇那么简单的事？倘若只是你我之间那样的琐事，还消得劳驾我们飞鹰帮的顶尖高手亲自出马？你也未免太托大了吧，哈哈！"

朱掌柜早就料到陆花脸胆敢重返黄婆地，必有厉害角色撑腰。说话间，他已注意到陆花脸左侧那个脸色冷峻、浑身透出一股凛然傲气的汉子。此人四五十岁年纪，披着一身黑风衣，上面绣着一只展翅翱翔的老鹰，想来这就是飞鹰帮派出的高手了。当下，他对着这人微一颔首，说道："原来有高人光临山野小店，朱某一时不察，有所怠慢，抱歉抱歉！在下孤陋寡闻，不在江湖行走已久，敢问这位首领尊号？"

那披着黑风衣的汉子哼了一声，并不说话。陆花脸高声说道："不怕吓尿你们这些土包子，这位就是我们飞鹰帮的三当家，武林中大名鼎鼎的'黑头鹰'向三通，打遍江湖无敌手的向三爷！我们三爷向来容情不出手，出手不容情，识趣的还不趁早投降？否则，动起手来再求饶可就晚了，哈哈！"

"黑头鹰"向三通的名号，武林中人倒也并不陌生。此人成名较早，在飞鹰帮坐第三把交椅，据说出手颇为狠辣，尤其是最近十几年来，以一对刚猛的铁爪打败了无数江湖豪杰，使飞鹰帮在武林中声名日隆。但说到"无敌手"，当然难免是陆花脸夸大其词了。

还没等朱掌柜接话，一个身影忽地从门内冲出来："他奶妈的，你是老三，老子也是老三。老子还有老大老二打不过，你凭什么吹牛无敌手？老子先和你大战八十回合再说！"

锦衣汉子一行这次没有阻拦矮个子出手。他们知道，事情既然惊动了飞鹰帮的首脑人物，那么陆花脸一行定然另有所图，绝不可能仅仅是冲着找朱掌柜复仇而来。这向三通既然是他们这伙人的为首人物，及早摸清其武功底细，以便及时作出对策是很有必要的，否则，对方人手众多，事情闹开后，只怕自己这几个人要想脱身也不容易。

寒风凛冽，这下了一整天的大雪，似乎还没有停的意思。矮个子吃了一顿可口的野味，喝了几碗热烘烘的糯米酒，正觉得身上的力气无处使，边往外冲边拔出凤嘴刀，刀锋一晃，便朝向三通砍去。

陆花脸本想迎下矮个子，在向三通这个新认的上司面前讨个好，但转念一想，自己还没见过这位三当家的真实功夫，虽然知道他是江湖上有数的高手，但武功到底有多高，毕竟没亲眼看到，何不借此机会察看一二？于是赶紧一脚跳开，退让到一旁看热闹去。

向三通不避不闪，在矮个子的刀锋扑面而来之际，衣袖一拂，已将刀锋带到一边。矮个子一刀劈空，迅速变招，刀锋回转，使出一招“背水一战”，直削向三通下盘。向三通身形一侧，让过刀锋，倏地双手并用，一招“偷天换日”，左拳照着矮个子脸上直贯过来，待矮个子急于躲闪之际，右拳已击向他的胸部。

矮个子虽然粗鲁，反应倒也不慢，一看对方招式太快，知道形势不妙，当即缩胸退让。饶是如此，胸部还是“咚”的一声中了一拳，所幸退让之后受伤不重，只是情不自禁腾腾腾倒退了三步。陆花脸在一旁拍手赞道：“向三爷好功夫！对这小子别客气！”

矮个子大叫道：“好家伙，果然是个硬点子！”挥刀上前再战，使出师门所授“朝阳刀法”，“旭日东升”“凤鸣朝阳”“挥戈反日”三招接续使出，“呼呼呼”朝着向三通前胸劈去。他这门刀法攻击力甚强，同门高手使出来，往往可以迫使对手放弃进攻，转为防守。向三通脸无表情，身形微微晃了晃，冷冷说道：“招是好招，可惜你没能耐用好！”突然双臂抖动，化拳为掌，向矮个子连攻几招，掌风凌厉，直击要害。矮个子见他来得又快又准，应接不暇，为求自保，已顾不得使刀，后面的精妙招式自然无从谈起，只能连连后退，最后居然脚下收势不住，被逼进客栈，一直退回到刚才喝酒的那张桌子边。

矮个子大怒，边退边骂了几句，随即一手撑在桌子上，稳住身子，晃了晃手中的凤嘴刀，待要再冲出去。白袍汉子伸手往他衣襟一扯，低声喝道：“老三够了！你不是人家对手，一边看着去罢。”

矮个子与向三通过了这几招，心里自然有数，知道对方果然不是浪得虚名，如此不动声色，便让自己连连败退，再斗下去，只怕输得更难看。既然白袍汉子叫了别出去，他也就乐得看热闹了，便顺势在桌旁的长凳坐下，嘴里却兀自骂骂咧咧。

锦衣汉子手指轻轻地在桌子上敲了敲，对白袍汉子低声说道：“果然有几分功夫，我们不可大意。还得看看他们当中像这等身手的人有多少个。”白袍汉子微微点头，说道：“我们先不用急，让他们先闹一闹，到时见机行事便是。”

陆花脸一看向三通出手不凡，三两下便打发了一个对手，登时兴奋不已，觉得这个新靠山真是没找错，从此在江湖上逞性妄为应当不成问题。几个月前，飞鹰帮突然派了使者到祁禄山“招安”各个山寨。陆花脸他们与远在南安路的鹰盘山素无交通，对飞鹰帮的势力虽然有所耳闻，但毕竟不知详情，想想自己平时打家劫舍也不会跑到那么远的地方去，自然不甘受人管束，当场要将这几名使者赶出寨门。没想到，飞鹰帮的几名使者一出手，祁禄山这些山寨的头领们没几个能在他们手上走到十招，这才知道山外有山，天外有天，飞鹰帮的功夫果然比自己强得太多。土匪寨的行事规则本来便是利字当头，拳脚刀剑之下见真章。既然飞鹰帮实力这么强大，人家又表示平时并不干预各寨内部事务，只要听从号令，共谋大业，该当寨主的继续当，那么，傍上这么一个保护伞也不失为一件好事，于是各个山寨便都识时务地归顺了。这次向三通以三当家之尊亲临，分量与此前几名“招安”使者自是不可同日而语。陆花脸得以亲随其左右，甚是得意，一路上就在琢磨着如何让向三通露一手，教兄弟们开开眼界，可惜一直没找到机会。

众山匪见向三通轻描淡写挥洒几招，就让矮个子乖乖地退回客栈不再出来，精神大振，齐声鼓噪，喝令朱掌柜等人速速投降。亲眼见识了向三通的身手，想想飞鹰帮高手如林，此时陆花脸对朱掌柜再无后顾之忧，“千里之外取首级”的威胁之词登时彻底抛到九霄云外。热闹了片刻之后，他挥手示意众山匪安静，洋洋得意地向朱掌柜喊道：“姓朱的，知道我们向三爷的厉害了吧？我早就知道你不是一般的生意人，这次特意请向三爷过来，就是要你乖乖地把‘祥瑞三宝’交出来！”

此言一出，一向镇定的朱掌柜不禁脸色微微一变。锦衣汉子一行也按捺不住了，齐刷刷站起身，从客栈里面围了过来。刹那间，客栈内外，几十双眼睛都聚焦到了朱掌柜身上。

没人注意到，不知什么时候，大雪悄然停下来了，只有北风还在一如既往地呼啸。

（二）『祥瑞三宝』

最近这几年，江湖上恐怕没有哪个没听过“祥瑞三宝”的。无论是官府中人，还是武林人士、山匪强盗，都梦寐以求，希望自己能找到它们。

“祥瑞三宝”的说法，也就是四五年前才开始在江湖上流传开来的，它和一个大人物有关。这个人就是前朝的赣州知州，后来担任南宋右丞相、被南宋朝廷封为信国公的文天祥。

文天祥，号文山，与陆秀夫、张世杰并称为“宋末三杰”，《宋史》称其“体貌丰伟，美皙如玉，秀眉而长目，顾盼烨然”，其曾经的部属王炎午更在《望祭文丞相文》中誉之“名相烈士，合为一传，三千年间，人不两见”。文天祥出身书香门第，故乡就在与赣州兴国县毗邻的吉州庐陵县富田。少年时期，文天祥看到学宫中祭祀的乡贤欧阳修、杨邦乂、胡铨，谥号皆为“忠”，便羡慕不已，立志成为其中一员。宋理宗宝祐四年（1256年），二十岁的文天祥高中状元，此后历任宁海军节度判官、军器监兼权直学士院、荆湖南路提刑等职，以忠肝义胆、忧国忧民闻名于朝野。

十四年前，也就是宋度宗咸淳十年（1274年），文天祥担任江西提点刑狱兼赣州知州。其时，赵宋政权风雨飘摇，连半壁江山也谈不上了。次年即宋恭帝德祐元年（1275年），元军大举进攻南宋，宋军长江防线全线崩溃，南宋朝廷危在旦夕，紧急发布“勤王诏”，号令各地组织兵马拯救国运。然而，日薄西山的赵氏政权气数已尽，诏令虽下，应者寥寥。除了文天祥、张世杰等少数志士，各地官员更多的只是消极应付，甚至早早地做好了投降或逃亡的准备。

远在赣州的文天祥手捧诏书，痛哭流涕。丹心报国是他平生最大的志向。如今国难当头，他更无二话可说，当即节衣缩食，率先捐献家资，在赣州、南安所辖各县及邻近的故乡庐陵等周边地区招兵买马，响应勤王诏令，一时应者如云，当地数万豪杰齐集麾下，其中著名者有曾任衡阳知府、正寓居赣州的陈继周和陈子敬、尹玉、李梓发等南赣英豪。文天祥亲率这支以南赣子弟为主的义军奔赴前线，与元军浴血奋战。数月后，适逢元军发重兵攻打常州，江西义军英勇抗击，以一当十，死伤无数而无一人投降，令所向披靡的元军刮目。

宋恭帝德祐二年（1276 年）正月，元军兵临南宋都城临安，宋廷文武高官纷纷出逃。太皇太后谢道清与丞相陈宜中商议派使臣向元军送降书。不料，陈宜中得知元军统帅、丞相伯颜要他亲自出议投降细节，吓得连夜逃往温州老家。谢道清只好火速任命时任临安知府的文天祥为右丞相兼枢密使，赴元军大营讲和。文天祥与伯颜据理力争，伯颜见他态度强硬，出言威胁，文天祥却毫无惧色地说道：“我南朝状元、宰相，但欠一死报国，刀锯鼎镬，非所惧也。”伯颜见此人骨头太硬，不宜放虎归山，便将文天祥扣留在军中，然后胁迫谢道清下诏投降。是年三月，靖康之耻再现，元军占领临安，谢太后和宋恭帝投降，南宋君臣、后宫、宗室数千人被押解北上。

文天祥却在被元军押往大都时，在镇江与门客杜浒等十二人冒死逃脱。三个月后，历尽艰辛的文天祥由海路南下，来到南宋流亡政权驻地福州，被年幼的宋端宗任命为右丞相。此后，文天祥以同都督军马身份，先后在南剑州和汀州开府，组织力量抗元。再后来，又转战漳州与梅州一带。当年从赣州追随文天祥勤王的江西豪杰陈子敬、刘洙、萧明哲等闻讯，纷纷率部前来会师。

宋端宗景炎二年（1277 年）五月，文天祥率领大军由梅州入赣，先是在雩都大败元军，继而连续收复赣州、吉州所属十余县，并在兴国建立大本营。眼见光复有望，朝野为之振奋。可惜好景不长，几个月后，随着元军江南西路宣慰使李恒突然加派力量增援，毕竟双方实力悬殊，文天祥部在兴国、永丰一带被击溃，不得不退出江西，败走南粤。次年亦即十年前的冬天，文天祥在广东海丰五坡岭兵败被俘。两个月后，南宋军队在广东崖山与元军决战，全军覆没，宋末帝赵昺投海，南宋政权彻底灭亡。

文天祥在赣州起兵勤王时，手上既无兵马亦无钱粮，他一边变卖故乡家产，全部用作军费，一边遍访南赣豪绅乡贤，动员捐资。文天祥平素官声极好，南赣民风亦向来仗义疏财，文天祥以身示范，士民纷纷响应，慷慨解囊，旋即军费充裕。此后数年，文天祥得到朝廷擢升，四处转战。此时的赵宋政权虽然危机四伏，朝不保夕，朝廷高层却依然钩心斗角，主和派丞相陈宜中千方百计排斥文天祥，许多前线将领也是只顾打着各自的小算盘，面对战事袖手旁观。即便是与文天祥同为“宋末三杰”的张世杰，对文天祥也是心存芥蒂，私利为上。文天祥在南剑州开府时，张世杰见他声望卓著，一呼百应，深恐其影响超越自己，遂借宋端宗之命，令其将督府远移至汀州。文天祥有感于此种种，情知抗元局势维艰，但他知道南赣一带士民敦实忠厚，此地堪称最为可靠的根据地，所以率大军重返江西时，将历年所筹军费余款寄存于此，埋藏于一极为机密之处，以备一旦战事失利，可退守南赣作最后抵抗。

赣州原名虔州（南宋高宗绍兴二十三年，即 1153 年始得今名），乃宋代有数的名州大城，人口众多，物产丰饶，商贸繁盛。但因城市依章、贡二水而建，三面环水，常有洪患困扰。及至北宋神宗熙宁年间，治水能臣刘彝在虔州任职时，在这里做下了一件前无古人之事。刘彝是福建长乐人氏，曾任朝廷都水丞，主政虔州后，即着手消解洪水祸害。刘彝见赣州城地势特殊，便别出心裁，将功夫用在地面以下，历数年，建成地下排水系统福寿沟，洪涝之灾由此迎刃而解。这福寿沟分为福沟和寿沟两部分，迂回于城区地下，城西北之水受于寿沟，城东南之水则由福沟而出。福寿二沟与城内凤凰池、金鱼池、嘶马池三大池及清水塘、花园塘、荷包塘等数十口水塘相连通，雨量大时，积水可暂存于池塘，雨停后，积水由二沟及时排泄。福寿沟还在环城的章水、贡水设置十余个可随江水消长而自行开闭的水窗，使城内积水可出而城外洪水不可入，构建精致奇巧。因二沟曲折如篆体“福”“寿”二字，故得名“福寿沟”。文天祥知赣州时，国事蜩螗，他深谋远虑，从军事角度考虑到福寿沟的利用，在城内外设置了数个进出口连通福寿沟，在紧要处布置机关，并精心绘制改造后的福寿沟地图，委托专人妥为保管。

文天祥自与元兵交战以来，深感蒙古人体格健壮，孔武有力，南方汉人与之短兵相接时屡屡吃亏。为了迅速提高军队战斗力，文天祥鼓励士兵与百姓习武，强身健体。文天祥在赣州召募的义军当中，武林人士原本不少，他便择其武功高强者为军队教练，日夜传授将士武功。景炎二年，文天祥率部杀回江西时，还在雩都罗田岩召集了一次南方武林门派大会，邀得近百家武林门派代表与会，请各家交流武功心得，展示武功精要。这些门派之间，有些虽平日难免有嫌隙，但大敌当前，都能尽释前嫌，勠力同心。文天祥委托陈子敬、李梓发与几位武林名宿将各派提供的武功秘诀整理成册，以方便在军队中普遍传习。但秘诀刚刚整理完毕，尚未来得及广为教授，文天祥便因用兵失利退出赣州，此后在广东兵败被俘。而参与南方武林门派大会的多数武林高手，也在与元军的几次惨烈战斗中殉难。

南宋灭亡后，文天祥以其坚贞气节感动元朝君臣。俘获他的蒙古汉军都元帅张弘范多次向皇帝忽必烈上书，要求善待文天祥。张弘范英年早逝，其病危之际，仍在建议忽必烈不能杀了文天祥。元世祖至元十九年（1282年）八月，忽必烈与群臣议事，问众人南北宰相谁最贤能，多数大臣认为，北人无如耶律楚材，南人无如文天祥。为此，忽必烈亲自召见文天祥劝降，并许以宰相高位。然而，文天祥宁死不屈，慨然答道：“我是大宋状元宰相，宋亡，只能死，不当活！”忽必烈只好叹息：“真是好男儿！不能为我所用，杀之太可惜！”

在被囚禁数年之后，文天祥于五年前在大都从容就义。他在赣州留下的军费宝藏、福寿沟地图以及各武林门派武功秘诀，便成了一个谜，也成了各方人士觊觎的目标。因为文天祥字宋瑞，江湖上便将这三件东西统称为“祥瑞三宝”。当然，对山匪强盗来说，真金白银的军费宝藏是至爱；对武林人士来说，深不可测的武功秘诀是首选；对官府来说，他们最想得到的则是福寿沟秘图。

原来，就在文天祥就义那年的一个深夜，赣州路达鲁花赤杨孜的卧房突然钻出一名黑衣蒙面人。幸亏那天杨孜因为与部下商议要事，尚未就寝，发现有刺客，手下武士余宽绪、郭隆昌与蒙面人一番恶斗之后，虽未能擒获之，但也把对方伤得不轻。事后，杨孜察看卧房，发现床底有一个密洞通向福寿沟。杨孜与文天祥同为庐陵人氏，却在不同阵营正面为敌。他在赣州捕杀了陈继周等众多抗元志士，知道刺客必为文天祥旧部，但赣州城到底有多少这样的密道，就不得而知了。此事防不胜防，为了自身安全，杨孜只好日夜加强护卫。

一年后，杨孜调任吏部侍郎，朝廷派哈伯沙里接替他担任赣州路达鲁花赤。哈伯沙里是一员久经沙场的老将，他知道天下初定，但南方抗元力量此起彼伏，文天祥最初起兵的赣州一带尤其不可小视。哈伯沙里不仅考虑到福寿沟秘道对自己的安全构成威胁，更想到如果文天祥旧部或其他势力利用秘图攻打赣州城或者制造水漫赣州城之类的事件，那后果势必更加严重。此外，赣州久经兵燹，曾经的繁华遭到重创，财力大不如前，如能获得文天祥留下的军费，各方补给定将大大改善。至于南方各门派武功秘诀，若有机会据为己有，作用自然也不小，至少可以此诱使武林界供己驱使。为此，哈伯沙里到任后，特命帐下第一武士巴如台抓紧查访“祥瑞三宝”去向。

先前到达客栈的这群不速之客，为首的锦衣汉子正是奉命追查“祥瑞三宝”下落的巴如台。巴如台自幼习武，师从北方武林名门全真教，是蒙古武士当中有数的高手。其父曾经是哈伯沙里最重要的助手，后来在元军进攻常州的战斗中战死。哈伯沙里对巴如台一向器重有加，到赣州任达鲁花赤之前，便一直将其带在身边。

初到赣州时，巴如台以为南方武林孱弱，武功当无过人之处，难免志得自满，目中无人。赣州自唐末宁都人卢光稠割据自称刺史以后，将城池扩大数倍，并奖掖农桑，活跃圩市，由此成为一方繁华都会。及至北宋，更是街巷纵横，商贾云集，其中的阳街、横街、阴街、斜街、剑街、长街尤其热闹，文天祥曾有《石楼》诗云：“八境烟浓淡，六街人往来。”巴如台到了赣州后，无事时便在城里闲逛，了解当地风土人情，但觉这座江南名城，果然有别于寻常城池，城墙高坚，绵延十里，城外江面浩渺，船帆鱼贯。城里居民言谈温和，举止有礼，显见得文气太盛，武风不振。

一日，巴如台来到熙熙攘攘的瓷器街，恰逢赣县县衙的捕头何老三带着几个手下追捕两名盗贼。这何老三昨日刚刚见过一面，当时赣县县尹夸他身手了得，是县里的一把好手，堪称盗贼的克星，城里城外的盗贼听到他的名头便不敢近身。此时见那何老三出手擒贼，巴如台便站在人群中远远观望。那两名盗贼武功并不怎么高明，在江湖上连三流角色也谈不上，可是何老三几个人与他们打了半个多时辰，却拿他们毫无办法。眼看着两名盗贼就要摆脱何老三等人的围堵，逃之夭夭，巴如台从地上捡起两枚小石子，朝那两名盗贼的小腿轻轻一弹，二人随即“叭”的一声摔倒在地。何老三几个人快步扑上去，将两名盗贼反手扭住，用绳索绑起，还狠狠地给了他们几个耳光以解气。围观百姓纷纷拍手叫好，不住地称赞何老三好本事。何老三洋洋自得，浑然不知这次得胜，全仗有人暗中相助。巴如台也不道破，摇摇头，转身悄然离去。

独自信步在城里又走了几里地，巴如台来到城东建春门外的鱼市。无聊之际，适逢一伙渔霸围攻一名卖鱼的乡下汉子。渔霸这边足有十几个人，个个手持铁棍、木棒，招式虽然笨拙，出手却颇狠辣。乡下汉子寡不敌众，连连后退，一直退到了贡水的浮桥上。众渔霸穷追不舍，步步紧逼，挤上浮桥欲将乡下汉子打落水中。不料，乡下汉子上桥之后，身手陡变，如同水蛇般在人群中钻来钻去，出手如电，招式曼妙，须臾间，十几个渔霸“扑通扑通”纷纷掉落贡水。

那乡下汉子哈哈长笑，朗声说道：“看尔等鼠辈今后还敢欺负乡下人！”飞步跃上江岸，收拾鱼篓，登上江边一小船顺江而下，扬长而去。

巴如台看那乡下汉子的手法，隐约是玄武太极手的招数。原来，巴如台的授业师父曾经向他提及，南方武林有一门武功叫“玄武太极手”，与全真教一样源出道家，其特点是以静制动，以柔克刚，初时让人觉得平平无奇，待得火候一到，往往便在不动声色中克敌制胜。

普通看客当然不知这伙渔霸如何好端端地突然跌落江中，但巴如台是行家里手，那乡下汉子的招式都在眼中瞧得仔细，心里大是诧异，暗道：“这等市井之中，居然有如此武功好手，看来此地不容小觑。”

正纳闷这乡下汉子为何方人物，那伙渔霸已狼狈不堪地从江里爬上岸，嘴里还不忘骂骂咧咧：“你家妈的陈老五，你有种别跑，老子还没把你揍够哩！”“这乡巴佬就知道使妖法，上回老子没留意，这回老子还是没留意，你家妈的脚！”“跑得了和尚跑不了庙，老子已经打听到了你是大湖洲陈家庄的，下回老子们直接杀到大湖洲，踩平陈家庄！”

巴如台暗自好笑。在陈老五这等高手面前，凭着这伙小地痞的本事，别说踩平陈家庄，就算让他们稍稍靠近大湖洲，只怕也没那个胆量。他们浑身湿透还不忘大呼小叫，无非是想在其他渔民面前挣回面子罢了。

陈老五走了，渔霸们也离去了，鱼市复归平静。巴如台兴味索然，回到衙署，下人传报哈伯沙里有事相召。巴如台赶到会客厅，哈伯沙里正在招待一名宾客喝茶。那来宾看似比自己年轻几岁，英气勃勃，双目炯然，看样子是位武林人士。哈伯沙里出身行伍，南北武林界朋友不少，巴如台自是不以为奇。当下，哈伯沙里拉着客人的手向他介绍："这位是崆峒门刘梦凌刘师父，江南武林翘楚，你们二位多亲近亲近！"

刘梦凌双手抱拳，说道："不敢不敢，在下久仰巴兄武艺超群，今日相见，幸何如之！还望巴兄多多指教才是！"话虽然说得客气，但眉宇间并无谦卑之气。

崆峒门地处赣州城外高峰崆峒山，是赣州武林中的名门大派，武功有其独到之处。巴如台在北方时，授业师父时常点评天下武功，说到南方武林门派，曾专门提及崆峒门的刀、剑、掌、气在江南均有一席之地。这次随哈伯沙里来赣州，巴如台正盘算着择机到崆峒山找高手切磋切磋，看看江南武林究竟实力如何，没想到这么凑巧，今天崆峒门的高手自己找上门来了。

待二人客套完毕，哈伯沙里说道："刘师父是杨孜杨大人的知交好友，杨大人曾经专门向我提起过的。杨大人的朋友，自然也是我哈伯沙里的朋友。尽管你们的上一辈与我们有些不同见解，但从刘师父这一代开始，我们应该同舟共济，开诚相见。"

刘梦凌说道："达鲁花赤大人德高望重，惠泽万民，我等山野匹夫，见识浅陋，自当听从大人差遣。"言词甚为恳切。

原来，崆峒门因为地处城郊，素来与官府交好。前任掌门人桂天仁当年响应文天祥勤王号召，曾经数次应邀亲临军中为勤王义军教授武功，也参加了文天祥在罗田岩召集的南方武林门派大会。不料，他从罗田岩回到崆峒山不久，竟因练功过急而走火身亡。由于桂天仁去世太突然，门下诸多事务来不及交代，而门内弟子又持不同意见乃至互不服气，致使掌门人选总是难以确定。

南宋彻底灭亡后，崆峒门弟子当中出现两种意见。一种意见认为，本门属南方武林、汉人子弟，大宋既亡，当守节操，不应与蒙古人为伍，所以不必像以前那样，和官府走得那么近，只按武林规矩行事就是。另一种意见认为，作为武林中人，谁坐天下，与本门其实并无关系，但因崆峒山离赣州城不远，且门下弟子不乏乡绅商贾，难免诸多利益纠葛，还是与官府继续维持良好合作关系为好。

持前一种意见的，主要是桂天仁的几个师弟，他们因与前朝官府多有交往，如今改朝换代，特别是天下归了蒙古人，感情上自是难以接受。持后一种意见的，则以二代弟子为主。他们因为年轻，与官府过从不密，前朝也好，新朝也罢，在他们心里并无太大的区别，只要利益一致，一切都好商量。此时崆峒门群龙无首，门下弟子各行其是，良莠并存，令不少参与当年武林门派大会的志士闻之不胜唏嘘。

这刘梦凌正是二代弟子中的大师兄。他一向信奉“识时务者为俊杰”，早在杨孜任赣州路达鲁花赤时，便主动拜访，投靠官府。其时桂天仁刚刚去世，刘梦凌原以为自己可以顺利登上掌门之位，却不料遭到几位师叔的反对。他审时度势，认为赵宋朝廷气数已尽，无力回天，不如及早攀上新朝，借助官府的力量，壮大自己在崆峒门的势力，以便扫清障碍，早日接任掌门。杨孜当时要对付文天祥余部，正需当地武林人士大力相助，是以对刘梦凌颇为看重，其间对他交办了不少事情。刘梦凌尽心尽力为杨孜效劳，所作所为大合杨孜之意。所以，杨孜离任之际，专门把他推荐给了哈伯沙里。只是，如此一来，刘梦凌在官府虽得势，在本门则更加遭到几位长辈的反对。数年来，他们宁愿让掌门之位空着，也不肯推举刘梦凌上位。

这次哈伯沙里把刘梦凌召来，正是商议查访“祥瑞三宝”一事。刘梦凌乍闻此事，眼睛登时一亮。他是习武之人，名利心又重，对掌门之位志在必得，只是苦于在本门之中，尚无绝对把握以武功服众，只好暂且忍气吞声，不便强行出头。在此之前，他便暗中查访南方武林门派大会留下的武功秘诀，寻思倘若有机会获得，勤加修习，武功必定进境甚速，那时当然就不必再担心本门的若干反对人士。得知赣州路新任达鲁花赤哈伯沙里邀请他合作，尤其是答应如果成功，官府只取福寿沟秘图和军费宝藏，武功秘诀则交由他处置，且将全力扶持他登上掌门之位，刘梦凌欣喜不已。他知道，江湖上盯上“祥瑞三宝”的势力众多，仅凭一己之力，即使查访到其下落，也未必有本事取到手。而和官府合作，凭借官府力量，事情当然好办多了，实乃飞来良策。崆峒门田产广布，资财丰厚，对军费宝藏当然不放在心上；至于福寿沟秘图，他们既无反抗元廷的志向，亦无占城为王的野心，则此图不过废纸一张，更是谈不上什么兴趣了。

当下，三人合计了查访事宜。此事由巴如台牵头，刘梦凌挑了五位与自己关系密切的同门师弟一起参与。崆峒门弟子众多，与刘梦凌交情较好者本来不少，但此事关乎机密，刘梦凌对其他人当然信不过，而这几位师弟向来情同手足，心思一致，自是最可信任之人。哈伯沙里这边也调集一干好手供他们差遣，同时密令所属各县密切配合，巴如台可随时持赣州路达鲁花赤令牌调动属县力量。

要说那“祥瑞三宝”，查访起来也并非全无头绪。当年文天祥的部下当中，参与整理各派武功秘诀的，主要是李梓发和陈子敬，他们也是文天祥在江西最器重的两名部将。李梓发是南安路（前朝为南安军）上犹县人氏，曾任南安军巡检，于南宋恭帝德祐年间起兵追随时任赣州知州的文天祥北上抗元。不久，文天祥率领的江西义军被朝廷主和派首领陈宜中强令解散，李梓发回到上犹继续坚持抗元，以弹丸之地数次击退蒙古大军的进攻，令元军将帅嗟叹不已。宋端宗景炎元年（1276 年）十二月，元军大将塔出与南宋降将吕师夔统率大军进攻上犹。吕师夔是南宋末年吕氏军事集团的重要人物，其父吕文德长期担任京湖制置使要职，其叔父吕文焕则为襄阳主帅，曾经率部竭力据守襄阳六年，终因势穷援绝，于宋度宗咸淳九年（1273 年）向进攻襄阳的元将阿里海牙献城投降。襄阳失守，使宋元战争的抗衡均势被打破，元军从此处于绝对上风，宋军从此基本只有被动挨打的份。两年后，镇守九江、被任命为兵部尚书仅两天的吕师夔也带领九江众守将向元军请降。元军南下，一路势如破竹，没想到，在上犹这样的偏僻小城，居然碰上了硬钉子。李梓发率军民以区区数千人顽强守城，元军围城七十二天而无果，令曾经镇守大城要津的吕师夔惭愧不已。这次上犹守卫战，李梓发指挥军民打死塔出亲兵千余人，塔出本人亦差点被铳炮击毙。

文天祥从梅州回师江西后，李梓发更是频频往来于南赣各县之间，联络各路义军响应文天祥。此后，文天祥召集南方各派武林人士集会，具体事务主要也是由李梓发经办。南宋经崖山之战而灭亡后，上犹城仍未沦陷。李梓发与上犹县令李申巽及当地义士唐仁、张伯子等誓死守城一个多月，终因实力悬殊，寡不敌众，慷慨捐躯。上犹一介小城有此壮烈之举，使伤亡惨重的元军大为恼火，破城后血腥屠城，史载“死者一千三百一十六家，年八十以上及襁褓无遗者”。此事一时震动朝野，尤其在江南地区可谓无人不知。

受文天祥委托整理各派武功秘诀的另一人陈子敬，是文天祥在赣州所收的弟子，文武全才，年轻时便以慷慨侠义在当地享有盛名，在赣州旧部当中，最受文天祥信任。他随文天祥北上抗元遭解散后，回到赣州继续招募民兵，组织抗元力量。赣州城被元军占领后，陈子敬率兵驻守赣江的造口，据下流而遏北船往来，切断了元军的重要交通线，使北部元军无法支援赣州守军。景炎二年（1277 年），文天祥兵败赣州退到岭南，陈子敬则率孤军在赣江附近的黄塘苦苦支撑，终因难抵元军重兵进攻，所部全军覆没，唯陈子敬不知所终。

巴如台、刘梦凌分析，文天祥旧部如今所剩无几，当年参与整理武功秘诀的两名重要人物当中，李梓发确认身死上犹，已然无线索可循；陈子敬生死不明，如果他还在世，武功秘诀极有可能落在他的手上。至于其他二宝，即使不在陈子敬手上，也应当与他大有关联。所以，当务之急，便是追寻文天祥旧部线索，全力探究陈子敬的下落。

巴如台来自北国，人生地不熟，查找线索之事，主要还得依靠刘梦凌他们。刘梦凌知道，仅靠自己师兄弟几个，不知猴年马月方能找到目标，此事尚需借助外人之力。他想到赣州城郊七里镇有个朋友卫大成，出身商贾世家，是崆峒山香炉寺的俗家弟子，出师之后子承父业，一直在七里镇经营陶瓷生意。这七里镇自唐代晚期便以制瓷业兴盛，窑场遍布，出产的各种陶瓷远销海内外。到了宋代，又成为江南重要的木材集散地，木商瓷商云集，大小店铺林立，繁华程度比起寻常县城尚有过之。这座赣江南部最大的集镇，每天南来北往的客商络绎不绝，正是打听各路信息的好所在。卫大成这人武功虽然不算顶尖角色，但头脑活络，交际广泛，耳目众多，消息灵通，江湖上的事，几乎没有他不知道的。要做这种大海捞针式的事情，卫大成正是不二人选。于是，刘梦凌决定拉他入伙。

卫大成既为商人，当然是无利不起早。刘梦凌正是看准了他贪财的性情，二话不说，以利相诱，承诺事成之后，除了分一半军费宝藏给他，另外还将在崆峒门划赠数十亩田产作为酬谢。卫大成闻言大喜，此事若成，比自己现在的生意可是合算多了，当即把商铺上的事交给一名兄弟主持，自己全力以赴寻访“祥瑞三宝”线索去了。

巴如台、刘梦凌这边也没闲着。他们带着几个兄弟，遍访南赣诸县，不放过任何蛛丝马迹。一行人首先去了南方武林门派大会召集地罗田岩。罗田岩距雩都县城仅五六里地，山虽不高，但林木森然，溪泉清漪，景致秀丽。岩下有一天然巨洞，可容百人，正是当年与会武林群豪落脚的华岩禅院。巴如台、刘梦凌等人赶到岩下，却见禅院破败，空无一人。抬头仰望，穹顶正壁之上，南宋大儒朱熹所书的“居然仙境”四字赫然在目。寥寥数字，道尽山岩风流。一行人四处搜寻，但见长长的山岩上，遍刻历代名人文士题字。北宋理学大宗师、时任虔州通判的周敦颐在这里留下了《游罗田岩》七言绝句，一旁的石碑上，还刊刻着他在任上所作的一篇短文《爱莲说》；南宋名将岳飞在这里留下了《罗田岩访黄龙旧迹留题》一诗以及“天子万年”四个硕大的题字。巴如台等人对这些一扫而过，最后目光齐齐紧盯着文天祥在岩壁留下的《集句大书罗田岩石壁》：“岂弟君子，民之父母。靖共尔位，正直是与。无贰无虞，上帝临女。”原来，文天祥于景炎二年在雩都大克元军之后，豪兴大发，亲临罗田岩看望在此聚会的武林群豪，见山岩奇丽，触景生情，深为大好河山沦于敌手而惆怅，为与群豪共表志向，乃手书此诗并刻于岩壁。巴如台、刘梦凌不解文天祥当时心情，却道诗中另有深意，琢磨良久，不得要领，索性将之抄录下来，以备有暇时再细细研究。

如此探寻了数处文天祥曾经去过的地方，依然一无所获。起初，巴如台对刘梦凌的武功心里没数，也不知这位合作伙伴是否靠谱，所以暗中也曾较量过数次。几个回合下来，巴如台对这刘梦凌倒是有了几分佩服，觉得以他这身手，觊觎崆峒门掌门之位，倒也不是痴心妄想。刘梦凌倒是很沉得住气，对巴如台的暗中较劲装作茫然不知，一直对他尊敬有加。

几个月后，刘梦凌又获得一个线索，领着巴如台与几个师弟荀梦冰、屠梦冲、高梦冶、康梦净、傅梦凇，来到桃江之畔的横溪渡。这是一个人烟稠密的乡村集镇，因桃江在此设有渡口，早在南宋初年即已开圩。如今虽然改朝换代，集市的兴盛景象却不减当年。刘梦凌听人透露，横溪渡那棵最大的榕树下有一家米店，掌柜的正是当年文天祥的旧部，也曾参与南方武林门派大会，多半知晓陈子敬的下落。

刘梦凌一行不动声色来到这家米店打探情况。看那掌柜的大腹便便，完全一副土财主模样，根本不像武林中人。刘梦凌他们当然知道“真人不露相，露相不真人”的道理，为了摸清其底细，决定在旁边的客栈住下来，以察看其动静。连续两天，那米店和平常商铺并无二致，来来往往的无非是买米的、送货的。第三天，刘梦凌与巴如台觉得这样等下去也不是办法，正合计着要把掌柜的秘密挟持出来问个究竟，不料，一群蒙面人打乱了他们的计划。

这天正午，四五十名蒙面客突然光临横溪渡。这些人显然是从哪个山寨下来的强盗，但奇怪的是，他们并不是见人就抢，而是点名只抢三家，其中就包括大榕树下的这家米店。另两家商铺乖乖地把蒙面客所要的银两交上，偏偏这家米店推托拿不出那么多现银，没能足额交钱。蒙面客不肯坏了规矩，便要把掌柜的带走做人质。刘梦凌觉得事情不对劲，在这当口哪容得他们把掌柜的带走？与巴如台一合计，二人自恃武功超群，明知蒙面客人手众多，却也不把他们放在心上，当即出手阻止。

那伙蒙面客见有人胆敢管他们的闲事，岂肯善罢甘休。双方很快真刀真枪打了个不亦乐乎。刘梦凌他们没想到的是，这些蒙面客虽然高手不多，但他们的阵法奇特，五人一组，招数各异，或刚猛，或轻灵，或攻或守，让人防不胜防，五个人联合起来，实力就如同一名高手。刘梦凌一行七人，相当于被上十名高手围攻。巴如台与刘梦凌、荀梦冰三人倒也罢了，对手实力虽强，尚能应付过去，刘梦凌的其他几名师弟就非常吃力了。激战中，巴如台、刘梦凌、荀梦冰各重伤了几名对手，不料，这些人反而越战越勇，最后竟将刘梦凌等人逼得落荒而逃。尤其让刘梦凌愤闷的是，武功稍弱的康梦净在归途中竟因伤重不愈，出师未捷身先死。

事后，刘梦凌仍不甘心，悄悄带着两名师弟潜回横溪渡，继续打探那米店掌柜的消息。没想到，此人确实只是一名乡间土财主，不但没有参加过文天祥的义军，与武林界也素无瓜葛。为了此人而平白无故损失一名兄弟，刘梦凌直气得一口闷气不知从哪头出，一怒之下，索性顺手把米店稍值钱的东西都抢了去，让那米店掌柜再次跌足叫苦。

此后几年，刘梦凌与巴如台等人东奔西走，踏遍无数青山，其间少不了与各方势力发生冲突。其中一次，溯桃江而上，来到龙南县境的九连山。此地离龙南县城已远，距赣州城更是达数百里。因为山高路遥，一行人错过了投宿之地，当天晚上，只好在山间一处破庙歇脚。不料，盘踞在当地黄牛石寨的一伙悍匪闻讯，把他们当成过往客商，连夜来袭。一番激战之后，刘梦凌又折损了一名兄弟傅梦凇。如此奔波数年，“祥瑞三宝”却依然没一点眉目，刘梦凌每每念及往事，心下难免怅然不已。直到这天深夜，接到卫大成火速派来的信使，得知他已通过知情人士探明，“祥瑞三宝”隐藏在宝莲山中，其经手人则极有可能隐居在宝莲山庄。刘梦凌与巴如台乍闻这一信息，欣喜不已，于是不顾天气恶劣，一行人急急赶往宝莲山。

祥瑞宝莲

（三）客栈夜斗

朱掌柜见陆花脸“祥瑞三宝”几个字一出口，自己便成了众矢之的，一怔之下，旋即哈哈大笑道：“陆寨主啊陆寨主，人道‘士别三日，当刮目相看’，这几年不见，你老兄果然大有长进啊！居然连‘祥瑞三宝’也知道了，可不像以前只知道问人要银子。”

陆花脸怪笑两声，装腔作势地说道：“姓朱的，你是什么来路，陆爷我其实早就心里有数！自从上次打过交道，陆爷我就知道你是个什么角色了！只不过因为飞鹰帮的大高手还没到，我不想惊动你罢了。今日向三爷亲临，你就没路可逃了！闲话少说，你还是识相点，乖乖地把这三宝交出来，或许我们向三爷还可以网开一面，饶你一命。否则的话，呵呵，这次可别怪你陆爷真的不客气喽！”他本来并无把握确定“祥瑞三宝”就在朱掌柜身上，只是听得向三通前来打探此事，一时立功心切，而自己所见过的武功最厉害的人便是黄婆地圩的这个客栈掌柜，所以瞎蒙着把向三通引到宝莲山来。没想到，看这情形，居然歪打正着，这次还真是找对人了。想到此举可在飞鹰帮记上一大功，陆花脸心里不禁更加得意。

朱掌柜说道：“好说，好说！我们开店铺的，哪有拒绝顾客的道理？只是有一桩事比较麻烦些。你要的这‘三宝’嘛，当然是问题不大，就怕现下想要的人这么多，大伙儿又未必是一家人，得罪了哪一头，这生意都不好做，你说该怎生分配的好？”说罢，微微转头，示意陆花脸看看自己身后那几名汉子。

陆花脸见向三通方才一出手就把那矮个子打退，二人武功显然相差太远，料来他的那几个同伙也高明不到哪里去，自己人多势众，根本无须把他们放在眼里，便傲慢地用眼光扫了一下巴如台、刘梦凌等人，大声说道：“陆爷在此再说一遍：其他无关人等，把身上值钱的东西留下之后，速速滚下山去！不听号令者，格杀勿论！”

就听那矮个子跳脚骂道：“你个小山匪，放你奶妈的狗臭屁！老子待会儿就先要了你的狗命！”话虽这么说，人却并不移步，双目依然紧盯着朱掌柜，似乎生怕他突然插翅而飞。

站在朱掌柜身旁的少年铁牛牯也忍不住指着陆花脸骂道：“好你个

不要脸的无良山匪，休得欺人太甚！你以为人多我们就怕了你不成？大不了和你拼个你死我活！”

陆花脸大怒，骂一句：“小兔崽子，果然活得不耐烦了！”右手一甩，一支羽箭倏地射向铁牛牯。一旁的观音保、锅盖脸见状，惊呼一声：“小心！”朱掌柜早就瞧得真切，顺手扯下披在左肩的一条粗长布巾，运劲一挥，布巾已将那羽箭卷住，随即一回手，那支羽箭已深深地钉在客栈檐下的一根粗大木柱上，只露出尾部一小部分。

朱掌柜朗声说道：“这几个小朋友，是普通庄稼人家子弟，全然不知江湖上的事，和各位谈不上任何瓜葛。在下有言在先，各位有事尽管冲着在下过来，切勿为难了这些庄稼人，否则，其他事情也无须商量了！”说罢，目光凛然，在陆花脸脸上扫过。饶是陆花脸虽然仗着有向三通撑腰，和他对视之后，心里还是不自禁地咯噔一下。

众人见这朱掌柜在不经意间便露了一手高明武功，更知陆花脸前述故事不假，这人果然是个不易对付的角色。向三通起初还以为陆花脸为了给自己遮羞，故意夸大了对方的武功，这时已确信陆花脸所言不虚，他遇上的确实是一名货真价实的一流高手，难怪会被人家整得狼狈不堪，看来此次出手不可大意。巴如台、刘梦凌等人则暗暗地掂量，倘若是自己来接这支羽箭，是否也能达到这个火候；继而又想着如何才能制住这个朱掌柜。他们正各自思忖着对策，只听得朱掌柜又说道：“劳驾各位先让开一条路，让这几位小朋友离开这是非之地，也给大伙儿腾点地盘商量正经事。”

那几个乡村少年却并不胆怯，嚷着要和朱掌柜一起对付山匪。铁牛牯更是对陆花脸气愤难抑，握紧拳头，跃跃欲试。朱掌柜微微一笑，劝他们道：“你们都是勇敢的好后生，很好！但今天来的可不是普通的山匪，这些都是江湖上的各路朋友，他们是和朱伯伯谈重要生意来了！你们在这里碍手碍脚，反而让朱伯伯不方便同他们讨价还价呢！”几个少年见朱掌柜说得坚定，知道这些人武功不凡，自己即便留下也帮不上什么忙，说不定还要连累朱掌柜分心照顾自己，这才不情愿地答应离开。

巴如台一行方才见到这几个乡村少年进来，知道他们的确是普通庄稼人家子弟，和自己要办的大事无涉，无须为此节外生枝，当下点头表示赞同，刘梦凌等人也在一旁附和。向三通自恃是有身份的人，自然不愿在这几个无关少年身上徒费精神，便示意围在左侧的几个山匪松开一道口子，让这几个少年出去。陆花脸见向三通同意把他们放走，心里虽然有几分不快，但嘴上当然不便反对，也就没出手阻拦，由他们去了。

朱掌柜待那几个少年走远，又说道："陆寨主和小店这几位客官还有没有需要商量的话题呢？是让他们就这样下山呢，还是留下身上的财物再走？"

陆花脸自恃人多，这番又是以飞鹰帮属下身份有备而来，口气未免比往常横了许多，当即毫不客气地向巴如台一行喝斥道："你们这几个是聋子吗？陆爷叫你们放下身上财物，乖乖滚蛋，不听的话，是不是连小命儿也想一起留下啊？"

那矮个子闻言，再次暴怒，不等其他同伴说话，已破口骂道："你这臭山匪，我看你就是个瞎子，敢对老子们这般说话！他奶奶的，信不信老子先在你身上捅几个透明窟窿再说！"

白袍汉子刘梦凌是个老江湖，当然知道朱掌柜是在使缓兵之计，意在挑起他们一行和陆花脸一伙先斗起来，以便自己伺机脱身。他顺手扯了扯矮个子的衣襟，哈哈大笑道："江湖上都说陆寨主位列'祁禄双霸'，也算是个老脚鱼了，按理说不至于把算盘打得这般糊涂吧？我们几个寒酸身上的东西，能和'祥瑞三宝'相提并论吗？一个志在三宝的人物，竟然还不肯放过几个过路客人的盘缠，这叫什么眼界啊？还真让兄弟我想不明白呢，哈哈！"

这陆花脸平素就是杀人越货、大小通吃的山匪，被刘梦凌抢白几句，不禁懊恼，正待发作，却听得刘梦凌又说道："陆寨主少安毋躁。你们这边，说话管用的恐怕还是这位向三爷吧？依我之见，陆寨主是不是先请向三爷定个方案，再作计较？"

向三通见巴如台一行突然围在朱掌柜身后，便知这些人不是寻常店客，他们和自己目标是一致的，也是苦苦追寻"祥瑞三宝"而来。"祥瑞三宝"这些年名动江湖，遇上几个"同道中人"，原也不算太稀奇。

看他们虽然只有六人，但敢在这样的大雪天摸上这山高路滑之地，本事只怕也不小。自己带来的这几十号人，主要是陆花脸的部下，这些人在山道上对付普通过往客商，干点暗偷明抢打闷棍的勾当倒没问题，但碰上真正的武林高手，那便成了乌合之众，实在谈不上什么战斗力。眼下，如果不先把目标明确，若是让这伙人横生枝节搅了局，那可就因小失大，得不偿失。看这姓朱的身手，显然不是等闲之辈，刚才以这手法接下陆花脸那一箭，自己估计也能做到，但所带来的其他人就万万没这个功力了。这次上山没带上什么好手，单凭自己一个人的力量要想生擒这姓朱的，只怕大为不易。所以，最好的办法，还是先稳住巴如台一行，和他们联手把朱掌柜拿下再说。至于事后如何分赃，倒不是什么问题，到时飞鹰帮强援一到，任凭这几个人有多大本事，也翻不了天。

巴如台见向三通方才露了一下身手，知道此人武功不弱，大是劲敌。光是他一人当然也不要紧，问题是对方还有数十号帮手。在这荒山野岭的，仅凭自己六人，想把他们和朱掌柜一起解决了，显然毫无可能。这朱掌柜武功颇为厉害，倘若向三通这伙人没有出现，自己几个人合力围攻，倒是有把握将他拿下。如今突然冒出向三通这伙人，关系登时变复杂了，自己这边若是和向三通一伙先起争斗，势必让朱掌柜趁乱逃脱，那可坏了大事。这人武功厉害，此番惊动了他，今后再捉拿就更加困难了。所以，当务之急，乃是分清轻重主次，和向三通同心协力，先把朱掌柜擒获。待得到了山下，事情便大大地好办了，到时紧急向官府调集人手，把这伙山匪一并解决了就是。

双方各自打着小算盘，心意相通，不禁齐声大笑。笑过之后，向三通说道:“兄弟们大老远跑这么一趟，可太不容易啦，好处当然见者有份！”巴如台也说道:“只要能把这几件东西交出来，大伙儿什么话都好商量！”陆花脸刚才被刘梦凌奚落几句，虽然心有不甘，但见自己的头领已表态，只好不再作声。刘梦凌的想法与巴如台一致，见双方已无异议，与巴如台相视一笑。

话已挑明，朱掌柜俨然已成为他们的囊中之物。巴如台、向三通两伙人再无疑虑，众人“呛啷啷”抽出身上的武器，把朱掌柜围得更紧了。

朱掌柜眼见无法脱身，无奈地叹一口气，说道："不就是几样便宜的东西么，何必闹得大伙翻脸？你们也许觉得稀奇，我们这山里却见得多，要了就要了，哪消得这般动刀动枪，也不怕吓煞人啊？"双手一摊，微微摇头道，"各位难得上一趟宝莲山，这天寒地冻的，千万别为这样的小事伤了和气。你们要的这几样东西，我这就给你们取来便是。"

朱掌柜慢慢退回客栈，围在后面的巴如台等人不知他要干什么，但见他往里面走，不像是要逃跑的样子，便一步步让开。朱掌柜一直走到靠近厨房的一个木柜。众人步步逼上，紧紧盯着他，只留了数步的距离，心里寻思，客栈也就这么大的地方，就算他要使什么花招，也不用担心，这么多人看着，还怕他飞上天去不成？

只见朱掌柜慢腾腾地打开一扇柜门，从柜子里边掏出几个陈旧的布袋，掂了掂，轻轻地抛给向三通、巴如台的几名手下。那骂骂咧咧的矮个子是刘梦凌的师弟屠梦冲，伸手接到一个布袋，手忙脚乱地解开，伸手一掏，抓出一把白花花的莲子来。屠梦冲把莲子往地上一撒，骂道："他奶奶的，这哪是什么宝物啊？想蒙谁呢你！"

另两只布袋被向三通的两名手下抢到。他们也迫不及待地将手上的布袋解开，分别掏出了一把黑乎乎的灵芝和暗红色的丸子。陆花脸在一旁见了，破口骂道："姓朱的，又想玩什么鬼把戏啊？再不老实，小心我们向三爷剥了你的皮！"

朱掌柜慢吞吞地说道："各位不是想要'祥瑞三宝'吗？灵芝、药莲、杜鹃丹，这就是宝莲山鼎鼎有名的'三宝'啊！宝莲山自古以来便是祥瑞之地，住下的安居乐业，路过的流连忘返，所以大伙儿讨个吉利，都把这三样好东西叫作'祥瑞三宝'。各位要是不相信，等天亮了到山里随便问问哪户人家，看看我老朱有没说假话。只是，这'祥瑞三宝'的影响竟然这么大，连各路武林高人都喜好上了，这倒是着实出乎我的意料。当然，这也算是宝莲山的福气吧，好事，好事，呵呵！话说回来，你们的眼光也真是不错，这'祥瑞三宝'，说起来都不简单呢。就说这药莲吧，就有一个神奇的来历。五百多年前，也就是大唐年间了，禅宗高僧马祖道一弘传佛法时，路过宝莲山……”

陆花脸见他絮絮叨叨说个没完没了，不耐烦地喝道：“姓朱的，少在这里装疯卖傻，大爷们今天没空听你讲故事！赶紧把我们所要的东西交出来，今天方可饶你一命！”

朱掌柜说道：“陆寨主火气真是不小，息怒息怒！小店地处贫寒的高山，称得上宝贵的东西也就这么几种了，要不然怎么上次连一袋真金白银都拿不出呢？真是怠慢了陆寨主，其实这些年来，每每想到这事，我也觉得很是过意不去，总想着哪天在外面若是遇上了陆寨主，可得好好请你喝上一碗上好的糯米酒……”

陆花脸气得脸色发紫，厉声说道：“姓朱的，我们向三爷这次行这么远的路，就是冲着你手上那文天祥留下的几件宝物来的！向三爷已打探到宝物就藏在你们身上，我早知道宝莲山一带，也就数你最是鬼鬼祟祟，所以不用再打听，就把向三爷带到你这里来了！你还需要什么废话么？”

朱掌柜恍然大悟般说道：“原来陆寨主是为了报上次的私仇，才把向三爷带到我这儿来的啊！我说嘛，小店小本经营，哪能存放得起什么大宝物，还惊动了这么多有身份的客官。”

一旁的刘梦凌冷冷地说道：“掌柜的，你就别装糊涂了！我们追查了这么久，知道‘祥瑞三宝’确然在宝莲山。你还是老老实实和我们合作吧，大伙儿总不会亏待了你。否则，这里几位师父都不是好惹的，你是明白人，这话就不必多说了吧。”

向三通傲然对朱掌柜说道：“看你这身手，理应做个爽快人才是。飞鹰帮想做的事，是不会中途退出的，你就不必东拉西扯转移话题了！”

朱掌柜哈哈笑道：“看来今天你们是吃定我了！既然如此，好吧，‘祥瑞三宝’便在我身上，各位有本事尽管来取！”便听得“唰”的一声，朱掌柜右手一抄，已从柜底抽出一把寒光闪闪的长剑。

众人被剑气一逼，齐齐后退一步。朱掌柜挽个剑花，二话不说，一招“大漠孤烟”，直刺向三通前胸。

向三通见剑锋凌厉，知道对手功力老到，倒也不敢托大，一个闪身，让过这一剑。朱掌柜不等招数使老，接着便是一招“长河落日”，剑光瞬间划出一个巨大的弧形，向陆花脸、屠梦冲等人裹来。

陆花脸识得朱掌柜厉害，心里一向忌惮，眼见他长剑冲着自己这边而来，吓得“哎呀”一声，连退几步，把几个手下挤得东倒西歪。屠梦冲早就持刀在手，跃跃欲试，见朱掌柜剑招冲向自己，当下挥刀使出一招“披荆斩棘”，迎着长剑直削过去。

只听“咣当”一声，刀剑相碰，屠梦冲但觉右臂一麻，凤嘴刀险些脱手，接着便有一股气流排山倒海般涌来，身子情不自禁跌出几步。身旁一同过来的瘦个子荀梦冰伸手将他扶住，顺势卸了朱掌柜的余力，低声说道：“老三，小心点！别冲那么前。”

屠梦冲对荀梦冰说道：“老二，这又是个硬点子，不好弄！待会儿你和他动手的话，也要小心点。”

向三通见朱掌柜这一招攻向武功较弱的陆花脸等人，知道他想寻找薄弱点突围，冷笑一声，说道：“事情还没谈完就想走？”蓦地从腰间甩出一对铁爪，来势汹汹，封了朱掌柜的出路。朱掌柜使出一招“白日依山”，剑锋轻轻荡开铁爪，跟着一招“黄河入海”，剑尖暴长，直奔向三通下盘。

向三通铁爪挥舞，呼呼作响，将朱掌柜的招数化去。二人出招越来越快，长剑与铁爪交织，形成一个大圈。陆花脸、屠梦冲等人纷纷避让，在丈余之外凝神观战。多数山匪见双方杀气甚重，索性退出客栈，在大门外守着。

堪堪拆了二三十招，二人依然难分高下。客栈大堂空间不大，平时也就摆了七八张桌子。二人身形不时转移，大堂内的桌凳很快被踢得乱成一团。

巴如台在一旁细瞧二人身法，向三通力道刚猛，一对铁爪使得神出鬼没，果然不是浪得虚名；朱掌柜的剑法看似温文尔雅，其实外柔内刚，攻守兼顾，丝丝入扣，罕见破绽。如果单打独斗，以朱掌柜的功力，当不至于落败。

巴如台正寻思如何出手助向三通一把，忽听得荀梦冰叫道：“原来是梅川诗剑的门下！萧立之是你的什么人？”原来，刘梦凌的同门师弟当中，尤以荀梦冰武功见闻广博，平素对武林知名门派的武功特点多有钻研。眼前这些人当中，向三通是江湖成名人士，其武功特点，江南武林中人都有所知晓；陆花脸武功不高，无非仗着人多而已，在真正的高手面前微不足道；而朱掌柜却身份不明，高深莫测，荀梦冰便一直留神观察他的武功路数。从朱掌柜接下陆花脸的羽箭来看，这人内力深厚，堪称一流好手，但武功出自哪一家，却还看不出端倪。等到朱掌柜亮剑，与向三通斗到十几招后，荀梦冰便渐渐看出了他的剑法渊源。待得二人再进数招，荀梦冰便更无怀疑，直接道破朱掌柜的来历。

“梅川诗剑”萧立之的名头，巴如台在北方全真教学艺时便听师父说过。巴如台的授业师父是武林名宿，二十年前便推崇萧立之的剑法堪称江南第一。这萧立之号冰崖，宁都县人氏，是个文武双全之人，既做诗人，也为剑客。其诗在宋末诗坛声名颇著，被后人誉为“南渡以后之高品”，在当时流传甚广。萧立之于南宋理宗淳祐十年（1250 年）中进士后，曾在南城县、南昌府等地为官。宋度宗咸淳年间，蒙古军队南侵时，壮怀激烈的萧立之毅然丢下文官不做，奔赴前线奋战多年，在襄阳、鄂州等地以其独创的“梅川诗剑”挫败无数蒙古高手。只是偏安一隅的南宋小朝廷，总是由奸臣当道，萧立之生性介直，处处受到排挤，终是难有作为。宋恭帝德祐二年（1276 年），南宋都城临安被元军攻陷，宋恭帝及谢太后等被俘，赵宋江山已在事实上灭亡，只剩一个苟延残喘的流亡朝廷。萧立之从此心灰意冷，退出沙场与江湖，传闻归隐于赣江之源的老家宁都县王陂嶂，一边习剑，一边作诗。算起来，武林中已有十几年未有其消息，也不知是否尚在人世。

朱掌柜听得荀梦冰问话，哈哈笑道：“冰崖先生的名号，也是尔等匪类随便叫的么？”长剑攻势不减，竟然连续将向三通逼退几步。

向三通自成名以来，十数年间罕遇对手。此番久斗不下，不禁暗自恼怒。飞鹰帮的势力范围一向在南安路，最近几年获知“祥瑞三宝”的消息，几个首领野心大发，也打起了主意。他们谋划着扩大势力范围，尽早把“祥瑞三宝”取到手，然后再以此称雄南方武林，做成千秋霸业。所以，一年前，飞鹰帮便派出高手，着手网罗各路武林势力。祁禄山一带的几个山寨，正是向三通的手下收服的。这次飞鹰帮得到消息，“祥瑞三宝”的知情者可能隐匿在赣州路某座大山，向三通亲自出马，志在必得，首先来到祁禄山打听线索。那陆花脸因为几年前在朱掌柜手上吃了个哑巴亏，听得向三通他们寻找“祥瑞三宝”线索，二话不说便把宝莲山的朱掌柜抬出来，心想此人身手不凡，即使宝物不在他手上，至少也是知情者，再不济也可以借向三通之手报一箭之仇，总之这一趟是肯定不会白跑的了。向三通听陆花脸将朱掌柜说得那么厉害，心下更无怀疑，自恃武功高超，带着陆花脸手下的部分喽啰直接就寻过来了。如今与朱掌柜交手数十招，方知这人武功之强，比起陆花脸所言，只有过之而无不及。事已至此，只好强打精神苦斗下去。

巴如台已然看出，朱掌柜不仅剑法精妙，内力也悠长，只怕武功还比向三通高了一筹。他迟迟不出手，自然是想察看二人的实力。现在既已了解二人功底，虽与向三通素无交情，甚至今后难免为敌，但眼前毕竟事分轻重，当务之急还是先把朱掌柜击败，解决正事再说。于是向刘梦凌使个眼色，二人心意相通，分别从朱掌柜左右挺剑而上。

朱掌柜强敌当前，临危不乱，大喝一声：“鼠辈们只管上来！”精神一振，左手忽地从脚跟一探，拔出一柄短剑。只见他双剑在手，剑法为之一变，左剑剑尖上挑，一招“凌云笔健”向巴如台的面部划去；右剑剑光轻晃，一招“醉里挑灯”连击向三通和刘梦凌。三人各自出招化解朱掌柜的招数，随后爪剑齐进，合力向朱掌柜进攻。

朱掌柜变招迅捷，寒光闪处，左剑“胸中吞云”，右剑“吹角连营”，虚实相间，攻守兼具，令人一时难以捉摸；接着分别又是“平冈细草”和“锦襜突骑”，转瞬间分别向三人攻出几剑。向三通、巴如台、刘梦凌识得厉害，见对手武功怪异，都不敢怠慢，个个凝神严守。四人混战成一团，围观众人但觉几个身影迅疾转动，已很难分清各自是谁。随着圈子不断扩大，众人只好再次往外退开，胆小一点的山匪已在外头远远地站着看热闹。

荀梦冰一直离他们交手的这个圈子最近，又看得片刻，突然冲着朱掌柜叫道:“‘稼轩长短剑’！好功夫，江湖上会使这门剑法的可不多啊！”言语中颇为佩服。

朱掌柜百忙之中回应道：“能识得‘稼轩长短剑’，阁下的眼力在江湖上也算不多见了！可惜不走正道，哈哈！”荀梦冰脸上微微一红，说道：“‘稼轩长短剑’，纵算识得，也未必能学得。”似乎对这门剑法甚是向往。

原来，“稼轩长短剑”是南宋第一词人、被誉为“词中之龙”的辛弃疾在赣州开创的一门剑法。南宋孝宗淳熙二年（1175 年），三十五岁的辛弃疾任江西提点刑狱，官署设在赣州城。辛弃疾本是山东历城人氏，其出生时，北宋已被金人灭亡，山东为金兵所占。辛弃疾的先辈和金人有不共戴天之仇，祖父辛赞虽在金国任职，但时刻不忘家仇国恨，常常带着年幼的辛弃疾登高望远，指画山河。受家庭熏陶，二十余岁的时候，辛弃疾便借金主完颜亮大举南侵之机，在其后方组织力量起义反金，随后率部加入其时北方义军当中声势最浩大的耿京义军。当时，辛弃疾还带了一个名叫义端的和尚朋友一起投奔耿京，不料，没过多久，义端突然偷了耿京的大印逃跑。耿京大怒，以为辛弃疾是奸细，要杀他泄愤。辛弃疾料定义端必定是投降金兵去了，要求耿京给他三天时间，一定手刃叛徒。耿京看他说得坚决，便答应了。辛弃疾快马追上义端，与他交手，仅出一招，便取了义端的人头，回来见耿京。耿京见他如此神勇，从此对他更加器重。

次年，耿京不幸被手下叛将张安国杀害。其时辛弃疾刚受耿京的委派南下，向南宋朝廷禀报义军回归之意。回到山东的辛弃疾得知这一重大变故，当即带着五十名勇士闯入驻兵数万的金营，将已经投降金国、正在军营花天酒地的张安国一把抓起，带出军营，日夜兼程，押着他一路南下，来到南宋。辛弃疾此举震惊南北，曾任赣州知军的南宋著名文学家洪迈在《稼轩记》一文中如是说道：“赤手领五十骑，缚取于五万众中，如挟狡兔。束马衔枚，间关西走淮，至通昼夜不粒食。壮声英概，懦士为之兴起，圣天子一见三叹息。”

曾经叱咤风云的辛弃疾在义军溃散后，留在南宋为官，仍一心主战，希冀收复赵宋失地，可惜一直未能受到朝廷重用，所提出的抗金建议，竟然无一被朝廷采纳。辛弃疾乃当世之时文武艺双绝人物，任职赣州其间，正值壮年，深为英雄无用武之地而感慨，一边填词以书愤，一边练剑以消愁。

辛弃疾的剑法本来就自成一家。有一次，他与友人酒后登临赣州城西北贺兰山的郁孤台，远望赣水滔滔北去，胸中愁绪无处宣泄。下得楼台，壮志未酬的辛弃疾悲愤之余，拔出佩剑狂舞。练至酣处，一把长剑已不足排遣心中郁闷，顺手夺过友人腰间短剑，双剑齐舞，落英缤纷。豪兴大发之际，辛弃疾借酒吟诵起一曲新词：

郁孤台下清江水，中间多少行人泪？西北望长安，可怜无数山。
青山遮不住，毕竟东流去。江晚正愁余，山深闻鹧鸪。

辛弃疾这首《菩萨蛮》，被后世推崇有加。这首词由四十多年前的一件旧事说起。时为宋高宗建炎三年（1129 年），已经灭亡北宋的金兵渡长江南下，追击立足未稳的南宋小朝廷。金兵一路由建康至临安追击宋高宗，一路从湖北入江西追赶宋高宗的伯母隆祐太后等皇室。宋高宗仓皇东逃至海上，隆祐太后则沿赣江而上，南逃至赣州，一路狼狈不堪。辛弃疾触景生情，有感于家国之恨，既为当年金兵之猖狂而愤愤，又为当前志士报国无门而郁郁，乃“借水怨山”，以如椽大笔一抒胸臆之沉郁激愤。南宋末年的文学名家刘克庄对此高度评价：“公所作，大声镗鞳，小声铿鍧，横绝六合，扫空万古，自有苍生以来所无。”

酒醒之后，辛弃疾回味当时情景，居然从中悟出一套新的剑法。因辛弃疾号稼轩，这套剑法所用双剑一长一短，他便将之称为“稼轩长短剑”。

辛弃疾为人豪气干云，在赣州任职时间虽不长，但和当地武林人士交往甚密，切磋武功更是寻常事。他的“稼轩长短剑”，因此在武林中流传开来，只是得到真传者并不多。原来，“稼轩长短剑”在心意上既讲究专注，又注重灵动，长剑与短剑攻守结合，刚柔兼备，心思太复杂和太单纯皆不宜，正所谓“一半清醒一半醉”，若非辛弃疾这种奇人，是很难悟透其中道理的。所以，这门剑法，辛弃疾虽然愿意慷慨相授，但真正能学成者并不多。百余年过去，世事变更，“稼轩长短剑”几乎在武林失传，会使的固然罕见，能识得这门剑法的也确实无几。

向三通、巴如台、刘梦凌见朱掌柜武功路数越来越复杂，心下暗暗吃惊。三人都是武林中的成名人物，深知这一战如果失利，定然颜面尽失。巴如台、刘梦凌倒也罢了，向三通远来是客，在江湖上名头甚大，尤其是新近招降了一批山寨，这些人要是看到自己合数人之力还对付不了一个来路不明的客栈掌柜，今后即使不公然反叛，也势必难以号令。此事传回鹰盘山，那可真是脸上无光。

起初，三人还存了点私心，尽量让别人多出力，自己捡个现成的便宜。现在看这架势，不出全力的话，只怕谁也讨不了好去，大家都将闹个灰头土脸。这么一想之后，向三通、巴如台、刘梦凌不敢再打小算盘，振奋精神，全力迎战，出招越来越狠，招招直逼要害。

朱掌柜虽然武功卓绝，但毕竟面对的都是一等一的好手，这等凶险场面，已是多年不遇。他知道，若论单打独斗，这些人当然谁也奈何不了自己，但眼前几位联手，时间稍长，自己就难以支撑了。又斗了数十招后，向三通的黑大衣被朱掌柜挑出了几个洞眼，巴如台的锦衣也被划了几道口子，刘梦凌的左腕被刺中，几滴鲜血溅在白袍上，火光下甚是显眼。

朱掌柜以一敌三，吃亏更大。他的背部两次被向三通的铁爪击中，大腿也分别被巴如台、刘梦凌刺中。虽是皮肉之伤，但几名对手都是内力雄浑，招式精熟，合围之下，气力消耗渐大，朱掌柜出招就越来越慢了。

屠梦冲在旁边看得真切，知道巴如台、刘梦凌加入战斗后，朱掌柜已然渐渐不支，落败是迟早的事，当下喊道：“那掌柜的，你还是趁早投降吧！我们看你也是一条好汉子，送了命多可惜，还不如跟我们好好合作罢了！”

陆花脸冷笑道：“姓朱的，事情到了这个地步，想投降也没那么容易啦，我们向三爷未必答应呢！依我看哪，你就死了这条心，乖乖地送了老命罢！”

屠梦冲闻言，转身对着陆花脸怒道：“你算什么东西，有你说话的份么？要是朱掌柜丢了命，看你们到哪里找那些宝物去？！”

陆花脸仗着人多势众，又有向三通这等好手做靠山，当然不肯示弱，挑衅地对屠梦冲说道：“你不服么？是不是想领教一下黑松寨——不，飞鹰帮的厉害？”

屠梦冲骂道：“你奶妈的，老子怕了你不成？现在老子就先教训了你这个狗日的小山匪再说！”手中凤嘴刀一摆，就要和陆花脸动手。

荀梦冰见状，低声喝道：“老三别乱来！现在不是和他们赌气的时候。”他知道，陆花脸虽然不足惧，但对方毕竟人多，这时如果意气用事，横生事端，搅乱了阵脚，要是让朱掌柜趁机跑了，那可就功亏一篑，不仅和飞鹰帮结下了梁子，巴如台只怕也要因此翻脸。

屠梦冲在本门师兄弟中，所佩服者也就是刘梦凌和荀梦冰。听他这么一说，便低声骂了几句，不再理会陆花脸。陆花脸见屠梦冲并不动手，斜眼瞥一瞥他，愈加摆出一副洋洋得意的神态。

这时，忽闻朱掌柜和向三通等人同时大吼一声，随即便是“咣当咣当”几声响。原来，斗到后来，四个人的兵刃绞到一起，这几大高手各自运足内力抢夺，最后竟然谁都抓不住，这些兵刃一起脱手飞出，直击屋顶，有的插在屋梁上，有的跌落下来。陆花脸几名离得较近的手下躲闪不及，被从天而降的兵刃打中，痛得哇哇乱叫。

失去了兵刃，四人转为拳脚相搏。他们都是武林中一等一的好手，拳脚功夫自然也各有造诣。但毕竟此前相持时间甚久，一番激战之后，四人的劲力渐渐减弱，尤其是朱掌柜，出手已变得迟滞。数招之后，各人身上都或轻或重中了几掌，但谁也不肯放松，圈子越围越小。不多时，朱掌柜寡不敌众，连连后退，被向三通等人逼到东头的墙角，再无退路可走了。

（四）雪地追踪

突然，朱掌柜一声暴喝，用尽全力，右掌直击向三通。向三通见他脸上血气上冲，知道他此时以性命相搏，不敢大意，右臂前推，凝神聚力接下这一掌。只听得砰然声响，二人身形摇晃，同时喷出一口鲜血。也便在此时，巴如台、刘梦凌趁着朱掌柜防守空虚，同时出手，从左右两侧分别击中了他一掌。朱掌柜左手一拍，打在巴如台的胳膊上，只是出手虽快，但掌上已没什么力气。巴如台心里一喜，暗道："此人内力果然已耗尽，总算去了一个劲敌！"

眼见得朱掌柜身负重伤，再无反抗之力，屠梦冲在一旁叹息道："他奶奶的，早听我的住手多好！就因不识时务，一条好汉子伤成这样，真是可惜！"陆花脸则幸灾乐祸，阴阳怪气地说道："姓朱的，就知道你今天逃不了啦！老子这次上山，就是要让你没有好下场！叫你还敢得罪陆爷我！"他只顾着早日报了当年的一箭之仇，对向三通伤得怎么样倒不怎么上心。屠梦冲对他甚是反感，瞪他一眼，低声说道："他奶奶的，这江湖上有些人的心胸就是那么狭窄，比女人都不如。"

向三通中了朱掌柜这一掌，但觉身体里翻江倒海般，气血直往上涌，知道伤得不轻，连忙气沉丹田，屏息调理。巴如台、刘梦凌受伤不重，当即回身向前，两双手齐齐往前抓去，就要把朱掌柜擒下。

陆花脸见朱掌柜精疲力竭，如同煮熟了的鸭子再也飞不起，兴奋地吆喝道："拿下他，拿下他！"旁边几个山匪当年曾跟着陆花脸一同上宝莲山，见状也跟着他鼓噪，为黑松寨重返宝莲山出师大捷而欢呼雀跃。

便在这时，忽听得"咔嚓"一声响，朱掌柜身边的木板墙壁震出一个大窟窿，震落的木板正对着巴如台、刘梦凌冲来。二人往后一闪，刚让过木板，但觉窟窿里人影一晃，眼前已有一把灼热的火钳攻到，伴着一个粗犷的声音骂道："哪里跑来的强盗，这深更半夜的吵死了，还让不让人睡觉啊！"

巴如台、刘梦凌猝不及防，闪身避让开火钳，定睛一看，来者是个脸色黝黑的彪形大汉，右手握着一把明晃晃的火钳，左手还执着一根长长的铁杖，通红通红的火气甚是逼人，显然已经烧了许久了。

彪形大汉火钳、铁杖并进，巴如台、刘梦凌虽然武功高强，却也不敢徒手硬碰，只好连连退让。那彪形大汉见他们一时不敢上前，右手铁钳挥舞数招之后，蓦地将铁杖横着一扫，划了个赤红色的弧圈，随即铁杖脱手，往陆花脸等人这边直飞过来，吓得这些人赶紧闪避。有几个动作慢了些的，已被铁杖砸中，直烫得哇哇乱叫。随后，便见这彪形大汉腾出的左手拽着朱掌柜，低喝一声："走为上！"身影一晃，已带着他从那墙壁窟窿闪出去。

这突如其来的变故让众人大吃一惊。巴如台、刘梦凌正待跟着从那窟窿追出去，客栈西侧忽地火光冲天，群马嘶叫。众人更加吃惊，只道对方另有援手。荀梦冰和师弟高梦冶就在那彪形大汉铁杖脱手之际，已退到客栈大门边，见那彪形大汉旋即带着朱掌柜从墙壁窟窿逃出，正欲奔出去追赶，听得那边马叫，二人便赶紧冲到客栈西侧察看。只见拴马的空坪上，那堆草料不知被谁点燃了，旁边还撒了一地干黄的松毛。火势越来越大，他们带来的几匹马受惊，正在坪上乱蹿欲挣脱缰绳。

众人就这么一分神，那彪形大汉已拉着朱掌柜出了客栈，向村外飞奔而去。巴如台、刘梦凌被火光、马叫扰得稍稍一怔，很快回过神来，叫一声"追"，先后跃过那个墙壁窟窿，却发现到了隔壁的铁匠铺。那铺子的大门敞开着，门口雪地上，两行脚印赫然在目，朱掌柜和那彪形大汉正是从这里跑出去的。二人手一挥，跟着追出去。

屠梦冲、陆花脸等人早已退在客栈大门旁，见那彪形大汉拉着朱掌柜离开客栈，纷纷冲出大门，向外追去。向三通受伤较重，一时行动不便，他从鹰盘山带来的几名随从扶他在一张凳子上坐下，让他安心调息，并在他身边守护着。

荀梦冰和高梦冶见空坪上的草料所剩不多，很快便能烧完，不至于伤害他们的坐骑，便不去理会它。二人察看了一下周边，并不见人影，只看到雪地里留下了一片杂乱的脚印，估计是刚刚有几个人悄悄溜到这边放火，意在扰乱局面，为朱掌柜解围。从脚印来看，放火的人未必身怀武功，也许是寻常的村民，说不定就是铁牛牯等几个从客栈出去的年轻人。荀梦冰知道朱掌柜才是自己的目标，其他已无暇深究，向高梦冶一挥手，也跟着刘梦凌他们追过去。

雪夜如昼，前头两行足迹清晰可见，那彪形大汉和朱掌柜显然沿着客栈门前的这条道路奔出村去了。一伙人追出村外，四处是大大小小的树木，被冰雪雕得珊瑚林一般。月光下，分明见得两行足迹在林间蜿蜒向前。

刘梦凌对巴如台说道：“那掌柜的受伤不轻，雪地上又留着他们的脚印，谅他们也跑不了多久，巴兄看看如何处理？”

巴如台回头看看陆花脸他们尚在身后十几步外赶过来，压低声音对刘梦凌说道：“那飞鹰帮的老三和掌柜的对了这一掌，看来是元气大伤了，估计一时半刻已没办法和人动手。其余众人当不足为虑，这对咱们来说倒是个好事。”

刘梦凌说道：“向三通若非受了重伤，武功当不在我之下，但巴兄或我荀师弟从旁助我一臂之力，我尽可抵挡得下。如今他伤成这样，只怕我荀师弟一人便足够对付他了。只是他手下还有这几十号人，若是与我们缠斗，倒也是个麻烦事。”

巴如台说道：“擒贼先擒王，对付这伙山贼，只消得把他们的首领拿下，其他人就不成问题了。倒是那个突然冒出的帮手，不知是什么来路？看他这身手，只怕也是个不好相与的角色。”

刘梦凌说道：“巴兄所言极是。除了这个刚冒出来的家伙，我甚至担心那掌柜的还会有其他援手出现。这地方毕竟是人家的地盘，谁知道他们有多少人手？我们初来乍到，情况不明了，可不要在这高山野岭有什么闪失，所以还是小心为上，不可大意。”

巴如台微一沉吟，对刘梦凌说道：“既然如此，咱们还是稳当些。在这天高皇帝远的深山里，还是先继续和他们联手。待得拿下那个掌柜的之后，再相机行事便是。”

刘梦凌点点头，说道：“如此甚好。卫大麻子透露的消息说，宝物当在此地的宝莲山庄，现下还不知道这宝莲山庄究竟在何处，这朱掌柜和宝莲山庄又是什么关系，这宝莲山庄是否还有其他厉害的角色。这些都是我们必须考虑到的问题。”

巴如台说道：“这倒说得也是。你这么一说，要不，这次咱们不急着拿下这个朱掌柜，最好能够循着他的踪迹，探到他们的老巢，把情况弄清楚之后，回头再增派人手，一锅端了他们！这也省得事后和这伙山匪啰嗦了。”

二人这样盘算着，难免脚步便慢了下来。陆花脸那边已有几个人渐渐跟上来。巴如台和刘梦凌不再言语，迈步前行。再行得一阵，山路高高低低，积雪厚薄不一，好在路旁尽是林木，不用担心一脚踩空。巴如台和刘梦凌正边追赶边各自琢磨着下一步计划，忽然，二人不约而同“咦”了一声。

这时，他们已行到一处林木稀疏的开阔之地。原本一路清晰的两行足迹，到了这里突然乱成一片了。二人环顾四周，但见从另一个方向有三四个人的足迹向这边而来，估计是他们与自己所追踪的这二人相遇后，故意把一块雪地踩得稀烂。而在几丈开外，又是两排清晰的足迹，分别向相反方向延伸而去。

刘梦凌奇道：“这朱掌柜果然另有同伙。只是他们怎么在这里会合之后，又分成两路呢？是了，他们是要把我们引开，让我们分散力量。”

巴如台说道：“不能上了他们的当，咱们要找正主儿。”他是北方人，对雪地追踪经验丰富。走前数步，俯身细察这两路足迹之后，凑近刘梦凌，低声说道：“左边这一路应该是正主儿，他们二人还是在一起。右边的几个是后面加入的，他们个头没那么高。”

原来，巴如台一路追来，对那彪形大汉和朱掌柜的足迹了然于胸。他一看便知道，他们在这里会合了四名同伙，然后兵分两路，每路三人。但这后面过来的四个人，脚印稍小，仔细观察便能区别。而彪形大汉和朱掌柜的脚印，便是在往左而去的这一路。

二人这一停顿，陆花脸等一伙人已然赶上来。荀梦冰和高梦冶则有意落在他们后面，以便防止突发情况。巴如台向刘梦凌使个眼色，对陆花脸等人说道：“敌人有了援手，他们现在分成两路了，咱们必须分成两路追踪才行。”

刘梦凌接着巴如台的话茬说道：“各位兄弟，要不这样吧，打虎亲兄弟，上阵父子兵，这两路人马，还是我们这几个兄弟一路，陆寨主和你的兄弟们一路，这样有什么事大家也更方便照应。陆寨主意下如何？”

陆花脸看看雪地乱成一片，一时束手无策。听刘梦凌这么一说，也觉得甚有道理。他方才已见识了巴如台、刘梦凌的武功，知道与他们那个同行屠梦冲不可同日而语，只怕比向三通也差不了多少，不觉心生惧意。现在向三通没有追上来，自己可万万没那个能耐与他们抗衡。能够和他们分开走，当然不是坏事，至于能不能擒获朱掌柜，他倒不是特别在意，于是点点头表示同意。

巴如台说道："如今他们每路有三个人，咱们这几个兄弟追左路这边的，你们追右路那边的。不管追到哪里，大伙有什么情况及时通气。遇到敌人，打得过就打，打不过就先撤退回来，到时再商量合计。各位兄弟路上务必小心啦！"后面两句话，当然是意在打消陆花脸心里的疑虑。

陆花脸心里寻思："打不过当然是跑为上，谁还会这么傻上去拼了老命？这个倒不需要你废话。"嘴上却爽快地答应道："好！就这么说了，兄弟们跟我走！看看谁的运气好些。"正要率领手下兄弟往右边追去，忽听得后面一人喝道："且慢！"

朱掌柜被那彪形大汉拉着跃出客栈，往村外直奔出去。他与向三通拼了最后一掌后，受伤颇重，但所幸内功深厚，紧急凝神护体之余，在那彪形大汉的协助下，尚可尽力疾走。

二人对地形都颇为熟悉，沿着大路出了村庄，旋即转入斜刺里的一条林间小道。奔出几里地后，朱掌柜见向三通那伙人一时尚未追上来，便对那彪形大汉说道："刁兄弟，这次竟然难为你出手了，真是过意不去啊！"

那彪形大汉爽朗地笑道："瞧老哥你这话说的！路见不平，拔刀相助，就算对待素不相识之人，也当如此，何况我们还做了几年邻居，哪能见死不救啊？我刁八月虽然是无名小辈，可这点道理岂会不懂？哈哈！"又说道，"此地不宜久留，那些家伙马上就要赶上来。他们人多，我们硬拼可真不是对手，还是赶紧找个隐秘的地方避避才好。"

朱掌柜皱了皱眉，说道："若是平时倒也好办，这深山老林，谅他们没有我们熟悉，随便找个地方就可能躲过去了。可如今刚刚下了这么一场大雪，不管怎么走，都有踪迹可循。事已至此，别无他法，只好走一段算一段了。”二人足下毫不停留，沿着林间小道一路往前奔去。

那彪形大汉刁八月正是与朱掌柜一墙之隔的铁匠铺主人。他和朱掌柜虽然比邻而居已有好几年，但平素并无太深的交情，对朱掌柜的底细也不是很清楚。时值乱世，在山区避世的人不在少数，各种来历的都有，大家也习以为常，除非主动说起，否则互相之间并不多问。但毕竟是邻居，刁八月与朱掌柜日常关系自是处理得不差，平日谁家缺点盐少点油之类的琐事，还是经常互相帮衬的。

是日，因为天降大雪，刁八月本来早早地关了门在家避寒。巴如台等六人来到朱掌柜的客栈时，他虽然隐约听得店里有动静，但只道是投宿的过路客人，并没放在心上。待得向三通这伙人赶到客栈，刁八月此前已听得外面村人呼叫，知道这些人是哪个山寨跑过来的匪盗，于是一直在隔壁暗中观察。起初，他以为向三通这些人是打家劫舍而来的，后来又以为他们缠上朱掌柜是因为寻常的江湖恩怨。不管是何种情况，自己势单力薄，虽有相助之意，却怕无力出头，但愿他们能用花钱消灾的方式解决就最好。及至双方动武之后，方知其间还大有奥秘，这朱掌柜居然和江湖上传闻的“祥瑞三宝”大有瓜葛，而向三通这伙匪盗和此前到达客栈的巴如台一行，都是冲着这个目标而来的。刁八月见双方实力悬殊，料得硬拼下去，朱掌柜迟早要吃亏，便盘算着如何助他一臂之力。

于是，刁八月悄悄把平时使用的铁杖和铁钳放进火炉，让它们烧得通透。同时，贴着木板墙壁，密切注意客栈这边的动静。待得朱掌柜被向三通等人逼到墙角，形势已经十分危急，刁八月知道自己非出手不可了，否则朱掌柜必将落入敌手或毙命于斯，于是取出铁杖和铁钳，右掌运足功力，一掌击向两家中间的木板墙，突然破壁而入，随即将铁钳交于右手，铁杖铁钳齐出，将正待擒拿朱掌柜的巴如台和刘梦凌逼退。他在宝莲山已住了数年，周边情况熟悉，事先已盘算好退路，一旦得手，便带着朱掌柜退到村外，但愿借助群山密林的掩护，能够侥幸躲过此劫。

二人在崎岖的山道上跑了一阵，前面出现一处林间空地，这里是几条小路交会处。二人正要选择其中一条路继续前行，忽闻右侧树林里传来“沙沙”的脚步声，随即看到几个人影正向这边疾奔过来。朱掌柜和刁八月驻足之际，来人也发现了他们。其中一个低声喊道：“叔叔，是我们！”

朱掌柜也认出了他们。当先那个，刁八月也认识，正是客栈的年轻伙计朱来福。另外几个包括那个叫朱掌柜“叔叔”的都是二十岁上下的年轻人，刁八月对他们却没什么印象。

朱掌柜皱眉道：“怎么你们都来了？”朱来福说道：“事情紧急，顾不上那么多了，我们先躲开他们再说吧。”

朱掌柜见状，无奈地说道：“他们人多，这下雪天容易跟踪。要是被他们追上，我们几个加在一起也抵挡不了这些人。此事不宜硬拼，还是能跑多远算多远。”略一沉吟，又说道，“既然你们都来了，这样吧，我们分成两路走，分散一下他们的力量——兜个圈，到八仙谷会合便是。”当下几人一合计，朱掌柜与刁八月、朱来福走一路，另外三个年轻人走一路。交代完毕，朱掌柜不再多说，按照既定路线便往前跑。那几个年轻人走之前，却还特地在路上胡乱踩了个圈，留下一片乱七八糟的脚印，这才飞奔而去。

朱来福与朱掌柜、刁八月行得一阵，见朱掌柜受伤颇重，便要背负他前行。朱掌柜微微笑道：“伤得虽然不轻，但还算能对付一下。一时半会和人动手是没办法了，但跑路倒也无妨。让你背着，只怕反而没这么快呢。”

刁八月、朱来福听他这么说，又见他虽受重伤而不失威严，便不再勉强。刁八月听得朱来福边走边对朱掌柜说，向三通那伙人进来后，他知道来者不善，自己留在这里也起不了作用，便悄悄从厨房的窗户溜出去，一路跑到八仙谷，通知刚才那几个年轻人。他们一听朱掌柜这边形势危急，心急火燎，本想派一个人往山里报信去，但想到此时能帮上忙的人恰好不在家，即使报信只怕也没什么作用，那几个年轻人便当即跟着朱来福一起往黄婆地圩赶来。

朱来福有些地方说得语焉不详，刁八月隐约听出他们好像还有一些同伴也在这一带隐居，但并未集中居住在一起，似乎是为了回避什么，同时又为了相互之间有个照应。他知道朱来福因为自己是外人，所以对一些细节含糊其词，自己也就当作没听到，只顾埋头赶路。

却听得朱掌柜对刁八月说道："刁兄弟不是外人，实话相告，这些年轻人都是先前文丞相旧部的子弟。在下不才，当年也曾追随文丞相麾下。大宋江山归了蒙古人之后，我等心灰意冷，无意做元朝子民，所以来到这深山之地，过一过闲云野鹤的日子。先前未曾告知，还望刁兄弟不必介意。"

刁八月闻言，肃然起敬，拱手说道："我看老哥你气度不凡，早知道你不是一般的山野匹夫，只是此前不便询问。原来老哥竟是当年文丞相手下的英雄，难怪如此了得，失敬失敬！"

文天祥在赣州任知州时，起兵勤王，名动天下，无人不知。当时，曾有人劝他："现在元军分三路南下进攻，所到之处势如破竹，攻破京城也只是迟早之事。你以乌合之众万余人赴京入卫，这与驱赶群羊同猛虎相斗有什么差别呢？"文天祥答道："国家养育臣民百姓三百多年，如今有危急，征集天下兵丁效力，如果没有一人一骑入卫京师，我将为此深感遗憾！正是因为形势如此，所以我不自量力，宁愿以身殉国，希望天下忠臣义士能受此影响，听说我辈的所作所为之后而奋起卫国。"南赣一带各路豪杰因此深受感动，群起响应。后来，文天祥更是临危受命，担任右丞相兼枢密使，前往元军大营谈判。在都城临安沦陷，南宋政权成为流亡朝廷之后，文天祥率部转战福建、广东、江西等地，直至兵败被俘，慷慨就义，其浩然正气，名震朝野。这时，文天祥虽已去世五年有余，元朝统一全国也快十年了，但在南赣城乡，说起文天祥的大名，依然无人不敬重。

朱掌柜淡淡一笑，低声说道："'城郭春声阔，楼台昼影迟。并天浮雪界，盖海出云旗。风雨十年梦，江湖万里思。倚阑时北顾，空翠湿朝曦。'唉，风雨十年梦，江湖万里思。当年的岁月，也不消多提了。"

朱来福接过话茬说道："文丞相这首《郁孤台》诗，和稼轩先生那首写郁孤台的词一样，总是让人想起那些或悲壮或无奈的旧事。听您念得多了，我也越来越有感触，直恨晚生了几年，未能投入那些激烈的战事。这郁孤台真是好地方，动不动就让人写出好诗。什么时候有机会进赣州城，我也要去这郁孤台好好看看。当然，写诗我可就不会了，呵呵！"

朱掌柜、刁八月听得朱来福这么说，不禁莞尔。刁八月对朱掌柜说道：

“我虽然只是个不问世事的山野粗人，但也一向敬佩文丞相的英雄壮举。平时在村里听老人们讲古，大家还经常说到他在赣州的那些往事。听说他在赣州当官时，还遍请城内外老人喝长寿酒呢，那些老人可真有福气。老哥既然是文丞相的人，今后有什么用得上我刁八月的，尽管吩咐！”

文天祥是宋度宗咸淳十年（1274 年）三月初二到赣州就职的，在任上虽仅一年多，但在赣州广施善政，仁爱百姓，极受军民拥戴。其间，恰逢其祖母大寿，文天祥“老吾老以及人之老”，把赣州城内外七十岁以上的老人一千余人都请来同喝长寿酒，事情虽已过去十余年，仍在当地传为佳话。刁八月所说的正是这件事。

朱掌柜说道：“谢谢刁兄弟一片赤诚！文丞相大德惠民，自然无须多说。恕我眼拙，做了几年邻舍，居然没看出刁兄弟也是身怀武功的高手，真是惭愧。刚才看你使的那几招，还是挺独特的路数呢！”

刁八月笑道：“我们刁家从梅州迁居宝莲山，已有几代人了。我这点微末功夫是家传的，让老哥见笑了！可惜我那兄弟不在这里，要是我俩联手，或许可以和他们好好斗一斗。”朱掌柜听得他还有个兄弟，便客气地说道：“有机会还要向贤昆仲讨教一二。”

说话间，峰回路转，三人来到一处平坦的谷地。谷地两侧是长满树木的山岭，中间是农人们开垦的田地，此时被大雪覆盖着，犹如一张巨大的白色被盖。朱掌柜说道：“此处去八仙谷，有两条路可行。我们走稍远的那条，尽可能把他们甩开。”朱来福说道：“好！到了八仙谷，那边地势陡峭，岔道众多，便容易把他们甩开了。”

便在这时，忽听得身后有人哈哈大笑道：“果然在这里！你们走不了啦，乖乖投降吧！”朱掌柜等人回头一看，巴如台等人正从身后的林中闪身出来。

此时，天色微明。在白雪映照下，巴如台、刘梦凌、荀梦冰、向三通等四人的得意神色越发看得分明。

陆花脸一行正欲按巴如台的指点往右边追赶，没想到被一声断喝止住。巴如台等人回头一看，只见向三通带着几个随从，正从后面追上来。

巴如台、刘梦凌暗自佩服，没想到此人内功这么深厚，受了朱掌柜那么沉重的一掌，只调理片刻，便恢复正常，行动自如；而且，距他们那么远，就把大家的对话给听去了。此人在飞鹰帮排名第三，武功便如此高明，由此看来，飞鹰帮的力量着实不可小觑。巴如台更是想到，今后为了获得这“祥瑞三宝”，少不了要解决飞鹰帮的干扰，到时恐怕还要颇费周折，有必要的话，或将向哈伯沙里及时提出再寻求强援。

向三通上前仔细打量了两边的足迹，冷冷地说道：“正点子往左边跑的可能性更大，但是右边这几个人也不可忽略，他们那里说不定也会有些线索。我们两头都须得有人跟着。”

刘梦凌知道此人是老江湖，自非陆花脸之辈可比，先前的计划只好随着此人的到来而调整了。他索性作出一副认可的态度，对向三通说道：“这位向三爷说得极是，对他们两拨人都不可放过。然则依向三爷之意，我们该如何追踪才好？”

向三通目光扫了一眼巴如台、刘梦凌等人，说道：“这弄了个半天，刚才大伙只顾合力对敌，还没请教几位朋友该如何称呼呢？”

刘梦凌微笑着说道：“在下崆峒门刘梦凌，这几位是在下的师弟。”依次将荀梦冰、屠梦冲、高梦冶几个人的名字说了。随后，看了看巴如台，见他点头示意，又说道，“这位巴如台师父，是北方全真教高手，也是当今赣州路达鲁花赤哈伯沙里的左右手。”指着另一个年轻人补充说道，“这位是巴如台师父的高足帖列都兄弟。”

向三通说道：“原来是崆峒门的各位师父和全真教高人，失敬失敬！有缘千里来相会，大伙儿能在这高山野岭并肩子对付敌人，真是缘分不浅啊！”话虽这么说，双眼却左顾右盼，对他们一行毫无恭谦之意。

刘梦凌知道，飞鹰帮总坛所在的鹰盘山，位于南安路边缘地界，山高路远，帮众以往主要在南安路、郴州路一带活动，很少到赣州这边来。莫说他们这种大帮派素来不把官府当回事，就算他们像自己这样寻求官府合作，也不需要巴结赣州路的官员。所以，对向三通的傲慢态度不以为忤。

巴如台却心里难免有气。他因为和哈伯沙里的渊源非同一般，在赣州城几乎是一人之下、万人之上的地位，不管各级官吏还是江湖中人，对他都是礼遇有加。自己的师门全真教，更是武林中有数的大门派。六十多年前，当今皇上忽必烈的祖父成吉思汗尚且在西域行宫会见全真教掌教真人丘处机，尊称他为“神仙”，并拜他为国师。全真教从此威震南北。如今，自己也是同辈弟子中的佼佼者，被北方武林中人称为青年才俊。这向三通不过区区一个南方帮派的首领之一，听到他的来头后却浑不当回事，真是狂妄自大。巴如台见他神情甚是无礼，本想说几句难听的话，但想到眼下对方人多，还不是翻脸的时候，只好强行忍住。

飞鹰帮既然心存大志，欲做江南武林霸主，对南方各地重要武林门派的情况自然早有了解。向三通此次前来赣州路，事先便对当地武林知名人士的武功特点详为打听。刘梦凌、荀梦冰的名字，他倒是听说过，也知道他们是崆峒门二代弟子当中有数的好手，今日一说，便对上了号。飞鹰帮今后要称霸武林，少不了对付崆峒门，甚至难免和他们打一场大战。从刚才联手对付朱掌柜的情形来看，这刘梦凌的武功确实不弱。但向三通看他年轻，有意压一压他的势头，所以装作满不在乎，似乎从没听过江湖上有这号人物。至于巴如台，因为从北方到江南时间不长，他虽然在北方武林闯下了不小的名头，但毕竟影响尚未传到遥远的江南，所以向三通倒是确实未曾听过其人。此人武功虽强，偏偏刘梦凌又要抬出赣州官府的旗号，向三通心高气傲，便索性对他态度轻慢些，以折一折他的威风。

向三通见刘梦凌表情平静，便又说道：“刘师父既然和官府中人一道前来，想必是在官府当差了？崆峒门也算江湖大门派，能有如此出路，可算是走上荣华富贵的捷径了，很好，很好嘛，哈哈！”见刘梦凌脸色微变，接着说道，“各位既然受官府差遣，在那‘祥瑞三宝’当中，最重要的只怕是那福寿沟秘图了。这东西我们飞鹰帮倒是兴趣不大，既然大家这么有缘，寻得这几件东西后，这一件我们就不作计较了罢！”

原来，向三通见巴如台、刘梦凌身手不凡，又是官府背景，自己虽然不惧，但现在毕竟是在人家的地盘上，要想一举全吞“祥瑞三宝”，只怕困难重重，所以软硬兼施，既在气焰上先镇一镇对方，又在口头上把顺水人情给做了，用利益把对方稳住再说。

对向三通所言，刘梦凌心里当然有数。他一向为人精明，能分清轻重缓急，也就不想在这当口作无谓的争执，便顺水推舟，微笑着说道："那倒也是，哈伯沙里大人的意思，正是心挂满城百姓安危，唯恐不轨之徒借此生事，所以嘱我们务必及早找到秘图。至于其他两件嘛，有则锦上添花，找不到也不是特别要紧。"他见向三通以为自己和巴如台合作是冲着荣华富贵而来，也乐得装糊涂，以免这些人点破自己志在各门派武功秘诀的心思。

向三通正色说道："既然事情已说清楚，闲话少说，大家赶紧兵分两路，追上那几个人再说。我们这边，陆寨主带四五个兄弟往右，其他兄弟跟着我走。"又交代陆花脸道，"你们几个人不必和他们动手，只需悄悄察看他们逃到何处落脚、有些什么人即可。有了着落后，速速回来和兄弟们会合便是。"陆花脸听得要自己带几个人从另一方向追踪，怕的就是与人动手，听得向三通如此吩咐，连连点头称是。

向三通回头又问刘梦凌："刘师父，你看你们的人手如何安排？"

刘梦凌见向三通的主力往左追赶，自己当然也不能吃亏。便和巴如台商量道："依我之见，我们六个人，屠师弟和高师弟与陆寨主一道，往右边那路察看；我们几位和向三爷一道，往左边追赶。"他知道，自己六人中，帖列都是巴如台的弟子，自然让他跟着巴如台为好；而自己几个师弟，以屠梦冲和高梦冶武功较弱，让他们凑个数陪陪陆花脸察看那边的情况，自己和巴如台、荀梦冰便可集中精力对付向三通了。

屠梦冲闻言，气冲冲地指着陆花脸说道："他奶奶的，老子和这家伙一路？怎么这一路总摊上些倒霉的事。"颇有些不情愿。陆花脸怒道："你有意见？老子还不想和你一起走呢。你这样的功夫，陪着我们走能顶什么用？"屠梦冲骂道："怎么，你这个小山匪还不服？是不是我们先打上一架再说？"作势便要上前。陆花脸对刘梦凌颇为忌惮，对屠梦冲却根本不放在眼里，听他这么说，也不甘示弱，当场便要和他动手。他带来的下属们则借机鼓噪起来，为陆花脸壮胆助威。

刘梦凌大声喝道："老三，别胡闹！现在说的是正经事，没工夫开玩笑！"屠梦冲听他说得这么严厉，伸了伸舌头，不再言语。向三通向陆花脸摆了摆手，他们见屠梦冲不闹了，便也安静下来。

巴如台和刘梦凌的想法一致，觉得这样安排人手最是合理。双方再无异议，向三通、巴如台、刘梦凌等人便提气赶路，沿着雪地上的足迹一路追上去。陆花脸带着四个手下，往右边方向寻去。屠梦冲和高梦冶在后面不紧不慢地跟着。

向三通、巴如台这边数十人一路飞奔，跑出几里地后，队伍便分出了几个层次。向三通、巴如台、刘梦凌、荀梦冰冲在前面，向三通从飞鹰帮带来的三名随从和巴如台的弟子帖列都落在他们身后十几步处，陆花脸手下那些山匪，除了四五个脚力稍快，大多数则越跑越慢，只能稀稀拉拉地在后面跟着。

向三通此前见荀梦冰两次道破朱掌柜的剑法来历，知道此人武功上的见识颇为渊博，但自身功力如何，则一时看不出。武林中也不乏这样的人，谈论武功时，品头论足头头是道，但真正和别人动起手来却全是花架子，根本不堪一击。如今见荀梦冰始终不离自己数步，从眼前显露的这分内力来看，此人只怕在武功上也不弱，和他的师兄刘梦凌应该相差不远。这么看来，对方这六个人，整体实力倒可能比自己想象的还要强些。这用来对付朱掌柜他们当然是好事，但对飞鹰帮这一方来说可不是什么好事。若是在这山上和他们闹翻了脸，真要动起手来，自己一个人可对付不了他们三个高手，而陆花脸手下那些乌合之众则在紧要关头又未必能顶上多大作用，所以今后和他们相处还得更加小心才是。

巴如台、刘梦凌、荀梦冰见向三通与朱掌柜大战受伤之后，居然行走起来仍不落后于自己，心里愈发佩服他的内功。三人均暗自想道，此人的内力后劲充足，耐力持久，要是单打独斗，绝对是个难缠的角色。他要是没受伤，自己可没有把握胜他。今后若要与他动手，万万不可大意。

几个人就这样各怀心思，暗暗较劲，默默赶路。再追得数里地，山道拐了个弯，茂密的林子一下变得稀疏。向三通四人冲过去一看，前方豁然开朗，原来到了一处开阔的山谷。两边山岭雄峻，远处的山顶乱石嶙峋。山谷间的那块铺满白雪的空地上，有三个人正在边说话边赶路，看那身形，便是朱掌柜他们。

（五）霹雳五禽阵

朱掌柜见向三通等人已然追上，叹道“看来还是甩不脱这群恶魔了！刁兄弟，此事和你本无关，你还是先走吧，犯不着招惹这些强盗。横直都跑不出去了，不如让我留下来对付他们一下。”

刁八月哈哈笑道：“我刁八月虽然不算什么英雄好汉，但既然管了这个闲事，怎么可能中途开溜？老哥不待这样小看我的啊！”

朱掌柜听他这样说，知道此人侠肝义胆，多说无益，便说道：“既然刁兄弟如此豪侠仗义，那兄弟我就不多说了。我们患难与共，便合力和他们斗一斗再说吧。就算打不过，也要让这群恶魔吃点苦头！”刁八月说道：“正是如此！”三人便不再前行，转身严阵以待。

说话间，向三通、巴如台、刘梦凌、荀梦冰等四人已阔步迎上来。身后，飞鹰帮的三名随从和巴如台的徒弟帖列都也陆续从林中追出来。

刘梦凌大声说道：“掌柜的，我劝你还是别徒费力气了！老老实实听我们的吧，否则再受重伤可别怪我们不客气了！”

朱掌柜“哼”了一声，沉声说道：“既然你们穷追不舍，我们就再决一死战又有何惧？是单打独斗呢还是等你们的人到齐了一起上？省得大爷一个一个收拾。”

向三通、巴如台等人都是武林成名人士，当然知道朱掌柜话里含着激将意味。向三通寻思，这朱掌柜虽然厉害，但毕竟刚刚恶斗一场，元气大伤。那个后面冒出来的大汉虽然看似勇猛，但总不至于比这朱掌柜厉害。自己这边加上巴如台一行，称得上一流好手的有四人，就算单打独斗，也有十足的把握胜得他们。此时知己知彼，和客栈当中的情况已大不一样，大家都是有头有脸的人，倒不必为了这一时的心急，把江湖上的名声给毁了。当下朗声说道：“我们虽然人多，但无须仗势取胜，免得你输了不服。既然你这么说，那就不妨按江湖规矩来，和你们单打独斗又如何！”

巴如台、刘梦凌、荀梦冰听得向三通这么说，便也点头表示同意。三人一般心思：对方已是瓮中之鳖，既然别人不想坏了江湖名头，自己又何必做这种小人？更何况，这又不是独家生意，即使拼了命把他们拿下，最后这猎物归了谁家还未可知呢。

朱掌柜正是要他们答应单打独斗。这样，虽然对方如果某个人落败，难免用车轮战法耗尽自己几个人的精力，但毕竟能拖延得一时算一时，总比双方混战多了一线绝处逢生的机会。于是大笑几声，说道："既然各位要维护武林高人的脸面，那就不勉强你们了，先按江湖规矩办了再说。待你们打不过时，再像在客栈对付我那样一起上也无妨。"

巴如台、刘梦凌听到最后一句，脸上微微一红。在客栈时，二人急于得手，浑然不顾身份，与向三通合攻朱掌柜，此事说出来自然不光彩。可若非如此，又怎能把朱掌柜伤成这样？所以，权衡得失，也顾不得那么多了。此时二人也无暇理会朱掌柜话中带刺，若无其事地回应他一句："说那么多废话有何益？手下见高低才是硬功夫。"

朱掌柜说道："各位既然以英雄好汉自居，自然一言既出，驷马难追。那就这样吧，我和这位向三爷的那场架还没打完，我们且打完了再说，如何？"

向三通知道，他先向自己挑战，当然是因为在这几个人当中，自己和他一样受了伤，相比之下更好对付些。从昨夜在客栈交手的情况来看，若是在正常情况下，这人武功只怕比自己还要胜出一筹，大是劲敌。但昨夜他在三大高手夹攻之下，受伤比自己还重，这一抵折，此时动手，自己应该不至于输给他。当下答应道："如此甚好，向某也想再好好领教一下阁下的高明功夫！"朱掌柜在客栈丢了兵刃，此时赤手空拳。向三通离开客栈时，虽然已将一对铁爪取回，但见朱掌柜不用兵刃，为了表示公平，便继续和他较量拳脚功夫了。

荀梦冰向刁八月抱拳说道："那我就先领教这位师父的高招了！在下崆峒门荀梦冰，敢问阁下尊姓大名？"

刁八月摆摆手，冷冷地说道："假客套就免了吧！老子刁八月，是这位朱老哥的邻居。我也不知你们有什么恩怨，但看你们仗着人多欺负朱老哥，所以路见不平拔刀相助。"

荀梦冰再次抱拳，说道："原来是刁大侠，久仰久仰，还请指教一二。"

刁八月哈哈大笑道："老子只是宝莲山上一个打铁的，什么小鱼大虾的，少给我戴高帽。再说，老子也不是江湖中人，在武林一点名气也没有，你久仰个球啊！你们这些强盗，要打就打，还这般假惺惺干吗！”铁钳一挥，作势向荀梦冰攻去。

荀梦冰被他抢白一顿，干笑两声，也不和他计较，抽出身上的弯刀，手腕一抖，刀光闪动，已悄然向刁八月进招。原来，崆峒门的武功比较驳杂，在刀、剑、拳、掌、内力、轻功等方面都有造诣，门下弟子往往根据各自喜好，选择最擅长的一门修炼，再辅以其他若干武功。刘梦凌、荀梦冰等人的师父空空道人是个武痴般的人物，平时不问世事，一门心思钻研武功，功力还在掌门师弟桂天仁之上。但他带徒弟时只管授艺，不管武德，所以门下弟子武功虽强，人品却未必见佳。平时有师兄弟向他提醒，门下个别弟子在江湖上有不端行为，空空道人也不以为然。最近这些年，已经上了年纪的空空道人更是只顾闭关练功，对门下弟子不闻不问。入门较早的刘梦凌、荀梦冰得到了他的不少真传，成为二代弟子中数一数二的好手。其中，刘梦凌以剑法见长，荀梦冰以刀法拿手。屠梦冲、高梦冶等另几个弟子则因入门较晚，平时难得见上师父一面，主要靠刘梦凌、荀梦冰代师授艺，所以武功与二人之间的差距不小。

荀梦冰知道刁八月武功不弱，不想在向三通、巴如台面前丢了面子，所以一出招便使上了自己最拿手的“二十四式朝阳刀”，刀锋向前，左右开弓，连续攻出“旭日东升”“凤鸣朝阳”两招，封住刁八月的铁钳。

刁八月大喝一声：“来得好！”铁钳顺着刀锋迎过去，倏地向荀梦冰右腕夹来。他长得人高马大，又以打铁为业，每每出手，力道自然不弱。荀梦冰看他的来势，知道不可强取，变一招“挥戈反日”，摆脱铁钳，刀尖直攻对手当胸要害。崆峒门的朝阳刀法讲究沉重与快捷并用，需要相当的内力修为。刀法虽然总共仅二十四式，但每一式可依形势作出不同变化，所以如果招式使老，需要重复使用时，依然可令对手觉得难以捉摸。这路刀法遇上内力深厚的对手时，则尤其讲究以快取胜，所以荀梦冰这一招出招速度便比前两招快多了。

刁八月见对方来势迅疾，侧身让过，反手回了一招，将刀锋荡开。荀梦冰见对手劲力十足，反应灵敏，知道一时急不得，刀势放缓，连续虚砍几招，让对方摸不透自己的实力。刁八月铁钳毫不示弱，与荀梦冰的弯刀“叮叮当当”连碰数下，似乎并没觉得对手高明到哪里去。荀梦冰见刁八月的铁钳已一直跟着自己的弯刀游走，心里窃喜，忽地使出一招“田父献曝”，直攻刁八月右臂，却故意在左边让出一个破绽。刁八月见状，不假思索，铁钳回转，直攻荀梦冰左肋。不料，荀梦冰随即运气在胸，暴喝一声，招式陡变，一招“火伞高张”，刀锋猛长，刀尖乱颤，登时将刁八月笼罩在刀光之下。

刁八月毕竟临阵经验不足，这一下入了荀梦冰的套，一时手忙脚乱，疲于应付，相持局面立时变为被动。好在二人功力相差不远，刁八月急切中反应也不慢，赶紧退开几步，总算摆脱了刀锋的纠缠，但衣角已被划了一道口子。

荀梦冰数招之内占了上风，乘势而进，又连续使出“乌飞兔走”“开云见日”“如日中天”几招，逼得刁八月险象环生，连连后退。刘梦凌在一旁微微点头，赞道：“荀师弟这路朝阳刀，功力越发老到了，不愧为我崆峒门第一刀！这位刁兄，你今日有幸败在我师弟的朝阳刀下，那也算福气不小了！”

刁八月虽然知道刘梦凌是在故意扰乱自己的心思，以便荀梦冰找到可乘之机，还是忍不住骂道：“去你娘的！少在这里自吹自擂胡说八道！”脚下却依然步步退却。

朱掌柜和向三通这边则打得难分难解，一时不分上下。二人已斗过一场，而且都为对方的掌力所伤，出招虽然慢下来，但都是全力以拼。巴如台与刘梦凌在旁暗暗商量，如果向三通不敌，便由巴如台接替他继续打下去，料那朱掌柜再厉害，以重伤之身和向三通斗了一场，也当再无还手之力；荀梦冰那边，则由刘梦凌接应。从目前形势来看，二人均认为自己这边已然胜券在握。

朱来福眼见朱掌柜与刁八月面对强敌，相斗甚紧，心里暗自着急，却又无计可施。向三通的几个随从和帖列都跟上来之后，已分别守在朱来福的四周，防他逃跑。朱来福是次要角色，又是晚辈，如果他自己不主动出手，向三通、巴如台这边的人当然不屑于与他动手。

忽听得荀梦冰与刁八月同时“哎”的叫出声来。原来，刁八月眼见得自己难以扭转守势，这样一路退下去终究不是办法，突然冒险出击，铁钳化守为攻，一举击中荀梦冰左肩。原来，这是刁家铁钳功的“破釜沉舟”式，紧急时突然使出，往往可取得意想不到的效果，暂时摆脱困境。但荀梦冰武功毕竟不在刁八月之下，刁八月击中对方的同时，自己的左胳膊也被荀梦冰的弯刀划中。好在二人衣着甚厚，只是受了轻伤。一个背水一战舍命相搏，一个身处顺境稳中求进，这么一来，二人此前的一攻一守之势便变成了攻守相间。刁八月的家传武功招式古怪，在江湖甚为少见，饶是荀梦冰见闻广博，居然也瞧不出端倪，只好打起精神，凝神对付。

此时，旭日东升，雪后初晴，原本幽静的山谷，不时回旋着四人拼斗的呼喝声。陆花脸那些手下也陆续赶到了，远远地围在他们左近。这些山匪虽然干的是刀尖上讨吃的勾当，但平时遇到的武林高手不多，难得见到这么精彩的场面，此时但觉大开眼界，有的窃窃私语，有的品头论足，也有的看得手痒心痒，在一旁试图跟着演练几招。

便在这时，在一旁掠阵的巴如台、刘梦凌忽然听得右前方的山谷里响起一片急促的脚步声，似有大拨人马正在山谷间行走。二人正感到诧异，山谷里传来一声暴喝：“什么人胆敢在这里撒野？”一队人马冲出来，当头几个骑马的，一身劲装，刀剑在手；后面跟着的队伍陆续从山谷转出来，在他们周围排成几列，少说也有上百人。

正在交手的向三通、朱掌柜、荀梦冰、刁八月见此情景，无不惊诧。他们不知来者是敌是友，有何企图，为了避免再打下去让人坐收渔人之利，于是相互吆喝一声，收了招式，齐齐住手。

这群人缓缓逼上来，为首的是一名骑黄马的中年汉子，浓眉大眼，脸色蜡黄。他朗声说道：“难怪听说昨晚宝莲山有点吵闹，原来有这么多高人光临我们这个山旮旯之地啊！也不知道这两天是什么好日子？”双目在众人身上一一扫过，又说道，“各位大老远跑到这里来打架，是有深仇大恨，还是为了抢钱财、争女人？既然打到了大爷的地盘上，不说清楚的话，我看就不必下山了！”

向三通一看对方这架势，便知道遇上同行了。飞鹰帮在江湖上可以说是最大的土匪帮派，帮内高手如云，而且近些年兼并了大大小小不少山寨，杀人越货之事如同家常便饭。要是在平时，以他们的势力，自是谁也不放在眼里。可眼下毕竟来到别人的地盘上，而且自己所带的人手有限，陆花脸这些手下又谈不上什么战斗力，此时若是用强，只怕没多少胜算，是以虽然听得对方如此无礼，一时之间却也不便发作。

巴如台、刘梦凌看眼前形势，也知道对自己十分不利。这些山匪既然是坐山虎，人多势众，自然不会和他们商量着办。倘若他们不知道“祥瑞三宝”之事还好办，大不了打不过就一走了之，改日再来寻找朱掌柜他们的踪迹。如果他们也是奔着“祥瑞三宝”而来，那此事就麻烦得很了，朱掌柜很有可能便要落入他们手中。到时只怕自己辛辛苦苦奔波数年，却眼睁睁看着近在咫尺的东西被别人夺去了，那可真是功亏一篑。

巴如台、刘梦凌朝荀梦冰与向三通招招手，示意二人走近说话。四人凑在一起，低声商量，眼下只能先把朱掌柜一行放在一边，先把这伙山匪打发了再说。料这些山匪所仗优势，无非人多路熟而已，单兵作战的能力则也许和陆花脸他们的山寨差不多，未必能高明到哪里去。如果他们能知难而退倒也罢了，否则的话，就擒贼先擒王，速战速决，打他一个出其不意，数招之内将他们的首领抓到手，以要挟这些山匪退兵。向三通、荀梦冰方才斗了一场，四人便商定若是双方谈崩了，便由巴如台、刘梦凌向那骑黄马的中年汉子发起进攻，向三通、荀梦冰接应。

当下，刘梦凌向那骑黄马的中年汉子远远地作了一揖，说道：“在下崆峒门刘梦凌，率本门弟子追缉仇家至此。因事出偶然，未及向兄台通报，还望见谅并行个方便！待我们拿下这几人，立时下山便是。”他这话说得不亢不卑，首先自报家门，希望这些山匪听过自己的大名，不敢与崆峒门正面为敌。

那骑黄马的中年汉子说道：“我不管你是什么门什么派，也不管你们之间有什么恩恩怨怨，既然到了这里，必须将事情原委说清楚，否则谁也休想从这里带人下山！”

向三通、刘梦凌等人一听，知道与他们已无通融的可能，非得动武不可了。巴如台、刘梦凌瞅准有利方位，二人微一点头，正要疾冲出去，直奔目标，不料，那骑黄马的中年汉子忽地猛喝一声：“布阵！”这些山匪齐刷刷变换队形，五人一组，各就各位，结成一个小阵，五个小阵又套成一个大阵，远远近近地把巴如台、刘梦凌、向三通、朱掌柜等人以及陆花脸那些手下全纳入了包围圈。

这一下变化来得太过突然，巴如台、刘梦凌刚冲出几步，就被眼前的两个五人小阵分别挡住了去路，一举擒获他们首领的想法只好就此作罢。

这些人显然是江湖老手，经验丰富。他们已看出巴如台、刘梦凌、荀梦冰、向三通、朱掌柜、刁八月等人是其中的骨干人物，各用一个五人小阵专门对付；对其他人等，则以一个小阵对付若干人不等。整个阵容看似稀松散漫，不成章法，其实错落有致，互相呼应，在场的每一个人，都可能处于他们的攻击之下。五个骑马的匪首则呈弧形排开，悠然自得地在旁边掠阵。看他们所站的方位，显然也是一个小阵，绝非专司指挥，遇紧急情况还可随时救场。

巴如台、刘梦凌也是老江湖，见此情形，立即取消进攻计划，趁着对方尚未发动进攻，迅速退回到荀梦冰、向三通身旁。对应他们的五人小阵见二人退却，紧随着步步逼上来。向三通、巴如台等几人虽然尚未被对方的阵形完全分割，但每人眼前都有五个人虎视眈眈。巴如台等人当然知道，这五人显然不是简单的叠加，相互之间当有配合照应，一旦动起手来，自然不可分心。向三通更是想到，若是武功远胜小阵中的任何人，自顾自突围或许还有机会，但要在这个大包围圈里把自己带来的这帮人手悉数救出去，就千难万难了。

那骑黄马的中年汉子见他们个个凝神以待，不敢大意，仰天长笑道：“进了冲天寨的地盘，不带点彩就别想出去了！现在乖乖投降的话，还来得及，晚了就没得商量啦！”

荀梦冰闻言，忽然问道：“冲天寨？你们是叶南潭的人马？”

那骑黄马的中年汉子喝道：“既然知道老子的名号，还敢跑到这里来撒野？想活着出去的话，还是老老实实束手就擒吧！”

荀梦冰对数步之外的刘梦凌说道："江湖上有言道'叶南潭，越打越难缠'。师兄应该对此有所闻吧？"刘梦凌点了点头，说道："是有这个说法。听说这姓叶的手下有一批人，很是难斗，江湖上吃过他们亏的人还不少，难道就是眼前这伙人？"

荀梦冰说道："没错，应该是他们。冲天寨是宝莲山的一个山头，寨主名叫叶南潭。这伙人据说平时轻易不出手，一出手便死打烂缠，志在必得，特别敢玩命，所以一般人都不愿去惹他们。"刘梦凌说道："这个我倒是确实听人说过，但没想到他们的老巢离那黄婆地圩这么近，竟然和他们遇上了。"

荀梦冰又说道："大哥还记得上次在横溪渡的事么？事后我回去作了些了解，那次我们遇上的应该就是叶南潭的人。他们这个阵法有讲究，叫作'霹雳五禽阵'，听说颇有些来历，威力也不小。若非武功特别高明，的确不易破解他们的那个打法。"

正对着荀梦冰的一名山匪闻言，冷冷地笑道："既然识得厉害，还有那么多做白日梦般的想法？是不是还想再尝尝'霹雳五禽阵'的滋味？"

刁八月方才与荀梦冰动手，被山谷里突然杀出的这伙人搅得停手后，知道形势愈加复杂，当即退至朱掌柜、朱来福身旁。这时听明白了这些人的来头，刁八月便对朱掌柜说道："既然是冲天寨的人马，事情应当好办些吧。大家都是宝莲山的人，我们与他们并无瓜葛，也不是有意闯进他们的地盘，料来还有商量的余地。我们大家先别忙着动手吧。"

其中一名围着刁八月的山匪说道："你不是黄婆地圩上的刁铁匠么？我们在你那里打了那么多刀剑，修补了不少锅头，没想到你武功也这么厉害啊！"

刁八月说道："承蒙看得起，关照我这么多生意，先谢谢你们了！至于说到武功嘛，祖上传了一点防身术罢了，什么厉害不厉害？碰到你们这么多人，我看再厉害的也没招了！"

另一名山匪说道："你这铁匠倒也罢了，力气自然不小，不然怎么说'人生有三苦，打铁撑船磨豆腐'？那都是力气活啊！更没想到的是这位客栈掌柜竟然也是武林高手！以前只知道你们店里的药莲灵芝汤做得好，每次下黄婆地赴圩都要进来喝上一大碗，哪里瞧得出你还有这等身手呢！看你和那黑老鹰交手的那几招，真叫精彩啊！可惜我们一来你们就停下了。看来外面说宝莲山藏龙卧虎，真不是夸张啊！”

一名山匪接过话茬说道：“兄弟们总是说药莲灵芝汤对练功补气甚有好处，我看麻雕子你这几年功力大有进展，没准就是每次头儿叫你去补锅时，偷偷喝了几碗汤的效果啊！难怪寨里的锅头老是烂底，说不定是你小子故意破坏的呢！”

那个唤作“麻雕子”的山匪说道：“山鸡眼你少说风凉话！你以为我背着这么多口的锅下一趟黄婆地容易么？不喝一碗药莲灵芝汤，补好了也没力气背回来呢！”

和麻雕子说话的山鸡眼说道：“不过话说回来，黄婆地圩几家客栈，也就是你这个挂了招牌的酒菜更可口，其他几家嘛，也只够糊弄糊弄过路客，做点一锤子买卖。以后兄弟们再到你店里吃喝，可要多照顾些才是。”

朱掌柜呵呵笑道：“身处当今乱世，不学点武功，混口饭吃也难啊！我要是没这几手三脚猫功夫，只怕早就被人家给吃掉了！至于这药莲灵芝汤嘛，马祖传下的秘方，对练武的人来说，当然是好东西啦！我说这就是我们宝莲山的‘祥瑞三宝’，人家还不肯相信呢。要是小店今后还开得成，各位尽管前来光顾，保管用的都是上佳的料！”

麻雕子、山鸡眼等几名山匪笑道：“我们要对付的是侵入宝莲山的外人。冲天寨向来不做对不住宝莲山百姓的事，你们几位算是自家人，好好呆着别乱走就是了，打完后且听我们老大怎么说。”

巴如台、刘梦凌、荀梦冰听得几个山匪这么说，不禁暗暗叫苦。他们寻思，朱掌柜他们面对此时情景，当然不会与冲天寨的人马硬拼，更何况他们或多或少还可攀扯上一点交情。这样一来，冲天寨的“霹雳五禽阵”便减少了几个重点目标，自己和向三通等外来客才是冲天寨要对付的主要对手。在这种情形下，他们这伙人别说擒拿朱掌柜，能够全身而退就是万幸了。所幸自己这几个人个个都是强手，不似陆花脸那些手下反成累赘。当务之急，还是想办法趁早摆脱了眼前这个困局，来日再作计较。至于向三通和陆花脸那些手下，这时已然和自己全无关系了。

各人正打着不同的主意，忽听得叶南潭大喝一声："开阵！"刹那间，杀声震天，一个个五人小阵向目标发动进攻。这些人所用兵刃各异，一边使着不同的动作，一边发出不同的呐喊声，招式五花八门，声音千奇百怪，气势颇为壮观。

巴如台、刘梦凌、荀梦冰、向三通见这些人不疾不徐，有序推进，虽然还没摸清楚他们的实力，但已不敢有任何大意。似这等训练有素的阵法，自然是经历百战，少有破绽。看他们整个队伍疏密有间，貌似松散，其实暗藏杀机。几个人都意识到，这阵法只怕比原先想象的还要复杂些，稍有不慎，只怕一世英名就此不明不白地毁于这无名山谷。

原来，这霹雳五禽阵首创于唐朝末年的虔州刺史谢肇。谢肇是赣县人氏，出身武学世家，不仅习得上乘武功，而且深谙排兵布阵。当时，唐朝局势动荡，战争频繁，谢肇南征北战，屡立奇功，史称其"战功居第一"，有"东南屏障"之誉。唐僖宗广明年间，汀州、建州一带发生流民动乱，一直蔓延到虔州一带，谢肇奉命平乱。这些流民多在山区流动作战，大队官兵常常对此束手无策。为了提高军队战斗力，谢肇琢磨山区运动战地形复杂、人员分散的规律，从三国时期华佗所创的健身法"五禽戏"中受到启示，推出了一种新的阵法"五禽阵"。华佗的五禽之戏，一曰虎，二曰鹿，三曰熊，四曰猿，五曰鸟，以虎练骨健肾，以鹿练筋健肝，以熊练肌健脾，以猿练爪健心，以鸟练皮毛健肺。谢肇取虎、鹿、熊、猿、鸟的特点，研创不同的武功，安排五名士兵一组，各习其一，取长补短，形成严密的攻守之势，让敌人一旦被围困，便应接不暇，难以脱逃。

此阵推出后，谢肇率部所到之处，战无不胜，很快平定赣闽粤各地的动乱。此后，谢肇更是成为"救急将军"，哪里有乱，就被派往哪里，谢肇也就平定到哪里，朝廷因此将之视为"东南屏障"。

"五禽阵"本来是官兵用来平定民乱的，此后却逐渐流传至东南绿林。二百余年以后，虔州出了个农民军领袖陈颙，因为不满南宋朝廷的欺凌，于宋高宗绍兴元年（1131 年）率众起义。陈颙根据绿林流传的“五禽阵”，融入自己的武功心得，并让参战人员在战斗时有节奏地呐喊助威，声如霹雳，以排山倒海之势对敌人形成震慑，此阵便演变成了“霹雳五禽阵”。

陈颙推出“霹雳五禽阵”后，义军战斗力大大提升，很快攻下赣闽粤地区的雩都、信丰、循州、龙川、武平、梅州等州县，一时应者云集，在虔州周边形成十万余众的绿林山寨。

南宋朝廷大为震惊，屡派兵马镇压无效，最后只好将抗金前线的名将岳飞调到南方，对付陈颙等义军。

岳飞于宋高宗绍兴三年（1133 年）奉旨镇压义军，从吉州攻入虔州境内，采取各个击破的策略，先在雩都等地击溃了几支实力稍弱的义军，然后集中兵力进军虔州，对付陈颙所率义军。岳家军向以英勇善战著称，可是在兴国县初遇陈颙的“霹雳五禽阵”时，也是猝不及防，吃了不小的亏。岳飞这才知道，虔州这些农民军并非徒有虚名，官兵屡战不胜，自有其原因。但岳飞毕竟是天才军事家，手下兵马又远胜陈颙，双方力量悬殊。在岳飞的亲自指挥下，陈颙的“霹雳五禽阵”面对岳家军重兵围攻，还是无法抵挡，只有节节败退，最后溃不成军，陈颙也被岳家军所俘。

岳飞有感于陈颙也是一条好汉，特别是对他的“霹雳五禽阵”颇为佩服，起了英雄相惜之心，劝他接受朝廷招抚，共赴抗金前线为国效力。无奈陈颙对南宋朝廷早已失去信任，不为所动，誓不投降，岳飞只好依令将之处死。随后，宋高宗赵构由此想起几年前发生在虔州的一件旧事。那是建炎三年（1129 年）冬日，宋高宗的伯母隆祐太后被金兵追击，一路沿赣江逃至虔州，因为大队官兵的到来耗尽了虔州府库钱粮，加上太后随行的护卫在城里抢劫作乱，激怒了当地百姓，军民争执之下起了冲突，隆祐太后竟被当地乡兵围困。后来，太后一行虽被援兵解围，但宋高宗对此事一直耿耿于怀，于是密令岳飞对虔州屠城，以泄隆祐太后逃经虔州时所受惊吓之恨。岳飞以事出有因为由，再三请求赦免虔州城无辜百姓，宋高宗方才同意取消屠城令。

此后的绍兴二十三年（1153年），朝廷想到虔州近些年来一直绿林抗争不断，起义频繁，先有所属虔化县乡贡进士李敦仁与其弟李世雄、李世臣、李世昌等人于建炎四年（1130年）聚众万人暴动，一度攻占四州十县；后又于绍兴二十二年（1152年）发生驻虔州的东南第六将校齐述率部四千余人起义占城百余天的事件，认为其中必有缘故。为此，朝廷总结“江西多盗，而虔州尤甚”的原因时，认为“虎头州非佳名”，经过中书省议定，于当年二月诏令改虔州为赣州。“赣州”之得名，由此而始。同时，所辖的虔化县也以这个原因改名为宁都县。

陈颙起义之事过了百年，赣州绿林又出了一名影响极大的义军领袖陈三枪。宋理宗绍定元年（1228年），明教信徒陈三枪在赣州松梓山举义。明教本名摩尼教，发源于古波斯萨珊王朝。唐代宗大历年间，摩尼教传至江淮等地。及至唐武宗时期，摩尼教因武宗灭佛而转为秘密宗教，并吸收道教及民间信仰，改称明教。两宋时，明教流行于淮南、两浙、江东、江西、福建等地，在民间和江湖人士当中颇有市场，也常有信徒借此举事。陈三枪起义持续七年，在江西、广东、福建边境攻占多个州县，建立上百个山寨。陈三枪钻研陈颙留下的“霹雳五禽阵”，并在此基础上进一步改进，使之更加适合山地作战，屡败南宋官军，声势浩大，最后朝廷调集重兵能将方才将之剿灭。陈三枪被杀后，义军仍有余部散布在深山老林，“霹雳五禽阵”也随着他们在各地山寨流传，但因为缺乏高手传授，终于日渐式微，绿林中能运用者越来越少。至冲天寨叶南潭手上，又过了四五十年。

这叶南潭本是雩都县一富商子弟，从小喜欢习武和结交江湖上的朋友。后来，因为父亲受同行陷害，当地官府受了贿赂，一味偏袒，将其父关进牢里并殴打致死。叶南潭一怒之下，深夜潜入仇人家里，一刀将他毙命，并将县官打成重伤，因此被官府追缉。叶南潭在江湖亡命数年，觉得还是要找一个立足之地，无奈之下，只好投奔绿林。起先，叶南潭在雩都屏坑山大龙寨入伙，后来因为与寨主意见不合，便带了十几名兄弟来到赣县宝莲山另立门户。叶南潭交友甚广，武功底子亦佳，一个偶然的机会，被前辈高人传授几近失传的“霹雳五禽阵”，他的冲天寨由此异军突起，近年来在绿林闯下了不小的名头。

这天夜里，叶南潭得到探哨情报，得知宝莲山来了一群不速之客，动静闹得还不小，其中不乏武功超群之人。叶南潭既已在此落草为寇，心里便将宝莲山区视为自己的势力范围，岂容他人在眼皮底下如此闹腾？更考虑到其中可能牵涉重大利益关系，于是亲率精锐力量赶下山寨察看究竟。

巴如台、刘梦凌、荀梦冰、向三通面对逼上来的敌人，初时还能二三人腹背相依，有个照应。但随着对方怪招迭出，阵形不断调整，不久，他们便逐渐陷入了几个五人小阵的包围之中。冲天寨的人知道他们几个是主角，所以派出对付他们的各个小阵，自然是战斗力最强的。

向三通是初次见识“霹雳五禽阵”，起初还以为这些乌合之众联合起来之后力量虽然可以大大增强，但要单个击败他们估计也不会太难，所不容易者只是把那些随从们解救出来。没想到，试着出了几掌之后，却发现这些人虽然看似不像武林高手，可五个人联手，这些不同的招数使出来，就如同出自一名一等一的高手。他们防守严密，进攻得当，进退自如，还不时发出扰人心神的吆喝呐喊，让人不胜其烦，即使武功再高，要想一举击溃他们，也是颇不容易的。他不敢大意，当即取出一对铁爪，运劲甩开一个小圈，不让这五人逼近。

巴如台、刘梦凌看这形势，知道和他们纠缠得越久，越发难以脱身，从速突围才是上策。二人互相吆喝一声，提醒荀梦冰、帖列都不可恋战。巴如台、刘梦凌、荀梦冰曾经在横溪渡遭遇过一回“霹雳五禽阵”，知道此阵以五人之力取长补短，力量绵绵，最是不可久缠，否则即使对手功力较弱，也可以把一个高手拖得疲惫不堪。现在既然打定主意“走为上”，他们便使出浑身解数，全力以拼，着意瞄准对方的薄弱点，伺机冲出小阵。

荀梦冰自从上次在横溪渡初遇“霹雳五禽阵”，便在琢磨此阵的奥妙所在。此后了解到该阵的布阵原理后，仔细回想，便发觉充任“鹤”这个角色的人虽然动作轻盈，但内力在五人当中似乎最弱，若要突围，以这个方位最佳。当下，他向巴如台、刘梦凌低喝一声：“虎鹿熊猿鹤，攻‘鹤’位！”旋即以“二十四式朝阳刀”向五人轮番进招，几个回合下来，已找准“鹤”位所在。荀梦冰将“鹤”位之人视为首要敌人，弯刀闪烁，连续向他攻出“凤鸣朝阳”“开云见日”“乌飞兔走”三招，果然打开一个小小的缺口。荀梦冰见机不可失，冒着被其他人击中一两招的风险，大喝一声，作势要和“鹤”位之人拼个同归于尽，趁他们阵脚一乱，忙于救援和自救之际，身形如电，倏地冲出小阵。

巴如台、刘梦凌毕竟是武功好手，听得荀梦冰如此一喊，心领神会，如法炮制，很快也在各自所在的小阵内找到了破绽，一举冲出。帖列都却不明所以，正被一个小阵围得手忙脚乱。荀梦冰、巴如台、刘梦凌摆脱小阵纠缠后，趁势从外围对帖列都所在的小阵攻上几招。这个小阵哪能同时抵挡这么多高手，登时乱了阵法。待得他们重新调整好阵形，帖列都已在巴如台等人的掩护下找到空隙脱身而出。

巴如台、刘梦凌、荀梦冰、帖列都知道此地危险，不可久留，若是动作稍慢，又被他们缠上就麻烦了，当下趁着这几个被冲破的小阵尚未重新围上来，从仍在与向三通等人混战的各个小阵之间找到空当，急速奔出。刘梦凌见自己一行已走上山道，脱离了“霹雳五禽阵”的范围，心头一松，还不忘对向三通喊一句：“向三爷，你慢慢教训他们吧！我们先走一步，后会有期！”

（六）冲天寨

向三通见巴如台等人扬长而去，情知久战下去必败无疑。自己是成名人物，如果稍有不慎，被这些无名山匪擒获，自然大失颜面。当下唯有奋力突围，再从长计议才是良策。他虽然元气受损，但人到危急关头，往往力量倍增。想到这些厉害关节，向三通强打精神，将两只铁爪甩得呼呼响，瞅准敌人薄弱处连连进攻。

飞鹰帮本身便是由土匪寨起家，势力不断扩张，才成为江湖一大帮派。向三通作为帮中重要人物，此前虽未遭遇过“霹雳五禽阵”，但他早年常率部与大大小小的山寨火拼，对这种山地作战并不陌生。凭着他的丰富经验，若要突围，比之巴如台、刘梦凌等人倒是更有优势。向三通主意已定，接连攻出七八招后，五人小阵为他强悍的攻势所迫，果然出现一个破绽。向三通运足内力，冲着破绽处的二人猛地暴喝一声。这二人内功本来就远远不及向三通，被他雄劲的内力一激，登时吃了一惊，手脚不禁一缓。向三通趁机冲出小阵，脚不停步，从人群中穿梭而去。他知道自己与朱掌柜几番苦斗之后，受伤不轻，功力比平时大打折扣，实在无法持久抗敌，当即收了铁爪往外奔去，几个随从也顾不上了。

叶南潭等几个头领没想到对方这几个为首的人物武功居然这么高明，纷纷突破小阵脱围而去。他们离得稍远，要想拦阻也来不及，只好由他们去了。剩下的这些人，武功与巴如台、刘梦凌、荀梦冰、向三通几个相差太远，被冲天寨的人马围困得精疲力竭。陆花脸的那些手下见势不妙，有的已放弃抵抗，束手就擒。

又过了将近半个时辰，向三通那几个随从也终于支撑不下，成了冲天寨的俘虏。叶南潭见战斗结束，下令将为首的押上来审问。陆花脸手下的几个小头目被同伴推出来，这几个人平素欺善怕恶，此时见了冲天寨这帮人的架势，早已吓得魂不附体，无需多问，便三下五除二，将自己一伙人的来龙去脉交代清楚。叶南潭得知这些人主要是祁禄山黑松寨陆花脸的部下，另几个却是鹰盘山飞鹰帮的人，而逃脱的居然是飞鹰帮的三当家向三通，不禁颇感意外。叶南潭和陆花脸虽没直接打过交道，但同为绿林中人，相互之间也知对方名号。祁禄山与宝莲山虽然相距不远，但陆花脸这人在江湖上的名声向来不怎么好，叶南潭则一向讲究“盗亦有道”，与他道不同不相为谋，所以无意和他往来。前些年，叶南潭得知陆花脸明火执仗率部到宝莲山上的黄婆地圩抢劫，对他这种不讲规矩的行为甚为恼火。黄婆地圩离冲天寨不远，陆花脸此举，显然是没把冲天寨放在眼里了。如果此时陆花脸在场，自当好好教训他一番。但现在擒获的都是些没多少分量的喽啰，抓了也意义不大，本来就慎开杀戒的叶南潭便狠狠地训斥了一通，叫他们带话给陆花脸，今后胆敢再上宝莲山，冲天寨便将他的黑松寨踏平。随即勒令他们立刻滚下山去。

陆花脸手下这些喽啰，本来就是贪生怕死之辈，此番在宝莲山被厉害的同行擒住，想到自己这些人不请而来，原本就犯了绿林大忌，只道今天不死也得脱掉半层皮，心里正叫苦不迭，不料叶南潭只是教训一通，便把他们放了，登时如获大赦，在地上重重地磕了几个头之后，一窝蜂往山谷外跑去，转眼间逃得不见踪影。

对于向三通这几名随从，叶南潭倒是颇费踌躇。飞鹰帮的势力，他当然是清楚的。冲天寨既无飞鹰帮那样的野心，也无飞鹰帮那个实力，他们既不想扩张，也不想被人吞并，只希望守住自己的势力范围，自由自在过活，不受人管束就行了。然而，两个多月前，从没打过交道的飞鹰帮突然派人前来拜访冲天寨，希望他们归入飞鹰帮麾下，共图大业。叶南潭当年从雩都屏坑山来到宝莲山，就是因为不愿寄人篱下，仰人鼻息，所以听了飞鹰帮使者的来意之后，不假思索，婉言谢绝。但碍于飞鹰帮的实力，叶南潭也没有和他们撕破脸，不动声色地露了一手武功之后，仍然把他们当客人招待。现在得知向三通亲临宝莲山追寻“祥瑞三宝”，而且亲自“领教”了“霹雳五禽阵”，叶南潭心里虽然不痛快，但真要和他们翻脸，又不得不计较后果。

冲天寨二寨主金天保见叶南潭犹豫不决，在一旁说道：“飞鹰帮的人，我们还是不得罪为好。毕竟他们人多势大，真要是因为这样的事和他们公然闹翻，乃至最终打起来，只怕我们占不上什么便宜。”

叶南潭颇为不悦地说道：“人多势大就可以这样蛮横霸道，人少势薄就一定要那般低声下气？人生在世，图的就是活得有个样子。他们想要和我们开打又怎样，大不了鱼死网破。”

三寨主薛景森也在一旁劝道："我们当然不是怕了他们。但这几个人在他们帮里又不是什么大人物，抓了也没什么价值。不如放了他们，先做个人情，这样他们也就没什么话可说了。"四寨主石志全、五寨主刘地虎也连声称是。

叶南潭见几个兄弟都是这个意见，他也不想多结仇家，只要飞鹰帮不生事，冲天寨当然不去招惹他们，便不再多说，挥挥手，叫向三通那几名随从快快离去。这几名随从见叶南潭他们到底还是对飞鹰帮有所顾忌，心里得意，但生怕叶南潭反悔，脸上不敢流露出来。听得叶南潭让他们走，三个人松了口气，二话不说，拔腿就跑。

数十号人很快走得干干净净，山谷只剩下冲天寨的人马和朱掌柜、刁八月、朱来福。叶南潭从马背上跳下来，走前几步，朗声说道："宝莲山真是藏龙卧虎啊！一个开客栈的，一个打铁的，竟然都是难得一见的高人。冲天寨立寨这么多年，却对此毫无察觉，我们这眼光，真是惭愧得紧啊！"

刁八月哈哈笑道："冲天寨的兄弟平素对宝莲山各个村寨关照得很，从不骚扰近邻，我们连打架的机会都没有，哪里知道双方的深浅呢！就说我这掌柜老哥吧，虽说我们做了几年的邻居了，但要不是遇上刚才那伙人，我哪里能想到他有这手好功夫哩！"

叶南潭大拇指一竖，对刁八月赞道："爽快！叶某就喜欢交这样的朋友。"又询问二人如何与飞鹰帮、黑松寨、崆峒门结上了仇，以致被他们联手追捕。朱掌柜见他为人豪爽，心生好感，便将自己原本是文天祥旧部，南宋覆灭后隐居宝莲山，却不知如何被向三通、刘梦凌等两路人马盯上了，一切纠缠因此而起的经过简单说了一遍。

叶南潭听得朱掌柜是文天祥旧部，肃然起敬，抱拳说道："官府中人，好人不多，否则我们汉人这么多，这些大好江山怎么可能被远道而来的蒙古人给占了！但文丞相是少有的好官，他不但不贪财，不欺压百姓，还把家财都拿出来为朝廷打仗。这一点我是深深佩服的！他一介书生却有这般硬骨头，当年朝廷那些达官贵人们纷纷退缩逃跑时，他却挺身而出，知其不可为而为之，这一点我更是极为钦佩！所以，赣州府那么多有钱人、没钱人都愿意跟着他干，赴汤蹈火在所不惜，因为大家都是明白道理的。说实话，我叶某人当初并不怎么理解他，甚至还以为他在赣州举义旗只是为了走终南捷径。待得他守节赴死之后，就相信了这确实是一位难得的真英雄！”

朱掌柜慨然说道：“叶寨主能有这等见识，我为文丞相感到欣慰！文丞相遇难已经五年有余，蒙古人完全占据汉人天下也有上十年了，可叹我大宋遗民报国无门，复国无望。更可叹还有这么多江湖人士胸无天下，却只是惦记着文丞相的遗物，真是利欲熏心，令人寒心！”

叶南潭道：“你们那个什么‘祥瑞三宝’，我也是早在数年前就有所听闻的。如果是别的哪个大人物流传下来的宝物，那倒也罢了，人家可以取，我们自然也是可以取的。但既然是文丞相的东西，我们冲天寨又没举兵讨回汉人江山的雄心壮志，那就不凑这个热闹啦！所以，老兄尽管放心好了，这东西不管在不在你身上，我们是不会打这个主意的。”

朱掌柜向叶南潭拱拱手，说道：“难得叶寨主如此深明大义，通情达理。这三件东西，本来便是文丞相用来对付蒙古人的，如果遇上这等有志之士，我们自当共同寻找出来，同心勠力，还我河山。只是如果遇上刚才那几伙人这样的角色，那就宁愿让它们深埋地下，永不见天日，也不能让他们得逞了，否则只怕还要祸害一方。”

叶南潭点点头，说道：“这倒也是，这些好东西若是落在歹人手上，无异于助纣为虐，的确要选对了人才行。不过老兄你也别指望我们承担这种大业喽，别说我叶南潭没这份本事，就算有，我还瞧着官府生气呢。文丞相是文丞相，大宋官府是大宋官府，他们可不是同一回事。像文丞相这样的好官，在大宋朝廷能找到几个？要不是大宋官府无道，我叶南潭也不至于无家可归，到这里当山寨王啦！”

朱掌柜说道：“人各有志，不可强求。能做到像叶寨主这样人在绿林，心有道义，已经是十分难得的了！”

叶南潭哈哈一笑，说道：“我们虽然占寨为王，无法无天，不受任何人管束，但做人的基本下数还是要讲的，伤天害理的事可万万不能做。否则，人在做，天在看，总有一天要遭报应的！”朱掌柜、刁八月拍手称是。

叶南潭向四周扫视一遍，对朱掌柜、刁八月说道："飞鹰帮这几伙人虽然暂时不会过来了，但你们在那黄婆地圩的客栈和铁匠铺，只怕一时也开不成了。这消息传开后，还不知有些什么人要来找你们的麻烦呢。我看几位和我们也算有缘，不如到我们的山寨小住几日，再作计较。"

刁八月在一旁听得叶南潭说话甚有诚意，对这个山寨首领颇有好感，应和着对朱掌柜说道："寨主盛情，令人好生感动。这倒是个好主意，老兄你身上有伤，我也一时没什么去处，我看借叶寨主的宝地养一养也是好的。"

朱掌柜见这叶南潭谈吐与寻常山匪大不一样，说话甚是实在，知道盛情难却，如不答应，反而得罪了他们，让人家心生不快。自己既然隐居宝莲山，能借此机会多交些本地朋友当然也是好事，便不再推辞，谢过之后，随他们上山。

冲天寨是宝莲山的一座高峰，耸立在大大小小的山峦之间。一行人沿着山谷走了几里地，沟深林密，山泉淙淙，越往前行越发清幽。其时太阳已经升高，但大雪过后的天气，山间尤其寒气逼人。叶南潭等几个首领与朱掌柜、刁八月走在前面，他们的坐骑由手下牵着跟在后面。道路狭窄陡峭，这几匹马跑惯了山路，行走起来如履平地。

密林之间，陆续出现一两间木屋，这是叶南潭在山下布置的哨所。再往前走，山路越来越陡，正在通往山顶。道路上的雪因为踩踏的人多，正渐渐融化。行至半山腰，见到一座乱石垒起的寨门。一道数十丈长的石墙从寨门两侧延伸出去，石墙尽处，便是寸草不生的悬崖峭壁，堪称天险。其时天气寒冷，悬崖下挂满了大大小小长长短短的冰凌，晶莹剔透，甚是壮观。

刁八月见此情景，忍不住赞叹道："叶寨主可真会选地方！到了这里，寨门一关，果然逍遥自在，像过神仙日子一般！"叶南潭笑道："宝莲山奇峰无数，我等独爱此处。这只是其中一个寨门。到了山顶，你们就知道这冲天寨的好处了。"

说话间，叶南潭、朱掌柜、刁八月等人已进得寨门。只见山间稍平处，散布着数十座屋舍，有的用山石垒成，多数是土房和茅屋。周边是成片的大树，树身披着厚厚的一层白雪。叶南潭对朱掌柜和刁八月说道：“这是我们的东寨门，也是最重要的一个寨门，由二寨主在这里管着。”金天保向朱掌柜、刁八月点点头，叫原本住在东寨门的那些部属留下，又对两名守寨门的喽啰叮嘱了几句，一行人继续上山。

穿过这片屋舍，山势又变得陡峭。山道上的积雪已被铲到路的两边，树木越来越矮小，都是些杜鹃、刺柏之类的灌木，远不如山下茂盛。又行得几里路，到了峰顶，地势却比较开阔。正中是一间山石建筑的大房子，立在这高山之上，颇有气势。周边和东寨门一般，也是数十座石屋、土屋、茅屋，一层一层的错落有致。

叶南潭对朱掌柜、刁八月说道：“从这里往不同的方向下山，还有几个小寨门。今日你们劳累，就不必再走动了，且在这山顶歇着。纵有多少仇家，谅他们也难以找上山来。哈哈！”朱掌柜呵呵一笑，说道：“你这宝寨守得铁桶一般，若非寨主同意，只怕连一只鸟也不敢轻易飞上山呢！”刁八月环顾四周，啧啧赞道：“难怪贵寨叫冲天寨，今日一见，果然是一寨冲天般的气势啊！”众人都笑了起来。

叶南潭将那些部属解散，与几个首领陪着朱掌柜几人进了正中那间大屋。厅堂当中，摆着一张大木桌，旁边还有上十张椅凳。桌后的墙壁上，挂着一块黄色的大绸布，上面绣着一个硕大的“义”字。这是冲天寨平时议事的地方，布置虽不如城里大户人家那般考究，但在这山寨之中，也算是难得一见的雅致了。伙房很快送上茶水、点心，让他们边暖暖身子。

叶南潭在主位坐下，说道：“我们这样的小山寨，也没什么好招待的，几位先将就一下，酒菜马上就到。”朱掌柜说道：“客气，客气！”端起茶杯，一饮而尽。他与向三通等人苦斗几场，此时脱险，始觉疲惫不堪。一杯热茶喝下去，竟也酣畅无比。

说话间，酒菜陆续上桌。刁八月也不讲究那么多，边吃边说道：“闹了这大半天，没看到吃的倒也罢了，这吃的一来啊，还真受不住了！”众人闻言齐笑。

这山寨饮食虽谈不上奢华，但宝莲山是座大山，多的是飞禽走兽、奇花异草，冲天寨这些人虽是草寇，但多数从小在山里长大，捕猎也是能手，不下山抢劫时，便在山里打猎，山寨里的腊货便源源不断。客家人从中原南下，长途迁徙，历尽艰辛，尤其善于就地取材，制作不同的食品。即便寻常食物，在他们手上也能做出不一般的风味。冲天寨这些人多数便是客家人，自然也不例外。此时端上桌的有腊野猪肉、梅菜扣肉、风干山鸡、板鸭等菜肴，还有冻米糖、珊瑚条、黄元米果、烫皮、柿饼等糕点，色香味俱全，即便是平时，也能让人一见之下食指大动。

刁八月、朱掌柜、朱来福累了一夜一晨，乍见一桌美食，也不客套，风卷残云，敞开肚皮好好吃了一顿。叶南潭他们则陪着吃了些酒菜。冲天寨虽然地处宝莲山，但自从叶南潭来这里建寨，便立了个规矩：只抢山外，不抢山里；只抢富人，不抢寒家。所以，他们平素和宝莲山的居民很少打交道，即使到黄婆地赴圩，也只是以寻常过客身份，从不扰民。多年来，宝莲山的居民虽然知道冲天寨盘踞着一支草寇，但因为他们和自己从无冲突，所以人们并不把他们当山匪看，只当作是大家在干不同的职业罢了。这次刁八月、朱掌柜和叶南潭等人面对面接触，边吃边聊些闲天，倒也没什么隔阂。

席间，叶南潭与朱掌柜、刁八月谈论武功，对二人甚是佩服，说道："以二位的身手，在这山里开个小店未免屈才了，不如加入我们寨子，我给你们一个二寨主三寨主干干如何？"

金天保闻言，脸色登时一变。叶南潭不以为意，哈哈笑道："冲天寨要在这弱肉强食的世道立稳脚跟，没几个像样的高手哪成呢？待得人家欺上门来时才想到找师父，那可就为时晚了。只要遇到有足够实力且能主持公道的，我看把我这个大寨主的位子让出去也无妨。"

刁八月连忙说道："多谢叶寨主美意！不过，我是一个粗人，可没什么能耐，而且一向闲散惯了，能做各位的朋友就行了，到寨里混大家的饭吃就免了吧，呵呵！"

朱掌柜向叶南潭敬了一杯酒，说道："各位都是热血汉子，我倒觉得天地这么大，如今又是蒙古人当道，不妨把目光放长远些，图谋一番大事业，看是否有机会把蒙古人赶回去，为我汉人出口气。"

叶南潭仰头把杯中酒一饮而尽，摇摇头说道：“免了免了，这个就真不必多说了。我们能够在这里安稳地过过日子就行了，至于天下是谁的，本来就和我们无关。在我看来，谁当皇帝都一样，反正我们也不拜他。”

金天保说道：“人生在世，吃穿二字。我们占山为王图个啥？不就是过这样的日子嘛。既然已经过上了这样的日子，又何必自找麻烦，和官府对着干，招惹那么多的祸患？再说，就算把蒙古皇帝赶跑了，这对我们又有什么好处？”

五寨主刘地虎也在一旁说道：“就是就是，我们现在的日子过得多好，不惹别人，别人也不惹我们。除了缺个女人，平时有酒有肉，何必想那么多。”

朱掌柜本想试探一下他们，是否对蒙古人占领汉人江山耿耿于怀。蒙古人得了天下以后，汉人尤其是南方汉人在任职、科举、刑律等方面都低人一等，在南方地区引起普遍不满。如果叶南潭等人也反感蒙古人的统治，就努力把他们争取成为抗元力量。其时南宋虽已灭亡多年，文天祥等抗元中坚力量也已不在人世，但在南方尤其是文天祥发动勤王的南赣地区，仍有少数文天祥余部未放弃反元复宋之志。朱掌柜当年曾为文天祥麾下将领，在抗元前线出生入死，此时形势虽已今非昔比，但其内心深处，自然期待仍有与蒙古大军再决雌雄的机会。

叶南潭等人既然这么说，朱掌柜便知道，此事不可勉强，至少目前是这样的，再说下去的话只能适得其反。于是，他岔开话题说道：“其实我当年虎口余生，对这些事也看得淡了，今后只想过点自由自在的日子。打打杀杀的事，能避免就避免吧。”他这话算是婉拒了叶南潭邀请入伙的提议。

叶南潭倒也爽快，听得二人这般说，知道他们无意入伙，便不再勉强，只劝大家多喝几杯酒。他不提这个话题，另几个寨主当然也不再多言。

饭后，朱掌柜以自己被江湖人士追踪，不便过多叨扰为由，提出尽早离开冲天寨。叶南潭因朱掌柜身上有伤，劝他还是在寨上多住几日，以便及早恢复功力。至于伤愈后何去何从，由他自己作主便是，冲天寨随时欢迎他们一行再来做客。刁八月觉得叶南潭所言甚有道理，也在一旁相劝。朱掌柜见叶南潭诚意挽留，想想此地疗伤倒是颇为理想，便答应暂时住下。

冲天寨地势险要，叶南潭在半山腰四个方向分别设了东西南北四个寨门，由金天保、薛景森、石志全、刘地虎分别带人把守。山上通往山下的主要出入口是东寨门，驻扎的人也最多。其他三个寨门虽也可进出山寨，但道路陡峭，地形隐蔽，一般人并不知晓，驻扎的人也相对少些。叶南潭自己则率一部分人马驻扎山顶，统一调度各寨门力量。

叶南潭将朱掌柜、刁八月、朱来福安顿在山顶住下。朱掌柜单独住一个房间，刁八月和朱来福则住隔壁一间。金天保、薛景森、石志全、刘地虎与他们告别，回到各自驻扎的寨门去了。叶南潭与他们再聊得片刻，也出去忙事了。山顶北风呼啸得厉害，尽管太阳渐高，天气却依然寒冷。朱掌柜他们虽说和叶南潭相谈甚欢，可毕竟是外人，不方便在寨里随意走动，等他们离去后，便各自去屋内休息。

山上清静无事，朱掌柜服用了几颗自制的灵芝丸，运用内功心法，关起房门调养得几个时辰，功力已恢复了六七成。宝莲山山高林密，盛产灵芝。灵芝本来便是滋补强壮、扶正固本的珍品，朱掌柜所携带的灵芝丸是用上好的灵芝混入药莲磨粉制成，还佐以蛇胆、虎骨等物，对恢复功力大有好处，而且具有解毒功效。朱掌柜所受之伤主要来自与向三通所对的那一掌，好在二人均是内力深厚，虽然元气大损，但尚未伤及根本，只需调养数日，便可完全恢复。

此后数日，金天保等人未再上山顶。叶南潭虽在山上，但因朱掌柜尚需静养，也少有过来打扰他们，到了饭点，便安排人送饭菜过来。朱掌柜难得如此安静，两三天后便觉得内息通畅无阻，功力已基本恢复，比预料的还要快些。刁八月和朱来福在屋内闷得甚是无聊，偶尔打开门出去走走，与山上的喽啰聊聊。朱来福有时还到伙房帮忙做做饭菜，重温一下厨艺。他在宝莲旅舍干了数年，做菜的功夫自是不差。

这天深夜，朱掌柜正在睡眠中，突然听得外面响起一阵细微的脚步声，似乎有人踩在残雪上疾速而过。朱掌柜一向警觉，从声音判断此人轻功不弱，冲天寨未必有这等高手。他心下诧异，当即悄悄起身察看。轻轻推开屋门，恰见十几丈外，一条黑影正从灌木丛中往下飞奔，看那背影，居然颇有几分眼熟。

次日正午，叶南潭忽然邀请朱掌柜到议事大厅用餐，金天保、薛景森、石志全、刘地虎几人也上山顶来了。原来，金天保率东寨门的兄弟刚刚猎得一头大野猪，做了一桌的好菜送上山来，算是宴请朱掌柜一行。刘地虎则专门从北寨门搬了几坛老酒过来助兴。

朱掌柜等人在寨里住了几天，已大致知道冲天寨因为地势崎岖陡峭，众人在山上居住分散，平时都在四个寨门和山顶各自开伙吃饭，只有逢年过节或者遇上特别的日子，首领们才找个理由聚在一起吃喝。这次金天保捕获的野猪，足有二百斤重，够大伙儿好好海吃一顿，所以宰杀后分送到各个寨门犒劳众位兄弟。又因朱掌柜等人是山寨难得的客人，金天保便将野猪的精华部分直送山顶，借机邀请诸位头领一起打牙祭。

叶南潭兴致很高，与众兄弟开怀畅饮，席间也不断向朱掌柜等几人劝酒。朱掌柜、刁八月、朱来福也不客气，来者不拒，一杯一杯地和他们干了。

众人边喝酒边谈些江湖逸事。其时冬阳高照，残雪消融，天气比前些时候暖和起来，大家几杯酒下肚，兴致也随之越发高涨。借着酒兴，叶南潭回忆起与金天保不打不相识的往事，二人又回忆起薛景森、石志全、刘地虎加盟的经过，说到有趣处，都忍不住放声大笑。

这金天保本是住在宝莲山最高峰水鸡岽半山腰的一名猎户，同时兼干独脚大盗的勾当，时常在附近打劫过往行人。那天，恰遇叶南潭孤身路过，金天保看他有几分书生模样，二话不说便冲上前要把他放倒在地。不料，叶南潭反应迅速，而且也能动武，十几个回合下来，金天保不但没能放倒叶南潭，反而被他一脚踢翻，狠狠地踩在地上。金天保倒也是条硬汉子，虽无还手之力，嘴上却不仅不求饶，还漫骂不止。叶南潭心里一乐，便松脚把他放了。二人互通名号，金天保这才知道，自己遇上的居然是个强盗头子，叶南潭也是干这一行的，人家手下还有十几号人，只是暂时还没找到理想的安营扎寨之所。金天保当场献计，告诉叶南潭不远处的冲天寨是个易守难攻的好地方，以他的身手，要把盘踞在寨里的那几个无名山匪收服或驱逐出去不是个问题。就这样，在金天保的指引下，叶南潭顺利地拿下了冲天寨。早先占领山寨的那几名山匪并无武功，身上只有几斤蛮力而已，见叶南潭武功不凡，却不肯就此下山，非得跟着他一起干不可。叶南潭见他们本性不坏，也就乐得收留。金天保见叶南潭为人豪爽，武功又好，跟着他吃不了亏，也不再单干了，做了叶南潭的得力助手。

叶南潭占据冲天寨不到一年，因为他在绿林中的名声甚佳，前来投奔的人络绎不绝，手下很快有了上百人。金天保见叶南潭懂得操练“霹雳五禽阵”，更加感到冲天寨前景看好，便把以贩卖山货为生的表弟刘地虎也拉上了寨子。那刘地虎以前走村串户收购山货，日子却过得并不宽裕，有几次虽然赚了点小钱，却在半路上被强人劫去。如今听得有机会入伙冲天寨，乐不可支，欣然上山。叶南潭看在金天保的面子上，让他也做了一名头领。

薛景森、石志全则是此后慕叶南潭之名前来投奔冲天寨的。这二人是信丰县人氏，出身桑蚕人家。其时赣州蚕丝业颇有规模，薛景森、石志全原本家境殷实，却因二人的父辈双双得罪当地豪强，田产被人强取豪夺，及至薛景森、石志全成年时，家境已然衰落，只好远走他乡。叶南潭为了试探他们的本事，特地让二人交一份“投名状”。二人立马跑到贡水之畔的罗家渡抢劫了一家土财主。没想到，事后方知此人却是叶南潭的姑父。为此，薛景森、石志全只好想办法使所抢得的财物完璧归赵……

石志全、刘地虎还特别忆起最激烈的一次战斗，是在横溪渡抢劫几个富商。事情本来顺风顺水，不料一家客栈突然冒出几个武功高强的家伙，莫名其妙地与他们争夺一名不肯交钱的米店老板，害得双方都有人受伤。那次是他们二人带领队伍下山，没想到以四五十人对付七八个人，还有兄弟被伤得厉害，回去后难免闷闷不乐。后来还是叶南潭说起冲天寨建寨以来从未遭遇如此强手，二人方才释然。没想到，前些天再次遇上这几名武功高强之人，这才知道他们竟然是赣州路官府和崆峒派的高手，而且这次又让他们跑了。

说到这里，石志全把酒杯重重一放，对叶南潭说道：“大哥还是要教导兄弟们在阵法上再下些功夫，好好练一练。下次再遇上这几个人，务必把他们逮住，让兄弟们好好出一通气！”突然眼前一花，但觉酒困乏力，歪头趴在桌上。

叶南潭笑道：“没见过高手，大家哪知道不足？强中更有强中手，武学之事，苦练是必须时时坚持的……你怎么就醉了？酒量没这么差吧……”说到这里，头一歪，慢慢趴在桌上，酒杯倒了也不知觉。接着，薛景森、朱来福、朱掌柜、刁八月也摇头晃脑地陆续倒下了。

金天保哈哈一笑，连击三掌，十几名手下从厅外进来，垂手而立。金天保问道：“山顶和南寨门、西寨门这些人都处理好了吧？”

为首的几个人齐声说道：“他们喝完酒后，早就倒下了。我们按寨主的吩咐，已让兄弟们先用绳索绑起来，听候二位寨主发落。”

金天保说道：“很好，干得不错！眼前这几个人虽然功力深厚，但喝得也多。中了‘迷离散’，没有两个时辰是醒不来的，就算醒了，几个时辰之内也是手脚无力，没法和人动武。”

刘地虎问道：“接下来怎么处理他们？恐怕要尽早决定，不然生起其他事端就麻烦了。”

金天保说道：“不急，不急！老大和我们毕竟是出生入死的兄弟，他要是答应加入飞鹰帮，留他在寨子里做个三当家也是可以的。老薛和老石倒是要想个办法，看怎生处理。”

刘地虎说道：“这两个破落户，寨子里须容他们不得。老大就是因为老听他们的，才把我们兄弟俩逼到今天这个地步。”

金天保沉吟片刻，说道：“要不，让他们离开寨子，自谋出路吧？好歹大家也是兄弟一场，这般好聚好散也是个不错的结局。”

刘地虎摇头道：“就怕没这么容易。放虎归山，谁还能保证老虎不伤人？既然闹到这个地步了，不下决心的话，或许后患无穷呢！”

金天保说道：“我理解你的心情。他们二人入伙比我们晚，就因为他们都读过几年书，识得几个字，老大和他们一见之下臭味相投，竟把他们的位子排到你前面了。这事的确做得不该，但也不能说他们二人使了坏。”顿了顿，又说道，“其实我也预料到了，按老大这种想法，这样下去，迟早有一天我也会被挤到边上去，只要出现了他看中的能人。”

刘地虎拍手说道：“就是啊！老大老说什么‘见贤思齐’，总觉得后面来的和尚更会念经，不把我们这些老兄弟放在眼里，这样跟着他混下去有什么意思？还不如我们自己当家作主得了！按我的意思，要不，干脆将他们通通解决算了？”

金天保右掌往下一按，说道：“这倒万万不可！再怎么说也是兄弟一场，虽说道不同不相为谋，但还没到要以性命相搏的分上。等会把他们弄醒，我们当面锣对面鼓，把话说清楚了，只要今后互不为难，一切都好商量。”

刘地虎轻轻叹一口气，说道：“只怕就算我们同意放他们一马，飞鹰帮还未必答应呢。”

金天保说道：“这个我们事先已和飞鹰帮说清楚，不然我们也不入他的伙了。向三爷答应过的，寨内兄弟们之间的事，他们并不过问。以他们的江湖地位，不至于在我们这样的小山寨面前丢了身份。更何况鹰盘山离宝莲山这么远，很多事情他们鞭长莫及，终究还得依仗我们去做，这个大可放心。”

原来，冲天寨自从到了叶南潭手上之后，陆续修建了几座寨门，增建了许多房舍，秩序井然，自成一体，寨里众兄弟日子过得悠然自在。刘地虎初上山时，做的是三寨主，当时甚为志得意满。再后来，薛景森、石志全也来入伙。叶南潭少年时曾经是读书人，而这二人也是读书人出身，只是生不逢时，乱世之中无缘考取功名，家道中落之后无以为生，于是仗着身怀武艺，投奔绿林。与大字不识几个的金天保、刘地虎相比，薛景森、石志全自然与叶南潭多了些共同语言。再加上二人武功比刘地虎要高明，叶南潭便重新排了座次，把刘地虎从三寨主降为五寨主。叶南潭自认为凭能力论英雄，大家都无话可说，却没想到，此举已让金天保、刘地虎对他们三人心生芥蒂，只是碍于实力不够，不好公开说破而已。

前不久，飞鹰帮派了使者从南安路前来赣州路招安各地山寨，以图江湖霸业。飞鹰帮使者所到之处，畅通无阻，大大小小的山寨纷纷归附，唯独在冲天寨遭到婉言谢绝。但冲天寨内部对此其实也有不同意见。叶南潭喜欢的是自由自在，自然不愿意加入飞鹰帮受他人管束。金天保则看中了飞鹰帮的实力，认为飞鹰帮远在南安路鹰盘山，如果听其号令，冲天寨便可借助其影响力，在赣州路壮大自己的力量。无奈薛景森、石志全和叶南潭意见一致，金天保的意见便被叶南潭否定了。叶南潭还当着飞鹰帮使者的面训斥金天保，让金天保很失面子，使他每每想起这事，便对叶南潭等三人心生怨恨。冲天寨出现今日之变故，直接原因也是由此而起。

金天保沉思片刻，对那些手下说道："这几个人武功不弱，先把他们绑起来再说吧，绳子要用粗一点的——老大就算了，大家不得无礼，先用冷水给他洗把脸吧，我们和他好好商量一下。"

几个汉子应声"是"，抽出随身携带的绳索，分别走到朱掌柜等几个人身边，便要动手。

便在这时，朱掌柜、刁八月猛然抬起头，大喝一声，一掌将面前的汉子推得跌出数步，随即手臂一长，以迅雷不及掩耳之势，分别击中金天保、刘地虎的膻中穴。二人猝不及防，浑身一软，已被朱掌柜、刁八月擒在手中。

（七）对手重逢

金天保、刘地虎目瞪口呆，动弹不得。他们那些下属一时束手无策，待要上前相救，却又自知武功与朱掌柜、刁八月相差太远，动起手来只能白白送死。正惊慌失措之际，只见叶南潭慢悠悠地抬起头，冲他们怒喝一声：“大胆逆贼，还不跪下？”

这十几个人一看叶南潭居然也没中毒，知道大事彻底不妙，但觉手脚发颤，赶紧就地跪下求饶。叶南潭也不理会他们，盯着金天保、刘地虎看了片刻，摇头叹息道：“你们两个，太让我寒心了！”

金天保、刘地虎见事情败露，脸如死灰。二人不知究竟是何原因致使阴谋败露，互相看了一眼，暗自叹一口气，低头不语。

叶南潭冷冷地说道：“你们只道自己的阴谋神不知鬼不觉，却不料老天爷对我叶某人还算关照，专门派了高人前来助我渡过此劫，真是天意啊！”转头向朱掌柜抱拳说道，“多谢老兄了！若非老兄留在我寨里，真要让这些宵小之辈阴谋得逞了。”朱掌柜淡淡一笑，说道：“积善之家，必有余庆。寨主一心向善，吉星高照，遇上这等事，自然有机会化险为夷，朱某只是代劳而已。”

原来，昨天夜里，朱掌柜听得有人从山寨行走，留意观察，见此人身手敏捷，而且背影似曾相识，并非山寨中人，不禁心生疑窦，便悄悄出门跟随下去。那人沿着小径一直跑到东寨门，在一间石屋门前停下，轻轻拍了几下手。屋里人很快点起灯，把门开了，那人倏地闪身进去。

朱掌柜凑到石屋的小窗户下，屏息倾听。里面两人说话声音细小，但朱掌柜内功深厚，隔得又近，还是听了个一清二楚。原来，这石屋正是二寨主金天保的居所，而进入他屋内的那个人，居然是飞鹰帮的向三通。

朱掌柜从二人的密谋得知，飞鹰帮派使者到冲天寨“招安”，遭叶南潭婉拒后，向三通获知金天保与叶南潭有不同意见，而且受了叶南潭的训斥，觉得有机可乘，于是暗地里派人和金天保秘密联系，欲拉拢他投靠飞鹰帮。金天保虽有此意，无奈山寨说话算数的是叶南潭，一时无计可施，只好等待时机。

这次向三通在冲天寨下面那个山谷摆脱“霹雳五禽阵”的纠缠后，并未走远，待得与那几个随从会合，便潜伏在冲天寨附近。他合计，既然大老远从鹰盘山跑到宝莲山，何不借此机会把收服冲天寨的事办了。他早就知道金天保有此心意，认为只要设法把叶南潭解决了，扶持金天保做了山寨老大，此人必定服从号令。于是，向三通派了两名随从扮成山里村民，利用金天保出寨巡山的时机，悄悄接触金天保，把向三通的来意转告于他，并将二人碰头商议要事的时间地点定了。

当天深夜，向三通按事先约定，孤身上山见金天保。金天保此前已转告向三通，东寨门因为地处要害，防守人员众多，其中不乏叶南潭的亲信，为确保万无一失，向三通宜从地势最为险要的北寨门上山。北寨门有多处悬崖，等闲人员难以登上，所以防守人员最少。这些悬崖对向三通这等高手来说自是如履平地，他不费吹灰之力便进了山寨。按照金天保提供的路线，向三通直奔东寨门，很快找到了金天保所居住的石屋。

向三通与金天保在屋内商定，归附之事，宜早不宜迟，刚好借朱掌柜等人在山寨客居之机，以宴请为由，把他们一干人一并解决了，以免后患。金天保与刘地虎二人一向同心，此事自然也少不了借助他的力量，便将与刘地虎联手的具体设想一并提出。向三通拍手称赞，答应事成之后，便立金天保与刘地虎为冲天寨正副寨主。至于叶南潭等人如何处置，则由他们二人自行决定。

次日一大早，金天保便密见刘地虎，将向三通来访之事说了，与他商量行动计划。刘地虎早就对叶南潭的种种做法不满，听得可以把叶南潭、薛景森、石志全三人除了，自是一万个同意。当下二人分工合作，按金天保所定计策，金天保带人出去狩猎，刘地虎则在几坛老酒里投放山寨特制的“迷离散”，届时以宴请朱掌柜等人的名义带上山顶，先将这些人迷倒再说。

朱掌柜当晚听得二人密谋，大吃一惊。回到住处，思量良久，想出了一个对付之策。天亮后，他先把刁八月请到屋里，把金天保的阴谋说了。随后，朱掌柜找到叶南潭，将夜里所见所闻细细说与他听。

叶南潭初闻此事，大为惊讶，当场便要找金天保算账。朱掌柜赶紧把他稳住，将自己的想法说了。叶南潭冷静下来，觉得只能如此，方能拿到二人勾结外敌搞阴谋的证据。“迷离散”是他们用来对付外人的迷药，方子还是金天保家祖传的。这种药的作用主要是让人在昏睡中失去抵抗能力，毒性倒是不强。冲天寨虽然按方子制了一些药，但平时其实很少使用。当下，叶南潭取了两份解药给朱掌柜，让他分一份给刁八月。为了防止走漏风声，此事对薛景森、石志全、朱来福也秘而不宣。朱掌柜行事谨慎，为防金天保加用其他毒药，还让叶南潭、刁八月事先另服了他的灵芝丸。三人依计行事，与众人尽情喝酒聊天，见石志全药性发作后，也假装昏迷过去。待金天保、刘地虎露出真实面目，朱掌柜、刁八月便当即出手制住二人。

叶南潭见金天保、刘地虎不敢面对自己的目光，愤愤地说道："这么多年来，叶某一直待你们如手足，没想到你们今日竟然做出这等事，此时更有何话可说？"

金天保面有愧色，垂头丧气地嗫嚅道："小弟糊涂，做出这般对不住大哥的事，实是不该！今日既然失败，也无面目求饶，任凭大哥处置便是了。"

刘地虎却一咬牙，抬头说道："愿赌服输！刘某运气太背，这次没能得手，但并不后悔，死了也没什么好说的。"

叶南潭长叹一口气，说道："你们倒是有点骨气！好罢，看在曾经兄弟一场的分上，我就成全你们，让你们痛痛快快去死吧！"

金天保说道："今天这事，主要是我谋划的。要说后悔的话，就是不该拉上老五赶这趟浑水。还盼大哥看在多年兄弟的情分上，只处死我一个，给老五留条生路吧？"

刘地虎哈哈一笑，说道："二哥你也太小看我了！此事要不是老大处事不公，总是欺负我们兄弟两个，也不至于闹到今天这个地步了！这么多年，大大小小的架与人打了上百次总有吧，要说该死的时节，没有七八次也有三四次了，这次就死了又如何？兄弟我既然和你一道做了这事，就没什么可悔的。要死就一同死，没什么大不了的。"

金天保说道："本来我们跟大哥也没什么过不去的事，可是大哥这些年的想法，实在和我们越来越拢不到一块去。尤其是在寨子里，总是信任他们两个后来者，瞧不上我们两个没读过书的。这样下去，兄弟们终有一天要闹翻。早知如此，不如我们当初就自行另谋出路，唉！”

刘地虎说道：“我是个粗人，不懂也不想说那些大道理，只希望把日子过得痛快些。可是这些年，总感到日子过得比庙里的和尚还没滋没味。偌大一个山寨，连个女人也没有，老刘可不甘心在这里断了香火啊！”

金天保、刘地虎此言倒是不虚。叶南潭本来就和他们在很多事情上有不同的看法，薛景森、石志全二人入伙后，叶南潭与金天保、刘地虎的分歧更是日渐明显。叶南潭过于看重为盗之道，对手下约束颇多，金天保、刘地虎二人则认为既然落草为寇、占山为王，图的就是过得快活，无须那么多清规戒律。二人还数次劝说叶南潭抢几名民女上山，分配给各位寨主做压寨夫人。叶南潭却以山寨生涯刀剑无情为由，不肯拖累女人，坚决不允，以致全寨上下清一色全是光棍。而每每议及这些事情，薛景森、石志全总是附和叶南潭，金天保、刘地虎因此心里更是不满。

刘地虎见叶南潭一时不再言语，轻轻叹息一声，说道：“我们胸无点墨，本事低微，自然越来越不在老大眼里。可是当年要不是我们一起打拼，这寨子也未必有今天这般景象。也罢，输都输了，多说这些废话干吗？给个痛快的吧！”

叶南潭想想二人所言，怒色稍缓，说道：“你们说的，也都是实情。这些年，我和你们的分歧是越发大了些，但有话可以好好商量，总不至于用这种手段对付自家兄弟吧？真是没看出你们是这样的人！”说到这里，不禁又有了几分激动。

金天保平静地说道：“用这手段，那也是迫不得已。但我们并没想要害大哥性命，只想用这种方式和大哥好好谈谈，所以只用了麻药，并没有在酒菜中下毒。”

叶南潭起身拔出二人身上的短刀，“啪”地放在桌上，对朱掌柜、刁八月说道：“请二位先松手，解了他们的穴道。”朱掌柜、刁八月见他这么说，只好放开二人，顺手把刚才所点的穴道解了。叶南潭又说道：“事情闹到这一步，我也不想多说什么，你们自己看着办吧。”说罢，不禁微微摇头。

金天保、刘地虎抓起短刀，叫一声：“谢谢老大！”抢起刀子便向自己右胸刺去。却见叶南潭身形陡长，双臂探出，转瞬间已将两把短刀夺回手中。朱掌柜、刁八月此前没见过叶南潭的身手，见他这一招出手利索，武功显然不弱，心里不禁暗暗称赞。

叶南潭把两把短刀放回桌上，轻轻地叹道："也罢，道不同不相为谋，既然你二人有了这些想法，大伙儿再处下去也不是办法。看在多年兄弟的分上，你们下山罢，今后大路朝天，各走一边便是了。"

金天保、刘地虎闻言一愣，随即单膝跪地，齐声说道："多谢了！"转身出门而去，短刀也不取了。叶南潭对那十几个手下说道："你们也只是奉命行事而已，都是兄弟一场，这次我也不为难你们了。愿意留的，赶紧去把那些被你们麻倒的兄弟们弄醒。不愿留的，速速跟着他们下山便是。"众人如获大赦，磕头谢过之后，赶紧跑出去忙乎了。

朱掌柜、刁八月见叶南潭举重若轻，不出一滴血就把山寨一场重大变故解决了，知道此人虽然可能有点刚愎自用的毛病，但与兄弟们相处却甚是不错，为人也颇大度，难怪冲天寨在方圆数百里众多山匪寨中名声不同一般。

朱掌柜、刁八月知道叶南潭接下来还要花不少工夫处理内部事务，自己留在这里难免尴尬，便给伏在桌上昏睡的朱来福服了解药，待他清醒后，三人向叶南潭辞行。叶南潭遭此变故，心情沉郁。金天保、刘地虎虽去，山寨尚有不少遗留问题需要一一解决，无暇顾及其他，何况朱掌柜伤已痊愈，也就不再挽留，由他们去了。

三人下了冲天寨，朱掌柜与刁八月合计，先回黄婆地圩上察看一下情况，再到山里找个地方暂时安顿下来。二人估计，向三通、巴如台等人决计不会善罢甘休，极有可能加派人手继续追捕他们。今后务必时时小心，处处提防。

这时正是未牌时分，暖阳高照，冰雪消融，天气晴好。林间溪水潺潺，清脆悦耳。三人见惯了宝莲山风光，对此本来便熟视无睹，此时心中有事，更是无意观光，只是匆匆赶路。

行了几里地，走出山林，路旁渐渐宽阔，离黄婆地圩已无多远。附近的山坡上，偶有三三两两的房舍在茂林间若隐若现，还不时传来鸡鸣狗吠之声。又行得两里许，峰回路转，数百步外，一条稍宽的道路从山崖拐出来，正是通往黄婆地圩的那条主道。朱来福是个年轻人，隔了些天没回黄婆地圩，见到熟悉的地方，不禁兴奋起来。刁八月说道：“还别说，离开家里好几日了，我也有点想念自己的铁匠铺呢！”

三人有说有笑地往前走去。便在这时，只见对面的山崖下远远地走来四个人，似乎也在匆匆赶路。朱掌柜等人不愿与路人相见，正要躲避，其中一人已先喊起来：“真是得来全不费功夫，哈哈，咱们又见面了！”

说话的正是巴如台。和他一起的，还有刘梦凌、屠梦冲、帖列都。看那样子，他们正是在四处搜寻朱掌柜等人的踪迹。

朱掌柜、刁八月一看这架势，知道一时半刻是走不成了。看着这几人兴冲冲地逼上来头，朱掌柜暗忖，他们这四个人当中，只有巴如台、刘梦凌算得上高手，自己和刁八月尽可对付；屠梦冲和帖列都武功不高，自己三个人打他们四个，纵不能取胜，料来也不至于落败。但不知与他们一起的荀梦冰以及向三通那伙人是否也在左近，如果这些人没走远，则这场争斗和前些天的情形何其相似乃尔，只怕又是麻烦多多。

朱掌柜正盘算着速战速决，趁早甩了他们，却见山崖后又走出两名大汉。其中一人冲着巴如台问道：“巴如台兄弟，来者是什么人？”巴如台答道：“正是我们要找的点子！”来者朗声笑道：“那还不叫他们快快投降？这么快找到了，看来这事也不怎么麻烦嘛！”

二人健步如飞，转瞬间已走近。看他们装束，都是蒙古武士打扮。与巴如台说话的那人浓眉高颧，满脸络腮胡子。他脚不停步，一直冲到巴如台前面，歪头打量朱掌柜等人。

两人打了个照面，都不禁一愣。那蒙古武士旋即一手指着朱掌柜，哈哈大笑道：“我道是哪里来的高人！刘溪，原来是你！咱们真是有缘啊！”

那蒙古武士转头对巴如台笑道：“我说嘛，一个山里的客栈掌柜能有这种本事，让咱们的巴如台兄弟都拿不下？大家听明白了：这位可根本不是什么客栈掌柜，他就是当年文天祥手下有名的剑客，江湖上人称‘百剑通’的刘溪刘大侠！”

刘溪长笑一声，说道：“贺多琪，久违了！看来你我果然缘分未尽，不拼个高下是过不去了。今日且看看十年过去，你的功夫长进了多少！”

“百剑通”刘溪的名字，巴如台在北方时也曾听说过，刘梦凌等人在江南更是久闻其名。十三年前，文天祥在赣州起兵时，一位叫刘洙的庐陵同乡好友一直追随他。刘洙后来被任命为宣教郎、督府机宜。南宋都城临安被元军占领后，南宋朝廷流亡至福建、广东。文天祥以同都督军马之职先后在南剑州和汀州开府，组织力量抗元。不久，文天祥率兵重返赣州境内，刘洙被授太府寺簿，专领一军，为督府亲卫。刘洙有个胞弟刘溪，自幼习武，广拜明师，尤其精通各路剑法，武林中称其为“百剑通”。 刘溪本为江湖剑客，在武林中闯下了不小的名头。刘洙投军后，与官府素无交通的刘溪受其影响，尤其为同乡文天祥的浩然正气所感染，以武林人士身份相随，数次参与前线作战，杀敌无数，令元军将士闻风丧胆，并曾救文天祥于险境。

这贺多琪本为西夏人，是当年元军江南西路宣慰使李恒麾下第一高手。李恒是西夏国宗室后裔，和文天祥是同龄人。其祖父为西夏国宗室，在蒙古国攻打西夏时战死。其父亲李惟忠自幼被蒙古亲王抚养长大，此后便在蒙古国为官。李恒能征善战，于元世祖至元七年（1270 年）随元军讨伐南宋。当年南宋将领吕文焕苦守襄阳，元军屡攻不下，李恒设计破之，因此升为明威将军。此后，李恒又攻破鄂州、汉阳，升为宣威将军。至元十四年（1277 年），李恒亲率大军入援江西，支援被文天祥军队阻击的元军，大败文天祥。九年前的正月，李恒作为元军副帅，与元军统帅张弘范在广东崖山合围南宋流亡朝廷，以少胜多，最终彻底消灭南宋。史载崖山之战“浮尸出于海十余万人”，南宋最后一位皇帝、年仅八岁的赵昺也被左丞相陆秀夫背着跳海身亡。三年前，李恒跟随当今皇帝忽必烈第九子、镇南王脱欢攻打安南，被毒箭射中，不久毒发身亡。

贺多琪追随李恒转战江西，曾经两度与刘溪交手。第一次是在李恒军与文天祥军大战空坑之际。南宋端宗景炎二年（1277 年），也就是十一年前的元世祖至元十四年，文天祥由梅州出兵，进攻江西，收复赣州十县、吉州四县，并在兴国设立大本营，号令直达江淮，一时人心振奋，应者云集，看似光复有望。不料，李恒来援后，形势陡变。双方实力悬殊，李恒大军步步逼进，文天祥部节节败退，从方石岭一路退到永丰县境内的空坑。空坑之战极为惨烈，文天祥的妻子儿女都被元军抓获，部下伤亡大半。贺多琪艺高胆大，于乱军中如入无人之境，直冲被卫士掩护撤退的文天祥。他一路狂奔，砍翻数十名士兵，眼见得就要得手，却见一中年剑客迎面冲上来。

贺多琪在南方横行数年，罕遇对手，自然没将这名剑客放在眼里。不料，二人交手没几个回合，贺多琪但觉对手剑法灵动，内力雄浑，煞是劲敌。贺多琪心里诧异，不敢分心，全力应对。二人堪堪斗了上百招，仍是势均力敌。贺多琪本是北方有数的刀客，难得遇到这般对手，一时兴起，使出浑身解数，把平生所学一一施展。对手也不示弱，遇强愈强，剑法变幻无常，似乎有使不完的招式。不经意间，二人离战场越来越远，宋元双方军队只顾拼命厮杀，谁也未曾留意这两名武林高手的精彩搏斗。那边，文天祥正在危急之中，其部下赵时赏突然钻进他的备用轿子，请几名士兵抬着他往前走，并让卫士速速拉着文天祥朝相反方向跑去。元军看到官轿，蜂拥而上，包围了赵时赏，问他是什么人。赵时赏昂首答道："本官姓文！"元军将士大喜，以为抓获了文天祥，欢呼雀跃，不疑有他。文天祥因此在部下的护卫下，退出空坑，摆脱了元军的追击。

贺多琪本想在此役中立个大功，扬名朝野，不料遇上如此劲敌，眼睁睁让近在咫尺的文天祥脱离视线，心下懊恼不已。二人久斗不决，其时大军已去，双方自忖无把握胜过对方，再斗下去或将两败俱伤，只好罢手。临去时，贺多琪问得对方名号，以便他日再战，于是知道了此人是文天祥军中高手刘溪。此后向武林同行详加了解，又得知此人剑法一向了得，所学甚博，有"百剑通"之称。

空坑之战，刘溪的胞兄刘洙等人战败被俘，很快与假冒文天祥的赵时赏一起被李恒处死。文天祥率残部奔赴南岭，苦苦支撑了一年有余。刘溪一路追寻到循州，见到文天祥，奉其命返回吉赣联络各地义士继续抗元。此后的南宋祥兴元年（1278 年）十二月亦即十年前，文天祥在广东海丰的五坡岭被蒙古汉军都元帅张弘范俘虏。刘溪闻讯，悲痛不已，继续联络志士抵抗蒙古军。这时，在吉赣一带，只有陈子敬聚集余部在赣江之滨的黄塘结寨苦撑。刘溪找到陈子敬，二人各有分工，一个驻寨防守，一个在外奔波。数月之后，李恒以重兵围剿黄塘。凑巧的是，刘溪在李恒军营刺探情报时，又遇上了贺多琪。贺多琪此时占据地利优势，当然不肯轻易放过刘溪。二人再次苦战一番，斗了几百招，依然不分胜负。刘溪牵挂黄塘山寨安危，本不想恋战，无奈贺多琪死缠烂打，难以脱身。好在贺多琪自恃身份，欲以个人实力取胜，是以一直未叫帮手。待得刘溪总算摆脱贺多琪的纠缠，逃出李恒军营，黄塘战斗已经结束，陈子敬已然全军覆没。

此后，刘溪几经打听，确信元军并未获得陈子敬首级。这时，南宋已经灭亡，文天祥旧部亦再无抗元实力，少数侥幸脱身的义士，只能隐姓埋名，流落江湖。刘溪于心不甘，便根据以往跑联络时留下的线索，不断寻找旧友和义士后人。为了躲避官府追捕，刘溪不再公然露面，江湖上便渐渐没了“百剑通”的消息。武林中谁也没想到，当年赫赫有名的“百剑通”已隐入宝莲山，做了一名客栈掌柜。而刘溪又因为怀念胞兄刘洙，便对外自称姓朱。

贺多琪在李恒死了之后，因武功出众，被签江西行枢密院事也迭迷失看中。也迭迷失因境内作乱之徒不断，帐下亟需武功高手，便力邀贺多琪回到江西效力，并将之视为重要亲信。最近，也迭迷失得到消息，赣州路一带有多股力量着力寻找“祥瑞三宝”，其中有人或许另有所图，事情甚至惊动朝廷，皇帝忽必烈正考虑派人下来协助处理有关事宜。此时，忽必烈虽已在位二十多年，但大元帝国内部纷争不断，成吉思汗幼子帖木格的玄孙乃颜在辽东叛乱，成吉思汗次子窝阔台的孙子海都在西北叛乱。与此同时，南方各地亦出现不少反抗力量。忽必烈正为这些事忙得焦头烂额。也迭迷失知道“祥瑞三宝”之事非同小可，若是出了乱子，势必龙颜大怒，便赶紧派了贺多琪前往赣州路查访消息。哈伯沙里见贺多琪来访，也自欢喜，恰好巴如台已派人送回消息，告知在宝莲山查获“祥瑞三宝”线索，当即派了手下武士带领贺多琪前往宝莲山增援巴如台。

贺多琪和刘溪相遇之前，已在黄婆地和巴如台等人见过了面，听他们说了在宝莲山的遭遇。

刘溪本拟和巴如台等人速战速决，尽快离开这是非之地，不料现在又杀出一个贺多琪，形势登时大为变化。十年前，他和贺多琪武功不相上下，两次苦斗均未能分出胜负。如今十年过去，自己的武功虽大有进境，但对方也未必偷懒，此次要想取胜，只怕也不容易。而对方尚有巴如台、刘梦凌两名高手，己方的刁八月虽然也是好手，但能对付他们其中一人就不错了，自己和刁八月联手对付对方三名高手，显然没有取胜的可能。如果和他们硬拼，自己三人定然凶多吉少。

这贺多琪却是个急性子，他见对方只有三人，己方优势明显，心下甚是宽慰，手上却技痒难抑，当即提出要和刘溪单独先打一场过过瘾。此人自从十年前与刘溪交手之后，再未遇到可以一争雌雄的对手，常常心生寂寞之感。如今好不容易遇上一个可以一展身手的机会，当然不肯错过。刘溪知道这样做的话自己这边倒也不吃亏，所担心的正是他们一哄而上，何况自己见到久违的老对手，也想试试他的武功达到了什么境界，便慨然应战。

巴如台自然也明白己方占有明显优势。他见贺多琪率先挑战，心下暗自高兴。他知道单以个人武功而言，自己和刘梦凌都不是刘溪的对手。贺多琪主动出战，正好可以探探这个新伙伴的武功实力，再不济也可以消耗一下刘溪的功力。这样，自己或刘梦凌接着和他动手的话，便等于捡了个现成的便宜。但他还是把话先挑明了："你们二位老朋友难得重逢，且先切磋切磋，让大伙儿开开眼界。其他事待你俩打完这一场后，咱们继续谈便是。"意思是不管这一场胜负如何，刘溪都别想脱身。

贺多琪不再多言，霍地拔出腰间的月牙刀，右手一挥，刀片在阳光下金光闪闪，寒气逼人。刘溪赞道："好刀！就是不知道刀法有没长进？"话虽这么说，心里却不敢托大，随即长剑出鞘，退开半步，准备接招。

贺多琪难得遇上对手，这时便不再客套，喝一句"看招"，右臂微动，呼的一声，快招如电，月牙刀已朝着刘溪迎面砍来。贺多琪是武林中使刀的好手，以八十一式“贺兰黄沙刀”成名。这路刀法是西夏党项族高手秘传，所用刀具形如新月，镀金制成，刀身厚重，招式凌厉，使出来恰如狂风四起，黄沙滚滚，迎战者但觉寒光闪闪，杀气腾腾，因此在二百多年前便博得了“西夏第一刀法”的美誉。“贺兰黄沙刀”讲究既稳重又快捷，使用者须有相当的内力为基础。所以，内功修为不足者，一般不学这种刀法，学了也发挥不出它的威力，甚至反为其所累；而使这种刀法者，定然有深厚的内力。

高手相斗，胜败往往就在一招半式间。刘溪一看贺多琪的起刀式，知道对方一出手便是全力以搏，当下不敢怠慢，长剑一摆，施展一招“杨柳东风”，以柔克刚，先把贺多琪的招式轻轻化解了。待贺多琪次招又到，刘溪使出一招“直斩楼兰”，正面迎击。刀剑相交，只听“当”的一声闷响，二人但觉手臂一震，不自禁地各自退出一步。旁观的众人也不禁心头微微一颤，深感二人内功雄浑，冲击力极强。

二人旋即变招。贺多琪刀法凌厉如风，刘溪剑招快似闪电，二人以快打快，刀来剑往，黄光白色交织，片刻间已过了十几招。二人身影很快便笼罩在一片刀光剑影之中。巴如台、刘梦凌、刁八月尚能分辨二人出招情形，其余旁观者则眼花缭乱，只见二人身形不断变幻，招数绵绵不断，根本看不出一个所以然了。

又斗得十余招，二人出招越来越快，直打得酣畅淋漓，几乎形意相通，不似拼斗，却似练招。这正是棋逢对手的至高境界，在一旁观看的几名高手见了，也不禁暗暗喝彩，心生羡慕，觉得习武之人平生快事，正是像眼前二位这般，遇到一位可以让自己尽情发挥的对手。

巴如台此前虽然久闻贺多琪之名，但因为此人长期追随李恒左右，南征北战，而巴如台追随的哈伯沙里与李恒不在同一个战场，所以一直无缘谋面。贺多琪成名比巴如台早，曾经挫败不少前辈高手，在大江南北声名甚隆。尤其是蒙古武士当中，但凡提及贺多琪的大名，脸上多有仰慕之色。听得多了，一向自负的巴如台对这个备受赞誉的西夏人便凭空生出几分不服来，心里暗暗盘算，有机会得与此人好好较量较量。此次贺多琪奉也迭迷失之命前来赣州，二人在宝莲山初次相见，巴如台更想找机会试试贺多琪的武功。如今见他与刘溪交手，仅凭这一手刀法，便知其人确非浪得虚名，武林同仁所赞并不夸张，难怪能够先后受到李恒和也迭迷失的器重。

刘梦凌见了二人身手，心下更是暗自佩服。他是崆峒门二代弟子中的第一高手，在同门师兄弟面前，向来骄傲，平素行走江湖，也是少遇对手，所以一向认为本门掌门人之位非己莫属。然而，最近几年，自从受哈伯沙里之命寻找“祥瑞三宝”，见识了不少武林人士，方才知道山外有山，天外有天，武功之道，学无止境。如今见了刘溪和贺多琪的较量，好胜之心更起。他由此想到，那“祥瑞三宝”中的武功秘诀，必然有许多可学之处，心里愈发向往不已。刘梦凌暗暗思忖，如果能够有幸获得这些武功秘诀，定当勤奋修习，早日多学成几门别派武功，成为一名博采众长的武学大家。这样，回去取那掌门人之位，便如囊中探物了。至于坐上掌门之位以后，致力壮大本门力量，凭此称雄于武林，只怕也是大有可能的。

刁八月看了这一场激斗，也觉得大开眼界，一时竟把当前安危置之度外。他的武功出自家传，自己长期隐居山林，与武林界交道不多，实战经验自是有所不足。似刘溪与贺多琪这般高手相搏，对刁八月来说更是生平罕见。习武之人见到精妙武功，难免喜不自禁，恨不得一饱眼福。在刁八月眼中，二人之间的激战已成了一场精彩演练，此时已无敌我之分。

朱来福手心里却捏了一把汗。他跟随刘溪数年，虽知他武功卓绝，但毕竟强敌当前，双方力量相差甚远，如果刘溪有个闪失，对自己来说无异于天塌下来了。

各人正边观战边想着自己的事，刘溪和贺多琪已堪堪过了数百招。再看时，二人招数陡变，逐渐缓慢，一招一式尽看得清楚。巴如台等高手知道，他们已从拼快招转为拼内力，这些招数虽然看似平常无奇，但刀剑上蕴含的内力却无穷尽，此时若有武功相差较大的人士试图从旁相助，不仅于事无补，而且势必为二人内力所伤。

刁八月自然看得明白，思绪立时回到残酷的现实，心下不禁大为着急。如果二人功力相当，似这般拼到最后，难免两败俱伤。他知道，对巴如台等人来说，伤了贺多琪，他们未必感到痛惜，心里说不定幸灾乐祸，正好借此机会拿下刘溪，抢了头功。而对自己这方来说，伤了刘溪，就如同倒了顶梁柱，到时，自己一个人可万万不是巴如台、刘梦凌二人的对手。这样一来，他们几个可就彻底栽了。

在众人的围观下，刘溪与贺多琪又各自施展数招之后，刀剑相交，粘在一起，再难分开。二人初时尚各有呼喝声，此时到了紧要关头，均默不作声，只是全力转动刀剑。旁观众人也悄然屏息，紧盯二人。但见他们头顶渐渐冒出缕缕白气，脸色由黄转白，额头上黄豆般的汗珠不断滚落下来。显见得，二人已斗到欲罢不能的地步，恍如进入死局。此时若无外力相助，他们唯有咬紧牙关苦苦支撑，最后看谁的内力更强，可以把对方拖死。

巴如台暗忖，此时自己若是和刘梦凌、刁八月联手，或许可以将他们的“死局”解了，但这贺多琪和自己并无交情，此人如此争胜好强，说不定帮他解了这个局，他还未必领情呢。更何况，此人在官方的名气尚在自己之上，平时难得找机会挫一挫他的威风，损一损他的颜面，此时让他们拼到最后，双方元气大伤之际，自己坐收渔人之利，岂不更好？想到此处，便不动声色，继续袖手旁观。

刘梦凌与贺多琪更是谈不上交情，知道官场中人心思复杂，在没摸清楚他和巴如台的交情之前，自己作为局外人，完全没必要介入他们的恩恩怨怨。他见巴如台不说话，一副事不关己的模样，心里也就明白了几分，自然也乐得不去理会这些事，任由二人拼下去。

刁八月、朱来福见二人形状，知道势头不妙，心急如焚。朱来福与刘溪感情深厚，虽知力不能及，但事关刘溪性命，也就顾不上那么多了，冲上去便要推开他们。不料，离他们尚有数步远，便感到一股气浪排山倒海般冲过来，身子站立不稳，直往后跌出数步，竟摔了个四脚朝天。刁八月知道仅凭一己之力，于事无补，更恐有害无益，这时也顾不得与巴如台是敌我关系，对他说道：“这样下去，对他们二人都不是好事！我们几个还是先抛开恩怨，合力给他们解了围再说吧？”

屠梦冲在一旁接话道：“你这话说得倒也是道理。两位都是难得一见的大高手，伤了的确可惜！”巴如台却淡淡地一笑，对刁八月说道：“他们都是绝顶高手，我与刘兄可没这个能耐解决这个问题啊！你要帮忙的话，尽管请便，我们不干扰你就是了！”刁八月见他如此冷漠，气得干瞪眼，嘴里嘟哝着骂了几句。朱来福已从地上爬起来，见事不可为，在一旁捶胸顿足，无可奈何。

又耗得片刻，蓦地听得刘溪与贺多琪不约而同大喝一声：“着！”两道寒光跃起，二人刀剑同时脱手而去。然后便见他们身体如陀螺般原地旋转几圈，再晃了晃，缓缓跌坐于地。原来，二人在内力几乎耗尽之际，心念相通，起了惺惺相惜之意，拼了一口气，合力把刀剑甩出去，化解了这个死局，终于避免了油尽灯枯的结果。

这二人都是顶尖高手，侥幸脱离险境之后，各自用“千斤坠”的功夫化去对方内力的余波，静坐于地，当下收摄身心，闭目调息，对周边事不闻不问。

刁八月见他们终于在千钧一发之际摆脱了困境，虽说难免元气大伤，但毕竟暂无性命之虞，稍稍松了口气，与朱来福急步上前，守护在刘溪身边。这时，便听得巴如台在一旁阴恻恻地笑道：“他们二人的比拼告一段落，接下来，应该开始第二场了吧？”

（八）宝莲山庄

刁八月见巴如台趁火打劫，向自己发出挑战，心里叫苦不迭。这次狭路相逢，自从贺多琪现身后，力量本来就悬殊。现在刘溪虽然和贺多琪打了个平手，但内力已消耗得差不多，没几个时辰恐怕难以复原。对方尚有巴如台、刘梦凌两名好手，这二人的武功都不在自己之下，不管他们用什么方式相斗，自己这几个人都难逃魔掌了。

巴如台见贺多琪与刘溪拼得筋疲力尽，如今二人都无法和人动手，心里十分高兴。若非贺多琪赶到，光凭他们几个，还真是拿刘溪没办法。眼下最棘手的事既已解决，他最关心的便是尽快拿下刘溪，离开这个是非之地，问出“祥瑞三宝”的下落。这些年，每每念及此事，巴如台便常感焦躁不安。哈伯沙里每次看到他们空手归来，虽然热情依旧，嘴上什么也没说，但巴如台知道，他其实和自己一样急在心里。随着时光飞快流逝，巴如台心里的这种无形压力越发加重。而这次贺多琪的到来，更是让他意识到寻找这几件东西的紧迫感。如果当今皇上再派出大内高手来到赣州处理此事，自己可就陷入被动了。这时拿下刘溪正是难得的良机，他也就不管什么武林规矩了，阴笑着对刁八月说道：“咱们办正事要紧，可没太多工夫陪你们玩了。这样罢，我和梦凌兄两个人，对付你们两个人，是一对一还是一起上，你们挑吧！”

屠梦冲在一旁说道：“他奶妈的！对付你们两人，还需要我大师兄出马？还是我和你们玩几招吧！”作势就要上前。刘梦凌知道巴如台的意思并非争一时胜负，而是要尽早解决事关切身利益的问题，便对屠梦冲喝道：“老三不用多嘴，听巴兄的，你且在一旁歇息去！”

屠梦冲嘟哝着说道：“刚才他们两大高手打得多过瘾，为什么我就不能找人打一架呢？人家的帮手只剩下一个年轻的伙计，还消得劳驾你们二人联手？”话虽这么说，但大师兄的话毕竟不能不听，于是退到一边旁观去。那个雪夜，他按刘梦凌的安排，与高梦冶陪同陆花脸几个人往另一方向追踪，一直追到一处阴森森的峡谷。陆花脸知道自己这几个人武功不济，生怕追下去遇到危险，尤其是碰上朱掌柜那样的高手，便不肯再往前走。屠梦冲和高梦冶见他们心生怯意，想想自己对这宝莲山的情况更加不熟悉，多一事不如少一事，便也乐得偷懒。几个人在山谷随便打了个转，便往回走了。一行人也没别的去处，便在黄婆地圩附近的路口等候大部队的消息。到次日下午，终于遇到从冲天寨的“霹雳五禽阵”逃脱的巴如台、刘梦凌、荀梦冰、向三通等人。得知宝莲山藏龙卧虎，随时可能遇上危机，连这几个高手也落得个仓皇逃离的结果，屠梦冲、陆花脸一行心里更是暗自庆幸不已。这两伙人本来就是为了同一个目标才走到一起的，现在既然猎物已丢失，便失去了继续合作的理由。双方人手会合之后，都觉得甚是没趣，随便说了几句场面话，便各自离去了。

刁八月听巴如台说得这么无赖，知道多说无益，心一横，说道：“要打便打，何必假惺惺装君子？大不了送了一条老命。老子既然敢管这个闲事，早就不在乎这些了。你们人多武功强又怎地，难道谁又怕了你！”

巴如台向刘梦凌使个眼色，说道：“既然如此，咱们就干脆点吧。你俩一起上，废话少说，动手罢！”刘梦凌和他一般心思，也希望速战速决，把正事给办了，至于二人以成名人物的身份，对付两个在武林名不见经传的人物，是否落个恃强凌弱的名声，那倒是次要的。

刁八月、朱来福眼见得再无退路，互相点了点头，很快身形一晃，二人并肩而立。刁八月手握铁钳，朱来福拔出身上短剑，分别面朝巴如台、刘梦凌，凝神待敌。

巴如台见过刁八月的铁钳功夫，知道有其独特之处。武林中用这种兵刃者极为鲜见，但真正的高手，重在招式，兵刃倒在其次。只要招式精妙，内力精湛，就地取材随便用一根树枝也能发挥巨大威力。从刁八月那日和荀梦冰过招的情况来看，此人的招式和内力均有一定火候，自己虽然不惧，但在这办正事的当口，不是单纯计较胜负的时候，倒也没必要托大。想到这里，巴如台也就不客气，持剑在手，剑尖一颤，迎面攻出一招。

刘梦凌见自己的对手只是一个年轻人，武功应当高不到哪里去，要是换在平时，即便空手对付，也是有失身份。他本拟只以一双肉掌出招，但看到巴如台已拔出长剑，自己不用兵刃的话怕他脸上不好过，微一迟疑，也拔剑出招，只是招数平平，力道也只用了五分。

刁八月、朱来福知道对手大是厉害，自是不敢有丝毫大意。二人自忖实力与对方相距甚远，以防为主、拖延时间方为上策，便守在刘溪数步之内，见招拆招，并不进攻。

巴如台出手狠辣，招招直逼刁八月要害。刁八月严防死守，起初十余招，二人倒也相持不下。刘梦凌毕竟面对的是晚辈，自恃不必出全力也稳操胜券，剑招便使得波澜不惊。朱来福并未正式拜刘溪为师，但武功毕竟是刘溪所指点，一柄短剑使起来，功力虽浅，章法不乱，刘梦凌只出五分功力的话，倒也堪堪对付了十几招。

巴如台急于取胜，越攻越紧。他的剑法造诣不浅，内功亦深厚，全力进攻之下，刁八月渐渐处于下风，只能勉强抵挡。而那边，刘梦凌也逐渐加大攻势，朱来福强打精神，支撑得数招之后，渐呈败相。又斗得十余招，刁八月、朱来福分别被巴如台、刘梦凌刺中数剑。四个人越打越乱，胜负之数越发明显，再打下去，刁八月、朱来福势必受伤更重。

屠梦冲在一旁看这形势，知道刁八月、朱来福已然必败无疑。此人虽然行事粗鲁，心地却并不坏，尤其看朱来福与刘梦凌等人相比，功力如此悬殊，白送了性命未免可惜，便在一旁嚷道："喂，你这小伙计，你连我都打不过，怎能抵挡我大师兄？他奶妈的！还是趁早投降吧，我大师兄一时心软，还可以留了你的小命。"

朱来福说道："谁要他饶命！"咬咬牙，继续苦苦抵挡。只听"扑扑"几声，刘梦凌又在朱来福身上刺了几剑，好在大冷天衣着甚厚，受伤不重。刁八月见状，想到他们二人武功相差太远，手忙脚乱中向刘梦凌挥出一钳，想为朱来福解围。可是，他自己和巴如台过招，尚处于下风，如此一分心，右前方出现一个大破绽，巴如台趁机一剑刺出，正中其右肩。这一剑劲道十足，登时一道鲜血直迸出来。

刘溪虽坐在地上闭目调息，但耳闻四人交手的情况，已知刁八月、朱来福处于危境。刁八月右肩迸出的血，有几滴溅在刘溪的脸上。这时，他再也顾不得自己内力恢复不到两成，双眼圆睁，强打精神，霍地起身，一掌直击巴如台。

巴如台大喝一句："来得好！"轻轻避过掌风，倒转长剑，疾攻刘溪左胸。刘溪侧身让过，却因功力不足，行动较往常大为迟缓，竟然险些被巴如台刺中。饶是如此，衣襟还是被他划破了一道口子。巴如台见状，知道刘溪此时已远不是自己的对手，心里大喜，长剑一划，紧接着又上来一招，这次却是刺他右胸。刁八月见了，生怕刘溪躲避不及，顾不上右肩疼痛，铁钳奋力往前一伸，将巴如台的长剑格开。

巴如台骂道："你这打铁的蛮子，倒像铁打的一般，果然还挺硬的！"让过刘溪，回剑转攻刁八月右肋。那边，刘梦凌见刘溪起身相助，生怕巴如台不敌刘溪与刁八月联手，三两招将朱来福逼开，腾出手来，一剑攻向刁八月左肋。

刁八月左右受敌，大骇之下，身子一仰，往后跌去。巴如台、刘梦凌双双刺空。刁八月紧接着一个"懒驴打滚"，已从地上跃起来。这一招虽然甚是不雅，但成功避过了两大高手的进攻，倒是众人始料不及。巴如台、刘梦凌心下既懊恼，又佩服，越发知道此人武功虽比起自己或有所不及，但缠斗功夫却也不弱，不下狠招的话，一时半刻还不容易打发他。

二人心意相通，下手便不再留情。刘溪功力大打折扣，朱来福本来便与他们武功不在一个层次，如此一来，虽然三人齐上，却也抵挡不了多久。数招之后，巴如台、刘梦凌齐喝一声："着！"一个挥剑向刘溪右臂劈下，一个挺剑向刁八月左胸刺进。

刘溪、刁八月被剑光笼罩，此时更无回避余地。巴如台知道，这一剑一旦得手，刘溪的右臂便要随剑落地，今后再也无力与巴如台这等高手抗衡。而刁八月若是中了刘梦凌这一剑，一条命便去了半条，至少一年半载是无力和人争高下了。

刘溪此时功力已耗得差不多，情知这一剑是无论如何避不开了，心里暗暗叹息自己纵横江湖多年，今日竟然血溅深山，更为连累了无辜的刁八月而愧疚。刁八月也知道刘梦凌这一招极为凌厉，自己几乎没有抵挡的余地，事已至此，实属无奈，只好闭起眼睛认栽了……

朱来福此时被剑光绕得晕头转向，尚不知道刘溪和刁八月危在旦夕。在一旁观战的屠梦冲、帖列都等人却看得真切。帖列都见师父就要得手，忍不住出口喝彩。屠梦冲却低声叹了一口气，连连说道："可惜，可惜！"

便在此时，忽闻空中"呼呼"声响，似有细小之物疾飞而来。紧接着便是"当当"两声脆响，巴如台、刘梦凌的长剑忽地被两枚飞石击中，剑锋分别荡开。二人手腕一震，长剑险些落地，心下不禁骇然：什么人竟然有此等功力？

刘溪恍忽间，见到数丈之外，一人长身而立，两枚石子正是由他发出。他登时感到心头一松，眼前一黑，再也支撑不住，一头扑倒在地。

刘溪醒来时，发现自己正躺在一张松暖的大床上。烛光下，一个青衣少年欢快地叫道："醒来了，总算醒来了！庄主计算得真准。"一名身材颀长的中年书生站在床前，笑吟吟地看着他，说道："睡醒了吧？差不多六个时辰了，是该起床喽！"

刘溪身子一动，但觉体内暖烘烘的，说不出的舒适。他挺身坐起，向中年书生抱拳说道："又劳庄主运功为我疗伤！若非庄主及时赶到，刘溪今生只怕已无缘与人动武了！"

那青衣少年在一旁插嘴说道："现在不碍事了，庄主用内功为你恢复体力，你很快又可以和人动手了！"中年书生摆摆手，说道："自家兄弟，何必多言？你半天没进食了，先起来吃点东西填填肚子吧！"

刘溪微微一笑，说道："我已睡了快六个时辰了？多少年没这样好好地睡一觉了，那是该起床啦！"跳下床，但觉神清气爽，连日来的疲倦一扫而光。那青衣少年又插嘴说道："庄主的内功真是越来越神奇，他说须得让你沉睡几个时辰，才能尽快恢复功力。你果然就睡得那么沉，我们大声说话也吵不到你。现在一觉醒来，那么功力也应当恢复得差不多了！"

中年书生对那青衣少年说道："传鹏你就别在刘叔叔面前多嘴了，赶紧去厨房看看汤菜好了没有才是正经事。"那青衣少年伸伸舌头，一溜烟从房间出去了。

刘溪穿好外衣，随中年书生走出卧房，来到一个摆着八仙桌的厅堂。几个年轻人正在旁边的厨房忙活，听得动静，出来见到是刘溪，面露喜色，纷纷和他打招呼。刘溪说道："你们几个也过来了？很好。"这几个人当中，其中三人正是那个雪夜前来支援刘溪与刁八月、后来为了引开敌人分路而走的年轻人。

刘溪与中年书生在桌旁坐下。刁八月、朱来福也被人从卧房唤醒，来到厅堂。二人见刘溪神色自如，很是欢喜。刘溪一问，原来，他们随着那中年书生一道来到这个山庄，吃了东西之后已歇过一觉了。二人日间与巴如台、刘梦凌恶斗一场，甚是疲累，美美睡了一觉之后，这时气力也已恢复过来。

说话间，厨房里的年轻人已端上一大盆热烘烘的龙凤汤。原来，这是几个年轻人用刚刚捕得的野鸡、冬蛇熬成的。他们见刘溪功力消耗太大，需要好好滋补一下身体，当即到山沟寻找蛇穴，到夜里，总算挖得几条肥美的大蛇，还捕了几只野鸡，用文火慢慢炖烂了。几个人闻得香气熏人，不禁食指大动。中年书生招呼他们拿起碗舀汤，边喝边聊。

刁八月见刘溪和朱来福与这中年书生似是旧时相识，心里难免觉得有所隔阂。刘溪和中年书生说话时，他便只在一旁静静地听着。又过得片刻，厨房下陆续端上几大盘美味菜肴，还上了一壶刚烫好的米酒。中年书生叫几个年轻人一起坐上来吃菜喝酒。几个年轻人也不推辞，乐呵呵地围过来，时不时也插几句话。

刘溪见刁八月尚有几分拘谨，便说道："刁兄弟不必客气，庄主是我们的故交，这些年轻人都是当年文丞相部下英烈的子弟，都不是外人。这几个那晚见过的，他们原本住在八仙谷。"刁八月点点头，他来到这个山庄后，已和这几个年轻人再次见过，只是无暇交谈而已。这位中年书生的身份大家未曾向他介绍，只以"庄主"相称，他当然也不便多问。

却听得那中年书生说道："刁义士为人侠义，让人好生佩服，与我辈实乃同道中人，也就无须当外人说话了。在下陈子敬，这个名字在江湖上已有多年未曾向人提起过了。这个宝莲山庄，是这些年我们的落脚之处，外人知道者也不多。"

刁八月闻言，大吃一惊，赶紧起身深深作了一揖，连声说道："久仰！久仰！"他虽非江湖中人，但陈子敬的大名在赣州武林可谓无人不知。此人文武全才，少年时家赀饶富，向以慷慨侠义闻名。文天祥在赣州勤王时，陈子敬捐尽家财，执学生礼追随，此后一直坚持在抗元一线。文天祥兵败江西退至广东后，陈子敬仍率余部继续在黄塘山寨孤军奋战，直至遭到元朝猛将李恒重军突袭，全军覆没。当时，江湖上都以为陈子敬已在乱军之中殉难。文天祥也以为他难以幸免，曾作《过章贡》诗一首悼念他：“崆峒地无轴，江山云雾昏。萍漂忍流涕，故里但空存。”

刁八月长年居住在黄婆地圩，此地虽然偏僻，但过往商贾也不少。多年前，在听山外的客商聊起天下形势时，便常听得他们提起陈子敬的大名。后来，得知这位赣州英豪沙场捐躯，闻者无不伤悲。如今，刁八月忽见这位传说中的英雄居然便在眼前，自然欣喜不已。昨日，他们几个被巴如台等人围困，眼见得败局已定，刘溪和刁八月非死即伤，正是陈子敬赶到，及时出手救下二人。随后，陈子敬仅三招两式，便以惊世骇俗的武功把巴如台一行赶下山去。其时刘溪已经昏迷，刁八月却将这些看在眼里。从那时起，刁八月便对这位书生模样的神秘人物又敬又畏，哪想到他就是江湖上失踪多年的抗元大侠。

刘溪对刁八月说道：“庄主身负重任，为避免不必要的麻烦，我们早已不用真实身份示人。这次刁兄舍命相救在下，义重感人，是以庄主对刁兄毫无隐瞒。”刁八月连声称谢。

陈子敬为人豪爽，端起酒碗敬过刁八月，叫他不必客气，不妨把大家当作自家兄弟。刁八月甚是感动，言谈之间便渐渐少了些拘谨。众人边吃边聊。刘溪把几位年轻人也向刁八月一一作了介绍。大家把话茬一凑，刁八月便大致知道了这些事情的来龙去脉。

原来，那天雪夜赶过来相助的三个年轻人，一个是刘溪胞兄刘洙的幼子刘望北，另二人是响应文天祥抗元的另一江西义军首领邹㵘之子邹上峰、邹上岭。邹㵘本是吉水县人，后迁徙到永丰县，年轻时便以豪侠闻名。文天祥在赣州勤王，邹㵘追随其左右，补武资至将军。临安沦陷后，邹㵘领兵在宁都等地作战，被流亡朝廷任命为江西安抚副使等职。此后，他在攻克兴国、永丰的战斗中立下大功，晋升为兵部侍郎兼江东、西制置副使。文天祥败走广东后，邹㵘也追随到潮州。文天祥被捕时，邹㵘横刀自尽身亡。数年之后，刘溪四处寻觅，总算找到邹㵘的两个儿子邹上峰、邹上岭，便将他们带在身边。朱来福的父亲则是刘洙的部属，当年与刘洙一同遇难。这四个年轻人都是刘溪带上山来的，为了避人耳目，刘溪没让刘望北、邹上峰、邹上岭和自己住在一起，而是安顿在八仙谷一处隐秘的场所，自己则和朱来福在黄婆地圩开客栈，以便及时掌握各方动态。

还有两个年轻人，那个青衣少年叫尹传鹏，是文天祥江西勤王义军中有名的猛将尹玉之侄。尹玉是宁都人氏，曾任赣州三砦巡检。南宋恭帝德祐元年（1275 年），尹玉在赣州随文天祥北上抗元，文天祥把他从平江府派往常州支援被元军重兵包围的常州军民。不料，当时朝廷派出的另一支军队将领张全根据主和派首领、丞相陈宜中的授意，率部逃离战场，只剩尹玉率江西义军五百人浴血奋战到底。激战中，尹玉杀敌上百人，元兵为其勇武所慑，调集弓箭手围攻。尹玉力战通宵，身中百箭，力尽而亡。江西义士宁死不降，坚持战斗到天亮，仅有四人生还。事后，文天祥对此感慨万端，多次写诗悼念阵亡义士，其中一首《哭尹玉》写道：“团练濠州庙赣州，官其二子赐良田。西台捕逐多亡将，还有焚黄到墓前。”尹传鹏十几岁便随尹玉参加义军，尹玉牺牲后，他追随陈子敬回到江西继续抗元。黄塘之战时，他恰好被陈子敬派出办事，所以得以幸免。陈子敬战败孤身脱险后，几经周折，与尹传鹏重逢，便把他带上了宝莲山，平时就住在这宝莲山庄。

另一个年轻人则是李梓发的侄子李庆庚。南宋恭帝德祐二年（1276 年）十二月，李梓发率数千军民在上犹守城，元朝江西都元帅塔出和南宋降将吕师夔率万余大军主力围攻数百次，持续二月余，不仅未能攻下，还伤亡数千人。南宋灭亡后，李梓发仍坚守上犹城。元朝参知政事贾居贞率大军接连攻打了半个多月，终于破城。李梓发见大势已去，回天无力，率子侄四十七人自焚殉国。陈子敬黄塘战败后，有感于李梓发的壮烈，专程奔赴上犹一带寻找其遗属，然而一无所获。没想到，数年后，却因为一个偶然的机会，找到了侥幸脱险的李庆庚。陈子敬因李梓发只留下了这么一个亲人，对李庆庚特别呵护，便将他安顿在宝莲山庄，并亲授其武功。

刘望北他们平时居住在八仙谷，此处有捷径通往黄婆地和宝莲山庄，一旦有突发情况，这几个年轻人便可以及时来往于黄婆地圩和宝莲山庄传递信息。那天晚上，朱来福见刘溪被向三通等人围困，情知不妙，自己倘若上前相助，必定无济于事，于是赶紧悄悄从厨房的窗户溜出去，一路疾奔，找到刘望北等人。几个人见事情紧急，本来想赴宝莲山庄报信，但想到陈子敬前些时候出远门去了，此时山庄已无其他高手在家，到了那里也解决不了问题，便直接赶往黄婆地圩救援。行至路上，恰遇刁八月救了刘溪出来。匆忙间，他们也来不及多说，只好按刘溪的吩咐，分头引开敌人。刘溪身经百战，处事向来果断，刘望北等年轻人也适应了，所以往往一言既出，立即执行。

那晚他们在雪地分手后，陆花脸等人因胆怯，未能追踪到八仙谷。次日，刘望北等人久等刘溪而不至，便在山间转了几天打听消息。后来得知刘溪他们上了冲天寨，刘望北知道凭自己几个人的实力闯不上冲天寨，便赶到宝莲山庄求援。刚好那日陈子敬从山外回来，得知此事，当即与刘望北等人赶往冲天寨。陈子敬脚下生风，走在前头，没想到在路上恰遇巴如台等人正要向刘溪和刁八月下杀手，因此及时将他们几人救下来。

刁八月本来便是性格豪放之人，听大家七嘴八舌说了些话之后，也就不再把自己当外人，与陈子敬等人谈笑风生。不知不觉间，天色微明，众人吃得尽兴，停杯止筷。刘溪受了陈子敬内力相助，又饱餐了一顿，但觉豪情大发，步出厅堂，在院子里练了几路剑法，博得众人阵阵喝彩。

天亮后，刘溪陪着刁八月在宝莲山庄转了一圈。山庄建在一处悬崖下面，四周古木森森，遮天蔽日，重要的路口都被浓密的树枝挡住了，如果没人带路，外人很难找到这里。木栅栏连成的围墙之内，两旁依次搭建了七八间大小不一的木屋、石屋，都是茅草盖顶，构筑甚是简易。中间是一座厅堂，以山石垒成，上面盖着黑瓦，看来建得甚为坚固。厅堂前面半围着一个数丈见方的院子，西侧竖立着一个竹木架子，上面放着刀、枪、剑等几种兵刃。

表面上看，这只是一个寻常的大院，除了占地略大，房屋建筑和室内摆设都很简陋。庄子里的房舍多是近些年临时建起来的。看样子，还是分了几次建成的。如果庄子住满，当可容纳数十人。似这般幽静之地，在宝莲山倒也不难找。刁八月正不以为然，刘溪却微笑着告诉他：“刁兄弟不是外人，我们看中这地方，其实是因为大院后面另有洞天。”说罢，刘溪领着刁八月绕到厅堂后面，拨开崖壁的茅草丛，露出一个一人多高的洞口。二人往里面走得数步，眼前豁然开朗。原来，山崖下隐藏着一个巨大的溶洞，洞内倒悬着无数色泽莹润、形状各异的钟乳石，蔚为壮观。溶洞正中，是一张天然的钟乳石方形大桌，旁边围着数张石凳。洞内甚为宽敞，足可容纳上百人活动。溶洞里面，曲径通幽处，微微有亮光，似乎另有出路。

原来，六年前，陈子敬和刘溪在赣州各地奔波数年之后，见元朝统治日益稳固，抗元力量一时难以重新组织，自己在赣州城附近落脚极易暴露，便寻思找一个隐蔽之所作为据点。几经周折，他们来到宝莲山，觉得这个地方虽山高路陡，寻常人不易到达，但在赣州路的诸多大山当中，离赣州城却并不算太远，联络其余诸县也较为方便，日后若有机会举事，各方面条件甚为理想，便有意留在此地。二人在山中转悠数日，竟寻得这么一个人迹罕至的大溶洞，正是可遇不可求的好场所，于是伐木垒石，历时数月，在洞前建成一座庭院，掩饰了这个大溶洞。为了方便日后接洽各路志同道合之士，他们便将此处称为宝莲山庄。山庄建成后，因为时机尚不成熟，为了不暴露行踪，仅陈子敬与几个英烈子弟常居此处，刘溪则在宝莲山过往行人较多的黄婆地圩上，以开客栈之名察探外界动静。为了方便联络和临时转移，他们还在山里的八仙谷等处也建了一些隐蔽的茅屋。这样，一旦出现意外情况，便多了一条退路，平时分居各处的人员也可相互照应。

宝莲山庄地处隐秘，外人知之者甚少。这些年，陈子敬经常在外寻找旧友，结交新朋。但这些人当中，来过宝莲山的极少，知道宝莲山庄者亦不多。除非极其亲近可信任者，他们一般并不对人提起“宝莲山庄”之事。然则巴如台、向三通诸人怎么会不约而同找上山来，这事就颇有点蹊跷。刘溪自从向三通、巴如台等人上山之日，便在琢磨此事，但此事没有眉目之前，他自然并不说出口。

刁八月见陈子敬、刘溪等人事过十年，依然不失家国情怀，为着匡复汉人江山而操劳，心下更为佩服。他向刘溪表示，自己现下也是单身一人，无家无口无拖累，如今既然卷入此事，铁匠铺一时之间显然开不成了，今后宝莲山庄若有差遣，尽管吩咐便是。刘溪知道刁八月为人侠义，尤其是几次舍命相救，足见此人值得信赖，自己本来便有邀他共谋大事之意，于是高兴地点头谢过。

二人在溶洞正中的石桌旁坐下闲聊片刻，起身退出，回到厅堂。陈子敬正要找他们商议事情。刘望北等几个年轻人也在一旁坐着。陈子敬说道："这几日，宝莲山数年来的太平终于被打破了。这是迟早之事，倒也不必惊慌。其实，自从在这里落脚之日起，我们就预料到了会有今天；而且，更严峻的事情当在今后。眼下，官府这几个人虽然暂时下山了，但他们定然不肯善罢甘休，稍后必有强援卷土重来；飞鹰帮的势力同样不容小觑，他们既然上得此山，必定不会放弃目标。此外，这两拨人马既然打探到了我们的踪迹，消息早晚要流传出去，到时还会有各路人马粉墨登场，陆续前来骚扰。所以，这些天，大伙必须多点心眼，随时留意宝莲山有无陌生人进入。"刘溪、刁八月等人连连点头。

陈子敬便吩咐刘望北、邹上峰、邹上岭三人继续回到八仙谷，随时保持联络，尤其是要通知住在观音谷的那几个年轻人保持警惕，一旦发现不可抵挡的敌人，即刻撤回宝莲山庄；刘溪和刁八月、朱来福已不方便在黄婆地露面，便由少有外出的尹传鹏、李庆庚每天到黄婆地圩上察看动静。刘溪和刁八月、朱来福则留守宝莲山庄。

几个年轻人按照安排各自出门去。陈子敬让刁八月、朱来福在山庄自行歇息，他与刘溪进入庄后的大溶洞。刘溪知道他有机密之事要说，便不再言语。二人脚不停步，经过石桌，一直往里面走去，洞里越来越黑暗。数十丈之后，在一处狭窄的拐角，略有微光照过来。二人朝微光处继续前行，地面愈加高低不平，耳边听得流水潺潺，原来，脚下是一处地下河。又曲折行得十几步，二人朝着左前方往上走，走到尽头，眼前已是绝壁。陈子敬右手往壁上一按，壁上一块岩石松动。陈子敬轻轻将它取出，放在一边。原来，这里竟然有一个极小的洞口。这洞口平时被这块岩石堵塞，若非仔细寻找，颇不容易发现。陈子敬缩身进入洞口，刘溪也跟着进去。在这逼仄的小洞内行得不久，眼前突然一亮，二人已经走出溶洞，转到悬崖的后背了。

二人在洞外立定，放眼望去，四周尽是莽莽苍苍的深山沟，一条路也没有。山沟里的一些古树，枝干虬曲苍劲，显然已枯死许久了，有些树干还遍布藤蔓，犹如披了一层锦衣。这样的地方，只怕千百年来也未必有人来过。

头顶上，光秃秃的山崖斜斜地延伸出来，足有数十丈高。崖顶常年有山泉滴落下来，一颗颗水珠犹如织成了一道珍珠帘子。二人所处的洞口正位于这道如同刀削般的山崖的中间。洞口右侧丈余处，一块黑色的巨石从峭壁横伸出来，形成一个天然的露台。陈子敬走前几步，微微提气，一个纵身，跃上巨石。刘溪跟着向前，脚尖一用力，也纵身上去。二人在巨石上坐下，环顾四周，若有所思。

过了片刻，陈子敬说道："钟明亮在汀州举事了，目前形势不错，手下已有了几万人马，多是当地畲民，汉人响应者也不少。从眼下情况来看，他的势力扩大只是迟早之事。这次和他相见，秉烛长谈了好几次，看样子，这人像是个干大事的人。"

刘溪说道："这么快就动手了？如果他能成就大事，早日恢复汉人江山，大家这些年的心血就没有白费了！却不知他下一步有何打算？"

陈子敬说道："下一步，他倒是和我们想到一块去了。我们以前也和他交流过，单以钟明亮的身份，占个一城三寨自然容易，但要成大事，终究勉强。倘若能打出赵氏旗号，先把南方汉人发动起来，情形就大不一样了。这一点，钟明亮深表认同，现下也是按这条路子在走。"

刘溪点点头，说道："的确是这样。蒙古人自从把大宋灭了后，各地造反的人并不少见，但闹到最后都成不了气候。说到底，还是威望不足，实力有限，眼界也是个问题。相比之下，钟明亮的条件要好些，手下人才也多些，倘若能将私利放一边，以大局为重，则振臂一呼，应者云集，何愁大事不成？"

原来，蒙古人灭宋之后，因杀戮过重，而且将南方汉人视为全国最低等人，激起了南方民众的反抗，以推翻元廷为目标之人一直不绝。几个月前，与赣州相邻的福建汀州畲族人钟明亮也公然起兵反元。畲族与客家人一样，都是南宋末年勤王抗元军队的主力，汀州也是文天祥组织抗元的重要地区。钟明亮虽出身绿林，但早年也曾参与对元作战，其时与刘溪有过一面之缘。宋亡后，钟明亮隐居畲寨，暗中联络各方能人志士，不断扩充势力。其正式起事后，以张师旦为军师。张师旦本是前朝读书人，南宋将亡之际，曾在漳州、泉州追随与文天祥齐名的另一抗元主将张世杰。张世杰转战广东后，张师旦因病脱离其部。钟明亮起事时，张师旦认为须尊赵宋皇室为首，方能凝聚人心，特地从泉州找到一名据称为宋太祖后裔的乡下放牛娃，取名赵昆，请钟明亮奉其为主公，称为“复王”，以号令天下义士共同起兵驱逐元蒙，恢复赵宋。钟明亮听从了张师旦的建议，将赵昆接过来，尊为“复王”。消息传开，前来投奔者果然不少。陈子敬与福建、广东各地义士多有联系，钟明亮起兵前，二人暗地里多有沟通，刘溪也曾赴汀州与钟明亮谋面。这次陈子敬得知钟明亮要正式起兵，专程赶过去与之相商有关事宜，昨日方才匆匆赶回宝莲山。

陈子敬又说道：“‘臣心一片磁针石，不指南方不肯休。’按丞相的遗愿，自然是希望忠于前朝，仍以赵氏后裔为江山之主。若钟氏能以光复赵宋为己任，丞相遗物便很快可以为匡复江山而效力了。”

刘溪击掌说道：“我们隐忍了十年，总算又可以重返沙场洒热血了，天可怜见，还没让我们把骨头等老！”陈子敬笑道：“兄台正当壮年，哪有这么容易服老？这次钟明亮还特地问候你呢，他们对你的神通剑法可是赞不绝口。”

刘溪呵呵一笑，又说道：“刚才我们说到，宝莲山庄消息已经走漏出去，今后前来讨要丞相遗物的各路人马定然不少。在这紧要关头，这几件东西务必做到万无一失。只是单凭我们几个，力量恐怕不足，还须及早另想良策才是。”

陈子敬抬头远眺，前方群山起伏，天地一片静谧。少顷，收回目光，对刘溪说道：“劲敌当前，该当通知武林中的朋友施以援手了。看看明天把大伙召集过来，分路下山联络那些故旧知交。”

刘溪说道：“既然蒙古官府和飞鹰帮诸人都知道了，我们也不怕其他武林朋友知道。及时与朋友们通个气，确实是需要的。此事宜早不宜迟。”

二人又说了片刻，议定今后计划，便跃下巨石，原路返回宝莲山庄。

（九）寻路

接连两个多月，宝莲山并没有出现什么异常情况，大山又恢复了往常的平静。天气逐渐转暖，黄婆地圩和散落在各个山旮旯的大大小小的村庄，已经开始春耕的忙碌了。层峦叠嶂的宝莲山，少有开阔地方，千百年来，人们在纵横交错的山谷间见缝插针开垦农田，层层梯田形成了一道别样的风景。这当口，辗转在山里，随时可见到三三两两的农人们正在水面可鉴的农田里劳作。

寒冷过去之后，黄婆地圩渐渐恢复了人气。山里人家挑着新出产的春笋、蘑菇等土产来到圩上叫卖，顺便买点家里急缺的用品回去。山上山下那些勤劳勇敢的猎户们，总是在不经意间给圩场带来些许惊喜，他们捕获的那些知名的或不知名的飞禽走兽，常常吸引赴圩的人们好奇的目光。前来收购山货的山外商人也按时上山了。逢圩的日子，他们基本常年固定出没在圩上。常来赴圩的人都认得他们，那些嘴甜一点的，即使没有交易，也会吆喝一声打个招呼。宝莲山民风淳朴，物产丰富，一年四季山珍野味不断，山下的横溪渡、王母渡、大埠，以及稍远的江口、茅店、沙地、攸镇、田村等圩场，都有商贾前来这里贩卖山货。

住在黄婆地村的人们似乎淡忘了刘溪的客栈和刁八月的铁匠铺。那天晚上发生的事，村里人也曾经闲谈过几天。他们只知道客栈的朱掌柜和铁匠铺的刁铁匠都是身怀绝技的武林高人，因为江湖上的事惹来了一大伙厉害的对头。他们苦拼一个晚上之后，逃离了黄婆地。有人说他们行踪暴露之后，此地不宜再留，已经远走高飞了；也有人说他们后来还是被对头追上，被带到很远的地方去了；还有人说他们根本就没走远，也没有被对头抓获，其实仍在这山里躲藏着，过些日子风头过了便会回来继续开他们的店。对于那些和武林无关的人们来说，这种事有闲时聊一聊也就是了，至于真相到底是什么，他们倒并不是特别关心，当然也可以说根本没能力去关心。那天晚上，这些从遥远的地方赶过来的凶神恶煞们没有招惹村民们，他们已经谢天谢地了。过不了多时，人们的生活中便会有其他新鲜事出现，大家的话题也就渐渐随之转移了。至于客栈、铁匠铺，在圩上自然还有其他人开着。当然，也有远道而来的商贾偶尔怀念宝莲旅舍的某一道特别可口的菜肴，或者前来修补犁耙的农夫评价还是以前的刁铁匠手脚更麻利。

日子就这样波澜不惊地流逝着，直到这日晌午，临近黄婆地圩的山道上，出现了五名从山外赶过来的劲装汉子。为首的是个光头大汉，四十出头的年纪，身材高大，印堂发亮，面目甚是凶恶，外衣的胸襟绣着一只偌大的张牙舞爪的老鹰，更是让路人望而生畏。其余几人，有两个年纪稍轻，一身黑衣，随从装扮；另二人则与光头大汉年纪相仿，一个腰间挎着一把大刀，一个则背上插着一柄长剑，大大咧咧地跟在后面。他们显然是宝莲山的生客，不似寻常的过往行人、商贾。

宝莲山虽然常有过往行人出没，但似他们这般行头的，并不多见，有时一年也难得碰上一两个。山里的人们多是胆小怕事的，那些在山林或农田里忙活的人们，见到这几个人的模样，都知道不是好招惹的人，能躲就躲着，实在避不了的，就只能当作没看见，待他们走过之后，才敢偷偷地打量一下他们的背影，心里暗自嘀咕：这不会又是找谁挑事的吧？毕竟，两个多月前发生在黄婆地圩上的那场恶斗，已逐渐传到宝莲山的各个村落，人们只要想起这事，犹自心有余悸。

这五个人显然赶了很长一段时间的路了，除了那光头大汉，另几个人额头已微微冒汗。他们似乎也不想多事，一路上虽然边走边说着话，但只要左近有人，他们便压低声音，旁人根本听不清楚他们在聊些什么，只是从他们的神情可以看出，那四人对光头大汉甚为恭敬。

这时，那光头大汉见路旁有几块乌黑光滑的大石头，正好可供行人歇脚，周边甚是安静，便停下脚步，对其中一个年轻人说道："顺江，前头想来便是黄婆地圩了。我看大家有几分渴了，你和曾雄副寨主去打几斤酒来，我们几个且在这里歇一把，就不进圩场了，以免人多了引人注意。"说罢，解下腰间一只扁扁的皮囊，随手扔给那个年轻人。

那个叫顺江的年轻人和年纪稍长的曾雄答应了，另二人也把身上携带的皮囊递给他们。二人离开后，光头大汉在路旁挑了一块比较平整的大乌石坐下，其余二人分别在他旁边的两块石头上随便坐下。

那光头大汉对另一年纪稍长的同伴说道："老綦，到了这里，离那宝莲山庄应该不远了。这次我们要是探得宝莲山庄的处所，老三可就脸上挂不住了！"

那老綦满脸堆笑，频频点头说道："高四爷神通广大，春秋鼎盛，武功高强，算无遗策，向三爷哪里能够和您相比？这次您亲自出马，要找那宝莲山庄当然易如反掌！"

那光头大汉哈哈笑道："我说你这老綦啊，别急着拍马屁，八字还没一撇呢！老三的本事嘛，当然是不差的，顶多就是有时运脚差了那么一点罢了。不过这次我们要是能把事情办妥，老大他们可真要刮目相看哩！眼下先别得意，等我们把事情办成了，老綦你怎么吹都行，到时老陆他们只怕在你面前也不好混了。哈哈！"

那老綦嘿嘿干笑两声，说道："不管怎么说，反正我相信跟着高四爷定然没错！丹岩寨的兄弟们今后也一定只认高四爷！到时他陆花脸只怕要恨自己有眼不识泰山，嘿嘿。"

那光头大汉脸有得色，说道："这件事，主要还得靠你老綦出力。我们悄悄行动，不要惊动了他们。上次老三就是太托大了，搞得打草惊蛇，白白地和人家干了一架，什么好处也没捞到，反而折了我飞鹰帮的威名。待得探明那伙人的下落，我们就去一趟崆峒山找到那姓荀的算账，让他好好向你赔个罪。"

那老綦恨恨地说道："若非那姓荀的坏事，我们正要将那姓卫的交给高四爷呢。有那姓卫的在手，找宝莲山庄的事不就是小菜一碟？"

那光头大汉说道："姓荀的既然不把我们飞鹰帮放在眼里，到时找个合适的机会，我们把他的崆峒门给收服了，交给你老綦去打理好了。这样，你们就不必老是躲在深山老林小打小闹，也可以经常到赣州城这样的大州大府好好地见见世面了，哈哈！"

那老綦听得光头大汉如是说，激动得两眼一亮，连连说道："全仗高四爷栽培！丹岩寨要是能有这么一天，世世代代不敢忘了高四爷的恩德！"

那光头大汉呵呵一笑，说道："大伙儿共同努力吧！人心齐，泰山移。只要飞鹰帮上下一条心，收服这些江湖门派只是迟早的事。你们这些投奔得早的，自然吃不了亏，说不定哪天就划它十几个山寨几百上千人给你管呢，就怕你这小子干大事的本事跟不上！"

那老綦双手抱拳，兴奋地说道："跟着高四爷，哪有不长本事的道理？高四爷尽管放心，不管给多少人马，我们丹岩寨也管得过来！"

原来，这光头大汉便是江湖上人称"秃头鹰"的飞鹰帮四当家高世祥。和他说话的则是祁禄山丹岩寨寨主綦有光。随行的两个年轻人是高世祥的弟子，一个叫张顺江，一个叫刘顺河。与张顺江一道去圩上买酒的是丹岩寨副寨主曾雄。

綦有光与陆花脸在江湖上并称为"祁禄双霸"。祁禄山一带，有好几座土匪寨，但势力较大的也就是陆花脸的黑松寨和綦有光的丹岩寨。早些年，两个山寨为了争夺势力范围，多次发生冲突，打斗的结果总的来说各有胜负，难分高下。綦有光与陆花脸二人交手数次，心里均觉得没有把握制胜对方，便坐下来谈判。此后两家便缓和了关系，时而合作，时而争斗，表面上称兄道弟，实际上互不服气。去年秋季，飞鹰帮前来祁禄山一带"招安"后，当地的土匪寨纷纷成为飞鹰帮的属下，按理说大家都是一家人了，但綦有光与陆花脸依然明争暗斗，互不买账。尤其是陆花脸靠上了向三通之后，更是得意忘形，时不时在綦有光面前显摆自己与飞鹰帮高层的关系，俨然以祁禄山一号人物自居。綦有光嘴上不说，心里暗自着急，知道长此以往，自己难免要被陆花脸压住一头，所以也在想方设法与飞鹰帮首领套近乎。

这一次，飞鹰帮派出四当家高世祥前往赣州路办事，同时察看他们在赣州路收服的这些山寨的动态。祁禄山自然也是高世祥的必去之地。綦有光闻讯，知道高世祥是飞鹰帮的四大首领之一，虽然排名要次于陆花脸攀上的大后台向三通，但此人比向三通年轻，据说近年来武功进展神速，已然不在向三通之下，在江湖上的威名也与日俱增，前景只怕比向三通还要好得多，便觉得这是个千载难逢的好机会，必须先下手为强，赶在陆花脸之前与他攀上关系。于是，綦有光早早地与高世祥一行接上头，远远地就将他们迎进了丹岩寨，盛情款待之后，专门向高世祥禀报了一个与"祥瑞三宝"有关的重要消息。

飞鹰帮自从向三通两个多月前从宝莲山铩羽而归，便在谋划再上宝莲山，夺取"祥瑞三宝"之事。但因为向三通把宝莲山的情况说得严峻复杂，几个首领都觉得此事须当周密部署，从长计议。只有高世祥对此颇不以为然，认为计划固然要周密，但“从长”则未必。这几年，高世祥自恃武功精进，心里难免滋生一丝骄傲情绪，暗地里有时便不怎么把向三通放在眼里。这次来到祁禄山，先是被綦有光一再吹捧，心下甚是快慰；继而听得綦有光掌握了“祥瑞三宝”的重要线索，更是心情大好。綦有光想以此立功，高世祥则想以此立威，他们一拍即合，高世祥当即率领一起出来的两名弟子与綦有光、曾雄前往宝莲山。

两个月前，綦有光率手下前往雩都县境内的盘古山拦路打劫，遇到了一个叫卫大成的商人。此人骑着一匹快马孤身赶路，行色匆匆。綦有光原本在道上守了半天也没收获，此时见总算有人经过，看他的衣着显然是个有钱人，心头一喜，大手一挥，几个喽啰跳到路当中，把卫大成围起来，要他乖乖交出身上钱物。

卫大成此时身怀要事，自然不甘束手就擒，见他们已守住路口，难以冲过，当即跳下马和他们动起了手。几个回合下来，丹岩寨几个喽啰的棍棒都被卫大成夺了过去，见他们还不退却，卫大成大骂几句，棍棒飞舞，顺手把这几个喽啰给打得哭爹叫娘。

綦有光看对方架势，显然是个会家子，不是寻常的过路商贾。见手下几个喽啰被他打得如此狼狈，綦有光暴喝一声，叫他们退下，自己亲自出手迎战。卫大成见山匪人多，不想恋战，只想先把他们的头领打倒再说，是以出手便是狠招。綦有光也很久没有碰上对手了，使尽浑身解数要把对方拿下。这样拳来腿往地打了几十招，綦有光总是无法占到上风，心里不禁焦躁。他们这些山匪与人打架，本来就不讲什么规矩，只要能打赢，根本不管手段如何。于是，綦有光呼啸一声，让大家并肩子一起上。卫大成本来就被綦有光缠得心慌，此时见他们十几个人一起围攻自己，更是乱了阵脚。又支撑了十余招，卫大成终于被一个喽啰用绊马索给绊了个跟斗。众山匪一哄而上，直把卫大成打得遍体鳞伤。

綦有光自从干上了绿林这一行，还是头一回在剪径时碰到这种硬点子。更气恼的是，费了九牛二虎之力把他拿下后才发现，这个人身上除了几个盘缠，并没携带什么钱财。一个行囊空空的人，竟然还敢如此顽抗，綦有光一怒之下，让手下把卫大成带回山寨关起来，狠狠地把他折磨了几天。卫大成落在这伙心狠手辣的山匪手里，叫苦连天，终于熬不过，把自己的情况一五一十说了出来。

綦有光原本只是想从卫大成家里诈取一些赎金，没想到，卫大成心急之下，还吐露了让他们意外惊喜的信息。綦有光这才知道，这卫大成是赣州城郊七里镇经营陶瓷生意的商人，这些年，受崆峒门刘梦凌的委托，正在四处打探“祥瑞三宝”的下落。而就在前不久，这事还真被他打探出了一些眉目。

原来，几个月前，卫大成从朋友处获悉，赣州路会昌县雪莲山有一老者，据说曾经是文天祥的门客，文天祥兵败被俘后，他从广东逃回，隐居于此。卫大成闻言，马不停蹄赶赴雪莲山。

雪莲山地处偏僻，山高路遥，云海茫茫，古木森森，要寻找一个人当然不容易。卫大成在山里转悠良久，见到有人家之处，便去仔细询问。如此挨了半个多月，足迹几乎踏遍雪莲山的每个角落。说来也巧，前不久的一天，卫大成转到一个山坳时，天降大雨。他见到附近有一个山洞，赶紧钻进去躲雨，却发现里面的茅草堆上，躺着一个气息奄奄的老人。卫大成抱着不放过任何一个人的想法，走上前去与这老人搭讪。不料，那老人见了卫大成模样，竟然含含糊糊地说了一句：“尹玉，你怎么来了！”

卫大成听得“尹玉”二字，心里一动，莫非这老人就是朋友所说的文天祥的旧部？尹玉是宁都人，当年文天祥在赣州起兵勤王时的主要响应者之一，但早就在常州战斗中牺牲。尹玉之名，卫大成当然熟知。他见老者把自己叫成“尹玉”，又见他目光迷离，头脑似乎有点昏昏沉沉，眼珠一转，索性冒充一回。这卫大成身为商人，朋友众多，南腔北调的话都能说上几句。为了让老者消除疑心，卫大成便学着用宁都腔答道：“老太公啊，我寻你都寻了蛮久了！老天爷到底对我不会孬，今朝总算让我寻到了！”

那老者目光呆滞，说了那一句之后，却良久不再言语。卫大成只好耐着性子，继续和他东拉西扯，总算诱得他断断续续又说了几句话。看样子，老者身染重病，神志不太清醒，但从他所说的只言片语来看，此人似乎确实与文天祥有关系。

卫大成决定守在老者身边，耐心打听有关情况。他见山洞里尚有粮食柴火等物，便在旁边也铺了一席茅草，在山洞住下来，每天服侍老者吃喝拉撒，以此和他套近乎。

那老者果然把卫大成当成了尹玉，身体状况稍好时，便和他说上几句没头没脑的话。在这说得吃力、听得更吃力的交谈中，那老者倒也说到了一些陈年往事，但多是文天祥当年在军中之事，有些是大家早就听说过的，谈不上什么价值。而当卫大成想主动问些什么时，那老者却老泪纵横，缄口不言。卫大成怕他起疑，也就不敢冒昧问起“祥瑞三宝”的事。

如此过了七八天，那老者身体每况愈下，终于临近油尽灯枯。这日，他突然紧紧抓住卫大成的手，说道：“我说尹玉啊，你怎么跑到雪莲山来了？宝莲山的事才是最要紧的啊！”

卫大成知道此时正是关键处，他也不知道宝莲山究竟有什么要紧事，脑子飞快地一转之后，说道：“我正是来找你一起上宝莲山呢！”

那老者含含糊糊地说道：“陈应老矣，去又何益？丞相交代了，这些东西，就靠你们几个费心保护了……终有一日，要光复我大宋大好河山……”说到这里，呼吸急促，显得甚是吃力。

卫大成听得他自称“陈应”，又喜又急。喜的是陈应正是自己要找的文天祥门客，那可不是文天祥的寻常旧部；急的是他现在正处于弥留之际，只怕说不上几句话了。

陈应之名，卫大成很多年前就听说过。文天祥幼年时，其父文革斋在赣县吉塘村绅士陈殿升家的私塾教书。文天祥十二岁时，曾经在吉塘村跟随父亲读书，与村中陈氏人家相熟。这陈应便是吉塘村的一个老儒生，素有才学，与陈殿升同辈，和文革斋交情尤深。后来，文天祥高中状元，十余年后官至赣州知州，他仍没忘了吉塘村的乡亲，时常问起他们。其时，陈应家中失火，妻子病故，膝下仅有的一个女儿已外嫁，生活甚为困顿。文天祥获悉此事后，便延请陈应做了自己的幕僚。此后，陈应便一直追随文天祥左右，在外为抗元大计奔波。文天祥赣州兵败之后退至潮州，自知事已无可为，嘱咐年事已高的陈应回赣州隐居，有机会可联络刘溪等旧部共谋光复大业。陈应虽然不舍，但形势危如累卵，知道自己留在军中已无济于事，于是按照文天祥的安排，潜回赣州境内，在会昌县雪莲山隐居。数年后，文天祥慷慨就义，陈应知悉，终日以泪洗面，却又无可奈何，只好继续在此隐姓埋名。其间，刘溪曾经前来探望过他，并告知自己与陈子敬已隐居赣县宝莲山，但因宝莲山根基未稳，不便让人广为知晓，请陈应继续隐居雪莲山，以免暴露行踪，待时机成熟后再作计较。陈应也知道自己一介书生，年迈体衰，去了宝莲山于事无益，反成累赘，便继续孤身住在雪莲山。及至卫大成寻到时，他已重病在身，神志糊涂之际，见到卫大成面貌，竟然错把他当成了早已不在人世的尹玉。

卫大成急切间也顾不了多想，连声问道："去宝莲山找谁啊？快快告诉我！"

陈应声音微弱，说道："宝莲山庄……陈将军……"两眼渐渐闭上，再无声息。

卫大成心头扑扑猛跳，见陈应已溘然去世，趴在地上向他磕了三个头，跃出山洞，情不自禁喊道："我找到了！我找到了！"顾不得收拾行李，便往山下冲去。

卫大成正欲火速赶回赣州报信，忽然想起陈应身为文天祥门客，在这雪莲山隐居这么多年，或许还有其他线索可寻觅，不妨在山洞及周边再作搜索。于是，他先在当地找到一个可靠的人，火速传书给刘梦凌，与其约定在宝莲山相会，自己则回到那个山洞，将陈应全身搜了一遍之后，挖了个坑将他草草掩埋了。随后，在这个山坳及周边村庄仔细查找与陈应有关的蛛丝马迹。数日之后，确信再无其他结果，这才匆匆赶赴宝莲山寻找刘梦凌。没想到，半路却遇上了率众打劫的綦有光。卫大成急于脱身，自恃武功不差，不想与这些山匪纠缠，便和他们来个硬碰硬，不料一番拼斗之后，却落在他们手里。

綦有光闻言，大喜过望，与副寨主曾雄商量，这个信息可是一份重礼，刚好可以借此攀上飞鹰帮高层首脑人物。他们把卫大成关押在山寨，商议如何向飞鹰帮报告这一重大消息。尚未来得及拿出计策，手下来报，附近有大股商队经过，陆花脸率人去宝莲山未归，他的黑松寨没留下几个人，不敢行动，正是丹岩寨发财的大好时机。綦有光、曾雄知道机不可失，时不再来，这等现成便宜不容错过，便先把卫大成的事放一边，急忙率领寨里大部分人马下山打劫商队去。

不料，这卫大成八面玲珑，巧舌如簧，趁着山寨空虚，居然许以重金，说动了一名给他送饭的山匪帮他通风报信。这名山匪冒着风险赶往七里镇，把卫大成的信送到他家人手上。卫家知道事态紧急，火速派人前往宝莲山找到了刚刚从冲天寨的“霹雳五禽阵”突围出来的刘梦凌一行。

刘梦凌得知卫大成被困丹岩寨，自然要设法营救。他知道綦有光武功不高，与巴如台商量之后，即派荀梦冰与高梦冶前往丹岩寨解救卫大成，自己和巴如台、帖列都、屠梦冲几个人则继续在宝莲山搜寻刘溪的踪迹。

荀梦冰和高梦冶马不停蹄赶到丹岩寨，他们不想多费口舌，决定擒贼先擒王，出其不意潜入綦有光住处，荀梦冰仅用几招便将他拿下。綦有光光棍不吃眼前亏，见对手武功比自己高明太多，为了保命，只好眼睁睁让荀梦冰把卫大成带走。好在卫大成所知道的事情，多数已在此前被丹岩寨逼供出来，高世祥到了寨里之后，由綦有光当面向他将这些情况汇报清楚，差别倒也不大。

三人在石头上坐了不多时，张顺江和曾雄从黄婆地圩上买酒回来了。高世祥接过皮囊，仰头喝了一大口酒，长长地吐了一口气，说道：“别小看这深山老林人家，酿的酒倒是不错，比城里那些酒家的味道还醇些呢！”曾雄陪着笑脸说道：“只要高四爷喜欢，我们喝完了再去买来便是。这酒我们在店里已先尝了一口，味道确实不错！”

綦有光笑道：“老曾你这酒猫子，才尝一口才怪呢，准是先自己喝了一大碗才回来。”拧开曾雄递给他的皮囊，也狠狠地喝了一大口，嘴里“嘘嘘”地回味着。曾雄拍拍自己腰间挂着的皮囊，说道：“跟着高四爷，还怕没酒喝？今后大伙儿天天都像过年一样，吃好喝好！”

一行人说笑着，起身继续赶路。高世祥说道：“他那宝莲山庄既然隐藏在这宝莲山，自然不在人气热闹之处。但既为山庄，规模应当不至于太小，没有路只怕也不行。我们还是多走行人不多的小道，这样找到它的可能性会大些。”

綦有光说道：“高四爷高瞻远瞩，言之有理，此事的确该当如此。就像那卫大成找人一样，一条路一条路找过去，谅他们能躲藏到天边去？更何况，这山庄毕竟不是人，它没长脚，还能好好地跑了不成？”

曾雄伸手抓了抓头皮，说道：“这样会不会费时太多？也不知这山里有多少条路。要是找个一年半载还没找遍，岂不糟糕？”

綦有光用手指点着曾雄说道：“你这酒猫子，天天在山里钻，还怕这点路？这宝莲山山高路陡，能行走的地方不多，谅它能有几条路？还一年半载呢，我看有个三五天就足够了！”

高世祥说道：“要说在深山老林行走，我们飞鹰帮才是老祖宗嘛。你们要是去了鹰盘山，才知道这山有多高，路有多陡。我们飞鹰帮在那里开山立派，就是要用鹰盘山的奇峻雄伟告诉你们，能加入飞鹰帮的，都不是等闲之辈，都是在江湖上可以呱呱叫的！”

綦有光、曾雄连连点头说道：“那是，那是！我们能成为高四爷手下一员，端的是三生有幸，祖坟冒烟。哈哈！”

高世祥正色说道：“这倒不是我瞎吹，飞鹰帮在鹰盘山开山立派已有数十年，前面的帮主倒也罢了，只是安心守成，在武林中能有一席之地便满足了。所以，在飞鹰帮的前辈当中，高手虽然众多，但在江湖上的名声却并不大，甚至比起那崆峒门还差得颇远。帮主之位传到现在的洪大帮主手上，那就完全不一样了。洪大帮主雄才大略，那可不是一般武林中人可比的，否则这些年怎么可能弄出这么大的动静，又怎么会把你们这些山寨一并拉进帮里来？”

綦有光、曾雄齐声说道：“跟着飞鹰帮，前途定然不可限量。今后洪大帮主和高四帮主但有差遣，我等赴汤蹈火也不皱一下眉头！”这句话他们自从见到高世祥之后，已说了不下二十遍，自是越说越流利动听。

高世祥摆摆手，压低声音说道：“按洪大帮主的意思，飞鹰帮迟早是要干一场大事的。你们先把自己的势力范围稳住了，多关注一下雩都县绿林、武林的情况，适时扩大地盘。今后有什么事需要找我出面的，但管报上来便是，我自然会大力支持你们。干得好嘛，到时候起码让你们当个雩都绿林领袖、武林盟主还是没问题的。”

綦有光、曾雄只听得两眼放光。綦有光连连拍打胸膛，喜滋滋地说道：“扩大地盘，这正是我们的梦想啊！有高四爷这句话，我们回去就可以着手把盘古山、屏坑山、阴刀子山那些人先收服了，再把天华山、雩山甚至宁都凌云山那些人也纳进我们飞鹰帮。到时可不许陆花脸乱插手。”曾雄说道：“凌云山那么远也要去吗？就不知帮里准不准许？”

高世祥说道：“我们帮里的规矩向来是，属下各山寨，地盘由谁先拿下，就由谁接管，无论地方是远是近，其他兄弟山寨不得从中捣乱。你们放手去干好了，只要有这个本事，便是打出几千里外也无人敢干涉你们，好歹我在帮里说话还是算得了几分数的。”

綦有光、曾雄拍手叫好。丹岩寨虽然立寨多年，却因实力有限，只能在祁禄山一带活动。在投靠飞鹰帮之前，莫说统领雩都绿林，即便是在祁禄山，也不敢过于托大，毕竟黑松寨的实力也不在他们之下。此时听得高世祥一鼓劲，綦有光、曾雄如同喝了几大碗鸡血般，但觉浑身是劲，巴不得立时找到用武之地，将雩都及周边几个县的同行们一个个挑了，美美地做一方武林霸主。

说话间，一行人已转入一条山谷。山间一道山泉泻下来，在悬崖处形成一个十几丈高的瀑布，流水轰然声响，溅起一簇簇晶莹的浪花。高世祥停步看了看，赞道：“这宝莲山虽然不如鹰盘山高险，但说到山里的景致，只怕比我们那鹰盘山还多些看头哩！这一路走来，处处可见如画美景，倒也消解了不少疲劳。人生倘若常有这般美景相伴，其快乐程度也未必亚于做武林盟主、江湖霸主之类罢？”

綦有光、曾雄面面相觑。多年来，二人带着手下喽啰以打家劫舍为生，过的是今朝有酒今朝醉的生活，平时哪有闲情逸致欣赏风景？这时听得这位五大三粗、面目凶恶的飞鹰帮四当家突然说出这样的话来，一时惊讶不已，更觉此人性情深不可测。

又走一段，峰回路转，瀑布声渐渐低下去，密林间时不时传来清脆的鸟鸣声。高世祥转动脖子在四周看了一圈，又说道：“这次我们前来寻找宝莲山庄，是自作主张之事，洪大帮主他们并不知晓。鹰盘山离此地甚远，我们几个帮主平素难得有时间往这边走一趟，其他人则来了也解决不了这等难题。我若借此机会，能与二位寻得通往宝莲山庄之路，下一步就省了不少事。”

綦有光说道：“那是那是，您四爷亲自出马，效果自然不是其他人可比的。别说寻找宝莲山庄，就是动手挑了他们，对高四爷来说其实也不在话下。”

高世祥微微摇头，说道：“话可不能这么说。首先嘛，我们能不能找到那宝莲山庄，尚未可知。这地方若是有那么好找，为什么此前那么多人花了那么大工夫还找不出？其次呢，我要告诉你们的是，即便找到了，我们也要不动声色，切莫惊动了他们。向老三虽然托大，但话说回来，他的功夫可是不弱的。连向老三这等身手，尚且没能占到一点便宜回来，足够说明这宝莲山确实藏龙卧虎，不可小看。我们贸然惊动他们，只怕也未必能讨得好去。”

见綦有光、曾雄听得认真，高世祥又说道：“我们既然来了，就要争取把事情办好。这次的目标很简单，就是探路。找到了路，我们的任务就圆满完成了。所以，我们不需要多少人手，有你们几个就足够了。干这种事，人手多了，如果没有高手，反而可能坏事。”

綦有光、曾雄相顾点头。綦有光说道：“还是高四爷高明！我们只知道要多带些人，以为人多就好办事，却没想到人多了目标大，人多了可能成为累赘，真是考虑欠周全。”他们从丹岩寨出发时，提出要带上几十个手下同行，被高世祥制止。高世祥知道这些山匪在高手面前不堪一击，他这次上山，并不想和宝莲山庄的人发生正面冲突，人多了反而碍事，所以只叫了綦有光、曾雄随行带路。到了山下，为了尽可能不引人注意，几个人把所骑的马也放下了。

高世祥见他们领悟甚快，颇为满意，微笑着说道：“孙子曰‘知己知彼，百战不殆’。我们就是要先把对方的情况摸清楚，再考虑下一步行动。这样，任凭对手多高明，也有了对付他的办法。”

曾雄拍掌赞道：“这谁家的孙子这么会说话？确实是这个理啊！我怎么没想过这些道道？这人的爷爷只怕更不得了。”

綦有光拍了一下曾雄的脑袋，笑骂道："你这酒猫子不学无术，孙子他老人家都不知道，这是打仗的老祖宗！你爷爷只顾着喝酒，生出的孙子可比人家那孙子差远了。"张顺江、刘顺河也被二人逗得大笑起来。

高世祥又说道："'祥瑞三宝'的事既然在江湖上传开了，要办此事便不宜拖得太久，须知夜长梦多，现在天下表面太平，其实暗流涌动。你不趁早动手，谁知道哪天又节外生枝，冒出别的什么事来？正在寻找宝莲山庄的势力多着呢，要不然这些消息从哪里来的？飞鹰帮虽说现下实力不差，单打独斗的话哪个门派都不怕它，但现在图谋这几件东西的人太多，要是人家联手对付我们，事情就没那么容易办了。这也正是我最担心的事。"

綦有光、曾雄听得高世祥这么一说，更觉此行意义重大，一时热血沸腾，恨不得立马找到通往宝莲山庄的秘道，为飞鹰帮立下大功。

高世祥接着说道："所以，此行若是能顺利找到宝莲山庄所在的方位，探明他们有多少人马，我们回去以后就要立即部署行动。到时，也正是你们为本帮效劳立功的大好时机了。"綦有光、曾雄连声称"是"，表示到时一定举全寨之力，争当进攻宝莲山庄的急先锋，以不辜负高世祥的精心栽培。

在山谷越走越深，一路不见人迹。两侧的山岭林木茂盛，繁花似锦。谷间平坦处，时常可见农夫开垦的梯田，只是深山里的稻田没这么早种植，水田里还长着浅浅的杂草。不时有青蛙闻得他们的脚步声，从田埂上扑通扑通跳进清澈的浅水里，在田间泛起一圈圈涟漪。一行人正边走边四处张望，忽然听得前面传来一阵苍劲的歌声：

黄婆地呀黄婆地，离天那个三尺一。
鹰鹘打这里飞过啊，擦伤了它的背脊。
老鼠爬了三天三夜，才爬到那个半壁！

听那声音，歌者似乎是个上了年岁的人，但中气十足，不亚于壮年人。高世祥等人听得这山谷里居然有人，疾步上前，却见山路对面的田坎上，一个衣着破旧的老者唱完山歌，正胸膛前挺，双臂向上高高举起，惬意地伸了一个懒腰。

（十）捕蛇者

高世祥等人踩着横在山谷中间的一条田埂走前几步。曾雄因为刚刚听了高世祥一番鼓舞人心的话，头脑仍在亢奋之中，忍不住对那老者喝问一声：“兀那老头拐，你在这深山野谷干什么来着？”

那老者头发苍白，穿一身灰色布衣，衣裤上下打满了补丁。听得曾雄发话，脖子一缩，扮了个鬼脸，忽地对他们一伙人摆摆手，作个手势，示意他们别出声。曾雄正待继续喝问，高世祥见那老者神色怪异，心下好奇，便伸出右掌往下一压，让曾雄等人噤声。只见那老者弯腰朝着田埂边的水沟侧耳作倾听状。少顷，老者沿着水沟疾步上前，高世祥等人瞧得真切，七八步外，水草晃动处，一条肥大的黑蛇正穿梭而过。

老者一个箭步踏上去，一脚稳稳地踩在黑蛇的七寸处，稍一用力，竟将那蛇踩得翻起了肚皮。曾雄虽然平素在刀尖上讨生活，却甚是怕蛇，见此情景，情不自禁“呀”的一声，后退了两步。

却见那老者飞快地从腰间解下一把割水稻用的镰刀，对准黑蛇的腹部轻轻一划，已将一只鸡蛋大小的蛇胆剖出来。老者用镰刀往上一挑，蛇胆倏地飞跳起来。老者嘴一张，刚好将那蛇胆咬住。喉咙“咕咙”一动，蛇胆已被他吞下肚去。

那老者这一系列动作一气呵成，娴熟无比。高世祥等人虽然见过世面，却也看得目瞪口呆。

那老者吃了蛇胆之后，精神振奋，长舒一口气，脸色愈加惬意。他从袖中取出一只布袋，将那死蛇装进袋中，镰刀插回腰间，冲着曾雄咧嘴一笑，说道：“过路客，今晚请你吃红烧蛇肉，可好？”

曾雄虽与他隔着丈余，却仍对他生吞蛇胆之举心有余悸，见他朝自己发话，连忙摆手，再退一步，差点踩入水田。老者说道：“红烧蛇肉是世上美味极品，这话可不是我说的，而是我家老太婆说的。连这个都不想吃，你们这些人莫不是傻瓜？”说罢，连连摇头，浑不把高世祥一伙人放在眼里。

綦有光见这老头这般说话，心里不悦，喝道：“老头拐休得无理！你可知道我们是什么人！”

那老者眯着眼睛把他们五人挨个瞧了一遍，指着高世祥胸前的飞鹰图说道："你是哪里飞过来的大鹰鹘？第一次来宝莲山的人都会觉得，我们这里的黄婆地又高又陡，山下的等闲人物简直就不敢上来赴它的圩。别说等闲人物啦，便是那些自以为厉害的鹰鹘雕要飞过来也不容易哦，小心那陡峭的赤面崖擦伤了你的背脊。这话可不是我说的，是我们老一辈的人说的，哈哈！"

綦有光见高世祥脸色微愠，急于讨好，骂道："你这老头拐，这般胡说八道，只怕是活得不耐烦了？"右手一扬，射出一只铁蒺藜，要给那老者一个下马威。

那老者叫声"哎哟"，向后跳了一步，右手一抄，已将那铁蒺藜抓在手中。他张开右掌，打量了一下，说道："我道是什么好东西，原来只是些破铁啊，不值钱，不值钱！我家老太婆要是知道我出一趟门竟然捡了个这样的破东西，又有一顿好骂了。"

曾雄见那老者将铁蒺藜抓在手中，得意地冲他喊道："我大哥的铁蒺藜是喂了毒的，你抓在手里，已经中毒了！还不快快求饶，若是话说得好听点，我大哥或许可以给你解药。"

那老者斜着眼睛瞥了瞥曾雄，说道："这个小东西有毒？能毒死人吗？我看不见得啊，不见得。"放在鼻子下面闻了闻，说道，"不像，不像！我看八成是骗人用的。"用舌头舔了一下，又说道，"味道太淡，没什么盐味，难怪看你长得这么粗壮却没几斤力气。"

曾雄大骇，说道："老头拐，我大哥的铁蒺藜可不是拿来开玩笑的，你还敢用舌头去舔？要命的话快快求我大哥给解药，不然你今天死定了！"他知道，綦有光的武功在绿林中不算厉害，但他的暗器功夫在同行中却算是不错的，而且暗器在自制的毒药中浸过。他的暗器一旦沾上皮肤，就如同被毒虫咬过，半个时辰之内便将发作，轻者昏厥无力，重者一命呜呼。平时与绿林界同行争斗时，綦有光便时常出其不意以铁蒺藜伤人，然后以解药作为与对方谈判的筹码。此事屡试不爽，因此祁禄山一带那些土匪寨都不愿意与綦有光为敌。这老者用手直接把铁蒺藜抓在手中，本来便已中毒，还用舌头去舔，那只怕要死得更快了。

那老者摇摇头，说道："涂一点这样的脏水就能毒倒人？不管用的，一点也不管用，还不如山蚊叮一口厉害。”将铁蒺藜在掌上抛了抛，突然说道，“还给你！”手掌一翻，铁蒺藜射向綦有光。

这一下来得甚快，綦有光连忙闪避，但还是慢了一点，铁蒺藜“扑”的一声落在他的左肩，挂在外衣上。

綦有光骂道：“你这老头拐，看来不给你点颜色看看，你还真不知道老子的丹岩寨是靠什么吃饭的！”他也不想想这老者为何舔了他的铁蒺藜居然还不倒下，纵身跃到老者身边，长臂一伸，出手便要擒拿他。

那老者说道：“丹岩寨靠什么吃饭？难道你们这些人吃饭不靠嘴巴靠屁股眼？”话音未落，见綦有光冲过来，边说边笨拙地侧身让过，总算没让他抓到。綦有光见这一招失之毫厘，跟着呼呼两掌劈进，要把那老者逼进水沟里。那老者“哎哟哎哟”连叫两声，慌手慌脚地胡乱招架。綦有光见他的抵挡毫无章法，似乎根本不懂武功，更加放心地欺进，出手越来越快。眼见那老者只知连连后退，不知如何还手，綦有光得意地边出招边说道：“叫你胆敢对大爷们无礼！你现在求饶还来得及！”

那老者叫道：“你求饶！你求饶！”慌乱中突然一胳膊撞在綦有光肋下。綦有光猝不及防，但觉身体忽地被一股莫名冒出的力量一冲，收势不住，往外一跌，居然扑通一下摔进水田里。曾雄在一旁叫道：“老大小心！”眼睁睁看着綦有光一屁股坐在烂泥里。那老者站在田埂上惊讶地喊道：“你这过路客哪里不好坐，怎么坐到田里去了？也不知是图凉快呢还是想学那些小蛤蟆玩水？”

綦有光大怒，赶紧爬起来，跳上田坎，浑身都是泥浆，鞋子也陷落在烂泥里。他顾不得那么多，光着脚冲上去，“哇哇”乱叫，恨不得立时把那老者打翻在地。

高世祥冷眼旁观，已知道这老者不是寻常农夫，分明是身怀上乘武功之人，綦有光根本不是他的对手。二人再打下去，綦有光势必吃更大的亏。他见綦有光还不甘心认输，低喝一声：“老綦退下！你不是人家的对手！”轻轻一跃，挡在綦有光前面。

那老者叫道："不怪我，不怪我！是他自己不小心掉下去的，我可没钱赔他的衣服！你这大鹰鹘可别冤枉了好人！这事可千万别让我家老太婆知道，不然她又要骂我在外面多事了。"

高世祥冷冷地说道："老先生真人不露相，在下佩服！这事当然不怪你，是我这兄弟不小心得罪你了！我们先向你赔个不是，还望老先生不再与后辈计较。"

那老者搔搔头皮，嘻嘻笑道："人家都叫我老头拐，你却叫我老先生。还是你这大鹰鹘先生是个好朋友，我喜欢你！"说着舌头一伸，又扮了个鬼脸。

高世祥说道："敢问老先生尊姓大名？在下路过宝地，叨扰了！"

那老者摆摆手，连声说道："不敢当，不敢当。我老头拐小名蓝火龙，就是宝莲山里一捕蛇的，老是老了点，可不是什么先生后生。"

曾雄看他疯疯癫癫的，插嘴道："你真的只是一个捕蛇的？我怎么看你邪门着呢。"

蓝火龙说道："我家的门正着呢，不斜不斜！你什么时候去过我家？前些天我家一只正在下蛋的大母鸡不见了，莫非是你偷去了？我和我家老太婆猜了个半天，还以为又是山里的黄鼠狼干的好事呢！看来这次倒是真的冤枉黄鼠狼了。"

曾雄怒道："我哪去过你家？还偷你的鸡，胡说八道些什么！"

高世祥却不理会他的胡诌，问道："在下路过这里，是寻找几个故友而来的。老先生长居宝莲山，不知是否听过宝莲山庄这个地方？"

蓝火龙拍掌说道："怎么会没听过？我家以前本来住在黄婆地圩上，后来我老爹嫌圩上吵吵闹闹，人多蛇少，不好谋生，就从那里搬出来了，房子就建在宝莲山庄对面哩！"

高世祥闻言大喜，綦有光和曾雄也不再生气了，三人和颜悦色地对蓝火龙说道："那太好了，总算找到老朋友了！可有多少年不见了呢！""这么说，应该离这里不远了吧？""那就麻烦你带我们去宝莲山庄喽，刚才的事我们也不和你计较了！"

蓝火龙摇摇手说道："不远不远，当然不远！"指着曾雄说道，"你真要去？请你吃蛇汤好不？我家老太婆熬汤最拿手了。”曾雄知道眼下可不能得罪这个老头，心里虽然厌恶蛇肉蛇汤，嘴上却连连说道：“吃，吃，当然吃！”

蓝火龙竖起一个大拇指，对曾雄说道：“这才是个有灵气的人！黄婆地这么大的地方，大家都容易找到，但是那宝莲山庄嘛，可比黄婆地小多了，没什么灵气的人还真找不到。你要是再笨一点，更是找着找着就迷路了，说不定半路上就被山里的野兽叼去加餐了呢。要是这样的话我可不敢带你去了！”曾雄见他答应带路，点头说道：“多谢，多谢！”心里却忍不住骂道：“你这个死老头拐，你才没灵气，你才会被野兽叼去！”

高世祥知道蓝火龙所言未必是实，但看他的身手，实乃宝莲山的奇人异士，极有可能与宝莲山庄的人有交集。纵使他不肯真心带路，多用些言语套一套他，或许也能从他这里寻觅到一些线索。于是对綦有光摆摆手，示意他先把脏了的衣服鞋子清理一下，然后对蓝火龙说道：“既然有缘相遇，如此有劳蓝老先生给我们带一下路了！”

蓝火龙说道：“好说好说！我老头拐今天已捉了一条大蛇，足够老太婆煮上一锅头的好汤了！今天我们正准备吃大名鼎鼎的田村曾氏‘绍坤世家’黄元米果呢，既然你们来了，少不得每人也要吃上一碗。眼下就是还差点别的野味，待会儿要是路上碰到了小野猪啊大鹰鹘啊山老鼠什么的，你们几个可要一起帮我抓一抓，不然只怕老太婆那里做不了这么多人的饭菜，你们还以为我们山里人家小气。”

高世祥压住心头火气，说道：“路上有什么事需要出力的，我们兄弟都听蓝老先生吩咐便是。”

蓝火龙说道：“还是你这大鹰鹘爽快！果然像朋友。那就这样说了，走，大伙跟我回家去！”说罢，手一挥，大步流星便往山谷深处走去。

这条山谷显然是人迹罕至之处，越往里走，路越来越小，走到后来，甚至时常无路可走，只能从灌木丛、茅草丛中钻过。其时正是杂花生树的季节，花丛中蜜蜂嗡鸣不已。曾雄生怕蜜蜂采蜜时误采到自己头上，不断甩动衣袖驱赶它们。可是，怕什么偏来什么，在一处低矮的林子里，还是有一只蜜蜂不小心在曾雄的脑门叮了一口，额头上登时鼓起一个肉疙瘩，气得曾雄一掌将那只蜜蜂拍死在脑门上，还一路把它的祖宗十八代骂了个遍。蓝火龙幸灾乐祸，指着曾雄头上的肉疙瘩嘻笑不已，一忽儿说他像独角兽，一忽儿说他像自己以前养过的一只公鹅。曾雄因为要他带路寻找宝莲山庄，不敢当面得罪他，只好在心里强忍着。

迂回走了数里地，路越来越陡，蓝火龙正在带着他们往山上走。高世祥等人环顾四周，见这陡坡上绿树葱茏，遮天蔽日，要说那宝莲山庄建在这等隐蔽之处，倒也极有可能。道路虽然极为难走，他们几个人还是紧紧跟随前行。蓝火龙虽然看起来少说也有七十岁，但步履矫健，行走在这陡峭的山路上如履平地。因为一路行走甚急，綦有光、曾雄和张顺江、刘顺河已经开始喘气冒汗了，蓝火龙却浑然无事，仍在絮絮叨叨地说些家常琐事，无非是他一年要抓多少条蛇、这辈子吃了多少只蛇胆；他和家里的老太婆如何为争论蛇胆好吃还是蛇肉好吃而拌嘴；一辈子生了两个女儿可是都远嫁外村平时也难得见个面；两个亲家公一个在田村，每年都要送一担美味可口的曾氏秘传“绍坤世家”黄元米果给他，另一个在吉埠，每年都要挑一担清脆鲜甜的贡品芋头上山，他和老太婆为此又常常争论黄元米果和吉埠芋头哪个更好吃。高世祥听他所说的事情越来越琐碎，哪有心思理会，只是若有其事地应付他几句，眼睛却一直盯着他的背影，防止他玩什么花招。綦有光、曾雄等人则听得颇不耐烦，便索性装作没听见，只顾闷声赶路。

上坡之后，山路穿过一道山梁，总算转为下坡。綦有光、曾雄等人借着地势稍稍缓了一口气。这一带大树稀疏，路旁怪石嶙峋，草木丛生，藤蔓遍地。行至无路处，蓝火龙在那些大大小小的石头上跳跃着前行，高世祥等人也跟着跳上石头。如此穿过了几里地，接着又是上坡。两旁植被茂盛，绵延的密林似乎看不到尽头。曾雄忍不住问道：“蓝老先生，你不是说路程不远吗？这么难走的路，到底还要走多久啊？”

蓝火龙说道：“我说不远，那当然不远啊，比去赣州城可近多了！你们是从赣州城来的吗？这路上走了多久了？这条路虽然比不得去赣州城的路，但已经算不错了，我老头拐都走得过，你一个后生拐子还走不过？”

曾雄嘟哝道：“我虽然也长年在山里行走，但这样的鬼路，还真是走得不多。好歹要像条路啊！我看这很多地方根本就没路可走。”

蓝火龙说道：“我们这是在抄近路了！你要走大道，当然也行啊，但总得走个四五天、七八天才能到吧？反正我是不走大道的，我就喜欢没人走的小路，这样的地方蛇才多啊。说不定你脚下这时正有一条蛇溜过去呢！”

曾雄心下骇然，赶紧低头察看。蓝火龙哈哈笑道：“我是说再过两个月，那时你再来走走，脚下随时可能踩到各种蛇。现在时候还早了点，要找一条蛇却没那么容易。”

曾雄“呸呸”吐了两口，说道：“这样的鬼地方，下次要是再来，我宁愿多花点工夫走大路，也不吃这样的苦头。”

说话间，穿过一片大杉树，来到了一处稍平坦的林子里。林间空地上，铺了厚厚的一层落叶。蓝火龙说道：“看你们都走得有点累了，要不到这里歇个脚再走喽！”说罢，背靠一棵大荷树，笑眯眯地看着高世祥他们。

高世祥听他一路东拉西扯，不着边际，对他的用意越发怀疑。但他艺高胆大，既然认定了这山野老汉身上有线索，也就不怕他搞什么名堂，且看看他将把自己一行带往何处。此时听他说歇个脚，倒也觉得确实有点累了，便也在一棵大树下站定。綦有光和张顺江、刘顺河早就想歇息了，见蓝火龙和高世祥止步不前，当即停下脚步，呼呼喘气。曾雄却嫌站着太累，一屁股在落叶上坐下来。

却听得蓝火龙冲着曾雄叫道：“小——心——了！”曾雄但觉脚跟一紧，双脚已被绳索捆紧，猛然间眼前一黑，身子呼地一声被一股力量凭空拎起，人已被倒悬在一根粗大的树枝上。

高世祥等人大吃一惊，不约而同朝着蓝火龙围了上去。蓝火龙哈哈大笑，指着曾雄说道：“逮着野猪了！逮着野猪了！这只野猪少说也有一百来斤，可以卖个好价钱喽，大伙儿发财喽！”

高世祥听蓝火龙这么说，又见他并不慌张，知道曾雄是被捕野猪的机关给套住了，这事倒未必是蓝火龙有意为之。当下退后几步，吩咐綦有光和张顺江、刘顺河先把曾雄解下来再说。刘顺河爬上树去，綦有光和张顺江在树下接应，三人七手八脚折腾了一通，总算把曾雄从树枝上解下来。綦有光、曾雄虽然生活在山寨，但干的是拦路打劫的勾当，对山民捕猎这一套虽有耳闻，却并不熟知。曾雄不小心中了这个套，虽然解脱了束缚，却兀自惊魂未定，嘴里犹在骂得喋喋不休。

蓝火龙却不管曾雄这副狼狈相，还在一旁说些风凉话："你这后生拐子，做野猪的滋味怎么样？嘻嘻，这一路上，蜜蜂喜欢你，野猪套喜欢你，我看山里那些野蛇也一样会喜欢你……你别瞪我啊，这可不能怪我，这个套子不是我放的，八成是葛藤坳的韩老六放的！你们要找就找他去。"

曾雄骂道："什么韩老六王老八的，下次再叫老子遇到这些阴谋诡计的名堂，别怪老子全给他扫了！"一脚往地上的落叶堆踹去，不料正踢中一根半埋在地里的大竹签，痛得哇哇直叫。

蓝火龙笑得前俯后仰，张顺江、刘顺河也忍俊不禁。綦有光把曾雄扶住，让他靠着一棵大树，低声说道："老二别闹了，好好歇一下脚要紧！等下还得继续赶路呢。"

高世祥取出皮囊，喝了几口酒。綦有光、曾雄被酒香勾起馋虫，也分别解下身上的皮囊，喝起酒来。曾雄边喝边说道："他娘的，老子被这山巴佬的鬼名堂吓了一跳，正好喝几口压压惊！"几大口米酒灌进肚里，刚才一肚子的火气似乎转眼间就被浇灭了。张顺江、刘顺河见状，也感到有几分饥渴，各自解下所携带的皮囊，美美地喝了几口。

蓝火龙见他们喝得高兴，变戏法般从破旧的衣袋里掏出几块干粮，塞进嘴里津津有味地嚼起来。见曾雄两只眼睛瞪着他，笑嘻嘻把手掌伸出去，说道："腊制的乌蛇干，吃不？我家老太婆做的，味道好极了！我每次出门都要带上几块呢。"

曾雄厌恶地摇摇头，转过身去不再看他。蓝火龙说道："不吃拉倒，要不是看你当了一回野猪，一般人我还不舍得给呢。"三下五除二把嘴里的东西咽下，张开双臂，活动了一下筋骨。见高世祥等人把皮囊收起来了，蓝火龙拍拍胸脯，说道："不早喽，该动身啦！"转身便走。

高世祥向綦有光等人使个眼色，几个人立即跟上。那蓝火龙歇了片刻后，精神十足，仰天打了个吆喝，边走边唱起歌来。只听他唱道：

月光光，炸水上。
船来等，轿来扛。
扛得老爷过，
老爷看到蛮喜欢。
问你鞋子有多少？
扛了鞋子一大箱。
那双好，送嫂嫂；
那双歪，送奶奶。
嫂嫂一接到，喊我好宝宝；
奶奶接到鞋，夸我实在是乖。

众人见他一个年约七十岁的老头，居然这么起劲地唱一首童谣，不禁哭笑不得。曾雄说道："兀那蓝老先生，你这么一大把年纪，怎么唱起孙子的歌来了？"

蓝火龙说道："我正是要教孙子唱歌呢！你学不？我再唱一遍给你听就学会了。"

曾雄听他拐弯抹角骂自己是孙子，心里生气，但眼下不便和他翻脸，便闷声闷气地说道："不好听，我才不学。"

蓝火龙哈哈笑道："你不喜欢听歌，那爷爷讲个故事给你听听如何？"曾雄不耐烦地说道："天色不早了，我们还是赶路要紧，现在谁都没心思听什么山歌啊故事的。"

蓝火龙说道："这路上沉闷乏味，你既不唱歌又不听故事，蛇干也不吃，那你活着有什么意思呢？依我看哪，你不如打倒回，别跟着我们算了。"

曾雄怒道："你以为我很高兴跟着你跑这样的路啊？要不是……"

蓝火龙惊奇地看着曾雄，说道："闹了个大半天，原来你并不高兴跟我走啊？难不成是我搞错了，其实你们的意思并不是叫我带路？这可糟糕了……"

高世祥见蓝火龙与曾雄纠缠不休，怕他们把话说僵，突然打断他们，向蓝火龙问道："蓝老先生，你说这宝莲山庄就在你家对面，那你知道山庄里有多少人呢？"

蓝火龙答道："要说这宝莲山庄有多少人哪？一二三四五……这还真得好好数一数。只怕没有一千，也有八百吧？"

高世祥听得他这么说，虽然满腹狐疑，但还是忍不住问道："此话当真？他一个小小的山庄能容纳这么多人？我看你那黄婆地也未必有这么多人吧？"

蓝火龙说道："谁说山庄小了？那要看和谁比。比起黄婆地，那当然大大不如，但比我家可就大多啦！我家才两间茅屋，两个人，就我和我家老太婆……哎呀，不好，这么晚了，我家老太婆要催我吃饭了！乖乖不得了，没空和你们玩啦！"说罢，突然拔足便跑。

高世祥一愣，见蓝火龙在林中几个起落，已把他们抛下数丈远，赶紧对綦有光等人低喝一声："跟上！"边说边纵身跃起，提气直追上去。

蓝火龙身形极快，在密林中穿梭，向山谷对面的一个山坡奔去。高世祥不知他是何用意，怕跟丢了，顾不得等待綦有光等人，双袖拂动，从灌木丛中抄近路追赶。綦有光、曾雄一边不住吆喝，一边和张顺江、刘顺河在丛林中寻找路径跌跌撞撞跟过来。

蓝火龙很快奔到坡脊上，转身沿着一条狭窄的山路向下面冲去。高世祥提气追上坡脊，叫一声："蓝老先生，往哪里跑！"瞅准蓝火龙奔跑的方向，突然身形一长，纵身跃过一片低矮的林木，衣襟飘起，像一头巨鹰从半空降落，转瞬间，人已拦在蓝火龙前面。綦有光、曾雄在林中见到高世祥露了这一身轻功，心下佩服不已，喘着气齐声喝彩。张顺江、刘顺河因为跟随高世祥时日已久，对他的功夫早已熟知，此时倒也没有觉得特别稀奇。

蓝火龙被高世祥拦住去路，当即停下脚步赞道："你这大鹰鹘，果然好本事！只怕跟我们云霄峰那伙老是抓我们家小鸡的鹰鹘雕有得一比哩。"

高世祥冷冷地说道："蓝老先生为何不等一下我们，突然间说走就走，还跑这么快？你就不怕我们人生地不熟，在这深山老林跟丢了？"蓝火龙笑嘻嘻地说道："我这不是赶着回家吃饭了嘛！你们刚刚说了其实不想跟着我走，既然这样，那我也没空继续跟你们玩了啊！谁知道你们这些后生拐子说话颠三倒四，还硬要跟过来。"

高世祥说道："你不是答应了带我们去宝莲山庄找朋友吗？既然跟着你走了这么远了，何不好事做到底？你跑这么快，要不是我还勉强跟得上，我们几个可就得在这深山密林中迷路了。还是且等一下我那几个同伴下来吧。他们胆子小，迷路了会害怕的。"

蓝火龙回头看了看，林中枝叶摇曳，綦有光等四人正在半坡上拨开树丛，急匆匆地赶过来。这几个人功力不济，跟着蓝火龙在山林里转了这么久，已累得脸红耳赤，满头大汗。蓝火龙看着他们的模样，轻轻地摇摇头，叹一口气，说道："你们这几个后生拐子定然是好吃懒做的人，空手走路也走不快！要是叫你挑一担柴火或番薯稻谷回家，那可怎么办？难不成这么多年的饭都吃到猪肚子里去了？真是比我这七十多岁的老头拐还不如。"

曾雄气喘吁吁地说道："他妈的……老头拐……你跑这么……快……路又这么……难走……当然跟不上！"綦有光也在一旁说道："就是……就是嘛！"

高世祥说道："蓝老先生脚下神力，他们几个哪能比得上？我看这宝莲山也没多少人有你这种功夫吧。"

蓝火龙呵呵乐道："你这大鹰鹘真会说话，让人听了总是开心得很，也不知骗倒了多少老少男女？我这样的老头拐，在宝莲山算是笨手笨脚的了！大家伙在山里找食，随便哪个也比我老头拐跑得快啊！要不然大家伙还能填饱肚子？再说嘛，山里老虎豺狼多，你要是跑不快，没准哪一天碰上了，可就要被它们毫不客气地吃了！”

高世祥见綦有光等四人稍稍喘过了一口气，对蓝火龙说道：“那行，时辰确实不早了，我们继续赶路吧。还请蓝老先生关照一下我这几个兄弟，别跑得太快，让他们跟不上。”

蓝火龙连连摇头道：“不成不成，你们这几个后生拐子慢腾腾的，我老头拐可没那么多耐心等你们！大家还是各走各的路吧，我可没空带你们去宝莲山庄了。我肚子饿了，要赶紧回家吃饭去，你们就不必跟着我跑了，我家老太婆又不是神仙，可没算到要做这么多人的饭菜。”

高世祥说道：“你家不是就在宝莲山庄对面吗？你带我们去宝莲山庄，和你回家不是一回事吗？我们跟着你走，并不碍事嘛。到了宝莲山庄，自有朋友招待我们吃饭，保证不给你们家添麻烦就是。”

蓝火龙抓了抓头皮，说道：“我家和宝莲山庄当然是面对面，但中间隔了三座山……嗯，不对，应该是四座还是五座？哎呀，这人一上年纪就容易忘事，我怎么就记不清楚隔了几座山了呢？定然是因为赶路跑得太急，把脑壳给累坏了！这可糟透了，说不定回家的路也记不得了哩！”

高世祥闻言，脸色一变。綦有光、曾雄等人面面相觑。此时，他们已确知蓝火龙此前一番话纯属胡言乱语，什么家住宝莲山庄对面云云，全是消遣他们的废话。这蓝火龙无端让他们在山里白白累了半天，高世祥一行登时气不打一处来。曾雄此时又累又饿，更是忍不住开口骂娘了。

蓝火龙却不管这些，自顾自说道：“你们爱找什么山庄也好，朋友也罢，还是自己去找吧。我老头拐没有你们那么足的精神，可要失陪啦。大伙儿有缘再相遇，我这就回家喽！”突然从高世祥身边闪过，拔腿又要跑。

高世祥早已准备动手，见他要走，“呼”的一掌出去，旋即化掌为爪，便要抓他后背。蓝火龙听得背后风声乍起，知道对方掌力强劲，“哎哟”叫了一声，身子往前跌出几步。高世祥一爪抓空，迅速追上，双掌接替，连续出招进攻。蓝火龙并不招架，身子忽左忽右向前摆动，嘴里连连叫道："不得了，外地佬上山行凶打人啦！救命啊！救命！"

曾雄见他踉踉跄跄往前跑，只道他被高世祥掌力所逼，行动迟缓，在后面嚷道："兀那老头拐，你还是老实一点，否则可别怪我们老大一掌拍死你！"

蓝火龙叫道："光天化日打死人，没有王法！没有王法！哎哟，现在是哪家的天下啊，似乎还真是没有王法？"

高世祥却知道自己的掌力根本没能伤到蓝火龙。这人看似疯疯癫癫，做事毫无章法，但其实心思缜密，高深莫测。他虽然头也不回，可自己几次出掌都被他巧妙避过，显然身手不凡。

高世祥不敢怠慢，运足掌力，一招紧胜一招，连连向蓝火龙攻去。蓝火龙知道对方内力充沛，不可大意。他虽然看似轻松躲避，其实每避一招都是用心应对。蓝火龙心里明白，高世祥能在密林中迅速追上自己，自然不是庸手，而且对方人多，和他们硬拼，十有八九讨不到什么好去。要摆脱他们，只能随机应变，借助自己的地利优势见机行事。高世祥掌力越来越刚猛，蓝火龙也不敢一味地背对着他闪避，只好侧身让过，停步回头正面相对。

高世祥见他终于停下脚步，喝道："看你往哪里跑！"双掌一错，左右开弓，向蓝火龙胸膛击去。蓝火龙不再闪避，悄然运气于胸，双掌向前迎击。只听得砰然声响，四掌相交，高世祥被掌力一震，但觉双臂一麻，不禁退后一步。蓝火龙则感到身体被一股汹涌的力量反冲，自己年岁已高，如果硬生生受力，虽然表面上看起来强硬，却有可能受到内伤，实非良策，只好借势后退两步，卸了这股冲力。

綦有光等人在一旁看得真切，不禁讶然。这七旬老汉如此与高世祥硬碰硬，居然没怎么见他吃亏，这可是无法取巧的真功夫。他们虽已预料此人武功不弱，却还是没想到他比高世祥也差不了多少。

蓝火龙叫道："哎呀，你这大鹰鹘力道这么大，我老头拐这把老骨头可经不起几下折腾啊！千万不能这样玩了！"

高世祥试了这一掌，知道对方功力虽强，但未必高过自己，料他年逾七旬，后劲有限，只要能拖住他，久战之后，终有取胜的把握。当下更不含糊，抢上一步，拳脚并用，向蓝火龙连连发招。蓝火龙嘴里“哎哟哎哟”叫个不停，手上却丝毫不敢怠慢，见招拆招，边挡边退。高世祥见他守多攻少，当即加大攻势，只求及早将他打败。蓝火龙却防守甚是严密，并不正面与他接招。高世祥进攻数十招，却寸功未建，毫不奏效。二人犹如捉迷藏一般，双方的招式虽然精妙，就是难得碰面。

曾雄在一旁看得不耐烦，叫道：“他妈的，这是什么打法？你这老头拐耍赖皮，就是不肯好好打架！”

蓝火龙百忙之中不忘回曾雄的话：“大鹰鹘一身的蛮力，我老头拐可吃不消。要打架你来和他打，我给你们做中人！”

高世祥也是身经百战的人，各种对手碰过无数，但像蓝火龙这样只躲招不接招的打法却还是头一回遇上。这人不敢接自己的招，分明是武功不如自己；按理说，武功不如自己的人，支撑不了这么久，可这人偏偏又久战不下。这般难缠的对手，最是考验耐心。高世祥并非性情急躁之人，知道此人武功和自己相差不远，若是心情浮躁，稍有不慎，就可能被对方瞄准破绽，一击而中。于是静下心来，有条不紊继续向蓝火龙进攻。

高世祥正值壮年，内力精湛，越打越猛。蓝火龙毕竟年事已高，内力有所不及，再避得数十招，已是相形见绌，身形渐缓。二人打了这么久，蓝火龙一路退让，高世祥一路逼进，綦有光、曾雄等人一路跟随，不知不觉已沿着山路转入一处狭窄的山谷。谷中是一片茂密的杉树林，山路往林中延伸而去。

蓝火龙眼见得再难招架，嘴里不住喊道：“大鹰鹘打死人啦！老太婆别忙着做饭了，快快救命要紧！”高世祥喝道：“叫谁救命都没用了！”当胸一掌，又逼得他连退两步。

蓝火龙又嚷道：“老太婆耳朵聋了吗？再不出来，大鹰鹘打死了人，饭做得再好也吃不上了！”綦有光笑道：“老头拐别发疯了！谁叫你胆敢一路欺骗我们？如今我们四爷既已出手，你就是叫爹叫娘救命也没用了！”曾雄说道：“老头拐都没用，老太婆出来又能怎么样？到头来还不是照样哭爹叫娘的向我们四爷求饶？”

却听得林中有人喝道："哪里来的鬼崽子胡说八道？谁说老太婆出来没什么用？"

綦有光等人一怔，只见一个白发苍苍的老妇人正从林间小路冲出来，腰间系着做饭时穿的粗布围裙，手里持着一根数尺长的烧火棍。

（十一）卧佛山

那白发老妇双目圆睁，在数步外站定，指着綦有光等几个人喝问道：“你们是些什么人，胆敢跑到这里来撒野？”

曾雄奇道：“他娘的，真是出鬼了，说什么有什么，这深山老林的，还真有一个糟老太婆啊！我们还没问你是谁呢！”那老妇人怒道：“除了我家老头拐，这宝莲山的人都客气地叫我一声雷婆婆，你这不长眼的鬼崽子却这么无礼，果然是讨打来了！”

蓝火龙听得那老妇人出来，叫道：“老太婆先别理他们，那几个后生拐子是吃闲饭的。倒是这大鹰鹘凶得很，简直要打死人了，快快过来帮忙！你要是再晚一点出来，我老头拐可要吃不消了。”

那雷婆婆见蓝火龙正被高世祥逼得紧，大喝一声：“哪里飞来的野鹰鹘，竟敢跑到家门口和我家老头拐动手？休得欺人太甚！”抡起烧火棍便朝高世祥打去。众人这才知道蓝火龙口口声声说的老太婆并非虚言，这雷婆婆正是蓝火龙的妻子。

高世祥听得呼呼声响，知道对方来势迅猛，劲道也不小，闪身让过这一棍。那雷婆婆烧火棍往上一挑，骂道：“你这野鹰鹘还敢躲？有本事就好好吃我一棍！”出手如电，棍尖直奔高世祥面部而来。高世祥头一侧，再次让过这一棍，右脚倏地向她踢出。

雷婆婆骂道：“你这野鹰鹘，还会踢人哪！好的不学，却去学了谁家的黄牛牯！”退后一步，右手一扬，烧火棍跟着又捅过来。原本一路退让的蓝火龙这时也不客气了，趁着这当口忽地向高世祥推出两掌。高世祥侧身避过雷婆婆的烧火棍，右肘直撞蓝火龙右臂，逼他收掌变招。蓝火龙赞道：“大鹰鹘反应不慢！”与雷婆婆分从两侧进击高世祥。三人混战在一起，一时各有攻守。

雷婆婆的烧火棍看似随手乱舞，高世祥却知道，她每每所指，都是瞄准自己防守薄弱之处，显然是个大行家。看她出手精准，在这寻常的烧火棍上恐怕下了数十年功夫。这烧火棍虽然不是什么厉害的兵刃，但被高手使将出来，威力亦不可小视。若是对手武功不如雷婆婆，则数招之内便可能伤在她的烧火棍之下。倘若只是与雷婆婆单打独斗，高世祥自是不惧，可她与蓝火龙联手之后，高世祥便颇感应接不暇了。这二人功力皆不弱，出招也快捷，稍有不慎，便可能中招。行家一伸手，便知有没有。高世祥这等高手自然识得其中利害关系，当下不敢心存丝毫大意，凝神与二人拆招。片刻间，形势逆转，高世祥已由方才的一路进攻转为一味防守。

綦有光见高世祥被蓝火龙夫妇围攻之后，已渐落下风，心里不禁着急，对曾雄、张顺江、刘顺河一招手，说道："老头拐老太婆要打群架是吧？那我们一起上啊，大伙儿热热闹闹打一场也好！"四个人拔出身上佩带的刀剑，分别从不同的方位向蓝火龙夫妇攻去。

雷婆婆骂道："鬼崽子们不要脸，合伙欺负老人家。你们一起上又如何，谁怕了你们不成！"调转烧火棍，对綦有光当胸一指。綦有光叫道："来得好！"挥刀用力一格，想将她的烧火棍击落。雷婆婆却没把他放在眼里，并不收招，烧火棍正好击中刀背。綦有光但觉手臂一震，差点握不住手中刀，方知这雷婆婆虽然年迈，且为女流之辈，力道却甚是强劲，难怪她和蓝火龙一联手，便将局面扭转过来。不等綦有光再出招，雷婆婆紧接着一棍扫向綦有光旁边的曾雄。曾雄骂道："我正要领教你这糟老太婆的破棍子！"挺剑一挡，"当"的一声，手中长剑已被烧火棍荡歪。曾雄叫一声："好家伙，还有几分老力啊！"顺势退开一步，这才没被烧火棍扫中。

张顺江、刘顺河挺剑分刺蓝火龙左右。蓝火龙稍一腾挪，双掌分别向二人扇去。张顺江、刘顺河但觉掌风凌厉，各自退出一步。蓝火龙夫妇就这样稍一分神，高世祥已转守为攻，趁着蓝火龙左侧防守空虚，一招"鹰撮霆击"，右掌直贯蓝火龙左肋。

蓝火龙虽年过七旬，反应却甚是敏捷，见对方来势凶猛，躲避已来不及，当即身子半转，运气于右掌，硬生生接下高世祥这一招。双方都使足了全力，砰然声响，高世祥被震退两步，蓝火龙则退了三步。高世祥知道，这老头儿虽然浑身透着古怪，内力却比自己略逊一筹，若能正面进攻，百招之内当有可能取胜。所烦恼者，这老头儿扬长避短，一味回避锋芒，保存实力。按这种打法，只怕几个时辰也难以见效。如今又来了一个武功不弱的老太婆，纠缠下去只怕更是一笔糊涂账。当前唯有与他们正面相搏，速战速决，才是取胜之道。想到这里，高世祥当即又起一招“飞苍走黄”，手脚并进，扑向蓝火龙，力求逼得他无法迂回避让。

蓝火龙叫道：“大鹰鹘要拼老命啦！”挥掌轻轻地挡了一下，便往旁边避开一步，忽地腾出右手，取出布袋里的死蛇，喊道：“大毒蛇要张嘴咬人了！”冲着张顺江、刘顺河一甩。二人乍见毒蛇迎面冲来，心里一惊，忘了它是死是活，出招便慢了半拍。蓝火龙趁机身形一飘，已到了他们身后。

蓝火龙对雷婆婆叫道：“老太婆快跑，这些后生拐子吃饱了撑着呢，不要和他们玩了！”高世祥听得他要走为上，正想封了他的去路，却因张顺江、刘顺河隔着自己，一时阻挡不及。他知道蓝火龙不会扔下雷婆婆独自逃离，见綦有光、曾雄正被雷婆婆一把烧火棍打得手忙脚乱，当即转身使出一招“鹰瞵虎攫”，去夺雷婆婆的烧火棍。

雷婆婆也知道自己夫妇二人对付高世祥他们五人，终究要处于下风，听得蓝火龙叫唤，正欲击退綦有光、曾雄而突围，不料，高世祥又施狠招攻到。仅高世祥一人，武功便在雷婆婆之上，加上綦有光、曾雄在一旁羁绊，这样一来，雷婆婆更是无法脱身。

蓝火龙叹道：“你这大鹰鹘，到底是难缠！”他知道雷婆婆万万不敌高世祥、綦有光、曾雄几人合力，手中的死蛇冲着张顺江、刘顺河一掷，趁二人闪避之际，抽出身上的镰刀，跃到高世祥身边，大喝一声：“割禾客来了！小心把鹰鹘翅膀割了！”镰刀向高世祥后背直划过去。高世祥回身让过，几个人又混战在一起。曾雄见自己这方显占上风，心里得意，边出招边说道：“你们这两个老家伙，打不赢就想跑，哪有这么便宜的事？”

蓝火龙镰刀向曾雄一挥，说道：“先把你这头大野猪的四只脚割了再跑！”曾雄识得他的厉害，脖子一缩，脚下不自禁地退开两步。蓝火龙却只是虚晃一招而已，见曾雄退却，转头向雷婆婆叫道：“老太婆，往屋里头那边退！”雷婆婆会意，二人边抵挡边往林中退却。綦有光说道：“退到天边也没用了！今天叫你们两个老家伙知道我们飞鹰帮高四爷的厉害！”他见这老两口甚是顽固，如今已被自己一行紧紧围困，也顾不上高世祥此前所叮嘱的隐秘行事了，索性搬出飞鹰帮的名头震慑他们。

雷婆婆骂道：“管你飞鹰还是走狗，高四还是矮五，我老太婆偏偏就是不怕这些飞禽走兽！”烧火棍忽地照准綦有光右腕一击，綦有光躲闪不及，右腕竟被击中，“哎哟”一声，大刀甩落到一边。便在这时，高世祥趁她防范空虚，一掌击中雷婆婆的烧火棍。雷婆婆手腕一震，烧火棍险些脱手而去。

蓝火龙叫道：“老太婆，重点看住大鹰鹘！那几个小麻雀就当是挠痒痒。”右手镰刀将张顺江、刘顺河挡住，左掌拍向高世祥背部。高世祥本拟乘胜追击，将雷婆婆的烧火棍打落，见蓝火龙攻势已到，只好放过雷婆婆，转身迎击蓝火龙。綦有光赶紧捡起大刀，只是手腕生疼，使不上劲，不敢靠得太近，便在外围装模作样地吆喝着。

蓝火龙夫妇就这样在混战中且战且退。这时天色已不早，他们从山道逐渐转入林中，眼前更是一片幽暗。林子一侧的山崖下，隐约可见两间土墙垒成的房屋。屋前，几只正在草丛中觅食的公鸡母鸡被他们惊得咯咯乱叫，争先恐后地钻进墙角的鸡舍里。

綦有光叫道：“两个老家伙，都打到你们家门口了，还不乖乖投降的话，大爷们一把火将你的房子烧了！”雷婆婆骂道：“鬼崽子，你敢动手！我家只要少了一根茅草，我老太婆就非剥了你的皮不可！”

临近屋门口，蓝火龙突然伸手一探，手中的镰刀对准门边的一个竹篓子勾去，转瞬间，将竹篓子带过来，抓在左手。却见他迅速地将塞在竹篓子口子上的那把茅草扯去，将竹篓子往上一抛，喝道：“天兵布起毒蛇阵！小心毒蛇咬死人啦！”刹那间，空中如同下了一阵“蛇雨”，高世祥等人但见几十条滑腻腻的小蛇跌落下来。高世祥双手一挥，运掌如风，将迎面而来的数条小蛇震出数丈远。綦有光、曾雄、张顺江、刘顺河几个却躲避不及，陡然间分别有数条小蛇落在身上，有的已从脖颈处往胸前、背上钻去。

高世祥一怔，却见綦有光、曾雄哇哇叫起来，张顺江、刘顺河也像他们俩一样又蹦又跳的，双手在身上乱抓。高世祥虽然武功厉害，但也怕小蛇有毒，顾不上进攻蓝火龙夫妇，双脚轻点，迅速将那些在地上蠕动的小蛇踩了个稀烂。綦有光等几人则忙着将身上的小蛇抖出来。曾雄吓得最厉害，脸色苍白，直嚷：“毒蛇咬到我了！毒蛇咬到我了！救命啊！”

几个人就这么一分神，蓝火龙夫妇已不知去向。高世祥见曾雄犹自哇哇乱叫，对綦有光说道：“快看看他伤在哪里？”拎起一条被踩死的小蛇一看，哑然失笑，对仍在不停地叫喊的曾雄喝道：“别闹了！自己看看地上都是些什么东西！”

曾雄正失魂落魄，听得高世祥这么说，定睛往地上细看，登时松了一口气。原来，篓子里甩出的这些东西，却是一条条圆滚滚的大黄鳝。这东西乍一看和蛇的模样差不多，其实根本不是同一回事。想来这是蓝火龙刚从田里捉回来的，还没来得及下锅，这时却把它们用来帮助自己老两口突围了。

曾雄受此惊吓，怒气冲天，当即便要放火烧了蓝火龙的房子。高世祥摆摆手制止他。周围已不见了蓝火龙夫妇的影子。这是他们的生活之处，二人路途熟悉，在这片刻之间只怕已走远。此时已是黄昏，天很快要黑下来，高世祥等人就算要追赶也不知从何处追起。綦有光、曾雄仍在骂骂咧咧，高世祥让他们在门外看着，自己与张顺江、刘顺河进屋查看一番，却见这里也就是寻常农夫家而已，屋里摆设简陋，除了一些日常用品，什么也没有。

待他们出得屋来，綦有光、曾雄仍要点火烧了这屋子。高世祥说道：“我们上山是来办正事的，这屋子有何罪过？做人不可如此，还是要留点余地。何况，烧了它于事无益，留着它说不定还有用处。”二人见他神情严肃，便不敢再说。

高世祥等人想想蓝火龙一身透着古怪，自己一行毕竟人生地不熟，尤其是天色已晚，此处着实不宜久留，否则恐怕再生意外，便顺着山道往外走去。行了几里地，暮色中，见到路边有一座以山石垒成的风雨亭，正是过夜的好地方，一行人便走进亭子歇息。他们长年在外行走，身上都备有足够的干粮，自然随便找个遮风避雨的地方便能将就一晚。

高世祥说道：“这宝莲山看来没我们想象的那么简单，奇人异士只怕不少，大伙儿晚上歇息务必多个心眼。”便安排綦有光、张顺江和曾雄、刘顺河分为两班，在风雨亭内轮流值守。曾雄说道：“他娘的，还没摸到宝莲山庄的边，却先遇上了这么两个老妖精，夜里的确不敢睡得太死，谁知道这山里还有些什么妖魔鬼怪呢！”

次日一早，五个人吃过随身携带的干粮和米酒，继续赶路。昨日被蓝火龙带着在山里转悠了大半天，如今他们也不知道自己到了宝莲山的什么方位。想想除了白白地和蓝火龙夫妇打了一架，什么收获也没有，一行人不禁觉得又好气又好笑。走了没多远，遇到一个扛着锄头早起干活的农人。向他一打听，得知这里叫卧佛山，是宝莲山众多山峦中的一座，也是宝莲山区有名的胜景。那农人甚是热情，告诉他们，此山须从对面的山头遥望，便可清楚地看到它形似一尊卧佛，有眼睛有额头有鼻子什么的。如果有佛缘，还能看到宝莲寺上空的佛光，那可就鸿运当头，祥瑞一生了。那农人还说，宝莲山很多人都有幸看到过佛光，所以大家生活在这里总是快快乐乐平平安安的；很多外地路过的人也曾看过到佛光，他们因此也不想离开宝莲山，有些还在这里住下来了，所以这些年，宝莲山的住户越来越多，黄婆地圩也越来越热闹了，每逢圩日，要好几个时辰才能散圩。说到这里，那农人兴致越来越高，好心地劝高世祥等人也去对面的山头遥望一下卧佛山，说不定运气好，真就碰上了佛光呈祥，以后就想什么有什么，做什么成什么了！要是觉得宝莲山果然千般好万般好，也不妨在山里找个地方好好安顿下来哩，反正宝莲山这么大，山里人也好说话，可以做房舍的地方有的是。

高世祥听那农人唠唠叨叨说了一大通，听得颇有兴致。曾雄却有些不耐烦了，说道：“他娘的，什么卧佛山站佛山，还不就是一座破山？老子在祁禄山过得舒服自在，还需要大老远跑这里来住下？”

那农人闻言，双手合十，口中念念有词：“罪过，罪过！不待这样胡言乱语的，卧佛山可不是寻常的山，更不是什么破山。到过这里的人，不喜欢它才怪！”

高世祥摆摆手示意曾雄别打岔，继续和那农人东拉西扯。那农人又告诉他们，往前走五六里地，有一座宝莲寺，那是宝莲山一带最有灵的寺。宝莲山总共六寺六庙，其他寺庙当然也灵，但就是不如宝莲寺灵，就因为这里是佛光直接罩着的地方。宝莲寺的和尚很好客，要是饿了肚子，可以问他们要斋饭吃。

那农人见高世祥听得频频点头，又说道："提到我们宝莲山啊，除了眼前这座卧佛山，还有一座弥勒峰也是神奇得很。两座佛山遥相呼应，为山里人家和过往行人日夜祈福。除了宝莲山，我可不知还有哪里能见到这种奇妙的双佛神山？"

高世祥见这农人话多，了无心机，突然装作不经意地问道："那你知道宝莲山庄往哪条路走更近些呢？"那农人听他这么一问，一片茫然，抓了抓耳朵，又挠了挠额头，却还是想不起高世祥所说的这个地方，便嘿嘿一笑，颇为自己的孤陋寡闻而惭愧。

高世祥见他那样子，知道这人的确只是一个普通农夫，应当与宝莲山庄的人毫无瓜葛，没听过宝莲山庄之名实属正常。当下转移话题，问了些无关紧要的琐事，以免他老是把刚才那句回答不出的问话记挂在心头。那农夫知无不言，言无不尽，颇以自己能回答过路行人诸多问题为豪。綦有光、曾雄见高世祥与那农夫聊得这般投机，心里虽然纳闷，嘴上倒也不敢再多话，自顾在一旁东张西望。张顺江、刘顺河早就习惯了，他们知道高世祥为人睿智，所作所为总是有他的道理，所以在高世祥与人说话时，总是默默地听着不打岔。

高世祥问得差不多了，便客气地向那农夫告辞。那农夫见他们确实要走，这才兴犹未了地下田干活去，还不忘再三回头劝说他们抽空到对面的高地上遥望卧佛山风光，沾得一身好运回去。

五个人沿着山路快步行走，走了数里地，果然见到前方的山巅有一座古寺。远远望去，这寺建筑规模也不算宏大，但地处幽静，周围古木参天，古寺墙角隐约可见，看来是一个修炼的好所在。綦有光对高世祥说道："看来那个作田佬没有瞎说，这里果然有一座庙呢！我们要不要上去打探打探？"高世祥点点头，一行人便朝着古寺方向走去。

山路沿着山腰向前延伸，中途岔出一条小径直通山上那座寺庙。高世祥等人尚在百余步之外，便见得这条岔路砌着长长的石阶蜿蜒而上，两名穿着灰色僧衣的僧人正从山路下方的一条小溪挑了水沿着石阶前行。

五人加快脚步走近，跟在那两名僧人身后五六步处。曾雄向他们问道："兀那和尚，这里是不是宝莲寺？"其中一名年轻的僧人听得有人问话，回头看了他们一眼，点头答道："阿弥陀佛！施主所问极是，这里正是宝莲寺。"另一名年纪较大的僧人则自顾低头挑水上山。

高世祥心里寻思："既然这宝莲寺在这里名气这么大，来往之人应当不少。我们上去先找到这里的住持，趁着寺里尚无防备，说不定能向他问到些消息。"向綦有光等人打了个手势，健步如飞迈过石阶，从两名僧人身边飘忽而过。綦有光等人也跟着从那两名僧人旁边挤过去。

转眼间，一行人已来到山上。这宝莲寺前面是一个空坪，打扫得颇为干净。正殿供着一尊泥塑的大佛像，殿堂中间立着一只大香炉，正燃着数炷香火。青烟袅袅，尚在门外便能闻到一股浓郁的线香味。高世祥等人径直来到大殿门口，七八个僧人正坐在两旁打坐，见到他们，合十施礼，齐诵一声"阿弥陀佛"。

曾雄一脚跨进大殿，冲着这些僧人问道："兀那和尚，谁是这里的住持？过来和我们说说话！"一名老年僧人徐徐站起，迈前几步，说道："阿弥陀佛！老衲惠丛，正是此间住持。不知几位施主有何见教？"

曾雄转头看了看高世祥，等他示意。见高世祥微微点头，曾雄向那惠丛禅师问道："我们是远道而来寻找朋友的，不小心在这山里迷路了。我且问你，去宝莲山庄的路怎么个走法？"

惠丛禅师双掌合十，说道："阿弥陀佛！宝莲大山中，处处皆山庄，不知施主要寻哪一座？"曾雄说道："宝莲山庄便是宝莲山庄，哪有什么这一座那一座的？老和尚休得废话。"

惠丛禅师慢吞吞地说道："天雨虽宽不润无根之草，佛法虽广不度无缘之人。万事万物皆有其缘分，施主要找的宝莲山庄，或者远在天边，或者近在眼前。有缘虽远可见，无缘对面难逢。施主还是顺其自然，随缘为好。"

曾雄不耐烦地说道："老和尚不好好说话，绕来绕去的做什么！再不说实话，当心我一把火把你的破庙烧个干净！"

惠从禅师说道："阿弥陀佛！施主少安毋躁，佛门乃清净之地，不作无谓之争。施主如果信不过老衲之言，不妨自便。"

曾雄见这惠从禅师言语不亢不卑，说的都是些自己毫无兴趣的大道理，不禁火起，正要发作，忽闻空中一声巨响，天色陡变，原本明晃晃的天空转瞬间乌云密布，正是山雨欲来的迹象。惠从禅师说道："阿弥陀佛！山里的天气，说变就变。大雨将至，各位施主若不嫌弃，还请移步殿内说话为好。"

高世祥知道山雨来得极快，此时正需找地方避雨，便点点头，迈步走进大殿。綦有光等人也跟着进来。几个人尚未站定，紧接着空中又是几声雷响，随即大雨倾盆而下，屋顶哗哗声响，殿外水珠乱跳。綦有光说道："这运气还真他妈的不错，我们刚进屋，老天就下雨。要是半路上突然下起这么大的雨，我们可就要淋成落汤鸡了！看来刚才那个作田佬的说法倒也不全是胡说八道。"

外面天色暗淡，雨声喧哗，正在打坐的几个僧人却不为所动，双目轻闭，口中念念有词，似乎天崩地裂与己无关。曾雄自言自语地骂道："他娘的，这样的鬼天气，烦死人了，你们这些穷和尚还有心思念经，老子真是服了你们。"

殿外闪电一晃，空中又响起一个炸雷。一个面容焦黄的中年僧人突然睁开双眼，东张西望，神情焦躁，似乎要从地上站立起来。惠从禅师见了，走过去按着他的肩膀，轻声说道："惠空，心中无物，四觉皆明。过去的早已过去，从此无须挂怀。"

那中年僧人用力点点头，说道："师兄所言极是！"复又闭目念经。惠从禅师在他的肩膀上轻轻拍了几下，走到高世祥等人所站的这边来。

雨下得很大，间或雷鸣电闪。高世祥等人朝那惠空和尚看了几眼，沉默不语。只有曾雄耐不住寂寞，时不时说几句埋怨老天爷的话。惠从禅师目光从高世祥一行脸上轻轻扫过，蓦地对高世祥说道："这位施主慧根深种，颇有佛缘。阿弥陀佛！"

此言一出，高世祥一行尽皆愕然。高世祥身为飞鹰帮四大首领之一，纵横江湖多年，而且面目凶恶，不怒自威，一般人往往敬而远之，除了头顶光光的与和尚有几分相像，浑身上下哪里和“佛”沾得上边？如今却被惠丛禅师说成颇有佛缘之人，只怕旁人听了无不觉得荒唐。高世祥闻言，一时哭笑不得。綦有光、张顺江、刘顺河心里暗暗发笑，曾雄却已骂出口来：“他娘的老和尚胡说八道些什么！我们四爷可是天天大碗喝酒大块吃肉的命，才不会跟着你去当什么天天吃斋的穷和尚！”

惠丛禅师说道:“一切皆有缘，缘到自然成。放下屠刀尚可立地成佛，何况其他？阿弥陀佛！”

便在此时，空中轰隆一声响，一个罕见的炸雷震得屋顶“沙沙”掉下些许尘土。那坐在地上的惠空和尚突然一跃而起，大喝一句：“妖魔鬼怪，哪里逃！吃我一掌！”

高世祥等人见状，不觉一惊。却见惠空和尚一掌击在殿中的香炉上，登时香灰弥漫，众人连忙掩住口鼻。那惠空和尚却不管不顾，眼露凶光，口中不断呼喝，持续发掌击打香炉，眼见得香炉要被打翻在地。惠丛禅师却并不出手阻拦，只是不住地说道：“罪过，罪过！阿弥陀佛！”其他僧人也在一旁跟着念“阿弥陀佛”。

高世祥等人一见之下，已然明白，这惠空和尚当是曾经受过什么刺激，神志有时不清醒，而此时受雷电刺激，正好发作出来。正纳闷寺中众僧缘何只是口诵佛号，却并不上前制止，忽见灰衣一闪，一人从殿外进来，出掌接下惠空和尚击向香炉的双掌。但听得“砰砰砰”几声响，二人四掌相击，转眼间已交手数合。高世祥等人定睛一看，来者正是方才所见的那名年长的挑水僧人。

惠空和尚见有人接招，出手更加起劲，二人四掌翻飞，很快打得难分难解。高世祥是大行家，仔细观察二人掌法，发现惠空和尚掌法刚猛雄浑，是佛门常见的金刚伏虎掌，挑水僧人的掌法则刚柔兼济，战斗中既可与金刚伏虎掌针锋相对，又可伺机以柔克刚。从招式上看，挑水僧人这路掌法正是惠空和尚的克星，二人功力相若的话，再斗片刻，惠空和尚势必被挑水僧人制住。看这情形，那挑水僧人所习的掌法，似乎正是专门用来对付惠空和尚的。

果然，数招之后，惠空和尚掌法渐滞，在挑水僧人掌力的笼罩下，显得大受束缚，无以施展。惠空和尚脸色涨红，额头冒汗。挑水僧人忽地欺身而上，双掌往惠空和尚肩头一按，“扑”的一声，直将他按得在先前打坐的蒲团上坐下来。惠从禅师似乎对此习以为常，连道几声“阿弥陀佛”，走到惠空和尚面前。

惠空和尚经挑水僧人这么一阻挡，神志已渐渐清醒。待得坐下来，脸色由黄转白，目光却渐渐柔和。惠从禅师拍了拍他的肩头，轻声安慰道：“昨日去已久，何必再挂怀。惠空，你累了，且休息一刻。”惠空和尚双掌合十，低头说道：“谢谢师兄！惠空没事了。”说罢，闭目静坐。其余僧人对此不惊不怖，仿佛什么事也没发生过，继续低声念经。高世祥等人看在眼里，胸中一团疑云久久不散。

山雨来得急，去得也快。转瞬间，外面云开雾散，天气清朗。那挑水僧人见惠空和尚确已清醒，便向惠从禅师施礼告退。刚走出大殿，忽听得身后一人喝道：“你这和尚且慢走！”

却见曾雄走上前来，说道：“老和尚不肯告诉我们宝莲山庄怎么走，我看你这和尚身手不错，定然知道这个去处。望你爽快点，给我们指指路！”那挑水僧人答道：“小僧只是在寺里挑水打杂，平日不离寺院百步。施主所说的地方，小僧从未听说过，无可奉告，实为抱歉。阿弥陀佛！”

曾雄伸手向挑水僧人当胸一扯，骂道：“他娘的，都是些敬酒不吃吃罚酒的货色！你一身武功，还会整日在这破庙里呆着？谁信你的鬼话！看来不动粗还真办不了事，这世道就是这个样子。”那挑水僧人在原地立定，低头不语，曾雄这一下竟然没扯动他。

曾雄用力一推，挑水僧人退出两步，到了大殿前面的空坪里，笔直地站着。曾雄见他还不说话，骂道：“他娘的，还跟老子装聋作哑了！”冲上两步，挥拳便打。挑水僧人双掌一格，将曾雄的拳头架开。曾雄大喝一声：“他娘的，老子看看你有多厉害！”拳打脚踢，向挑水僧人上中下盘各攻出几招。挑水僧人闪展腾挪，一一让过，却并不想和曾雄正面对抗。

曾雄见他一味防守，便大胆欺进，出手越来越狠辣。挑水僧人对曾雄说道：“施主，当住手时且住手，得饶人处且饶人。阿弥陀佛！”曾雄喝道：“我偏不饶你，那又如何？叫你在老子面前装蒜！”话音刚落，脚下忽地被那挑水僧人轻轻一勾，顿觉收势不住，扑通一声仰面摔倒在地。

这空坪上因为刚刚下了大雨，低洼处尚有不少积水。曾雄这一摔，身上便沾了不少泥水。挑水僧人双手合十，说道：“阿弥陀佛！得罪得罪！施主请起。”

曾雄恼羞成怒，爬起来骂道：“他娘的，好你个穷和尚，竟然暗算老子！”扑上去又和他打在一起。挑水僧人无奈，只好见招拆招，继续和他周旋。曾雄毫不退让，使出浑身解数，一味进攻，非得把挑水僧人打倒在地，以泄方才一摔之恨。那挑水僧人见他逼得太急，不想和他纠缠不下，瞅准一个空当，忽地探手拉住曾雄右臂，顺势一带，曾雄一个趔趄，身子往前一扑，竟然又摔在地上，所不同者，这次变仰为俯。再爬起来时，已是腹背均沾满了泥水。

綦有光见曾雄两次摔倒，知道他不敌挑水僧人，右手一扬，几枚铁蒺藜倏地向挑水僧人射去。那挑水僧人见得有细物飞来，身形一转，让过两枚铁蒺藜，另一枚却被他挥动衣袖打落。綦有光见偷袭不成，大喝一声，跃出大殿，一脚直踢挑水僧人面门。挑水僧人侧头避过，綦有光后脚又至。原来，綦有光平素练得鸳鸯连环腿，在开阔之地使出，可以连续踢八招。他这次前来宝莲山，与蓝火龙动手时均在狭窄的山路上，别说踢八脚，便是一脚也没机会踢出。此时见寺前空坪甚是开阔，正想借此机会在高世祥面前好好表现一下，所以突然使出平生得意本领。他这鸳鸯连环腿的优势本来便在于遇开阔平地时突然踢出，趁对手不备之际，抢得先机，出奇制胜。挑水僧人因事出仓促，此前并无防备，虽然闪避迅速，但避到第六招，还是被綦有光一脚踢中前胸。曾雄从地上爬起后，见綦有光使出杀手锏，知道挑水僧人难以化解，便一直在寻找机会出手。此时见挑水僧人果然中招，一时躲闪不及，当即趁火打劫，从后面击出一拳，正好打中他的后背。挑水僧人腹背受敌，只好强忍疼痛，挥掌还击。三个人拳打脚踢，拳掌相迎，在空坪上打得乱成一团。

惠从禅师见状，走出殿门，对高世祥说道："阿弥陀佛！佛门净地，岂能喧哗？还请施主劝解你的同行住手为好！"

高世祥摇摇头说道："他们既然打开了，不分出个胜负，哪能轻易罢手？这可不是一两句话可劝解的。这个时候，我说了他们也未必听得进，听得进也未必停得了招，还是按大师说的，顺其自然吧！"他想看看惠从禅师是否出手劝架，所以装作对此无可奈何。

惠从禅师见高世祥不肯出手，一时束手无策。綦有光和曾雄出手毫不容情，那挑水僧人起初并不想与他们动手，在招式上一直留有余地。及至被二人合攻，被动局面已然形成，时候稍长，便渐渐落于下风。

惠空和尚重新坐下后，本来一直闭目默默念经。此时闻得外面打斗激烈，也悄然起身观看。他神志原本便因激斗而受到刺激，见此情景，又勾起若干往事，尤其是见到同门被人围殴，更是情绪激动。待得看到挑水僧人又挨了綦有光和曾雄的拳脚，再也忍耐不住，大喝一声："你们是何方妖孽，休得欺人太甚！"冲出大殿，运起金刚伏虎掌，照着綦有光便打。

金刚伏虎掌刚硬霸道，惠空和尚本来便是一副蓄足了劲的模样，这路掌法被他使出来，更是凶狠凌厉。綦有光本是欺善怕恶、吃硬不吃软之徒，陡然间遇上这么一个不要命的角色，不出几招，便心生怯意。惠空和尚却如同关在笼里的猛虎初获自由，缠着綦有光不依不饶，越打越痛快，不多时，已有数掌狠狠地击在他身上。其中一掌更是扫在綦有光脸上，把他的牙血都打出来了，痛得綦有光哇哇直叫。

挑水僧人少了綦有光的进攻，对付曾雄便游刃有余了。曾雄听得綦有光疼痛难当，叫出声来，有心想助他一臂之力，为他解围，却苦于摆脱不了挑水僧人，只能干瞪眼。好在挑水僧人并不似惠空和尚那般凶猛，只是不让他腾出手与綦有光合攻惠空和尚而已，所以，曾雄这边吃亏倒是不大。

高世祥见惠空和尚出手后，形势急转，綦有光、曾雄只有被动挨打的份，尤其是綦有光更是深陷困境，再不出手相救，必被那疯和尚打个半死，于是身形陡起，跃到綦有光面前，右掌一挥，接下惠空和尚打来的一掌。

高世祥身法快捷，掌力雄浑。惠空和尚没料到眼前突然换了个对手，双掌相击，但觉对方内力汹涌，一时不堪受其冲击，直被其掌力震出三四步。高世祥不待对方回招，跟着一掌推出，惠空和尚不及躲闪，身躯猛地撞向身后一棵古树，“哇”的一声吐出一口鲜血。

惠空和尚大怒，双目圆睁，厉声喝道:“妖魔鬼怪，还我兄弟命来！”运足掌力，向高世祥直冲过来。高世祥见他脸色恐怖，如同发疯一般，倒也不敢大意，认真接下他的招式。这惠空和尚虽然疯疯癫癫，他的金刚伏虎掌却颇有造诣。高世祥与他拆解了十余招，方使得他攻势渐弱。高世祥因惠丛禅师尚未出手，不知其武功深浅，此时不敢耗费太多功力，只求速战速决，当即运掌如风，又在惠空和尚身上打了数掌，逼得他节节后退。

那挑水僧人见惠空和尚处境不利，正欲甩下曾雄上前相助，綦有光却又迎上来了。綦有光刚才在惠空和尚那里吃了亏，此时正待找人出气，下手便毫不含糊，又向挑水僧人踢出他的鸳鸯连环腿。挑水僧人这次有了防备，左避右闪，总算没让人踢中，但进招的机会却难免少了。在綦有光、曾雄二人的合围之下，挑水僧人自顾不暇，对惠空和尚的安危唯有心里暗自焦急。

惠丛禅师和其他几名僧人见状，齐诵佛号走上前来。守在一旁的张顺江、刘顺河只道他们要群起而攻，先下手为强，手起掌落，从他们两侧抢攻过来。二人估摸这些僧人武功与惠空和尚、挑水僧人相若，不敢大意，是以一出手便尽了全力，一口气连续攻出四五招，唯恐被他们抢了先机。不料，二人出手之后方才知道，惠丛禅师和这几名僧人居然丝毫不懂防御，被他们几掌打过去，一个个闪避不及，当即东倒西歪，挤成一团，好几个已跌坐在地。张顺江、刘顺河不禁大感意外。

二人相顾愕然，张顺江随即哈哈大笑道："我道这些和尚是什么厉害角色，原来这么弱不禁风啊！竟然一点功夫也不会！"

（十二）喋血往事

高世祥用余光瞥见惠丛禅师等人的窘状，看来不似伪装，心下惊愕不已，更觉这宝莲寺颇为诡异，情况与自己所猜测的大不一样。从惠空和尚和挑水僧人的身手来看，二人武功并不差，尤其是他们对阵时，相生相克如此巧妙，背后必定有高手指点，何以寺里其他僧人包括惠丛禅师在内竟然会毫无武功？那么惠空和尚与那挑水僧人的武功又从何处习得？为了查个究竟，高世祥掌上加劲，掌力外吐，内力源源不断地送出，要尽快把惠空和尚制服。

綦有光和曾雄听得惠丛禅师等人竟然不懂武功，却是心头大慰，登时松了一口气。他们起初见这惠空和尚和挑水僧人武功颇为了得，便想象那惠丛禅师必定更是高手。寺里和尚加起来少说也有十人，比自己这边人数要多出一倍，动起手来，胜负尚未可知。但转念又想到有高世祥这等高手同行，对方纵有厉害角色，也应当伤害不了自己，再说他小小一个山寺，总不至于和实力强大的飞鹰帮结成死仇，所以綦有光和曾雄面对这些僧人，心里虽然没底，却依然趾高气扬。二人久为土匪，都是一般心思，光棍不吃眼前亏，柿子要拣软的捏，打得过就尽管往死里打，打不过就瞅准机会溜之大吉。至于惹出的事如何收场，那是从来不考虑的。如今见对手并无厉害强援，那更是毫无顾虑。曾雄骂道："他娘的，早知这些穷和尚没什么真本事，我们也就不用客气了！"綦有光说道："老二加把油，先把这个不念经的和尚拿下再说！"二人精神振奋，对那挑水僧人放手进攻，死缠烂打，恨不得置之死地而后快。

惠空和尚的金刚伏虎掌虽然刚猛，可遇上高世祥这等行家，却大受束缚。高世祥尚未出全力之时，他尚能勉强支撑，而在高世祥的全力进攻之下，他那金刚伏虎掌的威力便使不出来了。二人堪堪拆了二三十招，惠空和尚已显露败相，身上连续挨了数掌。高世祥乘胜进取，趁惠空和尚招式渐缓，忽然出手如电，一记"大手印"拍向他胸膛。惠空和尚躲闪不及，"砰"的一声被击中，但觉浑身松软无力，坐倒在地。高世祥哈哈大笑，收手立在一旁。

挑水僧人却仍和綦有光、曾雄二人斗得难分难解。挑水僧人的武功，用来对付惠空和尚，招招是克星，堪称事半功倍，但那是因为他的招式与惠空和尚刚好针锋相对，并不见得其实际武功高过惠空和尚。而他和其他人交手，就不似这般大占优势了。若论单打独斗，綦有光和曾雄当然不是他的对手，但这二人合伙为匪多年，经历打斗无数，一旦联手，配合却颇为默契。所以，三人打在一起，百招之内只怕难分高下。

张顺江见綦有光他们一时难以取胜，惠从禅师这些僧人又不懂得动武，便吩咐刘顺河看住惠从禅师等人，自己冲过去帮助綦有光、曾雄。挑水僧人独战二人，本已吃力，张顺江加入战团后，更觉应接不暇。混乱中，綦有光看准挑水僧人的破绽，蓦地飞起一腿，把他踢得跌出几步远。曾雄和张顺江趁机分别从左右两方抄上，紧紧扭住挑水僧人双臂，将他按倒在地，使他动弹不得。

惠从禅师见惠空和尚和挑水僧人均被他们制服，口中连念“阿弥陀佛”，手上却毫无办法。其余几个僧人待要冲上前去相救，却苦于不懂武功，被綦有光、刘顺河迎上，一顿乱拳打来，直打得晕头转向，跌跌撞撞。曾雄哈哈大笑，一脚踩在挑水僧人的右腿上，说道：“看你们这些穷和尚还敢上来！老子本来并不想找你们的麻烦，要怪就怪你们有眼无珠，不识好歹。快快把去宝莲山庄的路说个明白，就饶过你们，不然小心老子一把火烧了你们这破庙！”

惠从禅师说道：“阿弥陀佛！佛门圣地，施主休得妄言！”曾雄骂道：“去你娘的老和尚，都什么时候了，还想敬酒不吃吃罚酒？我们好好地问你宝莲山庄，你却和我们绕弯子，现在老子没这耐心了，说是不说？”

惠从禅师说道：“善不积不足于成名，恶不积不足于灭身。善积者昌，恶积者丧。善恶只在一念之间。施主还请自重，阿弥陀佛！”

曾雄怒道：“老和尚啰啰嗦嗦，什么积善积恶，老子偏就不吃你这一套！再说这些废话，老子不但要烧了你的庙，还要打断你们的腿！”说罢，重重地踹了挑水僧人一脚。

惠空和尚忽地一跃而起，喝道：“妖孽休得猖狂！”一头撞向曾雄。曾雄只顾着教训惠从禅师，猝不及防，登时摔了个仰面八叉，叫痛不已。惠空和尚随即转身挥掌劈向高世祥。

高世祥见惠空和尚双眼血红，正是愤怒之际欲与对手同归于尽的打法，虽知其功力已消耗得所剩无多，却也不敢疏忽。当下二人又四掌飞舞，斗在一起。

十余招之后，惠空和尚招式渐乱，身上连连被高世祥击中。高世祥知道这和尚狠下一条心要和自己拼命，须得把他打成重伤，使之再无还手之力，才算彻底解决问题，于是连施重手法，直打得惠空和尚吐了几口鲜血。

那挑水僧人在惠空和尚将曾雄撞倒之际，已奋力挣脱张顺江，立起身来，正待冲过去救助惠空和尚，綦有光和张顺江已围上来，将他截下。三个人动手打了没几个回合，曾雄从地上爬起来，骂骂咧咧过来围攻挑水僧人。这样一来，挑水僧人自顾不暇，又被三人逼得手忙脚乱。另几名不会武功的僧人则被刘顺河拦住，根本无法上前，只能眼巴巴地空喊佛号。

眼看高世祥再击得几掌，惠空和尚便要站立不稳，重伤倒地。忽然，数丈外传来几声怪异的“呼呼”声，似有什么东西破空而来。高世祥听得真切，侧目一看，但见几片绿色的小东西分别向自己和綦有光、曾雄、张顺江疾飞而来。高世祥对綦有光等人喊道：“老綦老曾小心！有暗器！”自己迅速侧身，让过其中一枚暗器，右掌一抄，将另一枚暗器接在手里，只觉得手掌一震，这暗器虽轻且薄，却力道非凡。

綦有光、曾雄、张顺江听得高世祥莫名叫喊，尚未反应过来，已分别被暗器击中手腕，登时觉得胳膊一麻，臂上无力，不禁“哎哟”叫出声来。

高世祥停止进攻，伸掌细看所接的那枚暗器，惊骇不已。原来，这暗器竟然只是一片鲜绿的竹叶！这等功夫，高世祥倒是曾经听过，也曾经想学，但因为它对内功底子的要求太高，自己苦苦修炼了十几年也未能窥得门道，所以只好“虽不能至，心向往之”，把它当作一个江湖传说罢了。没想到，这门神奇功夫，如今却在眼前真实出现了。

綦有光、曾雄、张顺江也看清楚了紧贴在手腕上的所谓暗器，只是一片寻常的竹叶。一片分量极轻的叶子可以从数丈之外打过来，发暗器之人内力之强，简直不可思议。这等武功，綦有光、曾雄等人可谓闻所未闻，只道寺里的菩萨显灵了，心下顿感惶然。

就在他们愕然之际，眼前数步之外，已多了一名身材颀长、文质彬彬的中年秀士。

曾雄问道："他娘的，你是什么人？刚才是你用暗器打我们的吗？这到底是人还是鬼啊？"他一向胆大妄为，此时说话的声音却有些颤抖。綦有光则口中喃喃自语："不可能的，不可能的，世上哪有这么厉害的功夫？"

高世祥脸色苍白，对那中年秀士说道："阁下是何方高人？这一手'拈花飞叶'功堪称出神入化，在下佩服得紧。"

那中年秀士说道："你既识得'拈花飞叶'功，应当知道宝莲山不是尔等逞强之处。"

高世祥黯然说道："阁下说得没错。你这手功夫已练到这等火候，武林中估计找不到几个。不管阁下是谁，只要有阁下这等人物在宝莲山，我等只能无功而返。"

那中年秀士点点头，不紧不慢地说道："既然如此，看你这人倒也不是十分糊涂。姑且看在你们尚未酿成大错的分上，这次就不与你们计较了。看你这样子，应该是来自鹰盘山吧？飞鹰帮这些年虽然势力大增，但要在江湖上为所欲为，唯我独尊，只怕还不能够。天下自有公义在，须知恃武逞强者，必定无以长久。"

高世祥说道："在下飞鹰帮高世祥，正是来自鹰盘山。阁下所言固然颇为在理，阁下的身手却更是骇人。我辈若无自知之明，自是说不过去。"

那中年秀士微微摇头，说道："说到底，你虽有几分清醒，但骨子里还是先认了武力。这些道理你不妨回去慢慢领悟吧。宝莲寺乃佛门清净之地，你等无缘之人且自便罢，我还有话要和禅师说。"

高世祥一脸沮丧，向綦有光等人招招手，示意他们跟随离开。然后，头也不回，沿着坪外的石阶往山下走去。綦有光、曾雄、张顺江、刘顺河见他情绪罕见的低落，不敢多言，赶紧跟在后面跑下去。

其时，雨过天晴，天空突然出现一道绚丽的彩虹，犹如一座巨大的拱桥横亘在大山两端。这季节，彩虹虽然常见，但这般清晰明亮、气势恢宏，却甚是难得。綦有光、曾雄等人抬头见得，也不禁低声啧啧称赞。高世祥已走下数级石阶，见此情景，不禁驻足凝视片刻，若有所思，并不言语，随即低下头默默地赶路。

惠从禅师见高世祥一行人远去，向中年秀士施礼道："阿弥陀佛！幸得陈施主来得及时，化解了一场无妄之灾！”

惠空和尚此时已清醒过来，和那挑水僧人走上前来，一起拜倒在地，对那中年秀士说道：“多谢将军解围！”

那中年秀士微笑着说道：“都是自家兄弟，何必如此客气！”双手凭空一托，惠空和尚和那挑水僧人不由自主站起身来。中年秀士又对惠空和尚说道：“你伤得不轻，且到禅房歇息一会，我给你看看。”

那挑水僧人扶着惠空和尚走进寺里。惠从禅师安排两名僧人清扫一下空坪，自己和其他僧人缓缓步入大殿。惠空和尚在一侧的禅房坐下，中年秀士出掌按在他背部的至阳穴上，微微运气，惠空和尚但觉一股温热的真气缓缓冲过，甚为舒坦。他刚才打得太久，元气颇受损伤，中年秀士注入的真气，正是助他弥补元气之损。

惠从禅师和那挑水僧人跟进禅房，在一旁静观。中年秀士对惠空和尚说道：“事情过去十几年了，还放不下来吗？平时按照我此前所说的内功心法多修习吧，应该会有所改善的。我看你现在比几个月前已颇有进境。”惠空和尚点头称“是”，闭目静坐，不再言语。

这中年秀士便是宝莲山庄庄主陈子敬。惠空和尚俗名周泰真，赣县人氏，与其弟周泰满均为文天祥旧部。

五十四年前的宋理宗端平元年（1234 年），南宋军队与蒙古军队联手，总算把带来靖康之耻的金国给灭了。然而，正所谓赶走了豺狼，迎来了虎豹。此时的蒙古人，吞并天下的雄心早已远超昔日的金人。金国灭亡后，南宋的处境并未得到根本的改变，甚至变得更加糟糕。宋军与蒙古军的交锋又成了常态，而且这个对手比当年的金国更难对付。尤其是宋廷昏君奸臣不断，国运更呈每况愈下之势，重重危机令有识之士日夜忧心。

宋恭帝德祐元年（元世祖至元十二年，即 1275 年），也就是十三年前，雄才大略的大元皇帝忽必烈最后下定灭宋决心，命丞相伯颜为统帅，率领二十万大军逼向临安。伯颜受命后，召集攻宋将帅部署方略，确定了“分诸军为三道，会于临安”的作战部署，分兵三路会攻临安。此前数月，文天祥在赣州应诏勤王，组织三万余客家子弟兵奔赴前线，曾任赣州三寨巡检的尹玉追随其北上，并以其武功高强、勇猛善战而成为文天祥的得力部将。周泰真、周泰满兄弟本是赣州城的小商贩，曾经师从尹玉习武，也于此际毅然跟从尹玉投入文天祥军中。

是年十月，率义军抵达南宋都城临安的文天祥出知平江府，江西义军随之进驻于此。平江府于北宋徽宗政和三年（1113 年）由苏州敕升为府，向来为江南重镇，与常州毗邻。也便在此时，伯颜与曾经死守襄阳六年的南宋降将吕文焕率领元军主力进攻常州。常州是拱卫临安的前阵，元军要攻取临安，拿下常州是其中的关键环节，因此由伯颜亲自指挥攻城。

说起来，常州本来在大半年前就已经落入元军手中：早在当年春季，元军初临常州时，常州知州赵汝鉴贪生怕死，听得蒙古人要攻城，当即逃之夭夭。留在城里的安抚戴之泰毫无斗志，见赵汝鉴已吓得逃跑，二话不说，便打开城门投降。元军轻而易举获得常州这个要津城市，自然志得意满，更加不把宋军放在眼里。

没想到，正是常州，事情发生了戏剧性的转折。常州守城将领不战而降后，一位叫姚訔的志士深感愤慨。这姚訔是宋度宗咸淳年间进士，文武双全，曾任福建泉州司理。此时，他正因母丧辞官归家，听到常州失陷的消息，立刻从宜兴乘船到了无锡，找到同样也因母丧归居无锡的陈炤商讨收复常州大计。陈炤曾为边将，熟悉兵法，也是心忧天下、胸怀万民之士。二人志气相投，一拍即合，很快组织了义军二万多人，和退守江阴的主战派将领张世杰联络，约定联合攻城。张世杰闻讯大喜，立即派了都统刘师勇率军来援。当年五月，刘师勇所率宋军与姚訔、陈炤组织的义军配合，连夜袭击常州，内外夹攻，出其不意，当晚便使常州城回到宋军手里。南宋朝廷为此下诏授姚訔为常州知州，陈炤为通判，又派副统制王安节带兵到常州协助守城。

伯颜自率军东下以来，一路势如破竹，宋军望风而降，不料常州竟然得而复失，震怒之余，立即亲临前线，调集各路元兵大举围攻。是年十月，元军大将阿塔海、怀都、忽剌出等率军合围常州。姚訔见元军援兵日增，形势危急，遂派人向朝廷和平江府请求支援。

宋廷闻讯，派张全率淮兵二千人赴援。平江府知府文天祥见张全军队人数不多，力量远远不够，在元朝大军面前起不到多大的作用，便命尹玉、麻士龙、朱华三员得力部将，率赣军、广军精兵共八千人，分三路火速赶往常州救援。正在常州指挥大军攻城的伯颜闻讯，当即派遣部将怀都、王良臣率军至五牧阻击。

五牧位于常州与无锡交界处，与西边的虞桥隔运河相望，是常州的屏障。对元军来说，守住五牧，便可隔断宋军对常州的增援；而攻下常州，进攻南宋都城临安便将一路畅通。

麻士龙所率义军与元军首先相遇于虞桥。麻士龙所部以三千人对抗元军上万人，毫无惧色。激战中，麻士龙所部虽以少对多，但人人奋勇杀敌，元兵死伤无数。伯颜见南宋义军英勇，遂增派部队围攻义军。麻士龙率部冲出包围圈，却因张全不战而退，不予支援，复又被元兵包围。义军与元军激战三日三夜，誓不投降，终于寡不敌众，悉数战死。麻士龙武功虽强，也因体力耗尽，身中数枪，倒在沙场。

麻士龙战死时，尹玉、朱华正驻军于五牧山之东西。元军乘胜追击，渡过运河进攻五牧的朱华所部。朱华率广军与元军激战四个时辰，运河对岸的张全竟然隔岸观火，按兵不动，不许自己所率的淮军向朱华提供任何支援。在元军铁骑火炮轮番进攻之下，朱华所率广军支持不住，只好渡河撤退。张全这边营坚粮足，将士毫发无损，不仅不发一兵、不放一箭支援义军，在朱华所部艰危之际，竟然下令紧闭营门，封锁船只，不许义军借淮军之船上岸。一些义军将士已靠近船只，正待攀援，竟然被张全所部斩断手指，为此纷纷溺水身亡，运河上很快浮满尸体。到了晚上，张全见势不妙，更是脚底抹油，率部连夜遁逃。

与此同时，另一支元军乘夜绕至山后，对尹玉所率赣军展开强大攻势。尹玉与元军英勇血战，元军死伤众多。后来，在元将王良臣的水陆联合进攻之下，尹玉所部终于难敌元军数万大军，节节败退。义军被元军重重包围，将士伤亡大半。尹玉临危不惧，虽败不乱，收集残军五百人，身先士卒，杀入重围，与元兵短兵相接。战场上刀枪乱舞，血肉横飞，五百将士抱着与敌同归于尽之志，与百倍于己的元军血战通宵。昏天暗地的一番厮杀之后，元兵横尸遍野，运河的水也被鲜血染红了。而尹玉所率的五百江西义军，也在敌人的刀枪乱箭之下渐渐倒下。

尹玉毕竟是文天祥部下武功高超的将领，虽然全身中箭，血染铠甲（史称“箭集胄如猬毛，甲裳尽赤”），身边将士越来越少，却依然以一当十，奋勇杀敌，一口气砍杀元兵上百人。元兵见此人勇猛如斯，不敢近身，只好调集弓箭手着力围攻。尹玉毫不畏惧，冲上前去，大刀挥舞，施展自创的“冲霄凌云刀法”，数招连环使出，转瞬间砍倒数名弓箭手。元兵见尹玉身负重伤犹苦战不已，心下骇然，最后总算用一条绊索将气力耗尽的尹玉绊倒在地。元兵蜂拥而上，用四把长矛横架在尹玉的头颈，逼他投降。尹玉虽无力动弹，嘴上却仍对元兵咒骂不休。元兵见他顽强如斯，不再妄想，为首的将领一声令下，数十支枪剑一起往他身上乱捅，一代义军英豪，就此殒命沙场。五百人中，生还者仅周泰真、周泰满等四人。

朱华比尹玉稍幸运些。他所率广军虽然几乎全军覆没，其本人却幸得身边几名将士拼死护卫，总算冲出重围，赶往平江府报信。文天祥得知张全贪生怕死之举，当即将他擒下，欲斩之以儆效尤。因为此人并非文天祥的直接部属，处以死刑需奏报朝廷，在丞相陈宜中等人的包庇下，朝廷却不批准文天祥处死张全。为此，文天祥无可奈何，只能愤慨不已。

五牧之战，元军虽然遭遇了下江南以来罕见的惨重伤亡，但毕竟还是有效地阻击了南宋援军，使常州守军成为孤军，为他们夺得常州之役的胜利扫清了障碍，也由此决定了南宋都城临安的存亡。

周泰真在五牧血战中头部中箭，昏死在战场，后来与周泰满一起被常州护国寺僧人所救。原来，伯颜进攻常州时，常州护国寺长老万安、莫谦之组织各寺庙僧众五百人组成僧军敢死队参与守城，立下不小功劳。尹玉所率义军与元军的激战结束后，几名僧人出城送信回来，途经此处，从死人堆里发现周氏兄弟尚有气息，便将他们救下。

伯颜将文天祥所派援军击败后，加大对常州城的攻势。常州知州姚訔、通判陈炤、都统王安节率领两万军民殊死守城，坚守两个月后，终于城破人亡。攻破常州后，伯颜接着派都元帅阇里帖木儿、万户怀都率兵进攻无锡、平江。此时，文天祥已被丞相陈宜中、留梦炎召令弃守平江，退守余杭，出任临安知府。在元军大兵压境之下，驻守无锡、平江的宋军投降元军。

不久，元兵三路大军会师，兵临临安城下，宋廷奉玺书向伯颜请降，至此，临安沦陷，宋恭帝等皇室被掳北上。此后，南宋政权以流亡朝廷的形式在东南沿海又延续了三年才彻底覆灭。

虞桥、五牧战斗中，麻士龙、尹玉二将军尽显英雄气概，双双为国捐躯。后人为了纪念他们，在当地建立一座“双将军庙”，供奉二人塑像。就在战斗结束几个月后，临安沦陷，临危受命担任右丞相前往伯颜营中谈判的文天祥，因顽强不屈而被元军押解北行。文天祥沿运河途经五牧时，不禁抚今追昔而作《吊五牧》诗，以悼念尹、麻二将：“首赴勤王役，功成事则天。富平名委地，好水泪成川。我作招魂想，谁为掩骼缘。中兴须再举，寄语慰重泉。”

念及往事，文天祥更在《吊五牧序》中感叹：“呜呼！使此战张全稍施援手，可以大胜捷。一夫无意，而事遂关宗社。”由于张全的袖手旁观，本来可以取得胜利的麻士龙、尹玉分别战死，朱华则战败。每每想起此事，文天祥总是痛心疾首，只恨面对强敌，贪生怕死、委曲求全之人太多。

元兵攻破常州城之后，伯颜因部属伤亡过重，恼羞成怒，把忽必烈在自己率军南下时的嘱咐“学宋初曹彬平江南，不滥杀无辜”抛于脑后，下令大肆屠城。全城不管妇幼老弱，皆惨遭元军屠杀，偌大一个常州城，只有七人躲身桥下，才未遭毒手。周泰真、周泰满当时被常州护国寺僧人送到一个荒郊破庙疗伤，待得可以行走时，进城之路早被元军封锁。常州城被攻破后，僧军敢死队与常州军民悉数战死。战斗结束后，周氏兄弟曾经潜入常州城中。再次目睹尸横遍地的惨状，想到师父、战友等亲近之人都在短短数日之内惨烈离世，头部受到重伤的周泰真大受刺激，精神狂躁。

五牧战斗结束之后不久，南宋朝廷罢兵议和，文天祥所率江西义军被朝廷掌权的主和派强令遣散。好不容易找到义军大营的周泰真、周泰满只好跟随义军首领陈继周千里迢迢回到赣州。待他们返回故土时，赣州城已被元军攻陷。陈继周不甘失败，与其儿子陈逢父、陈榘在赣州城郊蟠龙镇招募志士，继续与元兵相抗。

陈继周，字硕卿，江西宁都县人氏，自幼饱读诗书，立志匡扶社稷。宋理宗嘉熙四年（1240 年），陈继周参加乡试，高中第一名解元，后任廉州司法参军、衡阳知府等职。文天祥在赣州知州任上起兵勤王时，与文天祥平级的陈继周正寓居在赣州。文天祥登门向他问计，陈继周知无不言，言无不尽，详述起兵方略，深得文天祥认同。此后，陈继周发动赣州义士欧阳冠侯等二十三家子弟支持文天祥，还把散居在赣州群山之中的苗、瑶等族青壮年也动员起来参加义军，自己也留在文天祥军中相助。义军到了临安后，陈继周被任命为浙江制置使，掌管浙江诸地军事，所部与元兵多有交锋。

临安沦陷后，南逃的大臣拥立年幼的益王为帝，即宋端宗，改元景炎。宋端宗景炎元年（1276 年），从浙江回到赣州的陈继周被朝廷任命为南安军知军。同年，在与元军赣州路达鲁花赤杨孜交战时，因寡不敌众，陈继周与长子陈逢父一起兵败遇害。

这又是一场惊心动魄的战斗。周泰真、周泰满当时正在陈继周军中。陈继周率军转移于章江之畔的虎形坳，被杨孜侦知。杨孜知道，陈继周是他当前最头疼的对手，此人此时手下兵马虽不多，但他在赣州威望颇高，一日不除，终成后患。借此良机，杨孜当即部署了以数倍于陈继周所部的兵马在虎形坳设伏。两军相遇，杀声震天。周泰真、周泰满等武功较强的将士见形势不妙，赶紧护卫陈继周撤退。十余人奋力拼杀，正要冲出元军包围，却见四名大汉持剑从对面远远地杀过来。他们与寻常兵士不同，剑法凌厉凶狠，招招直击要害，陈继周部属虽奋勇抵挡，却还是拦不住他们。原来，这几个人正是杨孜新近招揽的武林人士，分别是来自岭南六石门的余宽绪、郭隆昌，江北青莲教的司马叶山，以及兴国大乌山的独脚大盗汤礼森。周泰真、周泰满见形势危急，持刀上前，分别迎战司马叶山、汤礼森。这二人武功不弱，周氏兄弟竭尽全力，仍然不敌。那边，余宽绪、郭隆昌毫不容情，二人较劲般将陈继周身边护卫一一砍倒，欲生擒陈继周。文人出身的陈继周与长子陈逢父宁死不降，手执佩剑，拼死抵抗，终于分别倒在余宽绪、郭隆昌的剑下。此时，天色已晚，周泰真、周泰满眼睁睁看着二人尸身被杨孜部下抢去，只好与少数几人冲出重围，借着幕色隐于山林。司马叶山等人因为已获得陈继周尸身，急于邀功请赏，对周泰真、周泰满等人便不再追赶。

次年，文天祥从梅州回师江西，一路击败元军，一举攻克南丰、宜黄、宁都、瑞金、会昌、雩都等县，并在兴国设立大本营。周泰真、周泰满闻讯，奔赴兴国再次投入文天祥大军。起初，文天祥部不断收复失地，捷报频传，周边地区为之振奋，各路英豪纷纷起兵响应。此事让元军将帅颇为震惊，专门为此商议应对策略。不久，前来增援的元军江南西路宣慰使李恒在兴国率大军突然袭击文天祥。文天祥料敌不足，所部竟然被李恒一举击败。在兴国方石岭战斗中，周泰满战死。周泰真随义军且战且退，一直退到永丰的空坑。空坑之战后，义军基本折尽，文天祥因有部下冒死相救，终于得以脱离险境。周泰真虽在混战中侥幸突围，只是身边已无任何亲朋，但觉天地茫茫，不知何去何从。

周泰真因近几年来多次参与血战，亲眼见到众多朋辈殒命沙场，性情大受影响。空坑之战后，周泰真孤身逃亡，一路躲避元军追捕。这一日，行至赣县妙高峰下的清溪村，遇一强盗正在强抢村人财物。十余名村民不甘被抢，与那强盗相斗，尽皆被他打倒在地。周泰真见此情景，路见不平，忘了自己乃是避难之身，拔刀上前便要制止强盗暴行。不料，这强盗竟然是杨孜手下的汤礼森。仇人相见，分外眼红。新仇旧恨涌上心头的周泰真，当即和汤礼森展开死战。

汤礼森识得周泰真乃陈继周部下，那次杨孜设伏消灭陈继周，此人突出重围，不知所终。此时重逢，正是立功的上好机会。汤礼森大喝一声："大胆逆贼自投罗网，这回可怨不得谁！"放下村民不管，回剑迎战周泰真。周泰真使出尹玉所授的"冲霄凌云刀法"，虽然招招都是拼命的打法，但毕竟他的功力与尹玉相差太远，刀法使出来火候不足，威力大打折扣。而汤礼森的武功却颇有独到之处，他见周泰真刀法如狂风暴雨，不惜和对手拼个两败俱伤，便不急着进攻，只是严密守护，沉着应战。周泰真急于求胜，砍了十几刀之后，反而被汤礼森看出破绽，连连刺中几剑。汤礼森功夫不弱，这几剑得手，周泰真自是受伤不轻。

再斗得十余招，周泰真已相形见绌。他一味的只攻不守，反而让汤礼森频频得手。眼看全身衣服被鲜血染得斑斑点点，再斗下去，势必丧命于汤礼森剑下。周泰真知道今日无幸，抱着必死的决心，只求与敌人同归于尽。此时，他的双眼已被汗水血水浸得睁不开，便索性闭起眼睛疯狂出招。汤礼森叮叮当当格开周泰真手中刀，瞅准破绽，正要当胸一剑把他刺倒，蓦地斜刺里飞来一柄短剑，“当”的一声，击中汤礼森的长剑。汤礼森手腕一震，剑锋旁歪，长剑显些脱手。

一名四十来岁的中年汉子从数十步外疾奔过来。刚才这柄短剑，正是这汉子所掷。汤礼森见这乡野之中竟然还有人胆敢管自己的闲事，怒喝一声，挺剑向来者便刺。

那中年汉子掷出短剑后，手中还有一把长剑。他不慌不忙，轻轻格开汤礼森这一剑，不等对方继续进招，已向汤礼森当胸刺出几剑。汤礼森没想到这人招式这么快，连忙回剑招架。那中年汉子招式不断变幻，一招接一招刺来。汤礼森平素在江湖上也算是用剑的好手了，本拟找准机会反击对方，却不料这人的招式似乎永远不会用老，进招似乎永远不会停下，面对其绵绵攻势，自己竟然毫无还手的机会。汤礼森又惊又怒，大叫一声：“邪门！还有这样使剑的！”他做了多年的独脚大盗，审时度势的本领自然不差，知道此时最明智的选择便是“三十六计走为上计”，赶紧低头让过正在刺来的一剑，在地上打个滚，摆脱对方的剑圈，头也不回，拔腿就跑。

那中年汉子并不追赶，让他去了。周泰真在一旁擦干眼睛，见这中年汉子替自己挡住汤礼森，惊喜交集。他那精妙的剑招，自己并不陌生。此时见汤礼森狼狈逃去，中年汉子还剑入鞘，便叫了一声“刘大哥！”旋即眼前一黑，晕倒在地。

这中年汉子便是武林中人称“百剑通”的刘溪。空坑之战时，刘溪与元军统帅李恒手下的第一高手贺多琪苦战良久，使文天祥终于有机会在部下的护卫下突围。战后，刘溪独自追寻文天祥去处，此时恰好也经过此处，因此救下了周泰真。刘溪是文天祥军中赫赫有名的武功高手，周泰真身为尹玉弟子，与他也有过几面之缘，知道他的剑法与尹玉的刀法堪称义军双绝。刘溪见周泰真连日血战，元气大伤，需要找个地方好好疗伤。他想到赣县龚公山的宝华禅院离此地不远，宝华禅院住持觉通禅师与自己相熟，便将周泰真带到龚公山，请觉通禅师将他收留于宝华禅院。

宝华禅院乃江南名寺，创建于唐玄宗天宝年间，创始人是马祖道一与他的高足——赣县人智藏。寺庙建成后，马祖道一在此开坛宏传禅学，各方学者云集于龚公山听法，禅宗由此大盛，宝华禅院亦成为一方名刹。此即后世所说的“马祖创丛林”。此后，马祖道一离开龚公山前往洪州，智藏禅师接任住持，传至觉通禅师，已历数百年之久。

将周泰真安顿好之后，刘溪前往岭南找到文天祥，并按文天祥之嘱，在江湖上联络旧部和南方武林人士，以图东山再起。周泰真因头部伤重，所受刺激越发严重，不宜在江湖行走，后来便在宝华禅院出家为僧，觉通禅师按弟子辈给他取法号惠空。

南宋彻底灭亡前夕，文天祥在广东海丰五坡岭被元军俘虏，押往元大都囚禁三年多之后，慷慨就义。刘溪在江湖奔波数年，见一时难有机会聚众举事，便于文天祥就义前隐居于赣县宝莲山，继续等待反元时机。其间，他回龚公山探望已在宝华禅院出家的周泰真，考虑到宝华禅院在当地影响颇大，人来人往，周泰真行为有时不能自控，长住此地，恐引人注意，惹起事端，于是提出将他带到宝莲山继续修行。

恰好宝莲山的卧佛山有一座宝莲寺，住持惠丛禅师本为宝华禅院弟子，觉通禅师便修书一封，请惠丛禅师收留周泰真。又考虑到宝莲寺并无武僧，为防周泰真狂躁之症发作时无人能制服，觉通禅师特遣一名武僧随行，便是那名挑水僧人。

刘溪持觉通禅师亲笔书信，将周泰真和挑水僧人带到宝莲寺，惠丛禅师爽快地收下了他们。因周泰真僧名也是惠字辈，惠丛禅师便与他以师兄弟相称。

此后，陈子敬也来宝莲寺看望昔日抗元志士、今日佛门中人惠空，并由此与惠丛禅师一见如故，结下深交。为了缓解惠空和尚的狂躁之症，陈子敬特地向他传授了一套内功心法。同时，为了让挑水僧人更好地照顾好惠空和尚，陈子敬传授了一路与惠空和尚针锋相对的掌法与他。这样，一旦惠空和尚情绪不能自控时，也不至于在寺里闹出事来。

（十三）山雨欲来

陈子敬让惠空和尚在禅房静坐，自己和惠丛禅师走出大殿，漫步走到寺前大坪一侧的竹林里。惠丛禅师知道他有事要说，一路沉默不语。陈子敬见四周无人，压低声音对惠丛禅师说道："我等隐居宝莲山庄之事，最近已在江湖上走漏风声。这原本在我预料之内，江湖这么大，觊觎这几件东西的人这么多，迟早会有这么一天。"

惠丛禅师点点头，说道："阿弥陀佛！"

陈子敬说道："子敬有幸结识禅师已快五年了吧？禅师德隆望尊，令人钦仰。子敬所托之事，尤其让禅师费心。"

惠丛禅师微微一笑，说道："阿弥陀佛！区区小事，何足挂齿？陈施主一片赤诚之心，那才是真正情怀，让人敬仰。"

竹林中有一棵粗大的荷树，枝繁叶茂。二人在树下站定，陈子敬说道："最近以来，赣州路达鲁花赤属下人马已找到山上来，还和刘溪兄大干了一场，此事禅师想必是知道的。他们虽然暂时退回去了，但今后定然不会善罢甘休。蒙古人兵马众多，本来就不乏高手，坐了天下以后，又笼络了一批武林人士，从今以后，宝莲山只怕不太平了。"顿了顿，又说道，"鹰盘山飞鹰帮的人马，继几个月前摸上山之后，刚才又来了一批。飞鹰帮近年来野心勃勃，当有所图谋。这几样东西，正是他们所需，既然被他们找到线索，自然也是志在必得，不到黄河心不死。除此之外，消息传出之后，其他各色人等，蠢蠢欲动者恐怕亦不在少数。这些都不得不防。"

惠丛禅师肃然说道："陈施主苦心孤诣，天将佑之。阿弥陀佛！"

陈子敬说道："幸得禅师义薄云天，为子敬分忧，将这件东西找了个放心的去处。禅师此举，功德无量，子敬当铭记于心。只是今后宝莲山将因此卷入风波，宝莲寺亦难免因此大受骚扰，子敬心里着实过意不去。"

惠丛禅师说道："陈施主太客气！老衲能得此机会以效绵薄之力，与有荣焉。陈施主尽管放心，不管何方邪魔外道来此，老衲定然不泄露半个字。"

陈子敬点头说道："这件东西现下虽然用不上，他日遇上机缘，却可助人取下一座大城。但若非心系社稷苍生之人，却万万不可托付，以免涂炭生民。"沉思片刻，又说道，"宝莲寺向来没有武僧，如今惠空和飞鹰帮的人打了照面，或许今后还将惹来一些不三不四的人物。为了避免麻烦，我看是否将他们二人转移到其他寺院？不知禅师意下如何？”

惠从禅师说道：“既来之，则安之。诸佛因缘生，诸法因缘灭。佛法讲究随缘，惠空既已来此，便是缘分所在，又何必另迁？陈施主多虑了。再说，世道既不安定，寺里多两个懂武之人又何尝是坏事？”

陈子敬说道：“既然如此，也好，就听大师的。届时如果有什么情况，还请及时会知一下，我们这边也多看着些。”

林中茂竹修长，山风过处，飒然有声。二人眼睛不约而同看了看大荷树左侧三尺外的一棵碗口大的毛竹，目光在竹节上所刻的一个圆圈上略为停留，微微点头，心领神会，转身走出竹林，返回大殿。

惠从禅师请陈子敬在客厅坐下，吩咐僧房端出茶水。陈子敬看那茶水如雪雾般，笑道：“禅师客气，又以‘贡茗雪’相待，子敬幸何如之！”惠从禅师说道：“陈施主是大雅之人，区区粗茶，不成敬意。”陈子敬连连称谢。

原来，这茶名叫贡水茶，又称“贡茗雪”，是用赣州七里镇窑擂钵茶具煮出，热气腾腾，如同雪雾，茶汤香浓而持久，是茶中名品。赣州自北宋起，便是全国最著名的产茶之地。当时，全国产名茶的州府军计十三个，虔州居于首位。全国二十六等名茶当中，以独特工艺制作的虔州泥片茶便为其一。而贡水茶在宋代即为朝廷贡品。在中国文坛有“茶道全才”之誉的苏东坡，曾经作诗将之称为“贡茗雪”。那是北宋哲宗元符三年（1100年）正月，宋哲宗去世，临时掌权的皇太后大赦遭放逐的儒臣。当时流放在海南儋州的大文豪苏东坡，也因此重新获得自由。苏东坡此时已快走到人生的最后时光。次年即宋徽宗建中靖国元年（1101年）初，在从南海北归途中，六十四岁的苏东坡再次途经虔州，在这里流连四十多天。这一次，苏东坡在虔州知州霍汉英的陪同下，游览了虔州名胜古迹天竺寺、景德寺、慈云寺、廉泉、八境台、尘外亭、郁孤台等，留下大量诗文。在郁孤台，苏东坡与霍汉英一行品茗赏景，思绪万千，写下《虔守霍大夫监郡许朝奉见和此诗复次前韵》一诗，其中说道：“赣水雨已涨，廉泉春水流。同烹贡茗雪，一洗瘴茅秋。”半年之后，一生坎坷的苏东坡在常州去世。而被这位绝代文豪称为“贡茗雪”的贡水茶，自此更加名闻遐迩。

赣州虽为产茶名州，但上等茶品并不在民间流通。惠从禅师虽不习武，却是得道高僧，精研佛法，为人雅致。他在宝莲寺后山辟得茶园数十亩，所种高山云雾茶，用擂钵茶具煮出来，风味不让贡品。寺里自种的茶叶品质优异，只是产量不多，若非贵客光临，平时寺里也不常喝。其时正是新茶上市时，一直奔波忙碌的陈子敬在安静的寺院喝得几口茶，总算“偷得半日闲”，心情大是不一样。

喝过一盏茶，陈子敬又与惠空和尚、挑水僧人交谈片刻，顺便指点了一下惠空和尚的内功心法和挑水僧人的掌法，便告别宝莲寺僧众，大步离去。

陈子敬此次来宝莲寺，一则为了提醒惠从禅师注意当前形势，察看寺院周边动态。自从几个月前巴如台、向三通两伙人不约而同上了宝莲山，陈子敬便知道自己和刘溪上山以来，数年间的宁静已经打破，宝莲山庄被更多的各方势力找到也是迟早的事。其实，六年前他们在这里隐居时，便考虑到了这一节。“祥瑞三宝”的诱惑力太大，目标也不小，官府、武林、匪寨，都在致力寻找它们。凭自己现在几个人的力量，目标一旦暴露，自是难以保其周全。为此，陈子敬和刘溪几年前就商量过如何隐藏好这几件东西。通过几年观察，他们觉得宝莲寺的惠从禅师志行高洁，不同流俗，为人极为可靠，于是与他商量，委托其帮助看管其中一件东西。惠从禅师虽是不问世事的出家人，却也是赤诚之士，慨然应允。此事非常绝密，宝莲寺除了惠从禅师，并无其他人知晓。

来寺里的另一个目的便是看望惠空和尚了。惠空和尚当年是尹玉的弟子和部下，与陈子敬并不熟悉，但当年追随文天祥共赴抗元前线的赣南义军兄弟，幸存者能找到的已所剩无几，而这惠空和尚又因当年经历，大受刺激，落下狂躁之症，陈子敬和刘溪都对他非常关切，只要得空，便会到这边探视一下。

回首十余年来，当年并肩作战的师友兄弟，绝大多数早已不知魂归何处，陈子敬心里经常感叹不已。恩师文天祥自是不必说了，那是时常入梦的人物，以一曲《正气歌》，激励陈子敬务必坚守到最后。“天地有正气，杂然赋流形。下则为河岳，上则为日星。於人曰浩然，沛乎塞苍冥。皇路当清夷，含和吐明庭。时穷节乃见，一一垂丹青……”文天祥在广东海丰兵败被俘后，次年被押解到大都。狱中三年，大元朝廷对他软硬兼施，文天祥却是软硬不吃，始终坚贞不屈，只求一死以报国。元世祖至元十八年（1281 年）夏，在一间“污下而幽暗”的牢房里，文天祥写下了这首名垂千古的《正气歌》。这些慷然有力的诗句，数年来使陈子敬时刻不敢忘记自己身上的使命。他早已立志，即使自己这一代人无法把蒙古人驱逐出去，也要把这股精气神传承下去。他坚信，只要一代代汉人子弟不懈努力，总有一天，江山要回到汉人手里。

除了文天祥，经常在脑海闪现的便是陈继周、尹玉、李梓发、刘洙、萧明哲、邹㵯……这么多年过去了，这些将领的音容笑貌，每每念及，却宛如就在眼前。为了共同的目标，他们在不同的阵地同仇敌忾，奋勇杀敌。一场场血战之后，一个个壮士倒下了，一个个战友远去了。在文天祥的江西义军众多将领中，自己能活到今天，算是个奇迹了。为了实现这些师友兄弟们的遗愿，这些年，他完全不计门派之嫌，摒弃武林中人固有的门户之见，刻苦修习各门派武功精华，融会贯通，武功进境极大。十多年前，他忙于军务，论武功，尚比刘溪逊了一筹。黄塘之战后，与刘溪重逢时，他的武功已在刘溪之上。此后，他在武功上不断有新的收获，以刘溪这等高手，也对他的武学天资钦佩不已。可是，蒙古人毕竟已完全占据天下，仅凭一己之力，无论如何无法改变现实。所以，这几年，他不断奔走于福建、广东等旧地，联络有关人士，图谋恢复汉人江山。这么多年来，为了这些真汉子干的事业，为了不连累别人，他放弃了太多。偶尔，夜深人静时，他也会想起那个二十多年来一直那么秀丽的身影……

离开宝莲寺，陈子敬一路上仍在想着这些反反复复想过的事。不知不觉翻过两座山坳，来到一个山谷。两旁秀木森森，间有溪流淙淙。在宝莲山隐居数年，每每在山中行走，这里的美景总是拨动陈子敬的心弦。以前忙于习武和军务，他对各地的山山水水多有忽略。这些年远离喧嚣，尤其是身处这方清幽之地，不禁对这座大山愈发喜爱，更由此想到大好江山如此多娇，岂容沦陷于蒙古人铁蹄之下？血脉偾张之际，恨不能召集千军万马，重返战场与敌拼死厮杀。

陈子敬收回思绪，疾步前行。道路拐弯处，一片密林挡住了前方的视线。这时，他忽然听得前面传来阵阵呼喝声，似乎是有人正在动手打斗。陈子敬轻轻走前去，站在一棵大枫树后一看，十几丈外的草地上，两个人斗得正紧。其中一人他认得，正是山里的捕蛇老汉蓝火龙。

蓝火龙右掌蜿蜒进招，左手则抓了一条乌梢蛇，时不时往前向对手送去。那蛇吐着舌头，跃跃欲试，模样恐怖。与他相斗的是一名少年书生，一身白衣，衣襟飘飘，身法甚是灵活。陈子敬看了片刻，见这少年书生双臂挥舞，招式柔和，看他的武功路数，与蓝火龙倒是异曲同工。

二人你进我退，你左我右，几乎没有正面相对。陈子敬知道，他们的武功走的都是以柔克刚的路子，试图以自己的掌力粘上对方，借力打力，伺机制敌。这种打法，如果遇上武功刚猛而功力相若的对手，倒是颇能奏效，可在以逸待劳中捡个现成便宜。而此时，这二人恰恰都是一般打法，如果武功相差不远，那可就够他们纠缠的了。二人似乎已经交手甚久，那少年书生颇有些不耐烦，口中不断呼喝，指望对方改变招数，让自己有可趁之机。然而，蓝火龙却不慌不忙，始终笑嘻嘻懒洋洋地与他拆招，时不时还用左手的乌梢蛇戏弄一下那少年书生。蓝火龙既然守多攻少，那少年书生在他身上自是一点破绽也无从找起。年轻人性情急躁，如此僵持下去，难免沉不住气。

陈子敬再看得片刻，见蓝火龙依然气定神闲，那少年书生却心情越发焦躁，脸色渐渐涨红，招式也渐呈乱象。他知道，这样相持下去，再过得半个时辰，那少年书生必将被蓝火龙拖得筋疲力尽。陈子敬知道蓝火龙夫妇都是宝莲山的侠义之人，也是隐居在山上的有数的武功高手。陈子敬、刘溪上山不久，便结识了这二老，很快与他们成为莫逆之交。蓝火龙虽然玩世不恭，不闻世事，但为人仗义，在宝莲山人缘极好。这少年书生显然是山外来客，陈子敬观察他的武功招数，已隐约猜到他的身份。只是二人为何斗在一起，就甚是奇怪了。

蓝火龙也看出了那少年书生内力不如自己悠长，渐渐有所不支，哈哈大笑，又拆了数招之后，忽地左臂一长，将那乌梢蛇往少年书生头部一送。少年书生没想到他会在此时突然变守为攻，急忙低头避过，若是迟得一瞬，便要被蛇咬到。少年书生大怒，骂道：“你这老妖怪，就是不肯光明正大打一架！”蓝火龙嘻嘻一笑，说道：“后生拐子，谁叫你这么嫩，经不起磨！我看哪，你还是回去叫爹娘喂几碗饭再上山吧！”左手一晃，又要送出乌梢蛇去咬那少年书生。少年书生一惊，迅速闪过一边。不料，蓝火龙这一次却是虚招，见那少年书生上当，他高兴得手舞足蹈，活脱脱一副顽童模样。陈子敬在一旁看了，也忍不住莞尔一笑。

那少年书生发现自己被他戏弄，更加恼火，双臂一抡，恨不得在蓝火龙身上劈上几掌。然而，他越急，蓝火龙越得意，看似漫不经心，其实防守严密。对手无论如何寻找空隙，却总是近不了他的身。倒是那少年书生因为心浮气躁，乱了方寸，不断露出破绽，几次差点中了蓝火龙的招。

陈子敬见二人闹得差不多了，再斗下去，那少年书生将吃更多的苦头，虽然不至于有性命之忧，但毕竟今后难免对蓝火龙心存芥蒂，于是从大枫树后走出来，朗声说道：“二位且住手！那位小兄弟莫非是大湖洲陈家庄的陈满子？”

蓝火龙听得陈子敬的声音，哈哈一笑，跃出几步。那少年书生本已处于下风，见蓝火龙让开，又听得陈子敬说出自己来历，不禁一愣，站在那里打量陈子敬。

陈子敬微微一笑，说道：“‘玄武太极手’是大湖洲陈家庄的秘传武功，陈氏六兄弟我认得五个，你年纪比建信兄弟还小一点，应该便是老六陈满子小兄弟了，这个应该不难猜吧？”

那少年书生见陈子敬对陈家庄的情况如此熟悉，问道：“阁下如何称呼？莫非就是……”

陈子敬见他有所迟疑，笑着答道：“在下陈子敬。满子兄弟应该是建仁兄派遣上山找陈某来的吧？”

那少年书生不再迟疑，单膝跪下行礼，说道：“晚辈正是陈满子，奉家兄之命前来宝莲山拜见陈将军！”

蓝火龙在一旁乐呵呵地说道：“闹了个大半天，原来这后生拐子不是外人啊！我老头拐还以为你又是大鹰鹘还是小野猪那边的什么人呢。”

陈满子看了一眼蓝火龙，不知道他所说何意。陈子敬笑着告诉他：“这位是蓝火龙老前辈，宝莲山有名的义侠。因为此前山上来了飞鹰帮等方面的人物，所以他八成是把你当成和他们是同一路人了。”

蓝火龙嘻嘻笑道：“可不是嘛，这后生拐子在黄婆地圩上向人打听宝莲山庄，不巧被我老头拐听到了。这年头，好端端上山打听宝莲山庄的，哪个不是有点来头的？只怕多数还是不怀好意的。既然被我老头拐遇上了，哪能坐视不管呢？”

陈子敬笑道：“多谢蓝前辈的关心，为我们省了不少麻烦。不过这位陈满子兄弟却是我们的好朋友。说到大湖洲陈家庄的侠名，蓝前辈想来也是早有所闻的。”

蓝火龙呵呵笑道：“听倒是听过，但他们是水上人家，和我们这山里人家总是无缘一见，所以一个也不认得。后生拐子你可别见怪了！”

原来，大湖洲陈家庄是赣州有名的武林世家。大湖洲位于赣江自赣州城北龟角尾而下八十里处，是地处江心的一个岛屿。岛上土地肥沃，绿树成片，盛产瓜果稻菽。陈氏自南宋中期建庄于此，已历数代。陈家庄全庄上下有数百人，庄主陈建仁共六兄弟，五个弟弟分别是陈建义、陈建礼、陈建智、陈建信、陈满子。陈子敬和陈建仁等五兄弟都见过面，只有最小的陈满子没见过。陈氏武功以“玄武太极手”和“板凳花”著称。“玄武太极手”源于道家，从水中动物的灵性中悟出克敌之道，讲究以柔克刚，以静制动。大湖洲四周都是急流险滩，属于著名的“赣江十八滩”范围，其中的天柱滩、黄泉滩便在左近。“赣江十八滩”暗礁林立，水流湍急，船家闻之无不皱眉。文天祥著名诗篇《过零丁洋》里的“惶恐滩头说惶恐，零丁洋里叹零丁”一句，所说的惶恐滩便是十八滩之一。过往船只通过十八滩，稍不留神，便会船翻人亡。陈家庄陈氏族人平时在激流险滩捕鱼谋生，兼以充任“滩师”，引导过往船只平安逾越险滩暗礁，个个都练就了一身好水性，也由此悟得借力打力、顺势而为之道，是以修习“玄武太极手”往往事半功倍。“板凳花”则以平常所坐的板凳为武器，合计有三十六招，攻守各占半数。这门功夫最大的便利是居家遇敌时，就地取材，随手抄起所坐的板凳即可抗敌。如果两人以上，还可以互补招式灵活结阵，增强抗敌力量。陈氏先祖早年在迁徙中屡遭强人突袭，有时仓促间找不到合手的兵刃，于是从所坐的板凳中创出了这套适用临时抵敌的独特武功。这两门武功，陈子敬均曾见陈氏兄弟演练过。陈满子武功手法与陈建仁等同出一辙，所不同者唯在火候，所以陈子敬看得片刻，便从他方才所使的“玄武太极手”猜到了他的身份。

蓝火龙见陈满子是陈子敬的客人，估计他大老远跑上这宝莲山来，定然有什么要紧事，自己已没必要留在这里耽误他们说事，便说一声：“既然后生拐子和宝莲山庄不是敌人是朋友，我老头拐可就不再管这闲事了。我还得再捉两条蛇回去下酒，先走一步喽！”说罢，身形一闪，转眼间消失在密林深处。

陈子敬对陈满子说道：“这位老前辈一向古道热肠，行事洒脱，不拘小节，还望满子兄弟不要介意。”

陈满子将目光收回，说道：“这老先生武功古怪，确实不大好对付，好在是侠义中人。”

陈子敬知道他对刚才交手之事心存尴尬，便转移话题，向他询问大湖洲陈氏诸兄弟近况。二人边走边说。陈满子见周边无人，便把自己上山的来意说了个大概。

两天前，陈满子的三哥陈建礼在赣州城卖鱼，遇到几名官差在鱼市搜罗百年甲鱼。这本来也不是什么稀罕的事，鱼市但有奇珍异品，都是被官府或城里的富豪人家买去。偏偏这几名官差小声嘀咕了几句，让陈建礼听在耳里。他们说的大意是，赣州官府刚刚得到消息，朝廷将派一名大高手前来赣州捉拿文天祥余部。达鲁花赤大人对此非常重视，吩咐早早地做好迎接准备。因为这名大高手喜欢吃百年甲鱼，所以在他到达之前，得抓紧大量收购。其中一个官差还说到，文天祥余部武功高强，连达鲁花赤大人手下最得力的武功高手巴如台都被打得落花流水，以致事情惊动了当今皇上，所以朝廷把最厉害的角色派到赣州来了，今后可有得好戏看了。想来这巴如台平素在府衙为人倨傲，不讨人喜，这几名官差说到他落败的经过时，难免夸大其词，幸灾乐祸。

陈建礼不禁吃了一惊。陈子敬和陈建仁几兄弟一向交好。当年赣州城被元军占领后，陈子敬在赣江造口结营抗元，陈建仁本来也要加盟。但陈子敬为陈家庄老少数百口安危计，婉言谢绝，陈建仁便派遣几个兄弟秘密协助陈子敬。陈子敬在黄塘苦战，孤身脱围后，便曾隐于陈家庄养伤。及至陈子敬隐居宝莲山，与陈家庄也时有互通消息。就在此前不久，陈子敬还专门派人来到大湖洲拜访陈氏兄弟，告知宝莲山庄已被官府和江湖人士发现，有必要时将请陈家庄出力相助。如今这几个官差所说的朝廷高手要对付的文天祥旧部，不是陈子敬还能是谁？

陈建礼知道事关重大，鱼也没心思卖了，暗中跟着那几名官差在鱼市转悠，以期听得更多信息。果然，那几个官差言谈中还透露，达鲁花赤大人正要利用这个机会，周密部署，一举将文天祥余部消灭干净，并取得江湖上传闻已久的“祥瑞三宝”，为朝廷彻底解决后顾之忧。

待那几名官差离去后，陈建礼匆匆赶回陈家庄，将情况报告给了大哥陈建仁。陈建仁一听，颇为焦急，连忙召集兄弟几人商量对策。为了把事情弄得更清楚些，第二天，陈建仁吩咐陈建礼、陈建义二人专门跑了一趟赣州城，前往达鲁花赤府第等处刺探情报。二人在城里转悠了大半天，发现达鲁花赤哈伯沙里果然在做迎接贵宾的相关准备，看样子，官府近期的确将有所行动。于是，陈建仁赶紧让陈满子前往宝莲山向陈子敬报信，同时继续安排人手密切关注赣州官府动静。

陈满子从大湖洲乘船出发，一路溯江而上，到了宝莲山下，问得上山路径，先到了黄婆地圩上。陈满子以前从没到过宝莲山，宝莲山庄的具体方位当然也不清楚。陈建仁虽然向他转述了陈子敬所描述的大致方位，但山上大大小小的道路不计其数，年轻人心思不似老江湖那般缜密，多拐几道弯便把想象中的路径给转糊了。为了及早找到陈子敬，陈满子便在圩上悄悄地向人问路。

宝莲山庄地处隐秘，寻常人家自然不知道它的所在。陈满子问了几个卖山货的山民，都没结果。正待继续询问，从他身旁经过的蓝火龙却主动说起，他知道宝莲山庄在哪里，刚好自己有事要往那边去，可以带他走一程。

陈满子见蓝火龙衣着破旧，年纪也大，完全是个山里老农模样，不疑有他，只道瞌睡碰上了枕头，心里高兴得紧，便欣然与他同行。二人出了黄婆地圩，走上崎岖的山路。蓝火龙一路东拉西扯，意在打探陈满子是否有其他同伴。陈满子因为要他带路，只好有话必答，耐心地与蓝火龙扯那些不着边际的事。

走了几里路之后，陈满子便渐渐觉得蓝火龙不大对劲了。他先是突然跑到沟里去捉起一条蛇，唠唠叨叨地说蛇肉有多鲜美，蛇胆有多清凉，常吃蛇肉蛇胆有多少好处。走不多远，却无端地嫌这条蛇小了，硬要将它放回草丛。没走多久，忽然又跑上田埂，捉了一条又大又长的蛇。在手上把玩一会，又说这条蛇太大，不如让它多下几个蛋，找到一条水沟把它给放了。就这样，一路反反复复，磨磨蹭蹭，经他的手捉捉放放的大大小小的各种蛇总共有七八条之多。陈满子虽然提醒他时候不早，赶路要紧，他却总是笑嘻嘻的不当回事，继续拿这些倒霉的蛇瞎折腾。更让陈满子气愤的是，转了将近两个时辰之后，他们竟然又回到了原路。

至此，陈满子确定这个捉蛇老汉是成心戏弄自己来的，便质问他如此这般是何用意。蓝火龙却全然不理会陈满子在说些什么，疯疯癫癫的胡言乱语一番，终于将陈满子激怒。二人就这样动起手来。陈满子年轻气盛，自恃武功不错，起初并没把这山里老汉放在眼里。不料，交手之后，却发现这老汉甚是难缠，一招招发出去，都被他轻描淡写般化解得无影无踪。到后来，自己只好不求有功，但求无过，以防守为主。若非陈子敬赶到叫停，陈满子已经在蓝火龙手上吃大亏了。

陈子敬一路上听陈满子把事情的来龙去脉讲完，又询问了陈氏兄弟暗访赣州城的一些细节，不觉已到了宝莲山庄。守在庄里的尹传鹏迎了出来，欢快地叫道："庄主回来得正是时候，刘叔叔和刁叔叔也刚好回来了……咦，这位是谁？"

陈子敬将陈满子和尹传鹏相互作了介绍。尹传鹏听说这个年轻人是从陈子敬时常提起的陈家庄赶过来的朋友，热情地拉着他进了院子。他性格开朗，与陈满子年纪相仿，没说上几句话就和他一见如故了。

刘溪、刁八月也闻声出来。自从几个月前向三通、巴如台等人上了宝莲山，他们二人已不便在黄婆地圩的客栈、铁匠铺居住，便一直住在宝莲山庄。考虑到大敌当前，为了安全计，刘望北、邹上峰、邹上岭几个年轻人也暂时从八仙谷搬到宝莲山庄与大家住在一起。平时，他们几个人只要在山上没事，便在四处打探动静，随时关注进入宝莲山的陌生人。

最近这些时日，陈子敬与刘溪等人时常分头外出，联络故旧和武林中的朋友，有时回来住得一两个晚上又匆匆出去，所以在一起碰面的机会并不多。

陈子敬与刘溪、刁八月、陈满子在厅堂的八仙桌旁坐下，尹传鹏泡了茶水端上来，也在下首坐下。众人刚喝得几口茶，李庆庚也从外面回来了。陈子敬招呼他一起在桌旁坐下。

陈子敬先将陈满子的来意向刘溪等人说了，又提及自己在宝莲寺遇到飞鹰帮人物之事。高世祥既已通报自己的姓名，陈子敬等人自然知道他是飞鹰帮排在黑头鹰向三通之后的又一名首脑人物，在江湖上被人称为“秃头鹰”。飞鹰帮四大首领当中，坐第一把交椅的“白头鹰”洪亿浩武功卓杰，野心勃勃；坐第二把交椅的“赤头鹰”郭双龙则不仅武功高强，而且颇有谋略。这二人平时深居简出，坐镇鹰盘山运筹帷幄，所以武林中见过他们的人并不多。向三通和高世祥则在外攻城略地，网罗江湖各种势力，充当先锋角色。在四人的合力之下，这些年，飞鹰帮的声名在江湖日隆。尤其是在江南一带，俨然超越数十年前盛行一时的明教。江南各武林门派虽然知道他们心怀谋求霸业的意图，但大家各自为政，单打独斗谁都没有力量和他们抗衡，是以不敢去招惹他们。也有一些小门派见利忘义，见风使舵，看到飞鹰帮实力强大，甚至主动前往投靠。陈子敬这些年虽然与武林界的交往大大减少，但江湖上的事却了然于胸，对飞鹰帮的内部情况也比较清楚。

刘溪听了陈子敬一席话，说道：“飞鹰帮去而复来，也是意料中之事。这几年，他们不断扩充势力，帮众号称数万，其中高手自也不少。向三通等人的武功已经是一流境界，洪亿浩的武功据说比他还要高出许多。如果他们全力以赴对付我们，我们人手太少，这个压力倒也不比官府那边小。”

刁八月恨恨地说道：“这些狗强盗，要是一个一个来，我们也不怕他们！如果一下子来个上万人，那还真是麻烦得很。要不，干脆我们偷偷摸上鹰盘山，趁他们没防备，直接把他们几个头领一刀砍了再说！省得他们搅得江湖鸡犬不宁。”

尹传鹏插嘴说道：“刁叔叔这个主意倒是直截了当，如果能成，当然最好不过了。不过，只怕那鹰盘山比我们宝莲山还难上，这样深入虎穴，不知有几分把握？”

李庆庚也接过话茬说道：“我小时候听爷爷他们说过，那鹰盘山极为陡峭，只有鹰鹘雕才能飞上去。我们要杀到他们老窝去，只怕真是不容易。”

陈子敬微微一笑，说道：“主动杀上鹰盘山，当然是不大可行的，也没这个必要。我们首先要对付的是蒙古人，光复汉人江山，为文丞相报仇。这飞鹰帮要说派出上万人到宝莲山来，倒是不大可能，毕竟这里是赣州的地盘，他们要是如此兴师动众远道而来，怎么也得考虑武林各派和赣州官府的反应。”喝一口茶，又说道，“但是他们来个几百名高手，还是大有可能的。几百人摸上宝莲山，目标不大，进退自如，对付我们几个也足够了。”

陈满子右手轻轻拍了一下桌子，义愤填膺地说道：“赣州武林也不是好欺负的！如果是这样，我们陈家庄一定全力以赴，上山支援，和他们好好斗一斗！”

陈子敬点点头，说道：“满子兄弟所言甚是。单凭我们几个，便有再大的本事，再强的武功，也对付不了那么多敌人。我们需要的正是发动武林中的正义人士，共同来应对这些事。不管是对付官府还是这些图谋不轨的武林帮派，都是一个道理。”

刘溪说道：“没错！天地总是有正气，多行不义必自毙。我就不信偌大的武林还会任由这些邪魔纵横。他们就算能得势一时，却不可能横行一世。”

当下，几个人将近期联络的情况凑了一下。赣州武林各门派中，崆峒门本来实力甚强，但该派年轻弟子多数不肯和官府作对，尤其是武功最强的刘梦凌、荀梦冰都已摆明架势和官府合作之后，其他弟子多数已跟着他们干，剩下几个年纪较大的前辈，早已心灰意冷，无心过问俗事。刘溪曾经上崆峒山悄悄找过曾经相识的两人，他们都委婉表示自己在门内说不上话，对江湖纷争无能为力。刘溪知道多说无益，只好作罢。

在素有交情的门派当中，宁都翠微派爽快地答应了将派人上山援助，但该派高手多数已追随陈继周、尹玉牺牲在抗元战争中，这些年人才凋零，力量有限。其他如会昌汉仙岩仙剑观、兴国青萍会、龙南钟公堡、信丰铁狮寨、石城通天寨、雩都天华山紫云庄以及项山潘氏等也明确表示将派人支援宝莲山庄。这些都是当年响应文天祥勤王的门派，精锐力量也在文天祥领导的几次战斗中牺牲得差不多，所以，他们能提供的力量其实是有限的。但这些门派的当家人铁骨丹心，一听陈子敬有约，纷纷答应要为保护文丞相留下的“祥瑞三宝”而尽力，令陈子敬颇感欣慰。

目前，最有实力的倒是近在咫尺的冲天寨。刘溪和刁八月刚从冲天寨回来。这两个多月，他们去了三次冲天寨，和叶南潭的交流日深。叶南潭对二人的武功本来便很是佩服，自从上次刘溪为他化解了山寨哗变的危机之后，对他更是心存感激。叶南潭为人血性，由于早年家人受人诬陷，对官府向无好感，对蒙古官府更是痛恨，对飞鹰帮的霸道行径也很是反感。得知刘溪他们面临的困境后，叶南潭欣然表示愿意全力以助。冲天寨有数百人之众，他们的“霹雳五禽阵”威力甚大，无论是对付来犯的官军还是武林帮派，都是一支重要力量。叶南潭的诚意让陈子敬深为感动，他听刘溪和刁八月说了刚刚与冲天寨交谈的情况之后，与刘溪商量，决定择日亲自上冲天寨向叶南潭致谢。

陈子敬估算了可能上山援助的各方人马数量，安排尹传鹏、李庆庚近日速将可住宿的地方陆续腾出来，并抓紧在山庄后面的大溶洞搭建一些临时床铺。同时，多采购、屯积各类粮食。刘溪等人则继续与各方友好力量保持联系，以便敌人来犯时，他们能够及时赶到增援。在这其间，大家尤需每天密切注意山上山下动态，一旦有大批不明身份人士上山，便及时做好应战准备。

待陈子敬将诸事安排完毕，陈满子说还要去山下的横溪渡办事，留宿一晚后，次日一大早便匆匆下山去了。

祥瑞宝莲

（十四）绿紫双妹

人间四月芳菲尽，山寺桃花始盛开。和这“山寺桃花”一样，宝莲山漫山遍野的高山杜鹃，也比其他地方开得晚些。如今已是五月初，一座座山岭上仍有各色杜鹃还在尽情绽放。

山道上，两名原本正在匆忙赶路的少女被路旁一株株鲜艳的杜鹃吸引得不禁驻足。两名少女年纪相仿，都是十六七岁年纪，身材苗条，脸庞俊秀，双眸灵动。所不同者，一个穿一身绿衣，一个穿一身紫衣。

那绿衣少女向紫衣少女嚷道：“紫鹃，你不是最喜欢吃杜鹃吗？没想到宝莲山这时节还有这么多杜鹃，我们先好好吃个饱吧！杜鹃啊杜鹃，今天你们遇上了紫鹃，不知是幸运还是倒霉哟！”

紫衣少女笑骂道：“你这死妮子，尽是胡说八道。要吃就好好吃，说那么多废话干吗呢！”

绿衣少女扮个鬼脸，笑嘻嘻地说道：“谁胡说八道了？谁让你叫这样的名字，还偏偏最喜欢吃杜鹃。你自己说说，每年汶潭岽盛开的杜鹃，有多少葬身于你这个紫鹃的小肚肚？今天宝莲山这些杜鹃要是被你这个紫鹃吃了，你说它们高兴还是不高兴呢？”

紫衣少女说道：“你还别说，汶潭岽的杜鹃虽然也不少，但要和宝莲山相比，还真是相差太远了。你看这里的杜鹃，这么茂盛，这么鲜艳，树杆竟然这么高大——你看那棵，长得像枫树荷树一样高，都快成精了吧？这哪里是杜鹃树啊？得多少百年才能长成这样！还有啊，这里的花色也比外面多样……”

绿衣少女说道：“可不是嘛，我听人家说，要说杜鹃花，就数宝莲山开得最好，树高，花多，色彩丰富，而且随时随地都可能遇上！宝莲山的人还用杜鹃花做成杜鹃丹，混上灵芝白莲什么的，好吃又补力气。我记得好些年前，叔叔还带了一些给我们吃过呢，你不会吃过就忘了吧？只是这几年叔叔太忙了，都顾不上带东西给我们吃了，这么久也不来看一看我们哩。”

紫衣少女轻身跃上路边的山坡，拨开灌木丛，来到那株足有两丈多高的杜鹃树下，对绿衣少女说道：“绿荷，上来呀！看这棵树王，多神奇呀！我可是从没见过这么大的杜鹃树！”

绿衣少女"嗤"的笑了一声，说道："亏你还吃了那么多杜鹃！这棵树充其量是'树后'而已，哪敢称'树王'？真正的树王，在那边呢！"

紫衣少女顺着绿衣少女的手指望去，发出一声欢呼，跃出灌木丛，向十几丈外的山坡背面奔去。原来，这里矗立着一棵高逾三丈的巨大杜鹃树，树的一边所开之花已尽数凋落，另一边则繁花绚烂，煞是壮观。紫衣少女来到树下，抚摸着树干，啧啧赞叹："天下竟然还有这么高大的杜鹃树！这不会是长了千年的不老杜鹃吧？"

绿衣少女也纵身上来，走到紫衣少女身边，说道："宝莲山的杜鹃，听说冬天还开花呢！这么大的杜鹃树的确罕见，你说它要不是杜鹃王，还有哪棵敢称王？"

紫衣少女仰头看看这株巨大的杜鹃，伸手拉下一根开满花朵的枝条，放在鼻子下嗅了嗅，说道："真香，香得舍不得吃它哩！绿荷，你还记得我们上次来宝莲山的事么？"

绿衣少女说道："怎么会不记得？那应该是三年前了吧，叔叔带我们上山，住了两个晚上就打发我们下山了。这几年，师父对我们管得这么紧，天天呆在汶潭岽，哪里也不让去，真是闷死了。"

紫衣少女说道："师父看得紧，那也是为我们好。只是，她和叔叔也太把我们当小孩子看待了。这次我们悄悄出来，你说会不会被他们骂呢？"

绿衣少女小嘴一撇，说道："才不管他们骂不骂！只许他们担心我们，就不许我们担心他们？天下没这样的道理。我们不也是因为放心不下，才偷偷溜出来嘛。"

紫衣少女沉吟片刻，说道："话虽这么说，但我们还是要小心点。江湖险恶，我们若是帮不上叔叔他们，至少不能给他们添乱。"

绿衣少女伸手推了紫衣少女一把，咯咯笑道："你不是威震江湖的紫衣女侠吗？何况还有我这位鼎鼎大名的绿衣女侠同行呢！'绿紫双侠'联手，且看江湖上谁人能敌？"

二人正嘻闹着，忽听得山坡下面有人说道："好啊，这一绿一紫两个辣子原来还是女侠！大爷最喜欢找的正是女侠，这可算是找对了！且让大爷看看是不是你们‘绿紫双侠’的对手。”

两名少女闻言，脸上一红，向坡下一瞧，却见路上不知何时已走过来两名青年壮汉。说话的是个五短身材的矮墩汉子，长着两只鼠眼，正贼溜溜地往她们这边瞧。另一人身材瘦高，东张西望，似乎在寻找什么。

绿衣少女脸露愠色，正欲开口训斥，那矮墩汉子却向二人招招手，嬉皮笑脸地说道：“二位女侠，快快下来与我们哥俩较量较量呀！打得过的话，我们就跟你们走；打不过的话，你们就跟我们走。”听那口音，拖腔拖调的，并不像本地人。

绿衣少女大怒，喝道：“闭上你的臭嘴！你是什么东西，竟敢随便招惹我们！”

那矮墩汉子嘻嘻笑道：“我们当然不是什么东西，我们是男人，是最喜欢和女侠较量的男人。今天你们姐妹俩碰上我们兄弟俩，不陪我们玩玩也不行了，哈哈！”

紫衣少女悄声对绿衣少女说道：“这是个无赖，我们没工夫搭理他，也犯不着和这种人计较。我们还是从那边走吧。”说罢，拉着绿衣少女的手，从灌木丛中沿着山坡往前走去。走了上百步远，山岭转了个弯，看着已把那两名汉子甩在身后，二人轻轻一跃，跳到数步之外的小道上，快步往前走去。

刚行出数十丈远，忽听得前头“呼”的一声响，两人从山坡上飞身而下，正好落在两名少女面前。这二人一高一矮，正是刚才所见的那两名青年汉子。原来，这二人见她们往前赶，已悄然从斜坡上抄近道追上来。二人轻功甚好，两名少女居然没发觉。

那矮墩汉子伸手一拦，小眼睛乐得眯成一条缝，贼头贼脑地说道：“二位侠女走这么快干吗？还没跟哥哥比试比试就想跑？”

绿衣少女妙目圆瞪，喝道：“让开！”见此处道路颇宽，往左侧一闪，便欲冲过去。那矮墩汉子身形一移，已挡在绿衣少女正前方。这人看似身材笨拙，动作却甚是灵敏。

紫衣少女见这二人不怀好意，向绿衣少女招呼一声：“我们退回去！”正要转身往回走，那瘦长汉子身影一飘，已在后面拦住了退路。

两名少女同声喝道："你们想干什么？！"

那矮墩汉子笑嘻嘻地说道："想干什么？刚才哥哥不是说得很清楚吗？哥哥看你们长得标致，见着喜欢，想要你们跟我们走。"

绿衣少女骂道："果然是无赖！再如此无礼，休怪我们不客气了！"

那矮墩汉子哈哈大笑道："哥哥最喜欢的就是姑娘的不客气！太客气了有什么好玩，哈哈！你们还是老实一点跟我们走吧，不然哥哥可能真的要动粗啦！哥哥要是不客气，那可真不是什么好玩的事。"

两名少女正要发作，忽听得身后有人冷冷地说道："这两个大男人拦着人家两个姑娘想干什么呢？光天化日的，难道就没王法了？"

四个人往说话的方向一看，只见瘦长汉子身后，不知何时走来两名大汉。他们身着短装，其中一人年约四旬，另一人则是二十出头的后生，各自扛着一把三股猎叉，看样子是山里的猎户。

瘦长汉子离这二人最近，回头瞪了二人一眼，厉声问道："你们又是什么人？想管我们的闲事吗？"

那年长的猎户说道："天下事天下人管得。你们想在这里欺负这二位姑娘，既然被我们遇上了，那可不成。"

瘦长汉子冷笑道："看不出你这山巴佬还有这股硬气。既然你们活得不耐烦，那就自便吧。"右手忽然从腰间一抽，拔出一根软鞭，挥鞭便往那年长猎户甩过来。

那年长猎户没想到这人说动手就动手，连忙架起猎叉抵挡。软鞭甩在猎叉上，"卟"的一声闷响，那年长猎户但觉手腕一震，没想到这瘦长汉子其貌不扬，劲力却这么大。

瘦长汉子晃动软鞭，接着又甩出一招。那年长猎户见他来势凶猛，边挡边退。瘦长汉子趁势连连进招，不给年长猎户还手的闲暇。山道狭窄，年长猎户身后的那名年轻猎户无法帮忙，只好快速退出几步，给年长猎户腾出地方。那矮墩汉子则得意地边看着同伴进攻，边拦着两名少女的去路。

那两名猎户接连退出十余步，路旁稍显宽敞。那年长猎户不再后退，抡起猎叉，奋力防守。那年轻猎户见年长猎户一人难敌瘦长汉子，在一旁瞅准空子，举叉直刺瘦长汉子。

瘦长汉子哈哈笑道：“像你们这样的山巴佬，再来几个又何妨！”挥动软鞭，荡开那年轻猎户的猎叉，接着又一招划向年长猎户的脸部。

年长猎户急忙闪避。软鞭挟风而过，虽未扫中脸部，年长猎户还是感到心里一凉。那瘦长汉子得势不饶人，软鞭连连挥舞，呼啸着向前扫去。那两名猎户一时不知如何抵挡这种奇怪的兵刃，被迫得慌手乱脚。原来，他们只是寻常猎户，力气虽大，武功却并不精，对付山里的野兽没问题，遇上瘦长汉子这等练武之人，力气便很难发挥作用了。

两名少女见那两名猎户不敌瘦长汉子，娇叱一声，手里已取了一条绫带，便要上前相助。那矮墩汉子见状，哈哈大笑道：“两位侠女，哥哥还没和你们比一比呢！还是先到这边来吧！”忽地也从腰间抽出一根软鞭，侧身向前，拦住了二人去路。

两名少女齐喝一声：“让开！”两条绫带一左一右，呼呼有声，甩向眼前的矮墩汉子。那矮墩汉子赞道：“不赖不赖！看不出，小侠女还真有几分力道！”手下却毫不含糊，软鞭左右抖动，划开两条绫带，欺身上前，便要去抓那绿衣少女。

不料，一旁的紫衣少女动作甚快，右手一挥，绫带又向这矮墩汉子击来。矮墩汉子有意炫耀武功，左手空手一抓，想把这绫带抓住。没想到，这少女的绫带甚是灵动，途中招式一变，已从他手腕悄然拂过。矮墩汉子但觉手腕疼痛难当，犹如被人用鞭子狠狠抽过，这才知道对方功力远比自己想象的深厚，不可掉以轻心。

那绿衣少女也不含糊，绫带翻动，滚滚而来。矮墩汉子不敢大意，运足功力挥动软鞭，三个人一时斗得势均力敌。

两名猎户却很不适应那瘦长汉子的怪异招数，被他逼得连连后退。突然，那名年轻猎户一脚踩空，竟然摔到路下的树丛中去了。那年长猎户心里一惊，分神之后，更是独力难支，身上已被瘦长汉子的软鞭抽中了好几下，猎叉也险些被他的软鞭搅得脱手而去。

那瘦长汉子恶狠狠地对那年长猎户说道：“扑你个街！没有金钢钻，也揽瓷器活？还以为你们有多大的本事呢！今天大爷就让你好好长点记性，省得你胆敢四处管闲事！”软鞭扬起，便要当头劈下。那猎户举起猎叉一架，不防脚下踩到一块圆滚滚的鹅卵石，身子一个趔趄，侧摔在路旁的斜坡上。那瘦长汉子心里一乐，一脚蹬上去，踩住他的胸口，让他无法动弹。

那瘦长汉子见自己一人打败两名猎户，真是出师大吉，首战告捷，心里正洋洋得意，忽闻左侧“呼”的一声响，转头一看，那年轻猎户正从坎下爬上，举起猎叉向自己刺来。他急忙收腿放开那年长猎户，软鞭迎着那年轻猎户的猎叉挥出，“啪”的一声将它格开。那年长猎户立起身来，挺起猎叉也向那瘦长汉子当胸刺去。

那瘦长汉子骂道：“扑你个街！今天遇到两个不怕死的了！”软鞭左右开弓，又将二人逼退数步。这两名猎户虽然不敌，却颇为勇敢，两支猎叉忽左忽右，一直死死缠着瘦长汉子。

那两名少女和矮墩汉子也边打边往这边移步。她们招式虽然精妙，但毕竟年纪尚轻，功力不足，时间稍长，便渐渐落了下风。那矮墩汉子适应了她们的招式后，心里底气更足了，手上连连卖弄软鞭的古怪招数，嘴上不断地油腔滑调胡说八道，气得那两名少女心下更加焦躁起来。

六个人且战且退，一直退到路旁一块平整的草地。两名猎户为了更好地施展猎叉，索性跳到草地上，向那瘦长汉子叫道：“狗贼牯，有种的下来再打！”那瘦长汉子冷笑道：“大爷才没这么容易放过你们这两头大笨牛！”跟着跃过来，继续与他们缠斗。几头正在吃草的黄牛被他们惊得远远地跑开。两名猎户到了开阔之地后，猎叉挥舞起来果然顺畅了许多。那瘦长汉子叫道：“大笨牛的蛮力倒是不小！”手腕抖动，将软鞭使得如毒蛇吐信，暗藏杀机。两名猎户不敢靠近他，只好尽力将他挡在数步之外。

两名少女则仍在路上与那矮墩汉子苦斗不已。那矮墩汉子本是个轻薄之徒，自恃在气力上占了优势，取胜只是迟早之事，此时便放肆出口调戏两名少女，言语越发污秽不堪。绿衣少女一怒之下，手上一软，绫带的一端竟然被那矮墩汉子抄在手里。绿衣少女用力抢夺，那矮墩汉子紧拽不放，还嬉皮笑脸地说道：“这是女侠送给哥哥的见面礼，哪能取回去呢？”直将那绿衣少女气得脸色煞白。

便在这里，忽听得数步之外有人说道：“咦，那不是经常在圩上卖猎物的那两个猎户吗？怎么和人打起来了？”另一人接话说道：“是啊，正是他们！这个用软鞭的是什么人？以前可没怎么见过。咦，那边路上还有一个正在欺负人家姑娘的，看他那武功路数，这人应该和下面那个是一伙的。”

又听得先前说话的那人喊道：“喂，你们是什么人？都给我住手！有话好好说。”

那瘦长汉子骂道“扑你个街！你算老几，说住手就住手？”软鞭舞动，又将两名猎户逼开两步。

路上来的是两个二十出头的年轻人。其中一人听得瘦长汉子如此回应，对另一人说道：“原来是外面来的蛮牯佬，也不知什么来头？”另一人则冲着不远处喊话：“望北，快到这边来帮忙！这里有两个蛮牯佬在欺负人哩！”

便听得半山岭有人应道：“来的是什么人？”话音刚落，又一个年轻人边说边从山林间的小径直冲下来，离路面尚有丈余高的时候，纵身一跃，轻轻落在先到的那两名年轻人面前。

先前到达的一名年轻人向他说道：“这两个使软鞭的是外地人，不知什么来头，武功也有几分古怪。那两个猎户经常会在黄婆地圩上卖猎物，以前见过。那边还有两个姑娘，不知是从哪里过来的。”

却听得那绿衣少女忽然叫道：“来的可是望北哥哥？我是绿荷！”

那后面赶到的年轻人正是刘望北。这天，他和邹上岭、邹上峰兄弟俩在左近巡山，提防陌生人靠近宝莲山庄。三人行至山岭上，听得下面有人打斗，邹上岭、邹上峰便先行赶下来察看。待得发现是两名身怀武功的外地人在欺负本地人，便把刘望北也叫下来了。

刘望北听得那少女喊自己的名字，定睛细看，问道：“是绿荷妹子和紫鹃妹子吗？”两名少女齐声应道：“正是！”

刘望北对邹上岭、邹上峰说道：“原来是绿荷和紫鹃！我去帮她们一把，你俩去帮那两个猎户！”邹上岭、邹上峰答应一声：“好！”跳下草坪，直奔那瘦长汉子而去。

刘望北对那两名少女说道:“绿荷、紫鹃，这家伙怎么惹起你们来了？你俩且退开，我来对付他！”长剑在手，挽个剑花，一招“黄河入海”，呼呼有声，从那矮墩汉子侧面刺去。那矮墩汉子侧目一看，知道对方来势凌厉，叫一声：“好小子，玩命啊！”身形斜倚，让过这一招，接着软鞭抖起，一招“拔地倚天”，直直地向刘望北当胸击去。

两名少女见刘望北已和那矮墩汉子交锋，收了绫带，退到数步之外。紫衣少女叫道：“好！这丑八怪交给你了！”绿衣少女更是愤愤地说道：“这是个比癞蛤蟆还讨厌的无赖，望北哥哥好好教训他一顿再说！”

刘望北应道：“你们放心！这家伙竟敢跑到宝莲山撒野，我会给他几分颜色看看的！”见那矮墩汉子软鞭攻到,不避不闪,长剑回格,一招“相逢秋月”，长剑与软鞭碰了个正着，“叶”的一声响，将软鞭荡开数寸。那矮墩汉子骂道:“臭小子,还真有几分蛮力啊！”手臂稍稍退缩,一招“横扫千军”，攻向刘望北下盘。这一招来势甚快，力道也颇大。

刘望北脚尖轻轻点地，身形已悄然跃起数尺，那矮墩汉子这一招扑了个空。刘望北不待身子落地，长剑一挥，一招“积雪浮云”，向对手当空压下。他的剑法颇得刘溪真传，这几招“梅川诗剑”，是宁都诗人剑客萧立之所创，招式精妙，刘望北使出来已达到刘溪的六成火候，威力自是不小。

那矮墩汉子嘴里骂得一声，动作却不敢慢了，急忙身子一歪，贴近路边的山岭，避过了这一招。立定之后，右臂一长，软鞭一招“气贯长虹”，疾刺刘望北右肋。他只道刘望北势必避让，已盘算好下一招所攻方位。不料，刘望北出招比他更快，剑尖一抖，一招“独钓寒江”，反刺对方右腕。

那矮墩汉子没料到对手虽然只是一名二十岁上下的年轻人，招数却远比自己想象的高明。短兵相接，首在一个“快”字。对方既然招式比自己来得快，不躲避的话，自己的软鞭不及送出，手腕便将被刺中。那矮墩汉子别无他法，既然快不过对手，只好老老实实收招闪避。

如此一来，刘望北便抢了主动，一招接一招向对方进攻，直将矮墩汉子逼得连退数步。那两名少女见刘望北占了上风，高兴得在一旁拍手直叫好。

那瘦长汉子的境况则比他的同门更糟。邹上岭、邹上峰兄弟二人加入后，瘦长汉子很快从攻势转为守势。邹氏兄弟使的也是“梅川诗剑”的招数，虽然比起刘望北尚有所不及，但以二敌一，本来便占有优势。那二名猎户恼恨瘦长汉子欺人太甚，也不退让，与邹氏兄弟一起合围他。如此一来，那瘦长汉子以一敌四，应接不暇，连嘴上骂人的工夫也腾不出了。

那矮墩汉子见后面来的这三个年轻人个个都不是好相与的，情知这样打下去，形势只会越来越不妙，光棍不吃眼前亏，须得趁早摆脱这个困境。只见他忙乱中腾出左手，从怀里掏出一颗白色的丸子往嘴里一塞，咕噜一声吞下去，向那瘦长汉子喊道：“老钱，扯呼！”

那瘦长汉子听得同伴叫喊，也手忙脚乱地从怀里掏出一颗白丸子，抛进嘴里，一口吞下。刘望北和邹上岭、邹上峰正自纳闷，却见这二人精神一振，软鞭使得呼呼有声。刘望北长剑迎去，竟然被矮墩汉子的软鞭弹开尺许，没想到这人的内力比自己想象中强多了。刘望北心下暗暗吃惊，只道此人方才用的是诱敌之计，并未使出全力，不禁心里一凛，不敢大意，当即腕上加劲，格架对方的软鞭。

邹上岭、邹上峰和那两名猎户的情形也差不多。邹氏兄弟的长剑突然被那瘦长汉子的软鞭同时荡开，但觉对手内力突然增强了许多。那两名猎户的猎叉则被他的软鞭一扫，险些脱手飞去。四人大为骇异，正不知对方搞什么名堂，却见那瘦长汉子趁着他们迟疑之际，突然大喝一声，脱身而去，跃上山道便跑。

那矮墩汉子见同伴已摆脱对手的纠缠，软鞭加劲，“叶叶”几声横扫在刘望北的剑上。刘望北见他内力雄劲，自己一时竟然抵挡不住，只好退开两步。却见那矮墩汉子并不追击，忽地转过身去，朝着同伴的方向拔腿便跑。

邹上岭喊一声：“哪里跑！”和邹上峰双双跃到山道，便要追上去。

刘望北叫道："穷寇勿追！且让他们去吧。"邹氏兄弟闻言，停下脚步。这时，两名少女走上来，笑吟吟地向二人说道："是上峰哥和上岭哥吧？"邹上峰微微一笑，说道："正是我们哥俩。你们是绿荷和紫鹃？几年不见，长这么大了，一时半刻还认不出来呢。"

原来，这两名少女，穿紫衣的那个叫欧阳紫鹃，穿绿衣的那个叫萧绿荷。她们与刘望北、邹氏兄弟一样，都是文天祥旧部、江西义军英烈之后。欧阳紫鹃是当年赣州知名义士欧阳冠候之女。欧阳冠候与陈子敬其时同为赣州城青年豪杰，同时响应文天祥号召赴临安勤王。欧阳冠候离开赣州时，欧阳紫鹃年方三岁。此后，欧阳冠候数年在外征战，直至战死，也没回家看过这个幼女。赣州被元兵占领后，欧阳紫鹃被族人带到乡下避祸。陈子敬黄塘兵败之后，死里逃生，此后暗中寻访英烈后人，首先便找到了欧阳冠候留下的三个儿女。他将欧阳冠候的两个儿子欧阳章、欧阳贡带在身边，将年幼的欧阳紫鹃安顿在汶潭岽一武林高手处。萧绿荷之父萧明哲，吉州太和县人，当年也是文天祥的得力部属。文天祥赣州兵败后，萧明哲被元军俘虏，因誓死不降而被杀害。其时萧绿荷年纪尚幼，跟随母亲躲在太和山区一亲戚家里。南宋灭亡后，萧绿荷被萧明哲的吉州同乡刘溪找寻到。其时萧绿荷的母亲已因忧愤去世，刘溪恐其在乡下不安全，便将她带到宝莲山见陈子敬。陈子敬甚是高兴，见她与欧阳紫鹃年纪相仿，便将她一并安顿在汶潭岽的那位朋友处。没过多久，这位武林高手见二女聪明伶俐，极为喜欢，索性正式收她们为徒。

欧阳紫鹃与萧绿荷在宝莲山庄曾经与刘望北、邹氏兄弟短暂相处过，但那时她们年纪尚小。二人去了汶潭岽之后，与刘望北他们见面便甚少了。最近的一次，还是三年前，陈子敬带她们回宝莲山庄小住了几天。此后，陈子敬估计宝莲山庄迟早要为江湖中人所知，为她们安全计，不再让她们上山，只是自己有空时前往汶潭岽看望她们。女大十八变，一晃几年过去，刘望北、邹氏兄弟一时之间自然没认出她们来。

那两名猎户也过来与刘望北等人相见。原来，他们是宝莲山麓夏寒村人氏。二人是叔侄俩，年长的是叔叔，名叫上官秋禾；年轻的名叫上官云。这天，二人在山里合力捕了一只豹子，顺便抬到黄婆地圩卖了，正要回家时，遇到那两个外地汉子调戏萧绿荷和欧阳紫鹃。叔侄俩嫉恶如仇，上前相助。不料那两个外地汉子武功了得，若非刘望北和邹氏兄弟赶到，上官叔侄差点反为其伤。

刘望北向上官叔侄道了谢，将自己几个人的名字告诉了他们。上官叔侄经常会到黄婆地圩叫卖猎物，也乐得多交几个山上的朋友，寒暄几句之后，才客气地向他们道别。刘望北恐那两个恶人尚未走远，提出要送他们一程。上官叔侄见他们几个年轻人旧友相逢，必定有许多话要说，便婉言谢绝，告诉他们自己路况熟悉，尽可走小路避开这两个恶人便是。刘望北见他们执意如此，便不再坚持，反复叮嘱他们路上务必小心。

上官叔侄走远后，刘望北问欧阳紫鹃和萧绿荷怎么突然上山来了。萧绿荷告诉他们，前些天，二人偶然听到宝莲山庄成了各路江湖人士的目标，近期或许会有不少敌人前来找叔叔他们的麻烦。二人试探着问师父此事该当如何，师父却说这是大人们的事，小孩子不必瞎操心。但她们心里挂念宝莲山这些叔叔哥哥们的安危，尤其是近两年自认为武功颇有长进，一门心思琢磨的就是效仿前辈高人闯荡江湖行侠仗义，于是偷偷地溜出汶潭岽，想到山上一探究竟，更盼着有机会施展武功助大家一臂之力。

刘望北和邹氏兄弟闻言，哭笑不得。此时宝莲山庄正面临前所未有的危机，欧阳紫鹃和萧绿荷擅自跑到山上来，与其说是帮忙，不如说是添乱，她们的师父和陈子敬知道了，定然要责备她们。可二人既然已上山，此时当然不可能让她们就此回去，只好将她们带到宝莲山庄见了陈子敬、刘溪再说。

欧阳紫鹃和萧绿荷颇有父辈风范，虽为女子，胆气却不让须眉。从汶潭岽到宝莲山，路途虽然不算远，但山深林密，岔道众多，二人凭着记忆一路寻找过来，全然不把江湖险恶放在心上，还互相打趣，自称“绿紫双侠”。在遇上方才那两个恶徒之前，一路上倒也平安无事，二人甚至还嫌旅途气闷乏味。

刘望北对两名少女说道：“你们好几年没来过宝莲山庄了，那时年幼，只怕路也不记得了。好在遇上了我们，不然还够你们一顿好找的。”便走在前头引路。邹氏兄弟让欧阳紫鹃和萧绿荷走在中间，自己跟在后面。欧阳紫鹃和萧绿荷难得出一趟门，心情原本就大好，此时遇到刘望北等人，更是欢快无比。他们虽然见面次数有限，但父辈同为文天祥旧部，本来便有了天然的亲近感，何况由于父辈战死，亲朋不多，相互之间早已如同亲人。刘望北等人虽然觉得欧阳紫鹃和萧绿荷在此时上山不是时候，但少年人天性喜欢热闹，两名少女开朗活泼，她们的到来，还是让他们平添几分喜悦之情，心里甚至期盼陈子敬和刘溪让她们在山上多住些时日。

一行人有说有笑，走了不到两里路。欧阳紫鹃和萧绿荷极为喜欢那些漫山绽放的杜鹃，时不时攀到路边，采撷几朵鲜艳欲滴的花枝。赣州一带的人常把杜鹃花叫作映山红，盖因红色之花最为常见。但宝莲山的杜鹃与别处却又不尽相同，除了红色的，还有白色、紫色、黄色、粉色等多种颜色，果然是五彩缤纷，美不胜收。欧阳紫鹃和萧绿荷居住的汶潭岽到了春夏之交，虽然漫山遍野也多的是杜鹃，但哪有这般丰富的色彩，如今置身花海，心下欢喜不已，赶路的步子便不知不觉地放慢了。刘望北等人长年居住于此，对这些景象早就不以为然，但见到两名少女如此高兴，也就不急着催她们赶路，耐心地陪着她们边走边看，有时还帮着采几枝开在悬崖的鲜花。

便在这时，忽见左近山岭的花径中人影晃动，两个人手执猎叉，气喘吁吁地从灌木丛中钻出来，正是上官秋禾和上官云叔侄俩。他们跳到刘望北等人面前，着急地说道：“大家快跑，那两个恶人又追上来了！还加了帮手哩！”

邹上岭怒道：“这两个死不要脸的家伙还敢来？我们干脆收拾了他们再回去！”拔出长剑，转身便要走。上官秋禾一把扯住他的右臂，说道：“他们一行少说也有四个人，不知是否还有其他援手，我看还是别与他们硬碰。”原来，他们叔侄二人正要回到山下的夏寒村，远远地发现刚才逃走的那二人又回来了，而且身后还多了两个人。上官秋禾和上官云为了避免遇上这二人，走的是比较隐蔽的林间小道。此时见到这两人带着同伙再次上山，显然有恃无恐，担心他们对刘望北等几个年轻人不利。这叔侄二人本来便是热心之人，既然知道了这事，当然放心不下，便赶紧抄小路回来追上刘望北一行，通知他们赶紧躲避。

上官叔侄的古道热肠让刘望北等人深为感动。听得对方还增加了人手，刘望北微微沉吟，说道：“这两个人武功古怪，起初没觉得他们有多高明，打到后面突然厉害了许多，却又急匆匆地逃跑，不知是何道理。既然他们还增加了人手，我们还是听上官大叔的，先避一避吧，到时叔叔他们自有办法对付。”

邹上峰回想刚才动手细节，也觉得刘望北所言甚是。萧绿荷、欧阳紫鹃想到那二人便觉恶心，也同意避开他们，邹上岭便不再言语。刘望北见大家再无异议，便说道：“那我们抓紧走，先到八仙谷去！上官大叔，这里危险，你们二位也和我们一起走吧！”

上官秋禾点点头，说道：“一起走也好，人多有个照应。”刘望北手一挥，说道：“走！”在前头迈步疾行。

此时因为要避敌，萧绿荷、欧阳紫鹃便无暇欣赏沿路风光了，跟着刘望北匆匆赶路。邹上峰让其他人走在前面，自己留在最后，边行走边不停地回头观望。

一口气跑出了几里地，后面并没发现什么动静。此时，刘望北等人已来到一块开阔的林间空地，离八仙谷已不远。众人正松了一口气，忽听得前面传来一声断喝：“好小子，看你们往哪里跑！”

众人不禁一惊，但见前方一棵大枫树下，那瘦长汉子与矮墩汉子正双手叉腰立在前面。和他们一起的，还有两个人，其中一个年纪四旬上下，留一缕山羊胡子，双目斜视，神情颇为自负；另一个则和瘦长汉子他们年纪差不多，也是二三十岁的壮汉，脸如生铁，两道眉毛特别粗黑。刘望北暗忖，看来，这几个人轻功都甚佳，竟然从山岭上抄直道赶到自己一行人前头来了。

山羊胡子手执一根长长的旱烟筒，狠狠地吸了一口，喷出一股白色的浓烟，冷冷地说道：“斑虎、无忌，你们刚才遇到的就是这几个小青皮崽子？”

矮墩汉子说道：“师叔所言不错，正是他们几个。那个脸皮白净的带着那两个小娘皮和我动手，剑法还不错，只是山路狭窄，我没办法施展开来和他们打。另外四人合围钱师弟，钱师弟事先没防备，所以一时占不了上风。”

矮墩汉子其实只是败在刘望北一个人的手下，二人相斗时，萧绿荷、欧阳紫鹃根本未曾出手。瘦长汉子与邹上峰等四人相斗，也是事出有因。但经矮墩汉子这么一说，事实却大有出入。刘望北等人听他颠倒黑白，胡说八道，心里不禁生气。萧绿荷当即说道：“这丑八怪好不要脸，明明是你们两个无赖欺负人，打不过，却说得自己像什么无辜之人似的。”欧阳紫鹃则说道：“跟这样的无赖有什么好辩解的？随他们怎么说去，当作耳边风便是了。”

那山羊胡子说道：“既然这几个小青皮崽子手上有几分功夫，恐怕就不是寻常的山里人家了，待会儿可得好好盘问盘问。好吧，你们老老实实跟我们走，否则别怪大爷不客气。”

邹上岭见那山羊胡子一副自大模样，把众人已视为手中猎物，不禁哈哈大笑，说道：“见过自以为是的，但没见过这般自以为是的，真是大言不惭！你以为你是天王老子啊，不跟你走又如何？你不客气又如何？”

瘦长汉子指着邹上岭说道：“扑你个街！小青皮胆敢这般跟我师叔说话，有种你单独和我打一场！”

邹上岭说道：“打就打，谁怕你似的？也不知刚才是哪个打不过就跑得比狗还快。”

瘦长汉子大怒，抽出软鞭，哇哇叫着向邹上岭冲过来。邹上岭也不示弱，长剑出鞘，冲上前去迎战那瘦长汉子。

那山羊胡子冷冷地说道：“这几个小青皮，看来不教训他们一通是不会听话了。”转头对那粗眉汉子说话，“定康，你要不要找个小青皮练练手？”那粗眉汉子抱拳应道：“我听师叔的，这就去会一会他们！”抽出腰间软鞭，跳出几步，叫道，“你们哪个不怕死的，但管过来！”

邹上峰喝道：“我来教训一下你这不知天高地厚的黑炭头！”拔剑

上前，将他截下。

矮墩汉子见邹氏兄弟已和自己的两个同门交上了手，他知道自己武功不如刘望北，生怕师叔点名让自己再战刘望北，便不等师叔开口，先喊道“这两位女侠，哥哥再和你们玩一把吧，真是有缘哪！”萧绿荷骂道：“你这个丑八怪，谁怕你不成？就让姑娘再教训你一回！”和欧阳紫鹃双双迎上，舞动白绫，向那矮墩汉子攻去。

那山羊胡子又吸了一口烟，喷出一嘴的白雾，慢吞吞地说道：“剩下三个，只好让老夫一并打发了。你们一起上吧，这样省事些。”

刘望北刚才与矮墩汉子交手时，已知道这些人武功当中透着几分邪门。此人既为矮墩汉子等人的师叔，又如此托大，只怕武功比那几个年轻人要高出不少。他一向稳重，知道此时不是争面子的时候，便对上官叔侄说道：“既然人家点名了，恭敬不如从命，我们几个就奉陪一下吧。二位小心点！”上官叔侄点点头，抖了抖手中猎叉，与刘望北分别从左中右三路向山羊胡子进招。

（十五）六石门

那山羊胡子慢悠悠地说道："嗯，不错，你们性子急，倒是省了我的事。"忽地身形一变，动如脱兔，手中的长烟筒快如闪电，转眼间在刘望北的剑上和上官叔侄的猎叉上各敲击一下。三人但觉手臂一沉，长剑、猎叉竟然如被重物所击，没想到一根不起眼的烟杆有如此威力。刘望北心里暗暗一惊，仅从这一招，便看出此人武功比那矮墩汉子高明许多，看来大是劲敌。

那山羊胡子一招得手，心里得意，嘴上却满不在乎地说："大爷我好久不和人动手，是该找个机会松动一下筋骨了。"左臂缓缓伸起，懒洋洋地摇了摇，右臂突然一晃，手中的长烟筒轻轻一点，直奔刘望北右腿而来。他刚才那一招与三人直接碰撞，已试出刘望北武功比那两名猎户强得多，是三人当中的重点，是以这次故意使个障眼法，拟趁刘望北不防备时直奔主题，三两招之内先把这个更难啃的骨头解决了再说。

刘望北年轻气盛，明白对方的心思，见他出招甚快，心里颇有几分不服，当下右腿微侧，避开锋芒，随即使出梅川诗剑的快招"鹊飞山月"，一剑反挑对方右腕。

那山羊胡子没想到刘望北年纪轻轻，居然出剑这么快，"咦"了一声，长烟筒回格，粘上刘望北的长剑，顺势一拉，将剑锋带到一边。刘望北知道对方功力胜过自己，不宜硬拼，疾将长剑抽回，接着使出一招"蝉噪野风"，手腕暗暗用劲，内力直抵剑尖，嗡然声响，直刺那山羊胡子小腹。上官秋禾和上官云见二人互不相让，也挺起猎叉从一旁向那山羊胡子攻去。

那山羊胡子赞道："看不出小青皮还有几斤蛮力，手势也挺快！"手上却毫不怠慢，长烟筒迎上刘望北的长剑，往下一压，"啪"的一声，硬生生把原本直前的剑锋压下去。与此同时，左手一挥，衣袖甩出之处，一股劲风迎面扑来，将上官叔侄的猎叉扫得偏向一边。

刘望北好强心起，有意和他比快，长剑舞动，忽上忽下，忽左忽右，接连使出梅川诗剑的"孤云独去""风起春城""高楼鼓角"等数招，连攻那山羊胡子的上中下三盘。山羊胡子说道："好！小青皮这路剑法不错，果然有两下子！”长烟筒声东击西，将刘望北的招式一一化解了，突然喝道：“该我出手了！”长烟筒连连挥动，招数奇快，一浪一浪的滚滚向前，直将刘望北逼得手忙脚乱，不住后退。上官秋禾与上官云见状，挺着猎叉欲从一旁相助，无奈他们二人打得太快，居然插不上手，只能干着急。

那矮墩汉子迎战欧阳紫鹃与萧绿荷，这时也渐渐占了上风。两名少女的白绫，主要靠内力驱动。她们这门武功乃道家气宗高手所授，重在练气。若是内力深厚者使出，威力自然不在重兵刃之下。两名少女虽然修习已有数年，但毕竟功力尚浅，所以招式虽然精妙，但威力大打折扣。那矮墩汉子此前已和她们交过手，试出了二人的功力，这次再交手，便放心进攻，逼得二人只好以防守为主。

邹上峰、邹上岭兄弟俩分别迎战那粗眉汉子和瘦长汉子，倒是打得难分难解。邹氏兄弟使剑，他们的对手使的都是软鞭；两兄弟使的是同一套剑法，他们的对手使的也是同一武功路数。四人功力也差不多，一时不分上下。

刘望北见这山羊胡子招数比自己还快，知道以快打快已非良策，这样一直退下去也不是办法。正好旁边有一棵大枫树，刘望北忽地身形一晃，闪到大树后面。那山羊胡子被大枫树一挡，只好收招，一转身，已追到树后。

刘望北跳开几步，恰好上官秋禾、上官云已迎上来，三人便分别从左中右夹攻那山羊胡子。上官叔侄的猎叉较长，在那山羊胡子面前晃来晃去，令他好生厌烦。那山羊胡子骂道：“两把破叉，少在这里碍手碍脚！”长烟筒一敲，正好击中上官秋禾的猎叉。这一下劲道甚足，上官秋禾但觉腕口一震，猎叉险些拿捏不住。刘望北趁机一招“静听松风”，从中路进击。那山羊胡子变招迅速，不待刘望北长剑挺近，长烟筒已中途拦截过来，将剑锋撞偏。接着，山羊胡子左手一扯，一把抓住上官云的猎叉，用力一带，上官云收势不住，往前跌出几步，猎叉竟然被山羊胡子夺去。

那山羊胡子哈哈大笑道：“这样的功夫也敢和人打架！”左手向

刘望北一掷，刘望北急忙低头躲过。那猎叉往前飞出七八丈远，正好深深地插在一棵荷树上。上官云满脸通红，赶紧跑去用力拔出。

刘望北见这山羊胡子武功高明，不仅招式奇快，而且内力强劲，自己显然不是他的对手。此人在这个时节来到宝莲山，显然有所企图。此事当尽快通知陈子敬、刘溪才是。可是自己几个人全被他们缠住了，一时却又如何脱身？

这时，刘望北忽地想起刘溪给他讲过的“田忌赛马”的故事。战国时期，齐国大将田忌很喜欢赛马。他和齐威王进行比赛，双方的马分为上中下三等。比赛的时候，齐威王总是用自己的上等马对田忌的上等马，中等马对田忌的中等马，下等马对田忌的下等马。由于齐威王每个等级的马都比田忌的马脚力稍强些，所以不管比多少次，田忌总是失败。后来，田忌听了谋士孙膑的建议，用下等马对付齐威王的上等马，用上等马对付齐威王的中等马，用中等马对付齐威王的下等马。结果，三场比赛结束后，田忌一场败而两场胜，反而成了赢家。想到这里，刘望北心念一动，对上官秋禾说道：“大叔，你去帮上峰或上岭其中的一个，让他快快撤离，去找帮手！”

上官秋禾一怔，说道：“那你怎么办？这家伙这么难缠。”

刘望北叫道：“不要紧，我还能对付一阵！事不宜迟，你们要尽快，否则到了最后大伙儿都要吃亏！”上官秋禾也知道这样打下去结果终究不妙，如果他们能找到武功高强的帮手，倒是一条良策，便答应一声，抽身出去，奔向邹上峰。

那山羊胡子冷笑两声，说道：“就算你有帮手，大爷还怕了你们不成？尽管叫他们一起上来送死，省得大爷一个一个寻找。”手上却毫不含糊，长烟筒点了点，又和刘望北过了数招。上官云将猎叉取回后，围在二人身边，见缝插针也向那山羊胡子刺上几叉。只是他力气虽不小，但并非习武之人，对于如何应付精妙的武功招式却不甚了然，这几叉虽然刺出，终是离目标相差甚远。

刘望北少了上官秋禾这个帮手，对付那山羊胡子便更加吃力。他此时盼的就是邹上峰能尽早脱围而去，通知刘溪或刁八月过来相助。眼前这山羊胡子武功颇厉害，自己这些同辈都不是他的对手，当前唯有勉力而为，与他拖延下去，伺机等待强援。于是，刘望北边打边往旁边林木较密处退避，尽量不和对手正面交锋。

那山羊胡子是老江湖，自然看出了刘望北的心思，骂道："好你个小青皮，肚里花花肠子不少！"本拟加大攻势，数招之内将刘望北打倒在地，无奈置身丛林之中，施展手脚多有不便，而刘望北只是一味闪避，一时倒也拿他没办法。

邹上峰正和那粗眉汉子斗了个旗鼓相当，上官秋禾冲过来，大喝一声，朝那粗眉汉子背后便是一叉。那粗眉汉子叫道："你偷袭，不要脸！"侧身避过上官秋禾的猎叉。上官秋禾骂道："你们这些无赖，跑到这里来欺负人，才是真正的不要脸！"猎叉又向他横扫过去。邹上峰也不松手，长剑跟着递进。

那粗眉汉子软鞭左遮右挡，数招之后，便渐感应接不暇。邹上峰精神一振，连续使出几手凌厉的快招，上官秋禾也一叉接一叉攻来，那粗眉汉子登时手忙脚乱，只好频频退却。上官秋禾见他已无力进攻，便对邹上峰说道："你那刘兄弟叫你不要恋战，赶紧去叫帮手！他那个对手太厉害了！"邹上峰知道刘望北行事颇有刘溪的风格，果断利索，他叫自己去找帮手，必是此时解决问题的最佳方案。当下运剑如风，连连向那粗眉汉子攻出数招，将他逼得退出五六步之后，对上官秋禾等人大声说道："既然如此，这里就先辛苦你们几位了！我去去就来。"收了长剑，转身疾奔而去。

上官秋禾趁着那粗眉汉子退让之际，猎叉舞得呼呼响，使他一时无法上前。那粗眉汉子此前未曾与上官秋禾交手，不知其武功底细。他与邹上峰交手时，使尽全力才打了个平手，此后又被二人逼退，此时邹上峰虽已撤离，但他见上官秋禾年纪较长，只道其武功不在邹上峰之下，难免露怯，便以防守为主，不让上官秋禾的猎叉攻进来。

刘望北听得邹上峰已脱围而去，恐怕上官秋禾一个人不是那粗眉汉子的对手，便对上官云说道："你去帮一下上官大叔，这里由我来对付就行了！"上官云见刘望北与那山羊胡子在树林里兜圈，自己这把长猎叉也确实施展不开，留在这里于事无补，便答应一声，跑到上官秋禾那边，与他双战那粗眉汉子。

那粗眉汉子的武功其实与他的两个同门师兄弟差不多，如果全力以战，上官叔侄即使联手，也并非他的对手。但他先入为主，只道对方武功与邹上峰相差不远，心里有所忌惮，也就不求有功，但求无过，不敢放手主动进攻。而上官叔侄则知道己方处境不利，非得拼命相搏不可，二人都使出了浑身解数，如此一消一长，反倒让上官叔侄逐渐占了上风。

邹上岭和那瘦长汉子依然打得不分上下。邹上岭知道自己不能败，一败就影响全局；那瘦长汉子要在同门当中挣挣面子，手下也不敢疏懒。二人针锋相对，各不相让，斗得甚为精彩。欧阳紫鹃、萧绿荷合力迎战那矮墩汉子，虽然稍处下风，但二人努力支撑，一时也不至于落败。刘望北百忙之中用余光打量周边情况，知道处境最危险的其实还是自己这里。他与上官叔侄联手，尚且不是那山羊胡子的对手，此时自己独战此人，形势自是更加不利。所幸借助树木的掩护，与他再周旋片刻倒也不难。

邹上峰心急火燎，一口气奔出两里地，想到离宝莲山庄尚有近十里之遥，如此打个来回，也不知刘望北他们是否能支撑得住。正担心着，忽听得附近的田坎下有人问道："后生拐子，跑这么急，赶着去招亲吗？"只见一个穿着一身蓝布衣衫的老者笑嘻嘻地从田坎下探出头来，正是时常在山里捕蛇的蓝火龙。

邹上峰与蓝火龙熟识，知道此老为人侠义，而且武功高强，连陈子敬都很敬重他，心里一喜，连忙说道："蓝前辈请帮忙！山下来了好几个坏人，正在那边欺负我们的人，您老人家往前走不远就能见到。"

蓝火龙头一歪，说道："又是哪路欠揍的贼牯佬找上门来了？还把山上的后生拐子急成这样。待我老头拐好好会一会他们。"邹上峰急切地说道："贼人来路古怪，恐怕还有后援，有劳您老人家先去救一下急，我再去找几个帮手。拜托了！"

蓝火龙摆摆手，说道："后生拐子行事稳重，这事做得不赖，你去吧！”邹上峰向他深深作了个揖，继续往前赶路。

那山羊胡子见刘望北如此调配人手之后，不仅腾出一人跑出去通风报信搬救兵，而且使双方暂时处于相持状态，心里既佩服又恼怒。他们此次上宝莲山，乃是有备而来，要图谋一件大事，若是连这几个年轻人都奈何不得，那可在同门面前大丢脸面。想到这里，他不再装得漫不经心，在树林里紧紧追着刘望北，长烟筒一招快似一招在后面打过来，不给他一丝喘气的机会。

刘望北武功比这山羊胡子本来便差距甚大，若非借助树林消解了对方若干招数，早就被打得无还手之力了。二人在林间游走片刻，刘望北已被那山羊胡子的长烟筒击中数次，但觉身上疼痛难当，想来已留下数处瘀青。如此下去，只怕不出数招，必定倒在那山羊胡子的长烟筒之下。

那山羊胡子见刘望北渐渐不支，骂道：“小青皮，不给你点苦头尝尝，只怕你还不记得你大爷！”蓦地向前一蹿，长烟筒奋力一戳，正中刘望北右腿。刘望北但觉腿上一阵麻木，站立不稳，一跤摔倒。他见那山羊胡子作势一脚要踏上来，情急中抱住一根小树枝，顺势一转，将自己甩出几步远。

那山羊胡子正待赶上来将刘望北踩在脚下，忽听得一人笑嘻嘻地说道：“哪里来的贼牯佬，竟然把人家后生拐子打成这样？哎哟，这贼牯佬都是当人家大叔的年纪了，这样欺负后生拐子，也不怕羞来着？”

刘望北抬头一看，心里一喜，叫道：“蓝前辈，这个贼牯佬功夫不弱，要当心！”

那山羊胡子见来者是个少说也有七十岁的山里老头，冷冷地说道：“这里的事和你无关，你走你的路，否则别怪大爷手下不留情！”

蓝火龙说道：“你这贼牯佬说话太不讲理。这些都是我们宝莲山的后生拐子，见到我都得叫我一声爷爷，怎么会和我无关？你以为这‘爷爷’是让人白叫的么？”

那山羊胡子喝道：“好！既然你要管，那就先打发你再说吧，且看你有多大的本事来管闲事！”不再理会刘望北，朝着蓝火龙走前几步。

蓝火龙笑嘻嘻地说道："贼牯佬，我说了这不是闲事，你的耳朵怎么就比我老头拐还背哩？"说罢也走前两步。

那山羊胡子见蓝火龙毫不畏惧，心里想道："这宝莲山怎么尽是些不怕死的人？不管武功高低，都敢出头管闲事。难道这么一个糟老头还能有什么厉害的武功？"好奇心起，也想看看他到底有多大本事，忽地大喝一声："看招！"长烟筒一摆，朝着蓝火龙当胸点去。蓝火龙见他来势甚快，喊一声："哎哟，贼牯佬真要打人啊！"手忙脚乱地避开。

那山羊胡子见一出手就把他逼得颇为狼狈，心里暗道："原来是个胆大无知的山野老头，只怕并没有什么真本事，且把他吓退再说。"长烟筒一晃，看似朝上，其实却突然转向，直奔蓝火龙胸口。蓝火龙叫道："贼牯佬，下手这么狠啊！"抱着身旁一棵碗口大的杂树，身子一侧，再次让开这一招。那山羊胡子并不停手，紧接着调转长烟筒，右手顺势往上一划，长烟筒这次却朝蓝火龙的左肩打去。

蓝火龙叫道："贼牯佬，还有完没完啊！"身形一矮，总算把这一招也避过了。那山羊胡子见他只是一味闪避，而且身法也不高明，甚至堪称笨拙，看样子就算身怀武功，武学修为也应当高明不到哪里去，心里更加对他不以为然，算计着再出数招，将他点倒。于是等他立起身来，长烟筒横向一扫，看似不经意，实则瞄准了蓝火龙的右胸口。这一招若是得手，蓝火龙纵算不倒地，也再无力躲闪。

蓝火龙身形一侧，喝道："你是客人，让你三招，该看我的了！"左臂一伸，手上已握了一条两尺余长的黑皮蛇，边向那山羊胡子递去边问道："贼牯佬，认得它吧？"

那山羊胡子见他手上突然变戏法般弄出了一条蛇，心下不禁一惊。一般人对蛇总是有一股畏惧感，那山羊胡子尽管武功不弱，但毕竟平素并不玩蛇，所以对蛇也不敢太大意。就这样一怔之下，蓝火龙右掌已倏地向他击来。

那山羊胡子没料到刚才看似笨拙的这乡下老头，一出招便判若两人，听掌风，显然内力不弱。仓促间已不及躲避，只好左掌迎着蓝火龙的右掌挥出。只听"砰"的一声，双掌相击，蓝火龙身形微晃，那山羊胡子则忍不住后退一步。

这一招从表面上看，蓝火龙稍占上风，但他心里有数，自己以右掌击对方左掌，占了一点便宜，若论实际内力，那山羊胡子倒未必在自己之下。当下不敢大意，右手往腰间一摸，手上已多了一把镰刀，右臂一挥，向那山羊胡子左肩劈出一刀。

那山羊胡子此时已知道蓝火龙起初回避自己三招，只是装疯卖傻，从刚才过招的情况来看，这老头的真实武功只怕不在自己之下。见对方招数攻到，去了轻敌之心，长烟筒一点，要将他这一招拦下。蓝火龙手势一变，镰刀往下直划，转为攻他的右腕。那山羊胡子右掌一收，避开这一招，长烟筒旋即化守为攻，又向蓝火龙胸口打去。

蓝火龙哈哈大笑，突然左手一扬，手上的黑皮蛇直向那山羊胡子甩去。那山羊胡子吃了一惊，急将长烟筒抽回一挡。“啪”的一声，黑皮蛇缠在长烟筒上，原来是一条死蛇。那山羊胡子暗道“晦气”，长烟筒一挥，黑皮蛇飞了出去。便在这时，蓝火龙的镰刀已从他左侧划下。好在那山羊胡子身手敏捷，闪避及时，饶是如此，衣襟还是被蓝火龙的镰刀划了一道口子。二人就这样转瞬间过了十几招，一时打得难分难解。

刘望北见蓝火龙和那山羊胡子武功相当，以蓝火龙的功力，应当不至于吃亏，心里稍稍放心，走到一旁去看看其他人的情况。却见邹上岭和那瘦长汉子剑来鞭往，正是棋逢对手；上官叔侄与那粗眉汉子亦暂时打了个平手局面。欧阳紫鹃和萧绿荷那边，二人毕竟功力尚浅，正被那矮墩汉子逼得连连后退。刘望北大喝一声：“紫鹃、绿荷，你们让开，我来对付这家伙！”疾步上前，挥剑便向那矮墩汉子攻去。

那矮墩汉子此前与刘望北交过手，知道对方武功在自己之上，见他又来迎战自己，心里暗暗叫苦。偏偏欧阳紫鹃和萧绿荷恼恨他一副无赖相，见刘望北过来相助，并不退让，仍在一旁挥舞白绫攻其要害。那矮墩汉子登时感到手忙脚乱，应付不过来。刘望北此时也不和他们讲江湖规矩，见两名少女不罢手，也就不再劝退，自己挺剑抢在前面。欧阳紫鹃和萧绿荷的白绫使的是独门武功，功力虽不足，招式却精妙，那矮墩汉子要腾出一半精力对付她们，就更不是刘望北的对手了。七八招之后，刘望北一剑刺中那矮墩汉子左臂，疼得他哇哇直叫。

刘望北手不容情，又出几招，刺中那矮墩汉子右肩和背部。那矮墩汉子狼狈不堪，脸部又被二名少女的白绫拂中数次，眼睛险些睁不开。他高叫一声："师叔救命！"不敢再接招，脚下连连后退。

那山羊胡子见蓝火龙加入战团后，双方力量完全发生变化，自己几个人处境已极为不利。他虽然听得那矮墩汉子向自己求救，却是心有余而力不足，知道再打下去，必定吃更大的亏，于是大喊一声："定康，扯呼！"左手忽地从怀里掏出一颗白色的丸子，迅速抛进嘴里，一口咽下。那正在与上官叔侄打得不亦乐乎的粗眉汉子闻言，也突然摸出一只同样的丸子塞进嘴里。

蓝火龙笑嘻嘻地说道："贼牯佬，是不是打得有点饿了？"却见那山羊胡子接得两招之后，眼露精光，蓦地大喝一声，左掌当胸击来。蓝火龙笑道："又要比掌么？谁怕你！"推出左掌接下他这一招。砰然声响，蓝火龙没想到山羊胡子这一招竟然力道空前，冲劲极大，登时被他击得连退数步。

那山羊胡子不待蓝火龙立定，将长烟筒交到左手，身形暴起，右掌朝着蓝火龙当头劈下。蓝火龙听得掌风凌厉，不敢硬接，向右跃开两步。只听"啪"的一声响，那山羊胡子击中前方一棵粗大的杉树，树杆立时断为两截。

蓝火龙骂道："贼牯佬，力气倒是比老牛牯还大啊！"也将镰刀交到左手，运起右掌，正待上前迎击，那山羊胡子却不再理会他，身子一蹿，已到了刘望北面前，右手一抓，竟将刘望北的长剑夺了过来。刘望北一惊，正待以掌进击，那山羊胡子接着右肘顺势一撞，将刘望北撞出数步。欧阳紫鹃和萧绿荷惊呼一声，白绫疾向那山羊胡子甩去。那山羊胡子看也不看，左手长烟筒一扫，已将两条白绫钩住，用劲一拉，欧阳紫鹃猝不及防，白绫竟然脱手而去。萧绿荷用力回拉，却收势不住，一个踉跄，往刘望北身上跌去。山羊胡子这几招一气呵成，不给人一点还手的余地，瞬间便将那矮墩汉子的困境化解了。

刘望北伸手将萧绿荷揽住，二人不禁心里一颤。刘望北赶紧松手，萧绿荷已是羞得满脸通红。那山羊胡子却不再进攻，转身冲到那瘦长汉子身旁，只一掌便将正和他僵持的邹上岭推得摔了个四脚朝天。与此同时，正和上官叔侄交手的粗眉汉子也像换了个人似的，突然间功力大增，软鞭舞得呼呼作响，数招之内将上官叔侄逼得无法招架，只好不断退却。上官云不服气，咬咬牙用力扫出一招，不料猎叉竟被他的软鞭震得脱手了。众人正惊骇，却听那山羊胡子喊一声："走！"四个人一起收手，脚不停步，一溜烟往山外方向去了。

邹上岭从地上爬起来，见蓝火龙、刘望北等人已聚拢在一起，便问道："这些人跑了，我们要不要追上去？"刘望北说道："事情蹊跷得很，追上了也未必有用，且让他们去吧。"

蓝火龙说道："这山羊胡子打得好好的，怎么突然间武功强了这么多？他既然有这等功夫，为什么早不施展出来？他们后来既然占了上风，怎么又好好地全跑了？"刘望北说道："这些人的武功确实邪门得很。早先与我们动手的那两个人也是这样，吃了个丸子就突然像换了个人，但占了上风之后反而顾着逃跑。"蓝火龙摇头晃脑地说道："邪门！邪门！我老头拐活了七十多年，还没遇过这样的怪事。"众人面面相觑，都想问这些问题，都想知道其原因，可偏偏谁也回答不上。

刘望北说道："这批怪人前来宝莲山，必然也是冲着我们来的。他们虽然暂时跑开了，但定然还要返回，也不知他们还有没其他同伙。我们还是尽早离开这里。"蓝火龙说道："后生拐子说得极是，赶紧找到你们的长辈好好商量去，这事单靠你们还真不成。"说罢，转身往山里走去。刘望北招呼大家跟上。

上官秋禾叔侄见他们有蓝火龙这等高手相助，自己留下来已无必要，况且也不知刘望北等人和那些怪人有何恩怨，便以回得晚了家人担心为由，与他们告别。刘望北再次谢过他们，再三叮嘱路上务必万分小心，如果遇上那几个人，则赶紧返回寻找他们。万一有什么紧急情况，可前往八仙谷避险。上官秋禾叔侄长年在山上打猎，说到八仙谷倒是知道，谢过之后，从密林小道抄近路回夏寒村去了。

刘望北等人走了没多远，只见前面二人急匆匆赶过来，却是邹上峰和刘溪。原来，邹上峰告别蓝火龙之后，一路跑回宝莲山庄。陈子敬和刘溪正好在庄里，听得邹上峰简单说了事情的经过，陈子敬便让刘溪立即和邹上峰赶过来。

蓝火龙见刘溪赶到，知道山上这些义士当中，此人的武功仅次于陈子敬，即使刚才那伙怪人追回来，也不足为惧，便把心放下来。蓝火龙与他们说得几句闲话后，突然大叫一声："哎呀！事情大大不妙！"众人一听，心里一惊，只道有什么要紧事。却见蓝火龙双掌一拍，说道："刚才只顾和贼牯佬打架，我的黑皮蛇都不知丢哪里了？不行，那条死蛇已不新鲜，我老头拐得赶紧抓条活的回家，要不然老太婆今天可没东西做菜了！"说罢，向众人一挥手，转眼消失在密林深处。刘溪等人不禁莞尔。他们都知道蓝火龙行事滑稽，对他的行为早已习惯了。欧阳紫鹃和萧绿荷是初次见识蓝火龙，觉得此老甚是有趣，蓝火龙虽已远去，她们仍咯咯笑个不停。

刘溪听得刘望北等人描述那山羊胡子一行的怪异行为，问了几处细节，便不再提及此事，转头和欧阳紫鹃和萧绿荷说话，问她们最近的生活情况。二名少女突然在山上现身，颇为出乎他的意料。但既然人已到了，他也不便当着众人的面责备她们，只是再三叮嘱她们，宝莲山眼下正是多事之秋，在山上切莫随意走动，尤其是不能单独行动。欧阳紫鹃和萧绿荷为了不让他挂念，连声答应。

一行人加快脚步，不久便到了宝莲山庄。欧阳紫鹃和萧绿荷见过陈子敬之后，便在庄里各个角落仔细瞧瞧，向几个年轻人问东问西。她们已有数年没回过这里，此时重返，心情自然不一样，要把记忆中的物事再搜寻一遍。陈子敬虽然不希望她们在这个时候上山，但也颇理解二人的心情，便没多说什么。

这时已近黄昏，李庆庚、尹传鹏、朱来福等几个年轻人去准备晚饭。刘望北因欧阳紫鹃上山了，已跑去观音谷把她的两个哥哥欧阳章、欧阳贡叫回来。陈子敬和刘溪正要在厅堂坐下喝茶，恰好刁八月也从外面回来了。三个人在厅堂坐下，刘溪详细叙说了刘望北等人今日的遭遇，与陈子敬共同分析这些人的来头。

陈子敬沉吟片刻，说道："照他们这么说，看情形，这伙人应该是岭南六石门的人。他们怎么也寻上这里来了？这事真是奇怪。"

刘溪说道："江湖上使鞭的人也不算少，但软鞭使得最好的，当数岭南六石门。他们一行当中，除了年长的那个因为武功高明，用一根长烟筒作兵刃，其他人都是使软鞭，所以当时我也猜测他们来自岭南六石门。但因为他们以往少有出现在岭北，所以不敢完全确定。"

陈子敬说道："不仅如此。六石门最独特的其实还不是鞭法。他们研制了一种怪药，可以瞬间增强内功。所以，他们的门人与人动手时，如果武功不如，一旦遇上紧急情况，便服用这种药物，功力立时倍增。但这种药物的不足之处是不可持久与人相斗，而且每天最多只能服一次，否则便可能功力衰竭而致死。"

刘溪轻轻一拍桌子，说道："难怪望北他们说，这伙人打不过时，便忽地掏出一颗丸子吃了，猛然之间便功力大增。但眼看着取胜有望，反而不战而逃。我一路就琢磨这事，原来是这个道理。"

刁八月接过话茬说道："庄主说得极是。我家祖上是从梅州迁过来的，小时候曾听爷爷说过，练内功须得老老实实一天一天地练，你要偷懒的话，就去学岭南一个什么古怪门派的功夫，服了药就可以立马增加内功，但就怕好日子不长久，到时候连身子骨也被这几颗药丸给拖垮了。原来说的就是这个什么六石门。"

陈子敬说道："六石门行事多为旁门左道。当年文丞相召集南方武林门派大会，也曾有人提议邀请六石门掌门人参加。但是几位武林前辈坚决反对。他们说，一则六石门向来重利轻义，这等没好处的事他们未必肯来；二则六石门的名声在江湖上太差，而且他们的武功走的是邪派路子，这些秘招莫说他们不见得愿意贡献出来，即使愿意，从长远来说，对习武之人也没什么好处。文丞相听得六石门是这种情况，便断然拒绝邀请他们参会。也正因为习武观念与行事风格不同，百十年来，六石门与其他武林门派极少交往，让人觉得他们有几分神秘。"

刘溪说道："服一颗药丸子就可以增强功力，天下哪有这等美事？

如果练武有这么简单，那谁还会勤学苦练？这种歪门邪道，只不过图一时之快而已，久而久之必定对身体产生大害，的确不可效仿。”

陈子敬微微一笑，说道：“天下之大，什么人都有。就有那么一些人，喜欢贪图捷径，却忘了为人处世之根本。管子说：‘务为不久，盖虚不长。’这些虚假的功夫，岂能解决根本的问题？欲筑室者先治其基。习武之道，唯有循序渐进，岂可急于求成？六石门以这种自伤身体的办法一时取胜，无异于扬汤止沸，抱薪救火。他们自以为高明，自以为得计，其实是愚不可及，只怕到时走火入魔则悔之晚矣。”

刁八月说道：“是啊，当年我爷爷说的也是这个意思，所以我们刁家人习武，只能老老实实下苦功夫去练。但江湖上喜欢走邪路的人总是有那么一些，所以六石门的弟子据说一直人数不少。”

陈子敬又说道：“六石门的弟子因为行事不正，所以我们赣州武林一向和他们没什么瓜葛，他们也很少到岭北活动。据我所知，也就十几年前，他们有两个门人在赣州投入杨孜门下，与我抗元义军为敌。此后十年来，在赣州一带已没听过六石门弟子出没的消息。”

刘溪恨恨地说道：“是的，这两人的名字我后来也打听到了，一个叫余宽绪，一个叫郭隆昌。当时与他们一起为杨孜效劳的还有大乌山的汤礼森和江北青莲教的司马叶山。当年陈继周大人就是被这几个武林败类所害。这汤礼森我还和他交过手，只是当时不知此人是杨孜门下走狗，竟让他跑了。如今十几年过去，也不知这几个败类去了何方。他日若有机会相遇，定当不饶恕他们！”

陈子敬说道：“我前些年去梅州、循州时听说了，六石门现今的掌门人姓黎，武功据说也进入了一流高手行列，在岭南一带已鲜有对手。我因为厌恶他们的所作所为，所以一直没和他们正面接触过。现在他们主动进犯，看来，这次不得不和他们好好见个面了。当年他们既然甘为杨孜的走狗，今天他们就有可能做哈伯沙里的鹰犬。也许，他们的到来，与赣州官府大有关系。即使没有关系，也定然是冲着这几件东西来的。”

刘溪说道：“这倒与那天陈家庄陈满子小兄弟通报的信息对上号了。如果他们与赣州官府有勾结，那么，官府确实是准备近期动手了。既然他们的帮手已在路上，我们的帮手还是按原先的约定请他们上山吧？”

陈子敬说道：“这些对手们真是与我们不谋而合啊！如果不出意外，按我们此前的计划，各路朋友三天后应该可以陆续到达。饭后正好可以给大家说说此事。宝莲山庄难得请客，既然请了，该做的准备还是要提前动手的，不然就可能怠慢大家了。”这时，李庆庚等人已将饭菜端上来，几个年轻人陆续走进厅堂。欧阳章、欧阳贡兄弟俩也赶回来了。他们本来在观音谷忙事，听说许久不见的妹妹上山来了，拔腿便跑。欧阳章、欧阳贡是一对孪生兄弟，比欧阳紫鹃也大不了几岁，他们平素分多聚少，如今难得在一起，自是欣喜不已，几个人边吃饭边说个不停。刘望北、萧绿荷等人也不断插话，这些年轻人你一言我一语，使宝莲山庄迎来了前所未有的热闹与温馨。陈子敬、刘溪虽知大敌当前，不是叙旧时光，然而见此情景，心里却也添了几分欢喜。

饭后，陈子敬给这些年轻人说了接待宾客的相关事宜。这些天，他们在黄婆地圩采购了不少粮食，还在山间捕获了不少猎物。同时，就地伐木建房，已在八仙谷、观音谷各搭建了十余座简易木屋，散布在密林之中。宝莲山庄后面的那个大溶洞，则架设了上百个铺位。这样，前来相助的武林朋友上山后，既可视敌情分散于几处，也可集中居住于宝莲山庄。陈子敬又明确了每个人手上需要做哪些事，众人一一记在心上。如此布置了一个多时辰，一切准备就绪，陈子敬让这些年轻人先去歇息，自己和刘溪、刁八月又聊了些别的事。大敌当前，陈子敬、刘溪虽然未雨绸缪，坦然处之，但毕竟敌情复杂，风云难测，几个人不敢有丝毫疏漏，自是尽可能把事情考虑得更周全些。

（十六）群英会

宝莲山庄前面约二三里地，是一处山坳，当地人称为伯公坳。此处数十年前曾有人家居住，后来屋场不知何故荒废，从此人迹罕至，草高林茂。一条依稀可辨的山道从山坳穿过，往山外延伸出去，一直可到达黄婆地圩。道旁平坦处，巍然耸立着一棵大枫树，少说也有数百年树龄，枝繁叶茂，树干需数人方能环抱。树下有一座破败的土地庙，四周的墙上爬满了葛藤，前方的石板地面则长着厚厚的青苔。土地庙前面是一块开阔的草地，许多年前曾经是农田，后来因村庄成为废墟，长时无人耕种，便成了杂草丛生之地。陈子敬知道宝莲山庄比较难找，便让赴约的武林朋友在此处碰头，并安排刘望北等年轻人轮流在伯公坳守候。

不出陈子敬所料，三天后，便陆续有武林同道找上山来了。最先到达的，是宁都翠微派的五个年轻人。文天祥在赣州勤王时，因为陈继周、尹玉都是宁都人，二人在宁都人脉广泛，声望也高，因此获得宁都武林的极力支持，其中便包括翠微派。翠微派是宁都重要武林门派，上一代掌门人曾原一文武双全，既是江南武林一等一的高手，也是南宋重要诗歌流派“江湖诗派”领军人物之一，武学修为与文学修为均与同乡梅川诗剑萧立之相差无几。曾原一虽为一派掌门人，却更醉心于作诗。翠微派门下弟子众多，只是曾原一平素更喜欢讲授的是文学之道，习武在他眼里反而是次要之事，所以翠微派到了他这一代，文气太重，难免影响到武学修为。曾原一早年居住在宁都县城南阜民内巷。因为他经常聚集一批文朋诗友在此构思作文，吟诗作对，门庭若市，热闹无比，该巷便被人们雅称为“构思巷”，也有人将之称为“斗诗巷”。又因某些江湖人士看不惯曾原一身上的文气，故意将其住处说成“狗屎巷”。对此，曾原一往往一笑了之，并不深究，继续与一帮同好吟风弄月。翠微派弟子因此与其他武林中人相比，身上难免多了几分书卷气，当然也难免被江湖同道视为“迂腐味”。

元兵大举进攻南宋时，翠微派当时的高手几乎悉数追随勤王义军奔赴抗元前线，几经血战，多在疆场英勇捐躯。南宋灭亡前夕，留守宁都的曾原一与叔父曾益之变卖全部家产，与乡人一道集资修筑宁都城墙，并与军民一起与元军浴血奋战。宁都城被元兵占领后，年事已高的曾原一见宋廷大势已去，心灰意冷，隐居翠微峰筼筜谷，将掌门之位传与年轻弟子陈声雁，自己不问世事，潜心诗书，两年后无疾而终。曾原一有《苍山诗集》《选诗衍义》等著作问世流传，被后世称为当地“诗宗”，其武林身份反而被后人淡忘了。

陈声雁接任翠微派掌门时，门下弟子已无多少人。他虽励精图治，志在重振门派雄风，招收了一批弟子，但毕竟历时不久，年轻一代武学修为与上一代相差甚远。这次派来的五名弟子，已是门中佼佼者。

正在伯公坳值守的刘望北与他们见过，问得姓名，知道年纪稍长者分别叫曾元垣、廖方弛，二人年近三旬，武功在本门年轻弟子当中仅次于掌门人陈声雁。另二人年纪比他们稍小几岁，一个叫曾元城，是曾元垣之弟；一个叫廖方弦，是廖方弛之弟。年纪最轻的名叫蔡五九，比刘望北还小了两岁，但英气勃勃，眉宇间豪迈之气比起几位师兄尚有过之。

刘望北请一起在此值守的朱来福引他们去了宝莲山庄，自己继续留在伯公坳。过得半个时辰，远处又有几个人影出现。刘望北站在土地庙后的大树下留意察看，来者却是三个青年壮汉，隐隐听得他们说着此行从桃江而下的沿途经历。刘望北轻轻走出去，立在路旁，待他们走近，抱拳问道：“请问几位兄弟，与钟公堡如何称呼？”为首一人作揖还礼，说道：“我们正是龙南钟公堡钟氏子弟，请问兄台是宝莲山庄哪位师兄？”

刘望北见他们果然是来自钟公堡的义士，便说道：“小弟刘望北，在此恭候各位师兄多时了！小弟自小便听说了钟公堡前辈克俊公的壮烈事迹，今日得见各位师兄，不胜欣喜荣幸。”那几位钟氏子弟闻言，脸上甚是欢喜，便与刘望北寒暄起来。

原来，钟公堡的钟克俊，出身名门，是龙南县第一位进士钟仙之孙。钟仙是北宋神宗年间进士，曾任广州军节度推官和阳山府知府、龙图阁大学士等职，多才多艺，天文地理、阴阳百家样样精通，因处事果断，加上自创的一套掌法颇受武林称道，被人称为“霹雳手”。钟克俊本为太学生，对武学亦颇钟情，将祖传的“霹雳手”练得精熟。钟克俊年轻时即曾赴前线参与抗元。待得元军大举南侵，钟克俊更是以文天祥为楷模，在赣州一带组织义军奋勇抗元。家乡龙南沦陷后，钟克俊心情郁郁，知势不可为，登上赣州城郊的马祖岩，引颈而望，但见赣水依然滔滔北去，而自己却从此无家可归，不禁仰天长啸，赋诗“自许有身埋汉土，终怜无泪哭秦庭”，发誓“不食元粟”。随后，钟克俊解散部下，返回家乡龙南，投龙头江以身殉国。此时离钟克俊殉节只十余年，钟氏事迹，在赣州一带广为人知。

钟公堡这三人是堂兄弟，分别叫钟延炽、钟延炯、钟延烨。这次受堡主委派，前来宝莲山助拳，三人深感责任重大。“霹雳手”在龙南罕有敌手，三人也很想有机会找到高手好好试一试掌。从龙南沿桃江乘船路过信丰时，他们遇到一群河霸在一处码头欺负渔民。这些河霸平时蛮横惯了，出手狠辣，打得渔民们无还手之力。钟延炽见状，与钟延炯、钟延烨一商量，挺身而出，使出“霹雳手”掌法，数招之内就将这群河霸打得抱头鼠窜。众渔民见了，对他们感激不已，并连连夸赞他们武功过人。三人心下大是快慰，只觉得这些对手太不中用，没法让自己过瘾。钟延炯更是感叹地说道：“这信丰号称人多地广，看来也未必有什么高手。要练习武艺，只好另找高人云集之处。”由此想到很快可以在宝莲山和若干武林高人一较高下，心下更是兴奋莫名。上山时，他们摩拳擦掌，恨不得立时大显身手，扬眉吐气。此时听说敌人尚未到达，山上暂时太平无事，心下居然颇有些失望。

刘望北见他们神情，已猜到他们的心思，当下微微一笑，说道：“几位钟兄舟车劳顿，先随小弟到庄里歇息片刻。”钟延炽等人正待答应，忽见大枫树上“呼”地跳下一人，冲到三人面前，挥出两个大拳头，直往钟延炽和钟延炯打来。

刘望北与钟延炽等人大吃一惊。钟延炽、钟延炯见有敌人攻来，不假思索，各自举起左掌一格，右掌同时向对方击出，出手迅速，正是“霹雳手”的招式。对方双拳一变，“波”的一声分别击中钟延炽、钟延炯右掌。二人手腕一震，但觉对方内力甚强，情不自禁退了一步。那人随即身形一晃，已出招攻向一旁的钟延烨。

钟延烨正欲上前相助，见对方主动进攻，当即双掌运劲，迎着那人当胸击去。那人出招甚快，一拳粘上钟延烨右臂，使劲一推，将钟延烨推得侧转了身。接着，双拳舞动，又向钟延炽、钟延炯连续发招。钟氏兄弟一时居然应接不暇。

刘望北在一旁已看清，来者是个年逾四旬的中年汉子，穿一身麻布衣服，眼露精光，脸如黑炭。他以一敌三，似乎仍有余裕。刘望北恐钟氏兄弟吃亏，正寻思如何出手相助，再看那黑脸大汉的招数，却是点到辄止，出手并不狠辣，看起来并无敌意，于是继续在一旁观察，若钟氏兄弟不支时再出手。

那黑脸大汉在钟氏兄弟之间穿梭，双拳迎接六掌，顷刻间与每人都过了几招。他身法颇快，攻守兼顾，却不硬拼，带动钟氏兄弟跟着他转了一圈。随后，那黑脸大汉大喝一声，双拳分别打在钟延炯、钟延烨肩头，将他们震出数步，与此同时，自己背部也被钟延炽“啪”地击中了一掌。那黑脸大汉哈哈一笑，倏地跳出圈子，说道：“钟氏‘霹雳手’后继有人，年轻人看来已学到几成火候了，不错，不错！”

钟延炽见那黑脸大汉突然罢手不打，已看出他并无恶意，见他年岁较长，便抱拳说道：“前辈承让！我等学艺不精，让前辈见笑了！”那黑脸大汉说道：“年轻人懂得谦虚，有前途，哈哈！你们从龙南出来，走到半路上，我就一直在你们身后了，只是你们不知道而已，呵呵！”

钟延炽闻言，脸上一红，心里想道：“这人竟然跟踪了我们这么久，我们却毫无觉察，看来这行走江湖的经验还是远远不够。”忽地想起在信丰曾与当地河霸打了一架，当时自己一行因胜得容易，未免得意，莫非当时便被此人看在眼里？

钟延炯刚才被他一拳击退数步，心里颇为不服，走上前说道：“你虽然把我们逼得后退几步，但自己也中了我们一掌，这胜负还没决出呢。你若要考较我们的武功，大家不妨再打下去！”

那黑脸大汉哈哈笑道：“好！你这小子有种，这性子倒让我喜欢。且看清楚了！”忽地握紧右拳，缓缓地向钟延炯伸过来。钟延炯年轻气盛，见他如此托大，右掌一挥，使出“霹雳手”的得意招式“暴风骤雨”，直向他右胳膊曲池穴劈去。那黑脸大汉轻轻哼了一声，说道：“可要对不住了！”蓦地右拳收回，身形一晃，以右肘反撞钟延炯右臂曲池穴处。钟延炯但觉手臂一麻，一股冲力迎面而来，居然站立不稳，身子踉踉跄跄向后退出数步。

那黑脸大汉双手叉腰，再次大笑起来，说道：“年轻人，应变功夫还是不够啊！家传武功虽然精妙，但也要练到火候才行哦！”正要走开，忽听得钟延炯“啊哟”一声大叫，双脚跳起，旋即跌倒在地。一旁的草丛中“沙沙”声响，一条细长的黑影一闪，疾速消失在杂木丛中。

众人大吃一惊，刘望北、钟延炽快步冲上去，只见钟延炯满脸痛苦不堪，右腿一股黑血从小腿部缓缓流出来。那黑脸大汉和钟延烨也围上去，见此形状，脸上都露出了惊慌之色。

刘望北说道：“这是山里的铁练蛇咬的！这种蛇奇毒无比，咬起人来奇快无比。这位钟兄恐怕是不小心惊动了蛰伏在草丛中的那条蛇。”钟延炽焦急地说道：“这可怎么办？可不会伤了性命吧？”那黑脸大汉更是急得直跺脚：“唉，都怪我，都怪我！早知如此，就不要逗他玩了！”

钟延炯脸色苍白，双目紧闭，嘴角抖动，似乎有话要说。钟延炽弯下腰，想听听他要说什么，可根本听不清楚。那黑脸大汉说道：“不行！得赶紧把他的小腿砍了，这样虽然残了身子，但总能保了性命。”刘望北、钟延炽等人面面相觑，一时不知是否采用此策。那黑脸大汉焦急地对钟延炽、钟延烨说道：“你俩快点头啊！再晚点可就不行了！”

便在这时，众人忽听得头顶呼呼声响，一人从道旁的大枫树上飘然而下。那人在众人面前站定，指着黑脸大汉朗声说道：“铁罗汉，惹出了事又收不了场了？你要是敢切了这小子半条腿，小心钟公堡的人扒了你半身皮！”

那黑脸大汉一看来人，大喜过望，说道：“哎呀，我的柳大叔，您老人家来得可真是及时！这事就全靠您了，拜托拜托！”连连向那人抱拳作揖。

刘望北、钟延炽、钟延烨抬头打量来者，见他年约六旬，面容清瘦，长须飘飘，脸色红润，颇有几分道骨仙风。让人觉得怪异的是，他身上所穿的衣衫，大大小小的口袋少说也缝了几十个，不知这是哪个门派的装束。那老者却不理会他们，蹲下身，伸出右手食指往钟延炯身上点了几下，封了他的几处穴道，随即从身上一个口袋中取出一把薄薄的小刀，在钟延炯小腿上划了几刀，左手拇指与食指捏着他的小腿一阵挤压，立时挤出几股污血。老者又从另一个口袋中取出一小包白色的药粉，右手微抖，均匀地往钟延炯的伤口撒去。撒完药粉，忽地抓住那黑脸大汉的衣襟，随手撕下一片衣角，扯了一把柔韧的茅草，将钟延炯的伤口包扎了。接着又从一个口袋中掏出两颗黑色的丸子，一捏钟延炯的嘴巴，已将丸子送入他的口中。这些动作一个接一个，毫无停滞之感，转眼间，只听得钟延炯轻轻地吐了口气，微微睁开双眼。

那老者立起身来，轻描淡写地说道："行了，这小子的命算是保住了，但要想和人继续打架，那可得老老实实等上一个时辰再说啦！"让钟延炽、钟延烨把钟延炯扶起身来，叫他暂时先靠着大枫树歇一歇，不要随意跑动。

那黑脸大汉单膝跪下，向那老者行了个礼，说道："谢过柳神医！晚辈不知您大驾光临，真是失礼了！"刘望北、钟延炽、钟延烨虽不知此人身份，但见他神技惊人，知道定是前辈高人，也一起走上前向他行礼致谢。刘望北算是地主，顺便把自己的名字也报给了他们。

那老者呵呵一笑，对那黑脸大汉说道："好你个铁罗汉，这一下子变得这么客套了？以后你别动不动就考较我老汉的武功就行了！"那黑脸大汉站起身，哈哈一笑，说道："岂敢，岂敢！在下也只能和年轻人闹着玩玩，在您等前辈面前可真不敢造次。"回头对刘望北、钟延炽等人说道，"这位是武林中大名鼎鼎的柳神医柳叶刀老先生。他老人家这次能上宝莲山相助，真是大家的福气！"

刘望北一听，登时既欣喜又崇敬。他早就听刘溪说过，当今武林，从医术上来说，最负盛名者当数有"柳神医"之称的柳叶刀，而这人还与南宋时期曾在赣州任职的一位奇人宋慈大有关系。

宋慈字惠父，福建建阳人，宋宁宗嘉定十年（1217 年）进士，文而勇武，兼有谋略，尤通医术。宋理宗宝庆二年（1226 年），宋慈来到赣州，任信丰县主簿。当时，他虽然职位不高，但因办事干练，深得上司赏识。南宋后期，赣州及周边地区民反与兵乱不断，曾任赣州知州的江西安抚使郑性之尤其看重宋慈的才干，因此延请他为幕僚，以借助他的谋略平乱。宋慈亦因战功卓著而特授舍人。

不久，江西南部发生三峒里少数民族变乱，环南雄、赣州、南安三郡，震惊朝野。江西提点刑狱使叶宰奉命征剿，特聘文武兼备的宋慈参与其事。宋慈的好友、时任建阳县知县的著名诗人刘克庄得知，写下《满江红·送宋惠父入江西幕》相赠，词云：

满腹诗书，余事到、穰苴兵法。
新受了、乌公书币，著鞭垂发。
黄纸红旗喧道路，黑风青草空巢穴。
向幼安、宣子顶头行，方奇特。
溪峒事，听侬说。龚遂外，无长策。
便献俘非勇，纳降非怯。
帐下健儿休尽锐，草间赤子俱求活。
到崆峒、快寄凯歌来，宽离别。

刘克庄不仅希望宋慈尽快平定叛乱，早日回家，还以“帐下健儿休尽锐，草间赤子俱求活”相劝，委婉提醒他对起义的峒民不要太残酷，而应尽量采取招安的措施妥善处理。

宋慈与刘克庄心意相通，用兵时刚柔相济，先赈济事发地六堡饥民，平稳人心；紧接着率兵三百大破石门寨，突袭高平寨，一举俘获山寨首领。在宋慈的威慑下，另一山寨大胜峒的匪盗只好向官兵投降。对于投降者，宋慈将之悉数遣散回家，果然如刘克庄所劝，并未对他们赶尽杀绝。此后，宋慈还在福建路参与平定闽中叛乱，提孤军且行且战三百余里，被久经锋镝的主帅称赞“忠勇过武将矣”。

宋慈不仅精通军事，更长于刑名，尤以断案释疑闻名于世。宋慈的法医之术，堪称天下第一人。他所著《洗冤集录》五卷，博及药理、病理、急救等方面，为朝廷看重并颁行全国。后世亦因此称之为世界法医学鼻祖。

宋慈被叶宰聘为幕僚时，叶宰有个侄婿柳回春，喜好医术，经叶宰引荐，特拜宋慈为师。宋慈一向爱惜人才，对后生晚辈尤多教导，自是对柳回春倾囊相授。十余年后，宋慈回到赣州担任江西提点刑狱兼赣州知州。定居信丰县木公寨的柳回春继续跟随宋慈学艺，直到宋慈转任常州知州。名师出高徒，柳回春不仅学得宋慈高超的医术，还兼习其武功，成为当时赣州一带武林中赫赫有名的人物。

这柳叶刀即柳回春之子。柳叶刀从小跟随父亲学医习武，宋慈任赣州知州时，少年柳叶刀还数次到赣州拜见，医术与武功均得到宋慈亲手指点。柳叶刀天资聪颖，勤学不懈，数十年后，医术与武功俱超越其父柳回春当年，在武林声望之隆，亦盖过父辈，被江南武林称为“柳神医”。文天祥在赣州起兵勤王时，柳叶刀亦曾投入文天祥军中，为之救助伤兵无数。赣州义军被朝廷主和派解散后，柳叶刀回到赣州，起初仍在信丰县木公寨隐居，文天祥回师赣州时，他又出入军中救死扶伤。文天祥兵败江西之后，柳叶刀居无定所，在江湖上神龙见首不见尾。此次在宝莲山现身，刘望北事前却未曾听起陈子敬、刘溪说起，如今乍见其人，自是惊喜有加。

柳叶刀见几个年轻人听得自己名字，一时手足无措，哈哈笑道：“老夫在江湖行得少了，今日见到你们这些后起之秀，恍如回到热血少年时期，不亦快哉！”指着那黑脸大汉对刘望北等人说道，“这位是信丰铁狮寨的白云翀大侠，江湖上人称‘铁罗汉’的便是。他那一百零八式罗汉拳，在武林中可是有一席之地的。”

刘望北一听，抱拳说道：“原来是白叔叔，久仰，久仰！我叔叔时常提起您的，看您的武功，我早该想到是您了！”白云翀摆摆手说道：“你叔叔是‘百剑通’刘溪大哥吧？论武功，他才是真正的老师父哟！”

柳叶刀说道：“铁罗汉这性格呀，十几年来就没变过。当年在克俊老哥手下输了几招，就一直对人家的霹雳掌不服气，现在和人家的晚辈较起劲来了。好在老夫明白你的心思，一路跟在你们后面，不然的话，这位小哥被毒蛇所伤，这账可还是要算到你头上的哟。”

白云翀尴尬地笑了笑，说道：“柳大叔教训得极是，我这争胜好强之心是得改一改了。不过，话说回来，这次我跟随钟家这几位小兄弟，还真没什么恶意；试探他们的武功，也没别的意思，就是想看看克俊大叔过世后，霹雳手的流传有没打折扣。”

原来，白云狮年轻时，也在赣州等地参与了抗元作战，与钟克俊相熟。其时的白云狮好胜心尤强，自恃罗汉拳刚猛，数次要与钟克俊的霹雳手一较高下。钟克俊看他年轻，每每提及此事，只是微笑不语。不料，他越是如此，白云狮好奇心愈甚，终于有一次找到机会和他过招。比试的结果是，在钟克俊未尽全力的情形下，白云狮还是输了几招。十几年过去，白云狮在罗汉拳上更是下了苦功夫，只是钟克俊已投江殉国，无法找他再比，这次巧遇钟氏后辈，便忍不住再试试霹雳手的威力了。

钟氏兄弟在信丰把那伙河霸打趴后，惊动了他们的首领。这些人其实是巨蟹帮桃江分舵的帮众。桃江舵主邬留举，江湖上绰号“乌溜嘴”，原是个心狠手辣之徒，武功虽然不高，但水上功夫极好。他们从钟氏兄弟的掌法上猜到这几个年轻人是龙南钟公堡的弟子，便密谋派几个人在他们所乘坐的木船上做手脚，不料被白云狮探听到了。钟氏兄弟出手教训河霸时，白云狮便在现场。他见这几个年轻人江湖经验不足，便一直暗中观察这些河霸的动静。得知他们的阴谋后，白云狮不动声色，将几个准备动手的巨蟹帮弟子制服并捆绑起来，让他们只好眼睁睁看着钟氏兄弟所乘坐的木船离开信丰县境。此后，白云狮便一直跟在钟氏兄弟身后，直到上了宝莲山。

钟氏兄弟对此自然毫无所知。听得白云狮说了这番经过，不禁大感惭愧。白云狮哈哈大笑道：“年轻人也不必自责，江湖经验就是这样历练出来的。你们要是不出来行走，哪知江湖险恶？我自以为也是老江湖了，却还不是‘螳螂捕蝉，黄雀在后’，被柳大叔跟踪了也不知道？江湖上有言道：山外有山，人外有人。学艺无止境，诚然如此啊！我们都还要继续用功，正所谓‘活到老，学到老’，不然就只能挨打了！”

柳叶刀不禁笑道：“士别三日，当刮目相看。你这铁罗汉，能悟到这些道道，看来还是大有长进啊！不再是当年那个只知一味找人比拳脚的莽汉子了，哈哈！”白云狮向柳叶刀抱拳说道：“大叔谬赞，还请多多指教！”众人也不禁大笑起来。

这时，邹上峰、邹上岭从宝莲山庄过来接替刘望北等候客人。刘望北介绍他们和所到的客人见过后，引领柳叶刀、白云狮、钟氏兄弟从大枫树后面的林间小道向宝莲山庄走去。白云翀见小道曲折隐秘，边走边说道：“你们这山庄果然是曲径通幽啊！要不是事先告知了怎么个走法，山里岔路这么多，要找到这里已不容易；即使到了这里，要再往里找也得费不少工夫呢，还不知道你们在路边有没安装什么机关，哈哈！”柳叶刀笑道：“若非如此，他们怎么能藏得这么久，让那些一心想升官发财称霸武林的人找得那么辛苦！”

陈子敬、刘溪正在庄里议事，听得又有客人进庄，到厅堂与他们相见。柳叶刀的到来让二人欣喜不已。原来，陈子敬、刘溪此前并未联络上柳叶刀。他们在梳理文天祥义军幸存者名单时，也想起过柳叶刀这个人，但自从文天祥兵败赣州之后，他们便没有见过他。早在前几年，刘溪在江湖上专程寻找文天祥义军旧部时，也曾想知道柳叶刀的下落，但问了许多武林同道，无人知道他的去处。有人虽知他偶尔在信丰木公寨现身，但真正要找他却无从找起。柳叶刀本来便是客居信丰，大宋既亡，以他的性格，四处游历或深隐不出皆在大家意料之中。没想到，这次，他竟然找上宝莲山来了。

柳叶刀见老友关心自己这些年的生活，便简要地说了事情的经过。近十年来，柳叶刀走南闯北，四处游历行医，足迹远至塞外。每隔三四年，他便回信丰木公寨看一看，小住数日之后，又定个去处出一趟远门，日子倒是过得逍遥自在，家仇国恨之痛也渐渐淡了下来。前不久，他又回到木公寨，偶然看到白云翀带着几个弟子出行。木公寨和铁狮寨相距不远，他每次回来，倒是会和铁狮寨的人打个照面。这次正待和白云翀打招呼，无意间听得他们说起刘溪曾经来访，约请他们上宝莲山相助御敌，又得知陈子敬也在宝莲山庄。想起故友多年不见，柳叶刀忆起当年军中岁月，心下不胜感慨，也想和陈子敬、刘溪见上一面。为了给他们意外惊喜，他索性不和白云翀相见，悄悄跟着他们找上山来。白云翀本来要带几个弟子一起上山，但行不多远，因寨内另有其他事，人手不够，又担心误了刘溪所约的时间，便自己独自先行上山，却没发觉身后一直跟着个老朋友。

陈子敬、刘溪将各位新老朋友安顿下来。他们和柳叶刀、白云翀是故交，相见之后，自然有许多话要说，便在厅堂喝茶叙旧。四人回首往事，不时拍案，或笑或叹。钟氏兄弟和翠微派弟子由朱来福安排到客房休息。

这些年轻人一见如故，很快也有说不完的话题。唯有翠微派那个年轻弟子蔡五九听得又有曾经参与行军打仗的前辈到来，精神焕发，执意跑到厅堂拜见他们。听得他们聊起军中往事，这蔡五九对排兵布阵颇感兴趣，不时向陈子敬请教，在这几位前辈面前毫不拘束。

几个时辰内，又陆续到了数批客人。会昌仙剑观派来了两名俗家弟子崔春晖、封楚然。仙剑观位于会昌名山汉仙岩。相传，道教大宗师、被称为“剑祖剑仙”的吕洞宾曾在此炼剑，十年才炼成，以汉仙岩一块巨石试剑，竟然一剑将巨石劈成两半，这两块被劈开的石头一直遗留在汉仙岩，成为当地一大奇观。又传八仙之一的汉钟离，因为性格耿直，得罪权贵，虽战功累累而仍遭到贬谪，于是看破红尘，来到汉仙岩修身悟道，终于修成正果，得道成仙，所以山名“汉仙岩”。汉仙岩山形峥嵘，岩崖崔嵬，景致殊异。十一年前，文天祥领兵由梅州重返赣州，收复会昌，在途经汉仙岩时，虽戎马倥偬，仍慕名一游。因心忧南宋流亡朝廷形势岌岌可危，文天祥特意在崖壁题下“天子万年”四个大字，为朝廷祈福，也期望自己能于此危急时刻力挽狂澜。可惜事与愿违，仅仅一年多，文天祥所忠于的朝廷便宣告覆灭，他自己也兵败被俘。

仙剑观是道观，武功向以剑术出名。文天祥召集南方武林门派大会时，观主丹崖子以八旬高龄莅会，并将剑术精华相授与会诸人。数年后，丹崖子无疾而终。当年，仙剑观俗家弟子尽数追随文天祥战死沙场，仅余数名出家道人。改朝换代之后，可谓人才凋零，百废待举。这些年，仙剑观新收了一批年轻弟子，但气象已大不如前。这次派来的崔春晖、封楚然，大家在江湖上没怎么听过他们的名字，但看他们英气勃勃，倒也不失名门风范。

天龙山小天龙寺也派来了两名俗家弟子段义远、高太宇。天龙山位于赣州城以南三百余里处，山虽不高，但山势险峻，悬崖壁立。筑于山巅的小天龙寺是一座新寺，历时仅三十余年，由前大理国天龙寺僧人创建。大理国本是五代时期后晋通海节度使段思平创立，立国时间比大宋还早了二十三年。北宋哲宗绍圣元年（1094 年），长期专权的大理国宰相、善阐侯高升泰废了大理国保定帝段正明，自立为帝，改国号“大中”。两年后，高升泰病逝，临终前嘱咐其子高泰明还政段氏，立段正明之弟段正淳为大理皇帝，但实际权力仍掌握在高氏手里，宰相皆出自高氏之门，世称高国主。段正淳做了十二年皇帝之后，将皇位让给其子段誉，自己出家为僧。段誉于北宋徽宗大观二年即位（1108 年），直至南宋高宗绍兴十七年（1147 年）禅位为僧，在位长达近四十年，颇有作为，尤其重视与宋朝加强联系，入贡大理马、麝香、牛黄、细毡等土特产，还派幻戏乐人到宋朝表演，深得宋徽宗的礼遇，被册封为金紫光禄大夫、云南节度使、大理国王等。三十五年前，大理国被大蒙古国蒙哥大汗之弟忽必烈率部所灭。当时，大理国末代帝王段兴智与相国高泰祥引兵背城出战，惨遭大败，弃城而逃。高泰祥在姚州被俘，宁死不降，被斩于五华楼。段兴智在昆明被擒，被送到北方去见蒙哥大汗。蒙哥大汗任命段兴智为世袭总管，让他回大理继续管理原属各部。大理国灭亡前夕，段氏、高氏见形势严峻，恐蒙古人屠城灭族，为保一脉香火，命天龙寺数名武功高强的僧人率两家年轻子弟数十人奔赴宋境隐居。他们一路往东，进入赣州境内，来到这座无名山峰，见山峦昂首酷似巨龙腾飞，四周林木茂盛，实乃一方清幽之地，便在此住下来。因山形如飞龙在天，又因怀念故国天龙寺，这几名僧人遂将此山命名为“天龙山”，将所筑寺庙称为“小天龙寺”。

大理天龙寺武功冠西南，传至小天龙寺虽损减过半，但数十年来，小天龙寺僧俗弟子与江南武林人士亦多有过往，相互切磋之间，武功又有了新的变化。文天祥在赣州勤王抗元以及从广东率部打回江西时，小天龙寺僧俗弟子想起家仇国恨，同仇敌忾，参与甚多，与陈子敬、刘溪亦有交往。这次派来的两名弟子也是年轻人，虽为大理段氏、高氏后人，但出生在天龙山，言谈举止看上去与本土武林人士已无差别。

令陈子敬、刘溪颇为感动的是，项山潘氏也派了人上山相助。文天祥在江西、福建抗元时，有一个重要部将潘任，曾被封为扶驾征讨大将军，并于南宋灭亡前夕被朝廷任命为兵部尚书。潘任之父潘毅是皇室护卫，也是当时的大内第一高手。潘毅的祖父潘同则是状元出身，曾任秘书阁学士。潘任从小由潘毅亲授文武艺，博学“四书五经”，精通十八般武艺。临安失陷前夕，潘任得知朝廷颁布勤王诏，而响应者寥寥，便在汀州招募义兵，响应朝廷诏令。临安失陷后，潘任仍在汀州组织义军与元军面对面血战，因寡不敌众，坚守两个多月后，汀州失陷。此后，潘任率部随文天祥转战漳州等地，以其英武善战多次打败过元军进攻。十年前，潘任晋升为兵部尚书，当时南宋流亡朝廷正从福建迁往广东。为护卫朝廷转移，潘任随文天祥率部从梅州前往惠州，此后又随之进军江西。为防腹背受敌，文天祥让潘任驻守安远腰古堡，在该堡的吉潭、剑溪、项山等地布防。不久，文天祥被元将李恒击败，率军往南撤退，潘任掩护文天祥军且战且退，再次回到广东。南宋流亡朝廷转移到珠江口海中的崖山后，潘任几经辗转，欲往崖山支援张世杰、陆秀夫。谁知走到途中，便得知崖山海战宋廷全军覆灭、小皇帝被陆秀夫抱着跳海殉国的消息。潘任如闻晴天霹雳，悲痛欲绝。此后，他心怀最后一丝希望，用了数月时间寻访皇室后裔和宋廷同僚、义军旧部，然毫无音信，遂率残部北上，回到当年驻军的项山一带。此时，赣州、汀州一带俱被元军严密把守，潘任纵有绝世武功，也无用武之地，只好解散部属，自己携带随军的儿子潘十三郎在项山隐居。因心系前朝，未能释然，潘任归隐后不思饮食，不久绝食而亡。临终，再三叮嘱子弟勿忘国仇，莫为元臣。及至元亡，明太祖朱元璋有感于潘任之忠贞，为之追赠谥号“忠节”。

刘溪在文天祥军中时，曾与潘任谈论武功，对他的独门功夫最为佩服。刘溪从黄塘突围后，遍寻文天祥旧部和义士后人，及至找到项山时，潘任已不在人世。好在潘十三郎苦学潘任武功，已有相当火候。此次潘家前来宝莲山相助的却是潘任的表弟丘由泽。他是潘任之母丘氏的内侄，年纪比潘十三郎稍长，早年也在潘任军中征战，武功为潘任亲授。潘家此时人丁不多，陈子敬、刘溪本不想请他们出山，但潘氏得知消息后，坚持要上山助一臂之力，陈子敬、刘溪只好领了他们的这份盛情。

此外，兴国青萍会副总舵主聂万龙、石城通天寨副寨主范经火等武林同道也率部众于当天抵达。宝莲山庄所邀请的武林各路朋友，已到了九成多。山庄一时热闹空前，群豪有些本来便是互相熟悉的，此时见到多年不见的老友，欣喜不已，寒暄之声不止。李庆庚、尹传鹏、朱来福等几个年轻人忙着张罗饭菜，直累得满头大汗。

（十七）重返黄婆地

陈子敬与刘溪商量之后，将群豪分三处安顿下来。原来，宝莲山大大小小的道路虽然众多，但和山下交通的路口，主要有三处。陈子敬与刘溪当年兴建宝莲山庄时，便仔细察看了宝莲山的地形。为了防止山庄被敌人围困，他们在山庄两翼的观音谷、八仙谷各建了一个小据点，此外还在黄婆地圩上开了家客栈，宝莲山庄则隐匿于三者之间。这样，上山的三条主路若有大拨人马经过，他们都能及时发现。观音谷和八仙谷这两个地方甚为隐秘，离宝莲山的两处出入口也不远，一旦有厉害的敌人进攻宝莲山庄，他们便可以通过这里向不同的方向迅速撤退。

群豪到了数十人，陈子敬请柳叶刀和翠微派弟子蔡五九、廖方弦在宝莲山庄住下；白云翀、钟公堡钟氏兄弟、仙剑观弟子和青萍会聂万龙带来的十余名属下入住八仙谷，由邹上峰、邹上岭兄弟二人负责联络事宜；丘由泽、翠微派另三名弟子、天龙山弟子和通天寨范经火带来的十余名属下入住观音谷，由欧阳章、欧阳贡兄弟二人负责联络事宜。刘望北、朱来福继续在伯公坳观察情况，迎候尚未到达的其他客人。尹传鹏、李庆庚、萧绿荷、欧阳紫鹃留在宝莲山庄负责调度各处膳食。

邹上峰、邹上岭和欧阳章、欧阳贡分别带领群豪去了八仙谷、观音谷，宝莲山庄顿时安静了不少。蔡五九留在宝莲山庄，兴奋不已，一有空便向陈子敬请教兵法，向刘溪请教剑术。他投入翠微派时，曾原一已不在人世，同门当中也没有特别出色的高手。蔡五九武学天赋颇高，数年工夫已将陈声雁的剑术学了八九成，所差者只是火候。近些年，蔡五九时常觉得在武功上有“百尺竿头难上一步”之感，与师兄弟练剑时难有突破，进境甚微。此次被掌门人派遣到宝莲山，得以认识这么多武林前辈、好手，蔡五九便抓住一切机会，恨不得将满腹疑问一倒而空。陈子敬、刘溪见这个年轻人如此好学，也颇为高兴，只要得空，便悉心指点。他们都没想到，二十七年后的元仁宗延祐二年（1315 年），这个年轻人领导了一场震惊全国的农民起义，波及南方数省。义军攻下了已由县城升为州城的宁都，并占领了瑞金、石城、宁化等县，所到之处，官军闻之丧胆。起义虽然最终被朝廷镇压，蔡五九亦因此被俘就义，但他的义举影响极大，迫使朝廷不得不修订所实施的“括田增税”政策，宣布“免征新租”。

次日午后，陈子敬与刘溪正在厅堂分析当前敌情，忽听院门外“砰”的一声响，似有人破门闯进山庄。正在厨房忙活的尹传鹏闻声，疾步冲出去，看到来者，惊呼一声：“这不是刁大叔吗？怎么伤成这样了？这是怎么回事啊？”陈子敬与刘溪一听，当即起身出门察看。

刁八月浑身是血，指着外面说道：“快……快去伯公坳……帮望北……”刘溪见他说得急切，知道有敌人到了伯公坳，便对陈子敬说道：“我先去看看！”转眼间消失在院外。

陈子敬让尹传鹏将刁八月扶进内屋，见他伤得不轻，便请正在歇息的柳叶刀过来看看。柳叶刀见刁八月脸色苍白，嘴唇发黑，身上多处冒血，帮他把了一下脉，又察看了一下伤口，说道：“他身上中了剑伤、鞭伤，这些都是外伤；此外还中了掌伤，此人掌力不弱，而且带毒，使他又中了内伤。从症状来看，这应该是西域阴丹掌的路子，南方武林没听过谁练这门功夫。”

陈子敬不禁皱眉说道：“西域阴丹掌？莫非是蒙古武士？他们这么快就到了吗？”又对柳叶刀说道，“这位刁八月义士是条好汉，武功本来不弱，看来是受人围攻了。好在柳前辈是及时雨，这番上山，真是有劳前辈了！”柳叶刀说道：“救死扶伤是我分内事，老弟何须客气？莫说他是名义士，就算是个恶人，按我的规矩，但凡有伤有病的，我也得先帮他治好了，再来教训他呢！哈哈！”

柳叶刀从身上不同的口袋里取出一把薄刀，一块棉巾，一瓶药汁，先把刁八月的伤口处理了，又给他服了几颗药丸。陈子敬见他动作干脆利落，尤其是几颗药丸服下后，刁八月的脸色已逐渐有了血色，暗暗放下心来。柳叶刀说道：“外伤无大碍，我看这汉子身壮如牛，即使没遇上我，过些天这些伤口也会痊愈。比较麻烦的是阴丹掌之毒，现在毒性已封住了，倘能以我这药丸为引子，再给他灌一碗蛇汤，就会好得快些。”一旁的尹传鹏闻言，拍手说道：“这个容易，在宝莲山捉条蛇弄碗汤还不是举手之劳？我马上就去办理！”柳叶刀点点头，尹传鹏一溜烟出门去了。

原来，刁八月想到数月未回黄婆地圩，惦记着自己的铁匠铺，于昨日往那边走了一趟。临行前，欧阳紫鹃和萧绿荷两名少女给他化了个装，让他看起来年轻了十几岁，全然换了个形象，走在圩上，果然没人认出他来。

刁八月走到宝莲旅舍前面，见大门已不知被谁关起，显然许久没人来过了。门口散落着一些引火所用的松毛，想来是大风从一旁的空坪吹过来的。再看旁边自己的铁匠铺，那晚打开的门也被人关起来了，只是门前一片凌乱，几把破锄头和生锈的镰刀散落在地，墙角还挂了不少蜘蛛网，心里不禁好生感慨。正踌躇着要不要上前收拾一下，忽见远远地有两个青年壮汉朝这边走过来。这二人一高一矮，刁八月看着面生，当下装作路过的行人，走开几步，隐身在一个角落。

那两个青年壮汉走到客栈前面，看了看大门上端的招牌，指指点点之后，交头接耳。刁八月看在眼里，觉得来者不善，便留意观察。这二人又在客栈旁边左看看右瞧瞧，随后便往村外走去。

刁八月心生疑窦，想知道这二人是什么来路，便不紧不慢地跟在他们后面。出了黄婆地村，走上一条林间小道，刁八月隐约觉得身后有人跟着自己。回头一看，只见一角青衫往树林里一闪，后面果然有人。刁八月不动声色，继续跟着那两个青年壮汉往前走。

往东走出几里地后，路越来越陡，看来他们要去的地方是光明嶂。又走了一阵，临近光明嶂顶，刁八月知道上面是一块空坪，旁边散落着几块大石，正中是一座村人搭建的用来祭天祈雨的的石屋。以前，刁八月常常在夜深人静时到山顶练功，对这里的地形甚为熟悉。为了不被那二人发觉，刁八月从密林中穿行，悄悄绕到一块巨石后面，见二人进了石屋，似乎里面还有其他人。刁八月怕惊动他们，不敢靠得太近，伏在巨石后面的草木丛中侧耳倾听，隐约听得他们在小声说话。从几个人断断续续的交谈中，刁八月确认了这些人是冲着宝莲山庄来的，还听得他们说不能放过任何线索，趁着掌门人还没到，由其中二人先去探一探宝莲旅舍再说。

刁八月见他们人多，恐打草惊蛇，又想知道他们到底是些什么人、去宝莲旅舍想寻找什么，便从光明嶂回到黄婆地圩，守在宝莲旅舍附近。

然而，直到天黑，也没见旅舍这边有什么异样。刁八月艺高胆大，到了晚上，索性悄悄打开铁匠铺的门，溜回家去等候。那晚自己打出的那个墙洞依旧，刁八月从这里钻到隔壁的旅舍，厅堂那些桌椅被那晚的恶斗打得乱七八糟，看来一直没人动过它们。旅舍内还有几间客房，透着窗外的月光，刁八月看到房里席被整齐，也不像有人进来过的样子。

刁八月估计他们要到深夜才会行动，便回到自己屋里。他的铁匠铺分内外两间，内间是卧室，自己那张床依然摆在那里。眼下横竖无事，刁八月便在床上躺着，触景生情，不禁又把这几个月的遭遇回想了一遍。他本来过着与世无争的单纯生活，只因路见不平，拔刀相助，居然卷入了一场武林风波。生活虽然改变了，但他并不后悔。尤其是无意中结识了陈子敬、刘溪等英雄志士，更让他觉得那天晚上的挺身相助非常值得。陈子敬、刘溪久经沙场，直到当今，蒙古人的天下已经坐得那么稳当了，他们仍不忘家仇国恨，矢志恢复汉人江山。刁八月与陈子敬、刘溪相处数月，深受感染，满腔热血也似乎因此点燃。他甚至遗憾当年深居简出，不问世事，没能亲身投入文天祥领导的那场虽然归于失败却从来不失壮烈的抗元斗争。如今，当年那些幸存的义士虽然一时成不了气候，但他们有这份家国情怀，只要能感染更多的人，也许，有一天，他们还是能成功的……

就这样漫无边际地想着，刁八月觉得眼皮越来越重，不知不觉进入了梦乡。梦中，他跟随陈子敬他们回到沙场，和元军展开大战，一路势如破竹，眼前很快出现了一座大城，对，这就是赣州城。陈子敬指挥千军万马奋勇冲杀，元军兵败如山倒，他们居然很快就把赣州城攻下了。陈子敬带着刁八月登上城墙，极目北望，指点江山，谋划着下一战要夺回更多的地方，打到北方去，直到把蒙古人赶出大都。刁八月边听边陶醉在胜利的喜悦中，江风迎面吹来，是那么的惬意……便在这时，忽听得“吱呀”一声响，刁八月猛地从睡梦中惊醒过来。

响声来自隔壁的客栈。往常，刁八月也在天没亮时便听得这种响声，那是早起的朱掌柜在打开客栈的大门，准备开张迎客了。黄婆地圩的店铺多用活动门板，朱掌柜的客栈使用的却是开合式的大门，两扇门还挺厚重的。现在想来，也许刘溪早就预料到有朝一日强敌来临，难免面对一场恶战，所以连门板都做得比别家店铺更结实。而刚刚想起的“吱呀”声，显然不可能是刘溪在开门了，那么会是谁呢？刁八月想到这里，一骨碌从床上轻轻跃起，手持铁钳，悄悄走到外间的墙洞处，伸出头往客栈那边一看，只见一个黑影正在厅堂摸索着往里走。

那黑影乍见隔壁有人，吃了一惊，一时站在厅堂不动。刁八月见已被他发现，便不再躲藏，从墙洞走过去，低声喝道：“你是什么人？来这里干什么？”

那人用一块黑布蒙着脸，只露出两只眼睛。见刁八月走上来，他反问一句：“你又是谁？在这里干什么？”

刁八月低声说道：“老子在自己家里，你也管得着？你是哪里来的贼牯佬，这么大胆！”左手一探，便去抓那蒙面人。

那蒙面人“哼”了一声，侧身避过，猛然挥拳直向他头部击来。刁八月喝道：“还行凶呢？谁怕你不成！”右手一扬，挥起铁钳向他打去。那人见刁八月来势迅猛，当即退开两步，手臂划了个圈，右手已多了一把长剑。黑夜里剑光闪动，剑尖直向刁八月奔来。刁八月低喝一声：“来得好！”手上悄然用力，铁钳微张，朝对方的长剑夹去。蒙面人变招甚快，右臂往下一压，长剑刺向刁八月下盘。刁八月铁钳跟着下压，刚好与剑身碰了个正着。钳剑相交，叮当一声响，二人均感到手臂微微一震，齐起说道：“好！”忽地各自变招，叮叮当当的又连续敲击数下，谁也没占到谁的便宜。

刁八月恐他还有同伴，不想与之久战，手上不断加劲，出招越来越狠。那蒙面人赞道：“招式不错，内力也不赖！”忽地剑招一变，连续向刁八月不同方位施出几招，攻势凌厉。刁八月心里一惊，这剑法居然似曾相识，当即收回铁钳，将这几招一一抵挡住，怕他还有后着，铁钳暂停进攻，紧紧护在身前。那蒙面人见刁八月转攻为守，却不再出招，说一声：“后会有期！”蓦地足尖点地，转身冲出客栈。待刁八月追出去时，那蒙面人已消失在黑夜之中。

刁八月见此人并未呈败相，却突然罢手，心下纳闷。回想一下他的剑招，忽地想起，这正是刘溪曾经使过的“梅川诗剑”的招数。刘溪曾经说过，“梅川诗剑”是宁都诗人剑客萧立之所创，跟他学过这剑法的，多数已在抗元前线殉难。目前对这门剑法使得最好的，除了萧立之本人，便当数刘溪了，而萧立之在江湖上已有数年没有消息。然则这人怎么也会使这门剑法，而且造诣还不浅？这人夜探刘溪的宝莲旅舍，也不知是敌是友？他和自己白天所跟踪的两个人又是什么关系？

刁八月沉思片刻，知道这些事一时弄不明白。他见旅舍的大门仍开着，便退回客栈，将它轻轻地关起，然后回到自己屋里，躺在床上继续观察动静。

奇怪的是，那蒙面人这么一折腾之后，直到天色微明，客栈外面也没任何动静。刁八月恐天亮后不方便进出，趁着外面没人，悄悄出了铁匠铺，见对面一处墙角放了一大堆柴火，便在柴火堆后面坐下来。

没过多久，路上渐渐有人走动了，都是早起干活的村人。这场景，刁八月再熟悉不过了。山里人就是这样，除了遇上十分恶劣的天气，总是早出晚归，一年到头有忙不完的活计。虽说日子单调，但在多事之秋，大家的生活却比山外安稳多了。也正是因为如此，山里人对谁坐天下并不是很感兴趣。对他们来说，出门有收获、手中有余粮，便是人生最大的乐事。

日上三竿时分，昨日所见的两个壮年汉子终于出现了。二人边走边骂骂咧咧地说话。刁八月透过柴堆的缝隙悄悄看着他们，见二人身上衣衫脏兮兮皱巴巴的，脸上也青一块紫一块，颇有几分狼狈。只听得高个子说道：“扑你个街！下次被老子遇上了，非得把他绑成大粽子，丢到山里让蚊子啃个饱！”矮个子恨恨地说道：“趁人不备，算什么好汉？有种的光明正大地打上一架，看看谁怕谁？”高个子又说道：“我们的事被那小子这么一耽误，不知是不是晚了点？”矮个子说道：“先别管那么多了，进去看了再说吧！反正师叔他们未必知道我们是什么时辰过来的。依我看，白天看和夜里看也没什么差别，只要探明了情况就行。”

二人在客栈门口站定，四周看了看，正待去推门，忽闻身后有人说道："光天化日的，还真有毛贼想偷东西呢！"二人回头一看，七八步外，三个少年正冷冷地看着他们。

刁八月认得，那几个少年正是家住黄婆地圩上的铁牛牯、观音保、锅盖脸。这三人时常会到客栈找朱来福玩耍，刁八月打铁时，他们有时也会凑热闹过来看看。那铁牛牯生性好动，见刁八月忙不过来时，还会搭个帮手，给他递递家伙。为此，刁八月曾经开玩笑说要收他做徒弟。

两个壮年汉子斜眼看了看铁牛牯等人，高个子不屑地说道："我道是什么英雄好汉，原来是几个乡巴佬小子。你们滚远点，否则别怪老子不客气！"

铁牛牯骂道："好不要脸的臭毛贼！还敢叫我们滚远点。我们早就注意到你们两个了，贼头贼脑的一看就知道不是好人。你们老老实实滚下山去还来得及，否则别怪我们不客气！"

矮个子大怒，喝道："小兔崽子，真是活得不耐烦了？胆敢管老子的事，看我不剥了你的皮！"话音未落，已欺身上前，扬起右掌便向铁牛牯扇去。

铁牛牯看那矮个子的架势，早料到他要动手。见他冲过来，低头避过这一掌，忽地右腿一扫，要把那矮个子扫倒在地。矮个子骂道："小兔崽子，还敢和老子来硬的？"下盘一沉，立在当地，让铁牛牯横扫过来。铁牛牯右腿扫在他左腿上，犹如撞到一块坚硬的树杆，但觉半身一麻，被撞得退了数步。那矮个子试了他这一腿，已知铁牛牯只是寻常少年，并非习武之人，看他被自己震退，不禁哈哈大笑。

一旁的高个子也看出了铁牛牯不懂武功，骂道："扑你个街！还不快走，真想找死来着？"见他们还不肯走，上前两步，双手分别去抓观音保和锅盖脸。

观音保和锅盖脸见铁牛牯在矮个子那里吃了个亏，知道这两个陌生人身怀武功。见高个子要抓自己，二人不敢大意，后退一步，忽地分别从身上抽出一根短铁棒，朝高个子当头砸去。高个子哼了一声，说道："还真不怕死，那老子可就不客气了！"一拳向观音保当胸击去。这一招来势甚快，观音保要想躲避已来不及，胸口结结实实挨了一拳。好在他身子壮实，虽然疼痛，但还算忍得住。高个子随即向锅盖脸飞出一腿，逼得他收回铁棒，后退两步。

矮个子对铁牛牯也毫不客气，连续向他发招。铁牛牯虽然勇猛，但毕竟不懂武功，身上已挨了数掌。矮个子骂道：“傻小子，还不滚开？”铁牛牯应他一声：“臭毛贼，谁怕你？”手脚并用，毫不退缩。矮个子见他虽屡屡挨打仍缠打不休，心下烦躁，出招越来越快，又是“砰砰”几掌打在铁牛牯身上。

刁八月见此情形，知道铁牛牯这三人完全不是那两个壮年汉子的对手，这样打下去，势必受重伤。他当然不能眼睁睁看着这几个硬气的少年被人打伤，当即大喝一声：“贼子住手，休得逞凶！”话音刚落，人已站在他们中间，双手左右一摆，便将铁牛牯等三人轻轻地推到一旁。

两个壮年汉子见又有人出手管闲事，齐声说道：“好！那就先料理你再说！”不再理会铁牛牯等几个少年，暗暗运劲，分别出掌从左右两侧向刁八月攻来。

刁八月也不说话，双手疾探，已将二人的手腕握住，顺势一带，两个壮年汉子情不自禁互换了一下位置。这一招用得巧妙，只因这两个壮年汉子以为刁八月也只是寻常村民，未曾料到他武功高出自己许多，结果被他借力打力，弄得颇为狼狈。

那高个子骂道：“扑你个街！投机取巧！”右掌如刀，直向刁八月削来。刁八月说道：“那就给你个结实的！”左臂一探，将他的右掌推开，跟着右拳向那高个子前胸狠狠一击，那高个子登时感到对方力大无比，收势不住，往后一倒，摔了个仰面八叉。

矮个子见同伴摔成这样，不禁骇然，知道来者实乃劲敌，蓦地从身上抽出一根软鞭，“呼”的使出一招“气贯长虹”，向刁八月当胸刺来。刁八月脚下一动，身形微侧，让过这一鞭。矮个子软鞭一横，迅速换了一招“横扫千军”，向刁八月扫来。不料，刁八月出招比他更快，身形一转，已然换了个方位，右肘向矮个子左肋一撞，直将他撞得跌出数步远。

那高个子已从地上爬起，正盘算着与矮个子联手合斗刁八月，却没想到数招之内，矮个子也摔倒在地。他不敢独斗刁八月，走过去将矮个子扶起，二人低语几句，回头狠狠地瞪了刁八月一眼，突然拔腿就跑。

铁牛牯等人已认出刁八月。他们自从那晚发生的事情之后，已听说了刁八月竟然是深藏不露的武功高强之人，如今见刁八月三招两式就将这二人打倒在地，正高兴得拍手叫好，忽见这二人撒腿逃跑，齐叫一声："臭毛贼，还想逃？"正待要追，刁八月知道他们另有同伙，目前对他们的底细尚不明了，不宜追赶，便叫他们止步，让那二人去了。

铁牛牯、观音保和锅盖脸已有数月不见刁八月，当即围上来七嘴八舌地与他说话。原来，自从刘溪的客栈和刁八月的铁匠铺关门后，铁牛牯等人时常到这边看看，期待某天能再次见到他们。两边的大门，也是他们关起的。最近，他们也知道宝莲山常有身份不明人士出现，因此，他们更加相信刘溪与刁八月他们没有走远。刚才那两个汉子在客栈门前鬼鬼祟祟的行径，也被他们看在眼里，知道他们想到里面偷取什么东西，所以，他们早就守候在附近，不让他们得逞。

刁八月本来并不知道这二人是什么来路，但那矮个子后来抽出软鞭，他便想起那天和刘望北、蓝火龙等人相斗的那伙人，照此情形，这伙人便是来自岭南六石门了。想到六石门武功怪异，如果他们人多，自己可未必对付得了，刁八月便叫铁牛牯等人赶紧回家，自己也匆匆往宝莲山庄而去。

刁八月离开黄婆地圩，刚走出数里地，忽听得背后响起急促的脚步声，接着听到有人说道："就是这个黑脸贼！把我们的事给搅黄了，还差点打伤我们！"

刁八月回头一看，后面正有三人追过来，其中二人正是刚才被自己打退的两名壮年汉子，另一人比那二人年纪要长，手持一根长烟筒，颌下一缕山羊胡子迎风飘动，一脸的自以为是。刁八月想起刘望北所说的情形，更加确信这些人就是刘望北他们遭遇过的那伙人。这手持长烟筒的，便是那个与蓝火龙斗了个旗鼓相当的高手。

刁八月知道那山羊胡子实力不弱，以自己一人之力，可不是他们三人的对手。当务之急，须尽早摆脱他们，回到宝莲山庄，合众人之力对付这伙不速之客。于是加快脚步，拔腿往前奔去。

那山羊胡子喝道："随随便便打了我们的人就想跑？哪有这么容易？"说话间，身形晃动，转眼间已追到刁八月身后数步。

刁八月见此人紧逼过来，自己再跑就显得太过怯弱了，便停步问道："你是什么人？想要怎地？"

那山羊胡子说道："我还没问你是什么人，你倒先问起我来了。你到底是何方人士，老实说出来，或许我还可以让你少受点皮肉之苦。"

刁八月见他一脸霸气，又好笑又好气，说道："你这是讲笑话么？我就是宝莲山的一山民，你是外来人，你不通报身份，倒反客为主，说这般无礼的话，天下哪有这样的道理？"

那山羊胡子说道："谁耐烦跟你讲什么礼呀理的？你是宝莲山的山民又怎么样，大爷我还不是想来就来？大爷想去的地方，谁也拦不住。"

刁八月见他越发傲慢，冷冷地说道："宝莲山对客人当然是热情的。但如果是强盗想要在这里逞强，那还得看他有没有这个本事。"

那山羊胡子双眼一瞪，说道："好，那就让你见识一下大爷有没有这个本事！"右臂一晃，一个箭步冲上前，长烟筒已向刁八月当胸打来。

刁八月知道此人武功不弱，而且招式诡异，不敢轻敌，往后一退，抽出身上携带的铁钳，运劲于腕，迎战山羊胡子。

那山羊胡子见刁八月避开自己这一招，走前两步，长烟筒一甩，向刁八月横打过去。刁八月有心要试试他的功力，铁钳挥出，正面迎击。只听"当"的一声响，铁钳与长烟筒碰了个正着，二人均觉手臂一沉，感到对方功力不弱，大是劲敌。那山羊胡子没想到这区区宝莲山居然藏龙卧虎，前次遇到一个武功高强的怪老头倒也罢了，只道他只是个异数；眼前这个其貌不扬的黑脸汉子功力竟然也不弱，那倒不可大意了。那山羊胡子本来便是个争强好胜的人，尤其是身边还有两个晚辈，更不肯失了面子，当即打起精神，使出得意招数，试图在数招之内占到上风。

然而，那山羊胡子的武功虽然独特，刁八月的铁钳招数在江湖也不多见。他见对手厉害，自然毫不懈怠，使出的都是精妙招数。往来几个回合之后，二人心里都在暗暗称奇，觉得遇上了一个颇不好对付的敌手。

如此交手数十招，二人越打越觉得棋逢对手，知道一时半会决不出胜负。刁八月见对方尚有帮手，久打下去形势对自己不利，便以防守为主，边打边退，心里寻思只要离宝莲山庄近一些，便有办法对付他们了。

那两名壮年汉子见他们斗得正紧，在一旁不住地为山羊胡子呐喊助威。他们知道山羊胡子自恃身份，若非处于下风，是不可能要人相帮的，所以一路只是观望着，并不上前动手。

刁八月就这样支撑了几里路，眼见得离宝莲山庄越来越近，心里便越发踏实些。那山羊胡子见刁八月虽然未露败象，但不敢和自己硬拼，只道是对方忌惮自己武功了得，便愈加想在两个同门晚辈面前好好露一手，对刁八月一路紧逼，只盼早点将他击败。

那矮个子知道师叔的心思，在一旁阴阳怪气地嚷道："黑脸贼，只有还手之力了吧？有种你别退啊，让我师叔好好教训你一下，让你知道什么是高手！"那高个子也在一旁跟着起哄，意在让刁八月一气之下乱了阵脚。

刁八月见他们莫名得意，心里暗想："这山羊胡子尽管武功不弱，但难道我老刁还真怕了你不成？不给你一点颜色看看，只怕这些歹人还真要小看我宝莲山无人。"想到这里，忽地止步，铁钳往前一挫，变攻为守，使出平时不常用的一招"破釜沉舟"式，朝那山羊胡子当胸直击。那山羊胡子没防备刁八月突然来了这一手，急将攻出去的长烟筒收回，总算变招迅速，急切中用长烟筒格住铁钳。二人不约而同运起内力，竟使长烟筒与铁钳粘在一起。

刁八月和那山羊胡子都知道，对方功力不弱，此时内力相拼，容不得丝毫大意。二人强打精神，将身上力道汇聚于右手，再传递到各自的兵刃。长烟筒与铁钳一时相持不下，纹丝不动僵在那里。

那两名壮年汉子见状，知道此际事关重大，师叔能否获胜，一时还真不敢断言，于是不再出声，只是护在那山羊胡子两侧，以防不测。

刁八月见那山羊胡子内力沉稳，如此硬拼下去，自己未必能够取胜，而对方尚有帮手在侧，形势终究还是对自己不利，凝神相抗之余，寻思脱身之策。便在这时，忽然感到身旁一个黑影一闪，旋即掌风飒然，这人竟然向自己重重地攻出了一掌。刁八月暗叫一声"不好"，惜乎无法闪避，只能任由那一掌“砰”的一声击在右肋之下。

刁八月被那掌力和山羊胡子的内力一冲，身子往后直退数步。但觉腹内气血上涌，忍不住“哇”的一声吐出一口鲜血。

那击掌之人年纪比山羊胡子略轻，细眼阔嘴，两耳招风，见一掌得手，仰天大笑，对山羊胡子说道：“狄师兄喜欢单打独斗，我老余却偏偏看不惯这一套。不管耍什么手段，能打赢就是本事。谁要是不服，只能怪自己命运不济，师兄你说是也不是？哈哈！”话音刚落，数丈之外又悠悠地传来一声：“没错，余师兄言之有理，老郭我最是认同。都讲那么多规则的话，这一辈子能做成几件事嘛，嘿嘿！”

那两名壮年汉子闻言，回头一看，身旁又多了一人。那高个子对二人说道：“余师叔、郭师叔，你们也到了？”这二人却并不理会，只是朝着山羊胡子嘻嘻而笑。

那山羊胡子收了长烟筒，淡淡地说道：“你们怎么也到这边来了？不是说了去接应老大吗？”那姓余的汉子说道:“老大已经到了黄婆地了！吴定康这小子正在侍候他吃喝呢！我们听说你们几个和人打架，一路往这边打过去了，怕你吃不消，专程过来帮你哩。”那姓郭的也在一旁帮腔说道：“就是啊，余师兄说这么多年也没能帮上狄师兄，十几年不见，生怕狄师兄武功落下了，特地邀上我一起帮忙来着。以后谁敢说咱六石门师兄弟不和，咱哥们几个掌他的嘴！”

原来，这山羊胡子是六石门掌门人黎富达的大师弟狄万壬，在岭南武林成名较早，因武功甚高，江湖上人称“万人敌”。后面赶过来的二人分别是他的师弟余宽绪、郭隆昌。这三人年轻时，狄万壬仗着技高一筹，心高气傲，时常不把两个师弟放在眼里，余宽绪、郭隆昌因此和他关系闹得甚僵，黎富达劝解也不见效。后来，余宽绪、郭隆昌见在本门老被狄万壬压着一头，负气出走，来到岭北，投入赣州路达鲁花赤杨孜手下，自此和狄万壬再没见面。杨孜调任吏部侍郎后，余宽绪、郭隆昌起先跟随他远赴大都，后因杨孜不似在地方独当一面，手下已无多少要紧事需要他们出马，二人觉得甚是无聊，便四处游历，一直到了西域，与当地武林人士不打不相识，交了若干朋友，还学得一手阴丹掌。

前不久，余宽绪、郭隆昌想想离家时日已久，未免想念南方故旧，便万里迢迢返回岭南。此时黎富达已接任掌门数年，狄万壬年岁已大，往年的高傲之气也有所收敛，师兄弟几人虽然心底仍有所隔阂，但表面和好如初。恰在此时，六石门获得“祥瑞三宝”的消息，于是分几批陆续赶赴宝莲山。那两名在宝莲旅舍与刁八月动手的壮年汉子，高个子叫钱无忌，矮个子叫王斑虎，都是黎富达的弟子。二人初上山时，即和萧绿荷、欧阳紫鹃、刘望北等人起了冲突。他们与狄万壬等几人后来虽然被蓝火龙等人击退，但很快又摸到黄婆地来了。刁八月跟踪到光明嶂时，在山顶相聚的也正是他们这几个人。

刁八月中了余宽绪一掌之后，受伤颇重，见对方又增加两个帮手，情知不能再和他们硬拼下去，趁他们说话之际，当机立断，强忍伤痛，往宝莲山庄方向疾跑。余宽绪见了，冷冷地说道：“想跑？只怕没那么容易！”对郭隆昌说道：“狄师兄是高人，不屑于和我们联手，郭师弟你就不必客气啊！”

郭隆昌向钱无忌、王斑虎挥挥手，说道：“你们余师叔说得没错，大家都别客气啦！来吧，见者有份，咱们几个每人给他留点纪念！”说罢，拔出长剑便追上去。钱无忌、王斑虎正恼恨刁八月摔了他们一个大跟斗，见有此机会报仇，二话不说，持鞭跟上。

刁八月一路狂奔，一口气跑了数里路。郭隆昌在后面骂道：“黑鬼佬，还挺能跑的！”眼见得刁八月脚步渐缓，提一口气，纵到他身后，一剑朝他背部刺去。刁八月回身用铁钳一扫，将郭隆昌的长剑荡开。这么一停顿，已被三人追上。刁八月不敢恋战，一边用铁钳抵挡，一边继续往宝莲山庄退去。混乱中，被郭隆昌的长剑刺中两次，还被钱无忌的软鞭扫中一次。及至到了伯公坳，眼看着顶不住了，刘望北、朱来福远远地看见，赶紧冲过来接应。刘望北认得敌人是六石门那些人，非得庄内高手前来才能抵挡，赶紧请负伤的刁八月去通知刘溪等人过来，自己则和朱来福暂且勉力应付。

（十八）旧仇

刘溪奔出宝莲山庄，尚在密林之中，便听得前方呼喝声不止，夹杂兵刃相撞之声。他三两步冲出去，来到土地庙前，只见刘望北、朱来福正被三个汉子迫得只有还手之力，另外还有二人在一旁悠闲地指指点点。

王斑虎和刘望北此前曾经较量过，知道自己不是他的对手，所以一看刘望北过来，他便和钱无忌合斗朱来福，让郭隆昌迎战刘望北。郭隆昌见刘望北年轻，便没怎么放在眼里，只想三两招把他打发了，当下长剑一抖，剑花绽放，向着刘望北当胸疾刺。狄万壬、余宽绪见对方只是两个年轻人，根本无需自己出手，便乐得在一旁看热闹。

刘望北见郭隆昌来势甚快，微微一避，轻摆手中剑，使出梅川诗剑的一招“鹊飞山月”，以快打快，直奔对方右腕而去。郭隆昌见对方招式迅疾精准，不禁出乎意料，手腕抖动，抽回正待刺出去的一剑，化解了刘望北的攻势。正待另出新招，刘望北下一招“蝉噪野风”又已攻到。郭隆昌见这两招相互呼应，知道这个年轻人剑法不俗，不禁赞一声：“好！”手上随即使出精妙招数，与他针锋相对。

刘望北剑招虽妙，毕竟火候尚不及对手。二人交手数十招之后，郭隆昌渐占上风，刘望北在对方剑气压迫之下，越来越感到束手束脚，无法尽情施展。再斗得十余招，在郭隆昌的凌厉攻势下，刘望北已是只能以防守为主了。

朱来福被王斑虎和钱无忌合围，形势更糟糕，十余招之后便感到支撑艰难。他的剑法不及刘望北，与王斑虎或钱无忌单打独斗或许问题不大，二人联手就难以抵挡了。王斑虎和钱无忌因为连续被不知身份之人和刁八月所欺，心情极为郁闷，为了泄愤，正好拿这个武功稍弱的年轻人报复，是以下手毫不容情，只盼着把朱来福打得越惨越开心。

激斗中，王斑虎软鞭一晃，缠上了朱来福的剑身。二人用力拉扯之际，钱无忌一鞭高高举起，便要当头击落。朱来福被王斑虎绊住，躲闪已然不及，眼看着这一鞭击下来，势必受伤不轻。旁观的余宽绪咧开大嘴，拍手赞道：“好！你们俩后生不枉掌门师兄栽培，底子打得不错！加把油，叫这小子脑袋开花！”王斑虎、钱无忌等人入门时，余宽绪、郭隆昌已离开六石门。他们也就是最近才见面，是以互相之间的了解并不深。

就在王斑虎、钱无忌自鸣得意之时，空中忽地飞来一物，“啪”的一声与钱无忌的软鞭相撞。钱无忌手臂一震，但觉这东西劲道奇大，软鞭被它往外撞开尺余，险些脱手飞出。定睛细看，那物仍粘在鞭上，却只是一截黑乎乎的枯树枝。

一旁观战的狄万壬、余宽绪吃惊之余，已见一个身影倏地飘到王斑虎和钱无忌之间，也不见他如何出手，二人已被他推出丈余之外，朱来福之围就这样轻轻巧巧地解开了。

郭隆昌正在步步紧逼刘望北，见场面上形势突变，知道对方有厉害的角色到了，霍地停下进攻的长剑，跳出数步，与狄万壬、余宽绪站成一排，冷冷地打量立在眼前的刘溪。

狄万壬长烟筒一摆，走前一步，问道：“这位是何方神圣？你我亲近一下。”

刘溪朗声说道：“还没请教各位是什么来头呢？各位远道而来，却如此以多凌少、以大欺小，不知是何道理？”

余宽绪张开大嘴骂道：“什么狗屁道理！谁管你多啊少啊、大啊小的，有种的打得过人家再说，打不过就老老实实装孙子，哪来的这么多废话。”

刘溪说道：“看来各位是执意只认拳头不认理了。那好罢，对宝莲山的人来说，朋友来了有好酒，虎狼来了有棍棒。如果你们不愿好好说话的话，在下也乐意以拳头奉陪。”

狄万壬见刘溪刚才一出手就为朱来福解了围，武功显然不弱。但想到自己这边师兄弟三个都堪称高手，谅这人武功再高，也没什么可怕，便嘿嘿冷笑道：“你就是来自宝莲山庄的高手吧？口气倒是不小。既然如此，我就先试试你的棍棒或拳头吧！”脚尖一点，蹿出几步，来到刘溪面前，身形一晃，长烟筒乱点，瞬间已向刘溪周身悄然进攻七次。原来，这一招是狄万壬的绝技，名叫“十拿九稳”，练到最高境界时，可以在一招之内连续向敌人进攻十次，因其出手如电，对手往往防不胜防，躲闪不及。对发招者来说，如果对手武功不及自己，这十次进攻少说也有九次可击中其要害。狄万壬勤练多年，在这一招上没少下功夫，目前虽然做不到连击十次，但已可以连击对手七次，也算是达到相当火候了。

若非事关重大，狄万壬一般情况下并不轻易使出这一招。这次见刘溪出手不凡，又有两个当年不甚和睦的师弟在场，为了先声夺人，是以出手便用上了得意招数。余宽绪、郭隆昌虽然心里对这位师兄颇为不服，但见了这一招，也忍不住出口称赞。

行家一出手，便知有没有。刘溪习剑数十年，最拿手的便是以快打快。他一看狄万壬的手势，便知其欲以迅雷不及掩耳之势先发制人，当下左手一抽，短剑在手，迎着狄万壬的长烟筒上下左右摆动，转眼间已让他的七次进攻次次碰壁，招招落空。旁观的王斑虎、钱无忌没看出什么名堂，只道二人只是寻常接了一招，狄万壬心里却暗吃一惊。须知他自从学会这一招以来，每次出手，虽然做不到“十拿九稳”，但攻击六七次，命中目标三四处倒是常有的事，似今日这般竟然连对手的衣角都没挨到一点，可谓绝无仅有。仅此一招，狄万壬已感觉对手武功之高，要大大超出自己的估计。

狄万壬不敢大意，长烟筒乱舞，连续使出平生得意招数，直让王斑虎、钱无忌看得眼花缭乱。二人多次跟随狄万壬出门，也没少见狄万壬与人动手，但似今日这般一出手便是拿手的狠招，却鲜有看到，忍不住连连赞道：“师叔好功夫！让这个不识好歹的家伙好好开开眼界！”“好靓的身手！山巴佬识相的话快快认输！”

刘望北见他们大言不惭，不禁冷笑道：“别忙着吹牛，好好看下去吧！”他知道要论招式之快，江湖上能超过叔叔的还真是不多，所以在一旁镇定地看着，一点也不着急。

果然，不管狄万壬如何进招，刘溪稳立当地，好整以暇，一脸淡然地以一柄短剑见招拆招，连脚步也没移动一下。狄万壬连续发了十余招，依然毫无奏效。

余宽绪、郭隆昌一直留意观察二人过招情况。他们和狄万壬分别十余年，虽知他武功大有进境，但想到自己在西域另学了一些别派功夫，时至今日，实力应当未必逊于狄万壬。师兄弟之间以前心存芥蒂，自然不便无缘无故考较武功，最好的办法便是看看他和别人动手的情景了。如今好不容易遇到一个可以迫使狄万壬使出浑身解数的高手，二人当然不会放过这个机会。

内行看门道，外行看热闹。王斑虎、钱无忌虽然对狄万壬与刘溪的精妙功夫看不出多少门道，但时候一久，也慢慢看出师叔并没有自己想象中那么厉害，在那山巴佬面前施展这么多厉害招数，竟似一点便宜也还没占到。这二人长年与狄万壬相处，在感情上自非余宽绪与郭隆昌可比，心里不禁暗暗为他担心起来。

如此又紧斗了十余招，狄万壬还是颗粒无收。他正暗自焦急，忽见刘溪蓦地右臂一挥，手中已多了一把长剑。对手长短剑交相挥舞，狄万壬登时感到这些招数令人应接不暇，只好打起万分精神抵挡。好不容易应付了上十招，忽听得刘溪低喝一声：“去吧！”随即收剑止步。狄万壬但觉胸前猛地一凉，不自禁地退出数步。众人只见地上飘落几块圆形的小布片，正自奇怪，却听得狄万壬“咦”的一声，似乎吃惊不小。原来，他的前胸衣衫已被刘溪用长剑剜了一个碗口大的洞，直达肌肤。就这么一瞬间，狄万壬衣衫虽破而肌肤无损，刘溪用劲之精准，令众人骇然。

狄万壬脸色惨白，一扫平日自大的傲气，退在一旁，一时说不出话来。余宽绪、郭隆昌见了二人的拼斗，自恃这些年虽然武功精进，但也未必比狄万壬高明，换了自己上去，只怕结局也差不到哪里去。二人对望一眼，思忖要不要联手与刘溪斗一斗，以挽回面子。

刘望北和朱来福见刘溪以神奇剑术一举震慑敌人，虽然高兴，但他们眼见对方人数比自己多，而且他们能将武功不弱的刁八月打成重伤，实力估计并不差，要是一哄而上的话，自己三人能否敌下他们五人尚是个未知数，所以脸上并未流露得意之色，心里更加暗暗戒备，以防敌人突施阴招。

王斑虎、钱无忌见师叔神情罕见的沮丧，知道对手极为厉害，师叔明显不敌。二人首先想到的是识时务者为俊杰，打不过就逃跑。于是悄悄走到狄万壬身边，低声说道：“师叔，这地方有点邪门，要不我们先回去找到师父他们再作商量？”

却听得余宽绪哈哈一笑，说道：“好多年没回南方好好打一架了，今天遇到一位难得一见的高人，这等机会，岂可轻易错过？”郭隆昌接口说道：“是啊是啊，我的想法总是和余师兄相同。要不这样吧，咱们哥俩十多年来做的都是合伙生意，今天这一单买卖，咱们还是并肩子一起做如何？”

原来，二人想在同门面前露一手，但单打独斗的话心里又没多少把握，一起上前则又怕狄万壬等人内心窃笑，是以找了一个冠冕堂皇的理由，要联手合斗刘溪。

刘溪不知这二人的底细，自然不明白他们心里打的小算盘。他面对强敌一向豁达，一人独战数名高手如同家常便饭，对他们的一唱一和倒也没多想，当下爽快地答道："你们要是不服气，就一起上便是。不管你们来多少，我若是会皱一下眉，就不姓刘！"

余宽绪、郭隆昌心里暗喜，当即说道："如此得罪了！"走上几步，一个双掌悄然运功，一个长剑蓄势待发，便要向刘溪狠下杀手。

刘溪握剑在手，凝神候敌。没等余宽绪、郭隆昌发招，众人忽听得不远处有人喊道："掌门人到！"

余宽绪、郭隆昌闻言，当即退后两步，狄万壬、王斑虎、钱无忌也肃然回头。只见数十步外，两名汉子健步走来。前面那人年纪五旬开外，身材高大，步履生风。后面跟着的是个二十来岁的年轻人，粗眉大眼，刘望北认得正是上次与山羊胡子狄万壬一起追上来与自己一行动手的那人，刚才发话的也正是此人。

来者正是六石门掌门人黎富达，那个年轻人则是黎富达的弟子吴定康。狄万壬迎上数步，说道："掌门师兄好脚力，这么快就到了！"余宽绪、郭隆昌与黎富达刚刚在黄婆地圩已见面，便只是向他打个招呼，没多说话。王斑虎、钱无忌见到师父上山，甚为兴奋，向黎富达施礼之后，狠狠地瞪了刘溪等人一眼，心里暗暗说道："你们这些人倒霉的时节到了！"

黎富达向刘溪拱了拱手，说道："在下岭南六石门掌门黎富达！敢问这位方家如何称呼？"刘溪见他言语间不亢不卑，当下还礼道："在下刘溪，庐陵人士，漂泊赣州多年。久仰黎掌门大名，不知大掌门光临有何指教？"

黎富达平素主要在岭南行走，在岭北一带少有武林朋友。但他此番上宝莲山之前，已打听到宝莲山庄武功厉害人物主要有二，首先当然是被称为"庄主"的陈子敬，据说他因与江南多家武林门派掌门人切磋研讨武功，已探得各门派武功精髓，融会贯通，俨然集大成者。而另一重要人物，便是曾在江湖上闯下“百剑通”称号的刘溪了，据说剑法在当今武林少有敌手。听得站在面前的这位便是宝莲山庄主角之一，心头一凛，说道：“原来是‘百剑通’刘大侠！在下虽足迹少有过岭北，但刘大侠的威名，在下在岭南也是听说过的。今日得见，真是幸会！”随即将狄万壬等几名师弟和吴定康等几名弟子也一一向刘溪作了介绍。

刘溪见六石门掌门人亲自出马，知道这又是一支劲敌，单以武功实力而言，只怕不在巴如台一伙人之下。这些人若是和巴如台等官府高手以及飞鹰帮联手，势必给宝莲山庄带来更大的压力。当务之急，还是趁着他们几支力量尚未一起到达，及早将这股敌人打发了为好。

刘溪待黎富达报完手下这些人的名号，正色说道：“黎掌门既然平素难得来一次岭北，此番尽率本门精锐光临此地，不知意欲何为？”

黎富达仰天打个哈哈，说道：“要说我们为何到了这里嘛，这事也是说来话长。大伙儿都是爽快人，直接说吧，我们是来讨债的，讨一笔欠了十年的债。”

刘溪奇怪地问道：“讨债？不知谁欠了你们的债，与我们又有何关？”

黎富达慢条斯理地说道：“要说这真正的债主嘛，他当然已不在人世了，我们只好以他的遗产还债。这些遗产嘛，最近几年，我们总算查清楚了在谁手上，所以我们特地来要回这些理应属于我们的东西。”

刘溪说道：“大掌门不必绕圈子，还是打开天窗说亮话吧。谁的遗产在谁手上，你们到底想问谁要？”

黎富达说道：“唉，陈子敬将军没在这里吗？最好先找到他，大家一起把话挑明来说吧。依我之见呐，他这样老躲着只怕也不是办法。”

刘溪听得黎富达直接提到陈子敬，已知道他们此前已经将宝莲山庄的情况探得很清楚了。看来，一场正面交战已不可避免。正思忖着如何回应他，忽听得一人爽朗地说道：“谁说陈子敬需要躲着呢？不知贵客不请而至，在下只是一时有事在身，未及远迎而已嘛！”话音刚落，林中一人疾步走出，正是陈子敬。身后数步，还跟着一个老人和三个年轻人，却是柳叶刀和李庆庚、萧绿荷、欧阳紫鹃。

陈子敬向黎富达作揖行礼之后，说道：“陈某与贵派素无交往，不知掌门人刚才一番话该从何说起？”

黎富达哈哈笑道：“我当然知道陈将军一向清高，并不把我们这种不成器的江湖门派放在眼里，所以也不敢高攀。但这次，我们是讨债来的，那就不得不打交道了。唉，别人作下的恶，我们也没办法啦！”

陈子敬说道：“我们既然素无交集，不知何来讨债还债之事？掌门人也是武林中大有身份之人了，还请有话直说。”

黎富达说道：“好！爽快！我就喜欢这样！”顿一顿，又说道：“我黎富达的名字，你们或许并不怎么稔熟。但是，我要是说到黎贵达这个名字，你们应该并不陌生吧？”

刘溪闻言，心头一震，说道：“黎贵达？嗯，难道……难道你们是兄弟？”与陈子敬交换了一下眼神，二人心里对黎富达的来意已明白了七八分。

原来，黎贵达当年是文天祥手下重要将领。文天祥率大军重返江西时，黎贵达英勇奋战，攻城略地，立功不小。不料，文天祥遭李恒重创，退出江西，率残部驻扎岭南时，黎贵达见宋军大势已去，心灰意冷，竟然暗中阴谋率部投降。事情败露后，黎贵达很快被文天祥处死。此事当时在文天祥军中引起较大震动，众人态度不一，谴责者有之，同情者有之，恐慌者有之。其时宋军处境极危，似黎贵达这般动摇者并非个别，文天祥虽念旧情，但为了严整军纪，对待叛将还是毫不手软。刘溪当时正在岭南，处决黎贵达时虽未在现场，但对整个事情的经过却颇为了解。陈子敬则是数年后经刘溪转述方知其事。

黎富达见刘溪神色，知他了解此事原委，故作沉重地说道：“是啊！我父母就生了两个儿子，我的这位胞弟，跟随文天祥身经百战，出生入死，战功累累，最后没死在战场，却死在自己的上司之手。这个血债，你们说该不该还？”余宽绪、郭隆昌在一旁附和道：“血债血还，无须多言！”“有仇不报非君子！师兄此举，做师弟的必须支持！”

刘溪正色说道：“功是功，过是过。令弟虽然曾经立下不少战功，但最终大节有亏，文丞相处置并无不当之处，谈何血债？要说血债，也是蒙古人欠下的，你若真是血性男儿，应该找他们讨还才是。”

黎富达“哼”了一声，说道：“那是你的看法！在我黎某人眼里，谁下的手谁就是仇人，我只知道他是死在文某人手下！何况，即算我兄弟想另投明主，在当时情形之下，也未必有什么大错！南人当中，投降的人还会少吗？从皇帝到宰相、将帅，数都数不过来，凭什么一定要大伙都像他文某人一样选择死路一条？”

陈子敬说道：“掌门人此言差矣！唐朝崔颢先生诗云：‘报国行赴难，古来皆共然。’国家存亡之际，个人生死何足道哉？令弟此举，羞及先人，文丞相正气凛然，我辈理应敬仰才是。”

黎富达不悦地说道：“说来轻巧，那是我家兄弟，手足之情，岂容无视？只是我当时有要事在身，待得知道此事，为时已晚，否则早就找那姓文的报仇了！”

陈子敬、刘溪见黎富达执意个人恩仇而不顾家国大义，不禁微微摇头，心想：“难怪六石门在武林中名声不佳，有这样的掌门人，名声能好起来才怪。”

黎富达又说道：“姓文的欠下血债，其人虽已身死，但我等活着的人岂能轻易忘了？这事无须再费口舌，总之这笔巨债是不可能就此勾销的。”

陈子敬说道：“既然掌门人如此胸襟，我等也无话可说了。你意欲何为，不妨直说。”

黎富达说道：“我们还是先把债主说完吧。除了我黎家，这里还有几位债主。”指着跟在自己身后的吴定康说道，“我这个弟子姓吴，小名定康，各位定然是没听过的了。但他的父亲吴浚，你们应该没这么快就忘了。”又指着先前到达的王斑虎、钱无忌说道，“我这两个弟子王斑虎、钱无忌，在江湖上也是无名之辈，各位当然没听说过。但他们的父亲，分别叫王福、钱汉英，说到名字二位应该还会有印象。”

陈子敬、刘溪更加讶然。原来，这几个壮年汉子，他们的父辈也是文天祥的部下。吴浚是文天祥手下的参赞，字允文，文才出众，诗书俱佳，在文天祥军中亦屡有战功。然而，十一年前，文天祥部被元军进攻，从汀州退至漳州，吴浚竟然于此危急关头率部投降元军，还受元军将领委派前来劝降文天祥。文天祥怒不可遏，对其行径深感可耻，令人将他绑起来缢杀了。王福、钱汉英则是文天祥手下都统。文天祥把吴浚缢杀不久，退兵至梅州，王福、钱汉英飞扬跋扈，欺凌百姓，败坏军纪，被文天祥就地正法。没想到，黎富达竟然将此三人之子俱收为弟子。如此看来，此人复仇之心，早在十年前就已深埋心底，而这次来到宝莲山，更是蓄谋已久。

陈子敬说道："这几位年轻人的父辈被文丞相处置，实是事出有因。换了当时，不管是谁带兵，面对这般情景，恐怕也只能如此。黎掌门执掌一大门派，岂能连这个简单的道理也不知？依我之见，这事既然过去十余年，已不必耿耿于怀，纠结于心。否则，纵算把它当作仇恨，又向谁寻去？"

王斑虎、钱无忌、吴定康齐声说道："杀父之仇，不共戴天！岂能说放下就放下？纵使文贼不在人世，我们也要问他的部下要回补偿！"听这语气，几个人似乎早就训练有素。

陈子敬呵呵一笑，说道："文丞相已舍生取义，那你们又能要什么补偿？他留给我们的唯有一身正气，一片丹心，可这个你们又未必稀罕。"

黎富达说道："我们明人不说暗话，债主们的身份已经亮明了，也该说说我们此行的目的了。也许你们已能猜到几分，我们需要的就是，用'祥瑞三宝'抵偿文某人欠下的血债！"

刘望北一听，忍不住说道："文丞相的'祥瑞三宝'，凭什么给你们？你们也不问问自己哪有这个资格？"

黎富达哈哈大笑道："君子报仇，十年不晚。文天祥手上欠下几条人命，这笔旧债既然没法让他以命相偿，他留下的东西，难道还不该归我们这些债主们所有？你们才没资格占有这些东西！"

余宽绪、郭隆昌走前两步，狠狠地说道："杀父杀弟之仇，岂能轻易放过？掌门师兄说得没错，这些旧仇，就该用文某人的遗物偿还！识相的快快交出来，何必徒费口舌！"

刘溪冷冷地说道："卖国求荣、破坏军纪的行径，你们不以为耻，反以为荣，当真可笑之至！你们利欲熏心，觊觎'三宝'，又何必找这么多冠冕堂皇的理由？想要丞相遗物也不难，就看你们有没有这个本事！"

余宽绪叫道："有仇报仇，天经地义！哪有这么多废话。你既然要考较我们的本事，那行，我先替师兄领教一下你的手段！”双掌一错，便要与刘溪过招。郭隆昌恐他一人不是对手，在一旁说道：“也算我一份！”挺剑站在余宽绪右侧。

刘溪微微一笑，走前一步，正待接招，忽听得一人朗声说道：“有仇报仇，说得好！这笔旧债，是该好好算一算了！”

只见土地庙旁的大枫树后走出一个三十多岁的壮年汉子，一身青衫，腰佩长剑，满脸风尘之色。此人在陈子敬赶到之前，已隐藏在大枫树后。陈子敬早已觉察树后有人，只道是黎富达他们设下的伏兵，但他见六石门来的人并不多，即使埋伏一两个高手，也无所谓，是以并不道破。

黎富达见这个青衫汉子突然现身，却以为他是宝莲山庄的人。他事先已摸清楚，宝莲山庄本身并没多少人，几个年轻人武功虽然还行，不过放在江湖上来说，尚未达到一流高手境界，不足为惧。但陈子敬最近向武林朋友发出了邀请，陆续有些门派上山相助。那么此人若非陈子敬或刘溪的弟子，便是他们请来助拳的朋友了。

却见那青衫汉子走到余宽绪面前，说道：“虽说‘君子报仇，十年不晚’，但在我看来，晚还是晚了点。不过还好，十几年过去了，老天还是给了我这个机会，总算不至于留下遗憾了！”

余宽绪莫名其妙地看着他，说道：“你要动手就趁早，别以为说这么多废话就可以保住文天祥交给你们的东西！”

那青衫汉子说道：“文丞相遗留的东西放在哪里，这个我不感兴趣；但是能从你这里把旧债给算清楚，这个让我感到十分高兴。”

余宽绪不耐烦地说道：“你别跟我提什么旧债新债，你要和余某人打头阵的话，尽管动手便是，绕那么大的圈子干啥呢！”

那青衫汉子摆摆手，说道：“我都不着急了，你这么急干什么？动手之前，话还是要说清楚，免得你死得不明不白，乃至死不瞑目。”

余宽绪怒道：“我看你才是找死吧？你等着，大爷立马送你见阎王去！”

那青衫汉子说道：“叫你别急，你还要急？告诉你吧，你赶着去投胎也不差这几句话的工夫了。十二年前，你在虎形坳干下的恶事，应该还没忘记吧？”

余宽绪若有所思，喃喃说道：“十二年前？虎形坳？”蓦地用力一拍大腿，说道，“你是陈继周的部下？你们竟然还没死绝？”

那青衫汉子说道：“让你死个明白吧，我叫谢惟志，陈继周大人是我舅父。虎形坳之战时，我不在场，被舅父派出去办一件事情了。此后，得知舅父殉难，我便详细打听你们几个恶徒的来历。可惜天不怜见，那么多年了，总是难以遇上你们几个。”

余宽绪咧开大嘴笑道：“原来你那天不在虎形坳，难怪看着面生。可惜那次让你逃得了性命！不过也不要紧，十二年了，你自己要来寻死，也怪不得别人了！”

谢惟志说道：“你没见过我，但我却见过你。五年前，在杨孜老贼的狗窝，正是因为你们两个恶徒作梗，让我未能杀了杨老贼报仇。”

余宽绪这才知道，原来，那天深夜潜入杨孜卧室行刺的正是眼前这个人。当时，他被自己和郭隆昌联手打成重伤，可惜还是逃出去了。为此，他和郭隆昌颇为合二人之力竟然未能擒获刺客而感到大失面子，没想到事隔数年，他们又相遇了。

谢惟志的名字，陈子敬和刘溪也曾经听过，但他一直追随在陈继周身边，很早就从浙江撤退回了江西，不久陈继周又在赣州城郊遇袭而殉难，是以陈子敬和刘溪并没有和他见过面。这时听得他报上名字，二人同时向他点头致意。谢惟志向他们抱拳还礼，说道：“二位前辈，且容我向这几个恶徒讨还血债后再告不请自来之罪。”

余宽绪嘿嘿冷笑两声，说道：“好小子，上次算你命大，让你侥幸逃走，没想到你还敢出现在我们眼前！这次你就再也不可能像上次那般幸运了！”话音刚落，双掌一推，已向谢惟志暗暗使出阴丹掌。

余宽绪十余年前武功在江湖已算不弱，最近几年在西域练了阴丹掌之后，更觉得武功进了一层。他见谢惟志在五年前就不是自己的对手，自忖此时对付他，便无需使用兵刃了，只凭一双肉掌当可取了他的性命，是以空掌进攻，同时刚好可以借此扬威。

谢惟志见他作势来攻，“唰”的一声拔出腰间长剑，众人但觉眼前寒光一闪，显见得这是一把锋利的宝剑。谢惟志剑尖一挑，已迎着余宽绪右腕疾刺。

余宽绪“哼”了一声，右腕翻转，掌心向外，对着他胸膛悄然拍去。不料谢惟志这一招明为攻右，实为攻左，忽地脚下一动，随即剑尖一抖，已向他左腕刺到。余宽绪心里一惊，感到对方出招比自己预料的要高明不少，霍地跳开一步，总算避过了这一剑。

谢惟志快招如电，“唰唰唰”又是几剑，连攻余宽绪前胸。余宽绪没想到他的剑法一出手就这么快，而且一招快似一招，一时陷入被动，忙于招架，无暇还招，嘴里却颇不服气，狠狠地骂了几句。

刘望北在一旁认真地看着谢惟志出了七八招，悄悄走近刘溪，说道：“叔叔，他的剑法怎么看起来这么熟悉呢？”

刘溪点点头，低声说道：“没错，他这套剑法使出来极为精纯，当为萧老前辈亲授。日后你可以好好向他讨教讨教。”

原来，谢惟志使的正是萧立之的“梅川诗剑”。刘溪学剑天赋极高，年轻时曾遇到萧立之，虽只相处了短短数日，但很快将他所创的剑法学到手。因其多年来所习剑法达数十种之多，难免博而不纯，加之刘溪自身在武林已是剑术名家，自然不止于有样学样，是以对所学各家剑法进行了些许改创，使之融入自己的风格。如此一来，武林中人已很难看出刘溪到底师出何门。而事实上，刘溪博采众长，也确实不好认定是哪一家的弟子，只能说自成一家了。如今刘溪见到谢惟志所使的剑法，在招式上可以说已学到了萧立之的八九成火候，若非萧立之亲授，一般人决计难以做到，所以已认定他是萧立之门下。

余宽绪见对方剑招逼得甚紧，心里暗暗叫苦。他的阴丹掌虽然已有相当火候，但在高手面前，若非先发制人或攻其不备，威力总归有限。早知谢惟志剑法如此高明，他就应该取出兵刃与之抗衡，再寻找机会出其不意施展阴丹掌。如今仅凭一双肉掌，要把对方击败，自己也感到根本没什么把握。

郭隆昌在一旁看到余宽绪手忙脚乱，处于下风，心里不禁暗暗替他着急。他们二人早年离开师门，共闯江湖，后来更是远至西域，感情自然不薄。他知道余宽绪吃亏在徒手相搏，有心想把手中剑抛给他，但看他被谢惟志的快招裹着，几乎腾不出手来，只怕抛过去也没法接。再看得数招，郭隆昌知道，此际最好的相助之法只有像以往那样以二攻一，实打实地助他一臂之力，当即说一声："我和余师兄一向做合伙生意最顺手了！师兄这单买卖这么热乎，我可看得手痒了啊，也给我分一碗汤吧！"长剑一挺，便要上前合斗谢惟志。

刘溪已看出余宽绪仅凭空掌已不是谢惟志的对手，但二人实力相差并不远。他见郭隆昌要上前相助，知道这样一来，谢惟志定然难以抵敌，当即身形一闪，拦在郭隆昌前头，说道："郭兄要是技痒，就先和刘某人练几招吧，我看就没必要打扰他们二位了！"

郭隆昌虽然没和刘溪动过手，但早已闻知他剑法高超，武林罕有敌手，尤其是看了他对付狄万壬的那一幕后，自忖手中这把剑可没把握胜过对方。他本来便是工于心计且欺软怕硬之人，心里想道："我们这边尚有掌门师兄和狄师兄没有出手，我这次和他们上山，只是跟着浑水摸鱼的。我和文天祥之间既无深仇大恨，他留下的几件宝物即使能取到也未必能分给我多少，那么我又何必强行出头招惹麻烦？"当即收剑说道："既然如此，我们还是别急着动手吧，先看看他们的精彩比试也好，呵呵！"

刘溪见他知难而退，微微一笑，说道："如此甚好，正合我意！"脚下一动，已退回原位。

黎富达和狄万壬见余宽绪处于下风，自己碍于身份不便出面相助，也希望和余宽绪一道回来的郭隆昌找个理由出面为他解围。此时见郭隆昌被刘溪阻止，心里只好干着急。他们知道对方真正厉害的高手是陈子敬、刘溪，这二人没出手，自己也不宜贸然出手。

陈子敬、刘溪虽然目光始终不离余宽绪和谢惟志，但场上众人的一举一动也尽在眼中。谢惟志既然已占上风，只要黎富达等人没有异动，他们也就乐得作壁上观。

余宽绪起初还指望谢惟志剑招用老，自己可以伺机反攻。没想到，他的梅川诗剑竟似绵绵无穷，新招迭出，一招紧似一招，自己竟然始终无法找到反守为攻的机会。余宽绪见谢惟志剑气逼人，自己阴丹掌虽然厉害，但哪敢硬碰，只好被他逼得连连后退。谢惟志一鼓作气，紧逼不舍。

余宽绪情知这一局算是栽了，额头微微冒汗，心头开始发慌。便在这时，谢惟志剑光一晃，余宽绪但觉他的招数对着自己的双眼直奔过来，眼睛一花，脚下忽地被一根树桩一绊，步履登时乱了。余宽绪心里暗叫：“要糟！”谢惟志已瞅准他露出的一个大破绽，知道机不可失，“呼”地使出一招“寒梅著花”，剑尖一长，已刺穿余宽绪的肩胛。

余宽绪惨叫一声，身体歪斜，眼看着便要仰面倒下。谢惟志迅速将长剑抽回，趁着余宽绪门户大开，用力挥出一招“孤云独去”，但见红光一闪，利剑已将余宽绪腰斩为两段。

众人心里一凛，没想到谢惟志出手竟然如此利索。远远站着的李庆庚和萧绿荷、欧阳紫鹃乍见余宽绪血溅当场，不禁齐齐发出一声惊呼，不自觉地退后了两步。

谢惟志收回长剑，从余宽绪身上撕下一角衣襟将血迹擦拭干净，目光冷冷地射向郭隆昌，说道：“该你了！”

（十九）内奸

郭隆昌见余宽绪命丧当场，心下不禁惶然。他既知谢惟志是为陈继周复仇而来，自然知道他不会放过自己。此时见谢惟志点名向自己挑战，惊悸之余，别无选择，只好硬着头皮拔剑冲上。

郭隆昌看了谢惟志与余宽绪交手的全过程，知道他的剑法出招极快，余宽绪便是因为托大，被谢惟志先发制人，以致一直无法以兵刃相抗。当下，郭隆昌不敢大意，一出手便使出自己看家的招式，以免重蹈覆辙。他剑锋一闪，运剑如风，直奔谢惟志中盘而去。

谢惟志冷笑一声，挽个剑花，一招“相逢秋月”，横剑拦下郭隆昌这一剑。两剑相交，叮当声响，溅起几颗火星。二人均觉手腕一沉，显见得对方功力不弱。所不同者，谢惟志的剑完好无损，郭隆昌的剑却被击出了一个小缺口。郭隆昌心里更惊，知道在兵刃上已输给对方，如果招式上无法抢占上风，这番比斗，便注定凶多吉少。

郭隆昌如履薄冰，为求自保，发狂似的向谢惟志抢招，霎时将对方裹在一片剑光之中。谢惟志气定神闲，长剑摆动，将来招一一化解。郭隆昌见暂时压得对方无暇进攻，一鼓作气，连续使出四五招，欲将对手压在下风。他刚才已将谢惟志所使剑招看在眼里，记在心里，认为只要他还是使用这些招式，自己已看了一遍，小心应付，总比余宽绪的结果要好。

二人就这样以快打快，很快过了三四十招。起初，谢惟志使的多是此前已用过的招数，刘溪在一旁留神细察，知道论招式，谢惟志的“梅川诗剑”比郭隆昌的剑法要精妙些，而且他的剑比郭隆昌锋利；但郭隆昌功力稍高，而且急于全身而退，竭尽所能，这样打下去，一时很难分出胜负。

眼见得谢惟志的剑招即将用尽，忽听得他大喝一声：“秋风原头桐叶飞！”蓦地剑锋横削，硬生生地变了招。郭隆昌忌惮他宝剑锋利，不敢硬挡，仓促间退出一步。谢惟志接着说道：“幽篁翠冷山鬼啼！”寒光闪处，剑尖直指郭隆昌咽喉。郭隆昌见他这一招充满杀气，心下大骇，又退得一步，方才避过。谢惟志剑招不停反进，紧接着听他吟诵道：“海图拆补儿女衣，轻衫笑指秦人溪！”两招急进，竟然又将郭隆昌逼退两步。

刘溪向刘望北招招手，低声说道："你留意看他的剑招，这应该是冰崖先生新创的招数，剑招里隐隐有悲愤之气，使出来的威力比前面的招数还要凌厉些，当然这得有相当的内功打底子。"刘望北点点头，两眼紧盯着谢惟志的身法。

只听得谢惟志越说越快，手中长剑也跟着一招紧似一招："秦人得知晋以前，降唐臣宋谁为言。忽逢桃花照溪源，请君停篙莫回船。编蓬便结溪上宅，采桃为薪食桃实。"这六招出手，郭隆昌已被他迫得又退出六步。其实，二人武功相差有限，郭隆昌若是心里镇定，尽可与谢惟志走上数百招。无奈此人本来便是喜欢打小算盘计蝇头小利、患得患失之辈，先见得同伴余宽绪因出招不慎死于非命，再见得对手兵刃比自己厉害，此后更见得对手变招之后，气势压人，心里兀自乱了，是以只能一味退让，反而愈加处于下风。

刘溪是剑术大行家，见此情景，不禁暗自摇头，低声说道："此人就此完矣！"话音未落，便听得谢惟志沉声说道："山林黄尘三百尺，不用归来说消息。"一个"息"字刚说出口，郭隆昌已"啊"的一声惨叫，被谢惟志一剑当胸穿过，和余宽绪一样血溅当场。

谢惟志单腿跪地，手托长剑，仰天说道："舅舅，您看到了吗？这两个恶徒终于得到报应了！"他一连手刃两名与自己实力相当的对手，内力耗损过多，刚才全凭一股气强行支撑，此时心头一松，但觉眼前一黑，一头栽倒在地。

刘溪和柳叶刀、刘望北赶紧走前几步。柳叶刀抓起谢惟志的右手，搭了一下脉，低声说道："无大碍，只是内力消耗过度，需要调养休息。"刘溪从怀里掏出两颗灵芝杜鹃丹，塞进谢惟志嘴里，轻声说道："吞下，且补补气。"谢惟志喉咙一动，依言吞下。刘望北将他背到大枫树下，让他靠着树干闭目调养。

黎富达见两个师弟片刻间竟然先后命丧谢惟志剑底，心里又惊又怒。这次上山，他本是有备而来，信心充足。他原以为，自己和师弟狄万壬在岭南武林已鲜有对手，杀上宝莲山可谓不在话下，而从北方回来的余宽绪、郭隆昌二人，武功今非昔比，有他们相助，再厉害的角色也尽可对付。所以，同门之中，已无须多带人手。至于吴定康、王斑虎、钱无忌几个弟子，则是因为确实与文天祥有着深仇大恨，让他们一起赴宝莲山，便使自己此举师出有名，可以复仇的名义堂而皇之讨要“祥瑞三宝”。没想到，上山之后，还没正式与主角动手，余宽绪、郭隆昌便死于非命，这如意算盘只怕没那么容易打了。

黎富达心里思忖，对方在场的这些人，陈子敬和刘溪大是劲敌，自己和狄万壬与他们一对一的话，未必有胜算；那个年纪颇大的老头儿虽不知来路，但看他样子，只怕也不是庸手，加上刘望北、萧绿荷等几个年轻人，自己的三个弟子可对付不了。他们这次上山，本来是与他人早有合谋的，只是因为自己先到了一步，存了点先下手为强的小心思，才提前与陈子敬等人打了照面。现在看来，此时已不宜与对方闹翻，否则只怕再难全身而退。想明白这层关系，黎富达愤愤地向陈子敬说道：“今日我损折了两个兄弟，心情悲痛难抑，无心与你们较量拳脚功夫。待我处理好这事，三日之后自会再找你们算那笔旧账！”说罢，伸出右手，竖起三个手指头，狠狠地摇了摇，便命吴定康等几人背上余宽绪、郭隆昌的尸身，急匆匆地离去了。

李庆庚见他如此嚣张，大声回应道：“三日就三日，宝莲山庄的人还怕了你们不成！”陈子敬摆摆手，也不拦阻，让他们去了。谢惟志歇息片刻，站起身来，向陈子敬、刘溪等人致谢。陈子敬对他说道：“此处不是说话之地，且和我们回山庄好好歇息一下再说。”

一行人回到宝莲山庄，陈子敬将谢惟志安顿下来，劝他好好在这里住些时日。谢惟志本是孤身一人在江湖漂泊，如今得遇文天祥旧部，倍感亲切，便欣然答应在宝莲山庄住下来。待谢惟志稍作歇息之后，陈子敬先将宝莲山庄面临的形势给谢惟志作了介绍。谢惟志也将自己这些年的经历与陈子敬等人细细说了。

原来，谢惟志与陈继周、萧立之同乡，皆为宁都人氏，其母是陈继周的胞姐。少年时，谢惟志曾随萧立之学诗学剑。陈继周在赣州与文天祥起兵勤王后，谢惟志投入军中，一直在陈继周左右。他们从浙江回到赣州不久，陈继周在赣州城郊中了赣州路达鲁花赤杨孜的埋伏，与长子陈逢父遭了余宽绪、郭隆昌的毒手。谢惟志当时被陈继周派往上犹联络抗元志士，得知噩耗，如五雷轰顶，从此立志复仇。这时，陈继周部已所剩无几，谢惟志和其他人也失去了联系。他经过多方打听，得知向陈继周和陈逢父下毒手的分别是来自岭南六石门的余宽绪和郭隆昌，以这二人当时的武功，自己要报仇难度不小。于是，他几经周折，潜回宁都，在梅江源头的王陂嶂找到在此隐居的师父萧立之，继续苦学剑法。

萧立之自临安失陷、谢太后及宋恭帝等被掳北上后，便心灰意冷，悄然回到王陂嶂下的朗霁村隐居。在此之前，他因自己的亲身经历，已对南宋腐朽的政治非常失望，但其时尚寄望一班君臣能勉力维持。及至元军统帅伯颜兵临临安城下，靖康之耻的历史再现，他便息了光复河山的念头，只想找一个陶渊明所说的桃花源似的地方度过余生。这朗霁村山高路遥，隐藏于层峦叠嶂之中，离宁都县城二百里，恰如世外桃源。萧立之在这里隐居以来，写下了大量的诗篇，剑法也不断出新。谢惟志击杀郭隆昌的最后几招，正是萧立之所作的《送人之常德》一诗的句子，这十二招也是他的“梅川诗剑”的压轴之作，只要在相应情景之中，心意与剑意自然相通，愤懑之心油然而生，便可发挥不一般的威力。若非如此，以谢惟志平时的武功，要诛杀郭隆昌其实并不容易。

五年前，文天祥在大都殉难，再次勾起谢惟志心中的仇恨。他专程从宁都潜入赣州城，想起陈继周曾经说起章江之滨的城墙下，有一个文天祥改造过的水窗可进入福寿沟，直达府衙内，便想找到这条通道行刺杨孜。费了几天工夫，谢惟志总算找到了这个水窗，在地下曲折走了好一阵，竟然被他摸到了杨孜的卧房。若非余宽绪、郭隆昌拼死护卫，他当晚便可手刃杨孜，为陈继周报仇。

那晚，谢惟志不敌余宽绪、郭隆昌，被二人打成重伤，好不容易逃脱后，深知以自己目前的武功，不敢轻言报仇之事，于是回到朗霁村，继续跟着萧立之修习剑法。如此过了数年，萧立之认为他单以剑术而论，在江湖上已足以和一流好手相抗，便让他出山寻仇。临行，萧立之以自己用了数十年的宝剑相赠，并叮嘱他，遇上实力不在自己之下的敌人，务必一出手便先发制人，利用自己宝剑锋利、剑法迅捷的优势克敌制胜，不给敌人一丝喘息的机会。

此时，陈继周离世已逾十年，杨孜也早就调离赣州，余宽绪、郭隆昌等人亦无从寻起。谢惟志便从赣州一路追寻到岭南，恰逢余宽绪、郭隆昌从北方归来，与黎富达等人谋划上宝莲山索要“祥瑞三宝”。谢惟志打听到他们的消息，还听说他们要寻找文天祥旧部，大喜过望，索性不惊动他们，根据他们一行人的线索，就此一路追踪到宝莲山。刁八月跟踪王斑虎和钱无忌时，他也在后面跟踪他们。得知王斑虎和钱无忌准备夜探宝莲旅舍时，谢惟志因为讨厌六石门这些人，一气之下，出其不意将二人打倒并绑起来，自己潜入宝莲旅舍，本想守株待兔，看看他们要搞什么名堂，不料又遇上刁八月，黑暗中还和他过了几招。

听得谢惟志说完这些年的经历，众人感慨不已，更对他的毅力深表钦佩。刘溪又问起萧立之的近况，得知他虽已八十多岁高龄，但身体依然康健，心下甚是宽慰。

厨房里正在张罗饭菜，香气四溢。在屋外赏花弄草的柳叶刀鼻子一动，眉头微皱，轻轻走近门口。忙得不亦乐乎的尹传鹏从雾气中抬起头，笑嘻嘻地向他招呼一声：“柳爷是不是肚子饿了？马上开饭了！”

柳叶刀呵呵乐道：“你们几个小鬼头，做饭菜倒是挺利索的，我老头拐这两餐饭吃得可舒心呢！”走进厨房，饶有兴致地看着灶台上大大小小的几口锅，抓起一双筷子往锅里夹了一小口菜，伸出舌头尝了尝，不禁啧啧赞叹几声。随后，柳叶刀与尹传鹏东拉西扯几句，突然一拍掌，说道：“我还有事要做呢，怎么净在这里闲扯？”便与尹传鹏道别。

走出厨房，柳叶刀找到陈子敬，说要到八仙谷和观音谷看看其他武林朋友。陈子敬见时候不早，建议他吃过饭再去也无妨。柳叶刀却说，他正是要赶在饭前，去八仙谷尝尝那边的口味。陈子敬知道他是开玩笑，但既然他提出要去那两处地方看看，也不好让他扫兴，便让朱来福带他去了。

连续两天，六石门那些人果然没再出现，众人在宝莲山庄谈天说地，但也不敢放松戒备。这两天，山下又陆续上来一些武林朋友，其中声望较高者当数大湖洲陈家庄的陈建礼、陈建智兄弟。原来，陈家庄庄主陈建仁一直关注赣州官府动向，探得哈伯沙里正在谋划围剿宝莲山，只是因为还在等候某个重要人物，所以计划迟迟未执行。同时又听闻一些江湖人士趁火打劫，也对宝莲山蠢蠢欲动，陈建仁便先让两个弟弟上山支援陈子敬，并表示如果敌情严峻，自己也将带人上山助陈子敬一臂之力。陈子敬听了陈建礼、陈建智一番话，颇为感动，向他们连连致谢。

这日黄昏，蓝火龙风风火火地来到宝莲山庄。他告诉陈子敬、刘溪，宝莲山突然出现了大批江湖人士，少说也有数百人。他们有的在光明嶂歇脚，有的则聚集在赤面崖下，看样子应该是冲着宝莲山庄来的。蓝火龙一则担心陈子敬等人对此防备不足，二则担心他们抵御力量不够，得知此事后，便匆匆赶过来向他报信，并表示要在宝莲山庄与他们共同御敌。

陈子敬对蓝火龙深表感谢，随即与刘溪、刁八月、柳叶刀、谢惟志等人共商对策。根据蓝火龙探得的情况，这些人乃是一个团伙。能够率这么多人远道而来，其首领定非寻常人物。对方人多势众，陈子敬等人商议之后决定，将分处于八仙谷、观音谷的武林朋友聚集于宝莲山庄，共同对敌，只留下熟悉地形的邹上峰、邹上岭与欧阳章、欧阳贡兄弟值守就是。同时，由刘溪携刘望北即刻赴冲天寨，请叶南潭按此前所约定的方案出手相助。伯公坳路口，这些天都已安排人手日夜轮流守望，凡有外人经过，随时与山庄联络。

刁八月在山庄静养了几天，伤势已好了大半。得知偷袭他的余宽绪和围攻他的郭隆昌已被谢惟志诛杀，既感到高兴，又略感遗憾。高兴的是宝莲山庄意外添得高手一名，遗憾的是这二人既殁，一掌一剑之仇便无法亲手解决了。此时听得又有大股敌人来犯，当即提出要再去黄婆地探个究竟。陈子敬因其伤情尚未痊愈，未准允他出门，并宽慰他，不管对方是何来路，兵来将挡，水来土掩，宝莲山庄胸有成竹，以静制动，只等他们送上门来便是。再说，这边还有更重要的事需要他张罗呢。刁八月知道陈子敬是难得一见的智勇双全之士，见他说得坦然，心里也就踏实了。

次日便是黎富达约定的再战之期。陈子敬已估计，此次上山的大股江湖人士，当和黎富达有密切关联。他既然约定三日之期，自是早有谋划，有备而来。陈子敬让群豪暂且在山庄待命，自己一大早便与蓝火龙、柳叶刀、谢惟志、陈建礼、陈建智、尹传鹏、李庆庚、萧绿荷、欧阳紫鹃等人来到伯公坳，静候黎富达一干人的到来。刁八月本来也要求出去迎敌，陈子敬因刘溪外出，以刁八月熟悉情况为由，请他留在山庄招呼其他武林朋友，并悄悄嘱咐了他几句。刁八月听了，连连点头答应。

大约辰时，前方果然有人向这边快步走来。陈子敬远远地看到，走在前头的正是黎富达，但他们人数并不多，也就十七八人而已。待得来人只有数十丈远时，陈子敬朗声说道："黎掌门果然是信人，陈某在此已恭候多时！"

前面五六人脚步极快，陈子敬话音刚落，他们已在数丈之外驻足。后面十余人发足追赶，很快也跟到他们身后。来人当中，除了六石门的黎富达等五人，其他人陈子敬均未见过。倒是蓝火龙识得其中一人，却是祁禄山丹岩寨寨主綦有光。蓝火龙冲他呵呵一笑，问道："你这个后生拐子，又来浑水摸鱼了？你那个大鹰鹘哥哥怎么没来呀？你那个大野猪兄弟还好吧？"

綦有光本来躲在人群后面，见蓝火龙和自己打招呼，知道这老头不好对付，头皮一麻，瞪了一眼，并不说话。旁边一个脸上有一道斜疤的黑脸汉子幸灾乐祸地瞧了瞧綦有光，嘿嘿地干笑了两声。綦有光低声骂道："陆花脸，你得意个鸟！回头有人收拾你。"

黎富达见陈子敬已在此等候，说道："很好！今天我们可以痛痛快快地把新账老账一起算了！"左手一摆，向陈子敬介绍身边一个满头红发如火、年约五十来岁的清瘦汉子，"这位是飞鹰帮坐第二把交椅的郭双龙帮主，他的大名想来各位应该并不陌生了！"又指着右边那名脸色肃然的大汉说道，"飞鹰帮坐第三把交椅的向三通帮主，他对宝莲山可是一回生二回熟了！”

陈子敬说道：“久仰久仰！原来又是飞鹰帮的高人到了，我说宝莲山怎么热闹空前。可惜我等准备不周，没什么好招待的，还望各位将就将就。”郭双龙淡淡地“嗯”了一声，算是应答。

黎富达又说道:“这里还有一位贵客,说起来大伙儿多半并不陌生。”指着站在郭双龙旁边的那个五六十岁的老妇人说道，“这位是赤水仙的关门弟子，江湖上威名甚隆的六指鬼姥！” 陈子敬早就注意到了这个满头白发、脸如鸡皮的老妇，正思忖这是江湖上哪一号人物，听得黎富达这么一说，不禁眉头微蹙，心里想道：“怎么这个老妖妇也掺和进来了？”柳叶刀、陈建礼、陈建智等人也听过六指鬼姥其人，心里和陈子敬一样颇感疑惑。

黎富达见陈子敬微微变脸，哈哈一笑，说道：“六指鬼姥她老人家和黎某人一样，都是飞鹰帮的合作伙伴。今天我们三家联手，为的就是让你们爽快地把本该属于我们的东西交出来。如果再不识相，我们丑话说在前头，到时此地血流成河、鸡犬不留，可别怪我们心狠手辣啦！”他知道飞鹰帮四处“招安”，网罗了不少山寨门派，为防陈子敬等人误会自己也投靠了飞鹰帮，所以先把这层合作关系挑明了。

陈子敬微微一笑，说道：“恭喜六石门保持了独立门户！江湖上传言六指鬼姥独来独往，乃世外高人，没想到也和一干俗人一般觊觎身外之物，这倒是让人感到意外了。”他因黎富达口出狂言，索性冷冷嘲讽一下。

六指鬼姥怪笑一声，说道：“老身我虽然独来独往惯了，但自家大哥的忙还是要帮一个的。再说嘛，你那些金银财宝我不稀罕，但听说你们搜罗了这么多门派的武功秘诀，老身我虽然未必看得上这些门派，有兴趣时当作笑话瞧瞧又何妨！”她声音尖锐刺耳，内功差的人，听着心里但觉很不舒服。

原来，六指鬼姥本名洪雪娇，是飞鹰帮大帮主洪亿浩同父异母的妹妹,因双掌各生六指,加之性格怪戾,不近人情,早年在江湖上博了个“六指鬼姥”的绰号，其本名反而被人淡忘了。六指鬼姥的师父赤水仙，是上一代武林女杰第一人，年届六旬时方收洪雪娇为弟子，是以对这个小弟子溺爱尤甚，不仅传给她一身技艺，对她的乖张行径也极为纵容，以致江湖上无人敢招惹。赤水仙去世后，其门下弟子将她隐居的大山也称为“赤水仙”。六指鬼姥的亲人当中，除了师父，便只剩下兄长洪亿浩。师父去世后，她和同门中人性格不合，便隐居在离鹰盘山不远的五指峰麓。六指鬼姥在江湖上并无朋友，平素不问世事，唯以钻研武功为乐。此次飞鹰帮大举进犯宝莲山，意欲强夺“祥瑞三宝”，此事恰被六指鬼姥知晓，她便向兄长洪亿浩提出共同参与此事。洪亿浩知道这个妹妹只是对各门派的武功感兴趣，并无其他想法，让她参与进来，倒也可以平添己方力量，便欣然让她随行。

黎富达接着说道：“打虎亲兄弟，上阵父子兵。六指鬼姥是洪大帮主的亲妹子，当然是可靠的合作者。另外需要告诉你们的是，我们和飞鹰帮本来便是亲戚关系——我这位狄师弟，与向三帮主可是嫡亲的姑表兄弟。所以，我们三方携手同来，陈庄主不妨好好掂量掂量这些利害关系，及时作出明智的选择。”众人听他这么一说，方知六石门与飞鹰帮其实早有勾结，此次联手上宝莲山，绝非一时起意。

陈子敬淡淡地说道：“我们与你等三方本来井水不犯河水，现在既然你们要恃强欺人，那没得说，纵算玉石俱焚，陈某也得奉陪到底了。”

黎富达摇摇头，说道：“陈庄主此言差矣！玉石俱焚的结果，谁也不愿意看到嘛！你们只要爽快地将属于我们的东西交出来，不就什么事也没有了吗？大家今后还是好朋友嘛，哈哈！”

陈子敬冷然说道：“道不同不相为谋。诸位如果是以天下为己任，陈某自然可将所持之物无私奉上。可惜你们只是些为一己私利而蝇营狗苟之徒，在这里妄谈丞相遗物，简直是亵渎已逝的仁人志士！”

黎富达脸色一变，说道：“陈庄主真要执迷不悟？贵庄虽然请得若干武林同道相助，但今日我们上山之人没有一千也有八百，难道你就这么有信心，能和我们一较高下，决一死战？”这话倒也不假，这次飞鹰帮兴师动众，不仅从鹰盘山带来上百名精干武士，还将宝莲山周边所招收的下属精锐尽数带来，俨然摆出不得胜不收兵的架势。

陈子敬哈哈笑道："虽千万人又如何？我等早就历经生死无数次，数十万大军也见识过了，还能被你这千百人吓倒？你们要战便战，我们唯有奉陪到底，别无选择！"谢惟志、尹传鹏也在一旁接话说道："就是嘛，别以为人多就可以到处吓唬！""以这种行径夺取'三宝'，真是痴心妄想，我们一定血战到底！"

忽听得一人悠悠地说道："只怕没有战下去的能力了！我看还是算了吧，把东西交出来得了，或许还能给这些从各地赶过来帮忙的热心朋友留条命！"众人循声望去，只见一个年轻人缓缓地走出人群，却是陈子敬的弟子李庆庚。

李庆庚一直走前十余步，面对着陈子敬等人，冷冷地说道："今日大敌当前，高手如云，难道宝莲山庄还指望凭借区区百十人侥幸保存'祥瑞三宝'吗？"

陈子敬等人闻言，无不愕然。郭双龙带来的不少部众见此情景，心里也诧异难当，不禁窃窃私语。萧绿荷忍耐不住，当即嚷道："庆庚哥，你这是说什么话来着？怎么还没开打，就先替敌人说起话来了？"

李庆庚嘿嘿冷笑两声，说道："替敌人说话？你说的敌人是谁呢？"

尹传鹏见他那副神态，不禁心头火起，喝道："李庆庚，你搞什么名堂？要做叛徒就明说吧，我们不稀罕你！"说罢，"呸"的一声，往地上狠狠地吐了一口。

李庆庚哈哈大笑，说道："对不住啦，一直忘了告诉你们，我不姓李，我姓黄！你们喊了我这么多年'李庆庚'，前面的事我就不计较了，今后请叫我'黄庆庚'！"

尹传鹏等人面面相觑，更加莫名其妙。陈子敬心里一动，正待努力回想与他相识的过程，又听得李庆庚说道："庄主、师父，谢谢你这么多年的收留了！只是，李梓发可不是我的叔叔，他是我的杀父仇人！我父亲黄桂绂，正是死在李梓发之手！"说到这里，不禁声音哽咽。

陈子敬等人听到"黄桂绂"之名，尽皆茫然。武林中并没听过这号人物，当年文天祥部下将领当中，也没听过有这么一个人。然则他为何死于李梓发之手？与今日之事又有何关系？黄庆庚见众人不解，又说道：“是的，我父亲只是一个无名之辈，他既不是武林中人，也不是官府中人，各位自然没有听说过。但是，他是一个好爸爸、好儿子，就这么一个对亲人有情有爱的好男儿，却死在李梓发这个独夫之手，每每想到这些，我就忍不住暗暗流泪！”用手抹一抹双眼，说出了一段往事。

原来，九年前，宋元崖山之战后，南宋流亡朝廷全军覆没，宋朝最后一个皇帝、年幼的赵昺被大臣陆秀夫背着投海而死，而地处偏远的上犹县城却不知这些消息，该城仍由李梓发率众坚守。是年三月，元朝参知政事贾居贞率军攻打上犹城。在岭南经商的县民黄桂绂得知元军攻城消息，担心尚在城里的父母安危，匆匆赶回上犹，要将父母接出县城。不料，黄桂绂行至上犹城外，被围城的元军当作奸细抓捕，押至贾居贞处。贾居贞问得黄桂绂家庭情况，知道他只是个颇有孝心的寻常商贾，便要他进城后面见李梓发，一则将宋廷已亡之事告知李梓发及其部属，二则劝说李梓发识时务，早日献城投降。贾居贞允诺，事成之后，不仅保全黄桂绂父母的安全，而且将有重赏。黄桂绂急于见到父母，当即答应。进城后，果然求见李梓发，依约将崖山海战情况相告，并苦心劝其投降。李梓发闻知宋廷已亡，如五雷轰顶，又见黄桂绂一再劝说投降，怒不可遏，当即将他推出斩首，誓死不降。

此后不久，毕竟力量悬殊，上犹城终被元军攻破。李梓发率子侄四十七人自焚殉节，令时人嗟叹不已。然而，留在岭南的黄桂绂家人得知黄桂绂惨死于李梓发手下，却对他恨得咬牙切齿。原来，这黄桂绂虽然大节有亏，对家人却极其孝顺慈爱，若非如此，也不会冒着兵火赶赴老家营救父母。黄庆庚当时是个十几岁的少年，一直受父亲疼爱，乍失父爱，痛不欲生。李梓发已全族死节，黄庆庚虽然知道他是杀父仇人，但要报大仇已无从谈起。因为内心长期被仇恨笼罩，因此，他恨屋及乌，连带着对当年抵抗元军入侵的仁人志士也恨上了。

后来，黄庆庚的身世被六石门的黎富达知晓。黎富达怀着“同仇敌忾”之心，本来便收留了几个对文天祥心怀仇恨的弟子，便将黄庆庚也收于门下。及至江湖传出“祥瑞三宝”的消息后，身为一派掌门的黎富达也对此打起了主意。他想到，“祥瑞三宝”必定掌握在文天祥旧部手里，如果能将自己的弟子打入其内部，要夺取“祥瑞三宝”就事半功倍了。

黎富达所收的几个弟子当中，吴定康、王斑虎、钱无忌是文天祥部下将领之后，难免被文天祥旧部认出，而黄庆庚却是一介平民黄桂绂之子，谁也不认得他；加上他又是上犹人氏，让他冒充李梓发的亲属，由此接近文天祥旧部，倒是挺合适。于是，黎富达让他改名李庆庚，编了个与李梓发有关的身世，潜回上犹，每逢清明、冬至便去李梓发墓前祭拜，因此得以结识陈子敬。

众人听得黄庆庚讲完自己的身世，不禁骇然。尹传鹏与黄庆庚相处时间最长，四年来情同手足，如今得知他欺骗了陈子敬等人数年，尤为恼怒，恨恨地骂道：“好你个奸诈小人，枉我们庄主把你当作亲人般栽培，真是白眼狼都不如！”黄庆庚冷冷地一笑，说道：“杀父之仇，不共戴天！我痛恨当年那些所谓的爱国志士！谁当皇帝不是一样，为什么要把我们小小百姓的命运牵扯进去！说到底，他们杀来杀去，还不是为了自己的功名利禄！”

陈子敬肃然说道：“庆庚！你和六石门处心积虑欺骗我陈某人倒也罢了，但你若要这样污蔑抗元志士，我可容不得你！家国大义，岂容你如此信口雌黄！”黄庆庚见他目光凛然，心里不禁心虚，虽然背后有六石门、飞鹰帮等强大势力做靠山，嘴上还是不敢再说下去。

黎富达见黄庆庚已将事情挑明，呵呵笑道：“庆庚，看你这样子，事情已经办得很妥当了？这几年，陈庄主毕竟待你不薄，不妨将为师这几天交代你的事也给陈庄主说清楚吧，免得他不明就里，吃了大亏。”

黄庆庚说道：“是！”对着陈子敬说道，“庄主，你还是放弃拼死一搏的想法吧。实话相告，三天前，我已在大家的饭菜中做了手脚。不出意外的话，一个时辰之内，宝莲山庄的主人和客人们——包括此前住在八仙谷、观音谷的那些朋友，都将陆续发作，到时手脚无力，只能让对手手到擒来，这又是何苦呢？”

此言一出，谢惟志、陈建礼、陈建智、尹传鹏等人皆大吃一惊。没想到黄庆庚这么狠毒，竟然提前三天就给大家下了毒。如此看来，六石门老谋深算，大大出乎众人意料，此番相斗，只怕凶多吉少。

黄庆庚秘密下毒之事，原本只有黎富达等极少数人知晓，飞鹰帮带来的那些人听得六石门竟然布下了这么一招狠棋，或惊愕，或喜悦，或幸灾乐祸，一时交头接耳，场面颇为嘈杂。在多数人心里，宝莲山庄已然成为案上鱼肉，可任由自己这方宰割了。

却听得一人长声大笑，笑得甚是畅快。黎富达等人看那发笑者是个年约六旬的长须老者，不知他是何许人，也不知他为何笑得如此欢愉。心下正纳闷，便听得陈子敬说道："这位前辈是柳叶刀先生，武林中的成名人物对他老人家应该并不陌生。柳前辈既然这么开心，大家不妨耐心地听他老人家说几句吧。"

柳叶刀在江湖上号称"柳神医"，郭双龙等成名人物当然知道此人，心里不禁嘀咕："久闻这老家伙神龙见首不见尾，尤其是近些年已不知所终，怎么偏偏在此时突然从山上冒出来了？"

柳叶刀拈须而笑，说道："开心，确实开心！老夫只道自己老朽不中用了，不好意思再搅和江湖中事，没想到这次来宝莲山做客，倒也不是混饭吃的，还真是帮上了一点小忙。"把目光投向黄庆庚，又说道，"年轻人！你那个'打破碗碗花'之毒，妙计倒是妙计，只是可惜三天前就不幸被老夫给破解了！待会儿大伙要是动起手来啊，不仅不至于手脚无力，只怕还浑身有使不完的劲呢！哈哈！"

黎富达、黄庆庚闻言，脸色大变。这人能道出"打破碗碗花"之名，多半所言不虚。柳叶刀接着说道："要是放在三年前，你投下这'打破碗碗花'之毒，老夫还真拿它没办法。但现在放这个，在老夫面前可起不了什么作用了！三年前，老夫就已找到了破解之法，所以，你们要是拿这东西押宝，那可真是押错了，这就叫竹篮打水一场空喽！"

黄庆庚一听，顿时脸如死灰。这"打破碗碗花"毒粉，正是余宽绪从西域带回来送给黎富达的。黄庆庚入住宝莲山庄后，于几个月前终于找到机会将相关情况秘密传送给黎富达。尤其是陈满子上山告知官府行动计划后，黄庆庚更是赶紧送出密信，提醒黎富达抢在官府之前对宝莲山庄采取行动。黎富达对此事谋划良久，用心良苦，得知庄中有厉害高手，后又闻得将有多方武林豪杰陆续上山相助，便专门派人送来“打破碗碗花”毒粉给黄庆庚，让他适时下于饭菜之中。这种毒粉是一种慢性毒药，一般三天之后发作，中毒之人事先往往毫不知情。那天，黎富达因余宽绪、郭隆昌丧命，思量非得借助毒粉之力不可，便约了三天之后再战。黄庆庚心领神会，当天便在三处开伙的锅里涂了一层毒粉。然而，人算不如天算，他却没料到柳叶刀号称“神医”，对用毒之事亦知之甚多。尤为凑巧的是，柳叶刀前些年游历川北，知道当地绿林有一种“打破碗碗花”毒粉，因毒性奇异，颇受黑道人物青睐，一直传到西域。这“打破碗碗花”由于毒性太强，人们为了不让小孩沾染，所以取了这样一个名字，让小孩子们以为一旦靠近这种毒花，吃饭时便会打破碗，因此吃不上饭。这种毒粉一旦使出，便无解药可用，所以若非万不得已，人们一般不用。柳叶刀得知此事，好胜之心顿起，立志寻找解药破了它的毒性。功夫不负有心人，柳叶刀历时两年有余，根据万物相生相克之理，总算找到了一种名叫“撑死牛牛草”的野草，以之磨粉，正好可解“打破碗碗花”之毒。

那天，柳叶刀忽然在厨房闻到“打破碗碗花”毒粉的气味，心里暗暗吃惊。进厨房察看后，确认此毒粉已被人用抹布涂于锅内，由此知道宝莲山庄必有内奸。他悄悄取出“撑死牛牛草”粉，与尹传鹏说话时，双掌一拍，已将此粉击入锅中，将毒粉给解了。他又不放心八仙谷、观音谷那边的情况，便借故要去那边走走，果然发现那两处居所的锅内也被人下了毒粉。柳叶刀不动声色将毒解了之后，将这一发现悄悄告诉了陈子敬。陈子敬心里吃惊不小，便只对刘溪一人说了，从此他们几人对山庄内外动静倍加警惕。

自黄庆庚开口说话，陈子敬、柳叶刀已知道了此人便是隐藏在宝莲山庄的内奸，只是不知他为何要如此这般。待得他把前事讲完，种种不解之处便迎刃而解了。

黄庆庚得知阴谋失效，气急败坏，指着柳叶刀骂道：“天不助我！上天为什么要让你这个老家伙跑到这里来坏我的事！要不是你这个老不死的，今天这些人统统给我倒下了！”

柳叶刀微微一笑，说道："年轻人，此言差矣！你真要说的话，只能说连老天爷也不许你干这种伤天害理之事。其实，纵算老夫没上山，这些人也不至于个个倒在你们这种下三滥手段之下。你这毒粉，至少对两个人是毫不奏效的。可叹你们却以井蛙之见，竟然如此自以为是。"

（二十）汶潭崇主

柳叶刀见黄庆庚眼鼓鼓地瞪着他，说道："你这'打破碗碗花'毒粉虽然厉害，但毕竟只是慢性毒药，需要三日工夫方才发作。它对普通人当然是相当有效的，但像内功练到陈庄主这种境地，已然百毒不惧，若非急性剧毒，根本奈何他不得。所以，你指望这玩意儿帮你们打败陈庄主，那只是竹篮打水，空欢喜一场。"

黄庆庚见陈子敬目光如电，一直不敢正面看他，这时心里不禁暗忖："若是此毒无法制服陈子敬，事情挑明了之后，只怕他第一个就不会放过我。"

只听得柳叶刀指了指笑嘻嘻站在一旁的蓝火龙，又说道："这位蓝前辈，虽然年纪已是七十出头，但我一见到他，就知道是个异人。和他一聊，果然，蓝前辈五六十年来，少说也吃了上万颗蛇胆，早已练就了一副百毒不侵的好身板。你这区区'打破碗碗花'毒粉嘛，再多放几倍，也只是相当于给他调调味而已。"

飞鹰帮和六石门这些人一听，不禁骇然。看这老头儿精神矍烁，确实异乎常人，只道他练了什么独门内功，原来竟然一辈子吃了这么多蛇胆，这种人在武林中可不多见。蓝火龙曾经对綦有光的毒蒺藜视为玩物，綦有光一直不明就里，听得柳叶刀这么一说，才知道自己的毒暗器对蓝火龙来说实在是不值一哂。

柳叶刀见黄庆庚脸色苍白，摇了摇头，说道："年轻人！所以说嘛，老汉我用'撑死牛牛草'破了你的'打破碗碗花'，其他人或许可以好好谢谢我，请我到圩上喝上三两碗深山糯米酒，但陈庄主和蓝前辈这二位，那可和老汉我无关哦！他们要是请老汉我喝酒，我当然也是不客气的，但那只能算是白请，哈哈！"

黎富达听得柳叶刀这么一说，已知此前设计的妙计已全然泡汤，心下懊恼不已。此次他和飞鹰帮联手，起初想到他们人多势众，颇为担心把宝莲山庄拿下后，分赃时自己要吃哑巴亏。后因余宽绪献出从西域带回的"打破碗碗花"毒粉，知道此毒有奇效，恰好自己早已在宝莲山庄设下内应，于是，果断决定以下毒之策，不费吹灰之力解决宝莲山庄武力问题，为此次夺宝行动抢下头功，以便分赃时多些话语权。尤其是余宽绪和郭隆昌被谢惟志斩杀后，黎富达更加明白宝莲山庄武力远比自己想象的厉害，仅靠自己六石门一行，是没法和他们硬拼的，所以和黄庆庚暗约三天之期，一则刚好郭双龙等人届时可到达宝莲山，二则“打破碗碗花”之毒需要三天才发作，到时便可不战而胜。

郭双龙率部上山后，黎富达和他说了自己所实施的计划。郭双龙因宝莲山庄线索系由六石门提供，加之本帮的向三通和六石门的狄万壬是亲戚关系，今后飞鹰帮还将继续利用六石门的力量，所以欣然同意按黎富达的意见行动。黎富达自认为下毒之后对付宝莲山庄已稳操胜券，便让郭双龙将大部人马留在黄婆地圩附近接应，只带领若干名骨干人员前往宝莲山庄见证“奇迹”。

黎富达心里转瞬间把柳叶刀祖宗十八代骂了个遍，恨不得立时出手将这老头毙于掌下。转念又想，好在飞鹰帮这次带了近千人上山，虽然用毒之计已失败，但强攻之计仍无碍。如今既已抵达宝莲山庄，谅这区区百十人插翅难逃。现下对方出场的人物并不多，且与他们周旋片刻，试探实力。实在不行的话，让郭双龙将外面的大部人马调进来，一举踏平了宝莲山庄便是。

人群中忽听得一人大声说道:“毒不了就算了呗，哪有这么多废话？就算不用那个什么破毒，难道飞鹰帮就拿你们没办法了？”说话的是飞鹰帮辰龙堂堂主荣归海，此人性情暴躁，武功在飞鹰帮除了几个帮主，排得上前几位，行事风格一向大大咧咧。

又一人跟着嚷道:“就是嘛，飞鹰帮出马，还需要靠什么其他本事？你们还是老老实实把我们需要的东西交出来，否则小心我们杀你个鸡犬不留！”说话的却是祁禄山的陆花脸。他上次从宝莲山铩羽而归，发现山上隐居的高手比自己想象中还要厉害许多，连向三通也讨不了好去，情绪低落了好几天。此时随飞鹰帮大队人马重返宝莲山，特别是听说二帮主郭双龙武功比向三通强多了，胆气又壮起来，只盼着飞鹰帮的高手们尽快动手，自己也可趁火打劫，从中捞一把好处。

蓝火龙见陆花脸一副小人得志模样，说道：“鸡犬不留？说得这么可怕，那你们上山吃什么？看来我老头拐今后可得多养些蛇给你们吃了！”陆花脸虽然听得柳叶刀说起这老头百毒不侵，但没见识过他的本事，只道他只是多吃了些蛇胆而已，并不放在眼里，懒得和他搭话，只是双目斜视。

黎富达虽然听得荣归海、陆花脸言语间有意无意地忽略六石门，却并不介意，顺着他们的话说道：“陈庄主，刚才我们这边两位兄弟的话你也听到了，依我之意，大伙如果能好说好散就最好了。识时务者为俊杰，你也是经历过大场面的人，相信眼前的形势是不需要我多言的。”

陈子敬冷笑道：“什么叫时务？你们也未免把自己抬得太高了。陈某虽不才，但似你们这等乌合之众，却还真未必看得上眼。”

荣归海忽地跳出来，嚷道：“废话少说，手脚上见高低！老子先领教领教你们的手段，看看是不是像嘴上说的那么回事！你们记住了，老子是飞鹰帮辰龙堂堂主荣归海，哪个不服的尽管上前来！”

陈子敬说道：“好，按江湖规矩，有来无往非礼也！我们就见识见识这位荣堂主的高明功夫。”话音刚落，便听得一人接话道：“就让我来给荣堂主松松骨吧！在下大湖洲陈家庄陈建礼，你们记不记都行。”

大湖洲陈家庄在武林一向低调，其武功虽有独特之处，但因陈氏不事张扬，也少有在江湖行走，所以远在鹰盘山的飞鹰帮诸人却未必知晓。荣归海见这陈建礼一身庄稼人打扮，又没听过他的名号，心里对他便颇有些不以为然。二人各自走前几步，荣归海也不多说，起手一招“斗柄指东”，右拳虎虎生风，直贯陈建礼面门。

陈建礼低喝一声：“果然有点凶！”右臂轻轻画了个弧形，侧面一推，二人的手臂已粘在一起，荣归海没想到自己运足了七八成功力的一拳居然被他轻描淡写地带偏了。他心里一愣，手上却不含糊，接着又出一招“斗转参斜”，左拳已向陈建礼腹部悄然进击。陈建礼也不吭声，左手往上一拦，仿佛不经意间，已将荣归海左拳格出去。

荣归海见开头两招都被陈建礼瞬间化于无形，不禁低声骂了一句。他武功上修为不低，很快明白对手实力不弱，登时收了轻敌之意，收回右拳，一招“步斗踏罡”，稳稳地击向陈建礼前胸。不料，陈建礼的右手却与他的右拳形影相随，顺着荣归海的右臂一带，又将他这一招化解了。

荣归海心里暗道“邪门”，手上暗暗运劲，猛然间连续使出数招，要打陈建礼一个措手不及。陈建礼却好整以暇，水来土掩，双手只是紧贴着荣归海双拳，使他打出去的招数总是落不到实处。如此斗了十几个回合，荣归海不禁心里焦躁，出招越来越狠，只是始终击不中目标。而那陈建礼却如同轻松陪练，一点也不着急。

陈子敬在一旁看了数招之后，已看出端倪。原来，荣归海使的是源出道家的“七星拳”，但属于刚猛一路的拳法，讲究以快制敌，以势取胜。而陈建礼用的则是同样源出道家的“玄武太极手”，这门功夫讲究以逸待劳，以柔克刚，恰好是“七星拳”的克星。陈建礼要是遇上其他门派的对手，这“玄武太极手”用起来还没这么奏效，但遇上使“七星拳”的人，则恰如瞌睡遇上枕头，没有比这更畅快之事了。因为懂这门武功的陈家庄人与武林中人少有动手，所以，一向少来赣州路的荣归海对此不明就理，只道陈建礼武功高出自己太多，嘻笑之间已将自己的得意招数压制，心里不禁紧张起来。陈子敬低声对身旁的陈建智说道：“贵庄的好功夫！再过片刻，这人便要知难而退了。”

果然，又过得十余招，荣归海心烦意乱，出手虽然越来越快，但急切间前胸露出一个大破绽。陈建礼看得真切，霍地一掌轻轻推出，荣归海猝不及防，一个踉跄退出五六步，显然已经输招了。

荣归海立在当地，对陈建礼的手法颇多不解。对方明明攻击力不强，交手时一直是自己占主动，可自己每每出招，却总是差之毫厘，谬以千里，无法达到预期的结果，让人感到打多久都无法取胜。正进退两难，不知是否继续与对方打下去，却听得那边郭双龙朗声说道：“这一场我方失利，归海堂主暂且退下！”原来，这郭双龙倒是爽快之人，已然看出荣归海的武功不敌陈建礼，即使再打下去，也是这样的结局，不如及早收手。

荣归海的辰龙堂在飞鹰帮归郭双龙直接节制。听得顶头上司发话，荣归海便不再多想，悻悻地退归原位，心里却犹在回想陈建礼武功的“邪门”之处。

陈子敬见荣归海退回去，便对陈建礼说道：“陈兄辛苦了，既然人家这么客气，你也且歇息歇息吧。”又对着郭双龙、黎富达等人说道，“诸位还有什么高见，但管划出道道来，我等奉陪便是。”

郭双龙与黎富达对视一眼，二人均在想，倘若以一对一的方式与对方决战，此事不知要拖到几时方有结果。除非先把对方首脑人物拿下，此事方得以从速解决。可是，由谁出手对付陈子敬呢？听说此人武功已臻化境，直接交手的话，谁也没有制胜的把握。但若是几人联手缠斗的话，传出去又未免大失体统。正踌躇间，忽听一人咯咯怪笑道：“老身少说也有上十年未曾和人动过手了，说来真是寂寞！今日既然大老远来这里跑了一趟，总不能空手而归吧！看看哪位有兴趣上来试试身手？”说话的正是六指鬼姥。

六指鬼姥话音刚落，却见另一人抢身出来，对她说道：“您老人家且不急。听说对面这位老大爷英雄了得，还是先由我来向他讨教几招吧！”却是陆花脸在向蓝火龙挑战。

原来，陆花脸自从上次与向三通扫兴下山，想到自己为了报私仇而把向三通引到宝莲山，虽然歪打正着摸到了“祥瑞三宝”的些许线索，但同时也弄巧成拙，让向三通败得灰头土脸的，心里便一直担心向三通对他有看法。尤其是听说綦有光也攀上了飞鹰帮高层之后，更是心下忐忑。这次比向三通地位更尊的郭双龙率领他们这些下属山寨上山，陆花脸一路上便在想着如何找机会在郭双龙面前好好表现一下，以便得到他的赏识。他听得柳叶刀说蓝火龙不怕毒，看他只是一个乡下老头，只道其人武功未必高明，对他颇不以为然。一旁的綦有光深知陆花脸的心思，有意让他当众出个丑，便故意嘀咕说这老头儿只是好吃而已，根本不懂什么武功，上次他们相遇，仅曾雄使出几招，他便招架不住，连连求饶。陆花脸本是欺软怕硬之人，一听这话，生怕六指鬼姥出手后，自己再难找到露一手的机会，当即向蓝火龙叫板，意欲为飞鹰帮立下一功。

蓝火龙见陆花脸走出来要和自己过招，脖子一缩，说道：“这位头领面目凶猛，我老头拐看着就怕啊！”陆花脸更加得意，说道：“我就看不惯你这倚老卖老的模样，想来你手上应该也有几分功夫。要是一般人，我还懒得和他动手！”

蓝火龙说道：“既然这样，那还请头领手下留情，最好点到为止，我这把老骨头可经不起折腾。”慢腾腾地拉开双臂，作势要和陆花脸较量。

陆花脸喝道：“少废话，看招！”他见蓝火龙动作迟缓，也懒得用兵刃，上手便使出伏虎掌。这套掌法在武林中甚为常见，但使用起来，因各人功力而异。陆花脸力气不小，但在武功上并未得遇明师，所学都是大路货。他见蓝火龙一副心不在焉的样子，便盘算着三两招把他打趴，是以出手便是刚猛的招数。

蓝火龙“啊哟”一声，手足无措，连退两步。陆花脸趁势而上，喝道：“老家伙，哪里跑！”双掌齐进，眼看着要击中蓝火龙胸膛，便听得蓝火龙说道：“不跑，不跑！”右手慌里慌张地一画，陆花脸忽觉一股不知何处冒出的力量迎面冲来，脚下一松，竟然仰面跌倒。

綦有光忍不住“咕”的笑出声来。他知道蓝火龙的厉害，早就料到陆花脸必有这一跌，就像当初蓝火龙把他摔进田里一样。陆花脸不服气，只道这老头只是偶然碰到了自己的某处穴道，爬起来又向蓝火龙冲去。蓝火龙嚷道：“乖乖不得了，猛牯佬还来啊！”出手如电，冲着陆花脸当胸一推，陆花脸忽地又摔了个四脚朝天。

向三通知道陆花脸的武功和蓝火龙差得太远，再斗下去，只怕被他玩得更惨，当即喝道：“陆寨主且退回，你不是这位前辈的对手，不必折腾了！”陆花脸满脸通红，爬起身来，恨恨地瞪了蓝火龙一眼，退回綦有光身边，低声骂道：“你妈的脚！竟敢欺骗老子！”綦有光双手一摊，悄悄说道：“这老头武功是不咋地呀，可谁知道还有人比他更差？”陆花脸怒道：“回祁禄山再找你算账！”

黎富达见陆花脸三招两式就被蓝火龙戏得狼狈不堪，心里暗道：“这飞鹰帮手下都是些什么人啊，这么不济事。看来要干大事不在乎人多。”狄万壬已悄悄告诉他，别看这老头儿其貌不扬，武功却颇厉害，即使狄万壬出手，正常情况下也没把握取胜。黎富达正思忖该如何对付蓝火龙，却听得六指鬼姥说道：“如今的后生仔学艺不用心，真是一代不如一代啊！看来还是得靠我们这些老家伙比画比画了。”

陈子敬知道六指鬼姥武功高强，而且下手毒辣。蓝火龙虽然也不弱，但毕竟年岁已高，万一有个闪失可就麻烦了。当下不假思索地说道：“蓝前辈且请退下。既然洪前辈亲临赐教，这等难得的机会，我这做主人的可不想推辞了。”便要将她迎下。

谢惟志等人听得陈子敬要亲自迎战六指鬼姥，心里想道：“对方的主帅尚未出场，我们这边的主帅怎能轻易出手？此事万万不可。”便听得几个人同时说道：“庄主是主持大局的，这等个人之间的较量，何必亲自出手？”“还是先由我来和这位前辈试招吧！”“在下不才，愿请前辈赐教！”说话的却是谢惟志、陈建礼、陈建智三人。

陈子敬暗忖，谢惟志、陈建礼、陈建智虽然武功不俗，但要和六指鬼姥一较高下，只怕没有取胜的把握。他们远来是客，不管哪个因此受伤，都是己方的一大损失。如果刘溪在场，倒是可以一试，纵算不能取胜，料来亦可全身而退。当下之计，恐怕也只有自己出手把她打发算了，免得她在这里多事。只是，对方年纪甚大，且为女流之辈，自己即便胜之，也不是什么荣光之事。

想至此处，陈子敬向谢惟志等人摆摆手，说道：“各位就不必争了，洪前辈难得出山，这事还是听我的吧。”双拳一抱，向六指鬼姥说道，“请！”

六指鬼姥冷冷地说道：“老身本来一向不喜欢和臭男人动手，可惜你们这边只有两个不成器的女娃儿，在老身面前实在不值一哂，只好将就着找个臭男人练练了。”

萧绿荷和欧阳紫鹃听得六指鬼姥出言相轻，心里不禁有气，走前几步说道：“休得倚老卖老！我们虽然年轻技浅，但也未必就怕了你！”

六指鬼姥怪笑两声，说道：“就凭你们也敢在老身面前乱说话？就是叫你们的爹娘或师父师娘一起上，也不知能否抵挡老身三招两式。”

萧绿荷听得她如此说话，气得双目圆瞪，娇叱一声：“老妖妇，休得猖狂！且接我几招！”抽出绫带，便要上前。

陈子敬知道，六指鬼姥虽然话说得难听，实力却确实不俗，这二名少女在她面前当然不堪一击，此时可由不得她们任性，当即将她们喝住，说道：“大家都不必多说了，且看我领教洪前辈的高招！”

便在此时，忽听得林中传来清脆的一声：“且慢！我倒要试试她的三招两式到底有多厉害！”

众人循声望去，只见一名白衣女子从林中缓缓走出。她面如白玉，风姿绰约，看起来似乎只有二三十岁，但神情又比二三十岁的青年女子成熟得多。

萧绿荷和欧阳紫鹃异口同声喊道：“师父！”脸上喜不自胜。

那女子朝她们微微一笑，说道：“你们两个任性娃儿，回头为师再看看怎么处罚你们。”萧绿荷小嘴一撇，说道:“师父不要说得这么可怕嘛！哪有这么多处罚。”

陈子敬心头一荡，强作镇定，向那女子说道:“你来了？最近还好吧？”那女子点点头，说道：“还好！”旋即转头看了看六指鬼姥，说道，“在下汶潭岽王玥，忝为这两个不成器的女娃儿的师父，特来向这位前辈讨教三招两式！”

綦有光听得“汶潭岽”三字，心里咯噔一下，喃喃说道：“难道这位就是汶潭岽主？听说是位炁功高手啊，怎么还这么年轻？”原来，数年前，綦有光曾经结识了一名武功颇强的绿林同行，此人一向蛮横霸道，对谁都不放在眼里，但有一次在贡水之滨恃技逞强时，被一位女侠汶潭岽主狠狠地教训了一通，此后听到“汶潭岽”几个字便害怕，再也不敢从那一带经过。此人向綦有光提起过这一段经历，并说到这位汶潭岽主内力深厚，她的“先天一炁功”已练到出神入化的地步，隔着十几丈远就能把人抛进河里，是以綦有光对那“汶潭岽主”也早生惧意。

六指鬼姥傲然说道：“说师父，这当师父的就到了。你这师父虽然人长得不错，但也不知道是不是绣花枕头呢？”

王玥淡淡一笑，说道：“谁是绣花高手，又不是靠嘴上功夫说了算，动了手自然就知道了。”六指鬼姥说道：“好！既然你这么有信心，那老身就陪你练上几招！记住了，老身姓洪，江湖上人称‘六指鬼姥’的便是！”身形陡起，人已落到王玥面前。这一手轻身功夫甚是高明，众人不禁暗暗喝彩，心想：“这老太婆虽然喜欢倚老卖老，但只怕确实有些真功夫。”

王玥裣衽施礼，说道：“你是前辈，请进招！”六指鬼姥喝道：“不客气了！”左掌隔空一推，王玥但觉一股冷气迎面扑来。原来，六指鬼姥这一派，因居住在高冷的赤水仙，需要耐寒的体质抵抗冷气的侵蚀，所练内家功夫“薄暮冥霜功”走的也是阴冷的路子。以六指鬼姥的功力，对手如果内力不强而又正面相抗，便很容易被她的阴冷内力笼罩，渐渐无所作为甚至身体冻僵。王玥内力修为亦为武林罕见，早已运起“先天一炁功”护体，虽然感知阴风扑面，知道对方内力厉害，却也并不惊惧。

六指鬼姥悄然运气，将内力聚集于左掌，持续发功。王玥也已推出左掌，运起“先天一炁功”与她的“薄暮冥霜功”针锋相对。六指鬼姥但觉发出去的功力受阻，一股暖流缓缓漫过，心里暗赞此女内功了得。她本来只用了五六分功力，此时不敢过于托大，便再次运劲，将掌上功力提升到七八分。

王玥对六指鬼姥的内功也甚为好奇，见对方已在加劲，不敢松懈，也随之提了一把劲。二人的内力恰如形成两堵无形的气墙，密密地排在一起，谁也无法挤倒谁。

如此僵持了将近半个时辰，六指鬼姥见单掌实在无法占到对方的便宜，便缓缓抬起右掌，又一股冷气向王玥冲去。王玥脸不变色，不亢不卑坦然面对，跟着把右掌推出，将这股冷气也挡了回去。

陆花脸见二人只是四掌相对，既不出招，甚至连身子也不动一下，看不出所以然，只觉得甚是乏味，不禁嚷道：“怎么光说不练啊？洪前辈出招呀，快快把她打下去！”向三通低声喝道：“陆寨主看不懂就别乱喊！洪前辈已经到了紧要关头，休得干扰了她老人家！”陆花脸舌头一伸，嘀咕道：“她们都还没发招，怎么就到紧要关头了？”

陈子敬等人则已看出二人内功各擅胜场，相斗既久，已容不得丝毫差错。此时，二人已是全力以赴，但依然相持不下。如此下去，如果仍不罢手的话，只怕落个两败俱伤的结果。陈子敬固然深为王玥担心，郭双龙、向三通也担心六指鬼姥要是有个闪失的话，回去不好向洪亿浩交代。

陈子敬对王玥的内功修为早已心里有数，如今见六指鬼姥居然和她斗得不相上下，估计如果二人都不肯退让的话，以自己一人之力而让二人全身而退，尚无十分把握。正思忖着是否邀请郭双龙一起出手化解二人困局，忽听得王玥和六指鬼姥齐呼一声，空中轰然声响，随即二人各自在原地转了几个圈。

陈子敬心里一喜，登时松了一口气。原来，王玥和六指鬼姥僵持一个多时辰之后，二人心里越发雪亮，知道双方功力悉敌，硬拼下去谁也讨不了好去。二人的内功修习之法一正一反，修到旗鼓相当的程度，融在一起却是相得益彰。六指鬼姥虽然性格乖张，却也并非大奸大恶之徒，所痴迷者无非武功而已。她看到王玥温文尔雅，所练内功又与自己形成互补，斗到后来居然生起惺惺相惜之意。六指鬼姥大半辈子亲友极少，习惯了独来独往，此时被王玥“先天一炁功”的融融暖意一熏陶，不禁对她起了亲近之感，不愿为争一口闲气而玉石俱焚，便用眼神向王玥释放善意，希望就此罢手，化敌为友。王玥本是冰雪聪明之人，值此紧要关头，更是与六指鬼姥心意相通，于是二人配合默契，同时收功，两堵鼓鼓的无形气墙因此轰然倒塌。因二人功力太强，乍然收功之后，定力不稳，为避免受到内伤，只好自转身形，借势卸去余力的冲击。陈子敬是大行家，自然一看就明白是怎么回事。

郭双龙、向三通也长长地松了口气。六指鬼姥这次随同上宝莲山，虽说是主动请缨，但她毕竟是洪亿浩的亲妹，倘或受到伤害，回去可不大好交差。二人只道以她的武功，在当今武林已经少有对手，所以放心让她出手。若是早知王玥内功如此厉害，那是无论如何也不肯让六指鬼姥涉险的。此时见她们主动化解僵局，郭双龙、向三通庆幸不已。高手比拼，到了相持不下的时刻，若非双方心意相通，断难像二人这般全身而退。盖因武林中人对敌时，面临生死关头，是绝难做到相互信任的，谁先罢手谁便可能等同自绝，因而往往只有一条道走到黑、拼个鱼死网破的选择。

六指鬼姥和王玥转了数圈后，同时立定。六指鬼姥朗声笑道：“痛快，痛快！多少年没遇过这样的对手了！不，要说像这般打得心情痛快的对手，这位大妹子还是平生以来第一个！”

王玥盈盈一笑，说道：“前辈果然是高人，王玥佩服！这场比试，堪称可遇不可求，晚辈受教不浅！”六指鬼姥笑道：“大妹子夸老身也就是夸自己了！你的这门功夫很对我的胃口，找机会我俩还可再切磋切磋。”王玥笑道：“晚辈随时奉陪。”

六指鬼姥又说道：“天下武功门类众多，一个人又如何学得了那么多？老身以前只道可学者已然不多，今日和这位大妹子动手，方知仅大妹子这门内功，便可与本门内功生出许多玄妙之处。能将这两门内功融会贯通便受用无穷了，哪还有工夫去探究其他？罢了罢了，你这‘祥瑞三宝’的武功秘诀我也不想看了，不如和大妹子一起把这一冷一暖两门内功修习好，这便是人生一大快事！”转头对郭双龙说道，“二当家的，我可把话说在前头了，你们这次寻找‘祥瑞三宝’的事，我不再参与了！你们要打便打，要和便和，可没我什么事了。从今天起我要和这位大妹子交朋友。”她一向性格古怪，什么事都按自己的性子办，说不参与就不参与，郭双龙、向三通倒也拿她没办法，只好无奈地点头答应。

綦有光见状，不禁喃喃自语道：“这宝莲山真是邪门！高四爷来了一趟，回去就变了个人，从此不想过问江湖争斗。如今这位洪前辈又突然要退场，真是奇了怪了。”原来，高世祥从宝莲山回去后，对争夺“祥瑞三宝”之事再无兴趣，对飞鹰帮雄霸江湖之伟业也不以为然，所以这次便没有再随郭双龙上山了。綦有光得知好不容易攀上的靠山竟然没了雄心壮志，心里甚为失落，一路郁郁寡欢。陆花脸得知此事后，却幸灾乐祸，又想在祁禄山压住綦有光一头。

黎富达原指望六指鬼姥大显神威，好好挫败宝莲山庄几名高手，没想到忽地冒出一个汶潭岽主，居然让六指鬼姥很快改变了初衷，心里颇为失望，但飞鹰帮毕竟人多势众，他也不便多说什么。黎富达估摸了一下，目前自己这方虽然来了十七八人，但六指鬼姥退出后，己方已少了一名高手，而对方则多了一个王玥。如果硬拼的话，更没什么把握了。看来，还是得及早将大部人马调进来，以多取胜，一举踏平宝莲山庄。想到这里，他便对郭双龙说道："郭兄，这样空谈下去也不是办法，是否按最后一个方案办？"

郭双龙等人和黎富达按约定上山后，已拟定了三个方案。一是由黄庆庚下毒，不费吹灰之力将宝莲山庄这些人悉数擒获；二是如果下毒效果打了折扣，由十几名高手出面，将宝莲山庄清理干净；三是万一下毒未果，则率众攻打宝莲山庄，将问题彻底解决。郭双龙也知道，目前看来，不动用最后一个方案的话，根本无济于事。于是点点头，向陈子敬等人喝道："'祥瑞三宝'交出也罢，不交也罢，飞鹰帮今日上千人在外等候，只需我一声令下，你等便无路可退！再不考虑清楚，可休得怪我们无情了！"

王玥淡淡地一笑，说道："飞鹰帮也许太自信了，只怕你们的那些人，根本进不来了呢！"

便在这时，只见前面山道上一人急匆匆地赶过来。郭双龙远远地认得，来者正是飞鹰帮午马堂堂主马上飞。这人的轻功在飞鹰帮数一数二，帮内每有紧急之事通报，总是由他出马。飞鹰帮总共设了十二个堂，郭双龙、向三通这次带了六个堂主出来，其中马上飞等三个堂主和大部人马在黄婆地圩待命。

马上飞转瞬间已奔到郭双龙面前，在他耳边低语几句。郭双龙脸色一变，回头和黎富达、向三通低声说了几句。黎富达一怔，无奈地点点头，对陈子敬说道："郭帮主另有要事在身，既然陈庄主执意不肯将'祥瑞三宝'交给我们，那我们就改天再来算这一笔账了！后会有期！"与郭双龙、向三通转身便走。其余众人也跟随他们而去。六指鬼姥走在后面，对王玥说道："大妹子，我还会来找你的！"王玥微笑道："恭候前辈大驾！"

尹传鹏突然跳出来，指着黄庆庚喝道："且慢！姓黄的，你不能就这样一走了之！"黄庆庚停下脚步，问道："你还想怎样？"

尹传鹏拔出长剑，指着黄庆庚说道："我要你把师父教的武功留下！"

黄庆庚冷笑道："就凭你？"右手一扬，长剑出鞘，说道："单打独斗，谁还怕了你？"

黎富达、狄万壬等六石门人见黄庆庚要和尹传鹏过招，都停下了脚步。黄庆庚底气大增，为了在师门显露这几年所学，当即挺剑冲向尹传鹏。

尹传鹏和黄庆庚的剑法均为陈子敬所授，平素演练甚多，互相知根知底。片刻间，二人已如往常练剑般，叮叮当当过了十余招。黄庆庚因为是奉命潜入宝莲山庄，深感责任非凡，学武时便不遗余力，用功程度甚于尹传鹏，是以信心满满，自忖在五六十招内当可取胜。

斗到五十余招时，尹传鹏果然剑招中露出一个破绽。黄庆庚心里窃喜，对于尹传鹏这个破绽，他早已看在眼里，只是因为心怀鬼胎，平时练招时并不向尹传鹏指出。他知道机会正在此时，当下不假思索，剑锋如电，趁虚而入，直刺尹传鹏右肩。

不料，眼见得就要刺中，尹传鹏却在这危急关头一个急转身，黄庆庚长剑刚好擦肩而过，将尹传鹏肩头的衣服划出一道长长的口子。也便在这时，尹传鹏竟然反手一剑，狠狠地插入黄庆庚左肩下，随即用力一挑，硬生生地将黄庆庚的琵琶骨切断了。

黄庆庚一声痛叫，脸色惨白，鲜血直射出来。尹传鹏冷笑一声，说道："谁叫你搬起石头砸自己的脚！这就是报应！"原来，有一次，刘溪考较尹传鹏的剑法时，见他每到此处总是有一破绽，便因势利导，传了他一招"猛虎回头"，教他在对敌时，如果敌人利用这个破绽进攻，刚好将计就计，反手一剑，出奇制胜。尹传鹏为人宽厚，与黄庆庚练招时，生恐这一招伤了他，也就从未展示。这次黄庆庚成了真正的敌人，而且抓住他的破绽趁虚而入，他便刚好将这一招用上了。

黄庆庚琵琶骨既断，数年之内便没法再与人动手，陈子敬所授武功当然也就用不上了。尹传鹏毕竟与他情同手足相处数年，只是想教训一下他出一出气，并不想取其性命，见黄庆庚已无力抵抗，当即收剑。

黎富达知道，仅凭自己几个人要和陈子敬等人硬拼，已是不自量力，只好暗暗叹了一口气，让吴定康、钱无忌上前，将黄庆庚的伤口包扎了，扶着他恨恨地离去。

土地庙前一下子清静了许多。陈子敬将柳叶刀等人一一向王玥引见。王玥笑道："我就知道你的朋友当中有的是好手，所以我始终只是个闲人。"陈子敬说道："哪里话，拜托给你的事，只会比这些更麻烦呢。"王玥一向深居简出，除了贡水汶潭周边的人对"汶潭岽主"颇有耳闻，柳叶刀等人对她的名号并不熟悉，但看她与陈子敬的神态，二人显见得关系非同一般。

王玥说道："我刚从外面进来时，见两大伙人打得正酣，而刘溪大哥却袖手旁观，悠闲得紧，所以知道飞鹰帮这些人只怕要让他们的首领失望了。"

陈子敬笑道："外面按理说问题不大，比较棘手的要算我们这边。若不是你及时赶到，对付那位六指鬼姥倒真是个问题。"王玥嗔道："这又是什么问题？你就是不屑于和女流之辈动手，到现在也还是这般。"陈子敬哈哈大笑，众人也不禁跟着笑起来。

陈子敬让尹传鹏留在土地庙前警戒，自己和王玥、柳叶刀、蓝火龙等人返回山庄。进得庄里，走在前头的谢惟志忽然发现山庄特别安静，只看到来自项山的丘由泽和天龙山的段义远、高太宁仍在庄里，不禁问道："咦，那些人去哪里了呢？"

丘由泽愤愤地说道："你还别说，真是气煞我也！这老刁蛮不讲理，让我们三个又闲又馋，都要闷出病来了！庄主得主持一下公道才是。"陈子敬笑而不语，谢惟志、陈建礼等人不明所以。

便在这时，忽听得左近一片喧哗，嘈杂的脚步声响起，似有一大拨人正在急速走近山庄。

（二十一）儿女情

丘由泽大喝一声:“好家伙,竟敢闯到这里来!”一个箭步冲到院子里,却见一个年轻人推门进来,满脸欢笑地嚷道:“过瘾!过瘾!这次宝莲山之行,不仅大开眼界,还学到了不少新东西,实在是不虚此行,不虚此行!”大家认得,这人正是宁都翠微派的蔡五九,在他身后,曾元垣、廖方弛、崔春晖、封楚然、钟延炽等十余人依次进来。

陈子敬微笑道:“你们几个脚力好快啊,这仗刚打完呢,人就跑回来了。”

蔡五九赞道:“庄主真是神机妙算!那个什么寨的什么阵,可真是厉害了,我们都没怎么来得及出力,敌人就要被他们打得退下山了!好在我趁乱捡了个要当逃兵的敌人打上了十几招,不然的话真是只有看人家打架的份了。”

封楚然、钟延炽见蔡五九说得不全,在一旁分别补充道:“冲天寨!”“霹雳五禽阵!”

蔡五九接着说道:“对对对!冲天寨!那个什么寨主好生了得,指挥手下进退自如,五个人打他十几个一点也不费力。”曾元垣说道:“另一个寨主也挺厉害的!他们两个头领一应一答,配合默契,要不然哪有这么容易以少胜多?”

丘由泽睁大眼睛问道:“好家伙,照你这么说,这些人就这样被打发下山了?我们岂不是连白看的机会也没有了?”

蔡五九说道:“是啊,我们走的时候,贼子们已经忙着收拾行装回老家了!刘大侠已经同意收兵了,所以我们赶紧回来报个喜讯啊!”丘由泽顿足道:“这可真是糟糕!我老丘眼巴巴从项山大老远的跑过来,竟然连打仗的影子都没见到,这叫我回去如何交代是好?就怪这刁蛮牯,凭什么留下我们几个在庄里做接应?这不明摆着让我们做闲人嘛!”

萧绿荷好奇地问道:“刁叔叔不是一直在庄里呆着吗?怎么不见人了呢?”

陈子敬笑道:“只因他熟悉宝莲山地形路径,我特地给他安排了个带路的活干干。现在应该也在回来的路上了。”话音刚落,便听得刁八月的声音在院外爽朗地响起:“没错!我们按庄主的计划把事情办好了,回来复命！”说话间，又有一拨人从院外嘻嘻哈哈地进来，正是刁八月和范经火、聂万龙等人。

原来，陈子敬得知飞鹰帮大部人马上山后，让刘溪请冲天寨叶南潭的人马前往黄婆地阻击。自从刘溪与叶南潭交好之后，陈子敬亲自上了一次冲天寨，叶南潭与他一见之下，非常折服，表示今后要与宝莲山庄休戚与共，携手抗敌。

叶南潭自从金天保、刘地虎哗变不成而出走后，心情一度低落。此后不久，他一个家在兴国的表弟刘六十前来投奔。这刘六十是叶南潭姑妈的儿子，从小喜欢舞枪弄棒的，前些年，也在乡里拉了几十个同伴建了个小山寨，干点劫富济贫的事。不料，前不久，因为无意中抢了兴国县衙进献给赣州路达鲁花赤哈伯沙里的一批特产咸潭咸菜，使哈伯沙里大为震怒，专门派兵攻打刘六十。原来，这咸潭咸菜虽谈不上珍贵，但因产量有限，味道奇美，深受人们欢迎，许多达官贵人喜欢用它作为招待客人的小菜。咸潭咸菜历史悠久。当年秦始皇修建阿房宫时，一批咸阳工匠不堪其苦，背井离乡南逃至兴国上洛山。他们拖儿带女，一路背负干粮咸菜，万里迢迢来到这里之后，总算安顿下来。为了纪念咸阳和从故土带到这里的装放干粮咸菜的坛坛罐罐，他们特地将自己居住的村庄取名“咸坛”。巧的是，村庄附近有一深潭，出的水居然是咸水，用来泡制各类干菜味道极佳，当地的各种咸菜制品由此名声大振，“咸坛”之名也逐渐被人叫成“咸潭”。及至文天祥在兴国设立大本营抗元时，因为客家人向来认为“吃得咸，打得蛮”，菜无盐味身上便没劲，为了保证将士们的体能，文天祥便将咸潭咸菜列为特供军需品，对咸潭村的咸菜有多少采购多少，咸潭咸菜因此更加遐迩闻名。刘六十抢劫的咸菜其实值不了几个钱，他动手之前也根本不知道这只是一批咸菜。但这毕竟是在太岁头上动土，哈伯沙里一生气，前来围剿的官兵便特别卖力，刘六十寡不敌众，只好带了手下数十人弃寨逃跑。他想到表兄叶南潭在山高路陡的宝莲山冲天寨，便索性带了这些兄弟前来投奔。

刘六十武功不弱，人也精干，叶南潭见他前来，很是高兴。薛景森、石志全见刘六十武功、谋略都远胜自己，吸取金天保、刘地虎哗变的教训，非得让刘六十在寨里坐第二把交椅。刘六十起初坚辞不就，后来见薛景森、石志全诚意十足，只好从命。从此，刘六十便协助叶南潭把寨子打理得井井有条，寨里人马也比以前多了些。

陈子敬见叶南潭、刘六十都是颇有见识之人，手下有数百人之众，所操练的“霹雳五禽阵”战斗力也很强，更觉得这是一支可倚仗的力量。陈子敬精通百家武功，看了他们演练“霹雳五禽阵”之后，对阵法提出了一些改进的建议，帮他们将其中的破绽修补了。叶南潭大喜，日夜督促部属苦练，如今该阵比之当日围困向三通等人，威力已不可同日而语。叶南潭、刘六十率领部属随同刘溪飞赴黄婆地，突然将飞鹰帮带上来的近千人围起来，以少战多，居然让这些人一时手忙脚乱。

但是陈子敬考虑到对方毕竟人多，而且不乏武功高强之士，所以还是为刘溪留了援手。他让刁八月与自己邀请来的群豪先在宝莲山庄待命，待得确认对方首脑人物已离开黄婆地前来宝莲山庄，而且人数不多，刁八月便带领群豪抄近路赶到黄婆地支援刘溪与冲天寨的人马。此时正值双方僵持不下之际，飞鹰帮带来的高手也自不少，冲天寨对付数倍与己的敌人，时候稍长，还是颇感吃力。好在刘溪与叶南潭在一旁掠阵，叶南潭调度有方，刘六十则在各阵之间左冲右突，查缺补漏，才没让对手冲乱阵法。刁八月带领群豪到达后，蔡五九等人尚未动手，范经火、聂万龙已各率通天寨、青萍会部众一哄而上。原来，通天寨和青萍会人手众多，习惯群殴，看到这么大的场面，心痒难抑，便抢着出手。飞鹰帮与冲天寨本来堪堪斗了个平手，此时见对方突然来了大批援手，心里便未免发慌。飞鹰帮午马堂堂主马上飞见形势不妙，当即突围向郭双龙报信去。此人轻功卓绝，一旦冲出五人小阵，冲天寨的人倒也拿他没办法。

王玥见欧阳紫鹃与萧绿荷不辞而别，已知她们去了宝莲山。过了数日，终是放心不下，便也寻上山来。路过黄婆地时，王玥看到双方斗得正紧，而刘溪尚未出手，看样子不至于落败，于是也没惊动他们，悄然前往宝莲山庄，恰好遇上了六指鬼姥向陈子敬这边叫阵。

郭双龙等人见黄庆庚下毒之计已失效，陈子敬这边强手不少，单凭自己十几个人和他们硬拼的话已无制胜把握，正想着立即调集守在黄婆地的大部人马进来围攻，却又被马上飞告知外面的情况也不妙，众兄弟正被人围困。此事大出意外，郭双龙当机立断，赶紧撤退到黄婆地与部下会合。他看到自己的部属被冲天寨利用阵法团团围住，而刘溪等一干高手则还在袖手旁观，知道宝莲山庄的实力超出自己的算计，便一声断喝，要双方住手。

郭双龙内功深厚，出口一吼，山谷间回声不绝，正在拼斗的众人不禁心下一凛。刘溪见他们的骨干人物已从宝莲山庄退出，从郭双龙这一声断喝来看，此人内力之强，似乎不在自己之下，而对方一行还有不少高手，困兽犹斗，硬拼下去，双方难免有所伤亡。既然他们无意再战，准备下山，也就没必要拼个两败俱伤了，便让叶南潭指挥他的部众停止攻击。郭双龙见对方罢手，让出了一条路，也不多说，就此率部离去。

蔡五九等年轻人见己方已然取胜，心里高兴，拔腿便跑回山庄报喜。刘溪等人待郭双龙一伙走远后，清理了一下战场，让叶南潭、刘六十率部且回冲天寨，留下刘望北等几人在黄婆地继续观察周边动静，稍后也赶回宝莲山庄。

丘由泽听得蔡五九、刁八月等人七嘴八舌地把事情的经过讲完，既高兴又遗憾，忍不住把刁八月骂了好几遍。刁八月哈哈一笑，由他说去。当初他借庄主之命让丘由泽留下，一方面固然是考虑到项山潘家人手已不多，尽量不让他们的人涉险；另一方面却也是因为丘由泽武功较强，留在庄里有利于策应正在庄前与郭双龙他们周旋的陈子敬等人。

刘溪和群豪陆续回到山庄。众人对这次宝莲山庄以少胜多倍感高兴，对陈子敬的部署和冲天寨的战斗力赞不绝口。陈子敬微笑着说道："这次交锋之所以能挫败飞鹰帮和六石门的联手，首功其实在于柳老前辈。正是他识破了他们下毒的奸计，使我方心里有了底。而对方则难免疏忽轻敌，因此在战术上便失了准头。在这个形势下，我们出其不意，合理分配力量，敌人处心积虑的计划自然全盘落空。"随即将黄庆庚竟然是六石门卧底之事简略说了。刘溪、刁八月等人不禁唏嘘。刘溪虽然事先已被陈子敬告知山庄出了内奸，但当时无法确定是何人，还道是上山助拳的某个人所为，却没料到这个自称李梓发侄儿、相处了数年的年轻人竟然是个冒牌货。

众人听得柳叶刀立下如此奇功，对他的绝技神往不已。柳叶刀呵呵笑道：

“这就叫吉人自有天相！自古邪不压正，宝莲山庄正气充盈，邪魔外道当然无法在此得逞。”

陈子敬告诉众人，郭双龙等人虽然暂时离去，但他们人多势众，高手如云，未必就此甘于失败，不排除下一步还有其他行动，所以对敌情仍不可大意，在主要路口仍需随时警戒。又说，各位客人远道而来，宝莲山风景秀色可餐，没事时不妨在山里随意观光，饱赏别样美景。尹传鹏、邹上峰、邹上岭、欧阳章、欧阳贡等年轻人要主动做好向导。众人哄然答应。只有蓝火龙说道：“这宝莲山我可是早就看遍了，就不陪大伙儿玩啦！眼下这里没事了，我可得回去看看老太婆有没什么吩咐喽！”扮个鬼脸，在众人的嬉笑声中一溜烟地去了。不久，群豪也陆续散去，或进庄后的溶洞歇息，或三三两两在山庄左近随意走走。

欧阳紫鹃和萧绿荷自师父现身后，一直跟在她身后。她们这次私自上山，看到王玥虽然有点难为情，但想想师父性格一向柔和，很快又宽下心来。师徒几个说了一阵悄悄话，萧绿荷忽然说道：“望北哥哥还在外面望风呢！我去看看他们，省得这里要么太吵要么太闷。”

陈子敬在一旁听了，说道：“你一个女娃儿，还是在庄子里老实呆着吧，别到外面乱跑。”王玥似笑非笑地看了看陈子敬，说道：“年轻人，让他们去吧。你可别把大家都弄成自己的样子。”萧绿荷双脚一蹦，说道：“还是师父开通！”小嘴一嘟，拉着欧阳紫鹃出门去了。

刘溪说道：“王女侠可是宝莲山的贵客，你们二位难得一见，也出去走走吧！这里的其他事情就先交给我了！”

王玥对刘溪说道：“也好，就听刘大哥的，我俩先走一走，聊一聊。”又对陈子敬说道，“大敌已退，你也别把自己绷得太紧了！”陈子敬点点头，与她向院外走去。

其时夕阳西下，红霞满天。这个季节，在山外已是炎热难当，宝莲山却清凉如秋。山间林木繁稠，各色花果若隐若现，大大小小的山鸟啾啾欢鸣，全然不知江湖常见的刀光剑影。小路拐进一处山坳，石壁上一条细小的飞瀑直泻下来，恍如玉练落地。水花溅在黑色的岩石上，哗然入耳，甚为动听。瀑下的溪水清澈见底，灵动地穿过密林，向山外流去。王玥对陈子敬说道：“你倒是会选地方！这么一座幽静的大山，真不忍心让人打破它的宁静。换了我，也会喜欢这样的地方。汶潭岽虽然也清幽，但和这里比，还是小家子气了些。”

陈子敬笑道：“既然喜欢这里，那就在这里多住些时日嘛。那两个丫头也喜欢这里。当然，对她们来说，不仅是这里的山水好，更重要的是这里的玩伴多。”

王玥淡淡一笑，说道：“山水再好，我们也是做客的。就说你吧，还不是只把它当作一个暂时落脚的地方？”

陈子敬正色说道：“待得大事有成，我倒是真心愿意选择这里作为终老之地。到了那时候呀，我也希望你真正喜欢这个地方。”

王玥心里一动，顿了顿，还是没说话。

陈子敬说道：“我知道，你定然是想问我，这事要是终究不成又如何？难道一辈子就这样过去了？是的，谋事在人，成事在天。不管成与不成，总之我答应了丞相的事，就必将努力去做。只要尽我所能，不管结果如何，我总算可以问心无愧。”

王玥嗔道：“你就是这么一个固执的人，几十年了也没改变过。”陈子敬不禁呵呵一笑。

溪涧中间，有几块圆滚滚的大石头，也不知被溪水冲击了多少年。陈子敬轻轻跃上一块巨石，招呼王玥在旁边一块巨石上坐下。二人静听水流，但觉时光曼妙，惜乎如同那流水无法停留。

陈子敬与王玥四目相对，一时间似乎谁也不想开口说话。二人收回目光，沉默片刻，心绪不禁随着潺潺的溪水越走越远。

赣州城东的贡水之滨，繁华的街区之侧，曾经有两家门当户对的大院，一是陈家大院，一是王家大院。陈家本是书香门第，王家则是武林世家。陈家公子知书达礼，慷慨豪爽。王家小姐秀外慧中，温文尔雅。陈、王二家本为世交，街坊们都认为，这对青梅竹马的少男少女实乃佳偶天成，陈、王二家的老爷，也颇有此意，双方平时的走动因此愈加频繁。

陈家少年陈子敬十五岁那年的一个秋日，约了三五同伴去赣州城郊的通天岩闲游。这通天岩乃赣州城外第一名胜，自唐代以来就被辟为石窟寺。至北宋时期，石窟摩崖造像已多达数百尊，文人墨客题刻不计其数。曾任南宋工部尚书的胡榘在任赣州知军时曾作《游通天岩》诗描述：“万龛石佛坐观空，安用悬崖架梵宫。纵使风雷窒岩窦，此心元自与天通。”北宋年间，赣州名士阳孝本在此隐居二十年。名满天下的大文豪苏东坡被贬岭南惠州时，途经赣州，听得阳孝本之名，专程前往拜访，“深讶相遇之晚，遂为刎颈之交”。有感于阳孝本超然尘世的气节，苏东坡还写了一首赞诗高度评价其道德学问：“道不二，德不孤。无人所有，有人所无。世之所宝者五，天啬其二而畀其三。是以月计之不足，岁计之有余也。”

陈子敬与少年同伴游至阳孝本隐居处，众人对通天岩的清幽赞叹不已，对这位先贤的事迹甚为追慕。便在这时，忽听得有人冷冷地说道：“如今国难当头之际，你们这帮小后生却还在仰慕什么隐士，真是岂有此理！”

陈子敬等人环顾四周，却不见有其他人。正疑惑间，那人又说道：“眼睛不要只知道往身边看，上面下面都得看一看！”众人抬头一看，原来，路旁一棵数丈高的大松树上，一个人正懒洋洋地躺在两根丫枝之间。陈子敬问道：“喂，你是什么人？怎么睡到那么高的地方去了，可要当心点哪！”

那人慢吞吞地说道：“睡得高，才不怕被虎豹豺狼偷偷地给吃了啊！”忽然一个翻身，“喀嚓”一声响，两根松枝竟然断了，那人呈“一”字形从树巅跌落下来。众人齐声惊呼，只道事情要糟。陈子敬正待冲过去拦接，却见那人快触及地面时，双足轻轻一点，身子已变横为直，稳稳地立在地上。

众人长舒了一口气。一个少年说道：“吓死人了！原来你还有这样的本事，莫非这就是山里的神仙？”

那人呵呵一笑，说道：“我就是一个凡夫俗子，离神仙还差得远呢。”陈子敬见他长须飘飘，一身道士打扮，少说也有六七十岁的年纪，但双目炯然，容光焕发，显见得是位身怀绝技的风尘奇侠，心念一动，忽地拜倒在地，说道：“晚辈见过前辈！恳请前辈多多指教！”其他几个同伴素知陈子敬颇有见识，也跟着他向那老人施礼。

那老人嘻嘻笑道：“小子们行此大礼，不知要老朽指教什么？”

陈子敬恭敬地说道：“前辈出语不凡，身手更是不凡，晚辈愿向前辈学习文武艺，为社稷黎民效力！”

原来，数年前，蒙古第四任大汗蒙哥即位后，蒙古军队四处征战，其中，地处西南的大理国已被其灭亡。随后，蒙哥又决定大举进攻南宋。陈子敬年纪虽轻，但交游甚广，加之赣州城南来北往的商贾络绎不绝，是以消息并不闭塞，对天下大势颇有了解。他虽自幼读书，但身处动荡之世，不肯做那只知坐而论道的书生，更推崇岳飞、辛弃疾等叱咤风云的人物。这二人皆与赣州颇有渊缘，陈子敬听他们的故事听得多了，只恨自己晚生了百十年，不能投身于他们门下学艺杀敌。此时见到这名老道的身手，大感神奇，平时的幻想登时涌上心头，于是希望拜其为师。

那老道双袖微微一动，陈子敬等人但觉一股巨大的力量自底下升起，身子不由自主站立起来。陈子敬以前也曾向城里的武师学过一些粗浅功夫，听他们说过，真正的高人，内功深厚，可于无形中发力制敌。他平时也留意寻找这种高人，但在城里总是遇不上。眼前这老道显然就是这种人了，正是可遇不可求。陈子敬更无疑虑，铁定心思要做他的弟子。

那老道仔细打量了几个少年，指着陈子敬说道：“你，倒真是一块习武的好料！老朽我行走大江南北，一心想找个像样的弟子，没想到在这里遇上了。”

陈子敬大喜，赶紧再次拜倒，口呼“师父”，还磕了几个响头。老道这次没有阻止他，笑吟吟地让他磕过头，再将他扶起。陈子敬的几个同伴也嚷着要做老道的徒弟，老道沉吟片刻，说道：“如今国事蜩螗，少年子弟多学些本事也好。只是老朽我没那么多工夫教这么多人，你们几个权当老朽的记名弟子，有暇时陪着一起学便是。”当即询问了众人的姓名、住处，又简略地说了自己的来历，算是确立了师徒关系。

那老道本姓崔，原是宁都白鹿营崔家子弟，被武林中人称为白鹿道人。宁都于三国时期吴嘉禾五年（236 年）建县，初名阳都，最早的县治即在梅江与琴江交汇处的白鹿营，随后迁他处。至本朝，白鹿营崔家出了个名臣崔与之。这崔与之乃宋光宗绍熙四年（1193 年）进士，为官清廉，而且长年在前线练兵抗金，政声卓著。四十年前的宋宁宗嘉定十四年（1221 年），四川发生张福、莫简等为首的“红巾军”之乱，朝廷因此调崔与之出任成都府知府兼成都路安抚使，两年后升任四川制置使。崔与之治蜀其间，蜀中秩序井然，安定祥和，他因此被人称为“西蜀福星”。崔与之晚年居岭南，以观文殿大学士、提举洞霄宫致仕，累赠太师、南海郡公，八十二岁才去世。崔与之不仅是治军理政的一代名臣，还以文学著称，开岭南宋词之先河，被称为“岭南儒宗”“粤词之始”。

白鹿道人年轻时随叔祖崔与之在淮东守边抗金，后来又跟着他入川。白鹿道人武功本有根基，入川后，得遇机缘拜了峨嵋派高人为师，自此武功大进，跻身一流高手之列。崔与之去世后，白鹿道人无拘无束，在江湖闯荡，四处结识武林知交，倒也逍遥自在。就在一年前，蒙古大汗蒙哥亲率大军入侵四川。这时，崔与之去世已快二十年，白鹿道人想起当年叔祖在斯地苦心经营，自己也在那里得遇明师，心里甚念故地安危，于是入川察看。其时，蒙哥正亲自在合州钓鱼城督战。白鹿道人赶到钓鱼城，见了宋军守将王坚。这王坚智勇兼备，指挥镇定，蒙古大军虽数次进攻，但屡战不克，损失惨重。双方僵持到几个月前，正是炎炎夏日，蒙哥心急如焚，一筹莫展。一天，蒙哥正在城外观察城里情况，王坚命人抬来大炮，对准蒙哥一炮打去，竟然轰了个正着。数日后，白鹿道人前往蒙古军营暗探蒙哥伤情，竟然得知这位蒙古大汗已然伤重不愈，殁于钓鱼城下。

蒙哥大汗既死，四川的蒙古军随即北还，合州围解。正在进攻鄂州的蒙哥之弟忽必烈得知留守北方的弟弟阿里不哥正在谋夺汗位，赶紧匆匆退兵，回去争夺汗位。宋蒙战争由此暂停。

白鹿道人此时刚从四川回到赣州。他知道，蒙古人虽然暂时退兵，但他们对南方的觊觎并不会就此放弃。待得新大汗即位，蒙古大军迟早要卷土重来。而南宋朝廷奸臣当道，尤其是贾似道之流日益得势，忠臣良将却屡受排挤，国运终是堪忧。他日两国再交战，尚需民间有良材。此次见到陈子敬，见其虽为稚子，行为却甚是老成，正是同道中人，于是欣然收他为徒。

陈子敬回家禀报父亲后，陈员外本是饱读诗书之人，素有忠君爱国情怀，得知儿子遇上明师，自然全心支持。白鹿道人因学武之道，重在基础，提出要陈子敬在身边跟随八年，而且此事不对外张扬，陈家欣然答应。此后八年，陈子敬跟随白鹿道人飘忽不定，游历江湖。起初，连王家也不知他们家葫芦里卖什么药。数年后，王家方猜知陈子敬跟随高人习武之事。王员外因此觉得陈家见外，未免心生嫌隙。那王家小姐王玥外柔内刚，见陈家行事神秘，心里颇为不服，暗暗立志不可输于陈子敬。她武功本有家学根底，此后不久，又被马祖岩玉虚观云水散人相中，收为传人，从此一门心思也在钻研武学。

数年之后，陈子敬双亲先后染病身亡。此时，宋元之间形势日紧，陈子敬虽为平民却心系天下，行侠仗义，声名日隆，对个人之事反而无暇顾及。他和王玥虽然也时有见面，偏偏二人都不去点破这层纸，事情便一直拖着。又过得数年，文天祥主政赣州，陈子敬以弟子之礼追随，响应勤王诏令。此时，国势已危如累卵，陈子敬见文天祥变卖家产募兵勤王，大为感动，想起西汉骠骑将军霍去病的名言“匈奴未灭，何以家为”和东晋名将祖逖所说的“如不扫清中原，誓不再回江东”，也向文天祥表示“蒙古不退，无以为家”，从此更是把个人之事放下了。王玥闻之，她本是内秀之人，也就只好对他敬而远之了。再后来，赣州城被元兵攻破，陈子敬在战场出生入死，王玥也悄然隐居汶潭岽。二人虽数年难得一见，选择的生活方式也大相径庭，但有时又觉得其实心离得很近……

静默中，二人忽地相视而笑。几十年来的往事，竟似未曾远去，恍如就在昨日。

天色渐暗，远处隐约传来脚步声。陈子敬和王玥悄然起身，轻轻跃离溪石，沿着小道慢慢前行。

林子那边，有人边说话边往山庄方向走去。其中一人不断地赞叹冲天寨的“霹雳五禽阵”之奇妙，认为行军打仗大可用得上；又赞扬冲天寨的副首领刘六十颇有能耐，好几次有几个小阵差点要乱了，好在这刘六十救场及时，飞鹰帮那伙人才没能找到破绽，冲破小阵。陈子敬听得清楚，说话的是宁都翠微派的蔡五九。他暗暗点了点头，轻声对王玥说道：“这一仗不仅挫败了飞鹰帮，还锻炼了这些年轻人呢！自从十年前我朝覆亡，南方重大战事已不多，后辈人马对行军打仗只怕更加生疏。飞鹰帮这次带着大队人马前来骚扰，虽然不能和十年前的那些血战相提并论，但让我们的年轻人多见识见识战斗场面也好！”

王玥微微一笑，说道：“你心里就只惦记着和蒙古人打仗的事！赵家天下都亡了十年了，难道还真有希望扳回这个局面？唉，也真是难为你操心了。”

陈子敬肃然说道：“我华夏汉人千千万，他蒙古却有多少人？蒙古人能得天下，说到底还是因这赵家天子太昏庸，大宋朝廷太腐朽，不知用人，而众多汉人贤能之士反被蒙古人所用。若是当年大宋将帅都能如文丞相，蒙古人又怎能取得天下？赵宋虽亡，但我汉人江山岂独赵家所有？只要千万汉人众志成城，假以时日，终有一天要把蒙古人打回去。”

王玥说道：“天下是你们男子汉大丈夫考虑的事。不过不管你怎么说怎么办，我都支持你。”暮色中，陈子敬看着她清亮的双眸，心里不禁涌上一股暖流。

陈子敬又说道：“这些年轻后辈，虽然武功见识上与前辈相比尚有所不及，但后生可畏，焉知来者之不如今也？只要我辈悉心传授，再过些年，他们的成就完全可能超越我辈。”指了指树林那边，接着说道，“就拿刚才说话的五九来说吧，这个小后生武功虽然不算强，但头脑颇不简单，自从上山以来，就显得与其他年轻人不一般。这样的年轻人，只要多加栽培，日后谁说没有大作为呢？只要一代一代将这股正气接续下去，谁说汉人江山不能回到汉人手里呢？”

王玥轻声一笑，说道：“你这么一说，我也替你增强信心了。祝愿你这个陈大将军早日大功告成，当然，到时也别忘了功成身退。”

陈子敬哈哈笑道：“功成身退，那是当然！若不是生在乱世，谁不希望自由自在地过日子？他日若有机会‘功成’，陈某定然选择宝莲山作为‘身退’之所。到时，邀三五挚友结庐为伴，研讨武功，闲读诗书，岂不快哉！”

王玥悠悠地说道：“若是真有这么一天，那日子可就差不多要追上神仙了。”抬眼望向茫茫夜空，不禁向往出神。

陈子敬说道："会有这么一天的！陶渊明先生说：'少无适俗韵，性本爱丘山。'年轻时住在城里，感觉还不是那么明显。这几年隐居宝莲山，我可是真正喜欢上这座大山了！你就是拿个大将军的位子给我坐，我也不稀罕，宁愿与三五好友终老此山林！"

王玥慨然说道："好！待得陈大将军的夙愿完成，我也陪你终老于此山林便是！"

二人说话间，已来到山庄院外。庄里人声喧哗，群豪正在吃晚饭。刘望北、萧绿荷、欧阳紫鹃等人也回到了庄里。尹传鹏、朱来福打理膳食甚为了得，带着几个帮手，将上百号人的吃饭问题安排得妥妥帖帖。王玥与陈子敬悄然进庄，见此情景，轻声说道："你这几个后生晚辈，个个都被你调教得不简单呀，出门能打仗，入屋能做饭，果然是以一当百。难怪你对自己认定的事那么有信心。"陈子敬闻言，不禁呵呵一乐。

次日一大早，陈子敬对王玥说道："你难得上一趟宝莲山，今日我陪你登一下凌霄峰如何？总算偷得浮生半日闲，也许接下来又得好一阵忙碌了。"王玥说道："求之不得！要不把绿荷、紫鹃带上，让她们也好好见识一下宝莲山美景。"萧绿荷、欧阳紫鹃听得师父要带她们去登山，欢呼雀跃，喜不自胜。

一行四人从宝莲山庄出发，一路上山风送爽，朝露沾衣。萧绿荷感叹地说道："山下已经甚是炎热，这宝莲山却凉爽如秋，真是个好地方啊！"欧阳紫鹃笑道："你既然这么喜欢这里，干脆留下来吧，别回汶潭岽了。"萧绿荷"哼"了一声，说道："难道你不喜欢？只要师父留下来，我当然不肯走啦！要走你一个人走去。"

山路崎岖不平，四人却健步如飞。欧阳紫鹃、萧绿荷虽然年轻，内功底子却颇扎实，一口气走出五六里路，依然说笑自如。陈子敬对王玥说道："你这先天一炁功果然名不虚传，这两个孩子有这等基础，日后武功进境必然甚速。"王玥说道："你给我挑选的好徒弟，那还不要认真调教？"

这凌霄峰是宝莲山最高峰，当地人也叫它"水鸡岽"，平日人迹罕至。山下满是古松、巨杉、枫树、荷树、毛竹，林中时常可见松鼠、小猴等跳来跳去，还有竹鸡、白鹇、黄麂、田螺狗、水鹿、野牛等各种飞禽走兽出没，惹得欧阳紫鹃、萧绿荷童心大发，浑然不知疲倦。行至半山腰，大树渐少，换以杜鹃等灌木为主，野果处处，间以冬茅丛丛。再行得不远，山势陡峭，几乎无路可走。陈子敬等人瞅准灌木丛中的落脚处纵身前行，惊起一只又一只大野鸡，让欧阳紫鹃和萧绿荷惊呼不已。

到得山顶，四周都是冬茅丛，中间却是一个不甚开阔的草坪。四人立在坪中，极目四顾，远山绵绵，苍翠一片。抬头看去，但见天空蔚蓝，片片白云缓缓飘动，恍如触手可及。四人正陶醉在美景之中，忽听得身边的草丛簌簌作响，循声看去，原来是几只觅食的冬茅老鼠在草丛中穿行。冬茅老鼠又叫竹鼠，是山中美味。陈子敬笑道："要是传鹏他们看到了，这几个小家伙可就在劫难逃了！今天各位女侠慈悲为怀，你们就好自为之吧！"王玥等人不禁抿嘴而笑。

萧绿荷说道："你们这里的山珍野味太多了，难怪山庄的饭菜那么好吃！"陈子敬笑道："宝莲山的宝物多着呢！光是吃的，一年四季都可以让你品尝不同的口味。可笑那些江湖莽汉，只知问我们要'祥瑞三宝'，却不知山上还有多少宝！"一声轻叹，又伸手向北遥指，"华夏大好河山，更不知有多少珍宝！可叹那些觊觎丞相遗物之人，虽身怀武功，却不知胸怀天下，只知谋求一己之私！这些人武功再强，陈某又岂容他们得逞！"

欧阳紫鹃说道："叔叔说得极是！那些只想着自己发财，只想着自己无敌于天下的人，就算达到了目的，也不值得我们尊重！"萧绿荷呵呵一笑，说道："紫鹃从小就想着做女侠，为天下人打抱不平。听了叔叔这番话，那可更要好好干一番大事了！"

陈子敬长啸一声，忽地吟诵道：

草合离宫转夕晖，孤云飘泊复何依？
山河风景元无异，城郭人民半已非。
满地芦花和我老，旧家燕子傍谁飞？
从今别却江南路，化作啼鹃带血归。

这首《金陵驿》，是文天祥兵败被俘后，被元军押送去大都的途中写下的诗作，陈子敬熟记于心。“从今别却江南路，化作啼鹃带血归。”陈子敬诵完全诗，意犹未尽，反复吟诵着最后一句，说道：“丞相愿以忠魂化作啼血不止、怀乡不已的杜鹃回归故土，我辈岂能苟且偷生！”说到此处，眼眶不禁湿润。

王玥怕他过于伤感，岔开话题，说道：“我久闻凌霄峰乃赣县第一峰，今日得以登临，果然名不虚传。此峰既高，四季景象当有不同，尤其是冬日白雪皑皑之时，只怕别有一番风味。待得冬日有闲时，我们再来赏雪如何？”不等陈子敬答话，萧绿荷、欧阳紫鹃已抢着答道：“太好了！一定要来！”

又逗留得片刻，王玥对陈子敬说道：“你手上还有不少大事要处理，今天就到此为止吧！”陈子敬点头说道：“好，留点余韵！”在前头带路，从另一面下山。

回到山庄，尹传鹏闻声出来，高兴地说道：“这么快就回来了！看看谁又到我们庄里来了！”话音刚落，一个年轻人走出来说道：“见过庄主！”却是大湖洲陈家庄的陈满子。

陈子敬高兴地说道：“我正想进城走一趟，没想到老弟你就来了，真是及时雨啊！看来我可以省些事了！”王玥虽然不认识陈满子，但看他匆匆上山，定然有要事与陈子敬相商，便带着欧阳紫鹃和萧绿荷借故走开。

陈子敬把陈满子迎进内室，并让尹传鹏将刘溪请来。三人坐下，陈满子告诉二人，他的二位兄长陈建礼、陈建智上山后，陈家庄仍继续关注赣州官府的动向。最近的一个晚上，庄主陈建仁亲自潜入达鲁花赤府第，恰逢哈伯沙里正和巴如台商议事情。原来，忽必烈对寻访文天祥遗物之事甚为重视，尤其是想到文天祥就义前，曾有人借他的名义准备举事，担心南方再生动荡，本来是要派心腹护卫、位列大内三大高手之一的额尔克前来赣州路督办的，后来却因元太宗窝阔台汗之孙海都在北方发动叛乱，而忽必烈刚刚亲征平定成吉思汗幼弟铁木哥斡赤斤玄孙乃颜之乱，还没来得及歇一口气，又得忙着筹备亲征海都之事，所以事情暂且搁置下来。额尔克也因此被忽必烈派往北方执行一项秘密任务，要三个月之后才能前来赣州。贺多琪因为官兵要等待额尔克到了之后才行动，此时已返回签江西行枢密院事也迭迷失帐下听命。

陈子敬闻言，说道：“大内高手未到，贺多琪回去复命，巴如台和崆峒门那些人在刘兄手下曾遭挫败，如此说来，最近几个月，赣州官府倒不会采取大行动了。”刘溪说道：“如此看来，哈伯沙里迟迟没动静，主要就是在等候那个额尔克。上次庄主一显神技，他们也知道，单凭贺多琪等人，是对付不了宝莲山的。这样也好，让我们可以做好充足的应对准备。”

陈子敬说道：“飞鹰帮这次铩羽而归，短时间内估计也不会大举进犯。当前真正的大敌，其实还是官府。既然他们近期不来，我们现下也就没多少压力了。满子兄弟这次来得甚好，接下来我们可以好好休养生息一把了。这些上山的朋友，想逗留的不妨继续小住，有事的则可以让他们安心离开。”随即叫尹传鹏带陈满子去和他的两个哥哥相见。

室内只剩陈子敬和刘溪。陈子敬说道：“今日若非陈家兄弟上山，我本拟潜入赣州城打探打探。宝莲山的事，在江湖上反正已传开，昨晚我已盘算过，不如利用眼下这个形势，主动出击，好好地下一盘大棋。今日看来，官府还给我们留足了工夫来下这盘大棋。”压低声音，将自己的想法详细说了。

刘溪轻轻击了一下掌，说道：“反客为主，值得一搏！只是要辛苦庄主奔波了。”

（二十二）围山

连续数月，宝莲山似乎恢复了它的清静本色。进入深秋，山里处处都是丰收景象。水稻陆续收割了，一层层梯田渐渐褪去金黄。农人们又忙着把地翻过来种上各种菜蔬。深林里，山楂、酸枣、柿子、拿藤包等各色野果缀满枝头，琳琅满目，令人垂涎。行走在山里的人们若是饿了，随时可以采摘自己喜欢的果子填填肚子。高一点的山坡上，仍有杜鹃依次绽放，让人恍若回到春夏之季。山里人司空见惯，对此不以为然，山外人若是初见，则不免啧啧称奇。

聚集于宝莲山庄的武林朋友，得知官府近期无重大行动，多数已然陆陆续续下山去了。谢惟志原本居无定所，十余年来一直图谋为陈继周复仇，此时既已找到矢志抗元的陈子敬等人，也就不想另觅他处，便在宝莲山庄留下来。铁狮寨的白云翀听得宝莲山庄要和蒙古官府斗争，在心里雪藏了十年的雄心壮志再次燃起，要求继续和宝莲山庄的同仁们并肩战斗。

宁都翠微派的蔡五九在宝莲山见识了这么多高手之后，深感武功之道，学无止境，尤其对排兵布阵之事大感兴趣。陈子敬因有要事离开宝莲山十天，蔡五九便缠着几个同门师兄一直在山上逗留了十天，直到陈子敬回山，向他再次讨教了一些行军打仗的道理。陈子敬早年的授业恩师白鹿道人不拘小节，对于有益的功夫，只要人家愿教，他就愿学，不以门户之见束缚自己，所以，陈子敬深受师父影响，武功博采众长，已不好说是哪一门哪一派的。他见蔡五九不满足于本派武功，还想学打仗之法，正合自己脾性，心里寻思：翠微派本是武林知名门派，目前人才凋零，重振门庭当有得力弟子，仅靠他们自身修习，万难达到上代水准，或许重担就落在这个年轻人身上。又想到，以目前形势，要光复汉人江山，仅凭一代人之力，未必可行，须得一代一代接续，此事方有希望，眼前这个年轻人，正是我辈中人，可着意栽培。于是，陈子敬对蔡五九颇为热情，不仅悉心传授兵法，还指点了他内功心法，并传了几招掌法给他。刘溪对蔡五九也很是看好，见他如此好学，得空时，也顺便传了他几路剑法。蔡五九越学越入迷，又逗留了十天，才在师兄弟们的再三催促下，意犹未尽地下山回宁都去了。

欧阳紫鹃和萧绿荷没有及时随同师父回汶潭岽。王玥见她们和刘望北、尹传鹏等人玩得甚是愉快，便答应了她们继续逗留的请求。陈子敬估计近期宝莲山可保平安，体谅他们少年伙伴聚在一起不容易，也同意她们在山上再住几个月。

山上也不是什么事都没发生过。寻到山上来的江湖人士，还是偶尔可见的。就在陈子敬离开宝莲山的那几天，白云狮闲着没事，去黄婆地圩上闲逛。那天是逢圩的日子，白云狮饶有兴味地看着山民们向赶圩的人们尤其是山下的商贾叫卖各色土产，忽听得圩尾似乎有人在打架。白云狮本来就是个喜欢看热闹的人，当即拨开人群挤上前去。原来，是两名满身横肉的壮汉正和两名少年打在一起。那两名壮汉甚是凶恶，围观的人群不敢招惹他们，只好远远地站着。

白云狮问附近一个店铺的伙计是怎么回事。那小伙计告诉他，这两名壮汉逮到一个卖鱼干子的老汉，非得要人家给他们带路去找什么宝莲山庄。那老汉兴许根本不知道这个地方在哪里，几句话不合，两名壮汉就动手打人了。这事恰好被村里喜欢打抱不平的两名少年铁牛牯、观音保看到了。他们当即上前指责这两名外地壮汉。不料，这两名壮汉蛮横得很，转头就去打铁牛牯和观音保。

白云狮在一旁细看了片刻，那两名壮汉力气虽大，但武功根基甚浅，章法甚乱，未必来自哪个门派，估计也就是个横行乡里的地痞而已。但那两名少年并非习武之人，力气也不如对方，在二人面前，还是挨打多而还手少，很快就中了几拳，其中一个还被打出了牙血。

白云狮见那两名打抱不平的少年再打下去势必吃更大的亏，当即踏前两步，双手齐出，分别将两名壮汉的拳头推回去，朗声说道："你们为何在圩上打架？也不怕影响人家做买卖？有事好好说嘛！"

两名壮汉见又来了一个管闲事的，大喝一声："好！这事就着落在你身上了！"忽地扑身而上，双手抓向白云狮左右臂，便要把他反扭起来。白云狮冷笑一声，双臂一振，那两名壮汉但觉被不知哪里冒出的一股力道一冲，抵挡不住，竟然跌了个四脚朝天。围观众人不禁齐声叫好，铁牛牯和观音保更是拍手叫道："活该，活该！"

两名壮汉恼羞成怒，一个“鲤鱼打挺”，从地上跃起，向白云翀骂道：“火板子，竟敢摔你大爷！你找死啊！”两双粗毛拳头齐齐向白云翀迎面击来。白云翀见这二人不识好歹，心里更加憎恶，脸色一沉，喝道：“看看谁在找死！”使出拿手的罗汉拳，“砰砰”两拳正中二人前胸。两名壮汉“哎哟”一声，口吐鲜血，疼痛难当，委顿在地，但觉全身没了力气。

铁牛牯和观音保见白云翀一出手便将两名恶汉放倒在地，高兴地竖起大拇指，向白云翀赞道：“好汉，打得好！”白云翀微微一笑，拎起其中一人，问道：“你们是什么人，老实交代！否则你大爷还有一百多招罗汉拳正愁没地方过瘾！”那名汉子这时已知道白云翀厉害难当，光棍不吃眼前亏，忙不迭地把自己的来路说了。

原来，这二人是赣州城郊梅林村的恶霸，前些时候听人说起宝莲山发现了“祥瑞三宝”，他们也不知具体是哪几样宝物，只是听人们说只要能占得其中之一，就可保一辈子吃喝不愁。这二人愣头愣脑，也没见过什么大世面，只道凭自己在村里逞强的身手，去那偏远的宝莲山寻宝，还不是举手之劳的事？于是兴冲冲来到山上，以为随便逼迫一人便能找到藏宝之地宝莲山庄，哪料到高山之上的这些人，竟然比自己村里的百姓难对付得多。

白云翀看那二人的狼狈模样，倒也不似伪装，不禁哑然失笑。“祥瑞三宝”在江湖传说了数年，敢打此主意的，除了官府，便是有势力的武林帮派、江湖团伙，没想到这两个懵懵懂懂的小无赖竟也敢动此念头。白云翀一脚将那人踢得翻了几个跟头，喝令他们立马滚下山去。二人如获大赦，抱头鼠窜，一溜烟跑出了村庄。

白云翀回到山庄，把此事讲给众人听了，闻者无不捧腹。过得数日，陈子敬从山外返回，听了这事，笑着对众人说道：“‘祥瑞三宝’名气大了，这正合我意，好事，好事！”尹传鹏不禁问道：“名声越大，找我们麻烦的人越多，怎么还是好事？”

陈子敬说道：“我就是要他们把这里的事散布出去，而且传得越远越好。我还希望他们都上山来找我们呢！为了方便他们寻找，明天开始，我们在黄婆地圩外面数里的牛岭新建一个山庄，到时我们搬到那边去住。另外，宝莲旅舍继续开张，刁兄弟也可以重返黄婆地圩，继续开你的铁匠铺。”

尹传鹏诧异地说道：“还真要招惹那些图谋不轨的人来找我们啊？”刁八月也不解地问道：“庄主难道真的觉得那些家伙甘心罢手，不再打宝莲山的主意？我倒是真有点想重操旧业，再不干的话，手艺都生疏了呢，呵呵！”

陈子敬说道：“那些家伙不是不打主意，而是将大打主意。我们回避不了这个问题，必须主动应对它。不管是官府还是江湖势力，如果大举进犯宝莲山庄，总是难免途经黄婆地圩，这样势必给这些父老乡亲带来麻烦甚至灾难。正是考虑到这些利害关系，我决定把山庄前移到黄婆地圩外面去，让圩上百姓的生活不至于受到太大的影响。”

白云翀赞道：“庄主考虑问题甚是周全，尤其是记挂着山里百姓的安危，令人佩服！只是，仅凭我们这些人，对付一般的江湖人士自然没问题，若是敌人大队人马来犯，要将他们抵挡于山外，不知是否有十足的把握？”

刘溪说道：“这个问题，庄主早已考虑过，而且与冲天寨叶寨主商量过。到时，冲天寨将和我们共同御敌。借助他们这支人马，对付三五百人甚至上千人是没问题的。当然，如果官府大军来犯，那我们也只能另想办法了——倘若是这种情形，我们即使留在宝莲山庄，也一样难以守住，而且还要殃及无辜百姓。”

众人听刘溪言之有理，再无异议。当日，陈子敬与刘溪等人前往牛岭勘察地形，在山坳处选了一处较平坦的地方，决定在此处建十余座简易木屋、茅屋。这里地处半山腰，密林掩映，山下不易发现，但从上往下看，视线甚好，离大道也不过数百步远，前方还有一处关隘般的路口，正是可守可退之地。

随后，刘溪和刁八月回到黄婆地圩，重新开张旅舍和铁匠铺。前不久飞鹰帮大部人马一闹，村里人大多数已知道刘溪他们是为了保护文天祥遗物而隐居在山里的大侠，如今见他们回到圩上，胆子大的深表敬佩，有事没事来店里看看，好奇地向他们问这问那；胆子小的敬而远之，生怕惹祸上身。刘溪和刁八月也告诉大伙，如今蒙古人虽然得了天下，但这天下并不太平，迟早还是要还回给汉人的。宝莲山现在也未必安宁，在这兵荒马乱之际，大家尤其要注意保护自己，如果遇到大队官兵或强人进村，尽可能往深山老林避一避。

铁牛牯等几个少年见到他们的店铺重新开张，尤其高兴，每天都跑过来缠着刘溪和刁八月，要他们传授武功。刘溪和刁八月既然已公开身份，便不再顾忌，得空时少不了指点他们几招。朱来福更是时常和他们过过招。几个少年学得甚是勤奋，有时还带着村里其他伙伴一起练武。

不到一个月工夫，牛岭的房舍已悄然建好。陈子敬把欧阳紫鹃和萧绿荷送回汶潭岽，安排刘望北等人每日在宝莲山庄、观音谷、八仙谷之间巡逻，晚上大伙则一起住在牛岭。如此过了数十天，倒也平安无事。

这天，谢惟志闲着没事，想想来到宝莲山这么久，还没到山下走走，便信步下山逛逛。从牛岭往山下望去，大大小小的村庄星罗棋布，一条宽阔的道路从山麓延伸到远方。此时天高云淡，阳光和煦，谢惟志心情大好，呼啸一声，健步如飞，一口气跑出了六七里。

道路渐平，显然已经到了山下。两边依然林木葳蕤，但依稀听得鸡鸣犬吠之声。再往前走，是一片茂盛的茅花地带。金黄的茅花高过人头，时有吃草的山羊从茅花丛中探出头来，随即“咩咩”地呼唤伙伴隐匿到草丛深处。茅花丛中还传来声声婉转悦耳的鸟鸣。一条从山谷蜿蜒而出的小溪，从不远处缓缓流过。谢惟志走上前去，只见大大小小的溪石滚圆滚圆的，环绕溪石的溪水清澈见底，指条大小的溪鱼历历在目。谢惟志这些年长年奔波，难免身心疲惫，此时恍然身处世外桃源，不禁驻足观赏。

谢惟志在溪边活动了一下筋骨，忽觉口干，捧起几口清冽的溪水喝了，但觉酣畅淋漓，说不出的爽快。又见溪里的石板鱼模样可爱，童心大发，正想伸手捉上几条，忽听得道上远远传来呼喝之声。谢惟志一怔，旋即隐身茅花丛中，拨开茅花往前看去，只见一个手持长柄铁锤的大汉正在前面奔跑，后面三个人紧追不舍，其中一人手执弯刀，距离那手持铁锤的大汉只有三四步之遥。跟在他身后的二人口中不断呼喊，要那个大汉识相投降。

那手持铁锤的大汉见敌人越追越近，忽地立在当地，铁锤往身后一扫，眼看就要打中那用刀的汉子。那用刀的汉子却也了得，脚步一斜，一个后仰，避过这一锤，接着弯刀一挥，向那大汉拦腰切去。那大汉也不退让，直接用铁锤迎击，“当”的一声，刀锤相撞之后，二人继续你来我往互有攻守。

另二人也已围上来，却并不动手。其中一个矮个子叫道：“你这打铁佬，真是不识相！再不投降，我荀师哥的朝阳刀可不留情了！看你还能接几招！”另一人也叫道：“姓刁的，我郧某人从不惹你，你却偏要多管闲事，今天且看你如何收场！”

那持刀汉子边与那大汉拆招边说道：“屠师弟、郧舵主，你们守住他的退路，今天可不能让他跑了，非把他捉回去见师兄不可！”

这时，谢惟志已看得真切，那使铁锤的大汉，正是已回黄婆地圩重开铁匠铺的刁八月。与他对敌的汉子，刀法精湛，武功不弱。谢惟志听得“朝阳刀”几个字，忽地想起当年向萧立之学剑时，曾听他说过，江南武林当中，崆峒门有一路“朝阳刀”，以刀法迅捷著称，与“梅川诗剑”讲究以快打快颇有相通之处。谢惟志看那人所使刀法，果然技艺娴熟，来势极快，想来是崆峒门的高手了。

谢惟志此前已听刘溪等人说过，崆峒门的刘梦凌、荀梦冰等人投靠赣州官府，曾经上山与他们斗过一场。这“荀师哥”刀法如此厉害，应当便是荀梦冰了。谢惟志见刁八月铁锤运用不如对方灵动，估摸他因为以一对三，心有顾虑，不敢放开手脚，便霍地跳到路上，沉声说道：“刁兄勿慌，我来帮你！”

在场四人均吃了一惊。谢惟志见他们暂时罢手，收了招式，对那使刀的汉子问道：“你就是崆峒门的荀梦冰吧？”那人冷冷地说道：“正是在下！不知阁下尊姓大名，有何指教？”

谢惟志说道：“我只是个无名小辈，说了你也不知道。”又对刁八月说道，“刁兄辛苦了，你且歇一歇吧！我想领教一下这位荀大高手的快招。”

刁八月迟疑地说道：“你……你是？你要和他们打？”

谢惟志哈哈笑道：“我不和他们打，难道还和你打啊？要和你打也行，那也得等上了山再说嘛！”心里暗想，这刁八月莫不是被他们打傻了，竟然问出这样的话来。

荀梦冰冷笑几声，说道：“原来你要打抱不平。行，我先满足你！屠师弟、邬舵主，你们先看着这个打铁佬，别让他溜了。”

刁八月闻言，怒极反笑，说道：“狗崽子，你们要不是仗着人多，看看谁怕谁！”

谢惟志长剑出鞘，对荀梦冰说道：“废话少说，请吧！”长剑呼的一声划个半弧，一招“风起春城”，剑尖向荀梦冰当胸奔去。

荀梦冰也不再客套，见对方来势直接，右腕一抖，使出朝阳刀法的“阳煦山立”，刀柄在下，刀尖在上，已拦住谢惟志长剑去路。谢惟志剑锋回转，换一招“高楼鼓角”，剑尖直指荀梦冰脸部。他换招甚速，荀梦冰仅此两招，已看出对方大是劲敌，倏地身形一矮，避过这一招，手上弯刀毫不含糊，一招“乌飞兔走”，已向谢惟志下盘削到。谢惟志足下用力，一个“旱地拔葱”，纵起三尺余高，使荀梦冰这一招落了空。片刻间，双方已过了十余招，互有攻守，谁也没占到便宜。

谢惟志见对方刀法迅疾，好胜心起，有意和他比快。荀梦冰见对方剑招快捷，心里不服，也想压他一头。两人都是一般想法，出招便越来越快，恨不得使出平生绝学。旁观几人见了，不禁暗暗叹服。同荀梦冰一道来的矮个子正是他的师弟屠梦冲，他知道师兄的刀法在江湖上所遇敌手不多，此时见一个名不见经传的剑客招式之快，竟然不在师兄之下，更是惊讶不已。

二人又斗了数十招，与荀梦冰一道的邬舵主见荀梦冰无法取胜，忽地对屠梦冲叫道：“速战速决，大伙一起上！”他手里抓着一个铁锚状的兵刃，右手一扬，铁链甩出，锚身直奔谢惟志而去。刁八月见状，喝道："又想倚多取胜么？好，老子奉陪！"疾步上前，铁锤一架，把铁锚拦下。

屠梦冲见过刁八月的武功，知道他和荀梦冰在伯仲之间，邬舵主不是他的对手，当即持刀上前，与邬舵主联手对付刁八月。刁八月冷笑道："你们这样的角色，便是再来几个又何妨？"铁锤挥舞，划成一个圆圈，屠梦冲和邬舵主知道他力道极大，一时不敢硬碰，只在外围伺机进攻。

五个人正斗成一团，茅花地那边，又有一人往这边走来。这人挑着一担犁耙，见前方有人动武，微微吃惊，定睛一看，不禁叫出声来："咦，这不是十六吗？你怎么跑到这边来了？"那使铁锤的汉子也看清楚了来人，叫道："哥，是我！待我先把他们打发了再说！"

屠梦冲与邬舵主闻声看去，这挑犁耙之人竟然与使铁锤之人长得一个模样，不禁大吃一惊："怎么又来了一个打铁佬？"就这么一怔，邬舵主右腿已被铁锤狠狠地击了一下，身子退出几步，痛得"哎哟"叫出声来。

那挑犁耙的铁匠又说道："那不是谢兄弟吗？呀，崆峒门的人又来了！还是我来会会他吧！"放下担子，拔出铁钳，便要去换下谢惟志。

荀梦冰和谢惟志虽然知道有人路过，但二人手上斗得正紧，不敢稍稍松懈。荀梦冰一眼瞥见来者所持的铁钳，心里已然明白，这人才是真正的刁八月。他和刁八月曾经恶斗一场，知道这又是一个劲敌。他到来之前，自己这边以三敌二，已然落在下风，此人若是出手，自己三人必败无疑，当即向谢惟志喝道："且住手，我有话说！"

谢惟志知道己方已然稳操胜券，见他有话要说，也不担心他跑掉，便与他同时退出一步，停招罢手。那边屠梦冲等人也暂时停下不打。却听得荀梦冰说道："今日我师兄尚未到场，我和师弟俩自知难敌你们三人，有种的我们约定日子再战！"他见要吃眼前亏，便故意把那邬舵主排除在外，只说自己师兄弟二人，以此挤对谢惟志等人不便为难自己。这话未免强词夺理，但谢惟志自恃身份，也不想落个以多胜少、以强凌弱的名声，一时也不好反驳他。

荀梦冰见对方尚未接话，当即对屠梦冲说道："师弟，我们先走，大师兄他们就在前面，我们见了面再听他的安排便是。”屠梦冲怔道：“大师兄……”他正觉得奇怪，刘梦凌等人并未一起出来，怎么会在前面？没等他把话说完，荀梦冰已板起脸打断他：“快点去啊！你知道那个巴蛮子不耐烦等人的！”使个眼色，拔腿就跑。

屠梦冲虽没荀梦冰那么多心思，但也不傻，当即反应过来，知道他只是虚张声势，以便让对手有所忌惮，不敢赶尽杀绝，当下不再说话，跟着就跑。邬舵主见他们师兄弟不提自己，早已做好走为上的准备，荀梦冰一抬脚，他已跟着跑起来。

那个和刁八月长得相似的铁匠冲着邬舵主的背影喊道：“你可不能走！”忽地捡起一块石子，用力掷出。那邬舵主的右腿刚刚被铁锤击中，行走已不如平常迅速，虽知身后有石块击来，却不及躲闪，扑通一声摔倒在地。那铁匠冲上去将他抓起。屠梦冲回头看了，对荀梦冰说了一句，但见他毫不理会，只好悄悄叹口气，尾随他而去。

刁八月见荀梦冰、屠梦冲已走远，也懒得理会他们，告诉谢惟志，这个和自己长相极其相似的，正是自己的孪生兄弟刁十六。原来，七年前，刁氏兄弟的父母去世，一个游方和尚告诉他们，兄弟俩必须分开七年，其间不能见面，否则定有大祸。刁十六因此离开宝莲山，到桃江之畔的横溪渡以打铁为生。陈家庄的陈满子第一次到宝莲山见过陈子敬之后，奉陈建仁之命去横溪渡调解巨蟹帮桃江分舵与王母渡韩员外之间的纠纷。陈满子年轻气盛，见巨蟹帮的人蛮不讲理，当场和他们动起手来。巨蟹帮众人武功虽然不高，但毕竟人多，陈满子差点要吃亏，好在路过的刁十六出手相助，才解了围。陈满子起初还以为他是刁八月。得知他们是孪生兄弟，陈满子便把刁八月在宝莲山的近况说了。他们兄弟俩虽然相距不远，但自从分手之后便一直没见过。陈满子第二次上山时，也把在横溪渡遇上刁十六的事告诉了刁八月。

刁十六擒获的这人正是巨蟹帮桃江分舵舵主邬留举。原来，桃江分舵应刘梦凌之邀，也准备参与官府的寻宝行动。这次荀梦冰正和邬留举商议计划，不料被刁十六撞见。邬留举本来便想报复刁十六，于是借助荀梦冰之力，几个人一路将他从横溪渡追到宝莲山下。

刁十六自从得罪了邬留举，也知道留在横溪渡难免麻烦多多。他盘算着七年之期刚好满了，正想着去宝莲山寻找胞兄，所以被荀梦冰、邬留举围攻后，便往宝莲山退去。刁八月自从铁匠铺重新开张后，生意大好，忙得不亦乐乎。这天不是圩日，想到山下丁屋村数户村民在自己铺里所订的犁耙已经做好，便趁着有空给他们送去，没想到刚好遇上了胞弟。

陈子敬见谢惟志和刁氏兄弟擒来了一个官府帮凶，问了他们的行动计划，呵呵一笑，命人将邬留举关在一间茅屋。邬留举只道自己入了匪窝，必将大受折磨，心里叫苦不迭，没想到，陈子敬等人把他关起来之后，并不理会他。

这天晚上，邬留举听得陈子敬他们正在相邻的一间屋子里喝酒。木板房隔音效果差，他们的声音又大，邬留举分明听得他们喝高了之后，谈论的正是“祥瑞三宝”的处置问题。原来，“祥瑞三宝”果然在他们身上。福寿沟秘图和武功秘诀被陈子敬随身带着，其他人似乎并无兴趣，他们讨论最多的是文天祥留下的那笔军费。这笔巨大的财富就藏在这屋子附近，他们因为目标暴露了，认为自己这些人已无法和官府及各路江湖人士抗衡，正准备十天之后等另一个重要人物到场，把它们挖出来瓜分，然后各自远走他乡，过逍遥自在的日子去……

邬留举听得狂喜不已，一时竟然忘了自己此时已是人家的阶下囚，还在美滋滋地盘算着将这个重要消息送出后，可以得到多少回报。陈子敬等人喝酒喝得好生热闹，邬留举却连饭也没人送过来，心里甚是恼怒，却又无可奈何。到了后半夜，这些人渐渐没了声息，似乎喝得大醉，各自回房睡觉了。邬留举看到木屋的后墙有个窗户，悄悄将绑在双手上的草绳挨在窗户边的木板上摩擦。那草绳不粗，很快便磨断了。他用力一扳那窗户上的木棍，却也不怎么结实，居然给他扳下来了。邬留举大喜，悄悄地从窗户爬出去，只见屋外看守他的两人早已烂醉如泥，呼呼沉睡。邬留举不敢逗留，赶紧潜入密林，跌跌撞撞地向山下跑去。

过了七八天，刘溪上冲天寨见了一次叶南潭。随后，叶南潭派刘六十带了上百人跟随刘溪来到牛岭，在这里住下来。白云翀看这架势，估摸近期又将有强敌进犯。但陈子敬除了冲天寨这批人，并未另外邀请其他高手相援。白云翀和谢惟志也提起过是否再把那些朋友请回来，陈子敬只是一笑了之，并不接话，他们也就不便多说。

刘六十等人安顿下来之后，刘溪和刘望北下山去了。陈子敬带着刘六十等人熟悉了周边地形，在前方那处狭窄的路口筑起一道石墙，布下岗哨，还让大家将附近的山石汇集于此处。这处山口被当地人称为“牛颈”，易守难攻，颇有“一夫当关，万夫莫开”之势。刘六十加盟冲天寨之后，专门训练了一批猎户出身的弓箭手，大大增强了冲天寨的战斗力。陈子敬让刘六十带来的几十名弓箭手每日驻守牛颈，若有大队敌人来犯，要冲过这道关卡便很不容易。

过了两日，刘望北从山下匆匆赶回来，告诉大家一个惊人的消息：赣州路达鲁花赤哈伯沙里派出大军围剿宝莲山来了！来者少说也有上万人，最多再过半个时辰便可到达山麓。

白云翀跺脚骂道：“定是那个该死的乌溜嘴弄出来的事！那天晚上大伙也真是大意，竟然让他给逃了！这次他若是来了，非把他剁了不可！”

谢惟志也说道：“这姓邬的虽然武功不高，但他既然和崆峒门的人勾结在一起给官府卖命，当时确实不该小看了他。好在他逃跑后，庄主做了准备，请了冲天寨的兄弟下来支援。只是没想到这次官府竟然出动这么多人马。”

陈子敬却平静地说道：“事已至此，我们只能想方设法应对了。望北在山下有没探到他们分兵的迹象？”

刘望北说道：“不出庄主所料，官兵果然分了三路，只是另外两路人手不多，主力还是从我们这边的山下过来。”

陈子敬说道：“进出宝莲山，也就三条路。我们眼皮底下这条路平坦宽阔，其他两条路狭窄陡峭。官兵若是准备上山，当然得走这条路。另两条路，他们也就安排人手在山下守一守，防止我们突围就行了。”又问刘六十，“贵寨那边没什么变化吧？”

刘六十说道：“庄主放心，叶寨主已按你的吩咐，安排了人手在另两条路的中途守候。如果是小股人马上山，大可对付得了；如果是大队人马，他们也会及时和我们会合。”

陈子敬说道：“宝莲山方圆数百里，山里大大小小的道路何止百条。我们眼下要做的，就是先防守几天，能守多久算多久。实在不行了，我们就撤退到大山深处，和他们捉迷藏去。官兵虽然有上万人，但他们进山搜捕的话，也如沧海一粟而已，我们倒不必怕他们。”

刘六十说道：“庄主为了不让官兵祸害山上的村民，特意将山庄从后山搬到前山，考虑如此周全，刘某佩服！”他已知道，陈子敬之所以忽地让大家搬到离山下更近的牛岭，就是早已料到官兵要进犯宝莲山，唯恐沿路百姓因此遭到官兵抢掠。

白云翀、谢惟志当年也是参与过抗元战争的人，知道战场险恶，尤其是敌众我寡之时，更是危机重重。如今官兵上万人，而自己这边仅一百余人，力量悬殊，怎么打也不是办法。他们虽然担心，但看陈子敬依然沉着，也就没多说什么。

陈子敬又说道：“官兵此次来犯，与平时打仗却又不一样。他们人多，我们人少，但这是在大山里交锋，其实并不利于他们大队人马行军作战。若是一窝蜂而上，让我们跑了，他们反而失去了目标。所以，我估计，这次他们的打法，应当是先派出武功高手把我们缠住，那些大队人马，主要是用来围山的，让我们插翅难飞，逃不出这座大山，只能被他们活活困死。”

白云翀沉吟片刻，说道：“我也正是这样想的。如果他们派出的高手不少，山下大军围困的时间一长，终究是对我们不利。”

陈子敬说道：“这倒无妨。按我的估计，我们只需要在此坚守三五天，当可解围。还是先看看他们来了什么高人再说吧。”

这时，忽听得外面有人大声说道：“你们这些后生拐子啊，搬家了也不告诉我老头拐的？还怕我讨一杯酒喝吗？”陈子敬说道：“蓝老前辈怎么来了？”起身出去迎接。

蓝火龙大步走进木栅栏围起的院子，一见陈子敬便说道：“今天这是怎么回事了？我看山下有好大的动静啊！打着那么多破旗子，来的应该是官兵吧，人数还不少呢！”

原来，蓝火龙数十年来吃了无数蛇胆，不仅百毒不侵，而且目力极好；不仅夜间视物如白昼，而且视线范围远超常人。这日，他在山上捕蛇时，遥望山下，旌旗招摇，人影绰绰，竟然有大队人马向宝莲山逼进。看那模样，当为官兵无疑。蓝火龙知道他们定然是冲着陈子敬等人来的，于是找过来向他报信。

陈子敬向蓝火龙简要地说了事情原委之后，对众人说道：“从山下到我们这里虽然路途不算远，但在我们布防的山口之下，还有两处地势陡峭，适合阻击。我们需安排几位高手在这两个地方对他们稍作阻拦，杀杀他们的嚣张气焰，让他们没那么容易攻上来。”谢惟志等人纷纷请缨，要到最前线去。

陈子敬说道：“我们的人手不多，总不能让他们一眼就看穿了家底。阻击的人手，也不需要太多，拦一拦他们，使他们不敢过于狂妄，上山时有所忌惮就行。只要每个环节拖得一拖，我们面临的问题就可迎刃而解。”当即安排谢惟志、白云翀在第一个陡坡拦截，刁八月、刁十六兄弟在第二个陡坡拦截，再三吩咐他们，如果对手太强，就不必恋战，及时借助有利地势，隐入山林退回便是。蓝火龙本来提出自己对这一带的地形颇为熟悉，要去第一个陡坡阻敌，但陈子敬考虑到他年事已高，让他和自己坐镇后方，充当后备力量。

安排完毕，谢惟志、白云翀、刁八月、刁十六下山去了。陈子敬和刘六十等人来到布防的山口，观察山下情况。官兵已在山麓平坦处安营扎寨，看样子，果然是准备紧紧围困宝莲山了。

大队官兵安营扎寨之际，有六七人却沿着道路直往山上赶。他们脚力甚快，奔在前面的几个，正是巴如台、刘梦凌、荀梦冰。哈伯沙里这次部署周密，巴如台等人到过宝莲山，熟悉情况，自然是开路先锋。他们也知道，对付陈子敬、刘溪等高手，靠官兵围剿其实几乎无可能捉拿到位，所以一直在等待朝廷派高手增援。如今条件成熟，正是一举击溃宝莲山庄的良机。巴如台等人辛苦了数年，也不希望在大功即将告成之际落在后头，所以抢在前面上山。

山道逐渐崎岖往上，道旁林木愈发幽深。巴如台等人行至一个拐弯处，只见山坡一侧，一块巨大的黑石半悬空中，山路的另一侧，也有一块平坦的巨石。两块巨石相距不过数丈，夹在其间的这一段道路甚是狭窄，仅容两人并肩通过。巴如台等人放慢脚步，留神观察四周，却见上面那块巨石上，一个大汉懒洋洋地躺在那里晒太阳。

巴如台在石下数步之外止步，向那人喝道："你是什么人？速速让开，否则休怪我等无情！"

那大汉伸个懒腰，嘴里含糊不清地说道："什么人吵死了？你过你的路，我睡我的觉。这大冷天的难得遇到这么好的日头，休得在此瞎胡闹。"

刘梦凌见这人不慌不忙，连头都懒得抬起，显然不是寻常山民，忽地仗剑跳到下面那块平坦的巨石上，厉声喝道："你再不起身，我可要上来了！"长剑一挥，作势要跃上去。

那懒汉听他说得严厉，慢腾腾抬起头一看，说道："啊哟，你这个人拿着剑的样子好凶！我可不懂得用剑，这可如何是好？"

只听得另一个声音说道："谁想用剑吓人？我来看看他有多厉害！"巨石上蓦地站起一个人，手持一把长剑。原来，这人斜靠在懒汉所躺的巨石后面，巴如台等人处在下方，起初看不见他。那人又说得一句："你敢仗剑到宝莲山逞强，且让我看看你的剑法到底有多高明！"随即腾空而起，身子轻飘飘地落在刘梦凌所站的巨石另一端，与刘梦凌不过两三步之遥。

荀梦冰在下面一看，说道："原来又是你！这次看你往哪里跑！"这人正是前不久和他交过手的谢惟志。

（二十三）
攻关

谢惟志哈哈一笑，说道：“我什么时候跑过吗？上次不知是哪个打不过就狼狈逃跑了？俗话说‘打铁佬不顾伙计’，我看某些人才是真正的‘打铁佬’，为了逃命把同伴也丢下了！”荀梦冰听他这么一说，脸上不禁一红，对刘梦凌说道：“师兄，这就是把邬舵主抓去的那个剑客！既然他不识好歹，你就好好地把他教训一番吧！”

躺在巨石上面晒太阳的白云翀闻言，一骨碌坐起来，说道：“啊哟，一言不合就教训人，我听得好害怕啊！且让我想想，碰上这种倒霉事，要不要丢下同伴逃之夭夭呢？”荀梦冰怒道：“你莫要得意，有种的下来比试比试！”

谢惟志和刘梦凌站在下面那块巨石的两端，外面便是深谷，二人均知此战凶险，嘴上虽不露怯，心里却丝毫不敢大意。二人缓缓抬起手中剑，剑尖微颤，忽地不约而同大喝一声，出手如电，向对方发招。只听得两剑“当当当”连续撞击数次。原来，二人面对强敌，都使出了快招，片刻间已过了七八招。

行家一伸手，便知有没有。谢惟志和刘梦凌都是使剑的高手，数招下来，二人都知道对手实力不弱。谢惟志赞道：“手艺倒是不孬，可惜年纪轻轻不学好，竟然甘于充当走狗！”手下毫不松懈，一招紧似一招，剑剑直击对方要害。刘梦凌冷冷地说道：“人各有志，识时务者为俊杰，我还笑你是个冥顽不化的大傻瓜呢！”毫不示弱，招招与对手针锋相对。

巴如台在下方看二人转瞬间连续斗了二三十回合，正是棋逢对手，将遇良才，不禁嘀咕道：“这宝莲山怎么又冒出一个使剑的高手来了？这人的剑法和那个‘百剑通’还颇为相似呢！”荀梦冰说道：“我也不知这人的来历。他的剑法的确不弱，看来应当也是文天祥旧部。”

二人剑招绵密，身形迅捷，再斗得数十招，已在巨石上游走一圈，不知不觉挪了个位。这时，谢惟志和刘梦凌心里都有数，二人所使剑法各有所长，仅在招式上，颇难轻易胜得对方，只能在功力上一较高下。二人再出招时，已渐渐放缓，但剑柄越来越沉重，剑招中暗藏的杀机更是让人不敢疏忽。巴如台、荀梦冰、白云翀都是行家，自然知道二人都在全力以拼，稍有不慎，便可能遭致大祸。

再斗得片刻，二人双剑已因各自使出的内力过强，紧紧贴在一起，一时僵持在半空。荀梦冰、白云翀目不斜视，紧紧盯着二人身法，唯恐自己的同伴有闪失。谢惟志和刘梦凌全神贯注，不断输出内力，可就是无法推进毫厘。

忽然，巨石下面沙沙作响，似有泥土、石块往山谷掉落。众人不禁惊呼。原来，这块巨石本来有半边是悬空的，二人立在靠近山谷的外头，内力强悍，竟使巨石失去平衡，正往山谷侧翻。眼见得二人都要跌入深谷，荀梦冰、白云翀齐声叫道："危险，撤招！"不约而同跃上前。谢惟志、刘梦凌于此紧急关头，当即各自收了内力，白云翀、荀梦冰正好将二人拉开。也便在这时，山谷轰然声响，巨石已径直滚落下去。众人见此情景，不禁倒吸一口凉气。

白云翀见巴如台身后已陆续过来几名同伴，和他们硬拼未必能占便宜，便对谢惟志说道："这边的事可以了，我们撤！"不由分说，拉着他便往山腰的密林闪去。

巴如台身后赶来的屠梦冲叫道："哪里跑？"便要往树丛中追去。荀梦冰伸手拦住他，说道："这是他们的地盘，我们不熟悉地形，小心有诈！这几个人既然隐入山林，就由他们去吧。我们还是走大路上山。"刘梦凌也说道："此人剑法甚是厉害，虽然还比不上刘溪，但也是劲敌，二位师弟务必小心在意。"荀梦冰曾经与谢惟志交过手，当时未能取胜，估计其武功不在自己之下，没想到刘梦凌和他比剑，也没占到什么便宜，心里更是不敢小看此人了。

巴如台等人环视四周，确定已无埋伏，一行人便沿着山道继续往上走去。刘梦凌、荀梦冰、巴如台仍然走在前面。三人功力高于其他同伴，很快便把屠梦冲和巴如台的弟子帖列都等人甩在十几步之外。

从巨石之侧走过之后，山道渐渐平缓。大约走了两里路，山道拐了个弯，前方又出现一块黑色巨石，巨石下方那段道路颇为陡峭。刘梦凌说道："此处地形复杂，我们得小心他们设下埋伏。"见身边路旁甚是开阔，一个草坪延伸出路外，坪上残留着不少牛屎，便走到正中停步立定，与巴如台、荀梦冰左顾右盼。

忽听得巨石后传来几声大笑，三人循声望去，只见巨石上已多了两个人。他们长相和装束几乎一模一样，所不同者，一个手持铁钳，一个手持铁锤。荀梦冰认得，来者正是刁八月和刁十六兄弟俩。

巴如台和刘梦凌见识过刁八月的武功，后来又听荀梦冰说了此人还有一个兄弟，二人武功相若。荀梦冰与他们兄弟俩都交过手，知道他们虽然武功不弱，但单打独斗，自己倒也不惧。如果自己和刘梦凌双斗他们兄弟俩，则颇有胜算。此时见他们双双现身，便冲他们叫道："好啊！今天总算逮着你们俩了！上次没决出胜负，有种的下来，我们以二对二，公平对决，我与师兄好好地和你们大战三百回合！"

刁十六因荀梦冰上次见势不妙便扔下同伴脱身而去，心里对此人很是不屑。听他开口向自己兄弟俩挑战，便与刁八月对视一眼。刁八月曾在冲天寨下与荀梦冰斗过一场，起初因临敌经验不足，险些吃亏，后来才勉强打了个平手，心里未免耿耿于怀，此时对手重逢，斗志昂扬。二人心意相通，都想和他们师兄弟一较高下，便大喝一声："要打就打！""谁怕你们！"双足一蹬，从巨石上飘然而下，落在刘梦凌、荀梦冰面前。

刘梦凌长剑一挥，喝道："闲话少说，看招！"迎着刁八月斜斜地刺出。与此同时，荀梦冰弯刀也毫不迟疑地向刁十六劈去。

刁八月铁钳一架，接下刘梦凌这一剑。刁十六沉声喝道："来得好！"铁锤一拦，要将荀梦冰的弯刀截下。荀梦冰知道此人铁锤沉重，却并不与它正面相击，手腕一抖，使出一招"回光返照"，弯刀贴着铁锤往刁十六臂上削去。刁十六见他来势甚快，侧身让过，喝道："有来有往！"挥起铁锤便砸他右臂。荀梦冰当然不能让他击中，身形一晃，也顺势换了个方位。

四人斗在一起，荀梦冰和刘梦凌刀来剑往，招不虚发。刁八月和刁十六毫不相让，铁钳和铁锤双双挥舞，呼呼有声。刘梦凌和荀梦冰招式虽然厉害，一时之间想要占上风，却也无从入手。

巴如台见过刁八月的武功，知道他与荀梦冰相若，比起刘梦凌则稍逊。至于刁十六的武功，据荀梦冰的描述，应当不比荀梦冰强。按理说，刁氏兄弟联手，应当不是刘荀二人之敌，所以他便放心地退在一旁观战，同时留意周边动静，防止对方另有帮手到来。

四人又斗了片刻，屠梦冲等人也跟上来了，见他们相斗正酣，便都聚拢在巴如台身边观看。屠梦冲说道："好啊，这两个打铁佬，今天总算一起出现了！让我两个师兄好好教训他们一通，让他们好好见识一下崆峒门的武功！"另一名蒙古武士却说道："我看他们武功都不弱，只怕一时还瞧不出胜负呢！"屠梦冲说道："你刚来不久，没见过我这两个师兄的功夫，他们可比我高明多了！"原来，这名武士是从外地赶来助战的，只见过屠梦冲的武功，尚未有机会见识刘梦凌、荀梦冰一显身手。

再看得他们各自出了数十招，巴如台却发现，刁八月和刁十六的铁钳、铁锤配合越发默契，互为犄角，刘梦凌和荀梦冰刀剑虽快，却总是找不到破绽。相比之下，刁氏兄弟的招数使出来，浑如一个整体，就像一名大高手同时使两种兵刃与人对决；而刘、荀二人的剑招和刀法虽然单独看皆不弱，但二人无论怎么配合，也只是两名高手并肩作战。如此僵持下去，只怕刘、荀二人出现破绽的可能性要大些。

巴如台武功与见识均不在刘梦凌之下，再看得片刻，便知道刁氏兄弟的铁钳与铁锤其实是一套完整的武功。他们二人若是与人单打独斗，还显示不出这门功夫的厉害，但二人联手，其威力却大大增强。四人若是拆成两对，刘梦凌与荀梦冰纵算不能取胜，也不至于落败；但四人混战，刁氏兄弟可谓稳操胜券。

屠梦冲虽然见识远不及巴如台，但看得久了，也知道二位师兄要想取胜远没有自己想象中那般容易，心里不禁暗自着急，嘴上却什么也不说了。

巴如台思忖，要让刘梦凌师兄弟取胜，唯有让他们四人拆开来打。他自恃身份，自然不便直接加入战团与他们动手，但若要将他们拆开，此时却非得自己出手不可。于是，他眼珠一转，仰天打个哈哈，大声说道："这样打得一团糟，有什么看头？也很难评判谁强谁弱是不是？我看你们还是一对一，清清爽爽明明白白地比试比试好了！"长剑一挺，蓦地冲向刁八月，一剑将他的铁钳格开。随即回手一剑，将正与荀梦冰针锋相对的刁十六逼退一步。

刁氏兄弟本来正逐渐占了上风，二人攻守合一，迫得刘梦凌与荀梦冰守多攻少，不防巴如台突然来袭，二人顿时章法一乱。刘梦凌与荀梦冰见机不可失，当即使出各自得意招式，将刁氏兄弟铁钳和铁锤的攻势压了下去。

巴如台哈哈大笑，身子往后一射，退出数步，说道："你们继续较量吧！我只是给你们做个仲裁，让你们有个公平比试的机会，可别说我们以多取胜啊！"刁氏兄弟见此人如此无赖，心里怒火升腾，一个骂道："好你个狗贼，真是臭不要脸！"一个说道："就算你们一哄而上，我们又岂会怕你们这些强盗！"就这么缓得一下，刘梦凌、荀梦冰已反守为攻，频频进招。

巴如台长剑一横，立在草坪中间，说道："你们各打各的，不许越界！否则，无论是谁靠近了我，休怪我手中剑不认人。"

刁八月和刁十六心里虽然恼怒，恨不得将巴如台好好地教训一通，但强敌当前，二人却不敢分心，只能勉力应对。刁八月武功本来便不及刘梦凌，被巴如台搅局之后，心里一急，更是乱了章法，十几招之后，便被刘梦凌逼得只有招架的份。刁十六与荀梦冰虽然打得难分难解，但也只能求自保，无力援助刁八月。

刘梦凌与荀梦冰毕竟长年在江湖行走，临阵经验丰富，而刁氏兄弟平时虽然苦练武功，但真刀真枪与人对敌却不甚多。尤其是刁十六，在横溪渡这些年，更是少有与人动手。久斗下去，荀梦冰已发现对方随机应变的能力不及自己，于是大胆取巧，不时使出怪招，刁十六竟然有数次险些中招。如此一来，数十招之后，荀梦冰也逐渐占了上风。

巴如台见自己这一手奏效，心里甚是得意，脸上露出微笑，嘴里则时不时说上几句话气一气刁氏兄弟，以此干扰二人心思。屠梦冲等人见刘梦凌、荀梦冰占了上风，也七嘴八舌地乱说一通，扰得刁氏兄弟心里越发烦躁。

便在这时，忽听得巨石上有人说道："啊哟，这两个凶巴巴的汉子，怎么又跑这里找人打架了？这世道真是不太平啊！"巴如台等人抬头一看，只见那块黑色的巨石上面又站着二人，其中一个是此前与刘梦凌交手的谢惟志，说话的则是他的同伴白云翀。

白云翀见刁氏兄弟渐处下风，而巴如台立在当中，明摆着是随时准备拉偏架，便对谢惟志说道："你先在这里看着，我下去斗斗这个家伙！"纵身跳下，向巴如台喝道："你也别闲着，我陪你练练！"右拳已向巴如台当胸打去。

巴如台长剑在手，骂道："臭蛮子，活得不耐烦了！"一剑挥出，疾刺白云翀右臂。白云翀这一招却是虚招，右臂旋即收回，身形一晃，左拳已向巴如台袭来。巴如台变招也快，身子微侧，长剑立起，阻了白云翀的拳路。如此拳来剑往，二人转瞬间各自出了七八招。

白云翀向巴如台挑战之后，巴如台忙于应付，已无暇顾及阻拦刁氏兄弟。刁八月和刁十六去了一个障碍，心意相通，尽力把圈子缩小，又形成兄弟俩合攻之势。原来，刁家祖上数代以打铁为生，后来，一个精通武功的祖先竟从打铁时的默契配合中悟得武功之道，创出了一套铁钳与铁锤配合的功夫。这门功夫单独使用，威力还不明显，但若二人同时使出，则威力倍增。刁八月和刁十六本是孪生兄弟，多年来知己知彼，这套武功使出来，堪称天衣无缝，对方若非功力高出太多，便难以抵敌。刘梦凌、荀梦冰二人的实力加起来虽然比刁氏兄弟稍强，但在他们兄弟俩的联手之下，反而不是他们的对手。二三十招之后，刘梦凌、荀梦冰又处于下风，只能以防守为主。

巴如台和白云翀这边，起初数十招，二人斗得不相上下，各有攻守。到得后来，白云翀虽然拳法刚猛，但巴如台剑法和内功均得全真教真传，剑术轻灵，内功深厚，将白云翀的罗汉拳渐渐压下去。站在巨石上的谢惟志见白云翀处境不妙，冲他叫道："白兄，你赤手空拳斗人家手中宝剑，未免太轻慢这些高手了！还是我来和他玩玩吧！"话音未落，人已落在巴如台面前，一剑将他攻向白云翀的一招接下来。

帖列都见谢惟志进攻巴如台，冲他喊道：“两个打一个，不要脸！”谢惟志哈哈大笑，说道：“两个打一个就叫不要脸？那大伙儿先算算，你们山下来了多少人，摊下来是多少人打我们一个了？这才真正叫不要脸！”想起当年蒙古兵的残暴，义愤填膺，刺向巴如台的几招又快又狠。

白云翀见谢惟志已接上手，便退到一边掠阵。屠梦冲等人见己方几大高手都被缠住，对方的白云翀却还在一旁悠闲地观看，便悄悄商量着怎么办。那草坪不大，六个人斗在一起，其他人已难以挤进。屠梦冲等人见过了白云翀的身手，自忖武功差距不小，若是在这狭窄的山道上与他动起手来，只怕还要给巴如台等人添乱，只好作罢。

谢惟志接替白云翀之后，巴如台与他各展所学，两柄长剑使得银光闪闪，让屠梦冲等人看得眼花缭乱。二人在剑术上的造诣都不弱，激斗数十招，叮当之声不绝。巴如台此前见了谢惟志和刘梦凌比剑，知道此人所使的“梅川诗剑”确有过人之处，不可使之抢了先机，是以处处严防死守。谢惟志与他斗了五十余招之后，已感觉此人剑术不在刘梦凌之下，内力甚至高于刘梦凌，心里不禁暗暗吃惊：赣州官府看来不乏高手，单以眼前已出手的三人而言，放在江湖上已是一等一的角色，难怪陈子敬要严阵以待。

谢惟志吃惊，巴如台却比他更吃惊。自从上次在宝莲山铩羽而归，巴如台便知道宝莲山庄的高手，武功远比自己想象的高明，骄傲心态因此大有收敛，在朝廷派出的高手未到之前，不敢轻易再去招惹宝莲山。但他所惧者也就是刘溪与陈子敬。此时朝廷所派高手已到，他认为除了刘溪与陈子敬，余人不足为惧，所以和刘梦凌等人充当开路先锋。没想到，这一路上，又冒出几个实力不俗的陌生高手。这么看来，宝莲山到底隐藏了多少厉害角色，只怕还超出自己的预料。

这时，刁氏兄弟频频呼喝，巴如台听声音，已知道他们稳占上风，刘梦凌、荀梦冰处境越发不妙。他虽然自忖不至于输给谢惟志，但此时仅凭自己几个强行冲关上山，已不现实。为了让刘梦凌等摆脱困境，巴如台冲他们喊一声：“不必恋战，退下再说！”忽地跳到一边，摆脱了谢惟志的剑招，转而攻向刁十六。

谢惟志使尽全力，在巴如台面前并未占到上风，他要退出，自然无法阻拦。刁十六被他袭击之后，一时分心，刘梦凌、荀梦冰迅速瞄准破绽，将他们兄弟俩的攻势暂时压住。巴如台再连续向刁氏兄弟各刺几剑，随即向刘梦凌和荀梦冰说道："撤！"三人已退到一边。

一旁的白云翀见巴如台主动退却，看看对方尚有数名帮手，混战起来的话，胜负之数实在难料，便对谢惟志和刁氏兄弟说道："见好就收，让他们去吧！"三人也觉得如此甚好，便不再上前动手。

巴如台手一挥，和刘梦凌等人下山去了。白云翀望着他们的背影，说道："这几个家伙仗着武功不赖，想抢个头功。没想到刚到这里就被阻了。他们定然不肯善罢甘休，接下来应当有更厉害的角色出场了。"谢惟志说道："正是。这几个家伙武功已是不弱，但更强的对手只怕还在后头。他们若是以高手开路，官兵随后进攻，我们还真是难以抵挡太久。"四人商量之后，决定由刁氏兄弟暂时守在这里观察敌情，谢惟志和白云翀回牛岭向陈子敬通报情况，到时再来换岗。

陈子敬听了谢惟志等人与巴如台一行动手的经过，说道："光是他们几个，倒也不足为虑。但这次他们来犯，准备了几个月时间，应当另有高手到来。几个月都过去了，他们觉得也不差这几天了，所以真正的高手还没露面，但我们却必须好好利用这几天。"吩咐谢惟志与白云翀转告刁氏兄弟，半路拦阻之事，能阻便阻，如若实力相差太远，则无须硬拼，让他们上来便是。

巴如台等人下山后，当日却再无动静。夜幕降临，谢惟志与白云翀要去将刁氏兄弟换回来。蓝火龙说道："要说这大黑夜巡山，倒是我老头拐的强项。"要求与他们同行。陈子敬知道蓝火龙吃了无数蛇胆，目力极好，黑夜视物如同白昼，便让他一起去了。

一夜无事。到得次日上午，巴如台等人却和大队官兵在山道上蜿蜒而来。山道狭窄，多处仅容二三人并行，官兵们一路排成长龙，有序上山。巴如台、刘梦凌等人仍然走在前面开路。

此时，刁氏兄弟正好过来换岗，见巴如台等人率领大队人马上山，怒道："不怕死的东西，又来了！今日我们再较量较量！"正待跳下去拦截，谢惟志和白云翀却一把拉住他们，说道："庄主有令，若遇大队人马，不必强行对抗。且放他们过去吧，自然有人对付他们。"他们曾经参与抗元战斗，知道面对大队人马，硬拼难免有所闪失，自己这边人手本来便不多，每个兄弟的安全都是非常重要的，不如让牛岭的弓箭手来对付他们。

刁氏兄弟闻言，也想到其中凶险，自己纵算挡得一时，终究无济于事，便只好作罢，与谢惟志等人隐入林中。

巴如台见巨石处今日无人把守，左右察看之后，挥手令官兵继续前行。到了牛颈，见到道路两旁垒着一堵石墙，形成一道关口，平时可通行的路口也被一块块山石堵死了。巴如台让官兵暂且止步，正待上前察看，忽闻一声呼啸，石墙后面无数羽箭如蝗虫般飞来，走在前头的官兵纷纷中箭倒地。

巴如台和刘梦凌冲在前头，用剑格开羽箭，试图带领官兵往前冲去。但那羽箭如下暴雨般，一阵紧似一阵，即使他们几人能冲上去，其他人也无法通过。巴如台无可奈何，只好下令后退。路窄人多，后面的官兵猝不及防，虽然闻令后行动颇快，但还是有多处挤成一团。前头的士兵未及退到羽箭射程之外的，十有八九被箭射中，非死即伤。

巴如台骂道："这些臭蛮子，古怪还不少！"他在宝莲山见识过冲天寨的霹雳五禽阵，却没料到他们还隐藏了这么多弓箭手。将队伍整顿之后，又尝试发动几次进攻，无奈羽箭总是源源不断地射出，只好屡攻屡退。

如此折腾了大半天，巴如台无计可施，便命令官兵原地休息，等待时机。他这次带了上千名官兵进攻，本拟直捣黄婆地圩，进而搜寻宝莲山庄，没想到还在半山腰便遇阻，也不知对方到底有多少兵力。

刘六十见自己安排的弓箭手果然发挥大作用，心里甚是高兴。他见巴如台不再进攻，料他将有进一步行动，吩咐弓箭手不可大意，随时防备他们再次进攻。天色将黑时，巴如台却让官兵退回山下了。山上山下不时传来爆竹声，原来，这天已是除夕，人们已开始吃年夜饭了，山下的官兵也特地带上了爆竹。刘六十骂道："这些蒙古人，竟然大过年的也不消停！"见巴如台他们走远，赶紧派出部属将射出的羽箭捡回来。冲天寨的弓箭手虽然厉害，但羽箭储量却不算多，好在山道狭窄，官兵无法大规模进攻，否则羽箭总有耗尽的时候。

第二天已是正月初一。天气晴好，放在平日，正是人们提个火笼坐在门口晒太阳聊闲天的大好时光，刘六十等人却仍守在石墙后面，不敢有丝毫懈怠。不久，果然又见到巴如台率领大队官兵沿着山道徐徐而上。这次，他却不急着进攻，冲着上面喊道："宝莲山的人听着，要想好好过新年的话，赶紧撤了防线，速速投降！不然，我们要放火烧山了！"

刘六十听了，从石墙后站起身，回应道："你有种就烧吧！不过我可先提醒你，你们想要的东西就藏在山林里，要是烧毁了，大家倒也省事多了！"他和陈子敬早就想过官兵会用火攻相威胁，但也知道他们顾忌烧了想找的东西，未必敢付诸行动。

果然，巴如台听得刘六十这么一说，知道这一招不奏效，但嘴上并不示弱，仍然不断放出狠话，说要把宝莲山杀得鸡犬不留云云。刘六十也不理他，任他叫喊，但只要发现他们有逼近的意图，便立马放箭。

如此对峙了几个时辰，刘六十见巴如台始终无法前进，心里正松了一口气，忽听得身后几声惊呼，几名部属竟然被人掷得向石墙这边飞过来。

刘六十大吃一惊，回头一看，只见一个浓眉高颧、胡子粗黑的武士手持一把月牙刀，正从身后冲来。刘六十的几名部下待要拦阻，却被他左手随便一抓，一个一个地甩得远远的。刘六十见敌人厉害，赶紧抓起一把大刀向他迎面砍去。

那武士见刘六十来势甚猛，手中月牙刀一立，与刘六十的大刀碰了个正着。"当"的一声响，刘六十但觉虎口一麻，手中大刀竟然险些抓不稳。刘六十在江湖行走多年，各种敌人也经历过不少，却还没遇到功力这么深厚的。他心里一惊，强打精神，拼命抵挡。

那武士的刀法极为凌厉，滚滚而来，欲将刘六十置于死地。石墙内尚有刘六十不少部属，他们持着刀剑、挺着猎叉前来相助，但兵刃只要被那武士的月牙刀所撞，全都脱手而去。仅二三十招后，便只剩下刘六十独力支撑。倚在石墙边的弓箭手一则不敢分心，二则即使有暇放箭，也投鼠忌器，生怕伤了自己的头领，只好眼睁睁地让刘六十与他苦苦相斗。

刘六十心里暗暗叫苦。这名武士武功奇高，想来是利用巴如台与自己叫阵之际，从路外的悬崖直接攀上来的。此时，陈子敬正好去了宝莲寺向惠丛禅师拜年并交代一件要事，刘溪则一直未回山，宝莲山其他诸人，武功只怕都比不上这名武士。若是这道关卡失守，官兵便可长驱直上，宝莲山便要被他们占领了。

那武士见刘六十渐渐不支，精神一振，出招越来越快，直压得刘六十喘不过气来。此时，那武士抢占了高处，居高临下，趁着刘六十露出一个破绽，猛地一刀直劈下来。刘六十举刀迎架，但已感到力不从心，这一刀砍下来，只怕非受重伤不可。他心里一凉，暗暗叹道：本想着做一番轰轰烈烈的大事，没想到竟然在这大年初一送命于宝莲山了！

正在这危急之时，忽听得一人大喝一声："胡须佬，我砸破你的狗头！"那武士但闻"呼"的一声响，一重物狠狠地向自己当头砸到，来势极快。那武士知道此时若要将刘六十砍倒，自是容易，但自己也势必被砸中，非死即伤，当下不假思索，闪身避过袭击，劈向刘六十的这一刀便失了准头。刘六十顺势往一旁退开数步，只见蓝火龙双手举着一根粗大的树干，已和那武士斗在一起。

那武士见这老头少说也有七十岁，竟将一根随手抓来的树干舞得呼呼响，心下不禁暗自佩服。蓝火龙将刘六十救下后，毕竟这树干不是顺手的兵刃，虽然使起来威力不小，但遇到高手，很快便显得笨重。面对那武士的奇快刀法，蓝火龙只好将那树干向他重重一掷，拔出身上的镰刀，左右挥舞，迎战那武士。

就在那武士潜入石墙之后，巴如台在下面听得里面斗得正酣，知道他大占上风，便大声喊道："贺多琪将军挺住！我们马上进来了！"试图发动强攻。守在石墙后的弓箭手虽然知道刘六十处境不妙，却丝毫不敢分心，一见官兵作势要攻，羽箭便招呼过来。巴如台挥落数支羽箭，但冲在前头的官兵纷纷中箭倒地，他只好停止进攻，等待时机，盼着贺多琪尽快得手，将这些弓箭手挑了。

贺多琪武功和刘溪相若，蓝火龙与他交手数十招之后，已渐处下风。刘六十持刀上前相助，以二攻一，尤是难以扭转局面。蓝火龙骂道："胡须佬，真是少有的生猛啊，要打爆你的狗头还真不容易！"贺多琪的"贺兰黄沙刀"越使越厉害，蓝火龙手中镰刀只好尽量避免和他的月牙刀硬碰。刘六十硬接了他几刀之后，险些抓不牢手中大刀，知道此人功力确实比自己高太多，也不敢和他正面交锋。二人就这样先缠着他，等待援兵。

贺多琪以一敌二，渐占上风，心里正盘算着再过二三十招，便可将他们制服，忽然又听得有人说道："这蒙古人厉害得紧，我们先收拾了他再说！"只见两条人影分别从左右夹攻过来。

这次来的却是刁八月和刁十六。他们哥俩本来和谢惟志、白云翀守在附近，防止官兵中的高手从密林深处绕行上山，听得里面打斗激烈，又听得巴如台叫"贺多琪"，刁八月曾经见过他和刘溪比拼，知道此人潜入石墙内，刘六十等人定然抵挡不住，便赶回来支援。他们的铁钳和铁锤配合有力，贺多琪武功虽强，哪里能抵挡四人合攻？十几招之后，贺多琪便显处下风，只能咬牙防守，再无进攻之力。

刘六十见局势大转，精神振奋，骂道："臭小子，看你猖狂！这次你可是自投罗网了！"趁着贺多琪疲于应付刁氏兄弟的铁钳铁锤，刀刀趁虚而入，直攻要害。贺多琪没想到刁氏兄弟武功古怪，寻思被这几人缠得久了，只怕难以脱身，忽地暴喝一声，使出一招"飞沙走石"，前后左右各砍四刀，在转瞬间砍出十六刀之后，趁着刁氏兄弟等人忙于防守之际，跃过石墙，如同一只巨鹰翻飞出去。石墙内的弓箭手尚未反应过来，贺多琪已隐入林间，下山去了。

巴如台见贺多琪退出，知道计划失败，若是强攻，又和此前一样，要付出伤亡代价，只好再次退兵。刘六十等人见敌人退去，心头虽然松了一口气，但回想方才那场恶斗，兀自心有余悸。刘六十死里逃生，暗叹万幸，对蓝火龙和刁氏兄弟说道：“好在几位来得及时，不然我这条小命可要丢在新年第一天了！这人武功真是厉害，要是蒙古人多有几个这样的高手，我们就更难防守了！”蓝火龙说道：“这些鬼崽子，一计不成，定然再生一计。你们这些后生拐子们千万不可大意！”

当天，官兵不再进攻，只是在山下静静地围守。这天毕竟是春节，晚饭时分，官兵们在营地点起篝火，海吃海喝，甚是热闹，还故意朝着山上大呼大喊。陈子敬从宝莲寺回来，和大家一起聚餐。刘六十说道：“叫化子也有年节，我们从昨日以来就没消停过，这个年过成这样，也算是一辈子难忘了！”谢惟志却说道：“六十兄弟是饱汉不知饿汉饥。我这些年独自在外，就没像样过个年。今天有这么多人一起吃饭，我这个年却算是过得相当好了！今年定然要大发！”众人都大笑起来。

次日，官兵依然派人上山，却并不进攻，只是在山腰砍树。官兵人员众多，散布在道路两侧，但凡能站人的地方，大大小小的树都给砍倒了。刁八月说道：“这些官兵吃饱了撑的，没事好好地砍树干吗？没柴火做饭了？”陈子敬说道：“看样子，他们准备大举进攻了。眼前的道路狭窄，他们人虽多，但无法发挥作用。把道路拓宽，官兵便可源源不断涌上来。这些人是下定决心要拿下宝莲山了。”刘六十说道：“这么说，我们得通知叶寨主把冲天寨的兄弟都派下来才行，不然寡不敌众。”陈子敬说道：“先不急，他们再怎么拓路，总得两天工夫吧。再说，官兵少说也有大几千人，如果他们大队人马逼上来了，我们多加百十号人也无济于事。待他们攻得急了，要么我们撤，要么他们撤！”刘六十苦笑着说道：“我们撤还好办，要他们撤，只怕千难万难。”

果然，接下来的两天，官兵只顾埋头砍树，并不理会这些在山间防守的对手。两天后，宝莲山竟被数千官兵硬生生地砍出了一条宽阔的大路，宛如一条腰带延伸而上。官兵步步为营，一部分人马已在牛颈关隘前方选择平坦空阔之处安营扎寨，大半人马则仍驻扎在山麓。

这天，官兵再次向关隘发动进攻。巴如台、刘梦凌、荀梦冰等人仍为前锋。此时，道路已拓宽数倍，官兵蜂拥而上，石墙后面的弓箭手纷纷放箭，跑在前面的官兵中箭倒地之后，后面的又不断补上来。有些武功稍好的，已逼近石墙下面。刁八月等人见了，赶紧搬起此前准备好的石头砸下去。大大小小的石头伴着箭雨滚滚而下，这才将官兵打退。

官兵们退下歇息之际，山下忽地传来一声长啸。这长啸雄浑悠远，恍如就在左近发出，功力稍差的听了，但觉耳朵嗡嗡作响，显见得此人内功极为深厚。陈子敬与蓝火龙、白云翀在屋内坐着，闻声对他们说道："厉害角色出场了！听啸声，这人内功比贺多琪还要强！"三人起身站在门口，往下看去，只见一人沿着大道疾奔而来，速度极快，片刻间便到了关隘下面。弓箭手见他逼近，纷纷放箭阻拦。那人哈哈大笑，双手晃动，羽箭竟然纷纷落地，有的还反射回来。几名弓箭手猝不及防，竟然被自己射出去的箭打中。

弓箭手见此人如此神勇，不禁骇然。刁八月等人掷出石头砸他，也被他随意挥洒间，轻松自如地避过。巴如台在他后面朝着弓箭手喊道："尔等还不住手！这等雕虫小技岂能拦住我们的额尔克大人！"

陈子敬闻言，说道："好！既然他们的主角出场了，我也该去会会他了！"

（二十四）占城

白云翀问道："这额尔克是什么来头？庄主认识他吗？"陈子敬说道："当初陈家庄探得大内高手额尔克将前来协助赣州官府夺取丞相遗物，我便一直耐心等着他。八年不见，看来这家伙武功大有长进，难怪成了忽必烈最器重的心腹卫士！"

原来，十年前，文天祥兵败后，被押至大都囚禁了四年。其间，陈子敬曾经赶往京城，试图寻找机会劫狱。八年前的一日深夜，陈子敬孤身潜入囚禁文天祥之地，打倒了数名守在外围的卫士，正待靠近牢房，不料遇上了一名武功高强的武士。陈子敬和他拆了数百招，竟然不敌，中了他两掌之后，负伤逃出。那武士穷追不舍，陈子敬一路跑出数里地，好在途中遇上燕赵大侠邵义鸣，在他的鼎力相助之下，才得以脱险。事后，邵义鸣告诉陈子敬，此人名叫额尔克，是京中有数的高手，威震北方武林，一般人都不敢招惹他。

陈子敬遇上邵义鸣之后，通过他结识了不少北方豪侠。他们对文天祥的人格也极为敬重。此后，陈子敬与邵义鸣联络了河北一带的武林豪杰，谋划以营救文天祥的名义发动起义。不料，事情泄露，忽必烈此时正为如何处置文天祥而颇费踌躇，南宋降臣留梦炎等人趁机进言，建议忽必烈速速处死文天祥，以免后患。忽必烈因文天祥誓死不降，而其在民间的影响力又太大，也恐日后生变，便按留梦炎等人的意见，将他处死。文天祥就义后，陈子敬回到南方，从此再没见过额尔克。

蓝火龙、白云翀听得陈子敬当年曾败于额尔克手下，不禁大为担心。蓝火龙说道："这个鬼崽子武功这么厉害，你可得小心为上！"白云翀说道："要不，我们不必和他一对一的动手，还是见机行事为好。"

陈子敬笑道："当年我武功尚未大成，此人既为京城有数的高手，败在他手下也不足为怪。但事隔八年，我期待的就是和他再较高下！当然，我们在这里结寨设关，倒也不是为了比试个人武功高下，大丈夫当图谋大事，个人得失殊不足道。"

蓝火龙、白云翀听他说得坦然，心里稍稍宽心，但还是不放心，随他一起走上前去。

陈子敬来到石墙边，冲着额尔克说道："额尔克大护卫，别来无恙乎？数年不见，看来你虽然官位升了，武功可没落下啊！”

额尔克早已知道隐居在宝莲山的文天祥余部为首者便是当年在大都图谋营救文天祥的陈子敬，傲然说道：“当年你们宋朝人多时，尚且输给了我们，今日你以区区数十数百人，还想抵挡我朝廷大军？你们汉人说的，识时务者为俊杰。你还是早早投降吧，我念你武功不错，可以保举你做一个不小的武官。”

陈子敬哈哈大笑，说道：“额尔克大护卫真是热心人啊！可惜我这人天生不喜欢当官，要不是你们侵犯我汉人江山，我连大宋的官也没兴趣当。大护卫这次兴师动众，我陈某虽然没多少人，但要我们听命于你，却也无异于天大的笑话！”

额尔克正色说道：“你若真要不识时务，顽抗到底，有你的好果子吃！我先告诉你啊，这次就别打主意开溜了——这几天，我可没闲着，已把你们的出路全封了，你们山上的情况也摸清楚了！”

原来，额尔克统率官兵前来围剿，先让巴如台等人在前探路。见他们遇阻后，额尔克便亲自在宝莲山麓绕行一周，还上山潜入黄婆地等村庄，将宝莲山的地形基本弄清楚了。他武功卓绝，单独来往于山中，自然无人发觉。此时，下山的路口都被额尔克分派力量守住，如果陈子敬拒不投降，他便要下决心发动进攻，将这些人包抄了。

白云翀、刘六十等人听得额尔克已在宝莲山走过一遭，心里不禁暗自惊骇。刘六十起初还想着让叶南潭率冲天寨人马下来援助，如此看来，只怕额尔克将这道关隘冲破后，上万大军攻进宝莲山，到时连冲天寨也未能幸免了。他虽然在绿林的时日已不短，但眼下面对的危机，实是前所未有。

陈子敬却并不惊慌，微微一笑，说道：“原来大护卫已经上过宝莲山了，可惜陈某没见着，未能尽地主之谊好生招待，真是失礼了！不过我也要告诉你，我们本来便计划着要离开宝莲山，换个地方住住了，你这次远道而来，也许要失望了！”

额尔克冷笑一声，说道：“想离开？要是早些天，倒也罢了，可惜现在已经晚了！我们既然已经来了，纵算你插上翅膀，恐怕也难飞出去了。”

陈子敬说道：“大护卫这么有信心？好吧，八年不见，分外想念。打仗之前，你我先伸量一下武功吧，免得打起仗来顾不上！”轻轻一跃，人已翻出石墙之外，缓缓地落在额尔克面前四五步处。

白云翀、刘六十等人大吃一惊。大敌当前，主帅不急着调兵遣将阻击，反而单枪匹马出去迎战，这可真是本末倒置，不分轻重。刘六十赶紧命令弓箭手加强戒备，其余众人也随时准备用石头阻击进攻的敌人。

额尔克见陈子敬主动出击，也大感意外。在他看来，陈子敬武功本就不及自己，更何况双方力量悬殊，此时若不投降，便当考虑退却才是，主动出来挑战，岂非自投罗网？额尔克想到若是借此机会一举擒住陈子敬，其他人便不值一提了，倒是省了许多事，不禁心下大喜。

陈子敬双手抱拳，说道：“大护卫远来是客，你先出招吧！”额尔克寻思：“就算你这些年勤学苦练，料得三百招之内定能拿下你。我这次本来便不是为了比武而来，你既然让我先出招，我又何必客套？”当即说一声：“如此不客气了！”双掌一错，出手如电，已向陈子敬当胸击到。

陈子敬不闪不避，待额尔克双掌推到时，蓦地出掌接上。四掌相交，额尔克感觉掌力忽地被对方粘上，心里明白过来，说道：“好！你要比拼内力，我奉陪就是！”陈子敬淡淡一笑，说道：“武功练到了大护卫这个境界，谈论招式已没什么意义了，最终还得靠内力取胜。既然如此，我们何不直奔主题！”额尔克自然明白这个道理，心里暗道：“这人数年前不是我的对手，现在一出手就敢和我比内力，只怕这些年武功大有长进，倒也不能大意。”当下不再说话，气沉丹田，将内力源源不断地输送出去。

众人只道二人此番必有一场激斗，不料他们的较量看起来却平平无奇，波澜不惊。官兵中有些武功低微的，自是看不出什么名堂。但双方武功较高者如蓝火龙、白云翀、巴如台等人却知道，这场比拼，远比刀剑拳脚往来凶险，稍有差池，动辄伤及性命，而且旁人不易解救。

陈子敬当年内功不如额尔克，但这些年他遍习南方各派武功精要，其中不乏内功心法，境界为之一新。这些心法由各门派各自修习，如同盲人摸象，效果大打折扣。事实上，在一般武人看来，各个门派之间的内功心法、武功招式并无必然关联，只能顾此失彼，难以融会贯通。偏偏陈子敬习武天赋极高，他经过数年精读细研各派武功精要，渐渐悟得法而无法、博而能一的道理，将各派武功化为己有，触类旁通，不管内力修为还是外家功夫，均已臻化境，与八年前已不可同日而语。尤其是最近三年，陈子敬已难得遇到可让自己恣意施展武功的对手，大内高手额尔克南来，对他来说正是试功的大好机会。

二人存了一般心思，都想知道一别数年，对方功力进境如何，便随着对方内力的增强而逐渐施展功夫。陈子敬暗暗佩服，额尔克成了当今皇帝忽必烈的身边红人之后，时常随着忽必烈在外征战，东奔西跑之际，一点也没耽误练功，内功比之当年又强了不少。额尔克心里却更是吃惊。他虽然料到陈子敬武功大有进境，但始终认为自己有取胜的把握。可现在看来，此人的武功进度竟然远超自己想象，数次催送的内功，竟然都被对方在不动声色之中化解得无影无踪。如此看来，纵算全力以拼，到底鹿死谁手尚未可知。

白云翀见巴如台等人在下面虎视眈眈，恐陈子敬遭他们暗算，也跃出石墙，落在陈子敬身外丈余处，甫一靠近，便觉一股强劲的力道直冲过来。白云翀武功原也不弱，此时却颇难靠近二人，心里愈加惊讶二人内功之强。

二人默不作声，只是不断地向对方发力。众人再看他们时，双掌虽依然对峙，脚下却渐渐下陷，已在地上踩出数寸深的小坑。巴如台、白云翀见此情景，知道以自己之力，绝难从中调停，只好任由他们继续比拼下去。

巴如台见二人僵持不下，心里寻思："看这样子，他们武功实是相差不远，最终即使分出胜负，也是非死即伤。不管谁胜谁负，二人拼完这一场，都很难立时恢复功力。待他们比拼完了，我应该趁此机会，将陈子敬和他的同伴制住，以此勒令他们的弓箭手撤退。"他和白云翀曾经交过手，认为有把握胜他，于是悄悄向他靠拢，以便抓住时机出手制胜。

白云翀见巴如台往自己这边挪步，心里想道：“这蒙古人武功高强，若是他要发难，此时形势倒是对我方不利。但不管怎么着，不能让他在此逞威！”登时高度警觉，双拳紧握，随时待发。便在这时，忽听得石墙上一声呼喝，又一人翩然而下，却是谢惟志到了。

白云翀心里一喜，但又想道：“他们几个在防守一处可能偷袭牛颈关隘的地方，可不能顾此失彼啊！”谢惟志见他神情，知道他心有所虑，轻声说道：“老刁哥俩尽可对付那几个家伙，不用担心！”巴如台见谢惟志到来，停下脚步，心里暗叹晦气，知道凭自己一人之力已无法将他们制住，同时也猜到刘梦凌、荀梦冰偷袭未成。

陈子敬和额尔克全然不管身旁众人的心思，此时已使出全力，要拼出高下。二人脸色渐红，头顶白雾蒸腾，双颊汗如雨下。白云翀、谢惟志、巴如台都看得心惊，知道他们到了紧要关头，随时准备出手相助。

便在这时，忽听得陈子敬哈哈大笑，身形一错，双腿拔地而起，在空中转了一个圈，轻轻地落在两丈之外。额尔克身子往前一倾，一股排山倒海之势直往前冲，前方一棵碗口大的枫树“咔嚓”一声拦腰折断。额尔克随即往后一仰，身形略微摇晃之后，双腿拔出泥坑，退后两步站定。

众人愕然。却听得陈子敬朗声说道：“大护卫，你我个人之间的内力比试点到为止。其他功夫就没必要再比了吧！”额尔克冷然说道：“论内功，你已胜我一筹，这个我无话可说。但我不远万里南下，可不是为了和你比试武功的。我们要办的正事，照办不误！”

众人看地上的四个小坑，额尔克所踩的已往后退出尺许。原来，陈子敬使出全力之后，额尔克渐渐不支，双脚虽然紧钉地下，但经不住对方强大内力的进攻，已在泥地里悄然后退。这时，单就功力而言，陈子敬已占上风。更令额尔克大感意外的是，陈子敬竟然还能使用“金蝉脱壳”之法卸下自己的内力，全身而退。这里面虽然大多是取巧的成分，但若非对各种武功融会贯通，绝难做到。如此一来，额尔克虽然输招，但二人毕竟无须以性命相搏，倒也皆大欢喜。

陈子敬说道："既然大护卫一定要苦拼到底，那我们也只好奉陪到底了！就是不知你们接下来要出什么招？"

额尔克右手一挥，森然说道："我军即刻发动总攻，不惜一切代价，血洗宝莲山！"

巴如台见状，立即跟着喊道："血洗宝莲山！"在道路上排了数里长的官兵闻声，也齐声呼喊道："血洗宝莲山！血洗宝莲山！"数千人的声音传出去，震得山谷回音不绝，惊起林中无数山鸟。

白云翀、谢惟志和守在关隘内的刘六十等人虽然久经风浪，曾在战场血拼，但看到官兵这等声势，也不禁微微变了脸色。他们知道，一场血战已不可避免，己方虽然暂时占了地利优势，但毕竟力量相差太远，只要官兵源源不断进攻，小小牛颈关隘当天便要被攻破。

官兵呼喊完毕，一队手持盾牌的士兵已悄然列队，只等一声令下，便要率先发动冲锋。在他们身后，更多的官兵们手持兵刃，正准备接踵而上。

白云翀低声对陈子敬说道："敌人志在必得，我们还是先退回去吧？"陈子敬点点头，说道："你们先上！"白云翀、谢惟志知道事不宜迟，转身一纵，跃上石墙。陈子敬随着也跃上来了。以他们的身手，额尔克、巴如台自是来不及阻拦。

刘六十见三人都已回来，命令弓箭手严阵以待。其他人也各就各位，准备迎接官兵的强攻。

陈子敬自言自语地说道："已经好几天了，他们的事情应该办妥了吧！"白云翀、谢惟志、刘六十等人听了，不知所云，此时也无心多问。

额尔克见陈子敬等人毫无退却之意，对巴如台说道："传令下去，发动进攻！"巴如台扬起右手，正待发话，忽听得山下传来一声雄浑的喊声："官兵们听着！立即停止进攻，回山下集合！"

声音远远地传来，却清晰可闻，显见得发声的人内功深厚。陈子敬心里一喜，暗道："这事果然成了！"蓝火龙、谢惟志等人也听出来，说话的不是别人，正是下山多日未回的刘溪。

额尔克喝道：“什么人在山下捣乱？你内力虽然不错，但也还轮不到你在此逞强！”这一声喝问，使出了上乘内功，山间回音不绝，蓝火龙、谢惟志、巴如台等高手都听出了，额尔克的内功更在刘溪之上。

却听得刘溪又喊道：“你们的达鲁花赤大人在此，官兵们速下山集合听令！”额尔克心下大是诧异，纵身跃上一处高地，往山下望去，只见空旷处立着五骑，其中一人看身形，与哈伯沙里颇为相似。他与巴如台面面相觑，不知发生了什么事。正低声商议，忽见山道上一人往山上疾奔而来，脚力极快，旋即到了山腰。再过得片刻，此人便到了额尔克身边，正是留守在山麓的贺多琪。

额尔克见贺多琪如此急切地奔上山，情知山下必有重大变故。果然，贺多琪喘着气说道：“禀报将军，哈伯沙里大人被反贼设计擒获了！赣州城也被反贼使诈占领了！哈伯沙里大人请将军速速下山商议对策！”

额尔克、巴如台闻言，大惊失色。赣州是江南重镇，皇上一直看重，这才会差遣贴身大护卫前来协助地方扫清前朝丞相影响。如今皇上正忙着北方平叛，他们这些身负重任之人不仅未能把陈子敬等人消灭，竟然还莫名其妙把赣州城给丢了，这事可非同小可。饶是额尔克武功卓绝，面对这一重大变故，也不禁脸色苍白，一时六神无主。赣州城的分量自非一座宝莲山可比，此时额尔克即使强行攻下宝莲山，也无法弥补丢失赣州城的损失，更何况哈伯沙里还在敌人手上。额尔克悄然长叹一声，便和贺多琪往山下奔去。巴如台让军队稍稍退后听命。

蓝火龙、谢惟志、白云翀、刘六十等人见刘溪突然出现，而且据称抓获了哈伯沙里，大是惊奇。陈子敬笑道：“赣州城易手，到了钟明亮手里，宝莲山之围，今日总算可解矣！”

刘六十惊讶地问道：“钟明亮？莫非是汀州的钟明亮？他们的人马竟然打到赣州来了？”陈子敬说道：“正是他们！说到这事，我和刘溪兄谋划已久，如今总算成功。因事关重大，倘若泄密则后果不堪设想，是以此前一直未对各位说起，还望各位谅解！”便将事情的经过简单向他们说了。

原来，陈子敬听说朝廷对“祥瑞三宝”重视有加，并特地派出高手协助赣州官府寻访，知道他们志在必得。此时，钟明亮在汀州起兵后，形势颇好，占领了不少地方，但都是以偏僻山区为主。陈子敬思忖，钟明亮所部要谋大事，必须占领一个重要城市作为据点，以此为大本营，发动各路豪杰响应。赣州是江南大城，又是文天祥曾经苦战之地，民众对宋朝感情最深。若能占领赣州，以此作为临时都城，成立临时朝廷，则接下来收复江南指日可待。想到这里，陈子敬心念一动，一个宏大的计划涌上心头。于是，他与刘溪商量之后，悄然出山，前往钟明亮处，与之详尽密谋，定下一个计策，即以“祥瑞三宝”为诱饵，吸引官兵倾巢而出围攻宝莲山，而钟明亮则率部趁虚而入，一举攻下赣州城。

钟明亮此时手下已发展了近十万部众，听得陈子敬有妙计可攻下赣州城，大喜过望。他知道赣州城繁华富丽，而且三面环水，易守难攻，若无内应，万万难以攻下。赣州城得手之后，大军进而北上攻城略地，前景不可估量。得此良计，钟明亮很快按陈子敬的计策调兵遣将，悄然布局。

以前，陈子敬等人藏身宝莲山，尽可能不让外人知晓。自从定下这个调虎离山之计后，则唯恐天下人不知道“祥瑞三宝”藏匿于宝莲山，有意向江湖人士散布有关信息。同时，陈子敬也考虑到，如若官兵大举来攻，硬拼不是办法，实在抵挡不住的话，只能散布在山中与官兵捉迷藏，而此时人多反而有所不便，于是让此前上山援助的其他武林同道离开宝莲山，尤其是欧阳紫鹃和萧绿荷，更是不允许她们在此冒险。为了让黄婆地的村民们免受兵火之害，他还特地将守山的关口前移到牛岭。此事布置下来后，恰逢谢惟志和刁氏兄弟擒获了投入官府门下的邬留举，陈子敬便故意让邬留举连夜逃脱，让他把宝莲山庄欲处置“祥瑞三宝”的消息带回官府。

哈伯沙里自从巴如台等人探得宝莲山庄的情况，本来便一直谋划着围剿宝莲山，只是因为陈子敬武功太强，莽莽大山又不适合官兵大规模作战，所以只好等到强援额尔克到了再说。得知陈子敬等人有转移企图，他对此事盯得更紧，额尔克一到，便让他率领官兵大举进攻来了。

那日，刘溪和刘望北下山，在赣州城探望官兵动静。待得大队官兵出城后，刘望北悄悄尾随其后，临近宝莲山时便抄近路上山报信。刘溪则前去联络早已率领一千精兵潜伏在崆峒山下的钟明亮，趁着赣州城守备空虚，刘溪利用福寿沟秘图所标注的暗道，与钟明亮的百余名得力部属利用黑夜潜入城内，杀了守城的元兵一个出其不意，很快占领了各个城门。哈伯沙里正在衙署静候额尔克的佳音，却不料钟明亮犹如神兵天降，直接杀到衙署。刘溪等人武功高强，哈伯沙里麾下高手已尽数派往宝莲山，留守在身边的卫士尚未反应过来，他们的达鲁花赤大人便成了俘虏。

刘溪此前与陈子敬约定，赣州城一破，便即刻带着哈伯沙里赶赴宝莲山解围。抓获哈伯沙里后，刘溪担心陈子敬等人的安危，马不停蹄将哈伯沙里带离赣州城。钟明亮恐其有闪失，专门派了手下武功最强的耿星星带着两名高手随同刘溪前往宝莲山。

刘溪一行快马加鞭，赶到宝莲山下，遇上率领官兵守在山下的贺多琪。刘溪让哈伯沙里当面告诉贺多琪赣州城已被义军占领，要求官兵速速撤离宝莲山。贺多琪惊愕之余，赶紧上山向额尔克报告。

蓝火龙等人听了陈子敬的设计经过，对他的奇谋赞叹不已。谢惟志说道：“赣州城沦于蒙古人之手，已有十余年。今日回到我们手上，总算苍天有眼！”白云翀说道：“把蒙古人赶出赣州城，钟明亮大军可别懈怠了！这么多年没有好好地打仗了，想到今后还有无数大战，我这身上的血都不禁沸腾起来了！”刘六十说道：“钟明亮这事做大了！我老刘也不能闲着，当年那伙兄弟又有大生意要做了！”蓝火龙则说道：“我老头拐活了七十几年，还只进过两次城。看来，今后可以经常进城逛一逛，恐怕还有人管吃管喝喽！”一番话说得众人哄堂大笑。

陈子敬正色说道：“这次能攻取赣州城，说起来主要还是靠丞相遗物相助。一是他留下的‘三宝’吸引力太大，让蒙古人顾此失彼，给了我们进攻的机会；二是丞相留下的福寿沟秘图帮了大忙。这赣州城历来如同铁城，哈伯沙里再怎么说也还留了几百人防守，若非此图指引，使义军得以悄然潜入，哪能轻易得手？如若钟明亮强攻，区区千人，连一座城门也拿不下。倘若他率大军进攻，则沿途动静太大，官兵早已增派援兵阻击，那就更是无法得手了。”

谢惟志说道：“那也是亏了庄主将丞相遗物运用得当！此番攻下赣州城，也可大大告慰丞相在天之灵了！”白云翀说道：“看来这蒙元朝廷虽然凶恶，其实也未必有多强大。只要我汉人群起而攻之，还我河山之期未必遥远！”刘六十接着他的话说道：“是啊，白兄言之有理！想他们蒙古人能有多少人，我们一个个都起来反抗，看他能有多少官兵可用？等他们一退兵，我就和冲天寨的兄弟们商量，打下山去，也好好地大干一场！”

众人正七嘴八舌地说道，忽见山道上的长队官兵开始蜿蜒而下。陈子敬说道：“看来他们已经谈妥了，官兵开始撤退，宝莲山之围总算解了。托丞相的福，这次没给山民们添乱，不然我可是心下难安呵！”刘六十笑道：“庄主神机妙算，官兵只能到此为止，宝莲山许多山民只怕还不知道发生了多大的事呢！”

这时，刁八月、刁十六兄弟俩也跑回关隘，高兴地说道：“鹰犬们跟着下山去了，看那样子，气得极苦，只怕有好些天要睡不着觉了！”刁氏兄弟和刘梦凌、荀梦冰等人对峙，使他们无法另辟蹊径上山偷袭。刘梦凌眼见得功败垂成，心有不甘，下山时脸色自是十分难看。

官兵退到山下后，渐渐远去了。四骑飞奔上山，山道虽然时有陡峭处，那几匹马却甚是雄健，如履平地般跑上来。到得牛颈关隘，刘溪等人翻身下马。陈子敬已命人将填在山道上的石块搬了，恢复道路原样。刘溪等人牵马进来，陈子敬和刘六十已迎了上来。

刘溪将随行的耿星星与另二人唐仲诚、孙见佑向大家作了介绍。陈子敬与耿星星见过数面，知道他勇武过人，当年钟明亮数次遇险，都是全仗此人相救，所以深得钟明亮器重。唐仲诚、孙见佑较年轻，是钟明亮从广南、福建一带招揽的江湖豪杰，看那样子，身手自是不差。

陈子敬将耿星星等人迎进屋里坐下。刘溪告诉陈子敬，哈伯沙里在山下已答应率领官兵离开赣州，不再围剿宝莲山。此人虽然被俘，骨头却颇硬，若非赣州城已失，他还未必愿意以官兵撤退换取自己的性命。

刘六十担心地问道："如今把这个蒙古人放回去了，他会不会出尔反尔，杀个回马枪呢？"陈子敬说道："这倒不至于。蒙古人虽然占了我汉人天下，但他们言而有信，这是无须多虑的。何况他们都是有身份的人，不至于做出这等让天下人耻笑的事来。再说，他们即使攻取了宝莲山，这时也于事无补了。"

耿星星告诉陈子敬，钟明亮进驻赣州后，稍后便有数万大军陆续到来。目前，他已派人前去汀州将复王赵昆、军师张师旦接过来，准备在赣州成立讨虏大将军府，进一步招兵买马，沿赣江北上攻城略地。钟明亮也希望陈子敬能尽早下山，与他们共襄盛举。

陈子敬对钟明亮的安排颇为高兴，同时提醒耿星星务必转告钟明亮，哈伯沙里虽然率军离开赣州，但元朝廷定然不甘赣州城失守，他日必有大批官兵前来讨伐。赣州城虽然易守难攻，但毕竟当前元朝廷兵强马壮，若是大举交锋，实不可有丝毫大意。待自己将宝莲山这边的事处理完毕，将及早进城与钟明亮共商大计。

耿星星谢过陈子敬，与唐仲诚、孙见佑简单吃了点东西，便下山返城而去。刘六十见耿星星身材魁梧，声若洪钟，对着他的背影赞道："这人倒真是一条好汉。钟明亮有这样的部属，或许真能成大事呢！"陈子敬说道："钟明亮成事，文靠张师旦，武靠耿星星。这些年，他们的确为钟明亮出力不少。"刘溪说道："宋朝灭亡后，我南方汉人虽反抗不断，但总是难成气候。至元十七年，杜可用在都昌举事，建元'万乘'，自称天王；至元二十年，林桂芳和欧南喜分别在广东举事，林桂芳建罗平国，建元'延康'，欧南喜也在清远建元称王；在此前后，黄华在建宁路也反复举事，还重新用起了宋朝'祥兴'年号。这些人当年都曾经闹得动静不小，可是都没闹多久便熄火了。由此看来，要撼动蒙古人的朝廷，并非易事。钟明亮这次虽然出奇制胜，但也不可轻敌大意。开府建元之事，尤其当考虑周全。"陈子敬说道："正是！所以我也在想，尽早把山里的事情处理好，下山和他们一道商议大事。"

刘六十说道："既然下一步的重点在城里，目前蒙古兵也撤退了，我们这牛岭关隘要不要继续派人防守呢？"陈子敬说道："当初我们迁到此处，就是为了防止官兵大举进山侵犯。如今此事已了，防哨可撤。倘若只是江湖中人要找我们，他们也未必需要经过此处。"让刘六十先把人马带回冲天寨，其他人则返回宝莲山庄。蓝火龙见这里已没事，便说道："哎呀，我老头拐已好些天没回家了，老太婆不知是不是着急呢？现在可是还算过年其间，年前我那田村的亲家公送来的曾氏世传黄元米果还没来得及吃呢！这么好吃的东西，我得赶紧回去好好吃几个！"说罢，在众人的哄笑声中，一溜烟去了。赣县田村的黄元米果在当地有名，尤以曾家秘传的"绍坤世家"为上等佳品。蓝火龙的一个女儿嫁在田村曾家，每到年底，亲家就会送一担"绍坤世家"黄元米果上山，蓝火龙有时也会请陈子敬等人分享。谢惟志、白云狮等人倒也罢了，陈子敬、刘溪却素知此老平生最喜欢吃的，除了蛇肉便是田村的黄元米果了。

陈子敬、刘溪等人回到宝莲山庄，让刘望北将守在八仙谷和观音谷的邹上峰、邹上岭、欧阳章、欧阳贡等人也叫回来。官兵撤退后，陈子敬考虑到山上人手不多，让大家都在宝莲山庄住宿，白天则继续结伴在山里巡看。他和刘溪走进山庄背后的大溶洞，一直从那处狭窄的出口走出溶洞，来到山头的背后。

刘溪知道，陈子敬有重要事情相商。以前，每当他们要谋划重大事项时，便来到这个幽静无人之处。这里只有从洞内才能到达，除了他们二人，并无第三人知晓。

二人在那块大岩石上坐下。此时阳光和暖，在冬季来说，是难得的好天气。二人极目远眺，冬日的宝莲山，依然满目苍翠。陈子敬说道："这大好河山，是该还给我们了！"

刘溪说道："占领赣州城，对钟明亮义军的壮大意义非凡。接下来，但愿事情能如我们所愿，占据更多的城池，让更多的百姓参与我们收复汉人江山的大业。"

陈子敬点点头，说道："赣州城回到我们手里，这是极其令人振奋之事。赣州人对文丞相最有感情，当年朝廷下诏勤王，全国响应最烈者也就是赣州。今日借得丞相遗物收复赣州，接下来，江南一带总该有上十万人加入义军。丞相遗物也该派上大用场了！”

刘溪说道：“钟明亮在赣州招兵买马之后，军饷粮草是个大问题。他们人生地不熟，若是把军中所需强行摊派给当地百姓，只怕带来民怨，得不偿失。所以，当务之急，我们还得帮义军解决军需问题。”

陈子敬说道：“这也正是我考虑着的事。当初设计巧取赣州时，其实我就已想到了这一层。丞相当年留下的军饷，足够钟明亮扩军数倍。现下需要盘算的是，何时将这笔金银送到城里。‘祥瑞三宝’，最不方便保管、运送的也正是这一宝。”

刘溪沉吟片刻，说道：“运送到城里，倒不是问题。有我们这些人护送，想来江湖上再厉害的角色，也休想打它的主意。眼下所担心者，倒是金银送到钟明亮手上之后，他如何使用的问题。”

陈子敬说道：“是啊！这些年，钟明亮一直在山里面打转，眼界和胸襟未免有限。如今乍然获得一座大城，就不知人心会不会发生些许变化？常言道‘人一阔就变脸’，这样的人我们平时也没少见。万一他也起了异心，有了钱财之后不思进取，反而贪图享乐，那我们就没有退路了。”

刘溪双掌一击，说道：“这个担心不无道理。要不，我们先不急着把金银挖掘出来，先观察他一些时日再说？只要他矢志不移，我们便晚些时候送给他也无妨。”

陈子敬说道：“我看这样确实要稳妥些。军饷之事，还是等复王和张师旦到了赣州之后再说，看看他们怎么商议下一步计划。另两件东西，倒是问题不大。”

刘溪说道：“福寿沟秘图已经被他们使用上了，反正赣州城已到手，给不给图都不要紧了。钟明亮实在想要的话，把我手上这份给他就是。”

陈子敬抬头望向前方，说道：“你手上的只是复制的局部图，其实秘图原件比这复杂得多。当年丞相在赣州城地下布置机关甚多，获得这张秘图，只要实力相当，赣州城便随时可攻可守。但就目前而言，只要这图不落在他人手中，对钟明亮来说便没什么威胁。原件我已委托惠从禅师代为保管。他是一个极为可靠之人，又不是武林中人，不易引起他人注意。正月初一那天，我去寺里给他拜年，就是担心他寺里的人知道官兵围山，出来参与支援我们，反而暴露目标。惠丛禅师是大智者，我一说，他便知道其中利弊关系，所以约束寺里僧众不得参与外界纠纷。这份图放在他那里，我们大可放心，不必和任何人提起。”

刘溪说道：“如此甚好！万一事情有变故，我们还可以继续利用好福寿沟秘图。别人即使获得局部图，也只是堵塞几个防守破绽而已。”

陈子敬微微一笑，说道：“否则为什么官府和绿林中人都想获得它呢！它的价值，实不在那批金银之下。”又说道：“至于那份各门派武功秘诀汇要，也要妥善保管。武功之道，重在融会贯通。当然，功底、悟性至关重要。我看了这些门派的秘诀，便深切感受到，这些秘诀分开来看的话，就如同一份秘图被分割成数块局部图，每一块都有用，但都难以将作用发挥到极致；而把它连成一个整体，它的威力就非同一般了。我这些年武功颇有进境，便是从中悟到了这些道理。”

刘溪赞道：“庄主的悟性非常人可比。我也看了一些，虽有长进，但达不到这种效果。”顿了顿，又说道，“这份秘诀最要紧的就是不能落入歹人之手。否则，被一个心术不正且习武天赋颇高的人得去了，必将在江湖上兴风作浪，荼毒武林。”

陈子敬说道：“是啊！我也是担心它被别有用心之徒用来祸害武林，所以将它藏在极为隐秘之处，若非十分可靠之人，绝不能相托付。当然，若按丞相当年意愿，仅仅用来增强兵士武力，倒也不难。我已从中另外梳理出了一份可以强身健体乃至武功速成的要义，到时不妨提供给钟明亮，让军中将士多多修习。按这份要义所学，做一般的武士可以，想做武林枭雄却万万不成。”

刘溪呵呵笑道：“庄主考虑事情真是周到！如此一来，秘诀汇要的弊害已除，公开给大家的都是精华。妙极，妙极！”

陈子敬低沉地说道：“世事难料，江湖风云不是哪一个人可以左右的。丞相遗物事关重大，我身负所托，不得不慎重啊！除了官府那伙人，飞鹰帮那些人的野心同样不可小视。他们妄想称霸武林，如果真练成了无人能敌的武功，以他们的德行，对武林之祸害，只怕不下于官府呢！”刘溪点头称是。

时候已不早，二人商量之后，决定明日一早，刘溪与谢惟志、白云翀、刘望北先下山去，到赣州城协助钟明亮处理有关事务。陈子敬则与尹传鹏等几个年轻人将山上的事情布置好，过几天再下山进城与他们相会。

（二十五）古道照颜色

刘溪与谢惟志、白云狮、刘望北下山的这天，陈子敬上了一次冲天寨。上次对付飞鹰帮和这次抵挡官兵围攻，主要还是借助了冲天寨的力量。尤其是这次与官兵对峙，若非冲天寨人马在牛岭坚守，同时在其他路口也有布防，仅凭陈子敬等数人，万难将数千官兵阻于山下达数日之久。为此，陈子敬对叶南潭和刘六十深为感谢，同时也不愿他们就此屈居一个小小山寨，浪费了大好身手。

叶南潭见陈子敬来访，甚是高兴，赶紧让人通知刘六十、薛景森、石志全几个首领一起过来，备酒畅饮。此前，刘六十已告诉叶南潭，陈子敬妙用“调虎离山”之计，助钟明亮义军轻松占领赣州城，看这情形，不日打下周边其他县城已不在话下。叶南潭原本对山下兵家纷争并无兴趣，听得义军形势如此喜人，加上刘六十不断鼓动，不禁也心痒难抑，有心率部投入反元大业。陈子敬见叶南潭有此激情，心里自是欢喜。把元兵赶出赣州城后，此时正是用人之际，陈子敬考虑的也正是发动各地武林门派、绿林山寨共同举事，一鼓作气把蒙古人赶回大草原。

叶南潭表示，将寨中事务打理好之后，不日便将率部下山投奔钟明亮，只留下石志全带少数弟兄守护冲天寨。刘六十则准备到兴国老家再发动一批青壮年参加义军。他在兴国一带本有声望，若非哈伯沙里派兵围剿，也不至于来到宝莲山。如今各地义军纷起，他当然不甘碌碌无为。

离开冲天寨，陈子敬又去了一趟卧佛山的宝莲寺。惠从禅师已知道官兵撤退，但不知所以然。听得陈子敬说起赣州城已到了义军手里，饶是他一向淡定，也不禁喜悦之情溢于言表，连诵佛号“阿弥陀佛”。陈子敬因惠空和尚心病未愈，没将义军占领赣州城之事告诉他，只是托请惠从禅师继续照看他，不必对寺里僧众谈及山外形势。惠从禅师因陈子敬另有重托，点头答应。陈子敬此次到寺里来，其实还有告别之意。反元大事既起，今后他自然无暇顾及其他。所以，当惠从禅师煮起“贡茗雪”茶相待时，他也没有客套，欣然入座，与惠从禅师足足茶话一个时辰有余。

随后，陈子敬来到黄婆地圩，刁八月、刁十六正在铁匠铺等他。他们兄弟俩本来也闹着要跟刘溪等人一道进赣州城，但陈子敬未允，而是安排他们先回铁匠铺等一些时日，让铁匠铺正常开张。陈子敬来到黄婆地圩时，已近黄昏时节。还没出元宵，赣南客家人依然把这段日子当作是过年。虽是冬春之交，但因为连日晴朗，人们并不觉得寒气逼人。村庄炊烟袅袅，弥漫着祥和的气息，有些人家已在吆喝着呼朋唤友请客喝酒了。

刁八月见陈子敬到了，当即嚷道："这大过年的，哪有什么人过来修犁补耙的？庄主让我们在这里守着，真是闷死人哩！"陈子敬笑道："这才回来一天，就喊闷了？那你以前这么多年是怎么过来的？那些年你兄弟还在外面呢！"刁八月说道："那可不一样！以前是满足于过过小日子就行了，现在有大事可做，我们怎么还好意思躲在一旁看热闹？隔壁的'朱掌柜'都不开客栈了，我老刁凭什么还要继续当铁匠！"陈子敬和刁十六闻言，不禁哈哈大笑起来。

陈子敬说道："让你们在这里守铺子，也不是要你们闲着。如今官兵虽然退却，但天下并不太平。尤其是对宝莲山来说，刚刚热热闹闹地与江湖大帮派和官兵打了两场，名声早已传出去了。此时我们全部撤离的话，宝莲山被人翻了个底朝天也没人管啊！"

刁八月一愣，问道："那庄主的意思，是让我们先在这里留守，防止心怀不轨之徒上山扰民？冲天寨不是还有人在山上吗？"

陈子敬说道："正是如此！冲天寨和你们不一样，他们守在自己的寨子里，难免鞭长莫及。更何况，他们的多数人手，是要到前线和官兵作战的，留在寨子里的力量也不多。别看他们人不算多，若是上了战场，实力可不弱呢，少说也是一个顶五吧！"顿了顿，又说道，"他们都下山后，若是哪个江湖帮派、武林门派的人打主意前来探寻丞相遗物，谁能抵挡得住？东西他们当然是找不到的，但就怕他们穷凶极恶，拿山上的百姓开刀，逼迫他们带路什么的。他们又哪里肯相信这些百姓对我们的事根本一无所知？"

刁十六说道："庄主所言极是。江湖人士为了一己之利，不择手段之徒大有人在。尤其是一些武功不上不下的人，最喜欢来这一套。百姓若是遇上这样的人，那可真有罪可受了。"

陈子敬说道："是啊！所以说嘛，你们哥俩肩负的重任，可一点也不比刘溪兄他们轻啊！他们的战场在明处，敌我力量一眼可知；你们的战场却可能在暗处，敌人要来多少，根本无法预料。我也是看你们哥俩联手的功夫少有人可敌，才放心让你们留下来的。另外，我还有一个担心，赣州城虽然被钟明亮拿下了，但朝廷定然不肯善罢甘休。俗话说‘不怕一万，只怕万一’，在形势还不是十分明朗之际，我们这个‘老巢’可不能轻易丢了啊！”

刁八月听陈子敬这么一说，也觉得甚是在理，便爽快地说道：“既然如此，我们哥俩听庄主的！不管什么厉害的敌人，只要他胆敢进犯宝莲山，我们哥俩一定给他点颜色看看！” 陈子敬告诉他们，尹传鹏、邹上峰、邹上岭、欧阳章、欧阳贡、朱来福他们几个年轻人也暂时留守在宝莲山庄，有什么紧急情况，要和他们及时互通消息。刁八月、刁十六点头答应。

第二天，陈子敬离开宝莲山，先去了一趟汶潭岽。汶潭岽在贡水之畔，王玥虽然很少出门，但已从江上过往行人处听得官兵围剿宝莲山不成，反而丢了赣州城的重大变故。对此，她并不感到意外。陈子敬处事向来稳重周全，他不可能面对官府重兵围山而无动于衷，更不可能做出在区区山道上设置障碍螳臂挡车的糊涂事。如果他一定要那样做，那定然是另有打算，在下一盘更大的棋。若非如此，这人凭什么一辈子这么骄傲？对这一点，王玥心里既佩服，又不服。也正因为这种心思，两个人的内心总是保持着若即若离的状态。这种微妙心理，王玥偶尔想起，却总是说不出一个所以然。

二人一见面，犹如心有灵犀，无需多言。倒是欧阳紫鹃和萧绿荷对陈子敬的到来喜出望外。当初陈子敬强令她们下山，便是为了让她们远离危险。欧阳紫鹃和萧绿荷此前哪知道陈子敬用心良苦，在谋划让钟明亮义军占城之事，及至官兵撤退，心里才恍然大悟。现在见陈子敬亲临汶潭岽，便吵着要跟他一起去赣州城参加义军。

王玥淡淡地一笑，对欧阳紫鹃和萧绿荷说道：“指望你们的叔叔让女人参加义军，除非日头从西边出来。他这次来呀，无非是叫我好好看紧你们，别让你们到处乱跑。”

陈子敬哈哈大笑。王玥一语中的，他正是担心欧阳紫鹃和萧绿荷听说外面变天，擅自离开汶潭岽投奔义军而去，所以专程过来看望她们，并让王玥好生管束她们。欧阳紫鹃和萧绿荷听了他们二人所言，大感扫兴，嘟着嘴不想搭腔了。陈子敬也不以为意。考虑到从此可能又要长年东奔西走，难得抽空一见，陈子敬在汶潭岽与她们一起吃了午饭才离开。

陈子敬从贡水乘船而下，一个时辰之内便到了赣州城。钟明亮听得陈子敬到了，赶紧出门迎接，当即安排设宴为他接风洗尘。席间，钟明亮意气风发，侃侃而谈。看他那踌躇满志的神情，大有气吞万里如虎之势。耿星星和刘溪、谢惟志、白云翀、刘望北等人亦在座。钟明亮不住夸赞耿星星武功过人，这次从城外秘道潜入赣州城，仅他一人便解决了两座城门的守城官兵。又说到进城后，已让城里的那些富豪乡绅交纳银两若干，眼下军费充裕。有几家豪强仗着护院武功不弱，起先有意抵触，待得耿星星一显身手，这些人只好乖乖地如数贡献钱粮。耿星星粗声粗气地说道："这赣州人甚是文弱，城里也没遇到什么值得交手的高人。此事让各位见笑了，着实不值一哂，哈哈！"

陈子敬说道："赣州城虽为蒙古人占领已有十余年，但城中百姓敦厚，民风一向纯朴，多数人心里还是忠于前朝。义军进城后，有什么需求，只要和他们好好说就行了，定然能获得他们的支持。估计现在投军的人应该也不少了吧？"

钟明亮说道："那是！义军进城后，这里的百姓可欢迎啦！当天就有上千人前来投军，到今天就更多了！不仅赣县，连兴国、雩都、信丰等县的百姓都闻讯而来呢！"耿星星插话道："今天还收了十几个来自宁都的商人！他们恰好去七里镇进货，听得赣州城光复，生意也不做了，只想着加入我们的大军去打蒙古兵！"

陈子敬点了点头，说道："赣州、南安所辖之地，向以忠义闻名。当年文丞相之所以想扎根于此，也正是看中了这一点。过些时日，消息传得更远，义军再扩充十数万人也是不在话下的。我们在这里多年，在各县也算是有些故旧之交，明日我便奔赴各县，广为联络。"

钟明亮敬了陈子敬一大碗酒，说道："如此甚好！你们在这里地头熟，做起来就省事多了！另外告诉你们的是，我们已安排了一支大军从汀州直攻宁都，很快可以将几百里外的几个县城连起来。看这情形，不出数月，光复江南已不在话下啦！待复王和军师到了赣州后，我们再商议给大伙儿定个什么官职为好！总之，一定要论功行赏，不能亏待了任何一位兄弟！”

陈子敬笑道：“论功行赏之事倒不着急，我们这些兄弟也未必是冲着这些来的。”钟明亮脖子一仰，倒下一大碗酒，重重地拍了拍桌子，说道：“要得要得！大伙儿提着脑袋干造反的事，哪能不给好处呢？哈哈，哈哈！”看样子，已有几分醉意。

次日，陈子敬告别钟明亮，出城去联络各地武林志士。白云翀为了有所照应，提出与他同行。陈子敬想到他当年也在文天祥义军战斗，熟识之人不少，便同意了。刘溪等人则继续留在城里协助军务。

赣州城光复的消息很快传遍周边路县，果然群情振奋，各地豪侠纷纷响应。半个月来，陈子敬与白云翀所到之处，见情形居然与当年文天祥率兵收复南赣诸县时颇为相似。南方汉人在元朝廷的治下最无地位，众多仁人志士久受压抑，此时见有望收复河山，扬眉吐气，喜悦之情溢于言表。陈子敬与白云翀在赣州路、南安路拜会了多家武林同道、绿林豪强，这些人都表示愿意率部出山，与钟明亮义军齐心协力，共图大业。陈子敬感慨地说道：“蒙元朝廷虽然貌似铁桶般坚不可摧，其实我中华志士只是缺一个领头的人而已！只要撕开了这个口子，把蒙古皇帝赶走并不是无可能。”白云翀点头称是。

这一天，陈子敬与白云翀先后去了赣江之滨的黄塘和造口。这是陈子敬十余年前结寨抗元之地，也是陈子敬内心深处最难以忘怀之所。尤其是黄塘，自从当年兵败此地、死里逃生之后，陈子敬便不忍再回这里。此次故地重游，现场凭吊亡友，陈子敬别有一番感慨。白云翀知道他的心思，也不说话，只是默默地陪着他在旧寨遗址绕行一圈。

在造口，先贤辛弃疾写下的著名词章《菩萨蛮·书江西造口壁》虽经历百年风雨，仍赫然在目。当年辛弃疾心忧国运，慨然发声。陈子敬每每想起这首词，便心有戚戚。此时重见辛弃疾名篇，不禁随手折下一长一短两根树枝，翩然起舞，沉声吟诵：“郁孤台下清江水，中间多少行人泪。西北望长安，可怜无数山。青山遮不住，毕竟东流去。江晚正愁余，山深闻鹧鸪。”吟罢，纵声长啸，热泪盈眶。

白云翀见他手中两根树枝舞动起来极为奇妙，乃是高明的剑法招数，便问道："庄主刚才所使的，应该就是传说中的'稼轩长短剑'吧？今日得以一见，果然名不虚传，妙不可言！"陈子敬淡淡地笑道："正是稼轩先生在赣州所创的'稼轩长短剑'。不过，当今之世将这套剑法运用最好的，却非刘溪兄莫属。相信今后他有更多的机会施展这些妙招，让大伙一饱眼福了！"白云翀赞道："刘大侠剑法神通，蒙古人和鹰犬们遇上了，当然绝无幸免之理！"

二人临江而立，赣水滔滔，苍茫北去。江风刮过，碧波翻腾。忽见一叶小舟从江心随风漂来，速度极快。舟上一人双手摇橹，正朝岸上张望。待得离江岸只有数十丈时，那人忽地大声问道："岸上可是陈庄主？"

陈子敬和白云翀这时已看清楚，来者乃是大湖洲陈家庄的陈建礼，当即回应一声。对答间，陈建礼的小舟已飘然靠岸。他一个箭步跃上来，说道："方才听得几声长啸，知道有武功高手在此。想想此地是当年庄主扼江抗敌处，便试着寻过来看看，没想到果然遇上了！"

陈子敬看他头发散乱，似乎已在江上行舟颇久。正待出言相问，陈建礼却先把来意说了。

原来，陈建礼一大早带着庄丁去赣江之滨的吉安路万安县卖鱼，听得过往商贾说，哈伯沙里丢了赣州城之后，江南各地义军闻风而起，朝廷极为震怒，皇帝忽必烈已令签江西行枢密院事也迭迷失、江西行省左丞管如德、福建行省平章拜降、江淮行省平章忙兀带等联合发兵进讨。大部官兵已溯赣江而上，沿途商贾避之犹恐不及。陈建礼闻信，将生意留给庄丁看管，自己急急往回赶，欲和大哥商议如何将这消息转告给陈子敬、钟明亮，没想到行至造口，刚好遇上陈子敬。

陈子敬闻言，对白云翀说道："事关重大，我们得赶紧回赣州才是！"陈建礼说道："此地离赣州城不过百余里，前面不远处便是大湖洲。二位何不在陈家庄稍稍歇息，也可和我大哥见上一面。"陈子敬说道："这样也好，我们先到陈家庄拜会一下建仁兄。"

三人上了小舟。其时正是北风天气，小舟顺风而行，陈建礼划船的本领本来便属一流，一路边说着话，很快便到了大湖洲。陈建仁见陈子敬突然光临，甚是欢喜，说道：“真是心有灵犀一点通啊！老夫正想着派人寻找将军，没想到将军自己找上门来了！”坐下之后，又给陈子敬说了一件刚刚探得的消息。

原来，昨天，陈家庄老四陈建智去赣县储潭圩卖鱼，偶尔打听到巨蟹帮首领将于当晚在江心船上聚会商议要事。陈建智知道巨蟹帮平素行为不端，与官府多有勾结，恐其对义军不利，便于当晚潜入船底，偷听他们所议之事。结果这一听，才知道他们不是为了对付义军，却是由帮主谢天浪牵头，邀约了数十名武林中人准备前往宝莲山探寻“祥瑞三宝”。他们估摸宝莲山庄的高手们多在义军中忙于军务，正好借此机会乘虚而入。曾经上过宝莲山的崆峒门刘梦凌等人也在其中。按昨晚所议，今天一大早，这些人便向宝莲山出发了。

陈子敬大吃一惊，说道：“山上仅有刁氏兄弟和几个年轻人留守，只怕寡不敌众。此事刻不容缓，我和云翀分头行动。我这就动身上宝莲山，云翀进赣州城报信。”陈建仁要派两名兄弟和他一同上山，陈子敬思忖自己上山后足可对付那些江湖人士，便婉言谢绝，请他们继续在赣江上下关注各方动向。

陈子敬从陈家庄借了一匹快马，一路疾行，直奔宝莲山。到了黄婆地圩，只见刁八月的铁匠铺空无一人。向村民一打听，果然有大拨人马往山里去了。

陈子敬飞快地往宝莲山庄赶去。刚到伯公坳，便听得前头传来阵阵厮杀声。陈子敬策马上前，只见土地庙前的草地上，刁氏兄弟正被刘梦凌、荀梦冰等六人围攻。他们哥俩的铁钳铁锤招数虽配合精妙，但毕竟难敌刘梦凌人多，早已处于下风，身上多处中剑，衣衫上血迹斑斑。尹传鹏、欧阳章、欧阳贡、邹上峰、邹上岭、朱来福也各自被数人围攻，每个人身上都挂彩不少。另有十几人则悠然地袖手旁观，不住喝令他们投降。刁八月他们虽然被逼得陷入险境，听得这些人胡言乱语，仍不甘示弱，时不时出口回骂他们。

陈子敬双目一扫之后，只见欧阳章被四名汉子夹攻，已无还手之力，其中一名使雁翎刀的汉子忽地朝他右肩劈下一刀。欧阳章已无处躲闪，眼看着就要被砍倒，陈子敬暴喝一声：“住手！”从马上跃下，右手一挥，身如闪电，一股强劲的内力汹涌而至，已将那使雁翎刀的汉子撞得仰面倒地。另外三人还没反应过来，忽然手上的兵刃已不知去向。待得陈子敬左手一扬，抛出几件东西，他们才知自己的手中物已被眼前这人神不知鬼不觉地夺去了。

围攻尹传鹏等人的那些江湖人士还不知道发生了什么事，手上仍不停招。陈子敬身形一晃，几个起落之后，尹传鹏、欧阳贡、邹上峰、邹上岭、朱来福但觉眼前一空，对手们的兵刃全都不翼而飞，而且一个个呆若木鸡，原来竟被突如其来的变故吓懵了，一时手足无措。

刘梦凌、荀梦冰武功较高，知道陈子敬到了，手上催力，要将刁八月、刁十六击倒。陈子敬冷冷地“哼”了一声，跃到刁氏兄弟一旁，左推右搡，饶是刘梦凌、荀梦冰武功不弱，也无法躲避，身子不由自主地后退七八步才站定。另四人是刘梦凌的师弟屠梦冲、高梦冶和巨蟹帮的两名舵主，陈子敬只是手臂轻轻地画了个圈，便将他们的兵刃给收了。屠梦冲见此情景，不禁喃喃地说道：“他奶妈的，这是什么功夫！这哪是凡人能学到的？太他奶妈的邪门了！”

转瞬间，草地上激烈的拼斗场面已归于平静。众人呆呆地看着陈子敬，对他这一手出神入化的武功恍如梦幻，不敢相信这是发生在眼前的事实。

这群人当中为首的谢天浪虽未出手，但自忖岸上功夫不比刘梦凌高明，如今见同行当中武功最强的刘梦凌、荀梦冰师兄弟尚且默然不语，便也不敢吭声，心里正盘算着如何找个借口下台，忽听陈子敬喝道：“宵小之辈，还不速速下山！”谢天浪如获大赦，手一挥，说道：“兄弟们走！”拔腿便往外面跑去。屠梦冲跟在荀梦冰身后，走出十余步后，回头对陈子敬说道：“他奶妈的，你这武功太厉害了！今后借几个胆给我也不敢和你斗了！”

谢天浪等人离去后，欧阳章忽然身子一歪，倒在地上。陈子敬上前将他扶起，一把脉，知道他是拼斗太久，心力交瘁，便掌上微微用劲，往他身上输了几缕真气，并让尹传鹏给他服了几颗宝莲山庄自制的灵芝杜鹃丹。欧阳章旋即悠悠醒来。

刁八月说道：“这些贼子有备而来，幸亏庄主来得及时！不然这次可真要吃不消了。”他们兄弟俩在黄婆地圩上听人说有大伙人员携带兵刃进山，估计这些人是冲着宝莲山庄来的，怕留在庄里的几个年轻人抵挡不住，赶紧往这边赶过来。没想到对方人多，而且不乏高手，很快将他们围住了。

陈子敬说道：“如今许多武林豪杰都投身复国大业，这些败类却仍在打这些卑鄙的主意，真是无耻之尤！眼下，朝廷已派出数省官兵前来攻打义军。义军虽然发展迅速，但大军压境，很快便有无数血战，胜负却是个未知数。形势变化太快，我们将山庄稍作收拾之后，一起下山吧！”

刁八月、尹传鹏齐声说道：“那太好了！我们早就盼着下山一起打蒙古兵去！”

尹传鹏等几个年轻人当即走进宝莲山庄，将院子里的东西整理了一遍。有些轻便可带上的，尹传鹏等人已打成包；不方便携带而今后又可能用得上的，他们找了地方将它们隐藏起来。刁八月兄弟俩也回铁匠铺去收拾了，约定晚上一起到黄婆地圩上碰头，次日一早便下山。

天黑时分，尹传鹏等人已将宝莲山庄的物品全处置妥当，和陈子敬等人出山而去。想到不知何时再回来，几个年轻人默默地在山庄前静立片刻，才背起包裹离去。到了黄婆地圩上的铁匠铺，刁氏兄弟已做好了晚饭正等着他们。刁八月想到铁匠铺又要关门了，专门去沽了酒来与大家开怀畅饮，还打趣地说道：“要是隔壁的‘朱掌柜’还在，这酒就不用跑别家去买了！”尹传鹏说道：“‘朱掌柜’平时卖酒给你只收本钱，倘若知道这是最后一次买卖，兴许连本钱也不要了，白送！”

众人心情大好，转眼间已干了好几碗。刁八月咂着嘴巴说道：“宝莲山的深山糯米酒啊，不知要几时才能喝上了！”刁十六说道：“待得把蒙古人赶回老家了，我们哥俩天天可以在自己的老家喝个一醉方休！”正说笑间，忽闻外面响起一阵急促的马蹄声，似乎有两骑正朝这边急奔而来。刁八月推门出去，两匹马已驰到跟前，其中一人翻身下马，往他身上直撞过来。刁八月看得真切，不禁惊呼一声，跌在他身上的竟然是刘溪！而他身后，则是一身疲惫的白云翀。两人衣衫上散布血迹，显然受伤不轻。

尹传鹏等人闻得刁八月惊呼，已冲出去将刘溪和白云翀接进屋来。白云翀喘着气说道："赣州城出大事了！钟明亮和我们翻脸，我们敌不住他们人多，刘大侠受了重伤……他们还在后面追赶上来！"

众人如闻晴天霹雳，大惊失色，又恍如坠入冰窟，身心冷透。陈子敬让白云翀先坐下歇息，请刁八月到村前的山岭瞭望追兵情况，自己用真气助刘溪疗伤。片刻之后，刘溪脸色好转，众人稍稍放下心来。白云翀也已回过神来，便把事情经过给大家说了。

原来，钟明亮将复王赵昆接到赣州后，为了立谁为讨虏大将军之事起了争执。那赵昆以前虽然只是个放牛娃，但自从被钟明亮立为复王，看到众人对他甚为客气，难免飘飘然，言语之间便渐渐有了些架子。来到赣州后，赵昆见城市繁华热闹，远非山林僻壤可比，大喜过望，便提出要在此兴建王府。钟明亮按张师旦的意思立他为王，本来只是为了借赵氏旗号号令天下，其实未必把他当回事，便以大军刚到赣州，暂缺资财为由，婉拒此事。赵昆心下甚是不快，难免发泄几句。及至商议成立讨虏大将军府，说到由谁担任讨虏大将军时，赵昆想到自己这个王位只有虚名，并无实权，便提出由自己出任讨虏大将军，企图插手军中事务。钟明亮、耿星星等人自然不依，赵昆因此与他们闹得不欢而散。刘溪虽从中调解，但双方都听不进他的意见，连续几天黑脸相向。

是日正午，白云翀按陈子敬的安排，赶到赣州城向钟明亮通报敌情。钟明亮听后，认为自己已拥有十数万大军，足够与三省官兵一争雌雄，并不急着安排防务。午后，钟明亮突然在府中宴请赵昆、刘溪、白云翀等人。刘溪只道他们想明白了要以大局为重，以此消除芥蒂，便欣然前往。在座的除了钟明亮、张师旦、耿星星，还有一位六十多岁的老僧。据钟明亮介绍，他是来自武夷山的无果大师，也是孙见佑的师父，这次带了另一个徒弟、孙见佑之兄孙见佐前来赣州参加义军。席间，双方未再提及立大将军之事，刘溪亦认为大敌当前，此事既然未达成共识，不如缓议为好。

酒过三巡，耿星星突然说起，听说无果大师新创了一套昆仲剑法传授给孙见佐、孙见佑兄弟，在座的刘溪大侠是剑术名家，何不让孙氏兄弟演练一番，请刘溪大侠点评一二。钟明亮欣然同意，便让孙氏兄弟进来舞剑助兴。

孙见佐、孙见佑遵命练剑。刘溪看他们剑法绵密，攻守有序，配合得体，果然有独到之处，便出口称赞。那赵昆虽然不懂武功，却喜欢指手画脚，对二人的剑法也信口开河胡说一番，一忽儿说二人姿势不够好看，一忽儿嫌二人相斗不够激烈。孙见佐、孙见佑便按赵昆之意，将剑招越使越快，双剑互击，叮当之声不绝。众人拍手叫好之际，赵昆却又埋怨过于吵闹。刘溪暗暗皱眉，也觉得这赵昆性情乖张，确实不大好伺候。

万万没想到的是，孙见佐一招虚刺之后，孙见佑突然用力将剑一挥，那剑身忽地脱柄而出，径直射向赵昆，竟然当胸穿过！刘溪虽看得真切，但事发突然，已不及出手相救。

赵昆惨叫一声，当场死于非命。白云翀惊呼之际，刘溪已跃离座位，身形一闪，将孙见佑手中剑柄夺在手中。定睛一看，剑柄上竟然装有机关，孙见佑此举显然早有预谋。

钟明亮脸色一变，喝令手下将孙见佑拿下。刘溪本是直率之人，见他装模作样，心里愤然，说道："且慢！复王在此无故丧命，事关重大，须得当场解释清楚，否则必定要在江南各地义军当中引起轩然大波！"

那无果和尚说道："这事纯属意外，小徒学艺不精，我这当师父的也有责任。还请刘大侠先坐下说话。"钟明亮、耿星星也在一旁相劝。

刘溪、白云翀心里已然雪亮。原来，这钟明亮取下赣州城之后，见八方应者云集，前方义军与官兵交战又势如破竹，心下甚是得意。他自忖按这个形势下去，帝业指日可成，本来就有点嫌这赵昆碍手碍脚，偏偏他还不知天高地厚，处处与自己争权，于是与耿星星等人商议，趁着赵昆目前影响有限，索性设计将他除了。他们让刘溪、白云翀在场，本是想让他们为这场"意外"事故作证，没想到刘溪心思缜密，身手迅捷，竟然一把将机关识破了。

刘溪见元廷组织各路大军反扑之际、离争夺天下尚差着十万八千里之时，钟明亮竟然不顾大局，出此阴招，迫不及待地将赵昆除去，心里登时一片冰凉。赵昆纵有万般不是，终是罪不致死。钟明亮今日既然能做出初一，他日又何妨再做十五？说到底，在他心里，只有自己的名位权势，根本不考虑天下利益。想到这些，刘溪顿时觉得跟这种人为伍，根本干不成大事，而且危机四伏。

钟明亮见了刘溪的神色，心里已明白他对自己起了反感之心。此事若是传出去，对自己所图的霸业大是不妙。钟明亮向耿星星、无果和尚一使眼色，三人突然一扑而上，竟然想杀了刘溪灭口！

白云翀大喝一声，冲上前去，与刘溪共同对付钟明亮等人。耿星星与刘溪武功相差无几，钟明亮、无果和尚也是当今武林一流高手。混战中，耿星星与无果和尚合力夹击刘溪，刘溪虽然勇猛，身上还是被他们刺中了数剑。白云翀与钟明亮交手，没过多久便守多攻少，险象环生。刘溪和白云翀知道久战下去，必被他们缠住，不敢恋战，找准时机冲出屋外，从马棚夺了两匹快马，拼命驰出赣州城。耿星星、无果和尚和孙见佐、孙见佑等人岂肯放过他们，也骑了马在后面追赶过来。好在出城后，一路上岔道众多，刘溪和白云翀路途熟悉，这才暂时把他们甩在后面。

陈子敬等人听了这个变故，心情沉重，嗟叹不已。陈子敬最担心的事情还是发生了。这些天，他一直琢磨什么时候将文天祥留下的军费送到赣州城为好。从义军发展的角度来说，当然是越快越好。但他自从在赣州城与钟明亮见面后，觉得此人身上已发生些许微妙的变化，心里竟然由此隐隐不安。也正是因了这个感觉，他犹豫再三，至今未将藏宝之处告诉钟明亮。而今日之事，及时暴露了钟明亮的真实面目，实乃不幸中之万幸。以钟明亮这等胸襟与手段，指望他光复河山，无异于缘木求鱼，只怕在元军大举反扑之下，根本支撑不了几天；退一万步来说，即使他能成就帝业，对黎民百姓而言也未必是福音。将文天祥遗物交到此人手上，只会让大家遗憾终生。

尹传鹏忽然问道："谢大侠和望北不是也在赣州城吗？他们有没跑出来呢？"白云翀说道："我刚才先把要紧的说了，现在正要说说他们的事。"原来，谢惟志和刘望北在此之前，已按刘溪的安排，去协助刘六十招兵买马了。刘六十从宝莲山带了一队人马下山后，回到兴国县，占据了宝石寨。此处易守难攻，是个理想的据点。刘溪为了充实刘六十的力量，便让谢惟志和刘望北去了宝石寨。若非陈子敬让白云翀进城告诉钟明亮官兵准备大举反扑的消息，刘溪在赣州更是孤掌难鸣，只怕难逃钟明亮毒手。

陈子敬说道:“钟明亮既然与我们公开翻脸，对刘六十也未必会放过。他们还不知道这个重大变故，我们得赶紧通知他们做好准备，不要上了钟明亮的当。”刘溪此时已元气稍复，闻言说道：“正当如此！好在钟明亮对赣州地形还不太熟知，宝石寨那边地形又尤其复杂，他们一时半会难以找到。但事不宜迟，还是尽早通知他们为好！”

陈子敬沉吟片刻，对刁十六说道：“此事还须劳烦贤昆仲去宝石寨跑一趟。请二位见了六十后转告他，宝石寨能守则守，如若钟明亮或朝廷重兵围剿，则隐退于山林，先保存力量再说。复国之事，任重道远，也不争这一时一地。钟明亮闹的这一出，更加提醒我们要做好长远打算！我们这次所托非人，唉，真是辜负丞相重托，枉费大家一番心血，想来真是好生自责！”

刘溪见他心情郁然，说道:“谋事在人，成事在天。庄主已经竭力而为，何须自责？常言道‘好事多磨’，也许此事命中该有此劫数。我就不信少了他钟明亮，就没了后来人！只要我们不放弃，光复大业总有一天能实现。”

陈子敬淡淡一笑，说道:“刘兄这么开导，我心里也好受些。河冰结合，非一日之寒；积土成山，非斯须之作。只要我们这一代人不丢了这个志向，而且坚持一代代将它传递下去，终究有人能将此大好江山取回来！”尹传鹏、邹上峰、邹上岭、欧阳章、欧阳贡齐声说道：“我们一定记着丞相遗愿，不言放弃！”

这时，刁八月急切地跑回铁匠铺，说道：“山腰有一队人马正打着火把上来，看样子有好几十号人，我们怎么办？”陈子敬眉头微皱，说道:“钟明亮真是心狠手辣，他的手下还是连夜追上山来了。此人虽然不仁，我等却不能不义，毕竟当前推翻蒙元朝廷才是第一要务，自相残杀正是亲痛仇快之举。罢了，我们还是退避三舍，给他们留点有生力量吧！”

欧阳章说道：“那他们把刘叔叔伤成这样，也不报仇了吗？”刘溪微微一笑，说道：“个人伤痛算什么大事？在家仇国恨面前，这些都可以放下。我赞同庄主的，不与他们正面冲突，由他们去罢！”

陈子敬说道：“钟明亮既然个人野心膨胀，对丞相遗物必有图谋，今后少不得派人搜寻我们踪迹。飞鹰帮、六石门等江湖势力，还有蒙元朝廷那帮人，自然也不会死心。这宝莲山既已暴露在大家眼皮底下，死守已无必要，我们也付不出那么大的牺牲。我们现在就离开此地，从后山悄悄下去，另找隐秘之处栖居。二位刁兄到了山下之后，请即刻奔赴宝石寨，并转告六十、惟志、望北，到时我们自然会与大家联络的！”

众人知道事情紧急，纷纷起身，带上当日已准备好的行囊，走出铁匠铺，在黑暗中迎着寒风义无反顾地向前走去。刁八月走在最后面，轻手轻脚地将门关上，双手抚了一遍门板，这才黯然离去。

静谧的宝莲山，一行人牵着几匹马，默默地走出村庄，走上山道，走进丛林。大家都不说话，只有走在前头的陈子敬，心潮起伏，反复低吟着一首诗，那是文天祥的《正气歌》：

天地有正气，杂然赋流形。下则为河岳，上则为日星。
于人曰浩然，沛乎塞苍冥。皇路当清夷，含和吐明庭。
时穷节乃见，一一垂丹青。在齐太史简，在晋董狐笔。
在秦张良椎，在汉苏武节。为严将军头，为嵇侍中血。
为张睢阳齿，为颜常山舌。或为辽东帽，清操厉冰雪。
或为出师表，鬼神泣壮烈。或为渡江楫，慷慨吞胡羯。
或为击贼笏，逆竖头破裂。是气所磅礴，凛烈万古存。
当其贯日月，生死安足论。地维赖以立，天柱赖以尊。
三纲实系命，道义为之根。嗟予遘阳九，隶也实不力。
楚囚缨其冠，传车送穷北。鼎镬甘如饴，求之不可得。
阴房阗鬼火，春院閟天黑。牛骥同一皂，鸡栖凤凰食。
一朝蒙雾露，分作沟中瘠。如此再寒暑，百沴自辟易。
嗟哉沮洳场，为我安乐国。岂有他缪巧，阴阳不能贼。
顾此耿耿在，仰视浮云白。悠悠我心悲，苍天曷有极。
哲人日已远，典刑在夙昔。风檐展书读，古道照颜色。